Wer dem Wind folgt

PETER WATT

Wer dem Wind folgt

Roman

Aus dem Englischen
von K. Schatzhauser

Wilhelm Heyne Verlag
München

Die Originalausgabe erschien unter dem Titel »*Shadow Of The Osprey*«
bei Pan Macmillan Australia, Sidney.

Gesetzt aus der Berling bei Franzis print & media, München
Druck und Bindung: GGP Media, Pößneck
Printed in Germany

ISBN 3-453-21409-9

Die Handlung dieses Buches und die darin auftretenden Personen sind frei erfunden. Abgesehen von der gelegentlichen Nennung historischer Gestalten enthält es keinerlei Hinweise auf lebende oder tote Personen. Es ist denkbar, dass manche Leser an bestimmten Schilderungen Anstoß nehmen und ihnen Ausdrucksweise und Einstellung mancher Gestalten rassistisch vorkommen. All das muss im historischen Kontext des Romans gesehen werden und spiegelt in keiner Weise persönliche Ansichten des Verfassers wider.

Für meinen Onkel John Payne.
Im Krieg – ein wahrer Seeheld
Im Frieden – immer für mich da.

Der Abend sinkt, das Känguru
Strebt furchtsam dem Verstecke zu.
Der Krieger vor der erloschnen Glut
Sieht es und wünscht die Traumzeit her,
Wo der Bumerang bei der Streitaxt ruht,
Samt der Keule, der Schleuder, dem Speer.

»Der Letzte seines Stammes«, HENRY KENDALL

PROLOG
1868

Die Insel war eine Schildkröte. Ihr grüner Panzer trieb auf einer türkisfarbenen See …

Zumindest war das der erste Eindruck, den David Macintosh hatte. Der sechsundzwanzigjährige Erbe eines in Sydney ansässigen, weltumspannenden Finanzimperiums stand am Bug einer Sklavenhandels-Bark, die im Auftrag seiner Familie den Pazifik durchpflügte, und sah zu, wie die mit Dschungel bewachsene Insel am Horizont abwechselnd aus dem Wasser emporstieg und niedersank. Obwohl der mittelgroße und glatt rasierte junge Mann durchaus wie jemand auftrat, dem man den Reichtum in die Wiege gelegt hatte, ließ ihn seine natürliche Art liebenswert erscheinen.

Die Reise auf der *Osprey* hatte er gegen den ausdrücklichen Wunsch seiner Mutter angetreten. Er wollte das dörfliche Leben im Südpazifik studieren. Voll abergläubischer Besorgnis wegen eines einst von einem Ureinwohner über die Familie Macintosh ausgesprochenen Fluchs hatte Lady Enid gesagt, er begebe sich damit in schreckliche Gefahr. Doch er hielt ihre Befürchtungen für töricht und unbegründet und hatte sie sanft getadelt. Deutlich stand ihm noch der Ausdruck von Angst vor Augen, den er auf ihrem sonst so gelassenen Gesicht wahrgenommen hatte, als er ihr beim Ablegen der *Osprey* vom Deck aus zuwinkte.

Während er an der Reling stand und hinübersah zu der Insel, wo er Gelegenheit haben würde, eine Kultur kennen zu lernen, die weit älter war als die westliche Zivilisation, dachte er nicht an ihre Befürchtungen. Im vergangenen halben Jahrhundert hatten die Europäer auf den Pazifik-Inseln tiefer greifende Veränderungen bewirkt, als dort in Jahrtausenden stattgefunden hatten. Nachdem die Inselgötter so gut wie abgeschafft und durch das neu eingeführte Christentum ersetzt worden waren, verbargen sich die alten Götter im Dschungel. Die wahren Gläubigen brachten ihnen nach wie vor die herkömmlichen Opfergaben, um ihren Zorn über die Vertreibung zu besänftigen.

Morrison Mort, der wortkarge Kapitän der *Osprey*, hatte David erklärt, dass kaum je ein Sklavenhändler Kontakt mit dieser Insel gehabt habe. Ihre Bewohner seien kriegerischer als die der meisten anderen im Pazifik und bekannt dafür, dass sie die Besatzungen von Schiffen abgeschlachtet hatten, als diese Sandelholz an Bord nehmen wollten. Das liege zwar schon lange zurück, fügte er rasch hinzu, ergänzte aber, dass Tiwi, der Herrscher der Insel, zu den Kriegern alten Schlages gehöre, die sich Missionaren und deren Lehren widersetzten. Aus diesem Grunde meide man gewöhnlich den Kontakt mit ihm, da die Häuptlinge anderer Inseln dem Handel der Weißen mit eingeborenen »Vertragsarbeitern« viel aufgeschlossener gegenüberstünden.

Doch David ließ sich von der kriegerischen Haltung der Inselbewohner nicht abschrecken. Er wollte unbedingt Menschen beobachten und kennen lernen, von denen er annahm, dass sie noch viele der althergebrachten Bräuche pflegten. Dem stillen jungen Gelehrten war es weit wichtiger, neues Wissen zu sammeln, als für das ohnehin schon beachtliche Imperium seiner Familie weitere Reichtümer zusammenzutragen.

Während er über das Deck zu Kapitän Mort ging, kam es ihm vor, als husche ein kaum wahrnehmbares Lächeln über dessen harte Züge. Es reichte aber nicht bis zu seinen blassblauen Augen, in denen animalischer Wahnsinn zu lodern schien.

Kapitän Mort war kein glücklicher Mensch. Auch wenn Jack Horton, sein Erster Steuermann, die *Osprey* auf einen Kurs gebracht hatte, der dafür sorgen würde, dass die Bark die Lagune erreichte, wo sie im Schutz des Korallenriffs vor den heranrollenden Brechern des Pazifiks sicher wäre, war Mort doch fest davon überzeugt, niemand außer ihm wäre in der Lage, das Schiff gefahrlos vor Anker zu bringen. Er war Mitte dreißig, sah gut aus und erregte mit seinem grüblerischen und geheimnisvoll wirkenden Wesen die Aufmerksamkeit so mancher jungen Dame. Diese Anziehungskraft wurde durch Gerüchte über seine bewegte und möglicherweise gewalttätige Vergangenheit noch verstärkt.

Voll Groll sah er David auf sich zukommen. Die Anwesenheit eines Mitglieds der Unternehmensleitung an Bord war ihm ein Dorn im Auge. Er fürchtete, der junge Macintosh könne ihm das Kommando über die *Osprey* entziehen, sobald sein Wissensdrang gestillt war – vermutlich dann, wenn die Bark wieder in Brisbane eingelaufen war. Nun ja, überlegte er, einen Dorn konnte man schließlich entfernen.

Mort misstraute allen und jedem. Er wusste, dass Lady Enids Sohn erhebliche Vorbehalte gegen den Sklavenhandel hatte. Schon oft hatte David geäußert, er werde diesen Unternehmenszweig der Familie einstellen, sofern dadurch ein Makel auf den Namen Macintosh falle.

Das Jahr 1868 hatte sich für Mort schlecht angelassen. In Sydney hatte es Ärger mit dem verdammten presbyterianischen Missionar John Macalister gegeben, der unter Aufbietung all seines Einflusses versucht hatte, den Kapitän wegen Mordes vor Gericht zu bringen. Nur außergewöhnliches Glück bewahrte Mort vor dem Galgen.

Außerdem war durch die Konkurrenz zahlreicher anderer Schiffe, die ebenfalls Eingeborene nach Australien schafften, die Zahl der von ihm vermittelten Arbeitskräfte deutlich zurückgegangen. Angesichts dieser Schwierigkeiten hatte er sich entschieden, auch Inseln anzulaufen, die von den Sklavenhändlern gewöhnlich gemieden wurden. Nicht nur kannten die Eingeborenen dort ihre Rechte weniger gut, er hatte auch gehört, Häuptling Tiwi sei gegen gewisse Gegenleistungen zu einer Zusammenarbeit bereit. Das dafür Nötige führte die *Osprey* in ihrem Laderaum mit sich: Musketen samt Pulver und Blei. Tiwi wollte auf den Nachbarinseln auf Kopfjagd und

Frauenraub gehen, wobei ihn die technischen Hilfsmittel des weißen Mannes unterstützen sollten. Dieser wiederum brauchte Arbeitskräfte – ein einwandfreies Geschäft.

Sofern Mort in seinem wild bewegten Leben je ein Gefühl wie Liebe empfunden hatte, galt es dem Schiff, das er befehligte. Er hatte sich geschworen, niemand werde ihn je von der *Osprey* trennen, nicht einmal ihre Eigner. Eher würde er die Bark versenken, als sie an einen anderen Kapitän zu verlieren.

David Macintoshs Anwesenheit an Bord würde wohl nicht mehr von langer Dauer sein, überlegte er. Das verschlüsselte Telegramm, das ihm Granville White aus Sydney über Brisbane hatte zukommen lassen und in dem es für Nichteingeweihte um Schifffahrtswege und Schiffsladungen zu gehen schien, ermächtigte ihn, nach eigenem Gutdünken das Nötige zu unternehmen, damit die Bark unter *seinem* Kommando blieb. Es gab keinen Zweifel, dass White, David Macintoshs Vetter und zugleich sein Schwager, ebenso hart und rücksichtslos war wie Mort.

Als die *Osprey* kurz nach Mittag in die von Häuptling Tiwi beherrschten Gewässer einlief, stießen schmale Kanus vom Ufer ab. In den ausgehöhlten Baumstämmen mit Auslegern ruderten muskulöse Krieger der Bark entgegen, die in die geschützte Lagune hinter dem Korallenriff strebte.

Aufmerksam behielten der Kapitän und seine Männer die Besatzungen der Einbäume im Auge. Waffen waren an Deck griffbereit: Gewehre, Äxte, Handspaken und Landungshaken. Doch als die Einbäume näher kamen, zeigte sich, dass die Ruderer unbewaffnet waren.

Sie umkreisten die *Osprey*, deren Segel eingeholt und belegt wurden, während die Anker rasselnd in das ruhige und klare Wasser der Lagune glitten. Mort achtete darauf, dass das Dorf in Reichweite seines Heckgeschützes lag. Als Besatzungsmitglieder billigen Tand ins Wasser warfen, sprangen einige der braunhäutigen Insulaner hinterher, um die Gegenstände heraufzuholen. Andere Männer an Bord der *Osprey* versuchten, sich mit den Eingeborenen zu verständigen.

Da von diesen keine unmittelbare Bedrohung auszugehen schien, wies Mort den Ersten Steuermann an: »Sorgen Sie dafür, dass sich der Landungstrupp bereit macht, Mister Horton.«

»Kommt Mister Macintosh mit an Land, Käpt'n?«, erkundigte sich Horton mit breitem Grinsen.

»Ich denke, er wird darauf bestehen. Wir haben keine Handhabe, das zu verhindern. Immerhin gehört er der Unternehmensleitung an und kann tun und lassen, was er für richtig hält. Allerdings habe ich ihn mehrfach vor der Heimtücke dieser Leute gewarnt«, gab Mort mit dem Anflug eines Lächelns zurück.

Horton nickte und spie ins klare Wasser der Lagune. Er hatte für den feinen Pinkel nicht das Geringste übrig. Solche Leute waren ihm aus tiefster Seele verhasst. Falls die Inselbewohner tückisch wurden, würde das dem Mistkerl nur recht geschehen.

Mort und seine Männer nahmen Gewehre mit, David hingegen lehnte die ihm angebotene Waffe ab. Zwar hatte Mort auch den Infanteriedegen umgeschnallt, den er fast immer bei sich trug, doch es war kaum wahrscheinlich, dass ihnen der alte Tiwi feindselig begegnen würde. Dem lag mehr an den Musketen, die sie ihm brachten, als an einer unerfreulichen Begegnung mit den Sklavenhändlern.

Die Menschen am Ufer machten sich eilends auf ins Dorf, um ihrem Häuptling die Ankunft des Schiffes mitzuteilen. Anfangs nahm dieser an, der lästige schottische Missionar John Macalister, der mit seiner ebenso lästigen Frau auf der Insel lebte, solle abgeholt werden. Er duldete den eifernden Presbyterianer, dessen Kampf dem altüberkommenen Erdrosseln von Witwen und dem Genuss des berauschenden *kawa* galt, lediglich deshalb, weil dieser bei seiner Ankunft Wolldecken als Geschenk mitgebracht hatte. Inzwischen hatte Tiwi zudem den Mut des Missionars achten gelernt. Doch diese Entscheidung galt nicht für alle Zeiten, und so hing Macalisters Leben ständig an einem seidenen Faden.

Kaum liefen die Beiboote auf den bleichen Korallensand des Inselstrandes, als sich eine Gruppe halb nackter Männer, Frauen und Kinder aufgeregt schwatzend um die Fremden drängte. Vorsichtshalber hatte Mort den Ersten Steuermann mit einigen Männern an Bord zurückgelassen, damit sichergestellt war, dass sich das mit Schrapnellen geladene Heckgeschütz ständig auf das Dorf richtete. Die Besatzungen der Auslegerboote, denen solche Kanonen und deren verheerende Wirkung von früheren Besuchen ähnlicher Schiffe bekannt waren, hatten ihrem Häuptling Mitteilung davon gemacht, so dass diesem klar war, welche Gefahr den Hütten des Dorfes drohte.

Er kam zur Begrüßung der Weißen an den Strand. Auch der Missionar John Macalister war da, doch sah David ihn erst, als er sich durch die Menge der schönen, bis zu den Hüften hinab unbekleideten Männer und Frauen drängte.

»Am besten kehren Sie gleich zu Ihrem Mörderschiff zurück«, sagte der streitbare Schotte und baute sich vor Mort auf. »Wir brauchen hier keinen Unflat wie Sie und ihresgleichen.« Obwohl der Kapitän ihn um Haupteslänge überragte, wirkte der Missionar nicht im Geringsten eingeschüchtert. Hinter ihm stand mit geradezu königlicher Würde der wohlbeleibte Häuptling Tiwi.

»Offensichtlich wissen Sie, wer ich bin, Sir«, sagte Mort mit frostiger Stimme zu dem Missionar, der dicht vor ihm stand. »Ich aber hatte noch nicht das Vergnügen, Ihre Bekanntschaft zu machen.«

»Ich heiße John Macalister, Kapitän Mort, und es überrascht mich, dass Sie mich noch nicht kennen«, gab er entrüstet zurück. Dabei zitterte er wie ein beutehungriger Terrier. »Fast wären wir einander in Sydney begegnet, aber es sieht so aus, als wäre Ihnen das Schicksal günstig gestimmt gewesen.«

»Sie also sind der Mann, der mich am Galgen sehen wollte«, höhnte Mort. »Ich empfehle Ihnen dringend, beiseite zu treten, damit ich meiner Aufgabe nachgehen kann. Sie entspricht ebenso den Gesetzen wie Ihr Treiben hier. Was ich mitbringe, nützt Häuptling Tiwi mit Sicherheit mehr als die frömmlerischen Bibelworte, die Sie den armen Niggern hier um die Ohren hauen.«

Es war deutlich zu sehen, dass der beharrliche Schotte nicht im Traum daran dachte, dem Sklavenhändler den Weg freizugeben und ihn auch nur einen Schritt weiter ans Ufer treten zu lassen. Er war aufs Äußerste gereizt und schien förmlich danach zu gieren, den Kampf aufzunehmen. Wenn er als Blutzeuge seines Glaubens sterben sollte, war das Gottes Wille.

David war der Ansicht, der Missionar sollte Mort besser seinen Geschäften nachgehen lassen, wenn er nicht den Kürzeren ziehen wollte. Auch wenn er den Schneid des kleinen Schotten bewunderte, war ihm klar, dass die Nachricht von einem Zusammenstoß mit dem Missionar bis nach Sydney dringen würde. Um jedes weitere Aufsehen im Zusammenhang mit dem Schiff der Familie Macintosh zu vermeiden, trat er mit den Worten: »Sir, ich bin David Macintosh, einer der Eigner der *Osprey*«, zwischen Mort und den Inselmissionar. Er streckte ihm die Hand hin. »Können wir beide nicht miteinander reden?«

Schnaubend wandte sich John Macalister David zu. Vor sich sah er einen jungen Mann mit offenem und ehrlichem Gesichtsausdruck. »Ihnen möchte ich lieber nicht die Hand schütteln, Mister Macintosh. Zwar kommt es mir vor, als könnten Sie trotz Ihrer Verbindung zu dieser Satansfratze ein Ehrenmann sein«, gab er zur Antwort, »aber ich würde Ihnen, falls wir miteinander redeten, trotzdem sagen, dass Sie mitsamt Ihrem Kapitän zu Ihrem verfluchten Schiff zurückkehren und auf der Stelle wieder davonsegeln sollten.«

David ließ die Hand sinken.

Recht belustigt beobachtete Häuptling Tiwi das Aufeinandertreffen der Weißen. Doch vor allem wollte er wissen, was der Kapitän für ihn mitgebracht hatte, und wandte sich deshalb an den Missionar. Auch wenn David die Sprache nicht verstand, so merkte er doch, dass die Unterhaltung ziemlich hitzig wurde, und einen schrecklichen Augenblick lang fürchtete er um das Leben des Missionars. Da Macalister aber dem alten Inselhäuptling, wenn auch nur zögernd, zuzustimmen schien, entspannte sich die Lage.

Ohne auf Tiwi zu achten, der ihn zornig anfunkelte, wandte sich Macalister an David. »Es sieht ganz so aus, Mister Macintosh, als bekämen Sie und ich doch Gelegenheit, miteinander zu reden. Häuptling Tiwi möchte, dass ich mich entferne, während er mit Ihrem gottlosen Kapitän über dessen Vorhaben, Arbeitskräfte anzuwerben, verhandelt«, erklärte er in beinahe höflichem Ton. »Er behauptet, er wolle sich anhören, was Mort zu sagen hat, und ihn dann fortschicken. Aber wie üblich lügt der alte Satansbraten. Da mir klar ist, dass er ein Tauschgeschäft abschließen will, habe ich ihm mitgeteilt: ›Keiner deiner Leute verlässt die Insel, es sei denn über meine Leiche.‹ Daraufhin hat er gesagt, das ließe sich einrichten.«

»Mister Macalister, als Angehöriger des Hauses Macintosh gebe ich Ihnen mein Wort, dass ich Ihren Wunsch achten werde«, antwortete David respektvoll. »Ich denke nicht daran, zuzulassen, dass man die großartige Arbeit zunichte macht, die Sie hier leisten, indem Sie diesen armen Menschen Gott nahe bringen. Was mich betrifft, so liegt mir ausschließlich daran, ihre Bräuche kennen zu lernen, und ich würde mich glücklich schätzen, wenn es mir möglich wäre, ihre Lebensweise zu beobachten. Ich werde Kapitän Mort anweisen, lediglich frischen Proviant für die *Osprey* einzutauschen.«

David rief Mort zu sich, der das Ausladen einer Kiste aus einem der Boote überwachte. »Kapitän Mort, ich habe mein Wort gegeben, dass wir lediglich frische Nahrungsmittel eintauschen werden und sonst nichts«, sagte er. »Es dürfte das Beste sein, wenn wir anschließend fortsegeln und auf anderen Inseln Arbeitskräfte anwerben.«

»Mister Macintosh, die Reise hierher hat viel Geld und Zeit gekostet«, knurrte Mort. »Bei aller Achtung Ihrer Stellung gegenüber halte ich es für meine Pflicht, Sie darauf hinzuweisen, dass ich Anweisungen Mister Whites befolge. Was wir hier tun, wird vom Gesetz gedeckt, wir brauchen uns also nicht nach den Launen eines verdammten Missionars zu richten. Schon gar nicht eines solchen, der kein anderes Ziel verfolgt, als mich an den Galgen zu bringen.«

»In Anbetracht meiner Position im Unternehmen werden Sie tun, was ich sage, Kapitän«, gab ihm David fest zur Antwort,

»oder ich werde dafür sorgen, dass Sie die Folgen zu spüren bekommen.«

Die beiden Männer standen einander Auge in Auge gegenüber.

Mort bemühte sich, seine Wut zu unterdrücken, und einen Augenblick lang hatte David Bedenken, ob es klug war, ihm die Stirn zu bieten. Ihn überkam ein Gefühl der Ohnmacht bei der Erkenntnis, wie weit er von zu Hause entfernt war. Seine Position gründete auf den Spielregeln der Zivilisation, und die waren auf einer einsamen Pazifikinsel nicht viel wert. »Falls das, was Sie sagen, Ihrer Überzeugung entspricht, Mister Macintosh«, sagte Mort ruhig, »werde ich mit dem Häuptling über frische Nahrungsmittel verhandeln.« Er wandte sich um und kehrte zu den Booten zurück, um das Ausladen weiterer Kisten zu überwachen.

David fühlte sich unbehaglich. Mort hatte zu rasch klein beigegeben.

Macalister runzelte die Stirn. Er begriff, dass zwischen dem jungen Eigner der *Osprey* und ihrem Kapitän nicht alles zum Besten stand. »Mister Macintosh, ich denke, wir sollten uns bei einer Tasse Tee und etwas frischem Gebäck unterhalten«, sagte er munter.

Mit dieser gastlichen Einladung hatte David nicht gerechnet.

»Meine Frau hat gerade gebacken, als Ihre Boote an Land kamen«, fuhr der Missionar in gelassenem Ton fort. »Sie ist eine gute Christin und eine begnadete Köchin.«

Während die beiden den Strand entlanggingen, machte sich Macalister Gedanken über David Macintoshs Worte und kam zu dem Ergebnis, dass es dem jungen Mann ernst damit war. Es erschien ihm sonderbar, dass er dem Eigner eines Sklavenhandelsschiffes beinahe freundschaftliche Gefühle entgegenbrachte.

Anne Macalister, die noch kleiner war als ihr Mann, zeigte sich ein wenig verwirrt angesichts des gut aussehenden jungen Mannes, der da so unerwartet in ihre Hütte trat. Auf den ersten Blick erkannte David, dass die auf den pazifischen Inseln verbrachten Jahre ihrer Gesundheit zugesetzt hatten. Doch obwohl Mrs. Macalister, die er auf knapp vierzig schätzte, am schleichenden Fieber litt, war sie guter Dinge und klagte nicht. Dabei musste ihr das am Hals geschlossene und bis zu den Knöcheln reichende Kleid in der tropischen Hitze ziemlich lästig sein. Offenbar stand ihre stille Entschlossenheit der des Missionars in nichts nach.

»Ich muss für das Teegebäck um Entschuldigung bitten, Mister Macintosh«, sagte sie und wischte sich etwas Mehl von der Wange. »Gewöhnlich leben wir auf Aneityum, und ich komme mit diesem Herd noch nicht besonders gut zurecht.«

David beeilte sich, das Gebäck in den höchsten Tönen zu loben. Er fand es nicht nur köstlich, es war auch eine hoch willkommene Abwechslung nach der eintönigen Kost an Bord der *Osprey*. Oft hatte er bedauert, entgegen dem Rat seiner Mutter keine eigenen Vorräte mitgenommen zu haben. Sein Bestreben, an Bord des Schiffes das gleiche Leben führen zu wollen wie die Besatzung, erschien ihm jetzt töricht.

John Macalister goss den dampfend heißen Tee in Becher und setzte sich mit David vor der Hütte auf ein glattes, ausgebleichtes Stück Treibholz. Es sah aus wie der Geist eines vor langer Zeit gestorbenen Baumes.

»Ihnen dürfte bekannt sein, dass Schiffe wie das Ihre den Inseln den Tod bringen, Mister Macintosh«, sagte Macalister ohne lange Vorrede. »Wahrscheinlich ist Ihr Kapitän gerade dabei, Musketen gegen Arbeitskräfte einzutauschen. Ich hoffe nur, Sie können dazwischentreten und ihm den Handel untersagen.«

»Ich habe Ihnen mein Wort gegeben, dass ich keinen Bewohner dieser Insel mitnehmen werde«, gab David zur Antwort. »Und daran halte ich mich.«

Sicher irrte der Missionar, überlegte David treuherzig. Nie und nimmer würde Mort wagen, etwas zu tun, was seinem Arbeitgeber eine Handhabe lieferte, ihm das Kommando über die *Osprey* zu entziehen.

Ein Ausdruck von Ungläubigkeit trat auf das Gesicht des Missionars. Er zweifelte nicht an Davids Redlichkeit – wohl aber daran, dass dieser den Kapitän richtig einschätzte. »Tiwi will auf den anderen Inseln Kopfjägerei betreiben«, sagte er ruhig und sah auf die See hinaus. »Seiner heidnischen Vorstellung nach braucht er die Köpfe seiner Feinde, um den Zorn seiner Götter zu besänftigen. Er und sein Stamm sind Kinder des Satans. Es ist Missus Macalisters und meine Pflicht, sie auf den Weg der Erleuchtung zu führen.«

»Es ist wirklich verdienstvoll von Ihnen, diesen armen Menschen Gottes Wort zu bringen. Aber halten Sie das nicht auch für einen störenden Eingriff in eine Lebensform, die viele Jahre ohne das Christentum überdauert hat?«, fragte David höflich.

»Gewiss, sie hat überdauert, aber auf einem Tummelplatz des Satans. Sir, ich könnte Ihnen Dinge über diese Menschen berichten, die Sie in vornehmer Gesellschaft nie und nimmer erwähnen dürften, ohne in guten Christen die peinlichsten Empfindungen hervorzurufen. Sie ...«

Der Anblick eines jungen Inselbewohners, der über den Strand eilte, lenkte ihn ab. »Ah! Wie es aussieht, hat mir Josiah etwas mitzuteilen.«

Offensichtlich gehörte der gut aussehende junge Mann, der sich der Hütte näherte, zu den von Macalister Bekehrten, denn er trug europäische Kleidung. »Mister Macintosh, das ist Josiah«, stellte ihn der Missionar vor. Der Insulaner lächelte mit weiß blitzenden Zähnen. In seiner Stimme lag ein Anflug von Stolz. »Er kommt von Aneityum und hilft uns, unter Tiwis Leuten das Wort Gottes zu verbreiten.«

Mit schüchternem Lächeln hielt der Eingeborene, der etwa fünfundzwanzig Jahre alt sein mochte, David die Hand hin. Sein Händedruck war fest, und er sah dem Besucher offen in die Augen. »Mister Macintosh hat versprochen, dass sein Schiff unsere Insel ohne Arbeitskräfte verlässt«, sagte Macalister zu Josiah. »Und auch, dass Tiwi von ihm keine Musketen bekommt.«

Josiahs Lächeln erstarb. Er beugte sich vor und flüsterte Macalister etwas ins Ohr. Dieser erbleichte und sprang auf, wobei er seinen Tee verschüttete. »Mister Macintosh, leider hatte ich Recht«, knurrte er. »Kapitän Mort hat soeben neun Musketen übergeben, doch weiß Josiah nicht, was er dafür bekommen hat. Auf keinen Fall sind es Arbeitskräfte, wie ich vermutet hätte. Ich denke, Sie und ich sollten unverzüglich zu Ihrem Kapitän zurückkehren und mit ihm sprechen.«

David folgte Macalister mit raschen Schritten über den Strand, blieb aber unvermittelt stehen, als er sah, dass die Beiboote der *Osprey* vom Ufer abgelegt hatten und zum Schiff ruderten. Mort stand im Heck des letzten von ihnen und winkte mit höhnischem Lächeln herüber.

In diesem Augenblick begriff David, dass er weder Mort noch seine Verwandten oder Freunde je wieder sehen würde. Lähmendes Entsetzen durchfuhr ihn. Mit der Klarheit, welche die Gewissheit des unmittelbar bevorstehenden Todes mit sich bringt, ging ihm auf, dass hinter dem Mordkomplott des Kapitäns höchstwahrscheinlich sein tückischer Vetter und Schwager Granville White stand. Dieser würde mit Davids Tod der alleinigen Verfügung über das ungeheure Vermögen der Familie Macintosh einen Schritt näher kommen. Voll Bitterkeit dachte David daran, wie er über die Vorahnung seiner Mutter, die sein Leben in Gefahr sah, gelacht hatte. Ihm hätte klar sein müssen, dass der Kapitän durchaus zu einem Mord fähig war. Seiner Mutter war das offensichtlich bewusst gewesen.

Er wandte sich zu Macalister um, doch der stapfte bereits voll finsterer Entschlossenheit auf Häuptling Tiwi zu. Bevor David einen Warnruf ausstoßen konnte, sah er voll Entsetzen, wie Tiwi eine der soeben erworbenen Musketen hob und auf den Missionar anlegte. Auf den Blitz, mit dem das Pulver auf der Pfanne entzündet wurde, folgte ein lauter Knall. Als die schwere Bleikugel Macalisters Kiefer traf, splitterte der Knochen hörbar. Noch während er die Hände emporriss, stürzten sich Tiwis Krieger mit einem Geschrei auf ihn, das David das Blut in den Adern erstarren ließ. Wahllos schlugen sie mit Steinäxten und Kriegskeulen auf den Missionar ein, der wie zum Gebet auf die Knie stürzte, während sein Blut den weißen Korallensand dunkelrot färbte.

Ohne den geringsten Versuch zu machen, die Hiebe abzuwehren, die auf ihn niederhagelten, betete Macalister für die Seelen seiner Angreifer, bis eine steinerne Kriegskeule dem Leben des tapferen presbyterianischen Missionars ein Ende setzte und sein Körper entseelt zu Boden sank.

Die lärmenden Krieger wandten sich Josiah zu. Zwar versuchte er zu fliehen, doch noch während er ins Wasser der Lagune watete, fielen sie über ihn her. Sein Flehen um Gnade ging unter im wilden Geschrei der Krieger, die von den Frauen am Strand angefeuert wurden.

Wie gelähmt sah David auf die Lagune hinaus. Die Beiboote hatten die *Osprey* fast erreicht. Wütend stieß er hervor: »Verdammter Schweinehund! Sie und mein Vetter werden in der Hölle schmoren.« Das aber konnte Mort wohl kaum hören, und alles, was die sanfte Brise zu ihm herübertrug, war ein klägliches, leises Seufzen, das vom Knarren der Riemen in den Dollen und deren Eintauchen ins Wasser übertönt wurde.

Das Gemetzel am Strand erfüllte Mort mit tiefer Befriedigung. Es war nur eine Frage der Zeit, bis Macintosh dasselbe Geschick ereilte wie dem verdammten Missionar. Er kann von Glück sagen, wenn er einen schnellen Tod hat, ging es ihm durch den Kopf. Man munkelte, es bereite Tiwi Freude, seine Opfer zu foltern. Bei Macalisters Frau würde er da bestimmt auf seine Kosten kommen! Wie schade, ging es Mort durch den Kopf, dass er die Qualen nicht mit ansehen konnte, die sie mit größter Wahrscheinlichkeit erleiden würde.

Während die Eingeborenen nicht weit von ihm wie in Trance immer wieder auf Josiahs Leichnam einschlugen, der im seichten Wasser in Ufernähe lag, stand David einen Augenblick lang allein am Strand und hielt verzweifelt Ausschau nach einem brauchbaren Versteck. Ihm wurde immer deutlicher, dass er nichts würde tun können, doch folgte er trotzdem seinem Impuls zu fliehen.

Kaum hatte er sich umgewandt, spürte er einen sengenden Schmerz. Eine Pfeilspitze war ihm tief in den Oberschenkel gedrungen, und er stürzte mit einem Aufschrei zu Boden. Auf Hände und Knie gestützt versuchte er wieder auf die Füße zu kommen, doch das Bein gehorchte ihm nicht. Weitere Pfeilspitzen durchdrangen seine Haut am ganzen Leib, wie Feuer breitete sich der Schmerz in ihm aus. Es war wie eine Erlösung, als ein Pfeil, der ihm durch die Kehle drang, seine Halsschlagader aufriss. In dickem Strahl spritzte sein Blut auf den weißen Sand. Unmittelbar bevor ihn die Dunkelheit umschloss, trat ihm die undeutliche Erscheinung eines Rächers vor Augen, Bilder eines weißen Kriegers, der einen Speer wurfbereit hoch über den Kopf hob.

David, der einzige männliche Erbe des Vermögens der Familie Macintosh, starb vor den Augen der Besatzung der *Osprey*. Beim Anblick des Gemetzels am Ufer ließ der Erste Steuermann die Anker aufholen, ohne den Befehl des Kapitäns abzuwarten, damit die *Osprey* die Lagune möglichst rasch verlassen konnte. Als Mort vom Beiboot aus den Fuß auf die Jakobsleiter setzte, trat Horton an die Reling und schrie nach unten: »Was zum Teufel ist da passiert?«

»Die Nigger hatten es sich in den Kopf gesetzt, uns anzugreifen«, schrie Mort zurück. »Geben Sie ihnen das Geschütz zu schmecken.«

Horton schob den eingeborenen Schützen beiseite und richtete die Heck-Kanone aus. Das war nicht schwierig, denn die Bark lag fast reglos im ruhigen Wasser der Lagune. Kurz nachdem der Erste Steuermann mit wildem Lächeln ein Zündholz an die Lunte gehalten hatte, spie das Geschütz Tod und Verderben. Der Geschosshagel mähte Tiwis Leute am Strand nieder, als fielen sie unter der Sense eines Schnitters.

Während sich die Verwundeten unter Schreien des Schmerzes und Entsetzens auf allen Vieren in Sicherheit zu bringen suchten, flohen die anderen in den Dschungel. Unter ihnen befand sich auch Häuptling Tiwi, der sich wütend und verwirrt fragte, wieso der Sklavenhändler sein Dorf beschossen hatte. Hatten sie nicht vereinbart, er solle im Austausch gegen die Gewehre jenen weißen Mann töten lassen?

Wilde Flüche gegen alle Weißen ausstoßend und vor ohnmächtiger Wut bebend, musste er mit ansehen, wie seine am Strand liegenden Kanus von der *Osprey* aus in Stücke geschossen wurden. Damit war jeder Versuch im Ansatz vereitelt, Vergeltung an dem Schiff zu üben, das sie hochmütig von der Lagune aus mit seiner zerstörerischen Macht verspottete.

Die über und über mit Blut bedeckten verstümmelten Leichen David Macintoshs und John Macalisters lagen am Strand inmitten der verwundeten Inselbewohner, die sich vor Schmerzen wanden und um Hilfe schrien.

Jetzt ließ Horton das Geschütz zum dritten Mal laden und richtete es auf die Hütten des Dorfes. Er wollte nicht unbedingt großen Schaden anrichten, sondern lediglich die Macht der Weißen demonstrieren, und ließ daher keine Explosivmunition verwenden. Mühelos durchdrang die Ladung Schrapnells die aus Bastmatten bestehenden Wände der Palmhütten. Zufrieden mit dem angerichteten Schaden gab Mort seine Befehle. Die *Osprey* setzte Segel und strebte dem offenen Meer entgegen.

Häuptling Tiwi hatte keine Gelegenheit, seine Wut an Anne Macalister auszutoben, der einzigen überlebenden Weißen auf der Insel. Sie war dem letzten Hagel aus tödlichen Bleigeschossen zum Opfer gefallen.

Mort sah zu, wie die Insel hinter dem Horizont versank. Horton, der neben ihm an der Reling stand, begriff nicht, auf welche Weise sich die Ereignisse mit so großer Geschwindigkeit entwickelt hatten. Obwohl sich die Erklärung des Kapitäns nicht mit dem deckte, was er vom Deck aus beobachtet hatte, war kaum anzunehmen, dass er mehr darüber erfuhr. Jetzt fürchtete er Mort mehr denn je, denn dieser Mann war mit Abstand der gewissenloseste Mörder, dem er je begegnet war – noch gefährlicher als er selbst, wie er sich widerwillig eingestehen musste.

»Es war entsetzlich, Mister Horton«, sagte Mort wie beiläufig, während sie beide zurückblickten auf die Insel, jetzt eine verwundete Schildkröte in der türkisfarbenen See. »Wie die Nigger über Mister Macintosh und den tapferen armen Missionar hergefallen sind! Es tut mir nur Leid, dass wir keine Möglichkeit hatten, die ganze feige Bande für den heimtückischen Mord an Mister Macintosh zu bestrafen. Aber immerhin konnten wir ihnen eine Lektion für ihren Verrat erteilen«, fügte er sardonisch hinzu.

»Das stimmt, Käpt'n«, gab Horton pflichtschuldigst zur Antwort. »Ich hoffe nur, das tröstet Mister Macintoshs Angehörige, wenn Sie den Vorfall in Sydney melden.«

Mort wandte sich seinem Ersten Steuermann zu. Diesen Mann würde er nicht aus dem Weg räumen müssen. Er hatte genug Angst, um den Mund zu halten. »Ich bin überzeugt, dass Sie alles genau so gesehen haben, wie ich es berichten werde, Mister Horton«, sagte er und hielt seine Furcht einflößenden blauen Augen unverwandt auf den Ersten Steuermann gerichtet.

»Absolut, Käpt'n«, gab Horton ohne zu zögern zurück. In den Augen, die ihn ansahen, lag der Wahnsinn, den er nur allzu gut kannte. »Absolut.«

Mit einem Lächeln verschränkte Mort die Hände hinter dem Rücken und sah zu, wie die Männer der Besatzung ihren Aufgaben nachgingen. Er hatte lediglich Mister Granville Whites Anweisungen befolgt, als er einen Angehörigen der Unternehmensleitung dem sicheren Tod ausgeliefert hatte. Doch er würde, ging es ihm durch den Kopf, noch viele andere Menschen töten müssen, um zu verhindern, dass man ihm das Kommando über seine geliebte *Osprey* nahm.

DIE RÜCKKEHR DES GEIST-KRIEGERS

1874

1

Noch ehe der unheimliche Klageruf des Brachvogels aus den Tiefen des Brigalow-Buschlandes ertönte, tauchte in der Stunde zwischen Tag und Abend ein hoch gewachsener breitschultriger Krieger auf, dem der lange Bart bis auf die Brust fiel.

Außer den Schmucknarben, die an die feierliche Aufnahme des Kriegers in den Stamm erinnerten, war auf der schwarzen Haut des Ureinwohners auch eine Verletzung durch die Kugel eines Weißen zu erkennen. Um den nackten Leib trug er lediglich einen aus Menschenhaar geflochtenen Gürtel, in dem zwei *nullahs* staken, die Kriegskeulen der Ureinwohner. Die tödlichen Spitzen der drei langen Speere, die er in der linken Hand trug, waren mit Widerhaken versehen, von denen weiße Siedler an der Grenze von Queensland seit Jahren wussten, dass sie Wallaries Kennzeichen waren.

Entschlossen schritt er über die Ebene, der untergehenden Sonne entgegen, die tief über dem Buschland stand. Niemand wusste, wie viele Generationen hindurch die Nerambura aus dem Volk der Darambal dort gelebt hatten, bevor der weiße Mann mit seinen Rinder- und Schafherden gekommen war, um ihre Welt auf alle Zeiten in Stücke zu schlagen.

Obwohl es im Schatten der gezackten Gipfel, die sich am Rande der ausgedörrten Ebene erhoben und die Wallaries Volk einst heilig gewesen waren, bereits kühl war, brannte die rote Erde unter den Fußsohlen des Kriegers. Hinter den nicht besonders hoch aufragenden Bergen erstreckte sich das Buschland bis zum Horizont und fand seine Fortsetzung in der ausgedehnten Wüste, die das verlassene und einsame Herz des alten Kontinents bildete.

Für Wallarie, den letzten reinblütigen Angehörigen des Nerambura-Stammes aus dem Volk der Darambal, war die Sonne nicht nur ein Geist, sondern bestimmte auch jeden Tag seiner stets gefährdeten Freiheit, auf der Flucht vor den weißen Männern, die ihn durch die ganze Kolonie Queensland jagten. Zwölf Mal hatte dieser Feuergeist eine Trockenzeit über das Land gelegt, seit Angehörige der berittenen Eingeborenenpolizei Wallaries Stamm niedergemetzelt hatten, auf Befehl des Teufels, von dem er inzwischen wusste, dass er Morrison Mort hieß. Seit jener Zeit zog der Krieger ruhelos durch das Land. Wohl befehligte der einstige Polizeioffizier Mort inzwischen als Kapitän ein Sklavenschiff, das sich im Besitz der Familie Macintosh befand, doch begleitete ihn das Böse überallhin, und nach wie vor fiel sein Schatten auf die Stelle, an der ein kleiner Trupp schwer bewaffneter Eingeborenenpolizisten eines Dezembermorgens im Jahre 1862 den friedlichen Stamm der Nerambura nahe ihren Wasserstellen überfallen und abgeschlachtet hatte. Der Befehl hatte gelautet, keiner dürfe verschont werden. Die wenigen, denen es gelungen war, vor den Mördern zu fliehen, waren inzwischen dahingegangen, und so war Wallarie der einzige Überlebende jenes blutigen Gemetzels. Niemand außer ihm erinnerte sich an das Grauen jenes Tages: an die Entsetzensschreie, die Frauen und Kinder ausgestoßen hatten, als Gewehrkugeln sie niedermähten, an das Übelkeit erregende Knirschen, mit dem Knochen unter dem Aufprall von Polizeistiefeln brachen, an das Schluchzen derer, die vergeblich um Gnade flehten. Diese Art brutalen Abschlachtens Wehrloser nannte die Polizei der Weißen Vertreibung.

Die Männer, die Jagd auf Wallarie machten, wussten, dass der Nerambura-Krieger einst mit dem berüchtigten irischen Buschklepper Tom Duffy geritten war, den die Kugeln der Eingeborenenpolizei schon vor langer Zeit ereilt hatten.

So stand Wallarie jetzt, ganz auf sich allein gestellt, dem geballten Zorn der britischen Justiz gegenüber. So lange wurde er schon gejagt, und so oft war er denen, die ihn jagten, immer wieder entkommen, dass die jüngeren Angehörigen der berittenen Eingeborenenpolizei allmählich an seiner Existenz zu zweifeln begannen und ihn für eine Fantasiegestalt hielten, mit der altgediente Kollegen ihre Berichte über vergangene Taten ausschmückten. Niemand wusste, wie er aussah, und keiner der Schwarzen, die im Busch lebten, sprach je seinen Namen aus, aus Furcht, Wallaries Geist käme in der Nacht über sie.

Er aber bestand durchaus aus Fleisch und Blut und spürte die Mattigkeit des Gehetzten. Nur noch eines hatte in seinem einsamen Leben Bedeutung: die Rückkehr an die heilige Stätte, die an den Hängen des alten Vulkankegels lag. Dort schlug auf alle Zeiten das eigentliche Herz seines Volkes. Eine gewaltige Felsplatte verbarg den Zugang zu der Höhle, welche die versteinerten Gebeine der aus uralten Vorzeiten stammenden riesigen Geschöpfe enthielt, die einst durch das Land gezogen waren: das Fleisch fressende Känguru und der trotz seiner geringen Größe gefährliche Beutellöwe. Wallarie hatte die Knochen gesehen und über die sonderbaren Geschöpfe gestaunt, die in der Traumzeit gelebt hatten.

An jener heiligen Stätte hatte sein Volk alles festgehalten, was mit seinem Leben und Sterben zusammenhing; Ereignisse, deren Zeuge es geworden war, und Unerklärbares, das sich bis zurück in die Ur-Traumzeit erstreckte. Auch das Auftreten der weißen Siedler und ihrer Hirten war von den Nerambura-Ältesten getreulich aufgezeichnet worden, bevor auch sie unter den Kugeln der Eindringlinge fielen, die das Land zerstörten.

Wallarie zögerte etwas, als er sich dem Berg näherte, denn er sah, wie ihn der böse Geist, der sich vom Tod ernährte, mit seinen Reptilaugen beobachtete. Doch die Krähe stieß angesichts des erschrockenen Kriegers lediglich träge einen herausfordernden Schrei aus, hüpfte hochmütig vom verwesenden Kadaver einer Kuh, schlug mit den schwarz-violett schillernden Flügeln und stieg zum sich verdunkelnden Himmel empor.

Der Krieger senkte den Speer und sandte der Krähe, die den sich in der untergehenden Sonne deutlich abzeichnenden Gebirgskämmen entgegenflog, eine leise Verwünschung nach. Das war kein Aufenthaltsort für die Nacht, denn in den Stunden der Dunkelheit durchstreiften die Geister der Toten rachsüchtig das Buschland. Zwar hatte Tom Duffy ihn davon zu überzeugen versucht, dass die Nacht in Wahrheit ihre Verbündete war, doch mied Wallarie die Stätten der Toten nach wie vor.

Selbst die europäischen Viehhirten auf dem Besitz Glen View hielten sich von diesen Bergen fern. Eine auf Urzeiten zurückgehende abergläubische Furcht, die sich in längst vergessenen Erinnerungen äußerte, gebot ihnen, den unheimlichen Ort zu meiden, an dem man vor sechs Jahren den Eigentümer von Glen View, Sir Donald Macintosh, von einem Speer durchbohrt aufgefunden hatte. Die eingeborenen Viehhirten flüsterten einander zu, dieser Speer habe sich aus dem Leichnam seines auf die gleiche Weise getöteten Sohnes gelöst und den zähen schottischen Siedler gefällt. Es sei der Zauberspeer des Geist-Kriegers Wallarie gewesen. Dieser streifte in der Nacht umher, um Rache an allen zu nehmen, die so töricht waren, die heilige Stätte des Volks der Nerambura zu bedrohen. Diese Geschichten nahmen ihren Weg in die Küche der Viehzuchtstation und gelangten auch den europäischen und chinesischen Arbeitskräften auf dem Besitz zu Ohren.

Hätte Wallarie gewusst, dass man ihn in die mystische Welt der Legende erhoben hatte, wäre wohl ein unsicheres Lächeln auf seine Lippen getreten, und Tom hätte so laut darüber gelacht, dass es von den uralten Bergen widergehallt hätte, durch die sie einst im fernen Burke's Land geritten waren. »Du verdammter schwarzer Schweinehund. Kein Mensch wird später mal wissen, wer Tom Duffy war, aber alte Weiber werden ihre Kinder mit der Drohung ins Bett scheuchen, dass Wallarie kommt und sie holt, wenn sie nicht brav sind. Noch lange, nachdem wir diese Welt verlassen haben, werden sich die Menschen an dich erinnern, aber nicht an mich.«

Und so würde es auch sein.

Tom Duffy war dahin, wie auch seine Frau Mondo aus dem Stamm der Nerambura, die ihm drei Kinder geboren hatte, ging es Wallarie durch den Kopf, während er weiter den uralten Bergen entgegenschritt, die er wegen des roten Staubs in der Luft, den seine Füße aufwirbelten, nur undeutlich sehen konnte.

Er wusste, dass Mondos und Toms Kinder bei dessen Schwester Kate O'Keefe lebten. Das zu wissen war seine Pflicht, denn in den Adern dieser Kinder floss das letzte Blut der Nerambura.

Zwischen jener Weißen, Kate O'Keefe, und dem Geist des weißen Kriegers aus der Höhle bestand eine geheimnisvolle Verbindung, von der Wallarie nicht wusste, wie sie beschaffen war. Vielleicht würden ihm die Geister der Höhle das mitteilen, wenn er vor dem Feuer hockte, das er in der Höhle zu entzünden gedachte. In der Nacht würde er die heiligen Lieder der Ältesten singen, deren sich nur noch er und die Beutelratten entsannen, die in den Bäumen oberhalb der Höhle lebten.

Am frühen Abend stieg Wallarie den alten Pfad empor. Oben angekommen fand er den Eingang zur Höhle wieder. Bevor er eintrat, verharrte er eine Weile und ließ den Blick über die Ebene schweifen, die im silbrigen Glanz des aufgehenden Vollmondes unter ihm lag. Inzwischen lebten auf diesem Land die von ihrem Arbeitgeber Macintosh mit Tabak, Mehl, Zucker und Tee entlohnten schwarzen Viehhirten so wie zuvor die Männer, die über die Herden der für dieses Land ungeeigneten Schafe gewacht hatten. Chinesische Gärtner pflegten die Gemüsegärten hinter dem aus Balken errichteten und mit Wellblech gedeckten Wohngebäude: lauter Hinweise darauf, dass der neue Verwalter des schottischen Siedlers das Land der Darambal dauerhaft mit Beschlag belegt hatte.

Wallarie zögerte. Es kam ihm vor, als liege das Buschland um ihn herum in erwartungsvoller Stille da. War er zu lange von seinem Land fort gewesen, hatte die heilige Stätte ihn womöglich vergessen? Er stimmte ein Lied an, mit dem er die Geister, die sie bewachten, um Erlaubnis bat, näher zu treten, holte tief Luft und überwand sich, in die Dunkelheit der heiligen Höhle einzudringen.

Furcht lähmte sein Herz, und seine Schläfenader pochte. Vorsichtig setzte er einen Fuß vor den anderen. Mit der Abendbrise stieg ihm der Geruch nach Holzasche von längst erloschenen Feuern in die Nase sowie nach dem eingetrockneten Dung von Tieren, die an heißen Tagen nach wie vor die Kühle unter dem Überhang aufsuchten. Als er spürte, wie unter seinen Füßen Knochen zerbrachen, wich er erschrocken zurück. Seine Nerven waren aufs Äußerste gespannt, und er erwartete jeden Augenblick, ein böser Geist werde ihm in den Weg treten. Doch nichts geschah. Wallarie blieb reglos stehen, bis er sein Herz wieder schlagen spürte und er sicher war, dass er sich nach wie vor in der einsamen Welt der Lebenden befand. Er ging tiefer in die Höhle hinein, bis sein Fuß schließlich an trockene Holzstücke stieß.

Aus seinem Gürtel holte er die einzige Erfindung des weißen Mannes hervor, die er bei sich trug – eine kleine Schachtel mit Wachs-Zündhölzern. In der tintenschwarzen Finsternis löste er schmale Streifen von einem der herumliegenden Holzstücke, die trocken wie Zunder waren, und schichtete sie aufeinander. Das Zündholz flammte auf, das Holz fing Feuer.

Er wandte den Blick von den Schatten ab, die über die Wände huschten. Nur in der Sicherheit des hellen Lichtscheins würde er es wagen, die heiligen Bilder seines Volkes zu betrachten.

Flammen tanzten und Feuergeister verschlangen gierig den Geist des Holzes. Der sich ausbreitende Kranz der Glut erhellte das Innere der Höhle, während Wallarie mit gekreuzten Beinen vor der Wand an ihrem hinteren Ende saß.

Da! Da waren sie!

Im Feuerschein gewannen die alten Bilder Leben und fanden sich im Reigen der Feuergeister zusammen. Mystische alte Figuren vermengten sich mit den Umrissen dürrer Krieger, die das Riesenkänguru jagten. Wie immer befand sich unter ihnen der geheimnisvolle weiße Krieger, der mit seinem erhobenen Speer ein Ziel suchte. Ein ockerfarbenes Panorama beschrieb alles, was Wallaries Volk wichtig war – Erde, Gestein, Wasserstellen und die Bäume in den mit Brigalow-Buschland bestandenen und sich weithin ausdehnenden Ebenen im Herzen von Queensland.

Wallarie spürte, wie ihn eine heilige Scheu ergriff. Im Feuerschein, der bis zur Decke reichte, wurden die verstreuten Gebeine des alten Kriegers Kondola sichtbar, der den Geistern als Letzter die heiligen Lieder gesungen hatte. Die Beutelratten berichteten, er sei in Gestalt eines Keilschwanzadlers zur Höhle geflogen, um den weißen Hirten zu entgehen, die ihn vor langer Zeit gejagt hatten.

Der Krieger sah nicht auf die verstreuten Gebeine, fürchtete er doch, Kondolas Geist könne sich für die Störung seiner Totenruhe rächen. Stattdessen begann er, seine beiden Hartholzkeulen gegeneinander schlagend, die Lieder seines Volkes zu singen. Es hallte unheimlich, und schon bald hörte er die Stimmen, die ihm aus den Winkeln der Höhle zuflüsterten.

Seine Angst vor der Ehrfurcht gebietenden Macht der heiligen Stätte war geschwunden. Er spürte nur noch eine unergründliche Trauer um alles, was sein Stamm verloren hatte: das Lachen der Kinder, die munteren Stimmen der alten Leute, die unter dem kühlen Schattendach des Bumbil-Baums miteinander stritten, und das leise Murmeln zufriedener Menschen, die abends mit vollem Magen munter palavernd um das Lagerfeuer saßen und sich unter fröhlichem Lachen an die Ereignisse des Tages erinnerten. Die Asche dieser Feuer hatte das Vieh auf der Suche nach dem Leben spendenden Wasser des nahen Flüsschens längst mit seinen Hufen in alle Winde zerstreut.

Aus der Ferne kam der klagende Ruf des Brachvogels herüber, doch Wallarie hörte ihn nicht. Ihn umhüllte eine Welt jenseits der Traumzeit, in der er Dinge sah, die er nicht vollständig begriff. Sonderbare Dinge, von denen er ahnte, dass sie mit den künftigen Erinnerungen seines Volkes zusammenhingen. Er sang, bis ihn die Kraft verließ, dann rollte er sich auf dem Boden der Höhle zusammen und fiel in einen tiefen Schlaf.

Die Feuergeister sanken in sich zusammen, als sie die Geister des brennenden Holzes verschlungen hatten, und Traumbilder zuckten durch den unruhigen Schlaf des Kriegers, bis das erste Morgenlicht auf die Flanke des Berges fiel.

Wallarie erwachte, stand auf und nahm seine Speere in die Hand. Das Flüstern in der Dunkelheit hatte ihm gesagt, dass sein einsamer Zug noch nicht vorüber sei und er die heilige Stätte verlassen und wieder nach Norden ziehen müsse, in das Land der wilden Krieger des Regenwaldes und der von Eukalyptusbäumen bestandenen Ebenen am Palmer-Fluss. Die Geister der Vorfahren hatten ihm einen heiligen Auftrag erteilt: Er sollte den Aufenthaltsort des letzten lebenden Blutsverwandten seines Volkes ausfindig machen und ihn vor den Gefahren der Zukunft warnen. Wallarie kannte seinen Namen. Es war Peter Duffy, Toms und Mondos Sohn.

Auch hatten ihm die Geister mitgeteilt, dass der Geist des weißen Kriegers unruhig sei. Er sei aufgewacht und habe sich auf die Suche nach dem blauäugigen Teufel Morrison Mort gemacht, um Rache an dem Mann zu nehmen, der für die entsetzliche Vertreibung von Wallaries Stamm verantwortlich war.

2

Anmutig hob und senkte sich der Bug des amerikanischen Klippers *Boston,* der von der Insel Samoa kam. Unter Vollzeug glitt das Segelschiff zwischen den beiden mit Buschwerk bedeckten Landzungen hindurch, die den Zugang zum Hafen von Sydney bildeten, einem der herrlichsten Naturhäfen der Welt. Kaum lagen die gezackten Sandsteinklippen hinter der *Boston,* als der Kapitän nach Backbord steuern und Kurs auf das Südufer nehmen ließ, wo geschäftiges Treiben herrschte.

Da sie rasche Fahrt gemacht hatten, war der Kapitän bester Stimmung, winkte ihm doch dafür eine Prämie.

Er hatte nur wenige Passagiere an Bord. Einer von ihnen stand allein an der Backbordreling und nahm die Schönheit des Hafens in sich auf, während das Schiff an den winzigen Buchten mit ihren Sandstränden vorüberglitt. Dieser zur Fülle neigende mittelgroße Mann mit schütterem Haar, der den nicht besonders bemerkenswerten Namen Horace Brown trug und in einer Menschenmenge nicht weiter auffiel, war ziemlich plötzlich von Samoa aufgebrochen. Seine Mitreisenden kannten ihn als einen der »verlorenen Söhne«. Mit diesem Sammelbegriff bezeichnete man allgemein die nicht unbeträchtliche Zahl von Briten, die durch die Kolonien im Pazifik zogen und sich bemühten, ihr Leben mit dem Geld zu fristen, das ihnen ihre meist recht wohlhabenden Familien zukommen ließen. Es waren Familien, die es sich nicht leisten konnten, einen Sohn in ihrer Nähe zu dulden, dessen Name mit einem Skandal verbunden war.

Horace ging auf die Fünfzig zu und trauerte inzwischen nicht nur um seine längst verlorene Jugend, sondern auch um seine Angehörigen, die ihn einst wegen seiner anstößigen Beziehungen zu ähnlich veranlagten jungen Männern aus ihrer Nähe verbannt hatten.

Hätte dieser unauffällige Mann über sein Leben gesprochen, es wäre eine interessante Geschichte geworden. Doch er dachte nicht daran, etwas darüber zu erzählen.

Zwei Jahrzehnte zuvor hatte Hauptmann Horace Brown zu Lord Raglans Einheit auf der Krim gehört. Da es sich das britische Heer nicht gut leisten konnte, einen Mann mit seinen überragenden Fähigkeiten zu verlieren, hatte er dort weder an den großen Reiterattacken gegen die russische Infanterie teilgenommen, noch in der dünnen Linie aus roten Uniformröcken gestanden, deren Träger die Kosaken zurückgeschlagen hatten. Als Spezialist für Sprachen und die verwickelten Abläufe im Gehirn des Menschen hatte er an der Spitze eines der tüchtigsten Geheimdienste auf der russischen Halbinsel gestanden. Auch wenn er für sich weder den Ruhm des schneidigen Kavallerie-Offiziers noch den des unerschütterlichen Infanterie-Befehlshabers beansprucht hatte, war er vermutlich der Vater vieler Siege, denn es ist für jede Krieg führende Partei von entscheidender Bedeutung, dass sie die Absichten des Gegners kennt. Horace hatte sein ganzes Leben mit dem Versuch zugebracht, herauszufinden, was die Feinde seines Landes dachten.

Nachdem er aus dem aktiven Dienst Ihrer Majestät ausgeschieden war und eine Stelle im Außenministerium angetreten hatte, reiste er unter dem Deckmantel eines »verlorenen Sohnes«, was ihn für die von ihm Beschatteten unverdächtig machte. Da er nicht nur Deutsch, Französisch und Russisch fließend sprach, sondern nahezu akzentfrei auch Chinesisch und Hindi, konnte er sich im pazifischen Raum und im Fernen Osten ziemlich frei bewegen.

Hätte er sich nicht für die Laufbahn eines Berufssoldaten entschieden und dabei einen Hang zum Abenteuer und zum Intrigenspiel an den Tag gelegt, wäre ihm höchstwahrscheinlich ein Lehrstuhl für exotische Sprachen an einer der angesehenen englischen Traditionsuniversitäten sicher gewesen. So aber nutzte er seine beachtlichen analytischen und sprachlichen Fähigkeiten dazu, festzustellen, inwieweit die Absichten der Regierungen Deutschlands, Frankreichs und der Vereinigten Staaten von Amerika Großbritanniens strategischen Interessen im Pazifik und im Fernen Osten gefährlich werden konnten.

Im Augenblick konzentrierte sich seine Aufmerksamkeit ausschließlich auf einen amerikanischen Waffenhändler namens Michael O'Flynn, der auf demselben Schiff reiste wie er. Horace schätzte den hoch gewachsenen, athletischen Mann mit der schwarzen ledernen Augenklappe auf Anfang dreißig. Man konnte sich leicht vorstellen, dass Frauen auf ihn flogen. Jahre des Aufenthalts in der Sonne hatten sein offenes, gut aussehendes, glatt rasiertes Gesicht gebräunt. Es wurde zwar durch ein gebrochenes Nasenbein leicht verunstaltet, doch ließ seine Ausstrahlung über solche unbedeutenden Makel hinwegsehen.

Der englische Agent wischte die dünne Salzkruste von den Gläsern der Brille, die auf seiner Knollennase saß, und spähte mit kurzsichtigen Augen an der Reling entlang dorthin, wo der Amerikaner das mit Bäumen bestandene Ufer betrachtete. Es war ein sehr warmer Tag, wie er in Sydney häufig ist, was Horace von früheren Aufenthalten wusste. Er hoffte, ein Sommergewitter würde ein wenig Abkühlung bringen, denn es war für ihn in dem schwülen Treibhausklima nicht leicht, einem so athletischen Mann wie dem amerikanischen Waffenhändler auf den Fersen zu bleiben. Er musste Mr. O'Flynn unbedingt so lange folgen, bis er wusste, mit wem dieser in Sydney zusammentraf.

Was Horace über diesen Iren aus New York wusste, genügte ihm, sich für ihn zu interessieren. Der Mann hatte vor etwa einem Jahrzehnt im amerikanischen Bürgerkrieg als Hauptmann bei den Unionstruppen gekämpft und im Jahre 1865 bei der Schlacht um Five Forks südwestlich von Petersburgh durch einen Granatsplitter der Konföderierten ein Auge eingebüßt, was aber seine Treffsicherheit beim Schießen in keiner Weise behinderte. Für seinen vor dem Feind bewiesenen Heldenmut hatte ihm der Präsident der Vereinigten Staaten die Tapferkeitsmedaille des amerikanischen Kongresses verliehen, deren Bedeutung sich ohne weiteres mit dem englischen Viktoria-Kreuz vergleichen ließ. Obwohl er ein Glasauge hatte, trug er lieber eine Augenklappe.

Nach dem Bürgerkrieg hatte er sich dann dem großen Zug nach Westen angeschlossen, und es hieß, er habe in Mexiko unter dem Kommando von Benito Juárez als Söldner bei den Aufständischen gedient.

O'Flynn, ein wegen seiner Fähigkeiten gesuchter Spezialist der Kleinkriegführung, war dem britischen Geheimdienst zum ersten Mal aufgefallen, als er in Südamerika als Söldner bei einer der zahlreichen kriegerischen Auseinandersetzungen Ärger bekommen hatte. Jetzt vertrat er die Interessen des deutschen Reiches im Pazifik, und so stellte sich unwillkürlich die Frage: Was mochte den Deutschen so wichtig sein, dass dieser Mann dafür den Pazifik von Samoa nach Sydney überquerte? Die Antwort darauf sollte Horace finden.

Von seinen Kontaktleuten auf Samoa hatte er erfahren, dass Mr. O'Flynn für den preußischen Baron Manfred von Fellmann arbeitete. Dieser war im Pazifik einer der besten Geheimdienstleute des einen unübersehbaren Expansionskurs steuernden Reichskanzlers Otto von Bismarck – das wusste Horace. Bislang hatte sich der Ehrgeiz des »Eisernen Kanzlers« auf Europa beschränkt, wo er Krieg gegen die Nachbarländer Dänemark, Österreich und Frankreich geführt hatte. Welche Ziele aber verfolgte er damit, dass er einen seiner besten Männer ins Pazifikgebiet entsandte?

Erneut wandte Horace seine Aufmerksamkeit dem Mann mit der Augenklappe zu, den man auch am Kartentisch ernst nehmen musste, wie er auf der Überfahrt zu seiner Bestürzung gemerkt hatte. Doch hatte er seinen Verlusten nicht lange nachgetrauert, hatte er doch aus Mr. O'Flynns Pokerspiel so manches über ihn erfahren. Seiner festen Überzeugung nach verriet die Art, wie jemand pokerte, viel über das Wesen eines Menschen, und Michael O'Flynn beherrschte das Spiel ungewöhnlich gut.

Auch war Horace aufgefallen, dass verheiratete wie allein stehende Frauen, hingerissen vom guten Aussehen und der altmodischen Höflichkeit O'Flynns, um die Aufmerksamkeit des Amerikaners wetteiferten. O'Flynn aber war allen Verlockungen einer Romanze an Bord unauffällig aus dem Weg gegangen.

Diese Zurückhaltung hatte Horace neugierig gemacht. Hatte der Mann womöglich ähnliche sexuelle Vorlieben wie er selbst? Doch je besser er ihn kennen lernte, desto mehr bezweifelte er, dass sich O'Flynn von Männern angezogen fühlte. Eher musste man annehmen, er könnte es sich nicht leisten, durch ein Verhalten, das geeignet war, einen Skandal auszulösen, Aufmerksamkeit zu erregen.

Michael stand an der Backbord-Reling und richtete den Blick unverwandt auf den Hafen. Begierig suchte er nach den wohl bekannten Wahrzeichen seiner Heimatstadt.

In den Jahren, die er als junger Mann dort zugebracht hatte, wollte er nichts anderes als Maler und Zeichner werden. Seither war viel geschehen. Statt mit Pinseln hantierte er jetzt mit Schusswaffen, und statt seine künstlerische Begabung zu entwickeln, hatte er seine Fertigkeit vervollkommnet, andere Menschen zu töten oder zu verstümmeln.

Seit er vor elf Jahren unter dem angenommenen Namen Michael Maloney auf einem nach Neuseeland bestimmten amerikanischen Handelsschiff aus der Heimat geflohen war, hatte er seine wahre Identität unter vielen falschen Namen verborgen. Auch jetzt musste er unter falschem Namen reisen. Ihm war klar, dass er nie wieder der Träumer sein konnte, den die Welt einst als Michael Duffy gekannt hatte.

Im vergangenen Jahrzehnt hatte er das Entsetzen und die Schrecken des Krieges kennen gelernt und war aus den finsteren und gefährlichen Wäldern Neuseelands um die halbe Welt gezogen bis zum blutigen Gemetzel des amerikanischen Bürgerkrieges. Inzwischen wusste er alles, was man im Krieg wissen musste.

Als die Geschütze auf Amerikas Schlachtfeldern verstummten, war er der neuen Grenze im Westen gefolgt und schließlich als Söldner, der bald diesem, bald jenem Herrn diente, südwärts nach Mexiko gezogen. Dabei wurde er auf seinem Spezialgebiet immer bekannter und immer öfter sah er sich mit internationalen Verwicklungen und, häufig genug, plötzlichem und gewalttätigem Tod konfrontiert.

Jetzt also kehrte er in seine Heimatstadt zurück – wenn auch eher zufällig als absichtlich –, wo man ihn mit Sicherheit nach wie vor wegen Mordes suchte, sofern man annahm, dass er noch am Leben war.

Der Mann, der da an der Reling der *Boston* stand, war nicht mehr der idealistisch gesonnene junge Mann, der sich einst in die dunkelhaarige Schönheit Fiona Macintosh verliebt hatte. Aus Michael Duffy war Michael O'Flynn geworden, ein in vielen Schlachten erprobter Veteran, Söldner und Waffenhändler, der nun im Auftrag des deutschen Kaisers unterwegs war.

Gelassen an die Reling gelehnt betrachtete Horace das geschäftige Treiben im Hafen, während er genussvoll an seiner Zigarre sog, deren Rauch eine kräftige Brise mit sich riss. Stolze Kriegsschiffe lagen als Symbole für die Macht des britischen Weltreichs vor Anker, und schwarze Rauchwolken entquollen den hohen Schornsteinen der kleinen Dampffähren, die sich ihren Weg zwischen den dem offenen Meer zustrebenden Hafenschonern, Briggs und Barken bahnten.

Nur wenig hatte sich verändert, seit er vor achtzehn Monaten zum letzten Mal in Sydney gewesen war. Gelassen sah er zu, wie zwischen den Landzungen hindurch Schiffe auf das offene Meer hinausfuhren. Auf ihren Decks drängten sich neben den Männern auch allein reisende Frauen und ganze Familien, die sich voll Hoffnung auf den Weg zum Palmer in der Kolonie Queensland aufmachten, denn dort hatte man jüngst Gold entdeckt. Für manchen von denen, die alle miteinander der Traum trieb, an jenem »Goldfluss« ihr Glück zu finden, würde es die letzte Reise sein. Der Tod durch Hunger, Fieber oder bloße Erschöpfung – oder auch durch den Speer eines Ureinwohners – würde diese Unglücklichen ereilen.

Manche gelangten wohl kaum weiter als bis zum Ausschiffungshafen Cooktown, wo eine Unzahl von Huren, gewissenlosen Gastwirten und Gaunern auf die Neuankömmlinge warteten. Noch aber waren alle in ihren Träumen reich, während sie zusahen, wie der amerikanische Klipper anmutig in den Hafen von Sydney einlief.

Horace hatte keinen Gedanken für die nördliche Grenze im Inneren Australiens übrig, als er zu den Schiffen voller Menschen hinübersah. Nach wie vor grübelte er über die Frage nach, welcher Art die Beziehung des amerikanischen Waffenhändlers zur Regierung des deutschen Reiches sein mochte, vor allem aber darüber, welche Ziele die Deutschen in diesem Weltteil wohl verfolgten.

Michael Duffy hingegen dachte im Augenblick an nichts anderes als an seine Heimkehr. Auch wenn er nicht wusste, was ihn erwartete, war ihm doch klar, dass es alte Rechnungen mit den Menschen zu begleichen gab, die seine Träume zunichte gemacht hatten.

»Mister O'Flynn, Sie werden morgen mit der Baronin von Fellmann zusammentreffen, bei einem Empfang, den sie zu Ehren irgendeines Vertreters der französischen Regierung gibt«, sagte der Büchsenmacher und Waffenhändler George Hilary, während er Michael eine weitere großzügig bemessene Portion Rum eingoss. Die gerötete Nase des Mannes wies darauf hin, dass er alkoholische Getränke schätzte. »Er findet um die Mitte des Nachmittags in ihrer Villa hier in Sydney statt.«

»Mein Deutsch ist nicht besonders gut, Mister Hilary«, sagte Michael und nahm den ihm angebotenen Rum entgegen.

Sie saßen im Hinterzimmer von Hilarys Waffenhandlung an einem Tisch, den Dosen mit Waffenfett und Einzelteile zerlegter Gewehre bedeckten. George Hilary hatte sich damit einen Namen gemacht, dass er die Männer, die nach Norden zu den gefährlichen Goldfeldern Queenslands aufbrachen, mit Snyder-Büchsen ausstattete. Der Ruf dieser Waffe begann allmählich dem des Winchester-Gewehrs im amerikanischen Westen zu ähneln.

»Machen Sie sich darüber keine Sorgen. Die Baronin ist gebürtige Engländerin«, sagte Hilary und sah Michael abschätzend an. Dieser O'Flynn machte ihm ganz den Eindruck eines Mannes, dem man besser nicht in die Quere kam. Die vielen in Ausübung des Kriegshandwerks zugebrachten Jahre waren seinem Auftreten anzumerken. Er bewegte sich mit der gespannten und wachsamen Anmut eines Jagdleoparden, beständig auf der Hut und bereit, beim geringsten Anlass loszuschlagen.

Michael nahm nur einen winzigen Schluck von dem starken Rum. Solange er nicht genau wusste, warum man ihn so überraschend nach Sydney in Marsch gesetzt hatte, wollte er sich seinen klaren Verstand bewahren. Er wusste lediglich, dass er die ursprünglich für Baron Manfred von Fellmann auf Samoa bestimmten und nach Sydney umgeleiteten Winchester-Gewehre des Modells 1873 an ihren neuen Bestimmungsort begleiten sollte, ohne Fragen zu stellen. Für diese Aufgabe, bei der ihm seine allgemein anerkannten Führungsqualitäten und seine Kenntnis des Dschungelkrieges zustatten kommen würden, hatte man ihm eine großzügige Bezahlung geboten. Da undurchsichtige Situationen schon seit langem Bestandteil seines Lebens waren, wusste er, dass man ihm zu gegebener Zeit mitteilen würde, warum er in Sydney war und was man von ihm sonst noch erwartete.

Von Hilary erfuhr er in dieser Hinsicht so gut wie nichts. Das Gespräch wandte sich hierhin und dorthin, so, als suche jemand seinen Weg aus einem Irrgarten. Zwar hatte sich Michael noch nicht verlaufen, merkte aber, dass er Gefahr lief, einen Schritt in die falsche Richtung zu tun, wenn er nicht auf der Hut blieb. In der Welt, in der er sich hier bewegte, genoss der preußische Adlige, der hinter diesem Auftrag stand, einen Ruf, der seinem eigenen entsprach.

»Ich habe gehört, Sie haben 73er Winchester mitgebracht, Mister O'Flynn«, sagte Hilary. Ihn als Waffenspezialisten interessierte dieses Repetiergewehr, das sich als Konkurrenz für die von ihm verkauften einschüssigen Snyder-Büchsen erweisen konnte. »Ich habe gehört, dass die Patronen dafür ein Zündhütchen in der Mitte des Bodens haben.«

»Ja, die Waffen werden gelagert, bis man mir mitteilt, wie ich weiter verfahren soll, und ich habe kein Geld für die Zollgebühren«, knurrte Michael verärgert.

»Zweifellos wird Ihnen die Baronin Ihre Auslagen erstatten, wenn Sie ihr sagen, welche Kosten Sie hatten«, sagte Hilary und füllte erneut seinen zerbeulten Blechbecher. »Soweit mir bekannt ist, erledigt sie hier in Sydney alle geschäftlichen Angelegenheiten für ihren Mann.«

»Wenn Sie das sagen, wird es wohl stimmen. Werde ich morgen Nachmittag bei dem Empfang alles erfahren?«, erkundigte sich Michael.

»So viel, wie nötig ist«, sagte Hilary mit spöttischem Lächeln, wobei er sich auf seinem Stuhl zurücklehnte. »So arbeiten die nun mal. Aber ich bin sicher, dass man sich um Sie kümmern wird. Mir gegenüber waren die Leute jedenfalls immer ziemlich anständig.«

Hilary war der Mann, der ihm gegenübersaß, sympathisch. Möglicherweise versetzte ihn auch der Rum in eine mitteilsame Stimmung. Hinter der Aura von Gewalttätigkeit, die den Iren wie einen Mantel umgab, spürte er einen sanften und einfühlsamen Menschen.

Nachdem Michael die Antworten auf seine Fragen bekommen hatte, trank er seinen Rum aus, entschuldigte sich und ging.

Durch die schmalen Straßen der Stadt eilten Fußgänger, fuhren Pferdeomnibusse und schwere Fuhrwerke. Die ungewöhnliche Wärme des Herbsttags war drückend. Michael schwitzte unter seiner gestärkten Hemdbrust und sehnte sich nach seinem Gasthof nicht weit vom Circular Quay, in dem es vergleichsweise kühl war. Er erwog, den Rest des Nachmittags in der Gaststube zu verbringen, denn bis zum Empfang bei der Baronin von Fellmann am nächsten Tag hatte er so gut wie nichts zu tun.

Ursprünglich war es seine Absicht gewesen, mit der Fähre hinüber zum Dorf Manly zu fahren, doch hatte er es sich anders überlegt. Dort würden nur quälende Erinnerungen in ihm aufsteigen, die er besser ruhen ließ. Seine Angehörigen in

Sydney durften auf keinen Fall wissen, dass er noch lebte, denn mit Sicherheit wurde er nach wie vor gesucht.

Noch ein anderer Grund hielt ihn davon ab, sich bei ihnen zu melden. Es war die Ungewissheit seines gegenwärtigen Daseins. Wenn er sich jetzt seinen Angehörigen zu erkennen gab, würde er ihnen, falls seine Mission scheiterte, lediglich ein zweites Mal Kummer bereiten. Nein, es war besser, er blieb für sie eine ferne Erinnerung, damit sie ihr Leben wie bisher fortführen konnten.

Er merkte nicht, wie ihm ein kleiner korpulenter Mann, dem der Schweiß in Strömen am Leibe herunterlief, in gebührendem Abstand durch die George Street folgte.

Horace hatte den Namen des Büchsenmachers in seinem in Leder gebundenen Notizbuch vermerkt, in dem schon viele Namen und Daten standen. Sollte es einem Neugierigen in die Hände fallen, würde dieser mit diesen Angaben kaum etwas anfangen können, denn sie waren alle verschlüsselt.

Nahe den Kaianlagen fuhr Michael eine frische Brise, die vom Hafen herüberwehte, durch die dichten Locken. Im Gasthof angekommen, beschloss er, sein Zimmer aufzusuchen, statt in die Gaststube zu gehen. Es war ein anstrengender Tag gewesen, und er wollte eine Weile allein sein, um über seine Vergangenheit, Gegenwart und Zukunft nachzudenken.

Horace winkte einer Droschke und wies den Kutscher an, ihn zur Kaserne von Paddington zu bringen. Dort musste er mit jemandem über O'Flynns Besuch im Hause des Büchsenmachers sprechen.

3

Nach einem kurzen Gebet, in dem sie Gott für die Erschaffung des Ochsen dankte, schwang Kate O'Keefe ihre lange geflochtene Lederpeitsche über den Rücken der Tiere. Das Geräusch, das wie ein Büchsenschuss klang, zerriss hallend die Stille im mittäglichen Busch.

Eingetrocknete Schlammspritzer verunzierten die gewöhnlich eleganten und schönen Züge der jungen Fuhrunternehmerin. Ihre ausdrucksvollen grauen Augen blickten ebenso aufmerksam wie die der Goldgräber, die ihr entgegenkamen. Sie waren auf dem Rückweg nach Cooktown, wollten der Hölle entfliehen, in die sich die Goldfelder am Ufer des Palmer während der Regenzeit 1873/74 verwandelt hatten.

Auf den ersten Blick sah sie aus wie jeder andere Fuhrmann, nur dass sie deutlich zierlicher war als die Männer, die vom Hafen aus am Palmer entlang nach Cooktown fuhren. Ein zweiter Blick aber zeigte unter der groben Männerkleidung, die sie trug, unübersehbar weibliche Rundungen.

Ihr aus achtzehn Ochsen bestehendes Gespann legte sich ins Geschirr, denn immerhin musste das vierrädrige Fuhrwerk eine Ladung von acht Tonnen befördern. Rumpelnd und knarrend folgte ein zweites Fuhrwerk, dessen Gespannführer Benjamin Rosenblum war.

Aus dem schlaksigen Jungen, den sie vor sechs Jahren ihrem zähen und erprobten Fuhrmann Joe Hanrahan beigegeben hatte, damit er bei ihm das Handwerk erlernte, war ein breitschultriger junger Mann von einundzwanzig Jahren geworden, dessen gutes Aussehen in Cooktowns Tanzsälen und Gasthäusern immer wieder bewundernde Frauenblicke auf sich zog.

Aus Sorge, dass er auf den Straßen der Stadt unrettbar zum Kriminellen werden könnte, hatte seine Mutter, eine in Sydney lebende Witwe, ihre Schwester Judith Cohen in einem verzweifelten Brief um Hilfe gebeten. Deren Freundin Kate O'Keefe hatte sich Judith und Solomon zuliebe, die ihr in schweren Zeiten beigestanden hatten, bereit erklärt, den Jungen in ihr gerade erst gegründetes Unternehmen »Eureka« aufzunehmen. Zwar waren ihm die ersten Monate unter der Aufsicht des wortkargen Alten schwer gefallen, doch hatte er bald gelernt, wie man ein Ochsengespann mit einer kräftigen rechten Hand lenkte.

Joe Hanrahan hatte zwei Jahre zuvor irgendwo westlich von Townsville den Tod gefunden. Ein bergauf fahrendes Fuhrwerk, das ein Stück rückwärts gerollt war, hatte ihn an einem Baum zerquetscht. Ben hatte ihn an Ort und Stelle beerdigt und an seinem Grab gebetet, wobei er hoffte, es werde Gott nicht viel ausmachen, dass er aus Joes zerlesener Bibel christliche Gebete abgelesen hatte, statt Kaddisch zu sagen, die vorgeschriebenen jüdischen Totengebete. Anschließend war er mit dem schweren Gespann allein weitergezogen, um die Ladung zu den weit verstreuten Wohnstätten der Viehzüchter zu bringen.

Ben, der wie fast jeder in diesem Teil des Landes als Zeichen seiner Männlichkeit einen buschigen dunklen Bart trug, ging mit weit ausholenden Schritten neben dem Gespann her. Unübersehbar hatte sich der bleiche und gefährdete Junge aus Sydneys Elendsvierteln, den Kate einst eingestellt hatte, in einen der harten und zähen Männer verwandelt, wie man sie im Busch der nördlichen Kolonie Australiens brauchte. Gemeinsam beförderten die Irin und der Jude über eine Entfernung von zweihundertfünfzig Kilometern die dringend benötigten Waren durch ein Land, das nicht Gott, sondern der Teufel erschaffen zu haben schien.

Nachts hielten sie abwechselnd Wache, um nicht Opfer eines Überfalls durch umherstreifende Eingeborene zu werden. Während sich Kate dabei auf ein einschüssiges Gewehr vom Typ Martini- Henry mit hoher Durchschlagskraft und ihre kleine mehrläufige Pistole, die man als »Pfefferbüchse« bezeichnete, verließ, trug Ben stets seinen schweren Coltrevolver bei sich, den sie ihm vor Jahren, als er zum ersten Mal mit dem wortkargen irischen Fuhrmann Joe Hanrahan nach Westen aufgebrochen war, geschenkt hatte.

Weder an Kate noch an Ben war die lange Fahrt von Cooktown zu den Goldfeldern am Palmer spurlos vorübergegangen. Das Durchfurten von vom Monsunregen angeschwollener Flüsse und das wiederholte Auf- und Abladen eines Teils der Ladung an besonders steilen Streckenstücken hatte ihre Kräfte über Gebühr beansprucht. Oft torkelten sie wie Schlafwandler neben ihrem Fuhrwerk her, während sich die mächtigen Ochsen mit aller Kraft ins Joch legten, um das Fuhrwerk weiter und immer weiter zu ziehen.

In solchen Augenblicken, wenn Kates Körper der Belastung nicht mehr gewachsen zu sein schien, unterhielt sie sich mit dem breitschultrigen Iren an ihrer Seite. Er berichtete ihr von anderen Strecken in anderen Teilen des Landes, von den Teufeln, die den Menschen zur Verzweiflung bringen wollen, und drängte sie, trotz allem weiterzuziehen.

Ben bekam lediglich mit, dass sie Selbstgespräche zu führen schien, während sie einen Fuß vor den anderen setzte. Anfangs hatte er angenommen, sie habe angesichts der Strapazen den Verstand verloren, merkte aber nach einer Weile, dass sie mit ihrem Vater Patrick Duffy sprach, der schon lange nicht mehr lebte. Immer wieder ermunterte der alte Fuhrmann sie, bisweilen freundlich, mitunter eher barsch, auf keinen Fall aufzugeben.

Hin und wieder, wenn Kate nicht bereit war, auf dem beschwerlichen Weg zu den Goldfeldern auch nur einen einzigen Ruhetag einzulegen, schien es Ben auch, der Geist des Vaters spreche aus seiner Tochter. Unaufhörlich zogen sie weiter, wobei der Busch und das Mahlen und Knarren der Fuhrwerke ihre einzige Begleitung waren.

»Hören Sie das Geräusch?«, rief Ben, während er mühsam weiterstapfte. »Es kommt von Süden!«

Kate konnte fernes Stimmengewirr und das Klirren von

Metall auf Stein unterscheiden: Spitzhacken schlugen auf Felsen. Es war das willkommene Geräusch, das ihnen sagte, dass sie endlich den Palmer erreicht hatten.

Die vom langen Weg verdreckten Fuhrleute zogen in die aus Zelten und Rindenhütten bestehende Ansiedlung. Sie umarmten einander, und Ben führte ein kleines Freudentänzchen auf. Was sie an Waren mitbrachten, würde man ihnen buchstäblich mit Gold aufwiegen, denn ihre Konkurrenten, deren von schweren Karrengäulen gezogene Fuhrwerke die überfluteten Wasserläufe nicht durchqueren konnten, waren weit hinter ihnen zurückgeblieben. Wieder einmal hatten die Ochsen ihre Überlegenheit und Vielseitigkeit bewiesen.

Wer als Erster bei den Goldsuchern eintraf, durfte seine Preise selbst bestimmen. Als sich die Kunde von der Ankunft der beiden Fuhrwerke an den Ufern des Flusses und in den tief eingeschnittenen Schluchten verbreitet hatte, wurden sie geradezu belagert.

Mit tief in den Höhlen liegenden Augen drängten sich die hageren Goldsucher, um Fleisch und Fisch in Dosen sowie Mehl, Zucker und Tee zu kaufen. Vor allem aber ging es ihnen um die kostbarste aller Waren – Tabak. Jeder, der kam, brachte sein Gold mit.

Binnen weniger Stunden waren sechzehn Tonnen Vorräte an all jene verkauft, die bereit waren, Kates überhöhte Preise zu zahlen. Hätte Patrick Duffy mit ansehen können, wie seine Tochter mit den Goldsuchern handelte, er hätte bestimmt gelächelt. Es war aber auch ein sehenswertes Bild, wie sie resolut und zugleich gerecht mit den sie ungeduldig umdrängenden Käufern umging.

Es war nicht Kates erste Fahrt zum Palmer. Gegen Ende des Vorjahres hatte sie mit Ben vor Einsetzen der Regenzeit mit zwei kleineren Ochsenfuhrwerken Waren von Townsville dorthin gebracht. Bei diesem Zug durch die Hölle hatten sie die ausgedörrten Ebenen durchquert, vorüber an einem langen Zug hoffnungsvoller Goldsucher, die ihrem Ziel teils zu Pferde entgegenstrebten, teils, das zusammengerollte Bettzeug auf dem Rücken, mit ihren Habseligkeiten beladene Schubkarren mit sich führten. Gegen Bezahlung hatte Kate die Habe des einen oder anderen auf ihren Fuhrwerken transportiert. Sie waren an Männern mit rot unterlaufenen Augen vorübergezogen und an Frauen, die als verlorene Seelen und Geschlagene dem relativen Frieden entgegenstrebten, den ihnen Townsville bot. Hier, in der von Dürre heimgesuchten Ebene, waren die in der Bibel geschilderten Höllenqualen Wirklichkeit geworden. Dies war ein Ort auf Erden, wo in der unaufhörlichen Qual aus Hitze, Staub und endlosen Ebenen, aus denen nur hier und da ein Baum aufragte, Menschen schon vor ihrem Tode für ihre Sünden bestraft wurden.

Klugerweise hatte Kate damals daran gedacht, dass sie für den Rückweg nach Cooktown, wo sie ein Warenlager angelegt hatte, nicht alle Ochsen brauchen würde. Da die Hälfte der Tiere genügte, um die mittlerweile viel leichteren Fuhrwerke zu ziehen, hatte sie nach Erreichen der Goldfelder einen Teil der Ochsen an einen Metzger verkauft, der sie für die hungrigen Goldsucher schlachtete, so dass sie auch noch daran kräftig verdiente. Zwar hatte sie sich längst gegen alle sentimentalen Anwandlungen abgehärtet, doch von ihren eigenen Ochsen rührte sie keinen Bissen an. Frisches Rindfleisch würde sie erst wieder essen, wenn sie nach Cooktown, die Stadt an den Ufern des Endeavour, zurückgekehrt war.

Mit dem Gold und dem für die Waren und die Ochsen eingenommenen Geld war sie schließlich nach Cooktown zurückgekehrt, um dort zwei vierrädrige Fuhrwerke und neue Ochsengespanne zu erwerben. Eines war wichtig: Sie musste den Palmer unbedingt erreichen, bevor der Monsunregen die Verkehrswege zu den Goldfeldern abschnitt. Viele nicht mit diesen Besonderheiten des tropischen Klimas vertraute Goldsucher hörten nicht auf die Warnungen erfahrener Buschläufer und blieben, wo sie waren, um weiter nach Gold zu schürfen. Doch der wie ein Sturzbach vom Himmel fallende Regen riss nicht nur das Gold mit sich, sondern auch so manchen von denen, die so töricht gewesen waren, sich nicht in Sicherheit zu bringen.

Zwar war es Kate klar, dass ein ständiger Strom von Lebensmitteln und sonstigen Waren zu den Goldfeldern fließen würde, sobald die Überschwemmung zurückgegangen war. Dann würden die Preise sinken, doch darüber zerbrach sie sich jetzt nicht den Kopf. Sie und Ben waren als Erste angekommen, und die ausgehungerten Goldsucher hatten bezahlt, was von ihnen verlangt wurde.

Lederbeutelchen mit dem eingenommenen Gold stapelten sich im Ladekasten von Kates Fuhrwerk. Sorgfältig packte sie die Goldwaage ein, denn für ihren letzten Verkauf brauchte sie sie nicht. Die Frau eines Goldsuchers bezahlte den Sack Mehl, der in Cooktown drei Pfund gekostet hätte, mit zwanzig zerknitterten Pfundnoten. Der eine oder andere Goldsucher hatte mit Münzen bezahlt, doch Kate nahm lieber Gold, verdiente sie doch bei dessen Verkauf in Sydney pro Unze zusätzlich fünf Shilling.

Sie hatte nicht einmal Zeit gehabt, ihre Einnahmen zu zählen, so rasch hatten diesmal Gold und Bares den Besitzer gewechselt. Trotzdem war ihr klar, dass es sich um ein kleines Vermögen handelte, und sie freute sich schon, es dem hinzufügen zu können, was in den Gewölben der Banken von Cooktown und Townsville lagerte. Sie war eine ausgesprochen wohlhabende Frau, der es in jeder Hinsicht gut ging.

Wie sie da am Fuhrwerk stand und die Geldscheine zählte, ähnelte sie eher einem von Wind und Wetter gegerbten Fuhrmann, der es gewohnt ist, mit Ochsenpeitsche und Gewehr zu hantieren, als einer Dame, die in den vornehmen Salons der feinen Gesellschaft aus einer zierlichen Porzellantasse ihren Tee trinkt. Sie faltete die Geldscheine zusammen und wandte sich zu Ben um, der, die Tonpfeife im Mund, mit baumelnden Beinen auf der Ladefläche des Fuhrwerks saß. Mit Kates Gewehr quer über den Knien, dem Colt an der Hüfte und dem lange Bowie-Messer im Stiefelschaft wirkte er so Furchterregend, dass wohl selbst die wagemutigsten Bösewichter das Fuhrwerk nicht anrühren würden.

»Ben, achte mal ein bisschen auf die Einnahmen«, sagte Kate, während sie die Pfundnoten in den für Geldscheine vorgesehenen metallenen Kasten legte. »Ich bin gleich wieder da.«

Unweit des Goldgräberlagers fand sie eine einsame Stelle, und nachdem sie sich erleichtert hatte, kehrte sie durch die ungeordneten Reihen von Zelten und Buden zurück. Ihr fiel auf, dass nur wenige Hunde sie anbellten und hinter ihr herhechelten. Die meisten waren wohl während der sintflutartigen Regenfälle von ihren Besitzern geschlachtet und verzehrt worden.

Während sie die kleineren Veränderungen im Lager in sich aufnahm, bemerkte sie eine junge Frau, die ihr nicht von den Fersen wich. Sie hatte einen ausgezehrt wirkenden Jungen an der Hand und bemühte sich, nicht aufdringlich zu erscheinen. Die beiden waren ihr schon aufgefallen, während sie ihre Waren an die Goldsucher verkaufte, da sie sich beständig in der Nähe des Fuhrwerks aufgehalten hatten. Zwar hatte der klägliche Anblick Kate das Herz abgeschnürt, doch hatte sie sich jeden Anflug von Mitleid verboten. Es waren einfach zwei weitere der vielen Menschen, die als Treibgut der zerstörerischen Überschwemmung zurückgeblieben waren.

Die junge Frau mit dem Kind folgte ihr unverdrossen. Kate tat so, als merke sie es nicht, aber als sie in die Nähe ihres Fuhrwerks kam, blieb sie stehen und wandte sich um. Sie sah, dass die junge Frau mit dem schmalen Gesicht und einem großen erdbeerförmigen Muttermal auf der linken Wange unter ihrem unsagbar schmutzigen zerfetzten Kleid schrecklich dürr war. Der Anblick der jungen Frau griff Kate ans Herz. Obwohl ihr langes blondes Haar verfilzt und fettig war, konnte man sich vorstellen, dass sie unter anderen Umständen sicher recht hübsch wirken musste … Sie mochte wohl achtzehn Jahre alt sein. Mit ihren achtundzwanzig Jahren kam sich Kate ihr gegenüber vergleichsweise alt vor.

Der ungewaschene und zerlumpte Junge an ihrer Hand bot gleichfalls ein Bild des Jammers. Kate schätzte ihn auf etwa sechs Jahre. Er betrachtete sie mit gequälten Augen und einem verdrießlich wirkenden Gesicht. Bestimmt sind die beiden Bruder und Schwester, dachte Kate, denn zwischen ihnen bestand eine unverkennbare Ähnlichkeit. »Wollten Sie mit mir sprechen?«, fragte sie.

»Ja … Missus O'Keefe. Ich …« Die junge Frau zitterte und war den Tränen nahe, doch die Verlassenheit, die sie umgab, überbrückte die Kluft zwischen den beiden Frauen. Kate sah sich in ihr gespiegelt, musste unwillkürlich daran denken, wie es ihr vor vielen Jahren in Rockhampton ergangen war, als sie die Niederkunft und das Fieber überstehen musste.

»Kommt mit mir«, forderte Kate sie freundlich auf. »Ihr seht aus, als ob ihr etwas zu essen gebrauchen könntet.«

Als der jungen Frau Tränen der Dankbarkeit in die Augen traten, legte ihr Kate spontan einen Arm um die schmalen Schultern. Die Frau zitterte unter der Berührung und brach in herzerweichendes lautes Schluchzen aus. Noch nie in ihrem gequälten Leben hatte sie eine so warmherzige Berührung erlebt.

Unter Bens neugierigem Blick führte Kate sie zu den Fuhrwerken. »Setz Teewasser auf und mach was zu essen. Für vier Personen«, trug sie ihm auf. Er machte sich umgehend an die Arbeit.

Anders als vielen Buschläufern erschien es ihm nicht ungewöhnlich, die Anordnungen einer Frau zu befolgen. Kate O'Keefe war nicht nur seine Arbeitgeberin, sie hatte auch längst bewiesen, dass sie jedem Mann das Wasser reichen konnte, dem er an der Grenze begegnet war. Außerdem war er ein wenig in sie verschossen. Wenn sie nicht gerade mit dem Fuhrwerk unterwegs war, konnte sie sich an Schönheit mit jeder Frau messen, die er je gesehen hatte. Sie war noch schöner als die hübschesten von Kate Palmers geschminkten Mädchen in Cooktown.

Diese weithin bekannte Bordellwirtin betrieb ein völlig anders geartetes Gewerbe als Kate O'Keefe, und es hieß, dass sie unverheirateten Frauen, die nach Cooktown gekommen waren, um im Norden des Landes ihr Glück zu suchen, schon am Schiffsanleger eine Beschäftigung in ihrem Etablissement antrug. Wer das Angebot ablehnte, musste damit rechnen, im von Krokodilen wimmelnden Fluss zu landen.

So leisteten beide Kates, jede auf ihre Weise, den Männern in jener Gegend wertvolle Dienste.

Kate O'Keefe forderte die junge Frau auf, sich auf einen Baumstumpf zu setzen. Längst hatte man aus dem zugehörigen Stamm Goldwäscher-Pfannen, Brennholz und rohe Bretter zum Bau von Hütten gemacht. Stumm hockte sich der Junge daneben und sah zu, wie Ben aus Dosenfleisch einen Eintopf zubereitete. Er wirkte wie ein Hund, der es nicht erwarten konnte, dass man ihm die Reste vom Tisch seines Herrn zuwarf. Der köstliche Duft von Fleisch und Zwiebeln weckte in dem Jungen zugleich Hunger und Misstrauen. Unwillkürlich fühlte sich Ben an ein wildes Tier erinnert.

»Sie kennen meinen Namen«, sagte Kate herzlich, als die junge Frau ihre Tränen zu trocknen versuchte. »Aber ich weiß nicht, wer Sie und der Junge sind.«

»Ich heiße Jennifer Harris«, kam die leise Antwort, »und bin mit meinem Kleinen hergekommen, weil ich geglaubt hab, dass ich hier für Willie und mich das Glück finden könnte.«

Kate wusste nicht, was sie denken sollte. Wer war Willie? Doch wohl nicht der Junge, der Ben nicht aus den Augen ließ? Falls aber doch, konnte die junge Frau bei seiner Geburt höchstens zwölf oder dreizehn Jahre alt gewesen sein.

»Ist das Willie?«, fragte Kate und wies auf den Jungen. Der gehetzte Blick in den Augen der jungen Frau zeigte ihr, dass es besser war, über bestimmte Dinge nicht zu reden. In jener Welt gab es nichts Wichtigeres, als zu überleben, und dazu gehörte die Fähigkeit, sich über alle Moralvorstellungen der Gesellschaft hinwegzusetzen. Ohne weitere Fragen begriff Kate, auf welche Weise sich die junge Frau die schmale Kost beschafft hatte, mit der sie sich und ihren Sohn am Leben gehalten hatte. »Und wo waren Sie vorher?«, fragte sie leise.

»Willie und ich sind aus Brisbane gekommen. Dahin hatte uns mein Papa von Sydney aus gebracht. Er war Gärtner und is vor 'n paar Jahren in Brisbane an Schwindsucht gestorben. Er hat mir und Willie 'n bisschen Geld hinterlassen, aber das hat nich lange gereicht. Mit den letzten paar Pfund bin ich im Dezember mit Willie hergekommen. Da hab ich Sie zum ersten Mal gesehn und gleich gemerkt, dass Sie 'n guter Mensch sind. Und wie ich dann gesehn hab, dass Sie wiedergekommen sind ...« Sie konnte nicht weitersprechen und begann erneut zu schluchzen. Kate nahm an, dass die Erinnerung an das Entsetzen der vergangenen Monate sie überwältigt hatte. »Das hier is schlimmer als die Hölle. Ich konnte für Willie und mich nur dadurch was zu essen kriegen, dass ich ... dass ich ...«

»Ich kann es mir denken«, sagte Kate und strich ihr über das verfilzte Haar, als wäre sie ein Kind.

Diese schlichte Geste tröstete Jennifer, und sie weinte, bis sie keine Tränen mehr hatte. Eine Weile durfte sie die grunzenden Männer vergessen, die ihren Körper dazu benutzt hatten, sich zu erleichtern. Eine Weile durfte sie vergessen, wie sie auf dem Höhepunkt ihrer Lust so in ihr Fleisch gebissen hatten, dass davon Spuren zurückgeblieben waren, wie sie ein Hengst am Hals einer Stute hinterlassen mochte. Sie fühlte sich vom Verständnis einer Frau eingehüllt, die ihre Qual nachzuempfinden schien, eine Qual, die darin bestand, dass der reiche und mächtige Granville White sie durch seine widernatürlichen Gelüste um ihre Kindheit betrogen hatte.

Willies Geburt war viel zu früh in ihrem jungen Leben gekommen. Unter Kates sanfter Berührung entdeckte sie nun eine sonderbare Geborgenheit, die ihr einen Eindruck davon vermittelte, wie es hätte sein können, wenn sie als junges Mädchen vor körperlichen und seelischen Qualen verschont geblieben wäre.

»Wollen Sie mit uns zurück nach Cooktown fahren?«, fragte Kate, und Jennifer nickte. »Es wird nicht einfach, und Sie müssten mit schwerer Arbeit dafür bezahlen«, warnte Kate.

»Dafür, dass ich von hier weg kann, würde ich fast alles tun und mich sogar statt einem von Ihren Ochsen einspannen lassen, Missus O'Keefe«, stieß Jennifer bitter hervor und warf einen Blick auf den Jungen.

»Und wie soll es in Cooktown weitergehen?«, erkundigte sich Kate. »Sie sind ja vermutlich mittellos?«

Jennifer seufzte. Es stimmte: Wenn sie mit Willie den Palmer verließ, wäre damit lediglich gewonnen, dass sie nach Cooktown gelangte, in eine Stadt, die mühelos jedem Vergleich mit Sodom und Gomorrha aus dem Alten Testament standhielt. Von der Hölle ging nun einmal eine unwiderstehliche Verlockung aus. Zum ersten Mal hatte dieser Lockruf sie von den Ufern des Palmer aus erreicht, und jetzt führte er sie immer tiefer in neue Abgründe hinein. Den allertiefsten dieser Abgründe, jedenfalls in jener Hölle des Nordens, bildete Cooktown. Neuankömmlinge lachten gewöhnlich, wenn man ihnen sagte, es gebe dort mehr Bordelle als Trinklokale – und von denen zählte die Stadt inzwischen sechzig!

»Ich weiß noch nicht. Aber bestimmt ist alles besser als der Palmer.«

»Können Sie lesen und schreiben?«, fragte Kate.

Jennifer sah sie verblüfft an. »Nein, Missus O'Keefe. Aber Willie soll das später mal lernen«, gab sie mit einer Entschlossenheit zurück, die Kate zeigte, dass die junge Frau wirklich dafür sorgen würde. »Das Einzige, was ich kann, ist, mich um Kinder kümmern.«

»In dem Fall habe ich eine Stelle für Sie«, sagte Kate lächelnd. »Vorausgesetzt, Sie wollen für mich arbeiten.« Jennifer öffnete den Mund, um ihr zu danken, doch Kate schnitt ihr das Wort ab. »Vielleicht glauben Sie, dass es Ihnen hier am Palmer besser gehen würde, wenn Sie erfahren, was ich von Ihnen erwarte.« Jennifer griff nach Kates Hand, während diese fortfuhr: »Ich brauche jemanden, der sich um drei Kinder kümmern kann. Zwei Jungen und ein Mädchen. Wenn wir Willie mitrechnen, wären es vier. Glauben Sie, Sie können das schaffen?«

»Bestimmt, Missus O'Keefe. Nix lieber als das«, gab sie ohne das geringste Zögern zurück.

»Es könnte sein, dass Sie die Aufgabe nicht besonders verlockend finden, wenn Sie die Kinder erst einmal kennen«, sagte Kate mit geheimnisvollem Lächeln. »Sie sind ein bisschen wild, und mehr als ein Kindermädchen hat schon aufgegeben. Aber ich denke, wer es wie Sie fertig gebracht hat, während der Regenzeit hier am Palmer allein auf sich gestellt zu überleben, ist für diese Aufgabe genau die Richtige.«

Bald hatte Ben das Essen fertig. In einem geschwärzten Kessel siedete das Teewasser über dem Feuer. Trotz ihres Hungers fiel es Jennifer schwer, etwas herunterzubringen. Ihr Söhnchen hatte damit nicht die geringsten Schwierigkeiten und fragte, ob er den Topf mit einem Stück Brot auswischen dürfe.

Während sie aßen, musterte Ben die junge Frau verstohlen. Er fand sie nicht nur hübsch, sondern sah auch Klugheit in ihren umschatteten dunklen Augen. Nicht einmal das Muttermal konnte das schöne ovale Gesicht entstellen, in dem die Entbehrungen deutliche Spuren hinterlassen hatten. Er merkte, dass sie es zu verbergen trachtete, indem sie ihr langes Haar über die Wangen fallen ließ.

Während sie nach dem sättigenden Mahl am Feuer lagerten und den stark gesüßten heißen Tee tranken, lauschten sie den Geräuschen, die von den Goldfeldern herüberdrangen. Aus den Tiefen der Dunkelheit hörte man die Klänge einer Maultrommel, und irgendwo kratzte jemand auf einer Geige. Frauen- und Männerstimmen sangen beliebte Lieder, ein Zeichen von Lebensfreude und ein Hinweis auf das Wohlbehagen, das eine gute Mahlzeit hervorruft. Hier und da hörte man Gelächter. Wie es aussah, hatten die Goldsucher die verheerenden Monate der Regenzeit bereits vergessen. Voll Vorfreude sahen die Menschen den goldenen Zeiten entgegen, die jetzt zweifellos anbrechen würden. Unter dem Kreuz des Südens erzählten sie einander im Schein der hier und da brennenden Feuer Geschichten, tranken Rum und rauchten ihre Tonpfeifen. Der klare Nachthimmel versprach einen weiteren schönen Tag, an dem sie die Suche nach dem Reichtum verheißenden Gold fortsetzen konnten.

Im Schein des Lagerfeuers warf Ben immer wieder heimliche Blicke zu der hübschen jungen Frau hinüber. Doch so unauffällig er das tat, sie merkte es doch und wandte sich rasch ab, wenn ihre Augen sich trafen. Sie sprach dann mit Kate, als wäre ihr Bens Anwesenheit überhaupt nicht bewusst.

Insgeheim musste Kate lächeln, als sie sah, wie Ben die junge Frau verstohlen musterte – wie ein schuldbewusster kleiner Junge, ging es ihr durch den Kopf. Sie überlegte, was Solomon und Judith wohl sagen würden, wenn sie erführen, dass er ein Auge auf eine Nichtjüdin mit einem unehelichen Kind geworfen hatte. Doch diese Frage war zurzeit völlig unerheblich. Erst einmal musste der Rückweg nach Cooktown bewältigt werden, und dazu waren zahlreiche Flüsse und Bäche zu durchfurten. Die einzige Gewissheit bei diesem Vorhaben bestand darin, dass es nicht leicht sein würde.

Ben entfernte sich für eine Weile vom Feuer, um mit einem Goldsucher zu reden, den er aus der Zeit kannte, da er mit dem Fuhrwerk nach Tambo gezogen war. Als er zurückkehrte, lag ein sorgenvoller Ausdruck auf seinem bärtigen Gesicht. Er nahm seinen Platz wieder ein und schob einen Ast in die Glut, um seine Pfeife anzuzünden.

»In der Gegend des Höllentors sollen Schwarze am Ufer des Laura Inspektor Clohesy überfallen haben, der mit sieben Mann auf Patrouille unterwegs war«, sagte er und sog an der Pfeife.

Kate nahm einen Schluck aus ihrem Teebecher. Jennifer und Willie schliefen. Der Kleine hatte den Kopf auf die Knie seiner jungen Mutter gelegt, die selbst in Kates Schoß gebettet war. Das ungewohnte gute Essen und die behagliche Wärme des Feuers hatten sie rasch einschlafen lassen. Kate brachte es nicht über sich, Jennifer zu wecken, und umschloss ihren Kopf mit den Armen wie bei einem kleinen Kind.

Bens Mitteilung stimmte Kate nachdenklich. Wenn Ureinwohner es wagten, einen bestens bewaffneten und ausgerüsteten Polizeitrupp anzugreifen, würde es ihnen erst recht nichts ausmachen, zwei lediglich von zwei Frauen, einem Jungen und einem Mann begleitete Fuhrwerke zu überfallen. Sie nickte mit ernstem Gesicht. Ihnen stand jetzt nicht nur die Durchquerung eines der unwegsamsten Teile des australischen Kontinents bevor, sondern sie mussten nach Möglichkeit auch noch den Kriegern des Nordens mit ihren bemalten Leibern aus dem Weg gehen, denen weit mehr am Fleisch der Weißen lag als an dem kleinen Vermögen in Gold, das sie mit sich führten!

Ein Schauder überlief Kate bei diesem Gedanken. Die Vorstellung, was sie erwartete, wenn sie den Ureinwohnern lebend in die Hände fielen, war einfach entsetzlich. Man berichtete sich, sie zerschmetterten ihren Gefangenen die Beine mit Felsbrocken, damit sie nicht fliehen konnten, und brieten sie anschließend am Feuer für ein Festmahl.

Jennifer bewegte sich, als sie spürte, wie Kate zusammenzuckte, und schlug die Augen auf. »Tschuldigung, Missus O'Keefe«, sagte sie mit verschlafener Stimme. »Ich muss wohl eingenickt sein.«

Beruhigend legte ihr Kate die Hand auf die Schulter, während sie überlegte, wie viele Patronen sie für ihr Martini-Henry-Gewehr hatte, das den wildesten Krieger von den Füßen zu reißen vermochte. Sie war im Umgang damit vertraut, und darauf würde sie in den vor ihnen liegenden Wochen angewiesen sein. In dieser Wildnis war sie von der Behaglichkeit und Sicherheit, die der Gasthof ihres Onkels in Sydney bot, ebenso weit entfernt wie von dem jungen Mädchen, das sie gewesen war, bevor sie sich aufgemacht hatte, um in Queensland ihr Glück zu machen.

Während sie auf Jennifer und den schlafenden Jungen hinabsah, dachte sie daran, dass sie jetzt auch für diese beiden verantwortlich war. Ein Blick hinüber zu Ben, der am Feuer saß, beruhigte sie ein wenig. Bisher hatte ihr das Leben immer dann einen tüchtigen Mann über den Weg geführt, wenn sie am dringendsten einen gebraucht hatte.

»Luke«, flüsterte sie leise. Ben hob den Blick von der Glut und sah sie an.

»Haben Sie was gesagt, Kate?«, fragte er unsicher.

»Nein, nur an etwas gedacht.«

Er sah beiseite. Kate merkte, dass ihr Tränen in den Augen standen. Sie musste oft an den amerikanischen Goldsucher Luke Tracy denken, wenn sie allein war und Angst hatte. Vor sechs Jahren war er fortgegangen, Gott weiß, wohin. Er hatte sie stets wie ein starker und zugleich sanfter Schutzengel sicher über die gefährlichen Pfade ihres Lebens geführt. Schon vor langer Zeit hatte sie sich eingeredet, sie liebe ihn nicht und er sei nichts als ein guter Freund, dessen Gesellschaft sie bitter vermisste. Sie musste damit fertig werden, dass er in ihrem Leben nur noch eine traurige Erinnerung war, ganz wie ihre toten Angehörigen: ihr Vater Patrick Duffy und ihre beiden Brüder Tom und Michael.

Bisweilen aber hörte sie, wenn sie unter dem Sternenhimmel schlief, in ihrem Kopf Worte in der schleppenden Sprechweise des Amerikaners. Manchmal glaubte sie sogar, Lukes Gesicht zu erkennen, wenn sie auf dem beschwerlichen Weg zum Palmer einem Goldsucher begegnete. In solchen Situationen war das, was sie für ihn empfand, noch verworrener als sonst.

4

Sie haben den Ort also Cooktown genannt, ging es dem schlaksigen Goldsucher durch den Kopf, während er das Treiben auf der staubigen Hauptstraße der Goldgräberstadt beobachtete. Er könnte Tracytown heißen, wenn ich den Palmer als Erster erreicht hätte. Mit spöttischem Lächeln schwang er seine Bettrolle über die Schulter und schritt durch die Charlotte Street davon.

Ein großer Teil dessen, was er sah, hörte und roch, rief in ihm Erinnerungen an einen zwanzig Jahre zurückliegenden großen Goldfund wach. Alles wirkte wie damals im Jahre 1854 in Ballarat: die in aller Eile mit Hilfe von Schälbrettern zusammengezimmerten und mit Wellblech gedeckten Läden, in denen es von der Opiumtinktur bis zum Schießpulver alles gab; die Unzahl der Gesundheit alles andere als zuträglichen Stätten, an denen Männer ihre fleischlichen Gelüste befriedigen sowie die allgegenwärtigen Lokalitäten, an denen sie mit scharfen Getränken ihren Durst stillen konnten. Fortwährend lag eine knisternde Erwartung in der Luft. Sie ging von den Neuankömmlingen aus, die sich für den Weg zu den Goldfeldern bereit machten, in der Überzeugung, an dessen Ende warte ein Vermögen auf sie.

Sechs Jahre war er nicht in dem Land gewesen, das er so gründlich kennen gelernt und in dem er über Jahre hinweg nach dem großen Goldfund gesucht hatte, der ihn zum reichen Mann machen sollte. Als ständige Erinnerung an diese Zeit trug er eine Narbe, die von einem Auge bis zum Kinn lief. Die Wunde hatte er auf den Goldfeldern von Ballarat davongetragen, im Kampf gegen britische Soldaten bei einem fehlgeschlagenen Aufstand gegen die dort herrschende Ungerechtigkeit.

Abschätzend betrachtete er die Gesichter um sich herum und schüttelte betrübt den Kopf. Ihm war klar, dass die meisten dieser Menschen eine bittere Enttäuschung erleben würden. Hier ging es nicht zu wie in Ballarat, das unweit des Hafens von Melbourne lag und leicht zu erreichen war. Hier im Norden waren schroffe Gebirge, unzugängliche Dschungelgebiete und der Monsunregen natürliche Hindernisse auf dem Weg zu den Goldfeldern. Luke wusste das aus eigener Erfahrung. Sein fehlgeschlagener Versuch im Jahre 1868, den Palmer zu erreichen, hätte ihn fast das Leben gekostet.

Ohne das Schurkenstück eines Anwalts namens Hugh Darlington, der ihn betrogen hatte, wäre er vielleicht der Erste gewesen. Dann wäre sein Name weithin bekannt geworden, er wäre in die Täler südlich des Palmer zurückgekehrt und schließlich an den Fluss selbst, wo er gefunden hätte, wovon ihm ein sterbender Goldsucher berichtet hatte: »Im Flussbett liegen Goldklumpen so groß wie Hühnereier und warten nur darauf, dass man sie aufhebt.« Aber das Fieber und seine schwindenden Vorräte hatten ihn gerade in dem Augenblick zur Rückkehr gezwungen, als er seinem Eldorado ganz nahe gekommen war. Eine zweite Gelegenheit, nach Norden zu ziehen, hatte sich ihm nicht geboten.

Betrübt seufzte er beim Gedanken an das, was hätte sein können, und an die Ereignisse, die ihn gezwungen hatten, die Kolonie zu verlassen und die Sicherheit seines Geburtslandes aufzusuchen. Zuvor aber hatte er Kate O'Keefes Anwalt Hugh Darlington in Rockhampton eine bedeutende Summe anvertraut. Das Geld stammte aus dem Verkauf des Goldes, das ihm der sterbende Goldsucher übergeben hatte. Darlington aber hatte ihn als mutmaßlichen Nebenbuhler um Kates Gunst an die Polizei verraten – auf den Verkauf von Gold standen ohne amtliche Genehmigung schwere Strafen.

Der hoch gewachsene und schlaksige Luke war Ende dreißig. Sein Gesicht war vom Wetter gegerbt, und die alte Narbe von Ballarat war im Laufe der Zeit fast unsichtbar geworden. Noch immer erweckten seine blauen Augen den Eindruck, als suchten sie ferne Horizonte ab. Er besaß nicht die klassischen, gut aussehenden Züge eines besseren Herrn, doch lag auf seinem Gesicht eine Mischung aus Freundlichkeit und Durchsetzungsvermögen. Es war das Antlitz eines Mannes, dem man vertrauen und den man schätzen konnte.

»Mister Tracy?«

Er erstarrte. Hatte ihn womöglich ein Polizeibeamter erkannt? Wurde er etwa steckbrieflich gesucht? Wollte man ihn immer noch verhaften? Langsam drehte er sich um und erkannte entsetzt den breitschultrigen Mann, der auf ihn zugehinkt kam. »Sergeant James«, sagte Luke mit einem Unterton von Verzweiflung in der Stimme. »Wir haben uns lange nicht gesehen.«

Verblüfft sah er, dass ihm Henry James die Hand hinhielt. »Ich hab Sie gleich erkannt, auch wenn Sie sich den Bart abgenommen haben.« Luke ergriff die Hand und schüttelte sie. Henry fuhr fort. »Mit dem Sergeant ist Schluss, Mister Tracy. Ich bin seit ein paar Jahren pensioniert. Emma und ich arbeiten jetzt für Kate O'Keefe.« Als Luke diesen Namen hörte, wurde ihm schwindlig. »Fühlen Sie sich nicht wohl, Mister Tracy?«, erkundigte sich Henry, als er merkte, wie dem Amerikaner das Blut aus dem Gesicht wich.

»Schon in Ordnung. Ich muss mich nur wieder an den festen Boden gewöhnen«, gab Luke zur Antwort, während er sich fasste. »Wie geht es Kate denn so?«

»Als ich sie zuletzt gesehen habe, ging es ihr bestens.«

»Wann war das?«, erkundigte sich Luke, bemüht, seiner Stimme einen gleichgültigen Klang zu geben.

»Vor ein paar Wochen, bevor sie mit dem jungen Ben Rosenblum und zwei Fuhrwerken an den Palmer gezogen ist. Sie hofften durchzukommen, sobald die Überschwemmung zurückging. Wenn nichts dazwischen gekommen ist, müsste sie inzwischen auf dem Rückweg sein.« Mit breitem Lächeln fuhr er fort: »Ich war mit einem Frachtbrief unten am Hafen und hab gesehen, wie Sie von dem Schiff aus San Francisco an Land gekommen sind. Zuerst hab ich meinen Augen nicht getraut. Wie lange ist das her?«

»Viel zu lange«, seufzte Luke. »Ich war viel zu lange von Queensland fort.«

»Sie müssen mich unbedingt besuchen und meine Frau und meine Kinder kennen lernen«, sagte Henry und schlug Luke auf den Rücken. »Bestimmt wird es Emma überraschen, Sie zu sehen. Sie war immer überzeugt, aus Ihnen und Kate würde mal ein Paar, und sie hat nie verstanden, warum daraus nichts geworden ist.«

Luke ließ sich von dem früheren Polizeibeamten über die von tiefen Wagenspuren durchzogene Straße führen, wo man Menschen aus aller Herren Länder sehen konnte. Dabei berichtete Henry über Ereignisse in den australischen Kolonien, von denen er annahm, dass sie Luke interessieren könnten. »Sie sind doch in dem Jahr gegangen, in dem der verrückte irische Fenier in Sydney den Prinzen Alfred niedergeschossen hat?«, fragte er.

Luke nickte. Er hatte eine undeutliche Erinnerung, dass man in den Gasthöfen von Brisbane darüber gesprochen hatte, während er auf sein Schiff nach San Francisco wartete. Dabei ging es um den fehlgeschlagenen Mordversuch an Königin Viktorias zweitältestem Sohn, der sich auf einer Reise durch die australischen Kolonien befand. Manche hielten den Täter für geisteskrank, andere witterten hinter dem Anschlag eine Verschwörung der irischen Fenier, die England einen Schlag versetzen wollten. Auf jeden Fall war der Täter gehenkt worden.

Eine Gruppe von Männern bemühte sich, schwere Kisten und Ballen auf ein Fuhrwerk zu wuchten.

»Wir könnten hier gut 'n paar von den schwarzen Kerlen brauchen«, sagte Henry leichthin. »Die sind die Arbeit in den Tropen gewöhnt, aber die verdammte Regierung von Queensland hat ein Gesetz erlassen, das sie schützt. Es hat wohl damit zu tun, dass man 1868 auf dem Sklavenhandelsschiff *Carl* sechzig Inselbewohner abgeschlachtet hat. Seit ein paar Jahren schickt uns England auch keine Sträflinge mehr. Es sieht ganz so aus, als ob man uns im Stich lassen wollte«, knurrte er. »Das Militär haben sie auch abgezogen, ausgerechnet jetzt, wo wir es brauchen könnten, um den Niggern eine Lektion in zivilisiertem Verhalten zu erteilen. Zwar hat die Regierung versucht, die Schwarzen zusammenzutreiben, aber die hier sind aus anderem Holz geschnitzt als die aus dem Süden. Ihre Art zu kämpfen erinnert an die spanischen Guerilla-Krieger im Krieg gegen Napoleon: Sie überfallen Goldgräber und verschwinden sofort wieder im Busch.« Luke hörte ihm aufmerksam zu, erfuhr er doch auf diese Weise, was sich in den sechs Jahren seiner Abwesenheit dort an der Siedlungsgrenze, fern jeder Zivilisation, verändert hatte.

Am Ende der Hauptstraße gelangten sie an ein aus Kanthölzern errichtetes und mit Wellblech gedecktes großes Gebäude. Auf dem Schild über der Tür stand *Eureka Company – Transport von Gütern zwischen Cooktown und dem Palmer*. Der Name Eureka rief ein Lächeln auf Lukes Züge. Wie es aussah, war den Duffys die Aufsässigkeit nicht auszutreiben. Henry führte ihn hinein. Der Laden diente zugleich als Lager für allerlei Waren, die sauber aufgestapelt waren. Man sah auf den ersten Blick, dass Kates Geschäft gut ging. Männer und Frauen suchten sich zusammen, was sie brauchten. Hinter der massiven hölzernen Verkaufstheke stand eine hübsche junge Frau mit verblüffend blauen Augen, deren langes rotes Haar in ihrem schlanken Nacken zusammengefasst war, und kassierte. Sie sah Henry an und warf einen fragenden Blick auf Luke.

»Hier stelle ich dir den legendären Luke Tracy vor«, sagte Henry. »Mister Tracy, meine Frau Emma.«

Luke nahm seinen breitrandigen Hut ab und murmelte höflich: »Erfreut, Sie kennen zu lernen, Ma'am.«

»Sie also sind Mister Tracy«, sagte Emma und trat hinter der Theke hervor. »Ich habe von den Cohens und von Kate viel über Sie gehört. Wenn sich die Dinge weniger unglücklich entwickelt hätten, wären wir einander sicher schon früher in Rockhampton begegnet.«

»Ja, wirklich schade«, sagte Luke. Es war ihm peinlich, vom Ehepaar James gegenüber den anderen im Laden so sichtlich bevorzugt zu werden. »Damals hab ich Ihren Mann kennen gelernt.«

»Er hat Sie mir als in jeder Hinsicht bemerkenswerten Mann

geschildert«, sagte Emma. »Ich glaube, Kate kann Sie sehr gut leiden – besser als die meisten anderen Männer.«

Luke merkte, wie er unter der gebräunten Haut leicht errötete. Wenn sie nur wüssten, wie viel ihm Kate bedeutete. Seit sie einander vor über zehn Jahren begegnet waren und an der Reling eines Raddampfers nebeneinander gestanden hatten, der den Fitzroy-Fluss hinauffuhr, war kein Tag vergangen, an dem er nicht an sie, ihre schönen grauen Augen und ihr freundliches Lächeln gedacht hatte, keine Stunde, in der er sich nicht danach gesehnt hatte, sie an sich zu drücken und ihr zu sagen, wie sehr er sie liebte. Bei seinen Ritten durch das Schneetreiben auf den Prärien von Montana hatte er stille Zwiesprache mit ihr gehalten, und wenn auf den großen Raddampfern des Mississippi der Duft des Lavendelwassers mitreisender Damen zu ihm gedrungen war, hatte er sich unwillkürlich umgedreht, weil er glaubte, sie könne es sein. In den dichten Wäldern der Rocky Mountains hatte sie bei ihm am Lagerfeuer gesessen. Nein, nicht die Nachricht vom neuen Goldfieber im Norden von Queensland hatte ihn an die Ufer Australiens zurückgeführt, sondern die Suche nach der einzigen wahren Liebe seines Lebens – Kate O'Keefe. Er gab sich keinen Illusionen hin – sein Bemühen um sie war so gut wie aussichtslos, denn selbst wenn er sie fand, war es wahrscheinlich, dass sie bereits einem anderen ihre Liebe geschenkt hatte. Auch war es möglich, dass sie einen nahezu mittellosen Glücksritter, der stets nach seinem Eldorado suchte, nicht besonders hoch schätzte. Selbst Emmas Hinweis, dass sie etwas für ihn empfand, bedeutete nicht unbedingt, dass sie mehr in ihm sah als einen guten Freund. Und was würde er ihr sagen, falls sie einander wieder sahen? Der Gedanke daran ängstigte ihn mehr als jede der zahlreichen Gefahren, die er in der Vergangenheit durchlebt hatte.

»Haben Sie schon eine Unterkunft?«, unterbrach Emma seine Grübeleien. »Andernfalls wäre es sicher Kates Wunsch, Sie hier unterzubringen. Wir haben Platz in einem Lagerraum, der Ihnen zur Verfügung steht, bis Sie etwas gefunden haben, das Ihnen mehr zusagt.«

»Guter Gedanke«, knurrte Henry. »Kate würde es uns nie verzeihen, wenn wir Ihnen das nicht anbieten würden.«

»Danke, Sergeant James«, sagte Luke. Aus Erfahrung wusste er, dass Neuankömmlinge in einem Goldsuchergebiet nicht ohne weiteres Unterkunft fanden. »Ich nehme Ihr Angebot gerne an.«

»Nennen Sie mich Henry«, forderte ihn der einstige Polizeibeamte auf. »Ich finde, bei einem Menschen, den Kate so hoch schätzt wie Sie, ist Förmlichkeit nicht am Platze.«

»Danke, Henry«, sagte Luke. »Dann sagen Sie aber bitte auch Luke. Es ist schön, von Freunden mit dem Namen angeredet zu werden, den mir meine Mutter gegeben hat.«

Henry führte ihn in einen Raum, in dem Stoffballen gelagert wurden. Der Amerikaner warf seine Bettrolle zu Boden. Sie bestand aus zwei Wolldecken, in die er einige Habseligkeiten gewickelt hatte. Er sah sich um, und Henry merkte, dass ihm der Raum gefiel. Die Ritzen in den Bretterwänden ließen eine sanfte Brise herein, welche die Tropenhitze linderte, waren aber schmal genug, um lästige Insekten auszusperren. Der Raum war sauber, bot Schutz vor den Unbilden der Witterung und in Gestalt der Stoffballen ein behagliches Lager.

»Meine Frau und ich wohnen nicht hier«, sagte Henry, »sondern oben auf dem Hügel. Von da aus hat man einen herrlichen Blick auf den Fluss. Wir erwarten Sie heute Abend zum Essen. Emma ist eine erstklassige Köchin.«

»Vielen Dank.« Dies eine Mal hatte das Schicksal es gut mit ihm gemeint.

»Ich lass Sie jetzt erst mal allein«, fuhr Henry fort. »Ich muss noch mal zum Hafen. Wir erwarten mit dem nächsten Schiff aus Brisbane eine Warenlieferung. Wir sehen uns später, wenn Sie sich eingerichtet haben.«

Luke nickte und setzte sich, nachdem Henry den Raum verlassen hatte, auf einen der Ballen. Von der unerwarteten Begegnung mit den Gespenstern seiner Vergangenheit schwirrte ihm der Kopf. Nicht einmal in seinen wildesten Träumen hätte er angenommen, dadurch in Kates Nähe zu gelangen, dass er in Cooktown an Land ging. Ursprünglich hatte er sein Glück auf den Goldfeldern versuchen und dann südwärts nach Rockhampton ziehen wollen, wo er sie vor Jahren zuletzt gesehen hatte. Doch das Glück hatte ihn dorthin geführt, wo er jetzt war – und möglicherweise würde es nur noch wenige Tage dauern, bis er Kate wieder sah. Er brauchte nur noch dem Weg zum Palmer zu folgen, dann würde er sie finden, sofern sein Glück anhielt.

Er öffnete seine Bettrolle. Sie enthielt eine lederne Brieftasche mit persönlichen Papieren, einen schweren Coltrevolver, Nähzeug und einige Kleidungsstücke. Er nahm ein frisches Hemd und sein Rasierzeug heraus und machte sich auf die Suche nach einer Örtlichkeit, wo er sich waschen konnte. Unter dem azurblauen Himmel des tropischen Nord-Queensland fühlte er ein zufriedendes Gefühl in sich aufsteigen. Er hatte den Eindruck, heimgekehrt zu sein.

An jenem Abend lernte Luke im Hause des Ehepaars James die Kinder von Tom Duffy und dessen Frau Mondo aus dem Volk der Darambal kennen. Das Auftreten der drei beeindruckte ihn zutiefst. Sie machen Kate alle Ehre, dachte er, als er erfuhr, wie sie, unterstützt von Kindermädchen, Peter, Timothy und Sarah aufgezogen hatte. Emma machte kein Hehl daraus, dass die drei bisweilen schwierig waren.

Auch lernte er Henrys und Emmas Sohn Gordon kennen, der seinem Vater im Aussehen und Verhalten sehr ähnlich war. Peter und Gordon, erfuhr er, waren fast zwölf, Timothy zehn und Sarah acht. Man sah deutlich, dass die Duffy-Kinder und der Sohn des Ehepaars James wie Geschwister miteinander umgingen. Vor allem Gordon und Peter waren unzertrennlich.

Peter war ein schönes Kind. Von seiner Ureinwohner-Mutter hatte er die dunkle Haut, von seinem irischen Vater aber den robusten Körperbau und die grauen Augen geerbt. Timothy war heller und sehr zurückhaltend. Es kam Luke so vor, als stünde er den anderen weniger nahe und wäre auch weniger offen als diese. Den größten Eindruck auf ihn aber machte die kleine Sarah. Sie wirkte sanft und klug und würde mit ihrer fast golden schimmernden Haut vermutlich zu einer wahren Schönheit heranwachsen. Sie fühlte sich sogleich zu Luke hingezogen.

Emma übergab die Kinder einer drallen grauhaarigen Frau in mittleren Jahren, die sie zu Bett bringen sollte. Diese Witwe eines bei einer misslungenen Sprengung ums Leben gekommenen Goldsuchers betrachtete das Leben nüchtern. Kate hatte die fromme Frau angestellt, damit sie Emma abends bei den Kindern zur Hand ging, wenn sie selbst unterwegs war.

Während Luke sich die von Emma zubereitete Hammelkeule schmecken ließ, erläuterte er seinen Plan, zu den Goldfeldern am Ufer des Palmer aufzubrechen, sobald seine Ausrüstung vollständig war und er genug Geld beisammen hatte, um ein Pferd samt Sattel zu kaufen.

Henry hob die Brauen, als er merkte, wie sehr es dem Amerikaner mit dem Aufbruch eilte, doch Emma lächelte still vor sich hin. Ihr war nicht entgangen, wie sich Lukes Gesichtsausdruck veränderte, sobald Kates Name fiel. Kein Wunder, dass er es nicht erwarten konnte, Cooktown zu verlassen – offensichtlich war er bis über beide Ohren in die schöne Irin verliebt. Doch sie musste an den Mann denken, der vor zwei Tagen urplötzlich am Ort aufgetaucht war. Bestimmt würde seine Gegenwart ihren Gast in schreckliche Qualen stürzen und in ihm Erinnerungen wachrufen, die er am liebsten vergessen hätte.

Henry hatte sich gerade zum Stadtrand aufgemacht, um eine Weidefläche für die Zugochsen einzuzäunen, und sie war allein im Laden. Ein gut aussehender breitschultriger Mann war hereingekommen und hatte erklärt, er sei Kates Ehemann Kevin O'Keefe und suche seine Frau. Entsetzt hatte ihm Emma mitgeteilt, sie befinde sich irgendwo zwischen Cooktown und dem Palmer. Er hatte sich kurz abschätzend im Laden umgesehen und ihn dann ohne ein weiteres Wort verlassen.

Noch unter dem Eindruck der Begegnung überlegte Emma, ob sie Henry das plötzliche Auftauchen des Mannes berichten sollte, der Kate vor über zehn Jahren hatte sitzen lassen. Sie kannte die Geschichte in allen Einzelheiten, denn Judith Cohen hatte sie ihr haarklein berichtet, als sie mit Henry noch in Rockhampton lebte.

Es war eine traurige Geschichte. Kevin O'Keefe hatte die schwangere und kranke siebzehnjährige Kate allabendlich allein gelassen und sich bei Trunk und Kartenspiel amüsiert. Auf Bitten Luke Tracys, den sie schon lange kannten, hatten Judith und ihr Mann Solomon sie während ihrer langen Krankheit gepflegt. Schließlich hatte Kates Mann seine blutjunge Frau ihrem Schicksal überlassen und war mit der Frau eines Schankwirts durchgebrannt. Das Kind, das Kate zur Welt brachte, hatte nur wenige Stunden gelebt und war in einem einsamen Grab außerhalb Rockhamptons beigesetzt worden. Während der schwierigen Wochen nach diesem schrecklichen Verlust hatten Lukes ruhige Kraft und die liebende Fürsorge der Cohens Kate aufrecht gehalten.

Nach längerem Überlegen war Emma zu dem Ergebnis gekommen, dass sie Henry lieber nichts von dem Zusammentreffen sagen wollte, damit er sich nicht aus lauter Ergebenheit für seine Arbeitgeberin aufmachte und O'Keefe suchte, um ihm eine ordentliche Trachte Prügel für all den Kummer zu verabreichen, den er Kate bereitet hatte. Da sie O'Keefe jede Heimtücke zutraute, war sie ängstlich darauf bedacht, ein Zusammentreffen der beiden Männer nach Möglichkeit zu verhindern.

Doch sie hatte Anlass zu noch größerer Unruhe. Ihr fiel ein, dass sie vor Jahren von einem Zusammenstoß zwischen Luke Tracy und O'Keefe gehört hatte. Jemand, der nach Rockhampton gekommen war, hatte berichtet, wie Luke in irgendeiner Schnapsbude außerhalb Brisbanes den Revolver gezogen und O'Keefe gedroht hatte, er werde ihn niederschießen, wenn er ihm je wieder über den Weg laufe. Angesichts dieser Umstände war es nicht ratsam, dem Amerikaner mitzuteilen, dass Kates Mann aufgetaucht war, denn die Sache konnte übel ausgehen. Sie betete im Stillen, dass die beiden einander nie begegnen würden.

Sie sah zu Luke hinüber, der behaglich an der Zigarre sog, die ihm Henry nach der Mahlzeit angeboten hatte. Er schien mit sich und der Welt zufrieden zu sein. Vermutlich hing das mit der Aussicht zusammen, Kate bald zu begegnen.

5

Der Empfang in der von einem großen Park umgebenen Villa des Barons von Fellmann war eindrucksvoll. Von dort oben bot sich ein wunderbarer Blick weit über den Hafen. Im Schatten von Zelten aus bunt gestreiftem Markisenstoff stand Champagner, der aus Amerika herangeschafft worden war, in Kübeln voller Eis. Die eleganten Gäste spülten die frischen Felsenaustern mit großen Mengen Champagner hinunter und aßen Appetithäppchen von silbernen Tabletts. Der ganze Rahmen zeigte unübersehbar, dass der Baron über beträchtliche finanzielle Mittel verfügte.

Michael stand allein inmitten der anderen Gäste. Er war an seiner Kleidung unschwer als Amerikaner zu erkennen. Doch war er nicht der Einzige, der auffiel, denn auch die prächtigen Uniformen von Offizieren der Kolonialmiliz und der britischen Offiziere, die als militärische Berater der neu aufgestellten Streitkräfte von Neusüdwales dienten, sorgten für Farbkleckse auf dem kurz geschorenen Rasen des großen Besitzes.

Junge Damen in Kleidern mit Fischbeinkorsetts flirteten mit den schneidigen jungen Offizieren. Mehr als eine der Töchter reicher Kaufleute oder Grundbesitzer warf dem hoch gewachsenen und gut gebauten Amerikaner mit der exotisch wirkenden schwarzen Augenklappe unverhüllt bewundernde Blicke zu. Ein gespielt schüchternes Flüstern hinter reich verzierten Fächern folgte Michael, während er allein zum Rand des Rasens schritt, von wo er den herrlichen Blick über den Hafen genoss. Er hielt sich von den übrigen Gästen fern, denn sein Aufenthalt war geschäftlicher Natur. Sich Fragen über seine Vergangenheit stellen lassen zu müssen, war dem nicht dienlich, ganz gleich, wie wohlmeinend sie formuliert sein mochten.

Trotzdem blieb er nicht lange allein. Ein Offizier des britischen Heeres trat zu ihm. »Sie sind vermutlich Mister O'Flynn«, sagte er höflich. »Wir kennen einander zwar nicht, wären uns aber fast einmal begegnet.« Er hielt ihm die Hand hin. »Ich bin Major Godfrey, als Verbindungsoffizier des Freiwilligen Hochländer-Gewehrschützen-Korps des Herzogs von Edinburgh im Lande. Von einem gemeinsamen Bekannten habe ich gehört, dass Sie im amerikanischen Bürgerkrieg unter Phil Sheridan gedient haben. Zufällig hatte ich die Ehre, als einer der Militärbeobachter Ihrer Majestät am selben Feldzug teilzunehmen, der Sie bedauerlicherweise Ihr Auge gekostet hat.«

Michael nahm die ihm gebotene Hand. »Ein gemeinsamer Bekannter?«, sagte er zurückhaltend und versuchte, den englischen Offizier einzuschätzen. »Ich kann mir nicht denken, wer das sein könnte.«

»Nun ja. Haben Sie nicht auf der *Boston* die Bekanntschaft von Mister Horace Brown gemacht?«, fragte der Major und ließ dabei den Blick über den Hafen gleiten. »Er und ich haben vor Jahren gemeinsam auf der Krim gedient. Ich bin ihm zufällig gestern in der Victoria-Kaserne über den Weg gelaufen. Mister Brown sucht oft die Offiziersmesse auf, wenn er in der Stadt zu tun hat, und erzählt mir von den Reisen, die er mit dem Geld seiner Familie unternimmt.«

»Ja, ich kenne ihn flüchtig«, sagte Michael argwöhnisch und ließ den Major nicht aus den Augen. »Wenn ich mich richtig erinnere, ist er ein schlechter Pokerspieler.«

Michael ließ sich vom stutzerhaften Auftreten des Majors nicht täuschen. Die Ordensschnalle auf dem Uniformrock des Mannes zeigte, dass man ihn ernst nehmen musste. An den bunten Bändern ließ sich ablesen, dass er die Interessen des britischen Weltreichs in einer ganzen Anzahl von Kriegen vertreten hatte: auf der Krim, beim Aufstand in Indien und im zweiten Chinesischen Krieg. Außerdem trug er das mit einem bräunlichen Streifen versehene dunkelblaue Band des Neuseeland-Feldzugs, in dem Michael unter dem Befehl des berühmten preußischen Grafen Tempsky gekämpft hatte.

»Wie ich sehe, waren Sie auch am Feldzug in Neuseeland beteiligt«, sagte Michael im Gesprächston. Der englische Offizier sah ihn aufmerksam an.

»Es schmeichelt mir, dass ein Amerikaner das Band erkennt, Mister O'Flynn«, sagte er. »Woher, wenn ich fragen darf?«

Michael nahm einen Schluck aus seinem Champagnerglas. Es war ein Fehler gewesen, zu zeigen, dass er das wusste. »Ich kannte mal 'nen Tommy, der so eins hatte«, gab er rasch zur Antwort.

Ohne der Sache weiter nachzugehen, fragte der Major: »Hat Ihnen nicht Präsident Lincoln die Tapferkeitsmedaille des amerikanischen Kongresses verliehen?«

Michael nickte und sah beiseite.

Ein kurzes Schweigen folgte, bis der britische Major das Gespräch wieder aufnahm. »Sie und ich sollten uns einmal zusammensetzen und unsere Erinnerungen an Five Forks austauschen«, sagte er. »Das war eine entscheidende Schlacht Ihres Heeres. Mich hat der ›jungenhafte General‹, wie Ihre Zeitungen George Custer nannten, ziemlich beeindruckt. Die Attacke des von ihm befehligten Heeres von Nord-Virginia auf die rechte Flanke der Konföderierten war nicht von schlechten Eltern. Der junge Mann hat eine große Zukunft. Kürzlich habe ich gelesen, dass er dabei ist, im Staat Dakota die Rothäute an die Kandare zu nehmen. Dafür, dass er aus den Kolonien stammt, ist er ein ziemlich toller Kerl.«

Michael kannte George Custer und konnte ihn nicht ausstehen. Er sah in ihm einen gefährlichen Irren, der kein anderes Ziel kannte, als den eigenen Ruhm zu mehren, ganz gleich, wie viele seiner Männer es das Leben kostete. »Ja, auch ich habe gehört, dass *Oberstleutnant* Custer die Zeit damit totschlägt«, gab er zurück und versuchte zu betonen, dass Custer jetzt einen niedrigeren Rang bekleidete als einst im Bürgerkrieg.

»Wenn jemand mit den australischen Ureinwohnern fertig werden könnte, dann Custer«, erklärte der britische Offizier mit befriedigtem Unterton. »Wir brauchen hier einen Mann seines Kalibers, der die verdammten Wilden oben im Norden zur Räson bringt. Aber die denken überhaupt nicht daran, sich zu einer Schlacht zu stellen, sondern führen lieber einen Buschkrieg gegen unsere tapferen Siedler.«

»Wenn sich George Custer nur nicht eines Tages übernimmt, Major«, gab Michael spöttisch zur Antwort. »Einer Ihrer eigenen Offiziere zählt die Rothäute, wie Sie sie nennen, zu den besten Reitern auf der ganzen Welt, und meine persönliche Erfahrung lässt mich ihm nur Recht geben. Wenn es um einen Kampf Mann gegen Mann geht, wette ich jederzeit auf die Indianer. Custer kann sie nur schlagen, solange er über eine zahlenmäßig überlegene Streitmacht verfügt, aber Gott gnade ihm, wenn er sich je der vereinigten Streitmacht der Stämme aus den weiten Ebenen Amerikas gegenübersehen sollte.«

»Zu einer solchen Begegnung wird es wohl nie kommen, Mister O'Flynn«, sagte Godfrey wegwerfend. »Die Indianer befinden sich noch fast im Zustand der Wilden und haben unserer überlegenen Technik und Taktik nichts entgegenzusetzen. Nein, Custer wird da Frieden schaffen, das können Sie mir glauben.« Godfrey hatte deutlich gemerkt, dass O'Flynn nicht besonders viel von George Custer hielt, und wandte sich daher taktvoll einem anderen Thema zu. »Erstaunlich, dass man Sie zu diesem Empfang eingeladen hat. Woher kennen Sie eigentlich unsere bezaubernde und, wenn ich das hinzufügen darf, schöne Gastgeberin und ihren Gatten, den Baron?«

»Bisher hatte ich noch nicht das Vergnügen, sie oder ihn kennen zu lernen«, gab Michael zur Antwort. »Ein gemeinsamer Bekannter des Barons aus Sydney hat mich hierher eingeladen, damit ich dessen persönliche Bekanntschaft mache.« Das stimmte zum Teil, nur wusste Michael nicht, ob der Büchsenmacher George Hilary dem Baron oder dessen Gattin je begegnet war.

»Ach so«, gab der Major zur Antwort und wandte sich den beiden Damen zu, die von den Zelten über den Rasen auf sie zukamen. »Dann darf ich Ihnen sagen, dass dort unsere schöne und großzügige Gastgeberin kommt, und ich die Ehre haben werde, sie Ihnen vorzustellen.« Michael drehte sich um und erstarrte. Das Blut wich ihm aus dem gebräunten Gesicht.

Penelope White! Und Fiona!

Lächelnd hörte sich Penelope die charmanten Komplimente des Majors an. Dann sah sie zu Michael hin, der ihren Augen ansah, dass er ihr bekannt vorkam. Fiona neben ihr war erbleicht und schien einem Ohnmachtsanfall nahe. Der englische Major bemerkte offensichtlich nichts von dem, was zwischen Michael und den beiden Damen vorging. »Mister O'Flynn, darf ich Ihnen Baronin von Fellmann und ihre bezaubernde Kusine Missus Fiona White vorstellen?«

Michael bemühte sich, seine Fassung zu bewahren. »Sie hatten Recht, Major«, gab er lachend zur Antwort. »Aber Sie haben mit Ihrem Lob der Schönheit der Baronin zu sehr gegeizt«, setzte er hinzu, während er Penelope die Hand küsste. »Auch hat der Major nichts von der Schönheit der anderen Damen in der Kolonie Neusüdwales gesagt«, fuhr er galant fort und sah Fiona mit seinem grauen Auge unverwandt an.

»Wie reizend von Ihnen, Mister O'Flynn«, sagte Penelope munter, während sie ihre Hand mit leisem Zögern fortzog. »Ich habe gehört, dass die Amerikaner charmanter sein können als meine französischen Gäste. Ist Mister O'Flynn nicht wahrhaft bezaubernd, Fiona?«

Die Angesprochene sah Michael immer noch mit weit aufgerissenen Augen an. Ihrer Kusine war klar, warum der Amerikaner sie so tief beeindruckte. »Sie kommen uns irgendwie bekannt vor, Mister O'Flynn«, fuhr Penelope fort.

Mit einem Stirnrunzeln schüttelte Michael den Kopf. »Ich wünschte, es wäre so, Baronin, aber ich bin zum ersten Mal in Australien. Vielleicht erinnere ich Sie an jemanden?«, fragte er mit gespielter Gelassenheit, während ihm das Herz in der Brust hämmerte, vor Sorge, sie könnten dahinterkommen, wer er wirklich war.

»Genau das ist es, Mister O'Flynn«, sagte Penelope und schürzte verführerisch die Lippen, während sie ihn aufmerksam musterte. »Sie sehen einem Mann zum Verwechseln ähnlich, den Missus White und ich vor vielen Jahren kannten.

Aber Sie sind gewiss nicht der, für den wir Sie gehalten haben.«

Michael entspannte sich ein wenig und sah die beiden Frauen abschätzend an. Keiner von beiden hatten die Jahre etwas anhaben können, sie waren lediglich reifer und schöner geworden. Nach wie vor bestand ein reizvoller Kontrast zwischen der dunkelhaarigen Fiona und der üppigeren Schönheit der blonden Baronin.

Fionas von Natur aus makellose blasse Haut war kalkweiß geworden, und ihre smaragdgrünen Augen waren immer noch geweitet, vor Verblüffung, wie Michael vermutete. Zwar empfand er noch ein gewisses Unbehagen, fühlte sich aber deutlich sicherer. In den Jahren seit ihrer letzten Begegnung hatte er sich gründlich verändert. Durch die Schrecken des Krieges hatte sein Gesicht die harten Züge eines Mannes angenommen, der an die Allgegenwart des Todes gewöhnt war; von den weichen Gesichtszügen des jungen Mannes, der einst davon geträumt hatte, Landschaftsmaler zu werden, war nichts geblieben.

»Vermutlich sind Sie der Herr, den mir mein Mann angekündigt hat«, sagte Penelope in geschäftsmäßigem Ton. Sie war gefasst, und ihrem Gesicht ließ sich nicht ansehen, wie er auf sie wirkte. »Ich bin gern bereit, geschäftliche Angelegenheiten mit Ihnen zu besprechen, bitte Sie aber, mich heute zu entschuldigen, da ich mich um meine übrigen Gäste kümmern muss. Es sieht ganz so aus, als ob Major Godfrey Sie glänzend unterhält. Ich würde Sie gern morgen um sechs Uhr hier begrüßen, falls Ihnen das Recht ist, Mister O'Flynn.«

»Ich glaube schon, Baronin«, gab Michael zur Antwort.

»Gut. Machen Sie sich doch bitte mit den anderen Gästen bekannt«, sagte Penelope mit rätselhaftem Lächeln. »Bestimmt sind sie auf Sie neugierig. Ich habe schon mehr als eine der jungen Damen sagen hören, wie gern sie den geheimnisvollen Amerikaner kennen lernen würde. Sie scheinen Frauen magnetisch anzuziehen, Mister O'Flynn«, sagte sie und nahm Fionas Arm.

»An mir gibt es kaum etwas Geheimnisvolles, Baronin«, gab

Michael bescheiden zur Antwort. »Aber ich danke Ihnen für das Kompliment und folge gern Ihrer Einladung.«

Penelope führte ihre Kusine beiseite. Erst als sie außer Hörweite waren, sagte Fiona: »Penny, mir war, als wäre Michael von den Toten auferstanden.«

Penelope lächelte einem französischen Marineoffizier zu, der dem Wein offenbar ziemlich kräftig zugesprochen hatte und jetzt in amouröser Stimmung zu sein schien. Er sagte etwas auf Französisch zu ihr, sie antwortete ihm fließend in seiner Sprache und wandte sich dann wieder ihrer Kusine zu. »Dieser Mister O'Flynn sieht Michael Duffy wirklich geradezu beklemmend ähnlich«, sagte sie, während sie durch den Park zurück zum Zelt schritten.

Fiona fühlte sich nach wie vor schwach. Die Begegnung mit dem Amerikaner hatte in ihr einen Schwall bittersüßer Erinnerungen wachgerufen.

Wieder spürte Penelope den Schmerz ihrer Kusine und beugte sich zu ihr, während sie unter den Gästen umhergingen.

»Vergiss Mister O'Flynn, Fiona, meine Liebe«, flüsterte sie. »Wenn du an ihn denkst, erinnert dich das nur an Michael. Aber er ist für immer aus deinem Leben verschwunden. Du quälst dich nur unnötig mit Dingen, die längst vorüber sind.«

Bestimmt hatte Penelope Recht, ging es Fiona durch den Kopf. Michael Duffy war nichts als eine süße und traurige Erinnerung. Offensichtlich war Penelope überzeugt, dass O'Flynns Ähnlichkeit mit Michael Duffy ein reiner Zufall war. Jemand, der so klug war wie sie, konnte sich wohl nicht irren.

Michael tat weiterhin so, als unterhalte er sich mit Major Godfrey, während er in Wahrheit versuchte, sich von der Begegnung mit Penelope und Fiona zu erholen. Es war ihm nur allzu recht, dass der Major einen ihm bekannten Offizier entdeckte und sich mit der Aufforderung entschuldigte, gelegentlich doch noch einmal zusammenzukommen, um miteinander über den Krieg zu reden. Michael bekräftigte das, doch trafen sie keine Abmachungen über Ort und Zeit.

Kaum war der Major gegangen, verschwand Michael ebenfalls. Ihm war durchaus bewusst, dass das Gelände, auf dem er sich jetzt bewegte, ebenso gefährlich war wie ein Schlachtfeld. Sofern man ihn erkannte, bestand die Möglichkeit, dass ihn jemand bei der Polizei denunzierte, und auf das Kapitalverbrechen Mord stand in der Kolonie Neusüdwales nach wie vor der Tod durch den Strang.

Major Godfrey vergaß die Begegnung mit dem Amerikaner nicht so ohne weiteres. Allem Anschein nach hatte Michael nicht die Absicht, weiter an der Nachmittagsgesellschaft auf dem Rasen teilzunehmen. Warum nur hatte der verdammte Horace Brown ihm gegenüber seinen Auftrag erwähnt, den Amerikaner zu beschatten? Erst als Godfrey Michael unter den Gästen der Baronin entdeckte, war ihm das Gespräch mit dem alten Kriegskameraden von der Krim wieder eingefallen. Und als Offizier in den Streitkräften Ihrer Majestät sah er es als seine Pflicht an, den geheimnisvollen Amerikaner nicht aus den Augen zu lassen.

Es war ihm nicht recht, ausgerechnet in dem Augenblick die Gesellschaft verlassen zu müssen, als der Champagner einigen der jüngeren und hübscheren Töchter der Kolonie ihre Hemmungen zu nehmen begann.

Michael grübelte über sein unerwartetes Zusammentreffen mit Fiona und Penelope nach, und so merkte er nicht, dass ihm der britische Offizier in einer Droschke folgte. Wenn sich nun Penelope nicht hatte hinters Licht führen lassen? Wie stark war ihre Abneigung gegen ihn inzwischen? Würde sie ihn der Polizei ausliefern? Während seine Droschke ihrem Ziel entgegenfuhr, gingen ihm diese unbehaglichen Gedanken nicht aus dem Kopf, obwohl er fast sicher war, dass ihn die beiden Frauen für einen amerikanischen Waffenhändler namens Michael O'Flynn hielten.

An jenem Abend trank Michael allein in der Schankstube seines Gasthofs, und niemand wagte, sich zu dem Einäugigen an den Tisch zu setzen. Er sah nicht aus wie jemand, dem an Gesellschaft gelegen war.

Als der Ausschank geschlossen wurde, sucht er sein Zimmer

auf. Die Tür war nicht versperrt, obwohl er sicher war, sie abgeschlossen zu haben.

Vorsichtig stieß er sie auf und trat argwöhnisch in das dunkle Zimmer. Wenige Sekunden genügten, alles im Raum in sich aufzunehmen, den der sanfte Lichtschein einer Lampe vom Flur erhellte. Beim Anblick einer unbekleideten Gestalt auf seinem Bett stockte ihm der Atem.

Penelope glitt vom Bett herab und kam durch das schwach beleuchtete Zimmer auf ihn zu. Er konnte die Umrisse ihrer geschwungenen Hüften und ihre schmale Taille erkennen.

Er leistete keinen Widerstand, als sie sein Gesicht zu ihrem herabzog. Erst war ihr Kuss sanft, dann bissen ihre Zähne wild in seine Lippe. Als er sich von ihr löste, schmeckte er Blut in seinem Mund.

»Hallo, Mister O'Flynn. Oder sollte ich Michael Duffy sagen?«

»Woher wissen Sie …?«

»Sie haben zwar nur ein Auge, aber Ihre Seele hat sich nicht verändert«, sagte sie und fuhr ihm mit den Fingerspitzen über die Lippen. Dort, wo ihre Zähne die Haut verletzt hatten, schmerzte die Berührung, und sie merkte, wie er zusammenzuckte. »Ich habe Sie auf den ersten Blick erkannt und in Ihrem Auge den Mann gesehen, der Sie waren … und immer sein werden. Der Mann, von dem ich mir geschworen hatte, dass er mir eines Tages ausgeliefert sein würde. Und das sind Sie jetzt!«

»Weiß Fiona auch Bescheid?« sagte Michael, während sie sein Blut von den Fingerspitzen ableckte.

»Das glaube ich nicht«, sagte sie mit einschmeichelnder Stimme. »Meine Kusine ist eine Romantikerin. Lieber nimmt sie an, ihr Liebster ist gestorben und hat noch im Sterben an sie gedacht. War es so, Michael?«, neckte sie ihn. »Haben Ihre letzten Gedanken Fiona gegolten?«

»Ich hatte in meinem Leben oft letzte Gedanken, Baronin«, knurrte Michael. »Meist war es das Bedauern, dass ich keine Gelegenheit hatte, Ihren Bruder umzubringen. Offen gestanden ist mir nicht recht klar, was Sie in meinem Bett wollen.

Bei unserer letzten Begegnung hatten Sie für mich nur tiefen und unerbittlichen Hass übrig.«

»Ich will Sie, Michael Duffy, und habe Sie immer gewollt«, sagte sie mit rauer Stimme. Dabei schob sie ihm eine Hand unter das Hemd und fasste prüfend nach seinen Muskeln. »Schon von dem Tag an, als ich Sie am Anleger in Manly gesehen habe. Aber damals waren Sie zu sehr in meine Kusine verschossen, als dass Sie mich bemerkt hätten. Jetzt sind Sie in meiner Hand, was Ihnen bestimmt klar ist, und so kann ich nach Belieben mit Ihnen verfahren. Ich kann Sie sogar dazu bringen, mich um meine Liebe anzuflehen. Kann von Ihnen verlangen, meine abartigsten Wünsche zu erfüllen, zu tun, was ich möchte, ganz gleich, was Sie für andere Frauen empfinden. Ihr Leben gehört mir, denn ich weiß, wer Sie wirklich sind.« Sie zog sein Gesicht zu ihrem herunter und küsste ihn heiß und leidenschaftlich.

Im Augenblick war er ihr in der Tat ausgeliefert. Doch war die Frage nach dem freien Willen ohnehin äußerst theoretisch, denn der Duft, der von ihrem Körper ausging, weckte eine maßlose Begierde in ihm. Er verlor sich an sie. Jahrelang hatte er in einer Welt gelebt, in der Tod und Gewalttätigkeit an der Tagesordnung waren, und jetzt explodierte in ihm das Verlangen, einmal nicht zu zerstören, nicht Qualen, sondern Entzücken hervorzurufen. So lange hatte er die angenehmen Freuden, die ein weiblicher Körper zu bieten hatte, nicht mehr genossen, schon lange die Wonnen nicht mehr gespürt, die Penelope jetzt in ihm entfesselte.

Penelope durfte sich endlich den Traum von Rache erfüllen, verbunden mit einer Begierde, deren Heftigkeit sie sich nicht einmal selbst eingestanden hatte. Sie zog Michael auf das Bett, schlang die Beine um seine Lenden, drückte ihn immer tiefer in sich hinein. Während er sich ihrem Willen überließ, war er alles, was sie sich erträumt hatte: ein großartiger Liebhaber mit der Männlichkeit eines ungezähmten wilden Tieres. Was sie betraf, hatte die Vereinigung ihrer Leiber nicht das Geringste mit Liebe zu tun. Ihre Liebe galt ausschließlich der dunkelhaarigen Frau mit den smaragdgrünen Augen, die am Nachmittag ein Gespenst zu sehen geglaubt hatte. Mit einem triumphierenden Lächeln führte Penelope Michaels Kopf zwischen ihre Beine. Sie besaß die Macht, ihre Feinde mit Hilfe ihres Körpers zu besiegen – vor allem, wenn es sich um Männer handelte.

Michael dachte nicht an Fiona. In der von Gefahren wimmelnden Welt, die aus dem romantischen Träumer einen harten, zynischen Glücksritter gemacht hatte, hatte er schon vor langer Zeit gelernt, den Augenblick zu ergreifen, wenn er sich ihm bot. Das Empfinden für Liebe war ihm ebenso abhanden gekommen wie seine Träume, eines Tages die dunkelhaarige schöne Fiona Macintosh heiraten zu können. Hier bei Penelope erfuhr er, wie sich Gewalttätigkeit mit Wollust verbinden kann. Wofür er in seinem unruhigen Soldatenleben bezahlen musste, wurde ihm hier aus freien Stücken gewährt.

»Die Baronin ist gleich nach dem Empfang fortgegangen«, teilte Major Godfrey Horace mit. Sie unterhielten sich in einer Ecke der Offiziersmesse der Victoria-Kaserne. Trotz des Flüstertons, in dem er sprach, schwang in seiner Stimme hörbar Neid auf den Amerikaner mit, der das Glück hatte, das Bett mit der schönen Gemahlin des preußischen Adligen teilen zu dürfen. »Im Augenblick befindet sie sich im Gasthof, in dem Mister O'Flynn abgestiegen ist, vermutlich in seinen Armen. Der Glückspilz.«

Godfrey wusste, dass Baronin von Fellmann bei ihren amourösen Abenteuern für gewöhnlich sehr diskret vorging, doch einen Mann in seinem Gasthof aufzusuchen, zeugte nicht gerade von Vorsicht. »Kennt sie diesen Mister O'Flynn Ihrer Ansicht nach von früher her?«, fragte Horace.

Godfrey schüttelte den Kopf. »Ich wüsste nicht, woher. Soweit mir bekannt ist, war sie nie auf Samoa oder in Amerika. Nein, ich vermute, die Dame hat sich schlicht und einfach in unseren amerikanischen Freund verknallt. Nichts weiter.«

Horace runzelte die Stirn. Er war überzeugt, dass O'Flynn und die Baronin einander nicht erst bei dieser Gelegenheit kennen gelernt hatten. Auch wenn er keine persönlichen Erfahrungen mit den sexuellen Bedürfnisse der Damenwelt hatte, war ihm klar, dass keine Frau mit einem Mann nur deshalb ins Bett geht, weil sie bei einem Empfang einige belanglose Worte mit ihm gewechselt hat.

Man hatte Horace zugetragen, die Baronin habe nach dem Verlassen ihres Empfangs zunächst den australischen Büchsenmacher George Hilary und erst anschließend O'Flynns Gasthof aufgesucht. Augenscheinlich hatte sie sich bei Hilary erkundigt, wo sie den Amerikaner finden konnte. Eine verwirrende Geschichte.

O'Flynns Vergangenheit schien sehr viel ungewöhnlicher zu sein, als Horace ursprünglich angenommen hatte. In der irisch-amerikanisch gefärbten Sprechweise des Mannes schwang außerdem ein eigentümlicher Zungenschlag mit. Zu den Fähigkeiten eines Spezialisten auf dem Gebiet der Sprachen, und das war Horace, gehörte es, Wörter und Lautnuancen so zu lesen wie ein Jäger die Fährte des von ihm verfolgten Wildes. Er wurde den Verdacht nicht los, dass Michael O'Flynn entweder lange in Australien gelebt oder sich zumindest besuchsweise in diesem Land aufgehalten hatte.

Den Besuch der Baronin in Michaels Gasthof betrachtete er als Bestätigung seiner Theorie, dass sich jener schon früher in Sydney aufgehalten hatte, obwohl die ihm zugänglichen Unterlagen nichts darüber enthielten. Wer mochte dieser O'Flynn in Wahrheit sein? Die Antwort auf diese Frage konnte sich als äußerst wertvoll erweisen.

»Wie ich von O'Flynn gehört habe, sind Sie ein sehr guter Pokerspieler, Horace, alter Junge«, sagte Godfrey mit breitem Lächeln zu seinem Gefährten, der nach wie vor über Michael nachgrübelte. »Wollen wir ein oder zwei Spielchen wagen? Um ein paar Pfund?«

»Mein lieber Junge«, sagte Horace mit betrübter Stimme, »wenn ich auf der Krim etwas gelernt habe, dann, dass man nie mit einem Infanterieoffizier Karten spielen soll. Anders als die Kollegen von der Kavallerie sind das keine feine Herren. In keiner Weise.«

Godfrey lächelte erneut. »Es war einen Versuch wert«, seufzte er ergeben.

Horace leerte sein Glas und verabschiedete sich. Auf der Straße hielt er eine Droschke an. Während des ganzen Rückwegs zu seiner Unterkunft war er tief in Gedanken. Baron Manfred von Fellmann führte etwas im Schilde. Aber wie würde sich der ehemalige preußische Offizier verhalten, wenn er erführe, dass seine anglo-australische Gattin es mit dem Amerikaner trieb? Soweit Horace wusste, befand der Baron sich zu O'Flynns Glück nach wie vor auf Samoa.

Der englische Agent überlegte, welche Absichten die Deutschen und vor allem Manfred von Fellmann im Pazifik verfolgen mochten. Bismarck setzte sein volles Vertrauen auf diesen Geheimdienstagenten. Was auch immer die Deutschen vorhatten, es musste für ihre strategischen Interessen in einem Gebiet, das die meisten europäischen Mächte im Zusammenspiel internationaler Politik als unbedeutend ansahen, von großer Wichtigkeit sein. Warum zum Kuckuck hatte von Fellmann mit einem Mal den Schwerpunkt seiner Aktionen von Samoa nach Sydney verlegt, wie britische Abwehrkreise auf Samoa hatten durchblicken lassen? Während Horace an Mietskasernen vorüberfuhr, festigte sich seine Überzeugung immer mehr, dass der geheimnisvolle Amerikaner irischer Abkunft der Schlüssel zu dieser Frage war. Er brauchte ihm nur auf der Fährte zu bleiben und mehr über seine Vergangenheit herauszubekommen, um zu erfahren, was es mit dem plötzlichen Interesse der Deutschen an diesem Teil der Welt auf sich hatte. Dank seiner geschärften Sinne hatte Horace erkannt: O'Flynn war auf keinen Fall nur das, was er zu sein schien.

Penelope ruhte in Michaels Armen. Lächelnd dachte sie daran, wie sie noch vor zwei Tagen Fiona in ähnlicher Weise an ihren nackten Leib gepresst hatte. Sie betrachtete seinen von Narben übersäten Körper. Welche Ironie darin lag, dass sie und Michael zu verschiedenen Zeiten ihres Lebens Fiona besessen hatten!

Sie würde Michael nicht an die Polizei ausliefern, dachte sie, während sie den Schlafenden betrachtete. Zum einen war er eine Schlüsselfigur im internationalen Intrigenspiel ihres Mannes und zum anderen einer der besten Liebhaber, dem sie je begegnet war. Sie fuhr mit der Spitze eines Fingernagels über eine lange Narbe auf seiner Brust und lächelte tückisch. »Ach, Michael«, seufzte sie leise, um ihn nicht zu wecken. »Wenn du wüsstest, welche Spiele ich für unsere nächste Begegnung plane, würdest du dich vermutlich für den Galgen entscheiden.«

6

Kurz vor Ladenschluss hörte Luke aus dem Lager, wo er gerade seine Bettrolle packte, eine wütende Männerstimme. Er hatte seine letzten Vorbereitungen für den Weg zum Palmer getroffen. Die Stimme des Mannes kam ihm bekannt vor. Da Emma allein im Laden war, sprang er ohne zu zögern von dem Ballen aus Baumwollstoff, auf dem er gesessen hatte, und eilte nach nebenan. Im Laden stand ein großer und kräftiger Mann und brüllte Emma an: »Sie wissen, wann sie wiederkommt.« Dann fuhr er zu Luke herum. »Sie schon wieder!«, entfuhr es ihm. »Ich dachte, Sie wären aus der Kolonie verschwunden?«

»O'Keefe, verdammter Hurensohn! Ich hatte gehofft, Sie wären längst unter der Erde.«

O'Keefe ließ von Emma ab, die sich die zitternden Hände vor das aschfahle Gesicht schlug. Hoffentlich endete das Aufeinandertreffen dieser beiden Männer nicht in einem Blutbad! »Das haben 'n paar probiert«, knurrte er. »Aber wie Sie sehen können, bin ich immer noch da.«

»Ich seh auch, dass Sie es sich nicht abgewöhnt haben, hilflose Frauen zu drangsalieren«, fuhr Luke ihn an. »Probieren Sie es doch mal mit einem Mann.«

»Sie halten sich für einen Mann?«, schnaubte O'Keefe und schüttelte den Kopf. »Dabei müssen Sie sich vor lauter Feigheit an 'nem Revolver festhalten.«

Bei dieser Kränkung wich Luke das Blut aus dem Gesicht. O'Keefe war an die zehn Jahre jünger als er und sehr viel kräftiger gebaut, und so gab sich Luke keinen falschen Vorstellungen über das Ergebnis einer Prügelei zwischen ihnen hin.

Doch einen kleinen Hoffnungsschimmer gab es. »Tragen Sie immer noch ein Messer mit sich rum?«, fragte er und zog sein Bowie-Messer aus dem Stiefelschaft.

Mit breitem Grinsen holte O'Keefe daraufhin ein beidseitig geschliffenes Messer aus der Weste. Emma, die angesichts der sich zuspitzenden Situation Panik überkam, stürzte sich auf O'Keefes rechten Arm, wurde aber beiseite geschleudert wie ein lästiges Insekt. Rücklings taumelte sie in einen Kochtopfstapel, der mit lautem Klappern in sich zusammenbrach. Sie musste unbedingt Henry holen, bevor Blut floss. Doch die einander umtänzelnden Männer versperrten ihr den Weg zur Tür. Sie konnte nur hilflos zusehen. Mit frechem Grinsen reizte der Ire Luke, der leicht in die Knie gegangen war, um so das Gleichgewicht zu halten.

»Was wird hier gespielt?«, dröhnte mit einem Mal eine Stimme in O'Keefes Rücken. »Was für ein kindischer Unsinn ist das?« Luke warf einen kurzen Blick auf die schwarz gekleidete Gestalt im Eingang. »Meine Frau und ich sind gekommen, um was zu kaufen, und jetzt prügeln sich hier zwei erwachsene Männer«, fuhr der Mann fort. Seine Stimme hallte so laut, dass die gewaltigsten Eukalyptusbäume bei ihrem Klang das Laub abgeworfen hätten.

Von der Stimme in seinem Rücken verunsichert, erstarrte O'Keefe, das Messer noch drohend erhoben. Mit einer geübten Bewegung ließ er es dann im Jackettärmel verschwinden und wandte sich dem Sprechenden zu. Der Mann, der einen schwarzen, buschigen Bart trug, war etwa genauso alt, genauso groß und ähnlich gebaut wie er. Seiner Sprechweise nach musste er Deutscher sein, und sein Blick zeigte, dass er keine Furcht kannte. Wortlos schob sich O'Keefe an ihm und der hinter ihm stehenden hübschen blonden Frau vorbei. Luke steckte sein Bowie-Messer zurück in den Stiefelschaft.

»Danke, Sir«, sagte Emma. Die Farbe kehrte allmählich wieder in ihr Gesicht zurück. »Sie sind genau im richtigen Augenblick gekommen.«

Sie warf Luke einen besorgten Blick zu, den dieser mit einem Lächeln erwiderte, obwohl er sich nicht besonders wohl fühlte. Fast hätte er Kates Mann getötet – oder wäre von ihm getötet worden.

»Nicht der Rede wert«, sagte der schwarz gekleidete Fremde achselzuckend.

Die hübsche blonde Frau lächelte Emma zu, während sie neben ihn trat.

»Ich bin Missus Emma James«, ergriff Emma das Wort. »Darf ich Ihnen Mister Luke Tracy aus Amerika vorstellen, dessen Leben Sie mit Ihrem Dazwischentreten möglicherweise gerettet haben?«

Luke ärgerte ihre Annahme, dass er bei der Messerstecherei den Kürzeren gezogen hätte. Damit hatte sie ihn an einer empfindlichen Stelle getroffen. Doch er sagte nichts und streckte dem Mann in Schwarz die Hand entgegen.

»Ich bin Pastor Otto Werner, und das ist meine Frau Caroline«, sagte er und nahm Lukes Hand. »Uns hat die lutheranische Missionsgesellschaft hierher entsandt.«

»Angenehm«, sagte Luke. »Hoffentlich haben Sie jetzt nicht einen falschen Eindruck von uns bekommen. Das war lediglich ein Missverständnis zwischen mir und dem Herrn, der gerade gegangen ist. Es hat nichts mit der Art zu tun, wie dieses Geschäft geführt wird.«

Der Geistliche lächelte dem Amerikaner wissend zu und löste den eisernen Griff seiner Hand. »Ich glaube Ihnen, Herr Tracy. Sicher kommt das nicht jeden Tag vor.« Dann wandte er sich zu seiner Begleiterin um und sagte etwas auf Deutsch. Lächelnd nickte sie zu Luke hin. »Meine Frau ist noch dabei, Englisch zu lernen«, sagte Otto. »Wir sind hergekommen, um Verschiedenes einzukaufen. Wir sind auf dem Weg zum Gut eines Landsmannes namens Schmidt, das, soweit ich weiß, etwa achtzig Kilometer südlich von Maytown liegt. Kennen Sie den Mann?«, fragte er.

Luke schüttelte den Kopf und sah zu Emma hin.

»Tut mir Leid, Herr Pastor«, gab sie zur Antwort. »Aber ich glaube nicht, dass ich Ihnen helfen kann. Er ist mir nicht bekannt. Sie könnten aber in der Kaserne der Eingeborenenpolizei nachfragen. Die patrouilliert ziemlich häufig in dem Gebiet.«

Der Geistliche schüttelte lächelnd den Kopf. »Das habe ich schon getan. Die Leute sagen, dass sie Herrn Schmidt nicht kennen. Aber wir finden ihn bestimmt«, sagte er mit einem Seufzer. »Gott wird meine Frau und mich zu ihm führen.«

Emma runzelte die Stirn. Sie wollte den Pastor vor dem Gebiet südlich von Maytown warnen. Für einen Neuling im Lande war das gefährlicher Boden, denn man konnte sich dort leicht verirren oder von einem Eingeborenenspeer durchbohrt werden. Doch sie unterließ es, als sie den entschlossenen Ausdruck auf dem bärtigen Gesicht sah. Einen Mann Gottes wie ihn würde eine solche Warnung vermutlich nicht von seinem Vorhaben abbringen. Sie wandte ihre Aufmerksamkeit seiner Einkaufsliste zu.

Als die beiden den Laden verlassen hatten, fragte Luke: »Was wollte O'Keefe von Ihnen? Ich hab gehört, wie er herumgebrüllt hat, und befürchtet, dass er Ihnen was antun könnte.«

»Er war schon einmal hier«, sagte Emma mit einem Seufzer und strich sich eine Haarsträhne aus dem Gesicht. »Er behauptet, ich hätte ihm die Unwahrheit über Kates Aufenthaltsort gesagt und wollte ihm verschweigen, wo sie ist. Dabei habe ich ihm gesagt, was ich weiß – sie befindet sich irgendwo zwischen hier und dem Palmer.«

Luke machte ein sorgenvolles Gesicht. »Falls er heute Abend wiederkommen sollte, holen Sie mich sofort«, sagte er. »Henry braucht da nicht mit hineingezogen zu werden.«

Emma legte ihm sanft die Hand auf den Arm. Sie begriff, dass der Amerikaner ihren Mann vor Leuten wie O'Keefe schützen wollte. »Danke«, sagte sie leise. »Das werde ich tun, sollte Mister O'Keefe heute Abend zurückkehren.«

Luke nickte. Er hatte ein schlechtes Gewissen, weil er sich bei Tagesanbruch aufmachen wollte, um nach Kate zu suchen. Es schien ihm nicht recht, Emma und Henry allein zu lassen, wenn die Gefahr bestand, dass Kates Mann sie noch einmal heimsuchte.

Während O'Keefe sich von dem Laden entfernte und in die hereinbrechende Nacht hinausging, verwünschte er das Glück des Amerikaners, den nur das Dazwischentreten des Fremden vor dem sicheren Tod durch sein Messer bewahrt hatte. Der schwarz gekleidete Mann, wer auch immer er sein mochte, schien sich nicht ohne weiteres einschüchtern zu lassen, und es war gut möglich, dass er sich auf die Seite des Amerikaners geschlagen hätte. Doch er würde zu einem späteren Zeitpunkt mit Tracy abrechnen. Im Augenblick hatte er genug damit zu tun, weitere Frauen für sein Bordell zusammenzubringen. Sein Plan war, im Laufe der Zeit mit Hilfe einiger Schlägertypen ein weiteres Etablissement für die Frauen zu eröffnen, die er aus dem Süden zu bekommen hoffte.

Inzwischen war es völlig dunkel geworden. O'Keefe bog von der Hauptstraße ab, auf der es von Goldsuchern nur so wimmelte, und wollte durch ein Gässchen, vorbei an einem kleinen chinesischen Tempel, zum Hintereingang seines Lokals.

»O'Keefe«, sprach ihn eine nervöse Stimme an.

Ein schmächtiger Mann trat aus dem Schatten des Tempels. O'Keefe blieb stehen und wandte sich zu ihm um. »Sie scheinen Ärger zu haben. Sicher kann ich Ihnen helfen«, sagte er herausfordernd und ließ das offene Messer in seine Hand gleiten.

Der Mann stand ängstlich im Schatten und leckte sich über die Lippen, während der vierschrötige Bordellbesitzer auf ihn zukam. »Meine Frau is da oben«, krächzte er. O'Keefe sah, dass der Mann betrunken war und Angst hatte.

»Kenn ich Sie?«, fragte er und fasste das Messer fester.

»Sie haben meine Frau für sich arbeiten lassen, als es ihr dreckig ging«, sagte der Mann und schob sich rückwärts von O'Keefe fort. »Jetzt will sie nich wieder nach Hause kommen.«

»Pech gehabt«, sagte O'Keefe und entblößte die Zähne. »Jetzt ist sie bei einem richtigen Mann.«

Mit einem Mal hielt der schmächtige Mann in seiner Bewegung inne und blieb reglos im Schatten stehen. Von irgendwoher hörte man eine Frau grell lachen und einen betrunkenen Goldsucher fluchen. Schweißperlen traten auf die Stirn des Mannes im Schatten. »Nein, O'Keefe«, sagte er mit einer Stimme, die sonderbar geisterhaft klang. »Ich glaube, diesmal haben Sie Pech gehabt.«

7

Kapitän Morrison Mort neigte nicht dazu, über die Wechselfälle des Lebens nachzudenken, sonst hätte er hier in Granville Whites Kontor sicher daran gedacht, dass dies einst David Macintoshs Reich gewesen war.

In den gut zehn Jahren, die seither vergangen waren, hatte das Leben als Kapitän an Bord der Macintosh-Barke seiner Gesundheit gut getan. Mort, ein Mann von Anfang vierzig, war gebräunt, gestählt, und sein gewelltes blondes Haar schien wie seine blassblauen Augen Sonne und See eingefangen zu haben.

Das Kontor hatte sich seit der Zeit, da man Mort das Kommando über die *Osprey* übertragen hatte, nur wenig verändert. Mit dem Rücken zum Fenster, von dem aus der Blick auf die geschäftigen Hafenanlagen fiel, saß sein unmittelbarer Vorgesetzter Granville White in einem mächtigen Ledersessel. Er hielt nunmehr alle finanziellen Fäden des aus Reederei, Land- und Aktienbesitz bestehenden ungeheuren Macintosh-Imperiums in den Händen. Er war Mitte dreißig und sah recht gut aus. Seine klar geschnittenen Züge und die hohe Stirn verliehen ihm ein aristokratisches Aussehen, das Frauen gefiel. Macht und Wohlstand spiegelten sich in seiner Haltung. »Willkommen daheim, Kapitän Mort«, sagte er mit einer Stimme, in der mehr Förmlichkeit als Wärme lag. Er erhob sich und wies mit der Hand über den Schreibtisch. »Bitte, nehmen Sie Platz.«

Mort warf die Schöße seines langen marineblauen Uniformrocks zurück und setzte sich in einen der kleineren Ledersessel. »Es ist schön, mal wieder hier zu sein, Mister White«, murmelte er. Es klang nicht besonders überzeugend.

In Sydney fühlte er sich nicht wirklich sicher, seit der irische Anwalt Daniel Duffy alles daran setzte, ihn wegen Mordes unter Anklage stellen zu lassen. Nur die Macht und die beträchtlichen Geldmittel der Familie Macintosh hatten ihn bisher davor bewahrt, im Gefängnis von Darlinghurst am Galgen zu enden. Soweit er wusste, hatte Daniel Duffy in seinen Bemühungen, ihn der Gerechtigkeit auszuliefern, nicht nachgelassen. Mort hielt sich nicht mit höflichen Floskeln auf und kam gleich zur Sache, schließlich ging es um geschäftliche Angelegenheiten. »In Ihrem Telegramm, das ich in Brisbane bekommen habe, hieß es, dass hier etwas Dringendes zu erledigen sei.«

Granville runzelte leicht die Stirn. Ihn, dem die Förmlichkeiten der kolonialen Gesellschaft in Fleisch und Blut übergegangen waren, störte Morts Art, unumwunden auf den Kern der Dinge zuzusteuern, ohne zuvor einige Belanglosigkeiten auszutauschen. »Sie haben einen neuen Auftrag«, sagte er, wobei er sich zurücklehnte und einen tiefen Zug aus seiner Havanna nahm. Mort hatte er keine Zigarre angeboten, er kannte dessen spartanische Gewohnheiten. Der Kapitän war weder dem Alkohol noch dem Nikotin zugeneigt. »Wir haben die *Osprey* an Baron von Fellmann verchartert. Er kann über das Schiff verfügen, sobald er hier eintrifft.«

»Wir sind gut im Geschäft mit dem Herbeischaffen von Kanaken«, protestierte Mort. »Die letzte Ladung nach Brisbane …«

»Das bestreitet niemand, Kapitän«, sagte Granville und schnitt ihm das Wort mit einer ungeduldigen Handbewegung ab. »Aber der Baron wird uns großzügig für etwaige entgangene Gewinne entschädigen und außerdem ist er mein Schwager«, und mit einer Spur Sarkasmus fügte er hinzu: »Wie könnte ich eine Bitte meiner Schwester missachten?«

»Und wohin soll die Reise gehen?«, knurrte Mort. Eine Anweisung von Granville war gleichbedeutend mit einem Befehl.

»Cooktown«, gab dieser zur Antwort. »Wie es von da aus weitergeht, weiß nur der Baron. Sie tun auf jeden Fall, was er sagt. Schließlich zahlt er für die Charter.«

Mort hob die Brauen. Etwas schien ihm an der Sache nicht in Ordnung zu sein. Zwar störte ihn das nicht weiter, solange man ihn bezahlte und er das Schiff führen durfte. »Will der Baron etwa am Palmer nach Gold suchen?«, fragte er im Gesprächston.

»Es geht uns nichts an, was er zu tun beabsichtigt«, gab Granville mit verärgertem Gesichtsausdruck zurück. »Je weniger Fragen Sie stellen, desto besser kommen Sie mit ihm aus.«

Mort nickte. »Ich muss aber wissen, Mister White«, sagte er, »was für Vorräte ich an Bord nehmen soll und wann ich bereit sein muss, in See zu stechen.«

Erneut nahm Granville einen langen Zug aus seiner Zigarre und stieß einen Rauchring aus. »All das kann Ihnen George Hobbs sagen«, gab er zur Antwort. »Fragen Sie ihn, wenn Sie rausgehen.«

Mort hatte den Eindruck, dass die kurze Begegnung zu Ende wäre. Er wollte sich schon erheben, als Granville erneut zu sprechen begann. Daher ließ er sich wieder in seinen Sessel sinken. »In jüngster Zeit sind mir beunruhigende Dinge zu Ohren gekommen«, sagte Granville. »Angeblich hat Ihr Erster Steuermann Mister Horton bei seinem letzten Landgang in Sydney im Stadtbezirk The Rocks über Dinge gesprochen, über die man besser Stillschweigen bewahrt.«

Mort bereitete diese Mitteilung ein leichtes Unbehagen. Jack Horton, der in den Schänken seines einstigen Reviers The Rocks oft dem Rum zusprach, rühmte sich, wenn er zu viel getrunken hatte, gern seiner Abenteuer in der Südsee. »Worum geht es dabei?«, erkundigte er sich.

»Um Äußerungen über den papistischen Bastard Michael Duffy und meinen Vetter David. Man munkelt, dass wir den beiden übel mitgespielt haben sollen.«

»Duffy ist den Maori in Neuseeland zum Opfer gefallen«, sagte Mort herablassend. »Und Mister Macintosh ist vor über fünf Jahren von Häuptling Tiwi umgebracht worden. Das hat mit uns überhaupt nichts zu tun.«

»Bei Duffy mag das seine Ordnung haben«, stimmte ihm Granville zu. »Aber was das Ableben meines Vetters betrifft, könnte zumindest mit Bezug auf die näheren Umstände seines Todes die eine oder andere Frage gestellt werden. Angesichts der Haltung meiner Schwiegermutter mir gegenüber ist es denkbar, dass sie versuchen wird, mir das Leben schwer zu machen. Sie könnte es sich ohne weiteres in den Kopf setzen, mit Hilfe ihrer beträchtlichen Mittel eigene Nachforschungen anzustellen.«

Mort wusste, dass er nach Lady Macintoshs Überzeugung ihren geliebten Sohn in Granville Whites Auftrag eigenhändig getötet hatte. Ihr Hass auf die beiden Männer war im ganzen Unternehmen bekannt. Nur weil Granville ihr Schwiegersohn war – und das gewaltige Finanzimperium mit so fähiger Hand leitete – war er einstweilen vor ihrem Zorn sicher. Doch sofern sich etwas beweisen ließ …

»Horton hat ein großes Maul«, stimmte Mort zu. »Das muss man ihm stopfen.«

»Gut!« sagte Granville. »Sicher finden Sie eine Möglichkeit, ihn in Pension zu schicken und ihm einen angemessenen Anreiz für sein Schweigen zu bieten. Reden Sie mit ihm und sorgen Sie dafür, dass er aus der Firma ausscheidet. Bestimmt treiben Sie hier in Sydney einen neuen Ersten Steuermann auf, der Ihren Vorstellungen entspricht.«

George Hobbs saß hinter seinem Schreibtisch und trug Zahlen in seine Journale ein.

»Mister White sagt, Sie haben die nötigen Angaben für Baron von Fellmanns Charter.«

Hobbs sah zu dem Kapitän auf, der vor ihm stand, und schob einen versiegelten Umschlag über den Schreibtisch. Mort riss ihn auf und überflog die darin enthaltenen Seiten.

George Hobbs beobachtete den Kapitän der *Osprey* durch seine Brillengläser. Auch wenn diesem Mann der Ruf anhaftete, mit seinen Sklavengeschäften für die Firma beträchtliche Gewinne zu erzielen, konnte er ihn nicht ausstehen. Etwas an Mort bereitete ihm körperliches Unbehagen. Unwillkürlich überlief ihn ein Schauer.

»Wer ist dieser Michael O'Flynn, der in diesem Bericht erwähnt wird?«, knurrte Mort, ohne Hobbs anzusehen.

»Soweit mir bekannt ist, ein amerikanischer Waffenhändler, der auf Anweisung des Barons von Fellmann von Samoa herübergekommen ist. Wenn ich richtig informiert bin, befindet er sich zurzeit als Gast der Baronin in der Stadt«, gab er zur Antwort. »Ansonsten kann ich Ihnen kaum mehr sagen, als was Sie gelesen haben, Kapitän Mort. Der Baron ist recht zurückhaltend und hängt seine geschäftlichen Angelegenheiten nicht an die große Glocke.«

»Und dieser Kohlfresser Karl Straub …?«, fragte Mort weiter.

»Tut mir Leid, Kapitän.« George schüttelte den Kopf. »Ich weiß auch nur, was in dem Bericht steht.«

Mort sah den kleinen Angestellten hinter seinem Schreibtisch durchdringend an. Sicher wusste Hobbs mehr, doch war Mort bekannt, dass er auf Lady Enid Macintoshs Seite stand. Er begriff nicht, warum White den Mann, der einst Davids Privatsekretär gewesen war, nicht entlassen hatte. Der einzig mögliche Grund war, dass Lady Macintosh in einem solchen Fall annehmen würde, ihr Schwiegersohn habe etwas zu verbergen. Er erkannte Angst in den Augen des Mannes.

»Falls Mister White meine Dienste in den nächsten Tagen braucht, findet er mich auf meinem Schiff«, sagte Mort, stopfte die Papiere in eine der Taschen seines Uniformrocks und ging hinaus.

Nach Morts Weggang blieb Granville an seinem Schreibtisch sitzen, sog an seiner Zigarre und genoss das herrliche Aroma. An Michael Duffy hatte er schon lange nicht mehr gedacht. Wieso musste der Name dieses Mannes erneut in seinem Leben auftauchen, wenn auch nur als Erinnerung an all das Unangenehme, das er hatte tun müssen, um das Macintosh-Imperium in die Hand zu bekommen?

Er reckte sich, stand auf und trat ans Fenster. Vor sich sah er die *Osprey* am Kai liegen. Dann war da noch die Sache mit Vetter David, überlegte er. Für alle anderen war er schon lange tot – aber nicht für Lady Enid. Die Erinnerung an David war ein gewaltiges Hindernis für seinen Ehrgeiz, die Macht über den gesamten Macintosh-Besitz zu erringen.

Seine Schwiegermutter bedeutete in diesem Zusammenhang eine ernsthafte Bedrohung. Aber eines Tages würde sie sterben, tröstete er sich, und Fiona würde als einzige überlebende Macintosh alles erben. Dann konnte er als ihr Mann die Dinge so beeinflussen, dass ihm der gesamte Besitz zufiel.

Seine Stimmung verfinsterte sich beim Gedanken an Fiona. Mit wütendem Gesicht klopfte er die Asche seiner Zigarre ab und ließ sie achtlos auf den Fußboden fallen. Nur noch dem Namen nach war sie seine Frau, in Wahrheit war sie seiner Schwester Penelope mit Haut und Haar verfallen. Obwohl diese inzwischen mit Baron Manfred von Fellmann verheiratet war, suchte Fiona deren Bett bei jeder Gelegenheit auf.

Doch obwohl seine Frau das eheliche Schlafzimmer verlassen und er sie schon vor langer Zeit an seine Schwester verloren hatte, hatte Fiona Wort gehalten. Sie stand ihm nach außen hin als seine Ehefrau zur Seite und unterstützte seinen gewissenlosen Kampf um die Macht. Schließlich konnte er sich mit den jungen Mädchen aus den Mietskasernen von Glebe trösten, die ihm seit langer Zeit zu Willen waren. Auch wenn man in diesen Häusern billig lebte, war für die Angehörigen der Mädchen das Geld, das ihnen der reiche Mann für ihre Dienste gab, überlebenswichtig. Längst vergessen waren die bestialischen Vergnügungen, denen er sich einst mit der kleinen Jennifer Harris hingegeben hatte, denn der elfjährigen Mary Beasly waren seine perversen Gelüste schon seit langem vertraut.

Flüchtig dachte er an den Besitz Glen View, auf den er nie einen Fuß gesetzt hatte. Auf die eine oder andere Weise ließ sich all das, was ihm im Leben zum Unglück gereichte, bis zu jenem schicksalsschweren Tag im November 1862 zurückverfolgen. Damals hatte Fionas Vater, Sir Donald Macintosh, angeordnet, die Ureinwohner aus dem Stamm der Nerambura von Glen View zu vertreiben. Zwölf Jahre war es jetzt her, dass die berittene Eingeborenenpolizei – unter dem Kommando keines anderen als Morrison Mort – kaltblütig Männer, Frauen und Kinder abgeschlachtet hatte. Nur wenige hatten das Gemetzel überlebt, und auch sie waren schließlich aufgespürt und wie Ungeziefer vernichtet worden.

Seit jenem entsetzlichen Tag schien er in ein Gewebe des Unheils verflochten zu sein; dieser Unglückstag hatte das Schreckgespenst der Duffys in sein Leben gebracht. Gleichermaßen Zeugen wie Opfer, waren sie eingeschworene Feinde der Familie Macintosh geworden. Ging womöglich all das Unglück, das ihn bisher heimgesucht hatte, auf einen geheimnisvollen Fluch zurück, den die Ureinwohner nach diesem Blutbad über seine Familie verhängt hatten?

So lächerlich die Frage war, sie ließ sich nicht aus seinem Kopf vertreiben. Als gebildeter und kultivierter Mann wusste Granville, dass solche Vorstellungen unsinnig waren. Doch es hatte im Laufe der Jahre einige Todesfälle gegeben, die wie vom Teufel eingefädelt schienen, auch wenn er selbst bei dem einen oder anderen die Hand im Spiel gehabt hatte. Sir Donald wie sein Sohn Angus waren dem Speer eines Schwarzen namens Wallarie zum Opfer gefallen, und selbst die verhassten Duffys waren von der Tragödie nicht verschont geblieben: Angehörige der berittenen Eingeborenenpolizei hatten Michael Duffys Bruder Tom erschossen, und Wochen später hatten die Zeitungen im Süden seinen Tod breit ausgemalt.

Wenn doch der Teufel den verfluchten Daniel Duffy holte, dachte er verbittert. Ohne dessen beständiges Bemühen, den Namen Macintosh in Verruf zu bringen, wäre alles sehr viel einfacher.

Der Fluch schien sich sogar in seinem eigenen Leben auszuwirken, denn immerhin verweigerte ihm seine Frau den Sohn, den er unbedingt haben wollte. Die beiden Töchter zählten nicht; Angehörige des weiblichen Geschlechts dienten ihm lediglich zur Befriedigung seiner fleischlichen Gelüste.

Mittlerweile war die Zigarre bis zur Bauchbinde abgebrannt, und so drückte Granville sie auf der Fensterbank aus. Außerhalb seines Kontors ging das Leben in Sydney seinen Gang. Vielleicht würde er eines Tages nach Glen View reisen und sich einmal selbst ansehen, was es mit dem Ursprung des Fluchs auf sich hatte, der so tief in das Leben der Familien Macintosh und Duffy einzugreifen schien. Unwillkürlich musste er daran denken, dass er vor langer Zeit Sir Donald von einer sonderbaren Höhle auf dem Weidegebiet hatte sprechen hören, die den Ureinwohnern heilig war. Er schien tatsächlich an die Macht dieser Stätte zu glauben, was Granville damals außerordentlich belustigt hatte.

Na ja, Sir Donald war Schotte, dachte er spöttisch und wandte sich vom Fenster ab, von dem sich der Blick auf die zivilisierte Welt Sydneys öffnete. Die Schotten waren von ebenso törichtem Aberglauben erfüllt wie die unwissenden Iren.

Kapitän Mort ging die wenigen Schritte zu seinem Schiff zu Fuß. Ihm fiel auf, dass sich Männer und Frauen um Plätze auf Schiffen balgten, die Richtung Norden fuhren, wo seit kurzem die Goldfelder am Palmer und die großen Weiten der Kolonie Queensland in der Nähe von Kap York lockten.

Mit Goldfeldern kannte Mort sich aus, schließlich war er beim Goldrausch von Ballarat als Polizeibeamter dabei gewesen. Voll Bitterkeit dachte er daran, wie die verdammten Goldsucher eine Befestigungsanlage errichtet und Heer und Polizei der Briten mit Waffengewalt bedroht hatten. An einem heißen Sommermorgen des Jahres 1854 aber war die Palisade von Eureka – wie die Aufständischen ihre Anlage nannten – unter der Macht der britischen Waffen gefallen. Bei dem darauf folgenden Gemetzel war er dabei gewesen.

Nach jenem Tag des Blutrausches, den er in vollen Zügen genossen hatte, war Morts Laufbahn in sonderbaren Windungen verlaufen. Aus dem einstigen Beamten der berittenen Polizei von Queensland war der Kapitän eines Sklavenschiffs geworden, das die Südsee durchpflügte. In beiden Positionen hatte er seinem dämonischen Wahnsinn nahe kommendem Bedürfnis nach Folter, Vergewaltigung und Mord frönen können.

Vom Kai aus warf er bewundernde Blicke auf die Liebe seines Lebens: die Bark, die den treffenden Namen *Osprey* trug – der Seeadler, der auf viele Inseln hinabgestoßen war, um von dort, sei es durch Überredung oder mit Waffengewalt, schwarze Vertragsarbeiter für die Zuckerrohrfelder im tropischen Queensland herbeizuschaffen.

Als er an Bord ging, war nichts von seinem ihm an Mordlust in nichts nachstehenden Ersten Steuermann Jack Horton zu sehen. Das aber war ihm gleichgültig, befand sich der Mann doch nicht mehr in Diensten der Firmengruppe Macintosh. Morts Aufgabe war es jetzt, geeigneten Ersatz für ihn zu finden. Das sollte in Sydney nicht schwer fallen.

Auf die Reling gestützt, ließ Mort den Blick hinüber zum berüchtigten Elendsviertel The Rocks gleiten. Mit dem Wegzug der Firmen aus dem westlichen Teil des Hafens war die Ansammlung alter Sandsteingebäude im Laufe der Zeit verfallen. Zweifellos hielt sich Horton in seiner Lieblings-Schänke auf. Auf jeden Fall wusste Mort, wo er ihn finden konnte, und auch, wie er seiner Tätigkeit als Erster Steuermann ein Ende setzen konnte.

Doch bevor er sich damit beschäftigte, hielt er es für angezeigt, The Rocks einen Besuch in ganz besonderer Mission abzustatten.

Morrison Mort kannte The Rocks, auch wenn ihn die Bewohner des Viertels nicht erkannten. Viel hatte sich dort in den vergangenen zwanzig Jahren nicht verändert, wie er rasch merkte, während er durch die schmalen Straßen ging. Die Sonne war untergegangen, und Nachtgestalten waren aus den Sandsteinbauten hervorgekommen. Prostituierte, Seeleute auf Landurlaub, Taschendiebe, einige gut gekleidete nervöse junge Männer, die sich amüsieren wollten, und die missmutig wirkenden Mitglieder der Straßenbanden, die mit eiserner Faust im Stadtviertel herrschten.

Die jungen Rabauken, die auf den verdreckten Straßen herumlungerten, wagten sich an den Kapitän der *Osprey* nicht heran. Er wirkte wie jemand, der an Orten der Gewalttätigkeit zu Hause war. Obwohl er in diesem Viertel offensichtlich ein Fremder war, schien er nicht im Geringsten nervös zu sein. Außerdem trug er die Uniform eines Kapitäns und war daher in einem von alters her mit dem Meer verbundenen Stadtteil gleichsam einer der ihren. Für Mort gab es auch keinen Grund, sich unbehaglich zu fühlen, denn er war bewaffnet. In der

Tasche hatte er eine kleinkalibrige Pistole und im Stiefelschaft ein scharf geschliffenes Messer.

Der Gestank nach Urin, Erbrochenem, gekochtem Kohl und Verfall war ihm aus seiner Kindheit vertraut. Hier war er schon vor seinem zehnten Lebensjahr durch die harte Schule der Straße gegangen, hatte gelernt zu stehlen, zu lügen und sich nicht von der Polizei fassen zu lassen, die von Zeit zu Zeit die Gegend durchstreifte: auf der Suche nach gefährlichen Verbrechern, nach Männern, die dann im Gefängnis von Darlinghurst am Galgen endeten.

In einem Gässchen zwischen heruntergekommenen Mietskasernen verlangsamte er seinen entschlossenen Schritt. Laute der Verzweiflung drangen an sein Ohr, von Flöhen zerstochene, hungrige Säuglinge jammerten in beengten, schmutzigen Zimmern, die sie mit dem Strandgut aus einem Meer an Armut teilten. Man hörte die lauten Stimmen betrunkener Männer und Frauen, die sich über nichts und alles stritten, und gelegentlich das raue Gelächter von Prostituierten, die gemeinsam mit ihren Freiern eine Flasche Wacholderschnaps leerten.

Mort spürte, wie sich ihm die Nackenhaare sträubten. Trotz der kühlen Nachtluft brach ihm der Schweiß aus, während er dastand und in den Eingang eines Hauses sah, dessen Sandsteinfassade eine Schmutzkruste trug. Aus welchem Grund nur hatte er sich von seinen Füßen hierher tragen lassen, überlegte er, und ein Schauer überlief ihn. War es etwa das Bedürfnis, sich dem entsetzlichsten Gespenst aus seiner Vergangenheit zu stellen und dieser Schreckensvorstellung Auge in Auge gegenüberzutreten?

Das Gespenst war wirklich! Lautlos kam die Frau aus dem dunklen Eingang auf ihn zu und streckte lächelnd die Hand nach ihm aus. »Mutter!« brach es aus ihm heraus und er taumelte zurück im verzweifelten Versuch, den Händen auszuweichen. Sie würde ihn mit sich in die Hölle nehmen! In die Hölle, in die er selbst sie vor so vielen Jahren geschickt hatte.

»Ach was, Schätzchen, ich bin doch nicht deine Mutter«, sagte das Gespenst. Es trug ein schmutziges Baumwollkleid, das kaum mehr war als ein Unterrock. »Ich heiß Rosie und kann dich glücklich machen, wenn du genug Geld hast. Wonach is dir?«, fragte sie, die Arme über ihren kleinen Brüsten verschränkt.

»Du!«, stieß Mort hervor, während die Farbe in sein Gesicht zurückkehrte. Erleichtert merkte er, dass sie nicht das Gespenst war, dessen Auftauchen er gefürchtet hatte.

»Komm schon rein, Schätzchen«, sagte sie und drehte sich um, um ins Haus zurückzukehren. »Es kostet aber.«

Mort folgte ihr. Schon sonderbar, dachte er, dass es gerade das Zimmer war, in dem er seine Mutter getötet hatte. Zwei flackernde Kerzen erhellten den winzigen Raum und warfen Schatten auf einen durchgelegenen, von Schmutz starrenden Strohsack in der Ecke. Der Abscheu vor den vielen Malen, da er hilflos den sexuellen Übergriffen widerlicher und betrunkener Freier seiner Mutter ausgesetzt gewesen war, stieg in ihm hoch. Seine ebenfalls betrunkene Mutter hatte das Geld der Männer genommen und über seine Qualen gelacht.

Die Wut legte ihm einen roten Schleier vor die Augen, als er auf die Frau hinabsah, die auf allen Vieren auf dem Strohsack kniete. Sie hatte das Kleid bis zu den Hüften hochgezogen und ihre Hinterbacken entblößt.

»Willst du mich so?«, fragte sie und hob den Blick zu ihm. Doch da überfiel sie ein Entsetzen, wie sie es nie zuvor gespürt hatte. Die blassblauen Augen, die sie ansahen, kamen ihr vor wie Fenster zur Hölle. Nichts konnte ihre plötzliche Angst vermindern. Es war, als befinde sie sich in der Gegenwart des Teufels.

»So, wie du bist, bist du mir recht«, sagte der Teufel und griff nach dem Messer im Stiefelschaft.

Niemand achtete auf die erstickten Schreie, die in die kühle Nachtluft hinausdrangen.

Beim Eintreten der beiden Polizeibeamten huschten die Ratten davon, die sich bereits über die nackte Leiche hergemacht hatten. Sergeant Francis Farrell, ein groß gewachsener Ire, der den winzigen Raum fast vollständig auszufüllen schien, warf einen Blick auf die Tote, die in einer Ecke des Zimmer in einer großen Lache geronnenen Blutes lag. Das von Blut getränkte zerrissene Kleid lag zusammengeknüllt neben ihr. Er empfand bei diesem Anblick kaum etwas. Nach dreißig Dienstjahren hatte er sich damit abgefunden, dass Gewaltverbrechen ebenso zum Leben gehörten wie Liebe und Güte.

Der junge Streifenbeamte Murphy, der die Tote aufgefunden hatte, hatte ihn zu Hilfe geholt. Als er gerade einen Streit zwischen Straßenverkäufern am Hafen schlichtete, hatte ihn eine Frau angesprochen und von einer Leiche in einem Zimmer berichtet. Es sei ihre Freundin Rosie. Sie war Constable Murphy als eine der im Hafengebiet tätigen Prostituierten bekannt.

»Glauben Sie an Gespenster?«, fragte Farrell seinen jungen Kollegen.

Murphy verzog das Gesicht. »Vielleicht an Feen, aber bestimmt nicht an Gespenster, höchstens Sie meinen damit die Todesfee.«

»Nun, das war ein Gespenst«, sagte Farrell. Sicher verwirrte es den jungen Kollegen, was er da über die Welt des Übernatürlichen von sich gab. »Sie müssen wissen, dass ich früher schon mal hier war. Ich war ungefähr so alt wie Sie, und The Rocks war mein Revier. Eines Morgens wurden der alte Sergeant Kilford und ich genau in dieses Haus gerufen und haben in eben diesem Zimmer eine Leiche gefunden, die haargenau so verstümmelt war wie das arme Mädchen hier. Das ist bestimmt über dreißig Jahre her.« Angestrengt verzog Farrell das Gesicht, während ihm der Vorfall aus den fast vergessenen Tiefen seiner Erinnerung wieder einfiel. »Damals war noch ein Junge hier«, fuhr er langsam fort, »höchstens zehn Jahre alt. Die Tote war seine Mutter.«

»Und hat man den Mörder erwischt?«, fragte Constable Murphy aus reiner Neugierde.

Farrell schüttelte den Kopf. »Ich hielt einen ihrer Freier für den Täter«, sagte er. »Was weiß ich – irgendein Seemann, dessen Schiff längst ausgelaufen war, als wir sie fanden. So ist das hier nun mal.« In nachdenklichem Schweigen versuchte er sich an den Jungen zu erinnern. Er war blond gewesen, fiel ihm ein. Mürrisch und stumm hatte er in einer Ecke des Zimmers gestanden und ihm und dem alten Sergeant Kilford zugesehen. »Ich würde gern wissen, was aus dem Jungen geworden ist«, brummelte er vor sich hin. Sein Kollege sah ihn fragend an, und Sergeant Farrell kehrte in die Gegenwart zurück. »Notieren Sie alles, was Ihnen auffällt«, sagte er, ohne ihn anzusehen. »Vor allem machen Sie genaue Aufzeichnungen über die Verletzungen der armen Frau.«

Murphy leckte das Ende seines Bleistifts an und begann die entsetzlichen Wunden, die wie im Wahnsinn zugefügten Verstümmelungen an Mund und Geschlechtsteilen zu beschreiben. An allen Wänden des Raumes konnte man die blutigen Spuren des Verbrechens sehen.

Farrell durchsuchte das Zimmer mit der Erfahrung vieler Jahre. Was er sah, ließ ihn erschauern, es war seine erste wirkliche Gemütsbewegung, seit er dieses Reich des Todes betreten hatte. »Er hat sie richtiggehend gefoltert«, knurrte er, während er mit den Augen einem unsichtbaren Weg durch das Zimmer folgte. »Er hat sie verstümmelt und festgehalten, bis sie verblutet war. Das muss eine ganze Weile gedauert haben, und sie hat noch versucht, sich zu wehren.«

Murphy sah ihn an. »Woher wissen Sie das?«, fragte er, von den Beobachtungen des Älteren beeindruckt.

»Das sagen mir die Blutspuren«, gab Farrell zur Antwort. »Da drüben auf dem Strohsack hat er zugestoßen, das kann man an den Blutflecken sehen.« Murphy verfolgte die zeitliche Rekonstruktion der Ereignisse und begann zu verstehen, was sein erfahrener Kollege aus den Blutspuren herauslas. »Wenn Sie es sich genau ansehen, können Sie erkennen, dass sie versucht hat, vor ihm zu fliehen. Aber er hat sie nicht weglaufen lassen, schließlich sind sie da drüben an der Wand stehen geblieben«, sagte er und wies auf die Leiche. »Sie hat sich in ihrer Qual und Angst gewehrt, aber er hat sie festgehalten, bis sie am Blutverlust gestorben ist. Er hat hinter ihr gesessen und sie mit seinen Armen umklammert. Seine Hose muss von ihrem Blut förmlich durchtränkt gewesen sein.«

»Tötung im Affekt«, sagte Murphy.

Farrell schüttelte den Kopf. Er wusste nicht, was er denken sollte. Er hatte im Laufe der Jahre viele Tote gesehen, die einer Affekthandlung zum Opfer gefallen waren. Diese Frau gehörte nicht dazu. Etwas Abartiges war hier vor sich gegangen. Der Mörder hatte seinem Opfer die Wunden ganz methodisch zugefügt, um dem armen Mädchen ein Höchstmaß an Angst und Qual zu bereiten, und war dann dort geblieben, um die Folgen seiner Tat zu genießen. »Das war keine Affekthandlung«, sagte er schließlich. »Wer das getan hat, ist ein Sohn des Teufels.« Er seufzte. Wie gern wäre er jetzt draußen auf der Straße, wo menschliche Laute zu hören waren. »Es wird Zeit, dass wir die Kollegen von der Kriminalpolizei benachrichtigen. Die müssen die Untersuchung durchführen.«

»Glauben Sie, die kriegen den Schweinehund zu fassen?«, fragte Murphy, während er Bleistift und Notizbuch einsteckte.

Francis Farrell biss sich auf die Unterlippe. Die Frage war durchaus berechtigt, und deshalb meinte er die Antwort, die er nun gab, in keiner Weise spöttisch: »Nur, wenn sie an Gespenster glauben.«

Auf dem Rückweg zur Polizeiwache musste Sergeant Farrell immer wieder an den Jungen denken, der am Tag, an dem die Polizeibeamten über den Mörder seiner Mutter gesprochen hatten, stumm im Zimmer gestanden hatte. Wenn ihm doch nur sein Name einfiele! Zwar bestand kein Zusammenhang mit dem gegenwärtigen Mord, aber irgendetwas an dem Jungen hatte ihn noch nach Jahren innerlich nicht zur Ruhe kommen lassen.

Nun, den Namen konnte er im Archiv finden, und er lächelte befriedigt vor sich hin. Vielleicht würde er beim nächsten Mal danach suchen, wenn er im Gefängnis von Darlinghurst zu tun hatte.

8

Schon zwei Wochen zogen die Gespanne ohne Zwischenfall vom Palmer in Richtung Cooktown. Kate wollte die für Fuhrwerke gefährlich enge Schlucht an der Großen Wasserscheide lieber umfahren. Dieses tiefe Tal wurde auch das Höllentor genannt – eine treffende Bezeichnung. Genau in jener Schlucht, in der Überfälle an der Tagesordnung waren, hatte man den bewachten Goldtransport ausgeraubt. Wer aus Cooktown kam und das Höllentor bewältigt hatte, konnte zwar den Gold führenden Palmer sehen, doch so mancher Goldsucher hatte sich mit einem Blick auf das Ziel seiner Träume begnügen müssen. Ein Speerwurf oder der wuchtige Hieb einer steinernen Kriegskeule hatte dem Lebensweg vieler von ihnen in dieser Schlucht ein Ende gesetzt.

Mit Jenny war eine Verwandlung vor sich gegangen. Je weiter sich die mühevoll voranrumpelnden Fuhrwerken vom Schrecken der Goldfelder entfernten, desto mehr schwand der gehetzte Ausdruck aus ihren Augen und die Verhärmtheit wich von ihren Zügen. Jennys angeborene Schönheit blühte auf wie eine herrliche tropische Lilie.

Zudem erwies sie sich auf dem gemächlichen Zug nach Osten als tüchtige Reisebegleiterin. Während Ben und Kate abends die Ochsen ausspannten und ihnen die Beinfesseln für die Nacht anlegten, bereitete sie fröhlich das Essen zu. Sie hatte am Rand des Karrenwegs ein Päckchen mit getrockneten Kräutern gefunden, das vermutlich ein Goldsucher fortgeworfen hatte, um sein Gepäck zu erleichtern. Mit ihnen verbesserte sie den Geschmack des täglichen Eintopfs und erklärte, ihr Vater, der bei einem gewissen Mister Granville White als Gärtner tätig war, habe ihr gezeigt, welche Kräuter man für die Küche verwenden könne. In Bens und Kates Augen war dieser Fund wertvoller, als wenn sie auf Gold gestoßen wären, und sie genossen Jennys abwechslungsreiche Kost in vollen Zügen.

Kate merkte, dass Willie nur das Allernötigste sprach und der Mutter kaum je von der Seite wich. Vermutlich hatte er in den entsetzlichen Monaten der Regenzeit an den Ufern des Palmer so manches Widerwärtige mitbekommen, das Männer seiner Mutter angetan hatten. Es fiel auf, wie eifersüchtig er sie sogar vor Ben beschützte, dem er sich in ganz eigentümlicher Weise angeschlossen hatte. Trotz seines tiefen Misstrauens allen Männern gegenüber folgte er ihm wie ein treuer Hund auf Schritt und Tritt. Ben gab ihm kleine Aufgaben, die der schweigsame Junge, halb widerstrebend, halb gern erledigte.

Ein sonderbares Kind, überlegte Kate, während sie zusah, wie er Ben half, den großen Ochsen, die ebenso gute Wächter waren wie Hunde, die Fußfesseln anzulegen. Sobald die Tiere umherstreifende Ureinwohner witterten, wurden sie unruhig, doch hatten sie während der zwei Wochen, die sie unterwegs waren, erst ein einziges Mal auf diese Weise angezeigt, dass andere Menschen in der Nähe waren.

In der ersten Morgendämmerung des Vortages hatten die Glocken um den Hals der Tiere heftiger geläutet als sonst. Vom Brüllen der Ochsen sofort geweckt, hatten Ben und Kate in die Dämmerung gespäht, die Waffen schussbereit in der Hand. Immerhin mussten sie auf einen tödlichen Speerhagel gefasst sein. Doch die Speere wurden nicht geschleudert – ein Warnschuss aus Bens Revolver hatte die lauernden Schatten vertrieben.

Dieser Zwischenfall hatte Ben auf den Gedanken gebracht, Jenny zu zeigen, wie man mit einer Schusswaffe umging. Während der Mittagspause wollte er ihr an einem Wasserlauf etwa hundert Schritt vom Lagerplatz entfernt die Handhabung von Kates Gewehr beibringen. Willie bekam von Kate den Auftrag, Brennholz zu sammeln, und wie immer ermahnte sie ihn, sich nicht zu weit vom Fuhrwerk zu entfernen. Der Vorfall vom frühen Morgen hatte allen erneut ins Gedächtnis gerufen, dass sie sich tief in feindlichem Gebiet befanden und daher besonders wachsam sein mussten.

Während Ben neben Jenny stand, nahm er den Duft ihres frisch gewaschenen Haares und den zarten Moschusgeruch ihres Schweißes wahr. Zum ersten Mal hatte er den nun so vertrauten Geruch wahrgenommen, als Kate an einem Wasserlauf hatte Halt machen lassen, damit sich beide Frauen gründlich waschen konnten. Ben hatte unterdessen bei den Fuhrwerken Wache gehalten und die Wagenachsen geschmiert, während er darauf lauschte, mit welch mädchenhafter Munterkeit beide im Wasser herumplanschten und hemmungslos kicherten. Jennys Lachen hatte ihm lieblich wie das Morgenlied der Vögel in den Ohren geklungen, und er hatte sich danach gesehnt, die schlanke junge Frau zu berühren, sich ausgemalt, wie es wäre, die geheimen Schatten unter ihren Brüsten küssen zu dürfen. Als er sich umwandte, hatte er gesehen, wie ihn Willie wütend anstarrte, als hätte er seine wollüstigen Gedanken erraten. Schuldbewusst hatte sich Ben bemüht, an etwas anderes zu denken.

Nach dem Bad hatte Kate Jennifer ein sauberes Kleid geschenkt, das sie für den Fall der Fälle eingepackt hatte. Auch wenn dieser auf dem mühevollen Weg zum Palmer natürlich nicht eingetreten war, erfüllte dieses Zugeständnis an ihre Eitelkeit die Aufgabe, Kate daran zu erinnern, dass sie eine Frau war, auch wenn sie in der rauen Ochsentreiberwelt der Männer zu Hause war.

Jennifer war in Tränen ausgebrochen, denn niemand hatte ihr in ihrem achtzehnjährigen Leben je etwas geschenkt. Das einfache Baumwollkleid mit den Fischbeinstäbchen darin brachte ihren Körper in einer Weise zur Geltung, die weder Ben noch den Goldsuchern verborgen blieb, die ihnen von Zeit zu Zeit entgegenkamen. Während sich Jenny bemühte, so zu tun, als bemerke sie deren gaffende Blicke nicht, wäre Ben angesichts der Aufmerksamkeit, die Jenny ungewollt hervorrief, vor Eifersucht fast geplatzt.

Trotz seines alles andere als flüchtigen Interesses an ihr hatte er sich von ihr fern gehalten, fürchtete er doch eine Zurückweisung. Außerdem hatte Kate wenige Tage nach dem Aufbruch vom Palmer mit ihm gesprochen und ihm erklärt, die junge Frau werde wohl Zeit brauchen, sich mit dem Gedanken vertraut zu machen, dass sich ein anständiger Mann für sie interessieren könnte. Dabei hatte sie so wissend gelächelt, dass er unwillkürlich errötet war.

Doch als er ihr jetzt das schwere Gewehr an die Schulter drückte, stand er so dicht neben ihr, dass er nicht nur ihren zarten Geruch wahrnahm, sondern auch ihre glatte Haut streifte. Wieder kamen ihm die beunruhigenden Vorstellungen, während er befangen eine Hand unter die der jungen Frau legte und den Gewehrkolben fasste. Ihre langen Haare strichen ihm über das Gesicht, und er spürte einen kaum zu bändigenden Drang, sie an sich zu reißen und auf den Mund zu küssen. Seine Gefühle ängstigten ihn, denn er hatte noch nie nähere Beziehungen zu einer Frau gehabt. Dafür hatte Kate gesorgt, die ihn wie eine Ersatzmutter von den Versuchungen Cooktowns fern gehalten hatte. Zwar war ihm klar gewesen, dass es ihre Sorge um ihn war, trotzdem war es ihm schwer gefallen, den Lockungen der grell geschminkten Frauen zu widerstehen.

Jenny spürte seine Gegenwart mehr, als ihm bewusst war. Er war anders als die anderen Männer, die sie gekannt hatte, sanft und freundlich, und sein Lachen war einfach herrlich. Doch sie war bekümmert wegen ihres erdbeerförmigen Muttermals. Welcher Mann würde eine solche Frau haben wollen?

Mister Granville White hatte sich nicht daran gestört, fiel ihr voll Bitterkeit ein. Ihm hatte nach nichts anderem der Sinn gestanden als nach ihrem kindlichen Körper. Nach wie vor sah sie die entsetzlichen Dinge deutlich vor sich, die er mit ihr getrieben hatte. Willie stammte aus jener fürchterlichen Zeit, doch der Junge gehörte zu ihr und brachte Freude in ihr einsames Dasein. Bisweilen erschauerte sie, wenn sie ihn ansah und in seinem Gesicht Züge entdeckte, die sie an Granville White erinnerten.

Während Ben ihr am Rande des Wasserlaufs den Gewehrkolben an die Schulter drückte, spürte sie seine kräftige, schwielige Hand unter der ihren. Unwillkürlich wünschte sie sich, es möge immer so bleiben. Dann zielte sie über Kimme und Korn auf die Astgabel eines Coolabah-Baumes am anderen Ufer.

»Einfach den Gewehrlauf mit einer Hand festhalten«, sagte Ben und senkte den Kopf, um seinerseits das Ziel anzuvisieren. »Vor allem aber«, erklärte er, sein Gesicht in ihr weiches Haar gedrückt, »den Abzug weich und gleichmäßig durchziehen.«

Jenny nickte und schloss ein Auge, wie Ben es ihr gesagt hatte. Plötzlich ging mit ihm eine beunruhigende Veränderung vor. Sie spürte, wie sein Körper sich anspannte. Offensichtlich lenkte ihn etwas von der Schießlektion ab. »Geh bitte mit dem Gewehr zum Fuhrwerk zurück«, sagte er ruhig, aber fest.

Jenny sah ihn verwirrt an. »Stimmt was nicht?«, fragte sie mit gerunzelter Stirn.

»Das weiß ich noch nicht«, gab er ruhig zur Antwort. »Ich will mir da drüben was näher ansehen. Geh einfach zu Kate und sorge dafür, dass sie beim Fuhrwerk bleibt.«

Unruhig ging sie davon. Zu ihrer Rechten erhob sich der Regenwald zu den gebirgigen Höhen, die zwischen den Goldfeldern am Palmer und dem Ozean im Osten lagen.

Bens Nackenhaare sträubten sich, und in seinen Ohren hämmerte es. Erst als er Jenny ein Stück weiter mit Kate sprechen hörte, ging er vorsichtig, den Revolver in der Hand, ein Stück weit den Wasserlauf entlang, der sacht zwischen hohen Gräsern und verkümmerten Bäumen dahinfloss. Kleine Schlammwirbel über den Kieseln am Boden des klaren Gewässers waren ihm aufgefallen, als er hinter Jenny gestanden hatte. Jetzt sah er noch mehr davon.

Es waren Hunderte von Fußabdrücken!

Sie waren so frisch, dass das Wasser sie noch nicht hatte tilgen können. Erst vor zehn, vielleicht fünfzehn Minuten hatten dort Menschen den Wasserlauf durchquert. Bens Besorgnis steigerte sich. Wenn er nur wüsste, ob das die Spuren eines großen Zuges von Kriegern oder eines friedlichen Stammes waren. Vermutlich hatte er es mit den Fußspuren eines großen Trupps Krieger zu tun, die ihre kleine Gruppe umschlichen, denn gewöhnlich ließen die Ureinwohner Frauen und Kinder nicht so nah an die von den Weißen benutzten Wege heran. Viele Goldsucher im Grenzgebiet schossen grundlos auf jeden Ureinwohner, den sie im Busch sahen, weil sie der Ansicht waren, nur ein toter Schwarzer sei ein guter Schwarzer.

Offensichtlich hatten die Ureinwohner den Wasserlauf durchquert, während die Fuhrleute Mittagsrast hielten. Vermutlich hatten sie die Ochsenkarren umgangen und legten ihnen jetzt im dichten Buschland weiter vorn auf dem Weg nach Cooktown einen Hinterhalt. Sein Magen zog sich schmerzhaft zusammen. Er hatte Angst, und dafür gab es durchaus gute Gründe. Irgendwo tief im Busch nahmen die bemalten Krieger gerade jetzt mit ihren Speeren, Holzschwertern, Keulen und breiten Schilden lautlos ihre Stellungen ein.

Immer noch hörte er Kate und Jennifer leise miteinander sprechen. Klar floss das Wasser über die Kiesel im Bachbett, Vögel sangen im dichten Buschwerk – ein trügerisches Bild des Friedens.

Langsam kehrte Ben zurück. Jeden Augenblick konnte der markerschütternde Schrei des Rabenkakadus ertönen, woraufhin bemalte Krieger förmlich aus dem Boden wachsen und ihre Waffen schwingen würden. Die hundert Schritte bis zu den Fuhrwerken kamen ihm wie hundert Meilen vor.

Als Kate die Waffe in seiner Hand sah, wusste sie, dass Gefahr drohte. Während er aufmerksam zum Gebüsch weiter vorn an ihrem Weg spähte, warf sie ihm einen fragenden Blick zu. »Ich glaube, wir werden beobachtet«, beantwortete er ihre unausgesprochene Frage. »Ich hab Hinweise auf einen großen Trupp von Schwarzen gesehen, der hinter uns vorbeigezogen sein muss, als wir Rast gemacht haben.«

Jennifer erbleichte und riss Willie mit angstvollem Blick beschützend an sich.

»Wie viele?«, fragte Kate ruhig, goss Tee in einen emaillierten Becher und gab ihn Ben.

»Wenn ich das wüsste.« Der Becher zitterte in seiner Hand. »Den Spuren im Bachbett nach können es Hunderte sein.«

Kate wandte sich um und richtete aufmerksam den Blick auf das Buschwerk, über dem die Luft in der Hitze der hoch stehenden Mittagssonne flimmerte. »Vermutlich verstecken sie sich weiter vorne«, sagte sie gelassen und hielt zum Schutz vor der Sonne die Hand über die Augen.

»Das glaube ich auch«, gab er zur Antwort und nahm einen Schluck heißen Tee. »Wahrscheinlich warten sie, bis wir aufbrechen und damit in Reichweite ihrer Speere kommen. Dann werden sie sich auf uns stürzen, bevor wir richtig feuern können. In dem verdammten Gras können sie sich so gut verstecken, dass man auf einen von denen treten könnte, ohne ihn zu sehen.«

»Dann bleiben wir eben hier und warten«, sagte Kate. »Oder wir kehren um, bis wir Leuten begegnen, die auch in unsere Richtung ziehen. Dann haben wir hoffentlich genug Waffen, um uns den Weg freizukämpfen«, fügte sie mit dem Mut der Verzweiflung hinzu. Hätte sie doch nur eines der amerikanischen Repetiergewehre gekauft! Ein amerikanischer Goldsucher, dem das Glück nicht hold gewesen war, hatte ihr sein Spencer-Gewehr angeboten. Er wollte nicht mehr dafür haben, als er brauchte, um die Heimreise zu bezahlen.

Ben sah, dass Jenny ihre Fassung rasch zurückgewann, auch wenn sie nach wie vor bleich war und furchtsam schien. Willie ließ die Hand seiner Mutter nicht los und tat so, als wolle er sie beschützen. Insgeheim gelobte er sich, dass ihr kein Mann je wieder etwas antun dürfe. Zwar wusste er nicht, was von den Ureinwohnern zu erwarten war, doch würde er seine Mutter auf jeden Fall verteidigen. Nur schade, dass sie nicht auch für Jenny ein Gewehr hatten. Wie die Dinge lagen, konnte man ihr nur Kates kleinen Damenrevolver geben, mit dem sie auf keinen Fall mehr als einen Krieger außer Gefecht setzen konnte.

»Wollen die Wilden uns angreifen?«, fragte Jenny angstvoll.

»Das glaube ich nicht«, sagte Kate und spähte den Karrenweg entlang. »Jedenfalls nicht, solange es hell ist. Sie wissen, dass sie mit Verlusten rechnen müssen, wenn sie uns bei Tageslicht auf offenem Gelände angreifen. Entweder warten sie, bis ihnen jemand anders in die Falle geht, oder sie greifen uns heute Nacht an.«

»Was sollen wir Ihrer Ansicht nach tun, Kate?«, fragte Ben. Er hatte große Achtung vor den Entscheidungen seiner Prinzipalin. Nur wer über einen scharfen Verstand verfügte, konnte ein Vermögen wie das ihre anhäufen.

Kate wandte sich um und ging zum Fuhrwerk, um nach der Munition zu sehen. »Wir verschanzen uns hier und warten«, sagte sie, während sie eine Patronenschachtel öffnete. »Wenn sie kommen, suchen wir Zuflucht unter den Fuhrwerken. Da sind wir vor ihren Speeren einigermaßen sicher. Sofern es uns gelingt, sie hinreichend unter Feuer zunehmen, schrecken wir sie ab. Soweit ich gehört habe, brechen sie bei Dauerfeuer ihre Angriffe ab.«

Ben war sich nicht sicher, ob sie damit Recht hatte. Hatten nicht Stammeskrieger eine gut bewaffnete Polizeitruppe überfallen, die auf dem Rückweg nach Cooktown war? Zweifellos waren die Polizisten besser ausgebildet und ausgerüstet als sie, um Angriffe der Schwarzen zurückzuschlagen. Doch ihnen blieb keine andere Wahl. Obwohl Ben nicht besonders fromm war, schickte er ein Stoßgebet zum Himmel.

»Ich denke, wir sollten die Tiere ausspannen und zum Bach treiben«, sagte Kate und warf sich das Gewehr über die Schulter.

Ben stimmte zu, und Jenny hielt Wache, während er mit Kate die Ochsen an den Wasserlauf führte, wo sie ihnen Fußfesseln anlegten, damit sie grasen und saufen konnten.

Der Nachmittag verging unendlich langsam. Die Glocken am Hals der Tiere klangen beruhigend. Immer wieder ließen die vier Belagerten den Blick über den Weg gleiten, denn sie waren sicher, dass sich vor Sonnenuntergang noch der eine oder andere Reisende zeigen würde.

Die Stille des heißen Nachmittags war lähmend. Nur die kleinen Vögel im Busch, die nichts von der Tragödie wussten, die sich um sie herum anbahnte, stießen ihre munteren Rufe aus.

Gegen Abend hörte Jennifer, die mit Kates Gewehr unter dem Fuhrwerk lag, einen sonderbaren Singsang, der aus Richtung Cooktown zu kommen schien. Sie stieß Ben an, der, den Revolver in der Hand, neben ihr dämmerte. »Ich glaub, da kommt jemand«, sagte sie ganz aufgeregt, während sie sich aufrichtete, um besser sehen zu können.

»Chinesen!«, knurrte Ben, der die sonderbaren Stimmen gleich einordnen konnte. »Schlitzaugen. Die sind auf dem Weg hierher.«

»Wir müssen sie warnen«, sagte Kate und nahm das Gewehr, das Jenny ihr hinhielt. »Sonst werden sie abgeschlachtet, sobald sie nah genug herangekommen sind.«

Ben verzog das Gesicht. Seiner Ansicht nach lohnte es sich nicht, sein Leben für Leute aufs Spiel zu setzen, die ein weißer Goldsucher als ebenso widerwärtig ansah wie ein Bauer Heuschrecken in seinem Kornfeld.

»Wir sind auf sie angewiesen, Ben«, gab Kate zu bedenken. »Wenn die Schwarzen sie abschlachten, haben sie es mit uns umso leichter. Du musst sie irgendwie warnen.«

Ben gab ihr Recht. Er sah zu den langen Schatten im hohen Gras hinüber. »Ich such mir Deckung am Bach und umgeh die Büsche«, sagte er und löste den Revolver von der Hüfte. »Wenn ich drüben den Weg erreiche, warne ich die Chinesen. Vielleicht hab ich Glück und kann ihnen klar machen, dass im Angriff ihre und unsere einzige Hoffnung auf ein Überleben liegt.« Den Gürtel mit dem Revolver gab er Kate. »Nehmen Sie das. Jenny kann das Gewehr nehmen, falls ...« Er sprach nicht weiter.

Kate begriff, was ihm durch den Kopf ging. Ohne Waffe war er praktisch schutzlos. Er riskierte sein Leben für sie und Jenny, damit sie möglichst viel Feuerkraft zur Verfügung hatten. Mut und Ehre zeichneten den Buschläufer aus, und an der Grenze galt das ungeschriebene Gesetz, dass Frauen und Kinder geschützt werden mussten. Sie legte ihm sanft die Hand auf den Arm. »Nein, Ben«, sagte sie leise. »Behalte den Revolver.«

Er schüttelte ihre Hand ab. Anfangs glaubte Jenny, die beiden stritten miteinander, dann aber begriff sie, warum er Kate seinen Revolver gegeben hatte. »Benjamin!«, stieß sie hervor.

Er zog ein Bowie-Messer aus dem Stiefelschaft und sagte mit entschlossenem Lächeln: »Ich hab das hier, Jenny.« Er hielt das Messer hoch. »Ich denke, dass ich auf dem kurzen Stück bis zu den Chinesen schneller laufen kann als die Schwarzen.«

Jenny tat einen Schritt nach vorn und umschlang ihn mit beiden Armen. Er spürte die Berührung ihrer Brüste, dann zog sie seinen Kopf zu sich herab und drückte ihm den Mund auf die Lippen. »Ich hab noch nie einen Mann wie dich kennen gelernt«, flüsterte sie mit Tränen in den Augen. »Pass auf dich auf.«

Ihre Leidenschaft verblüffte ihn, und er stand reglos mit herabhängenden Armen da. Verzweifelt klammerte sie sich an ihn. Wie die Dinge lagen, blieb keine Zeit für die üblichen schüchternen Annäherungsversuche. Es kam ihr darauf an, ihm deutlich zu zeigen, dass sie sich mehr aus ihm machte, als ihr selbst klar sein mochte. Er schob sie sanft von sich. »Hoffentlich denkst du an diesen Augenblick, wenn ich zurückkomme«, brummte er leise.

Dann war er fort.

Kate gab Jenny das Gewehr. »Er kommt wieder«, sagte sie beruhigend und zog den schweren Coltrevolver aus dem ledernen Holster. »Ben ist einer der besten Männer hier im Busch.«

»Ich weiß«, sagte Jenny mit leiser Stimme. »Hätte ich es ihm doch nur vorher gesagt.«

Zwar hatte Kate gesagt, sie sei sicher, dass der junge Fuhrmann seine Aufgabe bewältigen werde, doch insgeheim war sie weniger zuversichtlich. Sollte der sonderbare Fluch, der auf ihrer Familie ruhte, etwa noch einen Menschen fordern, der ihr am Herzen lag? Sie sah auf den Revolver in ihrer Hand und prüfte, ob die Zündhütchen vor den Kammern an der richtigen Stelle saßen. »Gott und Jennys Liebe mögen dich begleiten«, flüsterte sie. »Komm zurück, wir brauchen dich beide.«

Geduckt rannte Ben über einen trockenen Sandstreifen im Flussbett. Als dieser zu Ende war, stand er ungeschützt am Ufer. Seine Beine waren vom wochenlangen Marschieren neben dem großen Fuhrwerk kräftig, doch kräftig waren auch die im Hinterhalt lauernden Krieger. Er betete zu Gott, dass die sich nähernden Chinesen deren Aufmerksamkeit in Anspruch nahmen.

Zwar war das Messer in seiner Hand eine tödliche Waffe, doch wenn es darauf ankam, würde ihm das nicht viel nützen. Die Krieger würden ihm keinesfalls so nahe kommen, dass er sich damit verteidigen konnte, sondern ihn von Ferne mit einem Hagel von Speeren eindecken. Schlimmer noch, sie könnten sich auf ihn stürzen und ihn lebend für eine ihrer Kannibalenmahlzeiten gefangen nehmen! Vor Entsetzen schaudernd kämpfte er gegen eine schreckliche Furcht an. Der rasche Lauf in der Hitze des Spätnachmittags hatte an seinen Kräften gezehrt, doch noch gab es keinen Hinweis auf die Gegenwart der Krieger.

Er stolperte über einen Baumstamm und fiel mit dem Gesicht voran zu Boden. Der Sturz nahm ihm den Atem. Während er keuchend dalag, hörte er ganz in seiner Nähe unverständlichen Singsang. Mit Mühe erhob er sich. Über dem Grasmeer konnte er die Kolonne der Männer erkennen, die sich in einer Art Laufschritt näherte. Zwanzig, vielleicht dreißig Chinesen in einheitlich blauen Hosen und Hemden, die spitz zulaufende kegelförmige Hüte trugen. Auf ihren Schultern ruhten Bambusstangen, an deren Enden geflochtene Körbe hingen. Einige von ihnen waren mit alten Steinschlossmusketen bewaffnet. Ihnen voran schritt ein Hüne, der wie ein Buschläufer in eine Moleskinhose und ein rotes Baumwollhemd gekleidet war. Dazu trug er einen amerikanischen Cowboyhut mit nach unten geklappter Krempe. In der Hand hielt er ein Snyder-Gewehr, und um die Hüfte lag ihm ein Patronengurt.

»He!«, rief Ben und winkte. Sogleich machte die Kolonne Halt. Angst trat auf die glatten Gesichter der Männer, und die bewaffneten unter ihnen richteten ihre Musketen auf ihn. »Spricht einer von euch Englisch?«, rief er.

»Ja, ich, Mister«, brummte der Hüne an der Spitze in der Sprechweise eines australischen Buschläufers. »Was zum Teufel wollen Sie?«

Während Ben auf die Männer zuging, drehte sich der Buschläufer um und sagte etwas auf Chinesisch zu den anderen. Der Anblick des Weißen, der da mit wilden Augen auf sie zukam, erfüllte sie mit Furcht. Ihnen war nur allzu frisch im Gedächtnis, was man ihnen im Chinesenviertel von Cooktown erzählt hatte, dass nämlich Weiße Chinesen wegen ihres Goldes auflauerten. Wilde Gerüchte machten die Runde, denen zufolge Weiße bisweilen die Speere von Eingeborenen in die Schusswunden toter Chinesen stießen, um den Eindruck zu erwecken, Eingeborene hätten sie getötet. Misstrauisch blickten sie auf den weißen Mann, der sich ihnen näherte.

Überrascht sah Ben, dass auch der europäisch gekleidete Mann Chinesenblut in den Adern zu haben schien, was auf den ersten Blick nicht zu erkennen gewesen war. Er war etwa in Bens Alter und glatt rasiert. Seine Augen waren schwarz wie Kohle, und unter seinem Blick fühlte Ben sich wie eine Maus, die von einem Taipan, einer australischen Giftnatter, bedroht wird. In den Händen des herkulischen Eurasiers wirkte das Snyder-Gewehr wie ein Spielzeug. »Ich heiße Ben Rosenblum«, keuchte Ben, als er die Kolonne erreichte. »Zwei- bis dreihundert Schritt weiter vorn liegen Schwarze im Hinterhalt.«

Das Gewehr auf ihn gerichtet, fragte der Hüne misstrauisch: »Stimmt das auch?«

»Ja«, gab Ben zur Antwort, ohne weiter auf den drohenden Gewehrlauf zu achten. »Mehrere hundert.«

Offenkundig war der Hüne der Anführer der Gruppe. Nachdem er einige Worte an die Bewaffneten gerichtet hatte, traten diese zu ihm, während sich die Träger auf den Boden hockten und auf weitere Befehle warteten. Die Angst in den Augen der chinesischen Kulis verwandelte sich in Entsetzen; vermutlich dachten sie an die Geschichten, denen zufolge die Ureinwohner in den nördlichen Regionen das Fleisch von Chinesen dem von Europäern vorzogen. In den Opiumhöhlen, Restaurants und Bordellen der Chinesenviertel wurden solche und andere Geschichten verbreitet, in denen es unter anderem hieß, bemalte Krieger hätten gefangene Chinesen mit dem Zopf an Bäume gehängt, um sie dort aufzubewahren, bis sie geschlachtet wurden.

»Ich heiße John Wong«, gab der Eurasier zurück, ohne Ben die Hand hinzuhalten. Er ließ das Gewehr sinken. Er hatte in den Augen des anderen keinen Hinweis auf Heimtücke entdeckt und beschloss, ihm zu trauen. »Sagen Sie mir, was da vorne gespielt wird.«

Während John zuhörte, wie ihm Ben von der Entdeckung der Spuren im Bachlauf berichtete, ließ er den Blick auf einer Gruppe verkrüppelter Bäume im ebenen Grasland ruhen, das zwischen seinem Trupp und den fernen Fuhrwerken lag. Er gab sich keinen Illusionen darüber hin, dass Ben die Chinesen nicht leiden konnte. Offensichtlich warnte er sie ausschließlich deshalb vor der Gefahr, weil er sie als Verbündete brauchte, um zu überleben.

Als Ben seine Schilderung beendet hatte, wandte sich John seinen Bewaffneten zu. Sie wirkten furchtsam, hörten aber auf ihren Anführer, ohne seine Worte in Frage zu stellen. Als er mit seinen Erklärungen fertig war, wandte er sich an Ben. »Ich habe ihnen gesagt, dass wir in Schützenlinie gegen die Schwarzen vorgehen. Die werden dann wohl annehmen, dass es weiter hinten am Weg einfachere Beute für sie gibt, und flüchten.« Er warf Ben ein boshaftes Lächeln zu. »Sollte ich mich aber irren und sie stellen sich zum Kampf, gibt es bei denen heute Abend eine interessante Mahlzeit: weißes und gelbes Fleisch gemischt«, fügte er lachend hinzu und spannte zugleich den Hahn seines Gewehrs. Dann wandte er sich zu seinen Männer um und erteilte knappe Befehle. Die Bewaffneten schienen sie zu bestätigen und schwärmten – erkennbar zögernd – zu einer Schützenlinie aus.

Vorsichtig rückten sie über das Gras der Ebene auf das Buschland vor, das im sanften goldenen Schimmer der untergehenden Sonne dalag. Die Träger folgten den Bewaffneten, und Ben hielt sich in Johns Nähe.

Während der ersten hundert Schritte hörte man nichts als das Lied der Vögel im Buschland und das Rauschen des hohen Grases unter den Füßen. Die Chinesen waren angespannt wie Jagdhunde, die die Witterung von Wild aufgenommen haben. Sie hielten die langen Läufe ihrer Musketen vor sich, als hofften sie, damit die verborgenen Krieger abwehren zu können. Bens Nerven waren zum Zerreißen gespannt.

Das ohrenbetäubende Kreischen des Rabenkakadus zerriss die Stille des Spätnachmittags. Im selben Augenblick erhoben sich Hunderte gelb und weiß bemalter unbekleideter Krieger aus dem hohen Gras unmittelbar vor ihnen. Dieser Anblick, bei dem einem der Herzschlag stocken konnte, veranlasste die vorrückenden Chinesen, sofort stehen zu bleiben.

Sie schwankten sichtbar, ob sie sich zur heilloser Flucht wenden sollten, ohne einen Schuss abzugeben, waren ihnen doch die Schwarzen zahlenmäßig mehrfach überlegen. Johns Stimme aber übertönte den Schlachtruf der Ureinwohner. Er feuerte seine Snyder in die Reihen der bemalten Krieger und versuchte, seine Männer zusammenzuhalten. Mit einem Schmerzenslaut sank einer der Krieger zu Boden; eine Kugel hatte ihn in der Brust getroffen. Im nächsten Augenblick wurden zahllose Speere gegen die Chinesen geschleudert.

Ben spürte, wie ihn einer am Hemdsärmel streifte, und sah, wie einer der chinesischen Musketenträger zu Boden stürzte. Er ließ seine Muskete los und zerrte verzweifelt an dem Speer, der ihm tief in die Brust gedrungen war, doch die Widerhaken hielten ihn unverrückbar fest. Die Stammeskrieger waren erkennbar im Vorteil, und Ben begriff, dass ihre Lage verzweifelt war.

Jetzt stürzten sich die Krieger, ihre Waffen schwingend, auf die Angreifer, wobei sie erneut den Schrei des Rabenkakadus ausstießen.

Ben hob die Muskete des Sterbenden auf und richtete den langen Lauf auf einen der bemalten Krieger, der ihn mit Holzschwert und Schild angriff. Der Schuss löste sich, und der Ureinwohner drehte sich um die eigene Achse, als ihn die bleierne Kugel von den Füßen riss.

Auf Bens Schuss folgte das Feuer der chinesischen Musketiere, die John zu einer Art Schützenlinie zusammengetrieben hatte. Drei Krieger, die im Feuer zusammenbrachen, wurden von ihren Gefährten aufgefangen und nach hinten gebracht, wo man im vergeblichen Versuch, ihre Blutung zum Stillstand zu bringen, Gras in die Schusswunden stopfte. Der Angriff war zum Stehen gekommen; die Krieger zögerten.

John feuerte mit seinem einschüssigen Snyder-Gewehr, als wäre es eines der neuen Winchester-Repetiergewehre. Er schoss, riss mit geübter Hand den Verschluss auf und schob eine neue Patrone ein. Er brauchte gar nicht besonders gut zu zielen, da sich die Krieger dicht an dicht auf der Grasfläche vor ihnen drängten.

Ben fasste die Muskete an ihrem langen Lauf, um sie wie eine Keule gegen die heranstürmenden Stammeskrieger zu schwingen. Umständlich luden die chinesischen Schützen um ihn herum ihre Musketen mit Pulver und Blei nach und feuerten von Zeit zu Zeit eine Salve in die Reihen der Angreifer.

Jetzt aber wurde im Rücken der Krieger das Feuer eröffnet. Aus der Deckung der Fuhrwerke heraus griffen Kate und Jenny in den Kampf ein. Die Front der Schwarzen, die nunmehr von zwei Seiten unter Feuer stand, geriet ins Wanken. Ihr Anführer erkannte, dass sich die Chinesen gesammelt hatten und entschlossen zu sein schienen, ihr Leben teuer zu verkaufen. Immer wieder wurde einer seiner Männer von einer Kugel getroffen. Eine Fortsetzung des Kampfes würde zu unannehmbar hohen Verlusten auf der Seite der Krieger führen.

Er gab den Befehl, den Angriff abzubrechen. Das tat er nicht aus Feigheit, sondern weil er die europäische Art zu kämpfen und die beschränkte Wirkung der eigenen Waffen kannte. Ein Kampf der Stammeskrieger gegen die Eindringlinge bot nur dann Aussicht auf Erfolg, wenn sie überraschend und aus dem Hinterhalt angriffen. Die Krieger zogen sich mit ihren Verwundeten in die Sicherheit des dichten Buschlandes auf den Hängen oberhalb des Karrenweges zurück.

Während die Schwarzen im Busch verschwanden, verstummte Johns Snyder-Gewehr allmählich. Ein Wölkchen Pulverrauch trieb hoch in der stillen Luft. Als die siegreichen Chinesen sahen, dass sich die eingeborenen Krieger zurückzogen, begannen sie, aufgeregt miteinander zu reden. Durch diesen Lärm hörte Ben die fernen Stimmen Kates und Jennys, die von den Fuhrwerken aus nach ihm riefen. Während er mit der alten Muskete in der Hand dastand, merkte er, dass er unwillkürlich am ganzen Leibe zitterte. Es war ein knappes Entkommen gewesen. Wäre es John nicht gelungen, seine Männer wieder zu sammeln, und hätte Kate nicht in den Kampf eingegriffen, wären sie von den Eingeborenenkriegern überwältigt worden.

Undeutlich nahm er wahr, wie Jennifer das Baumwollkleid um die Knie wirbelte, als sie durch das hohe Gras auf der Ebene, die noch vor wenigen Augenblicken ein Schlachtfeld gewesen war, auf ihn zugerannt kam. Er bemühte sich, tapfer zu lächeln, als sie ihm in die Arme stürzte und ihn mit Küssen bedeckte. Er hielt sie an sich gedrückt, entschlossen, sie nie wieder loszulassen.

»Ich weiß gar nicht, wie ich Ihnen für Ihre Hilfe danken kann, Mister Wong«, sagte Kate und gab ihm noch ein großes Stück frisch gebackenes Fladenbrot mit Marmelade. Der Mann, der da unter dem Sternenzelt am Lagerfeuer saß, war nicht nur kräftig, er hatte auch einen gesegneten Appetit.

»Eine solche Mahlzeit ist Dank genug, Missus O'Keefe«, sagte John und leckte sich die klebrigen Finger ab, von denen ihm die Marmelade auf die Knie troff. »Die ganze letzte Woche habe ich von Reis und Dörrfisch gelebt, aber ich bin nicht so recht an das gewöhnt, was meine chinesischen Vettern essen. Am liebsten isst man das, womit man groß geworden ist.«

Kate hörte ihn voll Überraschung von seinen chinesischen »Vettern« sprechen. Er selbst sah nicht besonders chinesisch aus, hatte allerdings einen chinesischen Nachnamen. Auch wirkte der eine oder andere Zug in seinem gut aussehenden Gesicht asiatisch. »Sie sagen, dass es sich um Ihre Landsleute handelt, Mister Wong? Obwohl Sie weder wie diese aussehen noch so sprechen«, sagte sie höflich, »sind Sie vermutlich chinesischer Abkunft?«

»Ich bin halb Ire und halb Chinese. Meine Eltern haben einander im Jahre 1854 auf den Goldfeldern von Ballarat kennen gelernt. Dort bin ich zur Welt gekommen. Man könnte vermutlich sagen, dass ich zwischen zwei Welten aufgewachsen bin«, überlegte er, den Blick auf das flackernde Feuer gerichtet. Kate sah ihn überrascht an. Wie kam jemand damit zurecht, zugleich irisches und asiatisches Blut in den Adern zu haben? Ihr nachdenklicher Blick entging John nicht. »Ich habe doppelt so viele Feiertage wie andere Leute«, lachte er, als er sich wieder der Welt um ihn herum zuwandte. »Vergangenes Jahr habe ich mich sogar am Tag des heiligen Patrick in Sydney mit ein paar Verwandten meiner Mutter betrunken.«

Es kam Kate ein wenig töricht vor, über Johns Abstammung zu sprechen. Immerhin zog sie die drei Kinder ihres Bruders Tom auf, die ebenfalls zwischen zwei Welten lebten.

John aß das letzte Stück seines Brotes und trank einen ordentlichen Schluck süßen schwarzen Tee dazu. Das Feuer knisterte in der Stille, und er sah zufrieden in die Flammen. Für den Augenblick genügte es ihm, sich an europäischem Essen gesättigt zu haben und die Gesellschaft der geradezu legendären Kate O'Keefe zu genießen, von der man selbst im Chinesenviertel schon gehört hatte. Ihr Ruf überwand sogar die Rassenschranken, und die jungen Chinesinnen im Dienst der Geheimbünde hatten von Zeit zu Zeit von ihr Wohltaten empfangen.

Ben und Jennifer waren ein wenig beiseite gegangen, saßen in der Dunkelheit nebeneinander und sahen zum leuchtenden südlichen Himmel empor. Doch hatten sie darauf geachtet, sich lediglich so weit aus dem Schutz der Fuhrwerke zu begeben, dass die anderen nicht hören konnten, was sie besprachen.

Der kleine Willie saß am Feuer und ließ den eurasischen Buschläufer, dessen Ausstrahlung er sogleich erlegen war, nicht aus den Augen. John hatte den Jungen in das Lager der Chinesen mitgenommen, das unweit der Fuhrwerke aufgeschlagen worden war. Sie hatten sich rührend um den Jungen bemüht und ihm etwas von ihrem kostbaren kandierten Ingwer angeboten.

Mit großen Augen hatte Willie die Fremden angestarrt, die Zöpfe trugen wie Mädchen und sich in einer Sprache unterhielten, die er nicht verstand. Anfang 1874 waren Chinesen auf den Goldfeldern im Norden ein noch ungewohnter Anblick.

Jetzt saß Willie zu Johns Füßen und genoss die mit einem Hauch von Schärfe gemischte Süße des kandierten Ingwers. Dieses Mal klammerte er sich nicht beschützend an die Mutter, was Kate gleich auffiel. Die Aufregung des Tages und ein voller Magen hatten ihn müde gemacht, und so legte er sich still unter Kates Fuhrwerk zur Ruhe, während sie ihren Tee trank und den Schatten zusah, die im Feuer tanzten.

»Von Zeit zu Zeit fehlt mir die Gesellschaft meiner europäischen Brüder«, sagte John nachdenklich. »Trotzdem habe ich in letzter Zeit angefangen, chinesisch zu denken. Das ist mir nicht mehr passiert, seit ich nach dem Tod meiner Mutter vor vielen Jahren meinen Vater in Melbourne verlassen habe.«

»Was wollen Sie am Palmer mit all den …«, Kate zögerte und suchte das richtige Wort für Johns Reisegefährten.

Er hob lächelnd den Blick. »Sie meinen, ›mit all den Gelben‹«, sagte er, um das Unbehagen zu überspielen, das sie wohl bei der Erkenntnis empfunden hatte, dass auch er chinesischer Abkunft war. »Nun, als Mann, der zwischen zwei Welten lebt, habe ich für meinen Chef Su Yin einen gewissen Wert. Herr Su bedient sich meiner als Mittelsmann bei seinen Geschäften mit den Europäern, die Kulis hierher schicken. Sehr bald werden Tausende von ihnen im Lande sein. Meine Aufgabe ist es, ihre Überfahrt von Hongkong nach Australien zu organisieren. Vermutlich wird mich das bei den weißen Goldsuchern nicht besonders beliebt machen.«

Kate hatte von Su Yin gehört. Er war ein wohlhabender und ausgesprochen mächtiger chinesischer Händler in Cooktown. Soweit sie wusste, betrieb er Bordelle und Spielhöllen für Chinesen, zu denen aber auch Weiße Zutritt hatten, denen der Sinn danach stand, die Dienste zu nutzen, die das Chinesenviertel anbot. Gerüchte sprachen auch von chinesischen Geheimbünden in Cooktown, so genannten *Tongs*, zu deren Anführern Su Yin angeblich gehörte. »Sie sind also eine Art Dolmetscher, Mister Wong«, sagte sie im Gesprächston.

»Dolmetscher, Berater, Aufseher und noch dies und jenes. Für seine Geschäfte mit den Europäern ist Su auf den europäischen Teil meines Gehirns angewiesen«, fuhr er fort. »Ich denke, man kann sagen, dass ich einen Gedanken, den ich auf einer Seite meines Kopfes habe, in einen anderen Gedanken auf der anderen Seite umwandle, und umgekehrt. Im Augenblick bin ich auf dem Weg zum Palmer, um dort eine Grundlage für Herrn Sus Aktivitäten zu schaffen. Meine bewaffneten Männer werden dabei wohl als, nun, man sagt wohl Bandenführer fungieren.«

»Und was werden Sie anschließend tun?«, erkundigte sich Kate.

»Nach Cooktown zurückkehren. Vielleicht segle ich auch nach Hongkong zu ...« Er brach mitten im Satz ab. Fast hätte er ausgeplaudert, für welche Tong er arbeitete. Allerdings war er nicht Mitglied dieser Organisation, da er den Chinesen auf Grund seines europäischen Blutes doch ein wenig verdächtig erschien. »... nun, um eine weitere Gruppe an den Palmer zu holen.« Dann verstummte er.

Su stand an der Spitze der im Norden Queenslands tätigen Lotus-Tong. Johns Vater hatte ihm für die zu erledigende Aufgabe seinen Sohn empfohlen, weil er in der chinesischen Welt ebenso zu Hause war wie in der europäischen. Von der väterlichen Seite hatte er die chinesische Gewitztheit geerbt und von seiner irischen Mutter die Körperkräfte. Er sprach fließend Chinesisch, wenn auch mit westlichem Akzent, neigte aber eher der europäischen Seite zu, da er mit dem Geruch des Eukalyptusbaumes aufgewachsen war und nicht mit dem von Räucherstäbchen aus Sandelholz. Seine Körpergröße verlangte den ihm unterstellten Männern Respekt ab. Wie sich bei dem Kampf am Nachmittag gezeigt hatte, war es eine kluge Entscheidung Sus gewesen, ihm die Aufgabe anzuvertrauen.

»Missus O'Keefe«, fuhr er jetzt fort, »glauben Sie bitte nicht, dass ich mich in Ihre Angelegenheiten mischen möchte – aber lebt nicht Ihr Mann in Cooktown?«

Sie warf ihm einen verblüfften Blick zu. »Ich hatte … ich habe einen Mann, den ich aber seit über zehn Jahren nicht gesehen habe. Warum fragen Sie das, Mister Wong?«

John hielt den Blick ins Feuer gerichtet, um sie nicht ansehen zu müssen. Ihm lag etwas auf der Seele, und er überlegte, ob er darüber sprechen sollte oder nicht. Offensichtlich hatte er mit seiner Frage Kates Neugier geweckt. »Wissen Sie etwas über ihn?«

Unsicher, ob er sich aus der Sache heraushalten sollte oder nicht, sah er weiter ins Feuer. Dann aber fasste er einen Entschluss und holte tief Luft. »In Cooktown ist vor einer Weile einer aufgetaucht, der nach Ihnen gesucht hat. Er hat gesagt, er sei Ihr Mann.«

»Kevin!«, stieß sie keuchend hervor. So lange war er aus ihrem Leben verschwunden gewesen, und jetzt war er zurückgekehrt!

»Seinen Vornamen kenne ich nicht«, fuhr John fort. »Aber ich weiß, dass er ein kräftiger Bursche ist. Ein guter Pokerspieler.«

»Ist er noch in Cooktown?«, erkundigt sich Kate. Sie wusste nicht, was sie denken sollte. Nachdem Kevin O'Keefe sie in einer Situation verlassen hatte, in der sie ihn am dringendsten gebraucht hätte, verabscheute sie ihn zutiefst. Sie erinnerte sich aber durchaus auch noch an das, was sie als Sechzehnjährige empfunden hatte, als sie sich in den gut aussehenden Sohn eines irischen Sträflings verliebt hatte.

John sah nach wie vor auf die glühenden Holzreste. »Ich bedaure, Ihnen sagen zu müssen, dass er auf immer in Cooktown bleiben wird, Missus O'Keefe«, sagte er dann ohne Umschweife. »Er ist bei einem Streit um eine verheiratete Frau umgekommen. Soweit ich weiß, hat der Mann ihn erschossen und sich dann aus dem Staub gemacht.« Ein gewaltsamer Tod war in Johns Leben an der Grenze nichts Besonderes, und er kannte keine andere Möglichkeit, ihr zu berichten, was geschehen war.

Kate schwankte wie vor einem Schwächeanfall, doch als John ihr beispringen wollte, bedeutete sie ihm mit einer Handbewegung, dass sie sich schon wieder gefasst habe. »Tut mir Leid, dass ausgerechnet ich Ihnen diese Mitteilung machen musste, Missus O'Keefe«, sagte er entschuldigend.

»Schon in Ordnung, Mister Wong«, sagte sie mit matter Stimme. »Es musste irgendwann so kommen. Ich hatte schon immer das Gefühl, mein Mann würde auf diese Weise enden.«

Eine Sternschnuppe am Nachthimmel ließ sie den Blick zu der langen Lichtspur heben. *Ein Geist, der versucht, zur Erde zurückzukehren,* hatte ihr einst ein alter Ureinwohner in Townsville gesagt. Sie erschauerte und hoffte, dass es nicht der Geist ihres Mannes war, der zurückkehrte, um sie zu verfolgen, und sprach ein stummes Gebet für seinen Seelenfrieden. Ganz davon abgesehen, dass sie sich ihrer eigenen Empfindungen nicht sicher war, ärgerte es sie sonderbarerweise, dass sein Tod sie um die Gelegenheit gebracht hatte, ihm zumindest noch einmal ordentlich die Meinung zu sagen.

John sah den Kummer in ihren schönen Zügen und verabschiedete sich taktvoll. »Gute Nacht, Missus O'Keefe«, murmelte er und kehrte dann ins Lager der Chinesen zurück.

Auf dem kurzen Weg dorthin überlegte er, ob es wirklich Kummer war, was er auf dem Gesicht der Frau gesehen hatte. War es womöglich Erleichterung gewesen, vermischt mit ein wenig Zorn? Wer wusste das bei Europäerinnen schon? Er zuckte die breiten Schultern. Aber wenn man es recht bedachte, was wusste man bei Frauen überhaupt, ganz gleich, aus welchem Land sie kamen?

Kate saß am Feuer und dachte über ihr Leben nach. Jetzt, da Kevin tot war, hatte sie die Freiheit, mit einem anderen Mann ein neues Leben zu beginnen. Allerdings hatte die eheliche Bindung an ihn sie nicht daran gehindert, vor Jahren mit Hugh Darlington eine Beziehung einzugehen. Das Leben einer Nonne hatte ihrem feurigen Wesen nicht zugesagt.

Dann aber waren Toms drei Kinder in ihr Leben getreten und hatten sie auf Trab gehalten. Inzwischen liebte sie sie, als wären es ihre eigenen, und sie hatten nach einer Weile ihre Liebe erwidert.

Die kleine Sarah hatte kaum noch Erinnerungen an ihre Mutter. Trotz Kates Bemühungen, ihr zu erklären, woher sie stammte, hatte die Kleine die entsetzlichen Erlebnisse verdrängt. Anders konnte sie wohl nicht mit der Wirklichkeit ihres Lebens fertig werden.

Die beiden Jungen jedoch erinnerten sich gut an Vater und Mutter. Sie hatten den Abend nicht vergessen, an dem sie miterleben mussten, wie beide Eltern unter den Kugeln der berittenen Eingeborenenpolizei umgekommen waren.

Zwar hatte Kate die Verantwortung für die Kinder übernommen, dennoch sehnte sie sich nach der Liebe eines Mannes. Ebenso sehnte sie sich danach, noch einmal zu spüren, wie sich Leben in ihr regte, ein Kind an ihrer Brust zu halten.

Das Feuer war in sich zusammengesunken und gab nur noch einen schwachen Schimmer von sich. Kate hörte den Ruf der Brachvögel in der Nacht. Vor Kälte zitternd legte sie sich ein altes wollenes Umschlagtuch um die Schultern. Sie blieb am Feuer sitzen, bis kaum noch nächtliche Geräusche hörbar waren. Schließlich erhob sie sich mit steifen Gliedern, um sich zur Ruhe zu legen. Bald schon würde der Morgen dämmern.

10

Die kleine Küche des Gasthofs Erin hatte so manche unvergessliche Zusammenkunft der Familie Duffy gesehen. Sergeant Francis Farrell, der viele Jahre die Gastfreundschaft des Schankwirts Frank Duffy genossen hatte, fühlte sich an ihrem alten abgenutzten Tisch wie zu Hause.

In den Jahren, da er im Revier Redfern Streife ging, hatte ihm dieser Gasthof in kalten Nächten stets offen gestanden. Er hatte sich dort aufgewärmt und mit dem Wirt bei einem Glas Rum Erinnerungen an alte Zeiten in der irischen Heimat nachgehangen.

Zwar lebte Frank nicht mehr, doch führte sein Sohn Daniel Duffy die Tradition der Gastfreundschaft fort, und so stand dem breitschultrigen Polizeibeamten die Hintertür des Erin nach wie vor offen.

Die gelegentlichen Begegnungen der beiden Männer waren für beide von Vorteil. Das Erin war der ideale Ort zum Austausch von Informationen über die Unterwelt der Stadt Sydney, Informationen, die zu Freispruch oder Verurteilung führten, je nachdem, wie der Handel zwischen dem Polizeibeamten und dem Anwalt ausging. Daniel Duffy genoss in Sydney den Ruf, ein äußerst erfolgreicher Strafverteidiger zu sein, was zum Teil darauf zurückzuführen war, dass er mit der für alle Duffys bezeichnenden Beharrlichkeit zu Werke ging.

Selbst die in erster Linie aus protestantischen Engländern bestehende Gesellschaft der Kolonie, die auf die Iren hinabzusehen pflegte, zollte ihm widerwillig Anerkennung.

Der hoch gewachsene Daniel war mittlerweile Anfang dreißig und ging leicht gebeugt, was wohl vom jahrelangen Sitzen über den Büchern herrührte. Die Züge seines glatt rasierten Gesichts erinnerten manch einen an seinen Vetter Michael Duffy, zumal er die gleichen grauen Augen hatte wie dieser. Gleich ihm sah er gut aus, wirkte aber weniger markant als Michael, dessen Gesicht die Spuren gelegentlicher Straßenschlägereien aus jungen Jahren trug. Viele hätten Daniel als ernsthaften Menschen bezeichnet, denn er lächelte nur selten. Den irischen Gästen des Erin war der Grund dafür bekannt: Auf der Familie Duffy ruhte ein heidnischer Fluch.

Nach Jahren des Umgangs mit den Duffys war Francis Farrell sozusagen Ehrenmitglied der weit verzweigten Familie geworden. Wenn er nicht im Jahr 1863 Michaels Flucht aus Sydney ermöglicht hätte, wäre der junge Mann möglicherweise gehenkt worden. Zwar hatte er Jack Hortons Bruder in Notwehr getötet, doch war es ohne weiteres denkbar, dass ihn das Gericht des Mordes für schuldig befunden hätte.

Daniel saß am Tisch und spielte mit einem Glas Rum. Als Sozius der Anwaltskanzlei Sullivan & Levi trug er einen eleganten Dreiteiler. Eines Tages würde er Mitinhaber der Kanzlei sein, sofern er nicht die Politikerlaufbahn einschlug, wozu ihm viele rieten, denn er besaß ein weiteres Merkmal der Duffys – eine zurückhaltende, aber unübersehbare Ausstrahlung.

Sergeant Farrells Uniformmütze lag auf dem Tisch zwischen den beiden Männern. »Ich schwöre Ihnen, wenn mir von dem Blatt ein Gespenst entgegengesprungen wär, ich hätte mit keiner Wimper gezuckt«, sagte er und nahm einen kräftigen Schluck Rum. »All die Jahre hat der Name da gestanden, direkt vor unserer Nase.«

»Morrison Mort also war der Junge in dem Mordfall, mit dem Sie uns immer Angst eingejagt haben, als wir noch Kinder waren«, sagte Daniel leise. »Und seine Mutter war das Opfer.«

»Ich weiß gar nicht, warum ich mir die Mühe gemacht hab, den Bericht durchzusehen«, seufzte Farrell. »Wahrscheinlich hat mich der Geist der jungen Rosie ins Archiv geführt.« Verlegen sah er zu Daniel hinüber. Geisterglaube war bei einem Polizeibeamten, der auf nichts als die Fakten der wirklichen

Welt achten sollte, geradezu blasphemisch. Alles, was über Tatsachen hinausging, war etwas für Priester und alte Weiber. »Es schien mir sinnvoll«, fügte er rasch hinzu, »die Notizen des alten Sergeant Kilford noch einmal durchzugehen. Dieselben auffälligen Merkmale am selben Ort. Das kann kein Zufall sein.«

Daniel runzelte die Stirn. Es war widersinnig anzunehmen, ein kaum zehn Jahre alter Junge könnte ein solch entsetzliches Verbrechen begangen haben. Früher hatte dieser Fall ihm und seinem Vetter Michael einen Schauder über den Rücken gejagt. Immer wieder hatten die beiden Jungen den breitschultrigen Polizisten gebeten, ihnen über die unheimlichen Vorfälle in der Welt des Verbrechens zu berichten. Francis Farrell war ein geborener Geschichtenerzähler, und seine Art, die Verstümmelungen zu beschreiben – auch wenn er dabei Einzelheiten aussparte –, hatte ihnen eine Gänsehaut und Albträume beschert. An diese Gänsehaut musste Daniel jetzt denken. »Könnte es sein ...« Er sprach nicht weiter, während er das fast unvorstellbar Böse zu fassen versuchte, das da möglicherweise von einem Kind Besitz ergriffen hatte. Seinem Berufsstand galt es als ausgemacht, dass Kinder zu bewussten Straftaten unfähig waren. Erst nach dem vollendeten zehnten Lebensjahr billigte man einem Menschen die *mens rea* zu, die Schuldfähigkeit, die Voraussetzung für eine Bestrafung war. Er sah zu dem Polizisten hinüber und wartete auf eine Antwort.

»Er war dabei«, sagte dieser achselzuckend. »Soweit ich weiß, liegt sein Schiff zurzeit im Hafen von Sydney.«

»Aber könnte er ...« Daniel sprach nicht weiter. Er versuchte das ganze Entsetzen dessen zu erfassen, was vor Jahren geschehen sein mochte. »Gott im Himmel! Ein kleiner Junge kann doch nie und nimmer die eigene Mutter auf so entsetzliche Weise umgebracht haben. Es ist bestimmt unmöglich, sogar bei einem Menschen wie Mort.«

»Ich hab von verschiedenen Seiten gehört, dass man am Abend von Rosies Tod einen Kapitän in der Nähe ihrer Wohnung gesehen hat.«

»Haben die Leute ihn identifiziert?«, fragte Daniel, dessen berufliches Interesse geweckt war.

Farrell schüttelte den Kopf. »Entweder haben sie ihn nicht erkannt, oder sie wollen es nicht zugeben. Sie behaupten, es wäre zu dunkel gewesen, um Genaueres zu sehen.«

Beiden Männern war wohl bekannt, dass die Bewohner von The Rocks mit polizeilichen Untersuchungen nichts zu tun haben wollten. Der Arm des Gesetzes reichte nur bedingt in jenen Teil der Stadt, und wer von dessen Bewohnern Aussagen haben wollte, musste sie bestechen oder bedrohen. Das aber erbrachte keine vor Gericht verwertbaren Beweismittel.

»Falls Sie glauben, dass Sie ihn zu einem Verhör kriegen«, fuhr Farrell fort, »bezweifle ich, dass er ein Geständnis ablegt. Er steht mit dem Teufel im Bunde.«

Ungeduldig wischte Daniel diese Bemerkung beiseite. »Ich kenne die Schwierigkeiten, Sergeant Farrell«, sagte er. »Mort braucht lediglich zu bestreiten, dass er etwas mit der Sache zu tun hat. Ohne Zeugen könnten Sie den Fall keinesfalls zur Verhandlung bringen.«

Farrell senkte den Blick auf sein leeres Glas. »Ich weiß, was er Ihren Angehörigen angetan hat, und noch herrschen hier Recht und Gesetz«, knurrte er. »Auf jeden Fall können wir ja mal ein Auge auf ihn halten, solange er sich in Sydney aufhält. Vielleicht nimmt er sich ja noch mal 'ne Frau vor.«

Bei dieser letzten Äußerung überlief es Daniel eiskalt. Wie viele arme Menschen würde dieser Dämon noch ermorden, bis man ihn an den Galgen brachte? »Wir wollen beten, dass es niemand ist, der uns nahe steht«, sagte er leise.

Mort saß in seiner Kajüte vor dem Kartentisch voller Seekarten und betrachtete seinen frisch geölten Infanteriedegen, der darauf lag. Er war sein ständiger Begleiter, seit er ihn im Jahre 1854 beim Kartenspiel von einem jungen Offizier gewonnen hatte, der am Sturm auf die Palisaden von Eureka teilnehmen sollte.

Liebevoll ließ er den Finger über das glatte Metall laufen. Hätte er doch nur den Degen dabeigehabt, als er die Hure umgebracht hatte! Bestimmt hätte sie geschrien wie die anderen. Wie die jungen Schwarzen aus den Polizeiunterkünften, damals, als er in der berittenen Eingeborenenpolizei diente, wie die braunhäutigen Schönen, die er als Sklavenhändler von den Pazifikinseln geraubt hatte. Sie alle hatten um ihr Leben geschrien, ihn um Gnade angefleht. Doch Gnade konnten von ihm Geschöpfe jener Art, die ihm als Kind so viele Qualen verursacht hatte, nicht erwarten. Seine Mutter war tot, ihr Schandmaul, mit dem sie über seine Qualen gelacht hatte, durch ein Messer ebenso verstümmelt wie der unaussprechliche Körperteil, mit dem sie ihren Freiern Lust gewährt hatte. Sie würde es nie wieder tun können.

Leise vor sich hinsummend, schob er die silbern glänzende Klinge in die Lederscheide, die er im Arm hielt. Nie würde man ihn zum Galgen führen. Der alte Ureinwohner, den er immer wieder in seinen Träumen sah, hatte ihm das geweissagt. Nein, sein Schicksal war erst dann vollendet, wenn er dem weißen Krieger aus der Höhle begegnete.

Mort verzog das gut aussehende Gesicht zu einer grinsenden Fratze. Mit einem Achselzucken tat er die Gewissheit des alten Ureinwohners ab, der weiße Krieger werde seinen Untergang bedeuten. Diese Macht besaß kein lebender Mensch. Weder heidnische Krieger noch die Rechtsvertreter der zivilisierten Welt würden je seinen Untergang besiegeln – nicht, solange er seinen Degen aus der Scheide ziehen konnte.

Er stand auf und legte ihn auf die Halterung an der Wand über seiner Koje. Heute Nacht würde er ihn nicht brauchen. Er durfte darauf vertrauen, dass sein Erster Steuermann eben in diesem Augenblick endgültig aus den Diensten der Firma Macintosh schied.

Hilda Jones war nicht nur so hart wie die Männer, die in ihrer heruntergekommenen Pension am Rande des berüchtigten Viertels The Rocks lebten, sondern auch von so imposanter Statur, dass sie die meisten von ihnen einschüchterte.

Trotz aller Vorbehalte gegen Behörden hatte sie der Polizei mitgeteilt, dass in einem ihrer Zimmer ein Mann verblutete, und so war der Kriminalbeamte Kingsley nicht ohne ein gewisses Zögern an die Tür ihres Hauses gekommen.

Sie wollte den Schwerverletzten unbedingt aus dem Hause haben und hatte versucht, ihn zum Gehen zu bewegen, aber das Messer in seiner Hand – und die Feindseligkeit in seinen Augen – hatten sie zögern lassen. Er bestand darauf, mit einem Polizisten zu sprechen, und zwar nicht mit einem gewöhnlichen Streifenbeamten, sondern mit einem von der Kriminalpolizei. Auf jeden Fall würde sich jetzt die Polizei um den Mann kümmern und sie wenn nötig von seinem Kadaver befreien.

Der Kriminalbeamte folgte der Frau durch einen schmalen Gang mit Wänden voller Fliegendreck zu einem Zimmer im hinteren Teil des Hauses. Der durchdringende Gestank nach gekochtem Kohl, Urin und Erbrochenem würgte ihn im Halse. Er schien die Luft zu erfüllen wie der Geist eines vor langer Zeit verstorbenen Mieters.

»Wie der gestern Abend gekommen is, haben ihm schon die Eingeweide aus'm Bauch gehangen«, sagte die Frau mit den breiten Schultern und stieß die Tür zu dem winzigen Zimmer auf. Auf der eisernen Bettstatt mit durchgelegenen Sprungfedern lag ein Mann auf einer blutgetränkten Matratze. Er blickte zur Tür und verzog sogleich das Gesicht, vermutlich wegen der Schmerzen, die ihm die Bewegung verursachte. »Wenigstens hat er bis heute bezahlt«, sagte Hilda Jones. Ihrer Stimme war die Erleichterung darüber anzuhören. »So wie er aussieht, lebt der morgen nich mehr.«

Kingsley spähte in das halbdunkle Zimmer, in dem nur ein zerbrochenes Fenster hoch in der Wand für Licht und Luft sorgte. Auf dem schmutzigen Dielenboden unter der Matratze war eine Blutlache geronnen und bildete einen dunklen Fleck. Ratten huschten in nur ihnen bekannte Verstecke; sie würden zurückkommen, wenn die Eindringlinge verschwunden waren.

»Sind Sie ein Greifer?«, fragte der Sterbende mit heiserer Flüsterstimme. Er hatte Durst.

Kingsley bejahte die Frage, und der Mann verlangte nach Wasser. Hilda zögerte, den Raum zu verlassen, den sie mit ihrer massigen Gestalt zur Hälfte ausfüllte. Sie hätte zu gern gewusst, warum der Mann unbedingt mit einem Polizisten hatte sprechen wollen. Aber Kingsley schickte sie mit der schroffen Aufforderung fort, dem Mann Wasser zu holen. Er trat näher ans Bett, so dass er die geflüsterten Worte des Sterbenden hören konnte. »Ich heiß Jack Horton. Mir is klar, dass ich nich mehr lange zu leben hab. Sonst würd ich nie freiwillig mit 'nem Greifer reden«, sagte er mit rauer Stimme. Er versuchte zu husten, aber kein Laut drang aus seiner ausgedörrten Kehle, und seine Schultern zuckten, wodurch das Blut wieder zu fließen begann.

»Was ist passiert, Mister Horton?«, fragte der Beamte. Vermutlich hatte der Mann eine Reihe von Straftaten begangen und sicher eine ganze Menge zu sagen, bevor er diese Welt verließ. Jeder gute Polizist bemühte sich darum, möglichst viel über Verbrechen zu erfahren.

»Das spielt jetzt keine Rolle mehr. Sagen wir einfach, ich war 'n bisschen zu langsam und der andere 'n bisschen schneller. Wer weiß – vielleicht ergeht es ihm eines Tages genauso wie mir.« Das Sprechen schien ihm Schwierigkeiten zu bereiten. Man konnte sehen, dass sein Leib von der Hüfte bis zur Brust aufgeschlitzt war. »Ich will Ihnen was über den Verräter sagen, der mich ans Messer geliefert hat, weshalb ich jetzt wie 'n abgestochenes Schwein verblute. Ich bin sein Erster Steuermann. Er steckt hinter der Sache, so wahr ich Jack Horton heiß.«

Kingsleys Interesse ließ sogleich nach. Der Mann wollte offenbar lediglich einen Spießgesellen verpfeifen, der ihn vermutlich bei einer der Messerstechereien, wie sie in The Rocks an der Tagesordnung waren, im Stich gelassen hatte. Es war kaum wahrscheinlich, dass die Polizei den Täter je finden würde.

Horton merkte das, wusste aber, wie er die Aufmerksamkeit des Polizisten erregen konnte. »Ha'm Sie schon mal von Lady Enid Macintosh gehört?«, fragte er flüsternd.

Sogleich flammte Kingsleys Aufmerksamkeit wieder auf. In der Tat hatte er von Zeit zu Zeit etwas über die mächtige und einflussreiche Familie Macintosh aus der Zeitung erfahren.

»Selbstverständlich«, gab er zur Antwort. Der Gesichtsausdruck des Sterbenden zeigte, dass er froh war, von dem Beamten beachtet zu werden. »Die Leute sind hier in Sydney ganz oben«, fügte Kingsley hinzu.

»Ja. Was ich Ihnen jetzt über die Macintoshs und den Schweinehund Morrison Mort sag, der für die arbeitet, lässt Ihnen garantiert die Haare zu Berge stehen. Es is 'ne ganze Menge, Sie sollten sich also besser Notizen machen ...«

In seinen letzten Augenblicken teilte Jack Horton dem Beamten alles mit, was er wusste, und dieser hörte so benommen zu, als hätte man ihm einen Keulenhieb auf den Schädel versetzt. Horton wollte sich an Mort rächen, denn seiner Überzeugung nach hatte dieser dafür gesorgt, dass man ihm in einem Gässchen hinter der Schänke auflauerte, in der er etwas getrunken hatte. Der Erste Steuermann hatte schon eine ganze Weile Unheil gewittert; irgendetwas an der Haltung seines Kapitäns hatte ihn Verrat vermuten lassen. Es ging Jack Horton nicht darum, mit einem Geständnis auf dem Totenbett sein Gewissen zu erleichtern, er wollte Rache an denen üben, die er stets gehasst hatte, weil sie die Macht besaßen, andere nach ihrer Pfeife tanzen zu lassen.

Nur gut, dass er der neugierigen Wirtin die Tür vor der Nase zugeschlagen hatte, dachte Kingsley. Was ihm der Sterbende da mitgeteilt hatte, wollte er erst einmal sorgfältig auf seine finanzielle Verwertbarkeit hin überprüfen. Mit solchen Angaben konnte man sich Freunde an den richtigen Stellen machen. An Hortons Sterbebett gerufen zu werden, war das Beste, was ihm in all den Jahren als Polizeibeamter auf Sydneys Straßen widerfahren war. Auch für ihn gab es also einen Silberstreifen am Horizont, selbst in dieser heruntergekommenen Pension in The Rocks.

11

Aufmerksam sah Kate zu dem hoch gewachsenen Mann hin, der auf sie zugeritten kam. Mit dem Licht der aufgehenden Sonne in seinem Rücken sah sie lediglich seinen Umriss. In die Sonne zu blicken, schmerzte ihre Augen, und so machte sie sich wieder daran, die Kochutensilien in einem Kasten unter dem Fuhrwerk zu verstauen. Vermutlich war es einfach einer der vielen Goldsucher, die dem Palmer entgegenstrebten.

Ben, Jenny und Willie waren zum Bach hinübergegangen, um den Wasservorrat für unterwegs zu ergänzen, und die Chinesen brachen gerade unter John Wongs Führung in Richtung Süden auf. Vermutlich wird der Reiter sie bald überholen, ging es Kate durch den Kopf.

Lachend winkten die vorbeiziehenden Chinesen Willie zu, der ihnen vom Bachufer aus nachsah. Nur schade, dass sie ihren Vorrat an kandiertem Ingwer mitnahmen. Am liebsten wäre er ihnen nachgerannt, um mehr davon zu bekommen. Aber er hatte das Gefühl, dass er Ben nicht mit seiner Mutter allein lassen durfte. Sie verhielt sich seit dem Vorabend sehr sonderbar.

»Hallo, Kate. Haben Sie kein Kleid?«

Verblüfft fuhr Kate herum, und die Töpfe fielen ihr aus der Hand. Immer noch stand die aufgehende Sonne im Rücken des Reiters, der turmhoch über ihr aufzuragen schien. Sie hatte ihn nicht näher kommen hören und legte nun die Hand über die Augen, um etwas zu erkennen. Zum ersten Mal sah sie die Narbe vollständig, die von einem Augenwinkel die Wange hinablief.

»Luke!«, sagte sie atemlos. »Sie haben keinen Bart mehr.«

»Stimmt«, gab der Amerikaner zurück, und ein Lächeln trat auf seine Züge, auf das nach Kates fester Überzeugung schönste Männergesicht außerhalb ihrer Familie.

»Bei uns zu Hause sind Bärte gerade nicht in Mode.«

Sie begann zu weinen, ohne recht zu wissen, warum, aber es tat ihr gut.

Luke sprang aus dem Sattel, um neben sie zu treten, doch mit einer ärgerlichen Handbewegung verwehrte sie ihm das. »Warum haben Sie nicht geschrieben?«, schluchzte sie verbittert. »Sie sind einfach aus unserem Leben davongeritten. Sechs Jahre, und kein Wort. Warum?«

Luke stand mit hängendem Kopf da und drehte verlegen den breitkrempigen Filzhut in den Händen. Diese Worte aus dem Munde der Frau, die wieder zu sehen er sich so lange erträumt hatte, hatte er nicht erwartet. Er hatte angenommen, sie werde vielleicht ein wenig ärgerlich sein, doch mit Tränen und Wut hatte er nicht gerechnet! »Ich wusste nicht, dass es Ihnen wichtig war«, murmelte er. »Mit dem Schreiben ist es einfach nichts geworden.« Kate gab keine Antwort, drehte sich um und bückte sich, um die Töpfe und Pfannen aufzuheben. Er half ihr dabei. »Tut mir wirklich Leid, Kate«, sagte er und legte eine Hand auf die ihre.

Sie schniefte abweisend und wischte sich mit dem langen Ärmel ihres Hemdes die Tränen ab. »Macht nichts«, sagte sie und richtete sich wieder auf. »Die Cohens waren diejenigen, die sich Sorgen um Sie gemacht haben.« Luke setzte den Hut wieder auf und wandte sich ab, damit sie die Enttäuschung in seinem Gesicht nicht sehen konnte. »Warum sind Sie wiedergekommen?«, fragte sie, während er sich seinem Pferd zuwandte.

Er drehte sich zu ihr um. »Ich hab über den Palmer reden gehört, als ich in Montana war«, gab er zur Antwort und verbarg seinen Schmerz hinter Bitterkeit. »Da hatte also irgendein Mistkerl meinen Goldfluss entdeckt. Ich musste unbedingt hin, um zu sehen, ob noch was da ist. Das ist der einzige Grund, warum ich hier bin!« Er log, um sich zu schützen. So weit gereist zu sein, nur um feststellen zu müssen, dass Kate seine Liebe zurückwies, war mehr, als er ertragen konnte.

»Ich verstehe«, flüsterte sie. »Sie können gern mit uns ziehen«, sagte sie lauter. »Vorausgesetzt, Sie wollen aus irgendeinem Grund nach Cooktown zurückkehren.«

»Kann schon sein«, brummelte er. »Ich hab da tatsächlich noch dies und jenes zu erledigen. Der Palmer kann eine Weile warten.«

»Dann binden Sie Ihr Pferd ans Fuhrwerk und gehen mit mir zu Fuß«, sagte Kate mit einer Stimme, die nicht mehr ganz so wütend klang. »Sie können mir dann berichten, wo Sie in den vergangenen sechs Jahren gesteckt haben und wieso Sie ausgerechnet hier auftauchen.«

Luke nickte und führte sein Pferd zum Fuhrwerk hinüber. »Ich hab's doch gesagt, Kate. Ich wollte mir *meinen* Goldfluss mal ansehen, nichts weiter.« Bei dieser Antwort glaubte er einen Anflug von Enttäuschung in ihren Augen zu sehen, war sich aber nicht sicher. »Wissen Sie, vor sechs oder sieben Jahren hatte ich den Palmer fast erreicht«, sagte er, während er sein Pferd festband. »Pech und ziemlich schlimmes Fieber haben mich dann nach Süden zurückgetrieben. Dabei bin ich einem armen Kerl über den Weg gelaufen, der einen Eingeborenen-Speer im Bein hatte, und der war am Palmer gewesen. Ich weiß nicht mehr, wie er hieß. Ich hab ihn hinter den Bergen weiter im Süden begraben«, sagte er mit weit ausholender Armbewegung. »Alles wäre wahrscheinlich anders gekommen, wenn ich weitergezogen wäre«, fügte er sehnsüchtig hinzu. »Vielleicht wäre ich reich geworden. Aber das ist alles vorbei.« Und du hättest dann mehr in mir gesehen als einen abgerissenen, armen Goldsucher, dachte er bei sich.

Der Teufel soll dich holen, Luke Tracy, dachte Kate wütend, während sie sein Gesicht betrachtete. Der Teufel soll dich holen, dass du in meinem Leben immer wieder einfach auftauchst und verschwindest. Es war alles so verwirrend, und ihre Gefühle waren ein großes Durcheinander, das sich wohl erst im Laufe der Zeit ordnen würde. Jetzt musste sie erst einmal ihre beiden Fuhrwerke nach Cooktown zurückbringen. Im Augenblick beanspruchten andere Menschen als Luke ihre Aufmerksamkeit. Es war weder der richtige Zeitpunkt noch der richtige Ort, sich Rechenschaft darüber abzulegen, was sie für den Mann empfand, von dem sie sich immer eingeredet hatte, sie liebe ihn nicht.

Obwohl sie gemeinsam neben dem Ochsengespann herschritten, sprachen Luke und Kate nur wenig miteinander. Sprechen gehörte für Luke zu den Dingen, die man tat, wenn man nichts Besseres zu tun hatte. Außerdem musste er noch mit dem Mann abrechnen, der die Schuld daran trug, dass er nach Amerika hatte fliehen müssen. Vor seinem Aufbruch von Cooktown hatte Luke von der bevorstehenden Ankunft eines Anwalts aus Rockhampton namens Hugh Darlington gehört, und so brütete er Rachegedanken aus, die seinen Redefluss hemmten, zumal er mittlerweile erfahren hatte, dass dieser Mann Kates Liebhaber gewesen war.

An jenem Abend schlugen sie das Lager unmittelbar neben dem Karrenweg auf. Während Kate und Jenny das Abendessen zubereiteten, half Luke Ben, die Ochsen auszuschirren und ihnen Fußfesseln anzulegen.

Das unbehagliche Schweigen zwischen Kate und Luke verursachte eine Spannung, die Ben nicht verborgen blieb. Er hatte Kate noch nie so unruhig und unnahbar erlebt. Von seiner Tante Judith wusste er, dass der Amerikaner früher eine wichtige Rolle im Leben der jungen Irin gespielt hatte. Sie hatte sogar behauptet, Kate liebe diesen Luke Tracy. »Aber sie will es nicht wahrhaben«, hatte sie geseufzt.

Ben konnte Luke gut leiden. Er flößte ihm Vertrauen ein, und er konnte verstehen, warum sein Onkel Solomon den Amerikaner in den höchsten Tönen lobte. Vor einigen Jahren hatte er ihm erzählt, Luke habe das Land wegen des Verrats durch einen Anwalt aus Rockhampton verlassen müssen, aber nichts weiter darüber gesagt, und so dachte Ben schon bald nicht mehr an die Geschichte. Von Jenny hatte er erfahren, dass auch sie dem amerikanischen Goldsucher schon einmal begegnet war, nämlich vor sechs Jahren am Anleger von Brisbane. Sie war tief beeindruckt gewesen von dem großzügigen Geldgeschenk, das er ihrem Vater bei dieser Gelegenheit gemacht hatte, und betrachtete sein erneutes Auftauchen in ihrem Leben als gutes Vorzeichen dafür, dass in ihrem und Willies Leben nun alles gut würde.

Ben verstand nicht, warum Kate den Mann jetzt wie einen Aussätzigen behandelte, wenn er für sie so wichtig gewesen war. Wie zahllose Männer vor und nach ihm zog er daraus den Schluss, dass das mit dem gehcimnisvollen und unergründlichen Wesen der Frauen zu tun haben musste.

Kate formte mit der flachen Hand Teigfladen. Während sie sie in die heiße Asche legte, sah sie unwillkürlich zu Luke hinüber, der damit beschäftigt war, den Zugochsen Fußfesseln anzulegen. Sie musste daran denken, dass die tiefblauen Augen des hageren Mannes mit den scharf geschnittenen Zügen stets über den fernen Horizont hinaus zu blicken schienen. Sein Gesicht war von der Sonne gebräunt und sein langes, von grauen Strähnen durchzogenes Haar reichte ihm bis auf die Schultern. Hinter seinem freundlichen Wesen verbarg sich eine Beharrlichkeit, die anderen Anerkennung abverlangte. Die lange, langsam verblassende Bajonettnarbe, die ihm ein englischer Soldat vor zwanzig Jahren bei Eureka zugefügt hatte, erinnerte immer noch an seinen Widerstand gegen die Unterdrücker.

Widerwillig musste sich Kate eingestehen, dass sie dieses Gesicht liebte. Luke konnte mit seinen Augen lächeln, und beim Klang seiner angenehmen Stimme, mit der er gemessen sprach, hatte sie das Bedürfnis, von seinen Armen gehalten zu werden. Wenn sie in Worte zu fassen versuchte, was sie an ihm schätzte, fielen ihr Begriffe wie stark, sanft, lustig, klug und liebevoll ein.

Doch er war nicht nur das, sondern auch impulsiv und draufgängerisch. Seine beständige Suche nach Gold hatte ihn gefährliche und einsame Abenteuer erleben lassen. Hinzu kam, dass es ihn nirgendwo lange hielt und ihm an Sesshaftigkeit nichts zu liegen schien. Er war die Art Mann, der eine Frau besser aus dem Weg gehen sollte.

Als Luke jetzt auf sie zutrat, den Sattel über die Schulter

geworfen und das Gewehr in der Hand, sah Kate beiseite. Sie wollte nicht, dass er in ihren Augen die Liebe erkannte, die sie für ihn empfand.

»Kann ich was tun, Kate?«, fragte er, während er Sattel und Gewehr neben das Feuer legte.

»Bis jetzt bin ich ohne die Hilfe eines Mannes ausgekommen«, gab sie zur Antwort. Luke zuckte zusammen, nahm wortlos Gewehr und Sattel auf und ging.

Kate biss sich auf die Lippe. So hatte sie es nicht gemeint! Warum brachte sie es nicht über sich, ihm ihre Liebe zu gestehen? Das Wort »Selbstschutz« hallte bitter in ihrem Kopf. Sie musste ihre Gefühle um jeden Preis vor der Qual schützen, die es bedeuten würde, wenn auch er wie schon andere vor ihm für immer aus ihrem Leben verschwand.

Kates Fuhrwerke rumpelten durch Cooktowns Charlotte Street, vorbei an den zahlreichen Bordellen und Gasthäusern, die an den Ufern des Endeavour zur Befriedigung der Bedürfnisse jener entstanden waren, die gekommen waren, sich ihre Träume zu erfüllen. Doch trotz des üblen Rufes dieser Goldgräberstadt hatte Kate das Gefühl, nach Hause zu kommen.

In einer dichten Wolke stieg beständig Staub auf und legte sich als dünne Schicht auf jeden, der einen Fuß auf die Hauptstraße setzte. Das Stimmengewirr verdichtete sich zu einem aufgeregten Lärm; die kehlige Sprechweise der Besucher aus dem Norden vermischte sich mit den wie Singsang klingenden Stimmen asiatischer Goldgräber, dem rauen Idiom der Schotten und dem näselnden Tonfall der Amerikaner.

Schiffe aus aller Herren Länder, die ihre Ladung in Australiens fernem Norden gelöscht hatten, ankerten gleich neben der Hauptstraße auf dem Endeavour. Sie drängten sich am Ufer ebenso dicht wie die Menschenmassen in den Straßen: Küstendampfer, chinesische Dschunken und allerlei Segelschiffe suchten Ankerplätze in den schlammigen, braunen Wassern, die sich ins opalfarbene Korallenmeer ergossen.

Die Zügel seines Pferdes in der Hand schritt Luke neben Kate die Straße entlang. Ihnen folgten Ben, Jennifer und der kleine Willie neben dem zweiten Fuhrwerk. Die Ochsenkarren rumpelten unter dem lauten Knarren ihrer großen Räder Kates Laden entgegen, wo sie Luke die Zügel ihres Gespanns übergab. Sie hatte ihre kleine Reisegruppe dorthin geführt, wo die kostbaren Waren des Grenzgebiets lagerten: Schaufeln, Spitzhacken, Schwingtröge für die Goldwäsche, Dosenfleisch, Nägel, Petroleum, Stoffballen, Zeltleinwand, Medikamente, Tabak, Tee, Kaffee, Reis, Zucker und Mehl. »Ich muss noch etwas erledigen, bevor ich in den Laden gehe«, sagte sie geheimnisvoll.

»Kate, ich muss Ihnen etwas sagen«, begann Luke mit unübersehbar gequältem Gesichtsausdruck. Sie sah ihn unsicher an. Noch nie hatte sie solchen Schmerz auf seinen Zügen gesehen. Immer hatte er seine Gefühle für sich behalten. »Eigentlich bin ich zurückgekommen, weil ich Dich wieder sehen wollte.« Sie merkte, dass er nach Worten suchte, und erkannte ein tiefes Gefühl in seiner schlichten Aussage. »Ich liebe dich, Kate, ich habe dich immer geliebt.«

Sacht legte sie ihm die Finger an die Wange, dann wandte sie sich wortlos um und ging. Das war nicht der richtige Augenblick, um sich mit dem zu beschäftigen, was sie füreinander empfanden. Zuerst musste sie einen Ort aufsuchen, der ihrer Seele Frieden geben sollte.

Es war nicht einfach, die letzte Ruhestätte ihres Ehemannes zu finden. In Cooktown gab es viele frische Gräber, denen sich so gut wie nicht ansehen ließ, wer unter dem Grabhügel lag, doch dann sah Kate eine junge Frau, die ein Sträußchen Wildblumen auf eines der Gräber legte.

Ihr Gesicht trug bereits die Spuren ihres Gewerbes, und nach ihrer bleichen Haut zu urteilen, kam sie wohl nur selten an die frische Luft. Trotz ihrer scharfen Züge war sie hübsch. Kate konnte sich gut vorstellen, dass sich jemand wie Kevin zu dieser jungen Frau hingezogen gefühlt hatte, die jetzt den Blick auf das nicht gekennzeichnete Grab gerichtet hielt. In ihren Augen standen keine Tränen; man sah lediglich einen Ausdruck von Bedauern, als sie den Blick zu Kate hob.

»Ich suche das Grab eines Mannes, den ich einmal gekannt habe«, sagte Kate freundlich. »Er hieß Kevin O'Keefe.«

Die Frau funkelte sie an. In ihren dunklen Augen lag nun Feindseligkeit und Abneigung. »Sie kannten ihn also auch?«, fauchte sie wütend. »Das wundert mich überhaupt nicht. Der verdammte Sauhund hatte ein Auge für schöne Frauen.« Sie sah auf das Grab hinab, jetzt liefen ihr Tränen über die Wangen. »Da liegt er«, sagte sie und wies auf das Grab zu ihren Füßen. »Jemand hat den verdammten Mistkerl umgebracht«, fuhr sie mit erstickter Stimme fort.

Vermutlich war diese Frau der Anlass für Kevins Tod, ging es Kate durch den Kopf. Mitgefühl stieg in ihr auf. Immerhin hatte die andere den gleichen schrecklichen Fehler begangen wie sie selbst vor vielen Jahren: Sie war auf Kevin O'Keefes Charme hereingefallen. Sie empfand ihr gegenüber keinerlei Feindschaft, wohl aber tiefe Trauer darüber, dass am Ende von Kevins Leben nichts weiter stand als dieses namenlose Grab an der Siedlungsgrenze von Queensland.

Sie ging davon und überließ es der jungen Frau, um den gut aussehenden, liebenswürdigen Halunken zu trauern. Sie selbst würde nie wieder dorthin zurückkehren. Dieser Ort gehörte der anderen, die Tränen um ihn vergießen konnte. Es war Zeit, zum Laden zurückzukehren, der ihr Zuhause war, und sich zu den Lebenden zu gesellen.

Das Innere des Ladens kam Kate nach den Wochen der schweren Arbeit mit den Ochsengespannen kühl vor. Sie setzte sich auf einen Stoffballen und dachte über ihren Besuch am Grab ihres Mannes nach. Ihre Gedanken glitten zu Luke, den Cohens und dem Ehepaar James. Sie alle spielten in ihrem Leben eine so entscheidende Rolle. Was würde sie ohne diese Menschen tun, die ihr Leben begleiteten seit jenem schicksalhaften Tag, an dem sie vor elf langen Jahren in Rockhampton an Land gegangen war? Der Verlust jedes Einzelnen von ihnen wäre weit schlimmer als der Tod des Mannes, den sie einst geheiratet hatte. Hatte die Zeit sie gegen ihre Vergangenheit verhärtet, oder hatte sie sich so sehr verändert, dass sie in nichts mehr dem jungen Mädchen glich, das sie damals gewesen war?

Sie sah zu Emma James hinüber, die sie mit unverhohlener Freude über ihre gesunde Rückkehr begrüßt hatte. Ein wenig beneidete sie Emma um das Leben an Henrys Seite. Auch wenn die beiden wenig besaßen, gehörte Emma doch die sanfte Liebe ihres Mannes.

Als Henry aus Gesundheitsgründen den Dienst in der berittenen Eingeborenenpolizei hatte quittieren müssen, hatten er und Emma Kates Angebot angenommen, sich um den Laden in Cooktown zu kümmern. Die Räume dienten zugleich als Zwischenlager für die Waren, die an den Palmer wie auch zu den Heimstätten der Siedler und den kleinen Dörfern transportiert werden mussten, die auf den Hügeln und den Ebenen des nördlichen Queensland entstanden.

Kates Fuhrleute waren auf und davongegangen, um sich zu den Goldsuchern am Palmer zu gesellen, doch war es ihr gelungen, Ben zurückzuholen, der ebenfalls sein Glück auf den Goldfeldern hatte versuchen wollen. In unverbrüchlicher Treue hielt er zu ihr und trug so dazu bei, dass sie ihr Vermögen mehren konnte. Doch alles, was sie verdiente, war fest angelegt: in Grundbesitz, Fuhrwerken, Vieh, Bergwerksaktien und verschiedenen Warenlagern. Ihre geschäftlichen Interessen ergänzten sich inzwischen mit denen der Cohens, die kräftig expandiert hatten und nicht nur Gasthöfe besaßen, sondern sogar Anteile an Unternehmen in Sydney und Brisbane. Diese ohne jede schriftliche Abmachung einfach auf Handschlag gegründete Partnerschaft hatte sich für Kate wie für die Cohens als äußerst einträglich erwiesen.

Emma legte eine Hand auf Kates Arm, worauf Kate mit mattem Lächeln erwiderte: »Mir fehlt nichts, Em. Der Rückweg war einfach ein bisschen aufregend.«

Emma machte sich Sorgen um die Freundin, denn Kate schonte sich nie. Diese Frau ist die Güte selbst, dachte sie seufzend. Ihr einziger Fehler war, dass sie wie ein Mann schuftete und die frauliche Seite vernachlässigte. Kates einst makellos helle Haut war tief gebräunt, und ihre Hände wiesen Schwielen von der harten Arbeit auf, die es bedeutete, die Zügel eines Ochsengespanns zu führen. Doch noch so schwere Arbeit konnte die Schönheit ihrer grauen Augen nicht vermindern, die alles um sie herum in helles Licht tauchten. Emma merkte, dass irgendetwas Kate bedrückte. »Dein Mann war vor ein paar Wochen hier«, sagte sie. »Er hat gesagt, er will nach deiner Rückkehr wiederkommen.«

»Ich war inzwischen bei ihm«, sagte Kate müde, während sie die langen Beine streckte und an ihren Besuch an Kevins Grab dachte.

»Du hast den Kindern gefehlt«, sagte Emma, um sie daran zu erinnern, dass es Menschen gab, die sie brauchten. »Vor allem Sarah«, fügte sie hinzu.

Die achtjährige Sarah mit ihren großen braunen Augen und dem kecken Näschen wirkte schon fast wie eine junges Mädchen und hatte ihren eigenen Kopf. Obwohl sie sich an den wilden Spielen ihrer älteren Brüder Tim und Peter beteiligte, war sie doch von ruhigem Wesen und hielt sich wie eine junge Dame. Sie verehrte ihre Tante Kate und folgte ihr auf Schritt und Tritt.

Für Kates drei Adoptivkinder war das Leben nicht einfach gewesen. Da viele weiße Kindern in der Stadt sie als »Schwarze« ansahen, waren sie fast vollständig von den anderen isoliert.

Gordon aber, der Sohn von Henry und Emma James, hielt zu den drei Duffy-Kindern und war ihr ständiger Begleiter. Als Kate seinerzeit für längere Zeit nach Cooktown gezogen war, um den Transport der Ladungen an den Palmer zu überwachen, hatte sie die drei Kinder mitgenommen, statt sie der Obhut von Fremden zu übergeben. Alle drei hatten ein Gutteil der Aufsässigkeit ihres Vaters geerbt, was mehrere Kindermädchen veranlasst hatte zu kündigen.

Am schwierigsten war Peter. Er durchstreifte am liebsten den Busch und lagerte oft mit umherziehenden Ureinwohnern außerhalb der Stadt. Er wuchs rasch und versprach, so groß und kräftig zu werden wie sein Vater.

Gordon war zwar erst neun, aber schon kräftig für sein Alter. Oft verschwand er mit seinem besten Freund Peter in den Busch, um mit ihm das Nomadenleben der Ureinwohner zu teilen, die sie ganz selbstverständlich bei sich aufnahmen. Die Männer brachten den beiden Jungen bei, was man zum Überleben im Busch brauchte. Gordon lernte rasch und war ein besserer Spurenleser als Peter. Die kleine Sarah bewunderte ihn insgeheim und trotz ihres kindlichen Alters war ihr klar, dass sie ihn stets lieben würde.

Auf die Nachricht hin, dass ihre Tante Kate zurückgekommen war, rannte sie in ihrem Kleid, das von den wilden Spielen mit den Jungen völlig verschmutzt war, den ganzen Weg bis zum Laden. Dort platzte sie mit den atemlos hervorgestoßenen Worten herein: »Tante Kate, Peter und Gordon sind wieder weggelaufen.« Dann umschlang sie die Tante mit aller Kraft ihrer Ärmchen und gab ihr einen Kuss.

»Man verpetzt seine Brüder nicht, Sarah«, sagte Kate und drückte sie sanft an sich. Über das Verschwinden der Jungen, die jeweils nach einigen Tagen zurückkehrten, machte sie sich keine Sorgen. Für den Fall, dass sie einmal nicht wieder auftauchten, würde Henry sie aufspüren und sie am Kragen zurückschleifen. Außerdem gingen sie selten weiter als bis zum Lager der Ureinwohner unmittelbar außerhalb der Stadt. »Wo ist Henry?«, fragte Kate Emma, da sie ihn nicht im Laden gesehen hatte.

»Er spricht mit jemandem über eine Beschäftigung auf den Goldfeldern oder dergleichen«, sagte sie mit besorgter Miene. »Das hat er jedenfalls gesagt.«

»Fällt ihm die Arbeit im Laden schwer?«, erkundigte sich Kate mitfühlend.

»Ihm fehlt das Leben im Busch, Kate, das er all die Jahre bei der Polizei geführt hat. Aber das, was er für den Widerling Lieutenant Mort getan hat, fehlt ihm nicht im Geringsten. Ihn quält ganz entsetzlich, was er den Ureinwohnern bei den Vertreibungen angetan hat«, fügte Emma mit schmerzlich gerunzelter Stirn hinzu. »Er schleppt fürchterliche Schuldgefühle mit sich herum. Er ist kein schlechter Mensch, aber er glaubt, dass er im Namen des Gesetzes Schlechtes getan hat. Er liebt das

Leben da draußen im Busch und möchte dorthin zurückkehren, auch wenn ich das nicht verstehe. Andererseits brauchst du ihn hier, und der Gedanke, er könnte eine Arbeit im Busch annehmen, macht mir richtig zu schaffen.«

Kate lächelte der Freundin beruhigend zu. Beiden Frauen war klar, dass in Wahrheit Emma den größten Teil der Arbeit im Laden erledigte, wenn Kate mit den Ochsen unterwegs war, obwohl sich Henry durchaus nützlich machte, wenn er gebraucht wurde. »Ich glaube, ich kann nachempfinden, wie er sich fühlt, Em«, sagte Kate und dachte an ihr Leben unterwegs. »Es ist herrlich draußen. Man muss es selbst erlebt haben, um es zu verstehen.« Wie hätte sie den Rausch der Freiheit, den man auf dem Weg durch das Land empfand, beschreiben können? Gewiss, dort lauerten allerlei Gefahren, aber die gab es auch in der nahezu gesetzlosen Grenzstadt an den Ufern des Endeavour. »Hat er gesagt, was er tun wird?«, fragte sie aus reiner Neugier.

»Nein. Er sucht einfach eine Arbeit, bei der er seine Erfahrungen verwerten kann«, sagte Emma.

Kate zuckte die Achseln. Sie fragte sich, wie Henry mit seinem fast verkrüppelten Bein eine Aufgabe im Busch erledigen wollte. Die alte Schrapnellwunde aus dem Krimkrieg war im Laufe der Jahre schlimmer geworden und verursachte ihm große Schmerzen, doch ließ er sich das nur selten anmerken. Kate sah, dass Emma sich Sorgen machte, und hoffte um ihrer Freundin willen, dass Henry die ersehnte Stelle nicht bekam. Sie kannte ihn gut genug, um zu vermuten, dass ihn eine solche Aufgabe ohnehin nur interessieren würde, wenn sie mit einer gewissen Gefahr verbunden war.

»Ich kümmere mich mal um die Post, bevor ich mich wasche und umziehe«, sagte Kate, während sie Sarah über das lange dunkle Haar fuhr. »Danach werde ich endlich mal wieder in einem richtigen Bett schlafen.«

Schwerfällig stand sie auf und reckte sich. Die Ereignisse der letzten Tage hatten sie mehr Kraft gekostet, als sie sich eingestand. Dennoch ließ sie der Gedanke, dass Luke wieder in ihr Leben getreten war, unwillkürlich lächeln. Es war immer noch wie ein herrlicher Traum.

Das Lächeln aber wich einem nachdenklichen Zug, als sich ein Zweifel in ihre Gedanken schlich. Eine Frage ließ sie nicht los, über die sie nicht miteinander gesprochen hatten, während sie zu Fuß neben den Fuhrwerken hergegangen waren. Luke hatte nicht viele Worte gemacht, aber sie hatte in ihm eine Anspannung gespürt, von der sie nicht wusste, woher sie kam. Wenn abends die Sonne aus dem tropischen Himmel verschwunden war, hatten sie beieinander gesessen und über kaum etwas anderes gesprochen als die Ereignisse in ihrem Leben. Warum musste das alles so schwierig sein? Warum hatten beide Angst vor einem Scheitern? Doch einstweilen wollte sich Kate den Alltagsaufgaben ihrer Firma zuwenden und die Gedanken an Luke beiseite schieben.

Sie nahm sich den Stapel Briefe vor, die Emma in eine alte Bonbondose unter der Theke gelegt hatte, und ging die zahlreichen Rechnungen und Quittungen durch, um zu sehen, ob private Post darunter war. Sie fand zwei Briefe. Auf einem, der aus Sydney kam, erkannte sie die Handschrift ihres Vetters Daniel. Der andere war von Hugh Darlington. Das überraschte sie, und so öffnete sie ihn als ersten. Als sie begriffen hatte, was er ihr mitteilte, stöhnte sie gequält auf. Es schien unmöglich, aber es war geschehen. Ein neuer Schlag! Diesmal war er finanzieller Art.

Trotz Hugh Darlingtons Vertrauensbruch hatte sie nach Sir Donald Macintoshs Tod seine Kanzlei erneut mit den Rechtsgeschäften für ihre Firma betraut. Damals hatte ihre Erklärung dafür gelautet, man liefere sich besser einem Teufel aus, den man kenne, als einem, den man nicht kenne. Außerdem war Darlington an der Grenze im Norden auf seinem Gebiet unstrittig der Beste. Doch als sie jetzt benommen auf den Brief starrte, überlegte sie, ob ihre Entscheidung nicht ein großer Fehler gewesen war. Was konnte noch fehlschlagen? In dem Brief hieß es, ihr einstiger Liebhaber werde in den nächsten zwei Wochen nach Cooktown kommen. Dem Datum des Briefes nach musste er bereits in der Stadt sein. Sie hoffte nur, dass Luke nichts von ihrer früheren Beziehung zu dem aalglatten Anwalt aus Rockhampton wusste.

12

Die Zusammenkunft des Kriminalbeamten Kingsley mit Lady Enid Macintosh erwies sich als durchaus aufschlussreich. Im Salon des großen Herrenhauses über dem Hafen wurden Gurkensandwiches gereicht.

Lady Enid war genau so, wie sich der Polizist eine adelige Dame vorgestellt hatte – und er musste zugeben, dass sie für eine Frau von vermutlich über fünfzig sehr attraktiv war. Auf ihrer makellosen Haut waren keine Falten zu sehen, und in ihrem tiefschwarzen Haar zeigten sich nur vereinzelt graue Fäden. Was ihm aber vor allem auffiel, waren ihre großen smaragdgrünen Augen.

Bei aller Unnahbarkeit war sie höflich. Mit Befriedigung sah er, wie ihre unübersehbare Verachtung für Polizeibeamte aus der Arbeiterschicht einen Riss bekam, als er ihr mitteilte, von Horton wisse er, dass ihr Schwiegersohn Granville White bei dem viele Jahre zurückliegenden Tod ihres Sohnes David die Hände im Spiel gehabt habe.

Horton hatte ihm berichtet, wie der Kapitän der *Osprey* David seinerzeit am Strand zurückgelassen hatte, damit ihn die Eingeborenen abschlachten konnten, und wie Granville White einmal in einem Gespräch mit Mort hatte durchblicken lassen, niemand werde es dem Kapitän der *Osprey* zur Last legen können, wenn David Macintosh auf einer solchen Reise einen »Unfall« erleide.

Auch hatte Horton gestanden, dass Granville White ihn und seinen Halbbruder bezahlt hatte, damit sie einen Iren namens Michael Duffy aus dem Weg räumten, doch habe dieser in Notwehr Hortons Bruder getötet.

Lady Enid fiel dem Mann ins Wort. Da Michael Duffy im Krieg gegen die Maori auf Neuseeland gefallen sei, müsse man Hortons Aussage mit Bezug auf Duffys Schuldlosigkeit als wertlos ansehen. Da Kingsley das Geständnis unglücklicherweise nicht in Gegenwart eines Zeugen aufgenommen hatte, war es vor Gericht nicht verwertbar. Wie die Dinge lagen, würde bei einem Prozess Aussage gegen Aussage stehen. Kingsley kannte den Fall Duffy selbst nicht, vermutete aber, dass sich die Akten darüber im Polizeiarchiv in Darlinghurst befanden.

Lady Enid schien seinem weiteren Bericht teilnahmslos zuzuhören. Zumindest kam es ihm so vor. Granville war also für den Tod ihres David mit verantwortlich. Das würde ihn teuer zu stehen kommen! Da sie schon immer vermutet hatte, was ihr der Beamte hier bestätigte, hatte sie die Entmachtung ihres Schwiegersohnes längst ins Werk gesetzt. Die Rache würde langsam, aber sicher kommen. Granville, das gelobte sie sich erneut, würde für den Mord an David teuer zahlen müssen, wie auch ihre Tochter, die mit ihm gemeinsame Sache gemacht hatte.

»Mir ist klar, dass Jack Hortons Enthüllungen Ihrem Ruf und dem Ihrer Familie schaden könnten, Lady Macintosh«, sagte Kingsley, während er eine Teetasse mitsamt der Untertasse auf einem Knie balancierte und ein Gurkensandwich kaute. »Daher schien es mir ein Gebot des Anstands, Ihnen zuerst Mitteilung davon zu machen.«

Sie sah den Mann, der ihr gegenübersaß, kalt an. Seine Manieren waren grauenhaft und seine gespielt unterwürfige Haltung beleidigend. Ihr war durchaus klar, warum er ihr und nicht seinen Vorgesetzten diese Mitteilung gemacht hatte. »Ich weiß, dass ich auch im Namen meines verstorbenen Gatten spreche, wenn ich sage, wie dankbar wir Ihnen für den Takt und die Rücksichtnahme sind, die Sie in dieser Angelegenheit bewiesen haben, Mister Kingsley«, sagte sie höflich. »Ich bin sicher, dass ein angemessener Geldbetrag unsere Dankbarkeit für Ihre Diskretion hinreichend ausdrückt.«

Kingsley hörte die Verachtung in ihrer Stimme. Er hatte in seinem Beruf schon vor langem gelernt, den Unterschied zu erkennen zwischen den Worten eines Menschen und der Art, wie sie gesagt wurden. Ein gewisser Ausdruck trat auf seine Züge. »Wie es Ihnen richtig erscheint, Lady Macintosh,« sagte er eilfertig. »Ich bin überzeugt, dass Sie am besten wissen, welchen Wert meine Diskretion hat. Ich bitte Sie nur darum, mir keinen Scheck zu geben, sondern in der hier geläufigen Währung zu bezahlen.«

Sie nickte zum Zeichen des Einverständnisses. Die Gewitztheit des Mannes mochte ein Hinweis auf eine gewissen Intelligenz sein – hoffentlich genügte sie, damit ihm klar war, dass ihm ein Verstoß gegen dieses Abkommen ebenso schaden würde wie dem Namen Macintosh. »Ich habe zufällig genug im Hause, um Sie sofort zu bezahlen. Wenn Sie bitte einen Augenblick warten wollen«, sagte sie und erhob sich, um in die Bibliothek zu gehen.

Als sie zurückkehrte, gab sie ihm einige Geldscheine, die er in die Hosentasche steckte. Dann nahm er das letzte Sandwich von dem Silbertablett.

»Eines noch«, sagte sie, als er sich zum Gehen wandte. »Ich werde Ihre Dienste als Polizeibeamter brauchen.« Kingsley schien überrascht. »Zwar begreifen Sie und ich, wie delikat das ist, was Ihnen Mister Horton anvertraut hat, dennoch ist es möglich, dass ich Sie bitten muss, vor Gericht als Zeuge für die Beteiligung Kapitän Morts an der Ermordung der jungen Eingeborenenfrauen aufzutreten.«

»Gewiss, Lady Macintosh«, gab Kingsley zur Antwort. »Es ist meine Pflicht, in solchen Fällen auszusagen.«

»Dann bitte ich Sie, dass Sie sich mit Mister Daniel Duffy von der Anwaltskanzlei Sullivan & Levi in Verbindung setzen. Sie hat ihren Sitz in der Stadt.«

»Ich kenne Mister Duffy«, sagte er brummig. »Er und ich sind gelegentlich bei Prozessen vor Gericht aneinandergeraten.«

»In dem Fall wissen Sie vermutlich, dass er einen herausragenden Ruf als Strafverteidiger genießt«, sagte Lady Enid mit einem Anflug von Befriedigung in der Stimme. »Ich bitte Sie, ihm vertraulich alles mitzuteilen, was Sie mir gesagt haben, mit Ausnahme des Mordanschlags auf Michael Duffy.« Kingsley verzog fragend das Gesicht, und so fügte sie hinzu: »Mister Daniel Duffy und er sind Vettern. Ich habe meine Gründe, Sie in diesem Zusammenhang um Schweigen zu bitten.« Kingsley nickte zum Zeichen seines Einverständnisses, und nachdem das Mädchen ihn hinausgeführt hatte, stand Lady Enid auf und trat an das große Erkerfenster, um ihm nachzusehen, wie er über die kiesbestreute Auffahrt dem schmiedeeisernen Tor entgegenging. Die Erkenntnis, dass Michael Duffy schuldlos war, ist für den Unglücklichen zu spät gekommen, dachte sie. Sie zweifelte, ob sie ihr Wissen selbst dann weitergegeben hätte, wenn er noch lebte. Nein, Michael Duffy wäre ein gefährlicher Gegner gewesen, und sie musste daran denken, wie unwiderstehlich sich ihre Tochter Fiona von ihm angezogen gefühlt hatte. Aus dieser Beziehung war ein Sohn hervorgegangen.

Sie unterdrückte den Impuls, Daniel Duffy Mitteilung von Michaels Schuldlosigkeit zu machen. Es schien ihr nicht sinnvoll. Warum sollte ausgerechnet sie dem Mann, der das Herz ihrer Tochter gestohlen hatte, zum Heiligenschein eines Märtyrers verhelfen? Während Lady Enid sich vom Fenster abwandte, umspielte ein Lächeln ihre Lippen. Wie sonderbar das Leben doch spielt, dachte sie. Da sollte ihr also der Sohn eines Mannes, auf den sie einst mit dem ihrer Schicht eigenen Dünkel Papisten gegenüber herabgesehen hatte, jetzt dazu dienen, ihre verhasstesten Feinde zu vernichten: ihre eigene Tochter und deren Mann. Schon sehr bald würde der Zeitpunkt kommen, an dem sie sich auf den Vertrag berufen konnte, den sie vor Jahren mit dem irischen Anwalt Daniel Duffy im botanischen Garten abgeschlossen hatte.

Das zweistöckige steinerne Haus, das Fiona White mit ihrem ihr fremd gewordenen Ehemann bewohnte, hatte sie von ihrem Vater zur Hochzeit bekommen. Es war in mancher Hinsicht eine Kopie des Familiensitzes, in dem zurzeit nur noch ihre Mutter, Lady Enid Macintosh, lebte. Ganz wie das Herrenhaus über dem Hafen betrachtete Fiona es nicht als ihr wahres Zuhause.

In den frühen Abendstunden brachte eine elegante Kutsche sie über die geschwungene Auffahrt vor die Freitreppe. Ein Dienstmädchen ließ sie ein und folgte ihr zum Gesellschaftszimmer, wo ihre beiden Töchter, die neunjährige Dorothy und die ein Jahr jüngere Helen, zusammen mit ihrem Kindermädchen saßen und fröhlich mit Porzellanpuppen spielten. Dorothy sah nicht nur ihrer Tante Penelope sehr ähnlich, sie hatte auch deren nach außen gewandtes Wesen, während Helen mit ihrem dunklen Haar und smaragdgrünen Augen der eher in sich gekehrten Mutter nachschlug.

Mit ernstem Gesicht begrüßten die beiden ihre Mutter. Sie hatten schon früh gelernt, dass spontane Äußerungen der Freude bei den Kindermädchen nicht gern gesehen waren. Eine junge Dame musste lernen, ihre Empfindungen zu beherrschen.

Auf ihre höflichen Fragen nach den Töchtern erfuhr Fiona von der strengen Frau, sie hätten sich geradezu wie Engel aufgeführt. Die Mutter betrachtete die ernsthaften kleinen Gesichter, die sie aufmerksam anblickten, und drückte die Mädchen spontan an sich. Dann sah sie zu, wie das Kindermädchen die beiden nach oben brachte und ihnen Vorhaltungen machte, weil sie bei der Umarmung durch ihre Mutter völlig undamenhaft ihr Entzücken gezeigt hatten.

Die beiden wuchsen rasch, und schuldbewusst dachte Fiona daran, wie wenig Zeit sie mit ihnen verbracht hatte. Sie hatte sich vorgenommen, ihnen die Aufmerksamkeit zukommen zu lassen, die ihre eigene Mutter ihr versagt hatte, doch immer wieder hatten Pflichten sie davon abgehalten. Die Abendgesellschaft und Höflichkeitsbesuche, um Granvilles Position in der Gesellschaft der Kolonie zu festigen, waren stets vorgegangen. Das Kindermädchen war mit den beiden weit häufiger zusammen als sie selbst, ganz wie früher Molly O'Rourke mehr Zeit mit der kleinen Fiona zugebracht hatte als ihre eigene starre und unerbittliche Mutter, der sie nun in ihrem Verhalten immer ähnlicher wurde. Könnte doch nur die liebevolle und immer freundliche Molly hier sein, um ihr zu raten!

Doch ihr irisches Kindermädchen war schon lange verschwunden. Molly fehlte ihr mehr als jeder andere Mensch in ihrem Leben, doch durfte sie das nicht einmal offen sagen. Schließlich war sie nichts gewesen als ein bezahlter Dienstbote und hatte getan, was man von ihr erwartete. Oft hatte Fiona in den Vierteln Sydneys, in denen sich die Iren aufzuhalten pflegten, nach ihr gesucht, doch nie hatte sie unter den Vorübergehenden Mollys Gesicht gesehen. Sie war einfach von der Bildfläche verschwunden, und Fionas Mutter hatte nie etwas über ihren Aufenthaltsort gesagt.

Wegen dieses Schweigens in Bezug auf Molly hasste Fiona ihre Mutter noch mehr als ohnehin schon. Sie wollte der Frau, der sie mehr vertraut hatte als jedem anderen Menschen auf der Welt, nur eine einzige Frage stellen. Warum hatte sie Fiona verraten, den Menschen, den sie mehr als alle anderen zu lieben behauptete? Warum hatte sie sich bereit gefunden, das Neugeborene im Einvernehmen mit Lady Macintosh heimlich in eines der berüchtigten »Pflegehäuser« zu bringen, von denen allgemein bekannt war, dass die Säuglinge dort wie die Fliegen starben?

Als das Kindermädchen Helen und Dorothy zu Bett gebracht hatte, entließ Fiona die übrigen Dienstboten für die Nacht und suchte ihr Zimmer auf. Seit jenem Abend vor sechs Jahren, an dem sie sich von ihrer schönen Kusine Penelope hatte verführen lassen, hatte sie das Bett nicht mehr mit ihrem Mann Granville geteilt.

Sie warf die lästigen Kleider ab und stellte sich nackt vor den Spiegel. Sie bewunderte ihren Körper, dessen Schönheit ihre Kusine in der Abgeschlossenheit ihrer eigenen Welt – und das war Penelopes Bett – genoss. Die Geburt der beiden Mädchen hatte ihrer Figur kaum geschadet und lediglich ihre ursprünglich kleinen Brüste üppiger werden lassen. Sie fasste sie mit den Händen und spürte zu ihrem Ärger, dass sie von Jahr zu Jahr schlaffer wurden. Trotzdem fand Penelope sie begehrenswert, und darauf kam es in erster Linie an.

Seufzend setzte sie sich auf ihr Bett. Die Sehnsucht, Penelopes Körper an ihrem zu spüren, ihre feuchten Lippen an ihren Brüsten und den süßen Geschmack ihres Mundes auf dem eigenen, verzehrte sie mit fast körperlichem Schmerz. Aber Penelope hatte sich für heute entschuldigt. Waren die unerwartet aufgetretenen bittersüßen Erinnerungen an Michael Duffy bei der Begegnung mit dem geheimnisvollen, gut aussehenden Amerikaner der Grund für Fionas Begierde? Seine geradezu unheimliche Ähnlichkeit mit Michael hatte sie unwillkürlich an den jungen Mann denken lassen, den sie für kurze Zeit geliebt hatte. Wieder kam ihr der Sohn in den Sinn, den man ihr gleich nach der Geburt fortgenommen hatte.

Wie anders könnten die Dinge aussehen, wenn Michael weitergelebt hätte und es ihr möglich gewesen wäre, das Leben mit ihm zu teilen! Aber niemals hätte ihr Michael verziehen, dass sie nichts gegen Lady Enids Plan unternommen hatte, das Kind in einem der berüchtigten »Pflegehäuser« verschwinden zu lassen, in denen man unerwünschte Säuglinge verhungern ließ. Wenn der Junge noch lebte, wäre er jetzt elf Jahre alt. Hätte er wohl wie Michael ausgesehen? – oder hätte er die Züge der Macintoshs?

Beim Gedanken an ihr verlorenes Kind stiegen ihr bittere Tränen in die Augen. Oft hatte sie sich gewünscht, dass ihr Sohn bei einer guten Familie untergekommen wäre, zu einem jungen Mann heranwuchs, der sich eines Tages auf die Suche nach seiner Mutter machte. Sie kämpfte ihre Tränen nieder und verbot sich jeden weiteren Gedanken an ihren Verlust. Dennoch überlegte sie, wie ihr Leben mit ihm ausgesehen hätte, wenn nicht Penelope das in ihr Verborgene zum Leben erweckt hätte. Hatte das Begehren, das einer anderen Frau galt, immer unmittelbar unter der Oberfläche gelauert? Ihr war bewusst, dass körperliche Liebe zwischen Frauen widernatürlich war. Aber Penelopes Bett war ein anderes Universum, war nicht Teil der Welt, die sie in ihrem Alltagsleben kannte. Wie konnten die Empfindungen, die ihre schöne Kusine in ihr erregte, in den Augen des unversöhnlichen Christengottes falsch sein? Hatten nicht auch in früheren Zeiten und Kulturen Frauen diese besondere Liebe miteinander geteilt, die nur eine Frau einer anderen zu geben vermag?

Seufzend glitt sie zwischen die Laken und sank in einen unruhigen Schlaf.

George Hilarys junger Lehrling holte den Büchsenmacher in den Laden. Ein möglicher Kunde betrachtete die verschiedenen ausgestellten Gewehre und wollte einige besonders kniffflige technische Fragen beantwortet haben, die der Lehrling nicht beantworten konnte.

Mit dem herzlichen Lächeln, das er für jeden hatte, der bereit war, seine Tod bringenden Waren zu erwerben, kam Hilary aus der Werkstatt. Ihm bot sich der viel versprechende Anblick eines gut gekleideten stattlichen Herrn, der einen Stock mit silbernem Knauf in der Hand hielt. All das wies auf den Besitz der nötigen Geldmittel hin. Möglicherweise würde dieser Mann eines der kostspieligeren Jagdgewehre erwerben wollen, überlegte Hilary, und nicht eines der rein auf Funktion ausgelegten Snyder-Gewehre, wie sie im Grenzgebiet weithin in Gebrauch waren.

»Was kann ich für Sie tun, mein Herr?«, fragte er statt einer Begrüßung.

Der beleibte Besucher wandte sich ab von einem Schaukasten mit teuren englischen Tranter-Revolvern. »Vermutlich sind Sie der Eigentümer dieses Ladens – Mister George Hilary«, sagte er.

Hilary nicke. »So ist es.«

»Gut. Ich wickle meine Geschäfte nämlich lieber mit dem Inhaber als mit einem Angestellten ab«, sagte Horace und hielt dem Büchsenmacher die Hand hin.

Bevor Hilary dem Besucher die Hand schüttelte, wischte er sich rasch das Waffenfett an der Hose ab. »Mein Name ist Horace Brown«, stellte dieser sich vor. »Ich sehe mich hier in der Gegend ein bisschen um.« Vermutlich ein ›verlorener Sohn‹, ging es Hilary durch den Kopf. Solche Leute stammten gewöhnlich aus besseren Kreisen und hatten reichlich Geld und Zeit, um auf die Jagd zu gehen. »Wie ich sehe, interessieren Sie sich für die Tranters. Die sind genau das Richtige, wenn man sich schützen möchte«, sagte Hilary, nahm einen der edlen

Revolver aus der Vitrine und hielt ihn auf Armeslänge von sich, als zielte er auf die Schaufensterscheibe, auf der sein Name und die Geschäftsbezeichnung standen. »Spannabzug, fünf Schuss. Ideal für jeden, der eine erstklassige Lebensversicherung braucht.«

»Ideal für Buschläufer«, gab Horace mit einem Lächeln zurück.

Hilary ließ den Arm sinken und räusperte sich. »Das ist was für Männer, die sich mit Waffen auskennen, Mister Brown. Sie bieten ihnen die einzige Sicherheit, die sie haben.«

»Eigentlich hatte ich mehr an etwas in dieser Art gedacht«, sagte Horace und wandte sich einem Ständer mit Snyder-Gewehren zu. »Am liebsten hätte ich eines der neuen Winchester-Repetiergewehre mit Metallmantel-Geschoss.« Hilary legte den Revolver in den Glaskasten zurück, zu einem Pulverhorn und kleinen Schachteln mit Zündkapseln und eingefetteten Patronen. »Leider habe ich die nicht auf Lager, Mister Brown«, gab er zur Antwort. »Aber ich kann ihnen einen Spencer-Karabiner in gutem Zustand anbieten. Eine Waffe, die im Krieg zwischen dem Norden und Süden Amerikas vor allem die Truppen der Nordstaaten verwendet haben.«

»Zufällig bin ich auf dem Weg von Samoa hierher, an Bord der *Boston*, einem Herrn begegnet, der mit Winchester-Gewehren handelt«, sagte Horace. »Ich hatte angenommen, dass er vielleicht einige davon an Büchsenmacher hier in Sydney verkauft hat. Jetzt tut es mir Leid, dass ich nicht gleich eines von ihm erworben habe.«

»Leider stand Mister O'Flynns Ware nicht zum Verkauf«, gab Hilary mit gerunzelter Stirn zurück. »Der ganze Posten war bereits verkauft.«

»Ah, Sie kennen also den Mann, von dem ich spreche«, sagte Horace mit entwaffnendem Lächeln. »Ein Herr vom Scheitel bis zur Sohle.«

Mit einem argwöhnischen Blick auf seinen Besucher gab der Büchsenmacher kurz angebunden zurück: »Wir hatten geschäftlich miteinander zu tun.«

»Wirklich schade, dass Mister O'Flynn seine Gewehre bereits anderweitig verkauft hat«, sagte Horace beiläufig. »Sie können mir nicht zufällig mit der Auskunft dienen, welcher Ihrer Kollegen hier in Sydney Empfänger seiner Sendung ist? Dann könnte ich mich dort erkundigen, ob es möglich ist, eine dieser erstklassigen Waffen zu erwerben.«

»Die Snyder hat die höhere Durchschlagskraft. Mit ihr kann man einen Nigger eher zur Strecke bringen, falls das Ihre Absicht ist«, erklärte mürrisch der Büchsenmacher, der merkte, dass ihm ein Geschäft zu entgehen drohte. »Die Winchester ist eigentlich nichts als ein besserer Revolver. Die leichte Munition, die damit verschossen wird, hält keinen Wilden auf.«

»Möglich«, räumte Horace ein, »aber sie ist mehrschüssig.«

»Nun, bedauerlicherweise kann ich Ihnen nicht sagen, an wen Mister O'Flynn die Waffen verkauft hat«, sagte Hilary brummig.

»Ist das nicht ziemlich ungewöhnlich?«, erkundigte sich Horace. »Man sollte annehmen, dass eine so große Anzahl der neuesten Winchester-Gewehre bei einem Händler wie Ihnen auf großes Interesse stoßen müsste.«

»Wenn ich sonst nichts für Sie tun kann,« sagte Hilary nun in einem Ton, der klar machte, dass er das Gespräch zu beenden wünschte, »würde ich gern an meine Arbeit zurückkehren. Sicher haben auch Sie zu tun. Guten Tag, Sir.«

»Vielen Dank, Mister Hilary«, sagte Horace mit einem hörbaren Seufzer, der seine Enttäuschung zeigen sollte. »Es tut mir Leid, dass wir nicht ins Geschäft gekommen sind.«

Auf der belebten Straße vor dem Laden überlegte Horace, was er bei der kurzen Begegnung mit O'Flynns erstem Kontakt in Sydney in Erfahrung gebracht hatte. Bei Licht betrachtet war es nicht viel. Aber auf jeden Fall gab es irgendwo in der Kolonie genug Repetiergewehre, um einer kleinen Streitmacht zu einer beträchtlichen Feuerkraft zu verhelfen – wozu auch immer man die brauchen mochte.

Aus seinem Laden sah George Hilary missgestimmt auf den Mann, der tief in Gedanken auf dem Gehweg stand. Dieses auf den ersten Anschein so harmlose Gespräch bereitete ihm

Unbehagen. Sollte er dem Amerikaner eine Mitteilung über die Unterhaltung mit Mister Brown zukommen lassen?

Er rieb sich den Nacken und schüttelte den Kopf. Bestimmt konnte eine so unbedeutende Gestalt wie dieser ›verlorene Sohn‹ einem Mann vom Kaliber des Amerikaners nicht gefährlich werden.

An jenem Abend saß Michael Duffy als Penelopes Gast im Esszimmer ihres Hauses. Sie waren allein; die Dienstboten hatten das Geschirr bereits abgetragen. Während Penelope ihn über die Kristallgläser auf dem Tisch hinweg musterte, erschien ihr sein Gesicht im Licht der flackernden Kerzen wie das eines Mannes, dem Ausschweifungen nicht fremd sind. Natürlich verlieh ihm die Augenklappe das Aussehen eines verwegenen englischen Seeräubers aus früheren Zeiten. Bei ihrem Besuch in seinem Gasthof hatte sie weitere alte Verletzungen gesehen, die seinen muskulösen Körper bedeckten, und war mit ihren langen Fingern die auffällige Narbe nachgefahren, die ihm quer über die Rippen lief. Unter der Berührung ihrer scharfen Fingernägel war er zusammengezuckt und hatte geknurrt: »Bajonett eines Aufständischen.«

»Und das da?«

»Eine Maori-Streitaxt.«

»Und wie haben Sie ihr Auge eingebüßt?«

»Ein Schrapnell. Ich weiß nicht mal, ob es von uns oder den Aufständischen stammte«, hatte er zur Antwort gegeben, während ihre Finger zärtlich über seinen unbekleideten Leib geglitten waren.

Mit der Zunge war sie der Narbe eines Messerstichs auf seinem Brustkorb gefolgt, den ihm ein Comanche zugefügt hatte. Seine Haut las sich wie die Geschichte eines mystischen Kriegers. Während sie flüchtig an die Berichte dachte, in denen es hieß, Römerinnen hätten des frische Blut von Gladiatoren getrunken, die man aus der Arena getragen hatte, überlief sie ein lustvoller Schauer. Gewalt und Lust waren Zwillingsgeschwister, und Michael war ihr neuzeitlicher Gladiator. Welche Wonnen sie und ihre römischen Schwestern gekostet hatten!

»Nun, Baronin, vermutlich werden Sie mir jetzt mitteilen, warum ich hier bin«, sagte Michael und sah ihr durch den sanften Kerzenschimmer fest in die verträumten Augen.

Das auf Hochglanz polierte Teakholz des Tisches warf seine Züge so deutlich wie ein Spiegel zurück. Mit einem Ruck holten seine Worte Penelope wieder in die Gegenwart. Das Spiegelbild auf der Tischplatte erinnerte sie daran, dass sie es mit zwei Männern in einem zu tun hatte: einem gefährlichen Kämpfer und einem sanften und einfallsreichen Liebhaber.

»Es gefällt mir, wenn Sie mich ›Baronin‹ nennen«, sagte sie mit einem Lächeln der Befriedigung über die Macht, die sie besaß. »Das gibt mir das Gefühl, Ihre Herrin zu sein, die von Ihnen verlangen darf, wonach ihr der Sinn steht.«

»Wenn man bedenkt, was Sie über meine Vergangenheit wissen«, knurrte er, »brauchen Sie sich über meine Gefügigkeit im Augenblick wohl kaum den Kopf zu zerbrechen.«

»Das stimmt, Michael«, sagte sie von oben herab. »Sicher wäre die Polizei von Sydney äußerst überrascht – und erfreut – zu erfahren, dass Sie leben und daher wegen Mordes vor ein Gericht gestellt werden könnten.« Sie zögerte ein wenig, als sie die gefährliche Veränderung wahrnahm, die mit ihm vorging, während er weiter mit seinem Burgunderglas spielte. »Ich kann Ihnen aber versprechen, dass ich nicht preisgeben werde, wer Sie sind«, fügte sie rasch hinzu.

Sie trug eines ihrer freizügigeren Kleider, das ihre üppigen, doch zugleich festen Brüste ins rechte Licht rückte. Auf diese war sie ebenso stolz wie auf ihre schmale Taille und ihre kurvigen Hüften, doch an der Art, wie der Ire sein Glas zwischen den Fingern drehte, merkte sie, dass er mit seinen Gedanken woanders war. Er war nicht annähernd so beeindruckt von ihr, wie sie gehofft hatte. »Woran denken Sie?«, fragte sie ihn. »Etwa an Fiona?«

Er sah sie überrascht an. Konnte sie Gedanken lesen? Er gab zur Antwort: »Ich glaube schon.«

»Die hat Sie nicht erkannt«, sagte Penelope mit gerunzelter Stirn. »Sie hat nichts als ein Gespenst gesehen, und Gespenster machen ihr Angst. Aber einmal von allem anderen abgesehen: Die Sache mit meiner Kusine hatte von Anfang an keine Zukunft. Ihnen muss klar gewesen sein, dass die Macintoshs Sie nie und nimmer als gesellschaftsfähig angesehen hätten.«

»Immerhin bin ich so ›gesellschaftsfähig‹, dass Sie mich mit zu sich ins Bett nehmen, Baronin«, sagte er nachdenklich und sah ihr mit flammendem Blick in die Augen.

»Sie ahnen nicht, warum ich Sie haben wollte, Michael«, gab sie zurück und schlug die Augen nieder. »Anfangs hatte ich gedacht, es sei mir klar, aber inzwischen weiß ich es selbst nicht mehr so genau …« Sie überlegte, was es gewesen war: der Wunsch, ihm zu beweisen, dass er nichts weiter wäre als ein Spielzeug, dessen sie sich nach Lust und Laune entledigen konnte; das unbewusste Bedürfnis, Fiona zu verletzen, weil sie eine Macintosh war? »Ich wollte Sie einfach, nichts weiter«, sagte sie schließlich, als wollte sie damit das Durcheinander ihrer verworrenen Gedanken ein für alle Mal vertreiben. »Vermutlich würde es Sie nicht überraschen, wenn ich Sie fragte, was Sie inzwischen erlebt haben«, sagte sie.

»Das ist eine lange Geschichte, mit der ich Sie auf keinen Fall langweilen möchte«, gab er nicht ohne Boshaftigkeit zur Antwort. »Sagen wir einmal: Es lohnt sich, mit den richtigen Leuten Freundschaft zu schließen.«

»Aber wieso hieß es, Sie seien tot?«, wollte sie wissen.

Sein Lächeln erstarb, und er sah in sein Weinglas. Burgunder und Blut hatten die gleiche tiefe Farbe. »Ein Toter wird bald vergessen. Nicht mal die Greifer denken noch an ihn«, sagte er mit ruhiger Stimme.

»Und was haben Sie erlebt, nachdem Sie Neuseeland verlassen haben?«, ließ sie nicht locker. Der gefährliche Mann faszinierte sie mehr, als sie sich eingestehen mochte, und sie fragte sich, wie viel er wohl von sich preisgeben würde.

Seinem Gesicht war anzusehen, dass ihn ihre Frage schmerzte. Er holte tief Luft, und als er ausatmete, senkten sich seine breiten Schultern. »Ich bin nach Amerika gegangen und fand mich gleich mitten in einem Krieg. Seitdem ist so viel passiert, dass ich gar nicht alles berichten könnte«, schnitt er alle weiteren Nachfragen von vornherein ab. »Vielleicht erzähle ich es

Ihnen später irgendwann mal. Aber ich kann es mir nicht so recht vorstellen.«

Sie spürte, wie sich ihre Begierde nach dem verdammten Burschen steigerte, während sie ihm zuhörte. Wer war eigentlich Herr der Situation?, fragte sie sich verärgert.

Jetzt aber mussten private Vergnügen zurückstehen. Es war an der Zeit, sich dem Geschäftlichen zuzuwenden. Sachlich und nüchtern sagte sie: »Ich glaube, wir sollten uns darüber unterhalten, warum Sie hier sind.«

»Sie wollen also heute Abend keine weiteren Berichte über meine Narben hören?«, fragte er mit leichtem Spott.

Sie spürte noch zu genau, wie es war, von ihm angefüllt zu sein und gab lieber keine Antwort darauf.

»Mein Gatte hat eine Aufgabe für einen Mann mit Ihren Erfahrungen«, gab sie zur Antwort, ohne auf seinen neckenden Ton einzugehen oder auf ihr eigenes Begehren zu achten.

»Meine Erfahrungen? Was meinen Sie damit?«, wollte er wissen.

»Manfred hat von der großen Zahl Ihrer, sagen wir einmal, Heldentaten in Südamerika erfahren, wie auch davon, auf welche Weise Sie sich im Krieg zwischen den Nord- und Südstaaten ausgezeichnet haben«, erläuterte sie. »Das hat ihn zu der Ansicht gebracht, dass Sie genau der Richtige sind, ihm in einer außerordentlich wichtigen Angelegenheit zur Hand zu gehen.«

»Sie wissen von meinen ›Heldentaten‹ in Südamerika, wie Sie sie zu nennen belieben?«, erkundigte er sich, beeindruckt davon, dass der Preuße Kenntnis von seiner eigentlich geheimen Laufbahn als Söldner hatte.

»Mein Gatte verfügt über zahlreiche Kontakte in Amerika. Es dürfte nicht viel geben, was er über Ihr Tun und Lassen dort nicht weiß. Deshalb ist er zu dem Ergebnis gekommen, dass Sie genau über die Art von Erfahrung verfügen, die er für seine Unternehmung braucht. Bestimmt wäre er aber noch mehr beeindruckt, wenn er alles wüsste, was es über Michael Duffy zu wissen gibt.«

Die Zigarrenkiste stand noch auf dem Tisch, und Michael zog sich einen Kerzenständer herbei, um eine Zigarre anzuzünden. Während er daran sog, legte sich eine Aureole aus bläulichem Rauch um seinen Kopf. »Ich glaube, es wäre für uns alle das Beste, wenn Ihr Mann lediglich über Michael O'Flynn Bescheid wüsste, Baronin. Michael Duffy ist schon lange tot, wie Sie und ich wissen.«

»Wenn das Ihr Wunsch ist, werde ich mich danach richten«, gab sie zur Antwort, wobei sie den sonderbaren Anblick in sich aufnahm, den der Rauchring um seinen Kopf bot. Michael war nun wirklich alles andere als ein Engel!

»Welche Rolle hat mir Ihr Mann bei seiner Unternehmung zugedacht?«, fragte er ohne Umschweife.

»Das darf ich Ihnen zum gegenwärtigen Zeitpunkt noch nicht mitteilen«, sagte Penelope zurückhaltend. »Ich kann Ihnen lediglich die Aufgabe anbieten – und die Bezahlung. Erscheinen Ihnen zweitausend amerikanische Dollar für zwei Monate angemessen?«

Der irische Söldner hob zum Zeichen seines Interesses die Brauen. Zweitausend Dollar für einen Einsatz von zwei Monaten waren eine Menge Geld! Ihm war klar, dass man bei einer so guten Bezahlung besser keine eingehenden Fragen nach der Art der zu erledigenden Aufgabe stellte, doch lag auf der Hand, dass sie entweder äußerst gefährlich war oder gegen die Gesetze verstieß. »Vermutlich wäre es Zeitverschwendung, mich näher zu erkundigen, was ich für das Geld tun soll?«, fragte er und nahm wieder einen Zug aus seiner Zigarre.

Penelope roch den aromatischen Rauch und überlegte, dass sein Kuss nach Burgunder und Tabak schmecken würde. »Ich würde Ihnen gern mehr sagen, aber mein Gatte weiht mich nicht in *alle* seine Geheimnisse ein, und ich habe gelernt, ihn nach bestimmten Dingen nicht zu fragen. Mir ist bekannt, dass die Sache für Deutschland sehr wichtig ist. Das Ziel der Unternehmung sind gewisse politische Veränderungen, doch ich ahne nicht, wie die aussehen könnten«, teilte sie ihm mit. Der verwirrte Ausdruck auf ihren schönen Zügen zeigte Michael, dass sie mit dieser Auskunft über das Vorhaben des Barons die Wahrheit sagte. »Macht es Ihnen etwas aus, Geld aus deutschen Kassen zu nehmen?«, erkundigte sie sich. Er schüttelte den

Kopf. »Gut«, sagte sie erleichtert. »Ich weiß, dass Manfred voller Hochachtung für Sie ist und unbedingt möchte, dass Sie für ihn arbeiten.«

Schweigend dachte Michael über alles nach, was sie gesagt hatte. Besonders viel war es nicht – doch zweitausend Dollar waren eine Menge Geld. »Wie geht es weiter?«, erkundigte er sich.

»In der kommenden Woche sollen Sie mit der *Mary Anne* nach Brisbane segeln und dort auf ein Schiff nach Cooktown umsteigen. In Cooktown, wo sich Ihnen ein Herr Straub vorstellen wird, ist es Ihre Aufgabe, sechs Männer anzuwerben, die über ähnliche Erfahrungen verfügen wie Sie selbst. Sie haben die Vollmacht, sie zu entlohnen, wofür Ihnen bei der Bank of New South Wales in Cooktown ein Konto zur Verfügung steht.« Bei diesen Worten beugte sie sich so vor, dass sie seinen Blicken ihre Brüste darbot, deren Festigkeit ihm noch gut in Erinnerung war. »Ausgerüstet werden die Männer, sobald Manfred eintrifft, aber Sie sollen ihnen die Gewehre, die Sie aus Amerika mitgebracht haben, zur Verfügung stellen. Sie sind bezahlt, wie Sie feststellen können, wenn Sie sich mit Mister Hilary in der George Street in Verbindung setzen. Über alles andere wird Manfred Sie nach seiner Ankunft in Cooktown in Kenntnis setzen.«

»Sie sagten Cooktown. Will sich Ihr Mann da oben ein paar Goldparzellen unter den Nagel reißen?«, erkundigte sich Michael mit dem Anflug eines Lächelns.

»Wie ich Manfred kenne, steht ihm der Sinn nach weit mehr als einer bloßen Goldmine«, gab Penelope zurück, ohne auf Michaels Scherz einzugehen. Zwar glaubte sie zu ahnen, in welche Richtung das Vorhaben ihres Mannes zielte, doch wollte sie es lieber nicht genau wissen, um nicht in Konflikt mit der Treuepflicht sich selbst und ihrem Land gegenüber zu geraten. Es war ihr ganz recht, dass Michael kaum Fragen stellte. »Einen äußerst wichtigen Punkt muss ich noch ansprechen«, sagte sie und atmete tief ein. »Ich kann mir vorstellen, dass Sie begierig sind, sich an meinem Bruder für das zu rächen, was er Ihnen angetan hat.«

Mit einem Ruck hob Michael den Kopf. Sie erkannte in seinen grauen Augen den Ausdruck kalten Hasses. »Hatten Sie etwas anderes erwartet?«, knurrte er.

»Sie werden ihm nichts tun«, gab sie kühl zur Antwort. »Was auch immer sein Vergehen sein mag, er ist mein Bruder und der Vater von Fionas Töchtern. Sofern Sie das trösten kann – ich vermute, dass ihm der Gedanke an Sie ohnehin keine Ruhe lässt. Ich erwarte von Ihnen, dass Sie mir versprechen, nichts gegen meinen Bruder zu unternehmen.« Der Widerstreit, der in ihm tobte, spiegelte sich auf seinen Zügen. Aber Michael würde seinen Hass dem Gebot der Stunde unterordnen müssen.

»Ich verspreche, nichts gegen ihn zu unternehmen, solange ich im Dienst Ihres Mannes stehe«, erklärte er zögernd. »Für die Zeit danach kann ich nicht geradestehen«, fügte er mit wilder Entschlossenheit hinzu.

Penelope spürte, wie die Anspannung ihres Körpers nachließ. Das Versprechen würde ihn einstweilen binden, und ihrer Erfahrung nach zählte nur der Augenblick. Nachdem sie die Anweisungen ihres Mannes weitergegeben und die Angelegenheit mit ihrem Bruder erledigt hatte, durfte sie sich angenehmeren Dingen zuwenden.

Sie erhob sich und nahm mit einem rätselhaften Lächeln Michaels Hand. Die Zigarre und das Burgunderglas in der anderen haltend, folgte er ihr nach oben ins Schlafzimmer. Penelope schloss die Tür. »Ziehen Sie das Hemd aus und legen Sie sich aufs Bett«, befahl sie mit belegter Stimme.

Er stellte das Glas auf einen Nachttisch, drückte die Glut der Zigarre zwischen den Fingern aus und legte sich auf das seidene Laken des Doppelbettes. Etwas in ihren Augen beunruhigte ihn. Sie kam ihm vor wie jemand, der sich auf irgendeine Weise außerhalb seines Körpers befindet.

Während sie sich eines Kleidungsstücks nach dem anderen entledigte, hielt sie unverwandt den Blick auf Michael gerichtet, wobei nach wie vor das geheimnisvolle Lächeln auf ihren Zügen lag. Die im Kerzenlicht tanzenden Schatten bereiteten ihm Unbehagen. Er witterte eine Gefahr, ohne sagen zu können, worin sie bestand. »Haben Sie als kleiner Junge gespielt?«, fragte sie, während sie mit gespreizten Beinen vor ihm stand, nackt bis auf einen im Schritt offenen langen Seidenschlüpfer. Sie hielt die Hände hinter dem Rücken verschränkt.

»Natürlich«, gab Michael mit leicht gerunzelter Stirn zur Antwort. Der Eindruck einer bevorstehenden Gefahr steigerte sich. Schon oft hatte er dank seiner äußerst feinen Antennen gefährliche Situationen überlebt. Alles in ihm drängte ihn, den Raum zu verlassen. Seine Befürchtungen bewahrheiteten sich, als Penelope eine Hand hinter dem Rücken hervorholte und die schmale Klinge eines Dolchs vor ihm aufblitzte. Er spürte, wie sich sein Körper unter dem Antrieb zu kämpfen oder zu fliehen anspannte. Mit einem Lächeln trat Penelope langsam auf ihn zu.

»Dieses herrliche Stilett hat mir ein italienischer Graf vor einigen Jahren in Italien verehrt«, sagte sie. »Solcher Dolche bedienen sich Meuchelmörder mit Vorliebe.«

»So etwas habe ich früher schon gesehen«, sagte Michael, bemüht, gelassener zu wirken, als er sich fühlte. »Eine Frauenwaffe«, fügte er verächtlich hinzu.

Mit verträumtem Ausdruck stand Penelope am Fußende des Bettes. »Wir werden jetzt spielen, Michael«, sagte sie mit einer Stimme, die von fernher zu kommen schien, und stieg auf das Bett. »Bei diesem Spiel werden Sie auserlesene Wonnen empfinden, die höchsten, die das Leben zu bieten hat. Sie werden Sie mit Freudenschreien an den Rand des Grabes führen.«

Sie will mich umbringen, durchfuhr es Michael. Das hat sie von langer Hand als ihre Rache geplant. Aber wofür will sie sich rächen? Er war im Nachteil und wusste, dass er auf keinen Fall die Nerven verlieren durfte. Er musste gute Miene zu ihrem Vorhaben machen, bis es eine Möglichkeit gab, ihr die Waffe zu entreißen. »Was für ein Spiel soll das sein?«, erkundigte er sich mit einem Lächeln, in dem gespielte Zuversicht lag. Seine scheinbare Furchtlosigkeit schien Penelope zu befriedigen.

»Es geht dabei um vollkommenes Vertrauen«, gab sie zur Antwort, während sie sich mit gespreizten Beinen über ihn kniete. Er erkannte ihre hochgradige Erregung und spürte, dass auch er trotz seiner Furcht erregt war. »Gewisse körperliche Schmerzen lassen sich nicht vermeiden, aber ich denke, dass Sie das ertragen können – immerhin haben Sie Erfahrung mit Schmerzen.«

Ihre Blicke trafen sich, als er in ihren Augen zu lesen versuchte. Zu seinem Erstaunen entdeckte er darin keineswegs die Bosheit, auf die er gefasst gewesen war, sondern nichts als glühende Wollust.

»Ich weiß nicht, ob ich der größte Trottel auf Gottes Erdboden bin, wenn ich mich vertrauensvoll in Ihre Hand gebe«, sagte er leise. »Wir beide wissen, dass das eine tödliche Waffe ist.«

»Ich habe nicht die Absicht, Sie zu töten, das verspreche ich Ihnen«, sagte sie, »wohl aber werde ich Ihnen Schmerzen zufügen.«

»Und wie sieht Ihr Spiel aus?«

»Ich zeige es Ihnen.«

Sie drehte sich um und schob sich über ihn bis auf die Höhe seines Kopfes. Er konnte den strengen Duft ihrer Erregung riechen und die Feuchtigkeit ihrer Begierde schmecken. Als mit einem Mal die Spitze des Stiletts seine Haut ritzte, durchfuhr ihn ein stechender Schmerz. Sein Körper krümmte sich unwillkürlich und er unterdrückte einen Schmerzensschrei. »Schmeck die Süße meines Leibes, wie ich dich schmecken will«, gebot Penelope, wobei sie sich vorbeugte. Während sie ihre Zunge dem Rinnsal von Blut näherte, streiften ihre blonden Haare seine Brust.

Ganz langsam tastete er mit seiner Zunge nach ihrem Körper über ihm. Der verdammte Halunke lässt mich absichtlich schmoren, dachte sie, um mir zu zeigen, welche Macht er über mich hat. Blut aus seiner Wunde bedeckte ihr Gesicht und verklebte ihre Haarspitzen. Seine Bedächtigkeit folterte sie geradezu, aber damit steigerte er ihre Begierde, sich von ihm anfüllen zu lassen, umso mehr. Es war eine unendliche Wonne. Sie merkte kaum, als er sie auf den Rücken warf und von oben in sie eindrang.

Die Raserei dauerte die ganze Nacht hindurch bis in die frühen Morgenstunden. Als der Schlaf endlich beide übermannte, zog Michael erneut über die entsetzlichen Pfade, die er in letzter Zeit so oft gegangen war. Der Schlaf war ihm keineswegs immer ein willkommener Gast. Er sah einen Jungen, der laut schreiend seine Eingeweide mit den Händen hielt. Er starrte Michael mit der Verzweiflung dessen an, der weiß, dass er dem Tode nahe ist. Er mochte vierzehn oder fünfzehn Jahre alt sein. Spielte das Alter auf dem Schlachtfeld eine Rolle, wo jeden das absolute Entsetzen umgab? In welcher Schlacht hatte Michael jede Hoffnung auf die Rettung seiner Seele verloren? War es in den Wäldern Neuseelands gewesen oder in den von Blut getränkten Maisfeldern der amerikanischen Südstaaten? Rot war jetzt die Farbe seines Lebens, und nicht die leuchtenden Blautöne der Bilder, von denen er als Künstler einst geträumt hatte.

Das war eine der Nächte, in denen der Schlaf ihn quälte, und Penelope fragte sich, in welcher Welt er sich aufhalten mochte, während er zuckend und stöhnend an ihrer Seite lag. Allerdings war ihr das nichts Neues, denn auch ihr Mann schlief bisweilen so unruhig wie Michael jetzt. Sie hatte sich damit abgefunden, dass Männer, die auf Schlachtfeldern gekämpft hatten, darunter litten.

Penelope erwachte vor Sonnenaufgang. Michael schlief noch, und sie betrachtete sein Gesicht. Ganz von selbst stellten sich grausige Gedanken ein, und ein finsterer Schatten legte sich auf ihre Züge. Voll Trauer dachte sie daran, dass dieser großartige und einfühlsame Liebhaber, der auf die geheimsten Wünsche einer Frau einzugehen verstand, schon in wenigen Monaten tot sein konnte. So etwas brachten die Unternehmungen ihres Mannes mit sich. Zwar würde ihr Michael eine Weile fehlen, gestand sie sich widerwillig ein, aber letztlich wäre im Interesse aller, die er einst gekannt hatte, sein Tod die beste Lösung. Ihr war klar, dass der Mann, der da neben ihr lag, für Frauen ebenso gefährlich war wie für andere Männer. Sollte er Fiona je wieder begegnen … Ein kalter Schauer regte sich in Penelopes Seele, und sie zitterte unwillkürlich. Die fürchterlichen Folgen einer solchen Begegnung waren gar nicht auszudenken.

Sie streichelte sanft seine Brust, bis er erwachte. Bis er ihrem Mann im Krieg diente, konnte sie sich noch seines Körpers zu ihrer Lust bedienen.

»Wo haben Sie solche Spiele gelernt, Baronin?«, fragte Michael mit schläfriger Stimme, als er zu sich kam.

»Von einem Mann, der Ihnen nicht unähnlich ist«, sagte sie und dachte an den denkwürdigen Abend, an dem Morrison Mort sie mit seinem Degen gekitzelt hatte. »Er ist genauso gefährlich wie Sie, Michael.«

13

Peter Duffy folgte seinem besten Freund Gordon James bergan auf dem gewundenen schmalen Pfad, über dem die Baumriesen des Regenwaldes aufragten. Die nackten Oberkörper der beiden waren von dornigen Büschen zerkratzt. Es kostete sie große Mühe, mit dem schwarzen Krieger Schritt zu halten, der sie an die verborgenen Stellen im Dschungel führte.

»He, Gordon, mach mal langsam«, stieß Peter schwer atmend hervor. »Das ist zu schnell für mich.«

Mit triumphierendem Lächeln drehte sich Gordon zu ihm um. Immer, wenn sich der kaum zu erkennende Pfad in scharfen Kehren aufwärts wand, arbeitete er sich mit Händen und Füßen empor. Auch wenn die beiden Freunde einander so nahe standen wie Brüder, lagen sie im beständigen Wettstreit miteinander. Nie sah man den einen ohne den anderen, und die anderen Jungen hatten gelernt, die beiden Unzertrennlichen zu respektieren, denn sie wussten sich notfalls durchaus ihrer Haut zu wehren. Gleich seinem Vater, der niemandem herablassende Äußerungen über Peters Abstammung durchgehen ließ, nahm Gordon es nicht hin, wenn jemand über die gemischtrassige Herkunft seines Freundes spottete.

Der Ureinwohner vor ihnen blieb stehen und sah sich um, ob ihm die beiden noch folgten. Mit Unbehagen bemerkte er, dass der Weiße dem Jungen, in dessen Adern das Blut der Darambal floss, vorauskletterte. Ein Traum hatte ihm enthüllt, um wen es sich bei dem weißen Jungen handelte. Kein gutes Zeichen, dachte er, als ihn Gordon erreichte, zwar schwitzend, aber keineswegs am Ende seiner Kräfte, während sich sein Freund ein ganzes Stück weiter hinten noch abmühte.

»Peter Duffy, Sohn von Tom und Mondo, du musst schneller sein als der weiße Junge«, rief Wallarie ihm zu.

Obwohl der Junge die Worte nicht verstand, war ihm der Klang der sonderbaren Sprache so vertraut, als hätte er sie von Geburt an aus dem Munde von Angehörigen der Nerambura gehört. »Wenn du jetzt nicht schneller bist als er, wird er dich eines Tages töten.«

Peter hob den Blick zu Wallarie, der auf dem Hügel über ihm stand. Plötzlich durchzuckte es ihn. Er kannte die Worte, und nun erkannte er den Mann, der sie sprach. »Wallarie!«, rief er mit weit aufgerissenen Augen nach oben.

Der kräftige Krieger lächelte zu ihm hinab. »Baal, schlecht, dass du vergessen Wallarie«, sagte er auf Englisch und strahlte vor Freude, weil dem Jungen die Erinnerung an die lange zurückliegende Zeit und den fernen Ort zurückgekommen war. »Wallarie dich nicht vergessen.«

Gordon beobachtete die beiden mit jungenhafter Neugier. Anfangs hatte er sich gefragt, warum Peter unbedingt dem Ureinwohner folgen wollte, der da aus den Reihen der Stammeskrieger der Kyowarra, mit denen sie sich am Rand von Cooktown angefreundet hatten, herausgetreten war. Er hatte den beiden bedeutet, dass sie ihm vom Lagerplatz des Stammes folgen sollten, bis sie in sicherer Entfernung von den Stadtbewohnern und den Goldgräbern waren. Allmählich begriff er – zwischen dem Mann und seinem Freund Peter schien irgendeine Art von Beziehung zu bestehen.

Bei einem ihrer vielen Streifzüge durch das dichte Buschland waren die Jungen auf das Lager der Kyowarra gestoßen. Den sonst sehr misstrauischen Kriegern war klar, dass von ihnen keine Bedrohung ausging, und so erhoben sie keine Einwände gegen ihre Anwesenheit. Jeder im Stamm merkte, dass in den Adern eines der beiden Jungen Ureinwohnerblut floss. Und der Angehörige des Volkes der Darambal, der mit ihnen zog, bestätigte ihre Vermutung, als er erklärte, der Peter genannte Junge habe Darambal-Blut in den Adern.

Als Peter jetzt Wallarie erreichte, wandte sich dieser wieder um und setzte den Aufstieg fort. Diesmal nahm Peter alle Kräfte zusammen, um Gordon zu überholen. In einer stillschweigenden Übereinkunft eilten beide nun in einem Wettlauf dem Gipfel entgegen.

Ohne auf die scharfen Zweige zu achten, die ihre Körper peitschten, boten beide schweißbedeckt und ächzend alle Kräfte auf, um dem anderen zuvorzukommen. Auch wenn keiner von ihnen Wallaries Worte verstanden hatte, war ihnen der Sinn seiner Mahnung klar geworden.

Gordon erreichte den Gipfel als Erster. Er hatte Peter kurz vor dem Ziel ein Bein gestellt, so dass dieser gestrauchelt und gerade weit genug zurückgeblieben war, um ihm den Sieg nicht mehr streitig machen zu können.

Wallarie hockte auf einer kleinen Lichtung im Schatten der Urwaldriesen, durch deren Blätter einzelne Sonnenstrahlen bis auf den Boden gelangten. Er sah zu den beiden Jungen hinüber, die nach Atem ringend am Boden knieten. Also hatte der weiße Junge doch den Sohn seines weißen Bruders Tom Duffy besiegt, dachte Wallarie betrübt. So würde es immer sein. Peter, dem die Anstrengungen des Aufstiegs noch anzumerken waren, sah Wallarie an, dessen dunkle Augen ihn musterten.

»Ich bin deinetwegen gekommen, Peter Duffy«, sagte Wallarie in der Sprache der Nerambura. »Ich bin gekommen, um dich mit der Lebensweise und dem Wissen deiner Vorfahren, die einst unter dem Bumbil-Baum gesessen und Geschichten erzählt haben, vertraut zu machen. Jetzt aber muss ich damit auch den Sohn des Mannes vertraut machen, der im Schatten des heiligen Berges der Nerambura Angehörige unseres Stammes getötet hat«, fuhr er fort. Sein Blick wanderte zu Gordon hinüber. Ihm war klar, dass dieser nicht verstand, was er sagte. Verwirrt runzelte Gordon die Stirn und sah auf Peter, der angespannt auf die Worte in einer Sprache lauschte, die er allmählich wieder zu erkennen begann. Wallarie fuhr fort, die Botschaft vorzutragen, mit der ihn die Geister der Vorfahren betraut hatten.

»Was sagt er?«, flüsterte Gordon.

»Du würdest es sowieso nicht verstehen«, gab Peter mit ehrfürchtiger Stimme zurück.

»Verstehst du etwa seine Sprache?«, fragte Gordon und wandte seine Aufmerksamkeit wieder Wallarie zu, auf dessen von zahlreichen Narben bedecktem Körper der Schweiß glänzte. Sein singender Tonfall klang wie die Stimme der Geschöpfe des Buschlandes.

»Ich glaub schon. Ich hab das Gefühl, dass ich allmählich begreife, was er sagt«, gab Peter zurück. »Mir fällt ein, was ich als kleiner Junge erlebt habe, als die Polizisten meine Eltern umgebracht haben. Wallarie sagt mir, was ich tun muss. Er sagt, du und ich, wir müssen ihn begleiten, wenn die Kyowarra nach Norden weiterziehen.«

»Wenn wir das tun, prügelt mein Vater uns nach Strich und Faden durch«, jammerte Gordon.

»Wir müssen mit Wallarie ziehen«, teilte ihm Peter mit finsterer Miene mit, »denn er will uns Dinge beibringen, die ich wissen muss.«

»Du kannst ja gehen«, sagte Gordon. »Aber ich hab keine Lust, mich von meinem Vater verprügeln zu lassen. Du kriegst bestimmt auch deinen Teil ab, denn deine Tante Kate sagt es ihm sicher.«

»Ist mir egal«, gab Peter zurück, doch geriet seine Entschlossenheit bei der Vorstellung, wie ihm Henry James' schwerer Ledergürtel auf Hinterteil und Beine klatschte, allmählich ins Wanken. »Ich geh dann eben ohne dich. Von mir aus kannst du zu deinem Vater laufen, wenn du Angst hast, aber ich ziehe mit Wallarie und den Kyowarra.«

Gordon tat einige Schritte auf den Weg zu. »Bis dann im Lagerhaus«, rief er Peter über die Schulter zu. Doch als dieser sich nicht rührte, zögerte er, wandte sich um und trat langsam wieder in die Lichtung zurück. »Na, dann komm ich eben auch mit«, sagte er achselzuckend. »Ich war schneller oben als du, und ihr verdammten Schwarzen seid auch nicht besser als ich.«

»Im Rechnen und Schreiben bin ich besser als du«, gab Peter zurück. »Überhaupt bin ich in der Schule besser.«

Gordon machte ein finsteres Gesicht. Es stimmte, dass ihm

Peter in der Schule haushoch überlegen war, und das schien ihm nicht recht, wo Peter doch ein Halbblut war.

»Sicher, aber ich bin im Busch besser als du«, versetzte Gordon ärgerlich. »Du könntest dich verlaufen.«

Wallarie lächelte. Er hatte interessiert beobachtet, was zwischen den beiden Jungen vorgegangen war. Am Ende hatte sich Peter durchgesetzt. Der weiße Junge würde dem mit dem Neramburablut folgen, das war ein gutes Vorzeichen.

Er erhob sich vom Boden und wandte sich an Peter. »Ihr beide folgt mir jetzt«, sagte er in seiner Sprache. »Wir brechen am Morgen zu den Jagd- und Fischgründen der Kyowarra auf. Für euch besteht keine Gefahr; ihr werdet wieder in die Stadt des weißen Mannes zurückkehren. Vorher aber werdet ihr vieles lernen, was ihr später gut brauchen könnt. Du, Peter Duffy«, sagte er und fixierte ihn mit seinen glühenden Augen, »musst mehr lernen, sonst bringt dich der Sohn von Henry James eines Tages um.«

Eine entsetzliche Furcht überlief Peter, und er sah zu Gordon hin, der neben ihm stand. Es war deutlich zu erkennen, dass sein Freund von Wallaries Worten nichts verstanden hatte.

Mit gemischten Empfindungen folgten ihm die beiden erschöpft über den schmalen, sich windenden Pfad zum Lager der Kyowarra. Ihnen war klar, dass sie sich dem Willen derer widersetzten, die sie liebten, indem sie die Einladung annahmen, mit dem letzten Überlebenden des Stammes der Nerambura nach Norden zu ziehen. Aber beide erregte das geheimnisvolle Unternehmen, das vor ihnen lag.

Weder Kate noch das Ehepaar James machten sich wirkliche Sorgen, als die Jungen nach drei Tagen noch nicht zurück waren. Sie wussten, dass sich die beiden nachts unter freiem Himmel im Busch ebenso zu Hause fühlten wie daheim im Bett. Auch früher waren sie schon einmal drei volle Tage verschwunden gewesen, und es hatte ihnen nicht groß geschadet. Hungrig und voller Insektenstiche waren sie zurückgekehrt, waren von den Frauen umarmt und geküsst und von Henry zum Holzstoß geführt worden, wo sie ihre Prügel bekommen hatten. Natürlich hatten sie hoch und heilig versprochen, künftig nie länger als drei Tage fortzubleiben. Jetzt aber waren vier Tage vergangen, und mit jeder weiteren Stunde wurden Kate und Emma unruhiger.

Nur Henry schien die Abwesenheit der beiden nicht weiter zu bedrücken. Schließlich waren es auf Abenteuer erpichte Jungen, die durchaus im Stande waren, im Busch zu überleben. Doch änderte sich seine gelassene Haltung, als er in einem zufälligen Gespräch mit einem alten deutschen Goldsucher im Laden erfuhr, dass man die beiden zuletzt im Lager der Kyowarra knapp zwei Kilometer außerhalb der Stadt gesehen hatte. Der alte Goldsucher kannte sich mit den Unterschieden zwischen den Stämmen gut aus, lebte er doch schon lange im Norden und hatte sich oft im Lager von Angehörigen der verschiedensten Stämme aufgehalten. Schließlich hatte er noch gesagt, die Kyowarra hätten ihr Lager vor zwei Tagen abgebrochen und seien weitergezogen.

Gleich den Daldewarra waren auch sie ein unabhängiges kriegerisches Volk, dessen Angehörige sich den Siedlungen der Weißen nur selten näherten. Ihre angestammten Jagd- und Fischgründe lagen am Fluss Normanby nordwestlich von Cooktown. Zwar versetzte der Bericht des alten Goldsuchers Henry in Schrecken, doch behielt er Kate und Emma gegenüber seine Befürchtungen ebenso für sich wie die Nachricht, dass sich die beiden Jungen bei den Kyowarra aufhielten.

Kate aber traute seiner gespielten Gelassenheit nicht. Ihr fiel auf, wie viel Mundvorrat und Munition er in seine Satteltaschen packte, bevor er unter dem fadenscheinigen Vorwand aus der Stadt ritt, er wolle eine Woche lang auf die Jagd gehen.

Auch Emma merkte, dass etwas nicht in Ordnung war. Trotz ihrer festen Überzeugung, der einstige Polizeibeamte werde in der Lage sein, Gordon und Peter aufzuspüren, flehte Emma mehr denn je zu Gott, er möge ihren Mann bei seiner Suche nach den beiden Jungen beschützen. Ihr Leben war in Gottes – und Henrys – Hand, niemand außer diesen beiden konnte etwas für sie tun.

Während Henry nordwestlich von Cooktown in die von Regenwald bedeckten zerklüfteten Berge ritt, nahm seine Unruhe von Minute zu Minute zu. Dieses Gefühl überkam ihn nicht allein deshalb, weil er sich in einer feindseligen Umgebung befand, sondern es entsprang seinem tiefsten Inneren. Es kam ihm vor, als spreche eine Stimme aus den Wäldern zu ihm, als mahne ihn eine ferne Erinnerung an schreckliche Dinge, die er am liebsten vergessen hätte.

Der Schweiß, der ihm in Strömen über das Gesicht lief, biss ihm in den Augen, und sein Bein schmerzte unter der ungewohnten Belastung, wenn er das Pferd auf unwegsamen Gebirgspfaden an der Hand führte. In den Schultern spürte er die Anstrengung, die es ihn kostete, das große, kräftige Tier voranzuzerren, und oft musste er stehen bleiben, um sich mit dem Buschmesser einen Weg durch den dichten Regenwald zu bahnen.

Es ging nur langsam und mühevoll voran. Oft hatte er nach vier Stunden schwerster Anstrengung nur ein kleines Stück Weg zurückgelegt. Doch schließlich hatte er den Gebirgskamm überquert und drang in die Überflutungsebene des Normanby vor. Sein mühevoller Weg durch den Regenwald war eine Abkürzung, mit deren Hilfe er den Vorsprung, den die Kyowarra hatten, verkürzen konnte. Zahlreiche Hinweise an kürzlich verlassenen Lagerstätten zeigten ihm, dass sie sich nicht mehr weit vor ihm befanden.

Endlich war seine aufreibende und zermürbende Suche von Erfolg gekrönt. Am Vorabend hatte er vom Bergkamm herab die Lagerfeuer der Kyowarra gesehen, um die herum zuckende Gestalten in den Schatten der Nacht einen Kriegstanz aufführten. So nahe war er ihnen gekommen, dass er den köstlichen Duft der Flussfische wahrnahm, die in der Glut ihrer Feuer garten, und das zufriedene Lachen von Menschen mit vollem Magen und die beängstigenden Klänge ihrer Kriegstänze hörte. Erst als das Klack-Klack der Klanghölzer in den frühen Morgenstunden verstummt war, hatte er einige Stunden Schlaf gefunden.

Bei Sonnenaufgang sah er den fernen Rauch von Kochfeuern. Die Vegetation hatte sich grundlegend geändert, jetzt befand er sich im weniger dicht bewachsenen Buschland um das Kap York. Er stand neben seinem Pferd und sah auf ein weites Tal hinab, in dem er die Angehörigen des nomadisierenden Stammes deutlich erkennen konnte, als diese ihren Tageslauf begannen. Es war ein eindrucksvolles Bild, wie sich Hunderte von Männern, Frauen und Kindern plappernd und lachend daran machten, sich in ihrem nie endenden Kampf um das Überleben den Tagesgeistern des Landes beizugesellen.

Henrys Eingeweide krampften sich zusammen. Ihm war klar, dass er allein gegen eine eindrucksvolle Zahl gut bewaffneter Krieger stand, noch dazu fern der Sicherheit der Zivilisation, in einem Gebiet, auf dem der Stamm daheim war und das die weißen Eindringlinge noch nicht in ihren Besitz gebracht hatten.

Sein Pferd am Zügel führend, machte sich Henry an den steilen Abstieg zum offenen Land zu beiden Seiten des Flusses. Als er die grasbewachsene Ebene erreicht hatte, saß er auf, um dem Hauptlager des Stammes entgegenzureiten.

Vom Auftauchen des einsamen Reiters aufgeschreckt, erhoben sich Hunderte bunt bemalter Krieger aus dem Gras, die Speere, Kriegskeulen und hölzerne Schilde in den Händen hielten. Sie sahen dem sich nähernden Weißen mit einem Gemisch aus Neugier und Feindseligkeit entgegen.

In Erinnerung an die entsetzlichen Zeiten, da die Schusswaffen der Weißen jedem Krieger den Tod gebracht hatten, der dagegen aufzustehen gewagt hatte, starrten Frauen und Kinder Henry mit weit aufgerissenen Augen ängstlich an. Da näherte sich einer dieser Weißen auf seinem Pferd kühn ihrem Lager, das Gewehr quer vor sich über den Sattel gelegt.

Während er langsam weiterritt, ließ Henry den Blick über die bewaffneten Krieger gleiten, die drohend wie eine Verteidigungsmauer vor dem Lager Aufstellung genommen hatten. Er konnte deutlich sehen, dass er nicht willkommen war, ein Eindringling auf einem Gebiet, das die Ureinwohner nach wie vor mehr oder weniger beherrschten.

Seine schwierige Lage war ihm nur allzu bewusst. Bei einem

Angriff dieser grimmigen Krieger durfte er kaum hoffen, mit dem Leben davonzukommen. Möglicherweise gelang es ihm, einen oder zwei von ihnen mit sich in den Tod zu nehmen, bevor sie ihn dank ihrer großen Zahl überwältigten. Andererseits wusste er, dass er keine andere Wahl hatte, als ihnen gegenüberzutreten, wenn er feststellen wollte, ob sich die beiden Jungen bei ihnen befanden.

Seiner Schätzung nach war er knapp zweihundert Schritt von ihnen entfernt. Weitere fünfzig Schritt würden ihn in die Reichweite ihrer langen tödlichen Speere bringen. Als hätten sie ein unausgesprochenes Abkommen getroffen, schienen weder er noch die Krieger, die ihn schweigend musterten, den Abstand verringern zu wollen.

Henry stellte sich in die Steigbügel und ließ den Blick über die Reihen der Krieger laufen, die ihre Speere bereithielten und erregt miteinander flüsterten. Das Ganze hörte sich an wie das Knurren eines gefährlichen Tieres. »Gordon! Peter!«, rief er. Sein Ruf trug bis zu den Kriegern hinüber, die mit einem Mal verstummten.

»Papa! Onkel Henry!«, kam die Antwort über die Ebene zurück. Henry überkam ein Hochgefühl, das seine Furcht einen Augenblick lang verdeckte. Die Jungen lebten! Die Tage des zermürbenden Umherziehens durch Hitze und unbekanntes Gelände hatten sich gelohnt. Einen kurzen Augenblick lang verabscheute er sich selbst, weil er nicht sicher gewesen war, ob er seinen Sohn oder Peter noch einmal sehen würde. Dieser Zweifel hatte ihn in den dunklen Nächten auf den einsamen Abschnitten seines Wegs durch den Urwald immer stärker belastet. Er hatte befürchtet, das Land und dessen Bewohner würden ihm den Sohn nehmen als grausame Strafe für die Rolle, die er bei der Vertreibung der Ureinwohner in Zentral-Queensland gespielt hatte.

Nachts hatten ihn seine Befürchtungen in Schweiß gebadet aus dem Schlaf hochschrecken lassen, und er hatte den Geistern der Nacht sein Aufbegehren entgegengeschrien. Während seine Augen versucht hatten, die Schwärze zu durchdringen, hatte er umherhuschende Schatten zu sehen gemeint, ein Flüstern zu hören geglaubt, bei dem es um den Tod ging, den er einem wehrlosen Volk gebracht hatte. Er hatte die Geister der Nacht angefleht, nicht seinen Sohn für die Sünden des Vaters büßen zu lassen. Wenn sich aber der Tag über dem Dschungel erhob und der Nebel wie Rauch aus dem Feuer der Nachtgeister über dem Fluss lagerte, versuchte er sich immer wieder klarzumachen, dass sich in seinen Träumen allein sein Schuldbewusstsein widergespiegelt hatte.

Gordon trat aus der Reihe der Krieger hervor. Sein mit Tierfett und Schmutz bedeckter junger Körper war gestählt und zäh. Sein Haar war völlig verfilzt, und hätte er nicht zerfetzte Shorts getragen, man hätte ihn für einen weißen Kyowarra halten können. Peter, der hinter ihm stand, sah nicht viel anders aus.

Beide Jungen schienen gesund und wohlbehalten zu sein. In Henry stieg Dankbarkeit den wilden Kriegern gegenüber auf, die ihn finster anstarrten, doch war ihm klar, dass ihre Gefühle für ihn anderer Art waren. Er sah, wie sie ihre Speere auf Speerschleudern setzten. Statt der unheimlichen Stille in ihren Reihen hörte man jetzt ein leises Brummen und Knurren.

»Bitte, lieber Gott, nicht jetzt!«, flüsterte Henry. Er sah, wie Angst auf die Züge seines Sohnes trat, der zu begreifen schien, was da vor sich ging. Er würde mit ansehen müssen, wie die Kyowarra seinen Vater niedermachten!

Als Henry hörte, wie die Speere auf die Speerschleudern gesetzt wurden, hob er das Gewehr hoch über den Kopf, so dass die Krieger es deutlich sehen konnten. Dann ließ er es als Hinweis auf seine friedlichen Absichten ins Gras fallen. Das aber schien nichts zu nützen, denn das Geräusch, das aus den Reihen der Krieger drang, wurde immer lauter.

Hoffnungslose Verzweiflung überkam Henry beim Anblick der gegen ihn vorrückenden Krieger. Das Pferd wurde unruhig, als es die Angst seines Reiters spürte. In wenigen Augenblicken würden ihn die Kyowarra erreicht haben, und Henry würde weder seinen Sohn noch seine geliebte Frau Emma wieder sehen. Ihm war klar, dass ein Versuch, das Gewehr vom Boden aufzuheben, von vornherein zum Scheitern verurteilt wäre und sein schwerer Colt nichts gegen die vielen tödlichen Speere auszurichten vermochte, die in wenigen Sekunden durch den frühmorgendlichen Himmel schwirren würden.

Eine einzelne Stimme erhob sich über dem Lärm der Kyowarra-Krieger. Sie schien ihnen Vorhaltungen zu machen. Es kam Henry vor, als hätte er sie schon einmal gehört. Wallarie! Zwar waren seitdem sechs Jahre vergangen, doch diese Stimme hatte sich auf alle Zeiten in sein Gedächtnis eingegraben. Er erinnerte sich an ein schwarzes Gesicht hinter einem auf ihn gerichteten Gewehrlauf, als er, durch den Biss einer Schlange vom Tode bedroht, von Schmerzen gequält am Boden gelegen hatte.

So plötzlich der Angriff begonnen hatte, hörte er wie durch ein Wunder auf. Die Reihen öffneten sich und ließen einen einzelnen Krieger durch, der zwischen die beiden Jungen trat. Wallarie blieb an der vordersten Reihe der Kyowarra stehen und wandte sich an Peter. »Der Mann, der mein Feind ist, ist da, dich zu holen«, sagte er. »Noch ist seine Zeit zu sterben nicht gekommen. Du kehrst mit ihm zu der weißen Frau zurück, die die Schwester meines Bruders Tom Duffy ist, die Schwester deines Vaters.« Dann wandte er sich Gordon zu, der zitternd neben Peter stand. »Er hat den Kampfgeist eines wilden Hundes. Eines Tages wird er wie sein Vater Schwarze töten.« Seine Stimme kam von irgendwo außerhalb seiner selbst her. »Ihr beide werdet gemeinsam umherziehen, aber der Tag wird kommen, an dem die Entscheidung fallen muss, wer von euch beiden weiterlebt. Ich weiß nicht, wer das sein wird, wohl aber weiß ich, dass ich euch noch einmal begegnen werde. Ich werde auf den Schwingen eines Adlers kommen, wie der alte Kondola, als ihn die Weißen auf unserem Grund und Boden gejagt haben. Er ist an die heilige Stätte der Traumzeit der Nerambura geflogen und hat dort die Lieder für andere gesungen, die nicht dazu in der Lage waren. Geht jetzt und vergesst nichts von dem, was man euch beigebracht hat.«

Gebannt von der Verwandlung, die mit Wallarie vor sich gegangen war, stand Peter wie im Erdboden verwurzelt da und blickte in die dunklen Augen des Kriegers. In ihnen sah er die

Traumzeit aufblitzen, und zum ersten Mal seit vielen Jahren fragte er sich verwirrt, wer er war. Wie er dort – weit von der Welt der Weißen entfernt – auf der grasbedeckten Ebene stand, sah er seinen anderen Geist, wild und frei, so alt wie die Traumzeit selbst.

Die Verwandlung, die über Wallarie gekommen war, schien sich aufzulösen. Jetzt sah er wieder aus wie der Mann, an den Peter sich undeutlich aus Kindheitstagen erinnerte, der Mann, der in Burke's Land an der Seite seines weißen Vaters gestanden hatte. Nichts blieb mehr zu sagen, und zögernd ging Peter mit Gordon zu Henry hinüber, der auf seinem Pferd saß.

Henry konnte den Blick nicht von dem hoch gewachsenen Nerambura-Krieger abwenden, der da vor der vordersten Reihe der Kyowarra stand. Es war, als verständigten sie sich miteinander, ohne dass auch nur ein Wort gewechselt wurde – dazu genügte ihre bloße Anwesenheit.

Wallarie hatte ihm mit der Rückgabe der beiden Jungen ein Geschenk gemacht. Es war Henry klar, dass ihm ohne Wallaries rechtzeitiges Eingreifen der Tod sicher gewesen wäre, doch lag in der Mitteilung des Nerambura-Kriegers nicht die ersehnte Verzeihung für das Unrecht, das er einst an dessen Volk verübt hatte. Sie gab ihm zu verstehen, er könne nur mit seinem Tod dafür büßen, ausschließlich sein Blut sei imstande, die Geister der heiligen Stätten eines Landes zu befriedigen, in dem Krähen und Goannas inmitten der bleichen Knochen eines vor langer Zeit in alle Winde verstreuten Volkes lebten.

Was nur mochte der Grund für sein namenloses Entsetzen sein? Das Schuldgefühl, das er empfunden hatte, als er dem letzten lebenden Nerambura aus dem Volk der Darambal gegenüberstand? Es war Henry klar, dass er auf diese Frage nie eine Antwort bekommen würde, die ein Weißer verstehen konnte. »Ich werde mit meinem Leben bezahlen, Wallarie, aber verschone meinen Sohn«, sagte er. »Er ist in diesem Land geboren, so wie du.«

Die Jungen standen jetzt vor Henry und sahen ein wenig verlegen zu ihm empor. In diesem Augenblick waren sie keine jungen Kyowarra-Krieger mehr, sondern zwei Schuljungen, die man beim Schwänzen ertappt hatte. Seufzend sah Henry auf das völlig verdreckte Gesicht seines Sohnes hinab, der, obwohl sein Ebenbild, zugleich ein Fremder war. Ein Kind des neuen Landes, das dieser neuen harten Welt angehörte.

Zum ersten Mal ging ihm auf, dass sich Gordon nie dem Land zugehörig fühlen würde, nach dem er selbst sich noch von Zeit zu Zeit als seiner »Heimat« sehnte. Englands sauber eingefriedete grüne Weideflächen und Felder waren nicht für seinen Sohn bestimmt. Es war durchaus möglich, dass Gordon nie ein schneebedecktes Stück Land sehen oder durch einen Eichenwald gehen würde. Sonderbare Gedanken für einen sonderbaren Augenblick, ging es Henry durch den Kopf. Er wandte seine Aufmerksamkeit Peter zu, der die gleichen grauen Augen wie sein Vater Tom Duffy hatte, während seine dunkle Haut ein deutlicher Hinweis auf seine Abstammung aus dem Volk seiner Mutter war. Dort stand der wahre Eingeborene des neuen Landes, ging ihm auf.

In Peters Blut begegneten sich Eroberer und Eroberte. Man bezeichnete diese Kinder verächtlich als »Halbblut«, doch war das Ergebnis der Vermischung von Völkern und Kulturen eine exotische Schönheit. Henry hob den Blick, um zu Wallarie hinzusehen, doch der Neramburakrieger war verschwunden.

Er wandte den Kopf den Jungen nicht wieder zu, denn Gordon sollte die Tränen nicht sehen, die seinem Vater über das bärtige Gesicht liefen. Er knurrte ihnen lediglich aus dem Sattel zu, sie sollten ihm folgen, dann wendete er sein Pferd und machte sich auf den Weg dem Gebirge entgegen. Die Jungen liefen hinter ihm her und die hohen Gräser beugten sich nach dem Willen der Windgeister.

Während Henry davonritt, musste er daran denken, dass er es wohl nicht mehr miterleben würde, wie aus seinem Sohn ein Mann wurde. Der ihm von Wallarie vorausgesagte gewaltsame Tod war so unausweichlich wie der Sonnenuntergang über den mit Brigalow-Buschland bewachsenen Ebenen, die das Land des Volkes der Darambal waren.

14

Viel hat sich im Laufe der Jahre nicht verändert, ging es Michael durch den Kopf, während er, die Hände in den Taschen, den Gasthof Erin betrachtete. Er überlegte, was seine Angehörigen wohl gerade tun mochten. Wahrscheinlich schürte Tante Bridget das Feuer im Küchenherd für das samstägliche Mittagessen. Onkel Frank wies vermutlich unten im Keller Max wegen diesem und jenem zurecht, ohne dass dieser groß auf ihn hörte. Und Daniel? Daniel war womöglich gar nicht mehr da, denn bestimmt hatte er inzwischen sein Anwaltsexamen abgelegt, sofern er das Studium nicht aufgegeben hatte.

Die Tür öffnete sich, und Michael sah zwei kleine Jungen auf die Straße treten. Hinter ihnen war eine zierliche rothaarige Frau zu sehen. Ihre fürsorgliche Art ließ ihn vermuten, dass es sich um die Mutter der beiden handelte.

Er hatte diese Frau nie zuvor gesehen, doch ein Blick auf den kleineren der Jungen ließ ihn erkennen, dass es sich um einen Sohn seines Vetters Daniel handeln musste. Ein frohes Lächeln legte sich auf seine Züge. Daniel war also Vater. Dann war die hübsche Rothaarige wohl seine Frau. Da hatte er aber Glück gehabt!

Die Frau trat in den Gasthof zurück und schloss die Tür hinter sich, während die beiden Jungen einander auf dem Weg durch die schmale Straße anstießen. Es war Samstagmorgen, der ganze Tag lag vor ihnen. Michael konnte sich denken, wohin sie wollten, und so folgte er ihnen unauffällig mit großem Abstand. Wenn der kleine Park mit dem Spielplatz am Ende der Straße noch existierte, waren die beiden bestimmt auf dem Weg dahin. Hatten nicht er und Daniel es im gleichen Alter ebenso gehalten?

Er folgte den beiden Jungen, ohne zu merken, dass auch ihm jemand auf der Fährte war.

Horace Brown gähnte, als er sich daran machte, den verdammten Amerikaner weiter zu beschatten, der zu den sonderbarsten Tageszeiten unterwegs war. Er hatte fast nie so recht gewusst, was Mr. O'Flynn während der vergangenen zwei Wochen in Sydney getrieben hatte, während er auf ein Schiff nach Norden wartete. Horace wusste von seiner bevorstehenden Reise. Einer Eingebung folgend hatte er sich die Passagierlisten der verschiedenen Schifffahrtsgesellschaften angesehen, um zu sehen, ob der Amerikaner beabsichtigte, die Kolonie zu verlassen, und prompt hatte er bei einer von ihnen dessen Namen auf der Liste eines nach Cooktown bestimmten Seglers entdeckt. Ein dem Angestellten diskret zugestecktes Trinkgeld sorgte dafür, dass er auch erfuhr, wer die Passage gebucht hatte. Es war die Baronin von Fellmann. Michael O'Flynn will also ins Grenzgebiet im Norden, überlegte Horace, als er das Passagebüro verließ.

Warum nur hatte O'Flynn das Irenviertel von Sydney aufgesucht und sich an eine Straßenecke gestellt? Gab es etwa eine Verbindung zwischen ihm und dem Gasthof Erin? Er würde versuchen, das festzustellen, indem er unauffällig einige der Gäste befragte. Jetzt aber wollte er O'Flynn folgen, um zu sehen, was sein Ziel war.

Michael lächelte. Hatte er es sich doch gedacht! Die Jungen hatten ihn zu Frazer's Park geführt, wo noch dieselben alten Eukalyptusbäume standen wie in den Tagen der ersten Siedler. Ihre Stämme waren abgewetzt von der Unzahl kleiner Füße, die sie erklettert hatten. Die kräftigen Äste hingen beständig nach unten. Im Laufe der Jahre hatten viele Jungen auf ihnen gesessen und sich über all das unterhalten, was einem Jungen am Herzen liegt: blöde Schwestern, kleine Mädchen, die man ärgern musste, Pläne, die Chinesenkinder im benachbarten Viertel zu überfallen und sie an den Zöpfen zu ziehen.

So manches Abenteuer war dort geplant worden, erinnerte sich Michael voll Wehmut.

Der größere der beiden Jungen kletterte auf den ältesten der Bäume, setzte sich auf einen Ast ziemlich weit unten und forderte den kleineren auf, ihm zu folgen. Dieser aber schien zu zögern. Wahrscheinlich hielt er es für zu gefährlich, den knorrigen Baum zu ersteigen, blieb lieber unten stehen und sah neugierig zu dem Mann mit der Augenklappe hin, der über das Gras auf sie zukam.

»Morgen, Jungs. Amüsiert ihr euch?«, fragte Michael freundlich.

Der Junge, der auf dem Ast saß, gab zurück: »Sie sprechen komisch.«

Michael lächelte ihm zu. Offensichtlich meinte er damit die amerikanische Sprechweise, die er sich angewöhnt hatte. »Schon möglich«, sagte er.

»Und warum?«, wollte der Junge wissen.

»Wahrscheinlich, weil ich aus Amerika komme«, gab Michael zur Antwort. »Da drüben sprechen wir fast alle so komisch.«

»Sie sind also ein Yankee«, rief der kleinere aus. »Haben Sie auch schon Indianer umgebracht?«, wollte er beeindruckt wissen. Martin Duffy wusste viel über Cowboys und Indianer. Er hatte gehört, wie Männer im Gasthof darüber gesprochen hatten, wenn sie sich über die Yankees unterhielten.

»Na ja, 'n paar«, gab Michael unbescheiden zur Antwort. Ihm war klar, dass er damit die Aufmerksamkeit der Jungen auf sich lenken konnte. Wie sich zeigte, hatte er damit Recht, denn beide schienen beeindruckt zu sein.

»Und haben Ihnen die Indianer das Auge ausgeschlagen?«, fragte Patrick von oben.

Michael schüttelte den Kopf. »Nein, das ist eine andere Geschichte. Ich heiße übrigens Michael O'Flynn. Mit wem habe ich das Vergnügen?«

»Ich heiße Patrick«, sagte der größere keck von seinem Ast herab. »Und das da ist mein Bruder Martin. Wir wohnen im Gasthof Erin.«

»Ah. Ich hab da früher mal ein paar Leute gekannt«, sagte Michael beiläufig. »Francis Duffy und seine Frau Bridget. Dann war da noch jemand, der Max hieß, und ein anderer, der Daniel hieß.«

»Das ist unser Papa!«, rief Martin ganz aufgeregt.

Michael lächelte. Es waren also tatsächlich Daniels Söhne, ganz wie er es sich gedacht hatte. »Habt ihr auch noch Geschwister?«, erkundigte er sich höflich, um weitere Angaben über die Familie zu bekommen.

»Eine Schwester, aber das ist 'ne Nervensäge«, gab Martin zur Antwort. »Sie heißt Charmaine. Dauernd will sie mit uns spielen, aber wir rennen dann weg und verstecken uns. Mama wird dann immer ganz böse.«

»Sie weiß nicht, wo wir heute sind«, fügte Patrick hinzu.

Die beiden Jungen waren eine unschätzbare Informationsquelle, merkte Michael. »Ist euer Vater Rechtsanwalt?«

»Ja. Er arbeitet in einem großen Haus mit vielen Büros«, bestätigte Patrick, ohne den Blick von Michael und seiner Augenklappe zu nehmen. »Wann haben Sie ihn gekannt?«

»Das ist lange her. Ich war zu Besuch aus Amerika da und hab euren Papa kennen gelernt«, log er. »Wie heißt eure Mutter?«

»Mama … Ich meine Colleen«, verbesserte sich Martin. »Sie ist zu Hause.«

»Und euer Opa?« Beide schwiegen. Dann sagte Patrick mit schmerzlich verzogenem Gesicht: »Der ist im vorigen Jahr gestorben. Erst war er krank, und dann war er tot.«

Ein stechender Schmerz durchfuhr Michael. Er hatte sich seinem Onkel Frank stets sehr nahe gefühlt, der ihn wie einen eigenen Sohn aufgezogen hatte. Die Jungen merkten nichts von der Mischung aus Anspannung und Schmerz im Gesicht des Mannes. Mit Frank war ein wichtiger Teil von ihm selbst dahingegangen, das brauchten sie nicht zu wissen. »Und was ist mit eurer Oma?«, fragte er, so ruhig er konnte.

»Oma hilft Mama in der Küche«, gab Martin Auskunft.

Es erleichterte Michael zu wissen, dass sie noch lebte. Seine Mutter war auf der Überfahrt von Irland nach Australien gestorben, als er noch sehr klein war, und seine Tante Bridget war an ihre Stelle getreten und hatte den kleinen Jungen mit so viel Liebe überschüttet, wie es nur eine Frau kann. Sie war wie eine Mutter zu ihm gewesen.

»Arbeitet Max eigentlich noch im Erin? Ich glaube, der war aus Deutschland«, fragte Michael.

»Onkel Max bringt mir Boxen bei«, sagte Patrick stolz zu dem Fremden, dem all die Menschen vertraut zu sein schienen, die er kannte. »Er sagt, dass ich eines Tages so gut bin wie Michael Duffy.«

Man hat mich also nicht vollständig vergessen, dachte Michael trübselig. Zumindest erinnert man sich an meine Fähigkeiten als Straßenkämpfer, wenn schon an nichts anderes. »Wisst ihr, wer dieser Michael Duffy war?« Er wollte doch einmal sehen, was die beiden über ihn wussten.

»Nicht genau«, sagte Patrick unsicher und fügte hinzu, er hätte gern mehr über seinen Onkel gewusst, damit er dem Amerikaner alles erzählen konnte. »Aber Onkel Max sagt, dass ich so bin wie er.« Michael sah Patrick aufmerksam an. Ja, ging es ihm durch den Kopf. Es kam ihm vor, als sähe er in einen Spiegel, der ihm seine Vergangenheit zeigte. Der einzige Unterschied war, dass der Junge grüne Augen hatte. Vermutlich von seiner Mutter. Der Anblick dieser Augen rief ihm eine peinigende Flut von Erinnerungen ins Gedächtnis. Wie sehr sie den Augen Fiona Macintoshs ähnlich sahen! »Was ist denn mit diesem Michael passiert?«, fragte er.

»Er ist im Krieg umgekommen«, gab Patrick schlicht zurück.

»Redet denn manchmal jemand von ihm?«

»Oma betet fast jeden Abend für seine Seele«, sagte Patrick. »Und Papa hat gesagt, dass er ein guter Mensch war. Sonst nichts.«

Michael fühlte sich niedergedrückt. Es tat ihm Leid, die Jungen über sich selbst ausgefragt zu haben. Noch nie zuvor war er sich so sehr wie ein Gespenst vorgekommen. »Habt ihr nicht auch einen Onkel Kevin und eine Tante Kate?«, fragte er und schüttelte die trübselige Stimmung ab, die von ihm Besitz ergriffen hatte.

»Tante Kate lebt in Queensland. Sie ist furchtbar reich«, berichtete ihm Martin voll Stolz auf die Tante, über die er so viel gehört, die er aber noch nie zu Gesicht bekommen hatte. »Onkel Kevin ist lange vor meiner Geburt weggegangen. Das hat jedenfalls Oma gesagt.«

Es überraschte Michael nicht im Mindesten zu hören, dass O'Keefe Kate verlassen hatte. Kevin O'Keefe war kein Mann für die Ehe.

»Ich danke euch, dass ihr mir alles über eure Eltern erzählt habt, Jungs. Und auch über Onkel Frank und Tante Bridget. Ich empfehle dir, Patrick Duffy, tu beim Boxen alles, was Max sagt, denn er weiß genau Bescheid. Vielleicht wirst du eines Tages sogar besser als Michael Duffy. Vergiss das nicht.«

Der kleine Patrick sah den Mann fragend an. Es kam ihm ganz so vor, als wäre der Yankee traurig und würde gleich losheulen. Wie ein Mädchen, dachte er peinlich berührt. »Ich hab was für euch«, fügte Michael hinzu. »Aber vorher müsst ihr mir versprechen, dass ihr keinem Menschen sagt, dass ich mit euch gesprochen habe.« Er gab jedem der beiden einen Silberdollar. Sie hatten eine ungefähre Vorstellung vom Wert dieser amerikanischen Münze, und so dankten sie ihm und versprachen Stillschweigen. »Ihr könnt ja euren Eltern irgendwann mal was dafür kaufen«, sagte Michael. »Und auch Tante Bridget und Max. Vielleicht zu Weihnachten.«

Während er davonschritt, sahen die Jungen einander an.

»Oma ist doch gar nicht unsere Tante«, sagte Martin. »Der Yankee muss verrückt sein.«

Aus einer Nebenstraße hatte Horace das Gespräch O'Flynns mit den Jungen beobachtet. Er wünschte, er hätte hören können, was dabei gesagt worden war. Der Amerikaner schien tief in Gedanken versunken, als er durch die schmalen Straßen an den Mietskasernen des Stadtteils Redfern vorüberging.

Die Vergangenheit ist auf alle Zeiten begraben, ging es Michael durch den Kopf. Jetzt zählt nur noch die Gegenwart. Würde doch das Schiff nach Cooktown noch am selben Abend auslaufen und nicht erst in zwei Tagen! Der Schmerz, den Menschen so nahe zu sein, die er liebte, ohne sich ihnen zeigen zu dürfen, quälte seine Seele mehr als alle seine Kriegswunden.

Horace sah Michael nach. Am liebsten wäre er auf die andere Straßenseite gegangen, um die Jungen zu fragen, worüber der Mann mit ihnen gesprochen hatte, unterließ es aber. Es war besser, nicht von Menschen gesehen zu werden, mit denen O'Flynn zusammengekommen war. Immerhin war es möglich, dass er noch einmal mit den Jungen sprach. Kleine Jungen erinnerten sich meist an ungewöhnliche Vorkommnisse und sprachen darüber. Vermutlich war es besser, sein Heil im Gasthof Erin zu versuchen. Erfahrungsgemäß löste der Alkohol den Menschen die Zunge.

Im Erin saß eine Hand voll Arbeiter vor ihren Rumgläsern in einer Ecke beisammen. Ein vierschrötiger Mann mit einem ziemlich übel zugerichteten Gesicht, der hinter dem Tresen Gläser polierte, sah mit unauffälliger Neugier zu Horace hinüber.

Für Horace waren Schankwirte und Kellner eine unschätzbare Informationsquelle. Sie wussten viel über die Menschen, die bei ihnen verkehrten, behielten dieses Wissen aber gewöhnlich für sich. Es war nicht einfach, ihr Vertrauen zu gewinnen, doch waren auch sie Menschen, und jeder Mensch hat seine Schwächen, auch ein einsilbiger Schankkellner.

Horace ließ sich am Tresen nieder, und der Mann trat auf ihn zu. Trotz seiner Masse bewegte er sich mit der katzenhaften Geschmeidigkeit eines gefährlichen Leoparden. Mit diesem Mann war vermutlich nicht gut Kirschen essen.

»Sie wünschen?«, erkundigte er sich.

Mit seinem geschulten Ohr hörte Horace sogleich, dass der Mann aus Deutschland stammte, vermutlich aus dem Norden.

»Einen Schnaps«, sagte er auf Deutsch, woraufhin ihn der Kellner befremdet ansah.

»Für einen Engländer sprechen Sie gut Deutsch«, gab er zurück, ebenfalls auf Deutsch, und Horace fühlte sich ein wenig gekränkt, dass er ihn sofort durchschaut hatte. »Aber Schnaps führen wir nicht, mein Freund. Sie können Rum oder Whisky haben.«

»Irischen Whisky?«, fragte Horace, und der Deutsche nickte.

»Es ist das Beste, was aus Irland kommt«, sagte Max, goss ein Glas ein und schob es über den abgewetzten Tresen. »Besser als die verdammten irischen Schlägertypen, die ich hier jeden Abend trennen muss.«

Horace lächelte über diese Äußerung. Offensichtlich gingen hier vorwiegend Menschen irischer Abstammung ein und aus.

»Wie kommt es, dass Sie als Engländer so gut Deutsch sprechen?«, fragte Max. »Haben Sie in Deutschland gelebt?«

»Ich bin in England aufgewachsen, aber mein Vater stammt aus Bayern, und meine Liebe gehört dem Vaterland ... «, log Horace. Er fügte dieser falschen Identität auch gleich den Namen hinzu, den er für eine solche Situation zur Verfügung hatte: »Ich heiße Franz Neumann.«

»Und ich Max Braun«, sagte der Kellner und hielt ihm seine mächtige Pranke hin. »In Deutschland war Hamburg mein letzter Hafen.«

»Sind Sie schon lange in den Kolonien?«, erkundigte sich Horace, um ihn in ein Gespräch zu verwickeln.

»Seit dem Jahre '54«, gab Max zur Antwort.

»Da haben Sie wohl Ihr Schiff verlassen, um den Goldrausch von Ballarat nicht zu verpassen?«

»Ja. Ihr verdammten Tommies habt mich bei Eureka ganz schön zusammengestaucht.«

»Ein betrüblicher historischer Fehler, mein Freund«, seufzte Horace. »Vielleicht darf ich Ihnen als verspätete Entschuldigung für mein englisches Blut ein Glas spendieren?«

Max lächelte breit, wobei man sah, dass er einen Großteil seiner Zähne eingebüßt hatte – sei es durch die Mangelernährung auf den Schiffen, sei es durch viele Schlägereien an Land. »Ich nehme Ihre Entschuldigung gern an, Herr Neumann, und bin bereit, mit Ihnen auf die tapferen Deutschen anzustoßen, die bei den Palisaden gegen Euch Engländer gekämpft haben.«

»Mein Herz schlägt für Deutschland«, erinnerte Horace seinen neu gewonnenen Freund. »Nicht für England. Also auf die tapferen Männer, die bei den Palisaden gekämpft haben.«

Er und Max hoben die Gläser. Insgeheim trank Horace aber nicht auf das Wohl der Aufständischen, sondern auf das der Rotröcke, die an jenem entsetzlichen Tag beim Kampf gegen jene umgekommen waren. Max füllte die Gläser erneut, und Horace legte dafür einen großzügig aufgerundeten Betrag auf den Tisch.

»Sagen Sie doch, Herr Braun«, begann er, während er das randvolle Glas drehte, »wieso sind Sie nicht nach Hamburg zurückgekehrt, sondern arbeiten in einem Gasthof hier in den Kolonien?«

Max sah ihn an und wischte sich den Mund mit dem Hemdärmel. »Mister Duffys Bruder hat mir bei den Palisaden das Leben gerettet«, gab er zur Antwort. »Er war ein guter Mensch, ganz wie mein früherer Chef Frank Duffy, dem das Erin gehörte, bis es sein Sohn Daniel übernommen hat. Und niemand außerhalb Hamburgs kocht so gut wie Missus Duffy, Franks Frau. Warum also sollte ich nach Deutschland zurückkehren, wenn ich hier eine gut bezahlte Stelle habe, meinen Grog trinken und ab und zu ein paar Iren verdreschen kann? Meine Angehörigen leben hier.«

»Sie haben Frau und Kinder?«, fragte Horace, während er ein Schlückchen von dem guten irischen Whisky nahm.

»Nein, mein Freund. Mit Angehörigen meine ich die Kinder der Familie Duffy, und zwar alle.« Der vierschrötige Deutsche lächelte betrübt. »Es ist, als wären sie meine eigenen. Michael ist unter meiner Anleitung der beste Straßenkämpfer in Sydney geworden. Dann aber ist er fortgegangen und im Jahr '63 haben ihn die Maori auf Neuseeland umgebracht. Seinen Bruder Tom hat die verdammte berittene Polizei '68 erschossen. Nur noch meine kleine Katie ist am Leben. Sie ist eine bedeutende Persönlichkeit in Queensland«, fügte er mit unübersehbarem Stolz auf Kate O'Keefes beträchtlichen finanziellen Erfolg hinzu. »Außerdem leben Franks Enkel hier im Erin. Ich bin dabei, dem kleinen Patrick beizubringen, ein ebenso guter Straßenkämpfer zu werden, wie Michael Duffy einer war.«

Horace hörte zu, wie der Kellner die Namen mit dem Stolz eines liebenden Onkels hersagte. Etwas von dem, was er gesagt hatte, erregte seine Aufmerksamkeit, allerdings nur am Rande. »Nach dem, was Sie mir über die beiden Brüder Duffy gesagt haben, sieht es ganz so aus, als hätte die Familie ein ziemlich tragisches Schicksal erlitten«, sagte er betont mitfühlend. Max seufzte, bevor er sein Glas leerte und erneut füllte. Die Erinnerung an seine große Trauer musste ertränkt werden.

»Auf ihnen liegt ein heidnischer Fluch der Ureinwohner«, sagte Max. »Ich weiß zwar nicht, wie das möglich ist, aber so ist es.«

Horace staunte, dass der Deutsche allen Ernstes anzunehmen schien, das könne die Ursache des Schicksals der Familie Duffy sein. Er dachte aber nicht daran, unverhohlen über einen Mann zu spotten, dessen sehnige Arme so dick waren wie seine eigenen Oberschenkel. »Ein Fluch der Ureinwohner reicht aber doch wohl nicht bis Neuseeland?«, fragte er.

»Ein Fluch kann einem überallhin auf der Welt folgen, Herr Neumann«, sagte Max mit trübseligem Lächeln und schüttelte den Kopf. »Böse Geister kennen keine Ländergrenzen wie wir in der Welt der Lebenden. Mit Sicherheit hat der Fluch Michael Duffy in Neuseeland ebenso getötet, wie er ihn hier getroffen hätte, wenn er geblieben wäre.«

»Hat dieser Michael Duffy als Soldat der britischen Armee in Neuseeland gekämpft?«

»Nein.« Max warf ihm einen verächtlichen Blick zu. »Das hätte er nie im Leben getan, lieber wäre er gestorben. Sein Vater hat schon in Irland gegen die verdammten Engländer gekämpft. Nein, er gehörte zu den Waikato Rangers des preußischen Grafen von Tempsky.«

Ach, von Tempsky. Ein Preuße wie Manfred von Fellmann, ging es Horace durch den Kopf. Ein interessanter Zufall, aber höchstwahrscheinlich ohne jede Bedeutung. Mit seinen Fragen über die Familie Duffy kam er nicht weiter, und so schmerzlich die Tragödie für diese selbst sein mochte, hatte sie wohl kaum etwas mit dem Amerikaner irischer Abstammung Michael O'Flynn zu tun. Daher entschloss sich Horace, das Gespräch mit dem Schankkellner auf die Frage zu lenken, ob in jüngster Zeit Amerikaner in seinem Gasthof aufgetreten seien.

Gerade wollte er auf diese Linie einschwenken, als ein Gast nach Max rief. Horace ergriff die Gelegenheit, sich in der Gaststube umzusehen. Sie unterschied sich in keiner Weise von den anderen, die er in Sydney kennen gelernt hatte. In der Luft hing der gleiche kräftige Geruch nach Tabakrauch und abgestandenem Bier, Erbrochenem und den Leibern ungewaschener Männer, die körperlich schwer arbeiten müssen.

Die Wände zierten einige kleine sepiabraune Fotos von Boxern, die für die Aufnahme geduldig mit erhobenen bloßen Fäusten still gestanden hatten. Ihre Gesichter wirkten wie aus Holz geschnitzt. Ein Bild nahm den Ehrenplatz über dem Tresen ein. Es zeigte einen gut aussehenden, kräftig gebauten jungen Mann in der klassischen Haltung des Boxers. Sein Oberkörper war unbekleidet, und wie bei den anderen für ihre Unerschrockenheit in blutigen Auseinandersetzungen bekannten Männern zierte seine eng anliegende Hose eine Schärpe, die derjenige gewann, der bei einem Boxkampf am längsten auf den Beinen blieb.

Bewundernd betrachtete der englische Agent den athletischen Körperbau des jungen Mannes. Seinen breiten Schultern, der breiten Brust und den muskulösen Armen sah man die Kraft deutlich an. Das stolze Gesicht zeugte von Klugheit und Willensstärke. In den Augenwinkeln lag ein angedeutetes Lächeln, obwohl der Mann für die Aufnahme lange hatte still halten müssen. Fast wäre Horace an seinem Whisky erstickt.

Das Gesicht!

Das war Michael O'Flynn, mit zwei gesunden Augen und ein wenig jünger.

»Man könnte glauben, Sie hätten ein Gespenst gesehen, Herr Neumann«, sagte Max, der zu seinem Whiskyglas zurückkehrte.

Rasch fasste sich Horace wieder. »Wer ist eigentlich der junge Mann auf dem Foto über der Theke, Herr Braun?«

Max wandte sich um und sah zu dem Bild seines geliebten Michael hin. »Das ist der junge Michael Duffy, als ich ihm das Boxen beigebracht habe. Er hätte Weltmeister werden können, wenn er nicht umgekommen wäre.«

»Warum ist er denn nach Neuseeland gegangen, wenn er eine so glänzende Zukunft als Boxer vor sich hatte?«

»Man hat ihn fälschlich des Mordes beschuldigt«, knurrte Max. »Aber alle wussten, dass er unschuldig war, sogar die Polizei. Ihm ist gar nichts anderes übrig geblieben, als schleunigst Neusüdwales zu verlassen, wenn er nicht festgenommen und gehängt werden wollte.«

»Haben Sie ihn in letzter Zeit gesehen?«, fragte Horace unvermittelt.

Max sah ihn an, als hätte er es mit einem ausgemachten Dummkopf zu tun. »Wie soll das möglich sein, Herr Neumann? Ich habe Ihnen doch schon gesagt, dass er tot ist.«

Rasch trank Horace aus und dankte dem vierschrötigen Schankkellner. Als er das Erin verließ, drehte sich in seinem Kopf alles – teils eine Folge des guten irischen Whiskys, teils des Wissens, auf das er durch bloßen Zufall gestoßen war. Kein Wunder, dass sich Michael O'Flynn an Bord der *Boston* von allen fern gehalten hatte. Horace hatte also mit Recht vermutet, dass er etwas zu verbergen hatte und nicht wollte, dass sein Geheimnis in Neusüdwales bekannt wurde. Er war auf der Flucht vor dem Henker!

Er lächelte still vor sich hin. Bei der nächsten Pokerrunde mit Michael Duffy würde er die Trümpfe in der Hand halten.

Daniel Duffy, der Vetter des Iren, den man für tot hielt, lag auf den Kissen des Doppelbetts und bewunderte das im hellen Licht der Laterne rötlich schimmernde lange Haar seiner Frau, das diese, auf der Bettkante sitzend und laut zählend, mit einer Perlmuttbürste bearbeitete.

Geduldig wartete er, bis sie »hundert« sagte, worauf sie sich zu ihm zwischen die Laken legte. Die Wärme des heißen Sommertages war schon verflogen, und die Laken fühlten sich angenehm kühl an. »Was haben die Jungen eigentlich über die Herkunft der amerikanischen Silberdollars gesagt?«, fragte er, während sie das Laken hochzog.

»Sie behaupten, ein einäugiger Amerikaner hätte ihnen das Geld heute Morgen in Frazer's Park gegeben«, sagte sie und drängte sich an ihren Mann. »Die Geschichte klingt sonderbar, aber ich glaube, sie sagen die Wahrheit.«

Charmaine, die sich ärgerte, dass sie keine so schöne Münze wie ihre Brüder bekommen hatte, hatte der Mutter gepetzt, worauf sich Colleen ihre Söhne vorgenommen und ihnen mit der Feinfühligkeit eines Dschingis Khan auf seinem Raubzug durch die Steppen Russlands so lange zugesetzt hatte, bis Martin von dem Zusammentreffen mit dem Amerikaner berichtete. Zwar hatte ihm Patrick einen drohenden Blick zugeworfen, weil er ihren Eid gebrochen hatte, doch galten Eide nicht, wenn man von der Mutter hochnotpeinlich befragt wurde. Immerhin durften die Jungen die Dollars behalten. Colleen brachte es nicht übers Herz, ihnen das kleine Vermögen zu nehmen. Sie hatten brav versprochen, von dem Geld Weihnachtsgeschenke für die ganze Familie zu kaufen.

»Der Amerikaner hat von den beiden verlangt, keinem was von der Begegnung zu sagen«, erklärte sie. »Deine Mutter war bei mir, als mir Martin den Mann beschrieben hat …« Sie hielt inne, als sei sie unsicher, ob sie fortfahren sollte oder nicht. »Dann ist was ganz Sonderbares passiert … Sie ist fast in Ohnmacht gefallen und hat sich von Martin Wort für Wort alles wiederholen lassen, was der Amerikaner zu ihnen gesagt hat.« Colleen wusste nicht recht, wie sie fortfahren sollte, weil all das keinen rechten Sinn ergab. »Deine Mutter sagt, die Jungen hätten mit Michael Duffy gesprochen. Michaels Geist wäre aus der Ferne gekommen, wo er sonst unruhig umherzieht.«

»Geister sprechen nicht mit amerikanischem Zungenschlag«, sagte Daniel. Damit war für ihn diese Deutung der Begegnung der Jungen mit dem Amerikaner erledigt. »Und sie geben auch niemandem Silberdollars. Höchstwahrscheinlich ist es ein Seemann, der früher einmal im Erin war.«

»Daniel?«

»Ja?«

»Ich glaube, du solltest mit deiner Mutter reden«, sagte Colleen mit besorgter Stimme. »Und sieh zu, dass sie sich diesen verrückten Gedanken aus dem Kopf schlägt. Meiner Ansicht nach ist es nicht gut, wenn sie weiterhin glaubt, dass die Jungen dem Geist von Patricks Vater begegnet sind. Du solltest mal mit ihr reden.«

»Das tue ich«, seufzte er. »Gleich morgen früh.«

In jener Nacht hatte Daniel unruhige Träume. Als er in den frühen Morgenstunden erwachte, waren die Laken von Schweiß getränkt. Dieses verdammte Altweibergewäsch über Geister! Er saß in dem dunklen Raum und versuchte, die beunruhigende Erinnerung an seinen Traum zu verdrängen. Er würde unbedingt seine Mutter überzeugen müssen, dass man es keineswegs mit Michaels Geist zu tun hatte, allein schon, damit sich dieser verdammte Traum nicht wiederholte.

Andererseits hatten die Frauen in der Familie Duffy unbestreitbar ein ausgesprochen unmittelbares Verhältnis zum Übersinnlichen. Seine Mutter und seine Kusine Kate hatten nicht den geringsten Zweifel an der Existenz von Mächten jenseits der wirklichen Welt. Daniel hingegen war als gebildetem Menschen klar, dass es sich dabei um nichts weiter handelte als den keltischen Aberglauben, der auf eine Zeit zurückging, in der man noch keine Möglichkeit hatte, die Dinge naturwissenschaftlich zu erklären.

Als er seiner Mutter am nächsten Morgen gegenübertrat und ihr mit Vernunftgründen klarzumachen versuchte, dass der Amerikaner keinesfalls Michaels Geist, sondern irgendein Fremder gewesen war, der mit den Jungen ein freundliches Gespräch geführt hatte, lächelte sie lediglich wissend und tätschelte ihm herablassend die Wange. Er wusste, es war Zeitverschwendung, ihr mit Vernunftgründen beikommen zu wollen, und so schüttelte er bloß verzweifelt den Kopf. Es würde ihn gar nicht wundern, wenn man ihm als Nächstes mitteilte, die Wichtel hätten in den Hinterzimmern des Erin Einzug gehalten.

Er ging und überließ seine Mutter dem Glauben, dass Michael Duffy aus dem Grabe auferstanden war. Zumindest hatte er mit ihr gesprochen, wie Colleen es verlangt hatte.

Er tat Bridget Leid. Jammerschade, er war ein so kluger Junge, aber außerstande zu begreifen, dass es außer der Welt auf der Erde noch andere Welten gab. Könnte er doch nur glauben, dass Michael zurückgekehrt war! Seine arme Seele musste Höllenqualen leiden, wenn er nach denen suchte, die er einst geliebt und verlassen hatte.

Sie weckte die Jungen, damit sie mit zur Kirche kamen. Der kleine Martin fand es herrlich, dort zu knien und den geheimnisvollen Klängen der lateinischen Messe zu lauschen. Patrick stellte sich krank, doch mitleidlos ging Bridget über diesen Versuch hinweg, den Kirchgang zu schwänzen. Während er sich theatralisch stöhnend im Bett wand, schimpfte sie über seinen mangelnden Glauben. Was sollten die braven Patres denken, wenn sie wüssten, dass einer ihrer Schüler nicht bereit war aufzustehen, um zur Kommunion zu gehen!

Als alle fertig waren, gingen sie zur Kirche. Ihren Vertretern war es nicht gelungen, die heidnischen Vorstellungen aus Bridgets keltischer Vergangenheit auszumerzen. Tausend Jahre unerschütterlich gepredigte katholische Lehre hatten nicht vermocht, den Geisterglauben zu vertreiben. Die Todesfee nahm in der Seele der Iren einen gleichberechtigten Platz neben der Überzeugung ein, dass der heilige Patrick einst in höchsteigener Person die Schlangen von der Smaragdinsel vertrieben hatte.

15

Niemand hätte in der Kate O'Keefe, die im winzigen Kontor der Bank von Neusüdwales in Cooktown saß, ohne weiteres die Ochsengespannführerin erkannt, als die sie noch einige Wochen zuvor in Männerkleidung durch das Land gezogen war. Jetzt wirkte sie gepflegt und trug ein hellblaues Kleid, das bei jeder Bewegung raschelte. Ihr langes dunkles Haar war zu einer Frisur aufgetürmt, die ihren schlanken Hals besonders gut zur Geltung kommen ließ. Lediglich das gebräunte Gesicht wies auf ein Leben außerhalb der Salons hin.

Der Mann, der hinter dem Schreibtisch über großen Kontobüchern mit endlosen Zahlenkolonnen saß, war das Musterbild eines Bankiers. Er trug einen Anzug mit Weste, der sich eher für das kühle Klima des australischen Südens geeignet hätte, rückte von Zeit zu Zeit die Brille auf der Nasenspitze zurecht und zupfte sich immer wieder am Ohrläppchen. Obwohl Mister Dixon noch nicht ganz vierzig Jahre alt war, durchzogen graue Fäden die breiten Koteletten zu beiden Seiten seines Gesichts, ein Hinweis auf die anstrengende Verantwortung, die im nördlichen Grenzgebiet Australiens auf seinen Schultern lastete. Bei den Zahlen in seinen Kontobüchern, die wie gestochen aussahen, ging es vorwiegend um die riesigen Mengen Gold in seinem Tresorraum und um Darlehensbeträge.

Unruhig sah Kate zu dem Mann hin, der sich mit gerunzelter Stirn über die Bücher beugte. Fast hätte man sie für ein Schulmädchen halten können, das seinem Zeugnis entgegenbangt. Schließlich hob er den Blick mit der Andeutung eines Lächelns. »Ich habe gute Nachrichten für Sie, Missus

O'Keefe«, sagte er und lehnte sich in seinem Sessel zurück. »Das Gold ist eingetauscht worden, und ich darf Ihnen mitteilen, dass die auf Balaclava lastende Hypothek nahezu getilgt ist.« Kate stieß einen Seufzer der Erleichterung aus; fast war ihr ein wenig schwindelig. »Trotzdem sind Sie noch nicht aus allen Schwierigkeiten heraus«, fügte er mit einer Stimme hinzu, die nichts Gutes verhieß, »bei Ihren anderen Anlagen sieht es teilweise nicht so gut aus, und es ist möglich, dass Sie Ihren Finanzierungsplan ändern müssen, um die Investitionen zu sichern. Dazu könnte es unter Umständen nötig sein, Balaclava doch zu verkaufen.«

Kate merkte, wie ihr Hochgefühl in Pessimismus umschlug. Ihre Freunde, das Ehepaar Cohen, hatten sie schon gemahnt, sich nicht zu übernehmen, aber sie hatte deren Befürchtungen in den Wind geschlagen, weil sie unbedingt an den Goldgräbern verdienen wollte. Sie konnte sich nicht vorstellen, Balaclava aufzugeben, denn der Besitz stieß unmittelbar an Glen View, das nach wie vor der Familie Macintosh gehörte. Kate hatte sich vor Jahren geschworen, eines Tages das Stück Erde, in dem ihr geliebter Vater in einem nicht gekennzeichneten Grab ruhte, zu besitzen. »Sagen Sie mir doch ganz offen«, bat sie Mr. Dixon, »wie meine finanzielle Gesamtsituation aussieht.«

Der Bankier lächelte breit. »Ausgesprochen günstig, Missus O'Keefe. Immer vorausgesetzt, Sie brauchen keine liquiden Mittel. Sie können im Augenblick Verluste bei Ihren anderen Anlagen ohne weiteres verschmerzen, solange Sie schlechtem Geld kein gutes hinterherwerfen. Vielleicht sollten Sie auch bei der Unterstützung wohltätiger Einrichtungen da oben etwas weniger großzügig sein.«

Er sprach dies Thema ungern an. Nur er und Kate wussten, in welchem Maße die beträchtliche Summe, die sie zur Unterstützung der Angehörigen in Not geratener Goldgräber aufwandte, ihre Liquidität belasteten. Lebensmittel und Medikamente kosteten im fernen Norden viel Geld, und bislang hatte sie das Notwendige immer ausgegeben ohne zu rechnen.

Wie viele andere Bewohner der Kolonie kannte auch Dixon

die Geschichte, die man sich über die schwangere Siebzehnjährige erzählte, die im Jahre '63 in den Norden gekommen war. Statt aber dort wie geplant einen Gasthof einzurichten, hatte sie Mann und Kind verloren und einige Jahre als Schankhilfe in einem Gasthof von Rockhampton gearbeitet, bis ihr durch das Erbe eines alten Gespannführers die nötigen Mittel in den Schoß gefallen waren, um ihr eigenes Finanzimperium zu begründen. Die meisten jungen Frauen wären mit dem beträchtlichen Nachlass nach Sydney oder Melbourne gegangen, wo sie behaglich von dessen Erträgen hätten leben können. Nicht aber die legendäre Kate O'Keefe. Sie hatte sich mit dem jüdischen Kaufmann Solomon Cohen und dessen Frau Judith zusammengetan und im Schweiße ihres Angesichts und gegen alle Widerstände ihr Unternehmen aufgebaut. In Gedanken nannte der Bankier die schöne junge Frau »Königin des Nordens«. Es war unmöglich, sie nicht zu bewundern.

»Trotz allem, was Sie sagen, laufen die Ausgaben für die Angehörigen der Goldsucher weiter«, gab Kate gelassen zur Antwort.

»Ich habe mir schon gedacht, dass Sie das sagen würden, Missus O'Keefe«, seufzte Dixon ergeben, »und habe daher die Unterlagen vorbereitet, mit denen Sie einen kleineren Teil Ihres Barvermögens auf das entsprechende Konto übertragen können. Ich glaube nicht, dass Sie das im Augenblick übermäßig belastet.«

»Gut«, sagte Kate. »Außerdem möchte ich einen Betrag auf ein Konto ›Ironstone Mountain‹ überweisen, das noch eröffnet werden muss.«

»Ironstone Mountain?«, fragte Dixon verwirrt. »Davon habe ich, glaube ich, noch nichts gehört.«

»Es handelt sich um ein Gebiet, das die Archers aus Rockhampton vor einer Weile an den Quellflüssen des Dee entdeckt haben. Ich habe davon erfahren, als ich in Rockhampton gearbeitet habe.«

»Was interessiert Sie denn daran, wenn ich fragen darf?«

»Berge faszinieren mich einfach«, gab Kate zur Antwort. »Ich habe so ein Gefühl, es könnte sich lohnen, Ironstone Mountain einmal näher ins Auge zu fassen.« Sie wusste selbst nicht recht, warum sie auf diesen Berg verfallen war, der in relativ geringer Entfernung westlich von Rockhampton lag. Luke hatte so oft über Gebiete gesprochen, in denen sich die Goldsuche lohnen könnte, dass sie sich möglicherweise von seiner Sucht nach dem von ihm so heiß begehrten Metall hatte anstecken lassen. Oder war ihr die Idee gekommen, ihm etwas zu schenken, das ebenso kostbar war wie die Liebe, die sie für ihn empfand? »Ich kenne einen Mann, der über die nötige Erfahrung verfügt, das Gebiet zu erkunden«, sagte sie. »Möglicherweise findet er dort etwas, das die Mühe lohnt.«

Es entging Kate nicht, dass Dixon als stummen Ausdruck seiner Missbilligung die buschigen Brauen hob. Ihre impulsive Handlungsweise beunruhigte sie selbst ein wenig. Aber das war nur eine von vielen riskanten Entscheidungen, denn auch früher war sie einem Wagnis nicht aus dem Weg gegangen. »Ich kümmere mich darum«, sagte Dixon widerstrebend. »Hoffentlich belastet das Ihre Liquidität nicht noch stärker.«

»Danke, Mister Dixon«, sagte Kate und erhob sich mit raschelnden Röcken. »Ich weiß mein Geld bei Ihnen in guten Händen.« Er quittierte ihr Kompliment mit verlegenem Lächeln.

Kate trat aus der Bank auf die Straße mit ihrem lebhaften Treiben. Einen seiner übel riechenden Stumpen im Mundwinkel, lehnte Luke mit verschränkten Armen an einem Verandapfosten und sah den hin und her eilenden Bewohnern des Städtchens zu. Als er sich umwandte und Kate erkannte, die auf ihn zutrat, warf er den Stumpen in den Straßenstaub.

»Alles in Ordnung?«, fragte er mit zusammengezogenen Brauen.

»In bester Ordnung«, erwiderte sie mit breitem Lächeln. »Noch muss ich nicht ins Armenhaus.«

»Gut.«

Während sie die Charlotte Street entlanggingen, überlegte Kate hin und her, ob sie Luke sagen sollte, was sie in der Bank erfahren hatte. Es stand nicht alles zum Besten. Wenn ein größerer Gläubiger sein Darlehen aufkündigte, konnte das den Verlust des Besitzes Balaclava bedeuten.

Sie sah zu ihm hin. Seit ihrer beider Eintreffen in Cooktown hatte er mit keinem Wort davon gesprochen, dass er zu den Goldfeldern am Palmer ziehen wolle. Er verdiente sich seinen Lebensunterhalt mit Gelegenheitsarbeiten und verbrachte die Nächte am Rande der Ortschaft in einer kleinen Zeltstadt, die durchziehenden Goldsuchern als Unterkunft diente. Zwar hatte Kates Vorhaben, am Ironstone Mountain nach Bodenschätzen zu suchen, auch eine finanzielle Seite, doch ebenso hatte es mit dem zu tun, was sie für den Mann empfand, der jetzt mit ihr auf dem Weg zu ihrem Laden war.

Hoffentlich sah er das dafür nötige Geld nicht als Geschenk an, denn das würde seinen ausgeprägten Stolz tief verletzen. Auf dem Rückweg nach Cooktown hatte er mit ihr über seinen Plan gesprochen, tropentaugliches Vieh zu züchten, zugleich aber eingeräumt, in Montana kein besonders guter Viehhirte gewesen zu sein. Andererseits, hatte er munter hinzugefügt, machte es natürlich einen Unterschied, ob man sich um seine eigene Zucht oder die Tiere anderer kümmere. Lächelnd hatte Kate seine Zuversicht zur Kenntnis genommen. Immerhin war er nicht ganz ohne Ehrgeiz.

Aber sie durfte sich nichts vormachen. Männer wie Luke Tracy waren dazu geboren, ferne Horizonte zu erkunden, und wer einen solchen Mann liebte, musste auch seine Nomadenseele lieben. Sie war nicht sicher, ob sie dazu rückhaltlos bereit war. Wenn sie es wäre, müsste sie auch damit rechnen, wieder einen schmerzlichen Verlust hinnehmen zu müssen. Allmählich kam es ihr so vor, als würde ihr immer wieder genommen, was sie liebte.

»Ich habe dir einen Vorschlag zu machen«, sagte sie schließlich, als sie den Laden schon fast erreicht hatten. »Ich habe mit Mister Dixon gesprochen und ihn gebeten, dir Mittel zur Verfügung zu stellen, damit du am Ironstone Mountain schürfen kannst.«

Luke blieb stehen und wandte sich ihr zu. »Ich kenne den Berg«, sagte er überrascht. »Er ist ganz nahe bei Rockhampton. Ich habe ihn mir schon mal angesehen.«

»Aber warst du schon mal auf ihm?«, fragte sie.

Er runzelte die Stirn, dann aber trat ein Lächeln auf sein Gesicht. »Eigentlich nicht.« Er fasste Kate bei den Ellbogen. »Bist du tatsächlich bereit, bei dieser Sache einen mittellosen Goldsucher zum Teilhaber zu machen?«

»Warum nicht?«, gab sie zurück. »Immerhin wärst du ja fast der Erste gewesen, der Anspruch auf die Goldfelder am Palmer hätte erheben dürfen.«

Während sie ihren Weg fortsetzten, merkte Kate, wie aufgeregt er war. Ein Glücksgefühl durchströmte sie. Ja, sie hatte richtig gehandelt.

»Weißt du, dass ich mir schon mal überlegt hatte, ob man sich den Berg näher ansehen sollte? Hätte ich es doch getan!«

Er blieb stehen und sah Kate in die Augen. »Ich hab ein gutes Gefühl dabei. Deine Investition zahlt sich bestimmt aus.« Mit einem Mal legte sich seine Erregung. »Aber dann müsste ich ja von dir fort, Kate. Ich glaube nicht, dass ich das je wieder fertig brächte.«

Sie strich ihm über die Wange und drängte ihre Tränen zurück. »Wie ich dich kenne, bist du geboren, nach dem zu suchen, was die Erde verbirgt. Wenn wir getrennt sind, kann ich nachts zu den Sternen emporsehen und weiß dann, dass wir denselben Himmel vor Augen haben. Mir ist klar, dass du erst dann zufrieden sein wirst, wenn du dein Eldorado gefunden hast.«

»Ich verstehe, warum du das tust, Kate«, sagte er tief beeindruckt. »Und ich liebe dich dafür umso mehr.«

»Ich mach das nur, weil ich hoffe, dass für mich dabei was rausspringt«, sagte sie lachend, wobei sie mit den Tränen kämpfen musste. »Ich bin überzeugt, dass ich den besten Goldsucher in den Kolonien in Dienst genommen habe, und das bedeutet für die Firmengruppe Eureka sicher einen Gewinn.«

»Den bekommst du«, gab er ohne falsche Bescheidenheit zurück. »Ich lass dich nicht im Stich, Kate O'Keefe.«

Sie hängte sich für den Rest des Weges bei ihm ein.

Jennifer wusste, wie Ben zu ihr stand. Seit sie in Cooktown waren, hatte der junge Mann jeden Vorwand genutzt, ihre

Nähe zu suchen. Seine Gegenwart war ihr unbehaglich, obwohl auch sie etwas für ihn empfand. Unter anderen Umständen hätte sie diese Empfindungen als Liebe bezeichnet, aber Liebe gab es nur zwischen einer anständigen Frau und einem anständigen Mann, und Ben war ein anständiger Mann und sie eine schlechte Frau.

Jennifers kühle Zurückhaltung war Ben nach ihrer gefühlsbeladenen Umarmung vor dem Kampf mit den Stammeskriegern unerklärlich. Sie tat, als wäre zwischen ihnen nichts vorgefallen. Auch wenn er verwirrt und verletzt war, dachte Ben nicht daran, sich geschlagen zu geben. Er wusste nur eines: Er liebte Jennifer Harris mehr als je eine Frau zuvor. Allerdings hatte er im eigentlichen Sinne des Wortes noch keine Frau geliebt.

Er stand in der kleinen heißen Küche von Kates Unterkunft in Cooktown und sah Jenny zu, die über einen großen runden Zuber gebeugt Geschirr wusch. Sie ging so in dieser Arbeit auf, dass sie seine Anwesenheit gar nicht bemerkte. Angesichts der letzten Monate ihres an widerwärtigen Erlebnissen reichen Lebens sah sie die Arbeit, die sie für Kate tat, nicht als lästige Pflicht an. Sie brauchte sich nicht mehr vor Vergewaltigung zu fürchten und auch keine Sorge mehr um das Leben ihres Sohnes zu haben. Das Leben unter Kates Dach hatte ihr gezeigt, wie angenehm es war, mit anderen zusammenzuleben und füreinander zu sorgen. Selbst ihr Sohn Willie war aus seiner Zurückgezogenheit herausgekommen und spielte mit Kates Adoptivkindern in der Sonne.

Zwischen ihm und dem kleinen Tim war eine feste Freundschaft entstanden. Da nicht nur Peter oder Gordon, sondern auch Sarah nichts von den beiden wissen wollte, war der eine in der Gesellschaft des anderen glücklich. Das gefiel Jenny ebenso wie Kate, die sich lange darüber gegrämt hatte, dass die drei anderen Tim nicht in ihrem Bund aufnehmen wollten.

»Jenny«, sagte Ben leise. Verblüfft wandte sie sich ihm zu. »Könnte ich mal mit dir sprechen?«

Sie wischte sich die Hände an der Schürze ab. »Natürlich«, sagte sie mit freundlichem, aber distanziertem Lächeln.

»Ich hatte gedacht, wir könnten zum Fluss runtergehen und uns die Schiffe ansehen«, sagte er hoffnungsvoll. »Es ist hübsch da unten.« Jenny löste ihre Schürzenbänder, was Ben so deutete, dass sie seine Einladung annahm. Während sie sich das abgetragene, aber saubere Kleid glatt strich, folgte sie ihm aus der Küche.

In befangenem Schweigen gingen sie nebeneinander her. Zwischen ihnen knisterte eine Spannung, als wäre beiden klar, warum Ben in die Küche gekommen war. Weder er noch sie schienen die Menschen wahrzunehmen, an denen sie vorüberkamen. Man hätte glauben können, sie folgten einer brennenden Lunte, die zu einem Pulverfass am Ufer des Endeavour führte. Als sie ihn schließlich erreichten, setzte sich Ben auf eine kleine Lichtung, an deren Rand Mangroven mit ihren knotigen Wurzeln bis in den Sand und Schlamm des tropischen Gewässers reichten. Durch die Bäume konnten sie große Schiffe aller Art vor Anker liegen sehen und auch die kleinen Boote, die zwischen ihnen umherfuhren.

Jenny setzte sich neben ihn auf den ausgebreiteten Rock ihres langen Kleides und betrachtete die zahlreichen Wasserfahrzeuge. Beiden war klar, dass die Lunte den Rand des Pulverfasses erreicht hatte.

»Ich liebe dich, Jenny«, sagte Ben und löste damit die Explosion aus. »Schon, seit ich dich am Palmer zum ersten Mal gesehen habe.«

»Das geht nicht«, sagte sie mit gequälter Stimme. »Ich bin keine Frau, die ein anständiger Mann lieben sollte.«

Ben wandte sich ihr zu, und sie erkannte in seinem Gesicht einen tiefen Schmerz, ähnlich dem ihren. »Warum soll das nicht gehen, Jenny? Für mich bist du die schönste Frau auf der Welt. Ich habe noch nie eine gesehen, die so schön ist wie du.«

»Wie könntest du das hier lieben?«, fragte sie mit wilder Miene und schob ihre langen Haare beiseite, damit er das erdbeerförmige Mal auf ihrer Wange sehen konnte. »Wie könnte ein Mann eine Frau lieben, die so aussieht?« In Bens Augen brannte die Sehnsucht, dass sie dem, was er jetzt sagen würde, unbedingt Glauben schenkte. Jenny ertrug es nicht, ihn so gequält zu sehen, und senkte den Kopf. Dabei fiel ihr das lange goldene Haar wieder über das Gesicht.

Er strich es sacht beiseite. Sie leistete ihm keinen Widerstand. »Das ist mir egal«, sagte er leise. »Ich weiß nur, dass ich immer mit dir zusammen sein will, solange ich lebe. Ich möchte dich heiraten.«

Tränen traten ihr in die Augen, und sie schlug sich die Hände vor das Gesicht. »Ich kann dich nie heiraten«, schluchzte sie. »Ich kann nie einen Mann heiraten. Ich bin eine schlechte Frau.«

»Das spielt für mich keine Rolle«, sagte Ben sanft. »Nichts spielt für mich eine Rolle außer dem, was ich jetzt sehe und weiß.«

Jenny hörte auf zu schluchzen und wandte sich ihm voll Bitterkeit zu. »Du hast ja keine Ahnung, wovon du redest, sonst würdest du schreiend vor mir davonlaufen.«

Er wusste nicht, worauf sie anspielte, obwohl ihm Kate auf dem Weg nach Cooktown zu verstehen gegeben hatte, dass die junge Frau Dinge erlebt hatte, über die man am besten nicht sprach. Jetzt aber fragte er sich doch, ob ihre Vergangenheit von Bedeutung war. Er holte tief Luft und wiederholte: »Für mich spielt das alles keine Rolle; nur du bist wichtig.«

»Und was ist mit Willie? Würdest du das auch sagen, wenn du wüsstest, wie er auf die Welt gekommen ist?«

»Ist mir egal«, beharrte Ben störrisch. »Für mich ist nur wichtig, was ich für dich und Willie empfinde. Und das, was du damals zu mir gesagt hast, als wir gegen die Schwarzen gekämpft haben. War dir das denn nicht wichtig?«

Jenny wischte sich mit dem Handrücken die Tränen ab. Sie zitterte, und Ben legte ihr einen Arm um die Schultern. Sie sahen einem winzigen Vogel zu, der gleich einem Kolibri über den Blüten eines Baumes am Ufer schwebte und, den langen Schnabel tief in sie hineingetaucht, Nektar aus ihnen saugte. Sein schwarz-goldenes Gefieder blitzte in der Sonne.

»Es war mir ernst mit dem, was ich gesagt habe«, gab sie ruhig zur Antwort. »Aber das war damals, und jetzt ist jetzt.

Du und ich können nie in einer Stadt zusammen sein, wo die Leute darüber reden werden, wie du dazu kommst, eine Frau wie mich zu heiraten.«

»Ich will nicht in einer Stadt leben«, sagte Ben ihr ins Ohr. »Ich spare, damit ich ein Stück Land im Süden am Flinders-Fluss pachten kann. Da will ich Vieh züchten und kann Fleisch für die Goldfelder liefern. Kate hilft mir im nächsten Jahr mit etwas Geld aus. Sie hat gesagt, es lohnt sich für mich mehr, wieder für sie zu arbeiten, statt am Palmer nach Gold zu suchen.«

Jenny konnte diese zuversichtlichen Worte fast auf ihrer Wange spüren. Zum ersten Mal, seit sie aus Kates Haus getreten war, schenkte sie ihm ein leichtes Lächeln. »Du liebst mich ja wirklich«, sagte sie. »Du würdest mich als deine rechtmäßige Ehefrau mitnehmen, die für dich arbeiten kann?«

»Ich hab sogar schon einen Namen für das Stück Land«, sagte er, und ein breites Lächeln legte sich auf sein von der Sonne verbranntes Gesicht. »Ich nenne es Jerusalem.«

»Warum einen Namen aus der Bibel?«, fragte sie. »Haben da nicht die Juden gelebt?«

Ben senkte den Kopf und sah trübselig auf den Fluss, bevor er antwortete: »Ich bin Jude. Zumindest sagt meine Mutter das. Aber sie hat mir nie viel darüber erzählt. Ich weiß nur, dass die Christen uns nicht mögen. Ihrer Überzeugung nach haben wir ihren Heiland umgebracht.«

»Mir ist egal, ob du Jude bist«, sagte Jenny und nahm seine Hand. »Bestimmt hättest du unseren Heiland nicht umgebracht, wenn du dabei gewesen wärest, und ich weiß sowieso nicht viel vom Christentum.« Sie sahen einander an und brachen in Lachen aus. Die Splitter der Detonation waren um sie herum zu Boden gegangen, ohne ihnen ein Haar zu krümmen. Jenny beugte sich zu Ben hinüber und küsste ihn auf den Mund. »Ich hab dich von Anfang an geliebt«, sagte sie. »Schon wie du da am Feuer gesessen und zu mir hergesehen hast. Deine Augen waren freundlich, nicht wie die von den anderen Männern in meinem Leben, die mir nichts als Schmerz zugefügt haben. Ich hab mich geborgen gefühlt, als du mich angesehen hast.«

»Du musst mir nicht sagen, was mit dir passiert ist, bevor wir uns kennen gelernt haben«, sagte Ben. »Das ist vorbei. Was zählt, ist das Jetzt. Ich denke, wir sollten heiraten und ein Stück Land am Flinders-Fluss pachten.«

Jenny umschlang ihn und drückte ihn an sich. »Das wollen wir tun«, sagte sie und empfand zum ersten Mal, seit sie sich erinnern konnte, wahre Liebe, das unbekannte Gefühl, von dem sie immer angenommen hatte, dass es existierte – vor dem sie aber Angst gehabt hatte, weil sie befürchtete, es könne ihr wehtun.

An jenem Abend ging sie zu Kate und berichtete ihr von der Liebe, die sie und Ben für einander empfanden. Kate umarmte sie herzlich und wünschte ihnen alles Gute für die Zukunft.

Als Kate wieder allein war, dachte sie über diese Mitteilung nach. Es war eine gute Verbindung. Sie hatte in der jungen Frau schon immer eine großartige Kraft gespürt, die nur wenige besaßen. Sie war lediglich zum Teil verborgen gewesen. Jenny würde Ben bestimmt eine wunderbare Frau sein und ihm in guten und schlechten Zeiten zur Seite stehen. Kläglich fragte sie sich, warum es zwischen ihr und Luke nicht ebenso sein konnte. Ein leises Stimmchen sagte ihr, dass sie ihrem Herzen mehr trauen müsse als ihrem Verstand. Aber in ihrem arbeitsreichen Leben regierte der Verstand, da musste sich das Herz mit dem zweiten Platz begnügen.

16

Miss Gertrude Pitcher hatte nicht viel für Mister Granville White übrig. Sie war eine strenge Frau mit silbergrauem Haar und ständig verkniffenem Gesicht, die fest umrissene Vorstellungen von der Erziehung junger Damen hatte. Schon eine ganze Weile hatte sie den Eindruck, als stimme mit dem Vater der Mädchen etwas nicht. Wann immer er sich in deren Nähe aufhielt, umgab ihn eine Atmosphäre des Bösen, etwas, das nicht recht greifbar war. Aus Sorge, man könne es ihr schlecht vergelten, wagte sie nicht, ihre Bedenken Mrs. White gegenüber zu äußern, doch war sie bereit, alles in ihrer Macht Stehende zu tun, um die Mädchen vor Schaden zu bewahren.

Jetzt stand sie im Salon des Hauses vor ihrem Dienstherrn und warf einen unruhigen und argwöhnischen Blick auf Mister White und das dreiste junge Mädchen neben ihm, das ihren Blick herausfordernd erwiderte.

»Mary ist eine kleine Freundin, die ich für Dorothy ins Haus geholt habe«, sagte er ein wenig zu beiläufig für Miss Pitchers Geschmack. Das in ein billiges Fähnchen gekleidete Mädchen sah nicht aus wie eine junge Dame, sondern eher wie eine der Schlampen aus Sydneys Arbeitervorstädten. Ihr langes dunkles Haar fiel lose auf die Schultern, und hinter ihren engelsgleichen Zügen schien sich eine frühreife Kenntnis der Welt zu verbergen. »Sie und meine Tochter Dorothy«, fuhr er fort, »werden heute Nachmittag eine gewisse Zeit mit mir in der Bibliothek zubringen. Holen Sie bitte Dorothy, Miss Pitcher.«

Sie hätte keinen Grund für das Unbehagen anführen können, das sie empfand, außer dass Mrs. White während der nächsten beiden Tage nicht im Hause sein würde, weil sie mit ihrer jüngeren Tochter Helen Bekannte in Camden besuchte. Dorothy war in Miss Pitchers Obhut zurückgeblieben. Sie fieberte ein wenig und man mochte ihr daher die Fahrt mit der Kutsche aufs Land nicht zumuten. Aber warum sorgte sie sich, überlegte Gertrude stirnrunzelnd, während ihre weibliche Einfühlungsgabe ihr deutlich sagte, dass etwas nicht stimmte. »Finden Sie nicht Miss Mary als Freundin für Miss Dorothy möglicherweise ein wenig zu alt?«, fragte sie kalt. »Miss Mary scheint mir …«

»Miss Mary ist elf Jahre alt und meine Tochter neun, Miss Pitcher«, schnitt ihr Granville mit der Autorität des Hausherrn eilig das Wort ab. »Ich denke, als Dorothys Vater kann ich über die Freundschaften meiner Töchter entscheiden. Meinen Sie nicht auch, Miss Pitcher?«

»Sehr wohl, Mister White«, räumte Gertrude zögernd das Feld. »Ich werde Miss Dorothy holen.« Sie wandte sich um und rauschte hoheitsvoll aus dem Raum, wie es ihr als Erzieherin einer heranwachsenden jungen Dame aus gutem Hause zustand.

Granville schnitt hinter ihrem Rücken eine wütende Grimasse. Er würde sich einen Grund für ihre Entlassung überlegen müssen, wenn sie weiterhin so unverschämt war. Die Frau wusste einfach nicht, was sich gehörte.

Unsicher stand Dorothy in der Bibliothek. Normalerweise durfte sie dort nicht hinein, und die Aufforderung, diesen geradezu heiligen Raum zu betreten, verursachte ihr Unbehagen. Granville lächelte seiner Tochter zu, als Miss Pitcher die Tür hinter ihr schloss. Er erhob sich hinter seinem Schreibtisch, um den Raum zu durchqueren, und musste dabei unwillkürlich denken, wie sehr die Kleine seiner Schwester Penelope im selben Alter ähnelte. Sie hatte die gleichen goldenen Löckchen wie sie und war von der gleichen exquisiten Schönheit. Er nahm ihre Hand und führte sie zum großen Ledersofa hinüber.

»Hab ich was falsch gemacht, Papa?«, fragte die Kleine mit zitternder Stimme, als er sich auf das Sofa setzte.

»Nein, mein Kind«, antwortete er mit angespannter Stimme und nahm sie beruhigend in den Arm. »Du bist hier, weil du ein braves Mädchen bist, mein kleiner Schatz.«

Am liebsten hätte Dorothy vor Erleichterung geweint. Sie liebte den Mann, der ihr immer so fern und doch stets da gewesen war, um ihre Welt zu beschützen. Die beruhigenden Worte und die liebevolle Umarmung erfüllten sie mit Wohlgefühl. »Ich bin ein braves Mädchen, Papa«, sagte sie, erleichtert, weil sie offenbar nicht deshalb in den geheimnisvollen, düsteren und verbotenen Raum gerufen worden war, um für irgendwelche Übertretungen bestraft zu werden. »Ich hab dich lieb, Papa.«

»Das weiß ich, mein Schätzchen. Ich weiß auch, dass du keinem Menschen etwas über das sagen wirst, was wir hier zusammen spielen werden. Ganz gleich, was passiert. Denn wenn du das tust, muss ich dich bestrafen und für immer wegschicken. Dann siehst du deine Mutter und deine Schwester nie wieder. Hast du das verstanden?«

Verwirrt hörte Dorothy die mit sanfter Stimme gesprochene Drohung, und ihr ging auf, dass sie wohl doch etwas entsetzlich Schlimmes getan haben musste, wenn ihr Vater so aufgebracht war, obwohl sie keine Ahnung hatte, was das sein mochte. Ihr war klar, dass er Macht über sie hatte, und wenn er sagte, er werde sie fortschicken, würde er das auch tun.

Furchtsam sah sie zu ihm auf und begann vor Angst zu zittern. Am liebsten hätte sie geweint, wusste aber, dass sie das nicht durfte. Eine junge Dame, das hatte sie gelernt, zeigte ihre Gefühle nicht. Mit aschfahlem Gesicht sah sie ungläubig zu, wie sich das fremde Mädchen, das sich auch noch im Raum befand, auszog. Nach einer Weile stand sie nackt da und zeigte sich mit anzüglichem Lächeln. Dorothy wäre am liebsten aus dem Zimmer gelaufen und davongerannt. Entsetzt saß sie da und sah flehend um sich, hoffte, ihr Vater werde dem unerhörten Vorgang ein Ende bereiten. Doch beim Blick in seine Augen nahm sie den seltsam starren Ausdruck eines Menschen wahr, den sie nicht kannte. Es war, als hätte der Teufel den Vater mit sich fortgenommen. Der Mann, dem der Schweiß auf der Stirn stand und sie begehrlich ansah, war ihr ebenso fremd wie das Mädchen Mary, das jetzt auf sie zukam, sich vor sie hinkniete und ihr mit den Händen unter das Kleidchen fuhr.

»Was Mary mit dir tut, wird dir gefallen, mein Liebling«, sagte ihr Vater mit einer sonderbaren Stimme. Der Anblick der nackten Mary, die mit ihrem lockend gespreizten Hinterteil vor ihm kniete und seine Tochter berührte, steigerte seine Begierde. »Mary wird Sachen tun, die dir gefallen. Und Papa auch.«

Hilflos und mit immer größerem Entsetzen spürte Dorothy, wie die Hände des älteren Mädchens ihre Beine auseinander schoben und ihre Finger die verbotene Stelle berührten. Sie hätte am liebsten laut aufgeschrien. Wie war es möglich, dass der Mann, dem sie mehr vertraute als jedem anderen Menschen auf der Welt, von ihr fortgenommen wurde und der Teufel in seinen Körper fuhr?

Stöhnend vor Lust sah Granville zu, wie sich Mary mit seiner Tochter vergnügte. Wie leicht das geht, dachte er, während sie Dorothy mit lüsternen Worten streichelte. Es war ebenso einfach wie beim ersten Mal mit seiner Schwester vor vielen Jahren in England. Jetzt hatte er eine neue Penelope, die ihm zu Gefallen war. Es war so einfach. Ohne auf das Entsetzen seiner Tochter zu achten, knöpfte er sich die Hose auf.

Miss Gertrude Pitcher war immer stolz auf ihre unerschütterliche Selbstbeherrschung gewesen. Jetzt aber spürte sie, wie ihre eiserne Resolutheit dahinschwand. Was sie in Dorothys Zimmer gesehen hatte, kurz nachdem das Mädchen aus der Bibliothek zurückgekommen war, überstieg jede Vorstellung.

Granville saß selbstzufrieden in der Bibliothek und betrachtete sie mit den Augen eines Raubtiers, während sie versuchte ihr Entsetzen in Worte zu kleiden. »Man hat … man hat … Miss Dorothy …« Sie konnte keine Worte für das finden, was sie im Zimmer der Kleinen gesehen hatte: ein Gesicht, in dessen Augen Schrecken standen, die nur der Teufel selbst hatte aus der Hölle heraufbeschwören können. Dem Kind musste etwas so Unsagbares widerfahren sein, dass sich Miss Pitcher fragte, ob Dorothy, die jetzt zusammengekrümmt auf ihrem Bett lag, je wieder sprechen würde.

»Niemand hat meiner Tochter ein Haar gekrümmt, Miss Pitcher«, gab Granville selbstsicher zurück. »Sie hat sich ein wenig erschreckt, weil ich sie bestrafen musste. Das ist alles. Ich hoffe, dass Sie sich das gut merken, damit Sie auch weiterhin in diesem Hause arbeiten können.«

Ungläubig sah Gertrude das Ungeheuer an, das ihr gegenübersaß. Wie konnte er so dreist lügen, wo alles unübersehbar darauf hinwies, dass er sich an seiner eigenen Tochter vergangen hatte? Dieser Mann, in dem sie bisher nicht nur ihren Dienstherrn gesehen hatte, sondern auch einen der besseren Herren der Kolonialgesellschaft, von dem man annahm, dass er zu gegebener Zeit in den Adelsstand erhoben würde – wie konnte er die Unschuld eines so sanften und zutraulichen Kindes zerstören, wie es die kleine Dorothy war?

In aller Ruhe öffnete Granville eine Schreibtischschublade und holte eine Schachtel erlesener kubanischer Zigarren heraus. So beiläufig, als befinde sich das aufgebrachte Kindermädchen nicht in der Bibliothek, steckte er sich eine an. »Es ist kein Wort mehr nötig, Miss Pitcher«, sagte er, stieß ein Rauchwölkchen aus und wandte sich wieder Gertrude zu, die steif dastand und nicht wusste, was sie sagen sollte. »Sollten Sie anderer Ansicht sein, will ich die Gelegenheit nutzen, Ihnen einen Rat zu erteilen, den Sie sich hoffentlich zu Herzen nehmen. Ich rate Ihnen, alle Ihrer schmutzigen Fantasie entsprungenen grundlosen Verdächtigungen für sich zu behalten.« Die Arme auf den Tisch gelegt, beugte er sich vor und sagte in scharfem Ton: »Sie werden sehen, dass Ihnen Dorothy nichts sagt, denn es gibt nichts zu sagen. Auf keinen Fall werden Sie meiner Gattin auch nur das Geringste über den heutigen Tag erzählen. Sollte sich das Kind in Zukunft ungewöhnlich verhalten, erwarte ich von Ihnen, dass Sie ihr dafür eine befriedigende Erklärung liefern können.«

Gertrude Pitcher fand die beispiellose Überheblichkeit des Mannes unfassbar. Wie konnte er annehmen, sie würde seine ungeheuerliche Tat decken, die das Kind in einen Zustand vollständiger Erstarrung getrieben hatte? »Ich werde Mrs. White meinen Verdacht mitteilen, sobald sie zurückkehrt«, sagte sie entschlossen. »Ich bin sicher, dass sie weiß, was zu tun ist.«

»Sie werden nichts dergleichen tun, Miss Pitcher«, sagte Granville, während er einem blauen Rauchkringel nachsah, der lautlos in der stillen Luft des Raumes aufstieg. »Sollten Sie unbegründete Anschuldigungen erheben, werde ich Sie mit Hilfe meines beträchtlichen Einflusses zugrunde richten. Möglicherweise werden Sie Opfer eines schrecklichen Unfalls. Das ist durchaus schon dem einen oder anderen in meiner Umgebung widerfahren.«

»Sie drohen mir, Mister White?«

»Ich drohe nicht, Miss Pitcher«, knurrte er. »Ich handle.«

Gertrude spürte, wie die Flamme seiner Bosheit ihre Seele mit tiefer Angst verbrannte. Was Mister White gesagt hatte, stimmte – Menschen in seiner Umgebung war Schlimmes zugestoßen. Sie schauderte. Im Augenblick war die Angst um ihr Leben größer als ihre Entrüstung.

Lächelnd sah Granville, wie der Ausdruck flammender Empörung auf dem Gesicht des strengen Kindermädchens dahinschmolz. Der ungeheure Reichtum, der ihm dank seines wachsenden Einflusses in den Unternehmen der Familie Macintosh zur Verfügung stand, gab ihm unbegrenzte Macht über Menschen wie sie und andere hergelaufene mittellose Gestalten. Doch war ihm auch klar, dass er sich ihres Schweigens sicher sein musste. Angst allein genügte dafür nicht.

Erneut griff er in die Schreibtischschublade. Diesmal nahm er ein Bündel Geldscheine heraus. Sein Wert entsprach dem Jahresgehalt des Kindermädchens. Angst und Habgier waren wertvolle Verbündete eines Mannes wie Granville White. Ihnen verdankte er seine Existenz. Er legte das Geld auf den Tisch und stieß mit dem Ende seiner Zigarre darauf. »Das gehört Ihnen, Miss Pitcher«, sagte er. »Sie dürfen damit tun, was Ihnen beliebt. Aber Sie sollten nicht vergessen, welche Bedingungen daran geknüpft sind.«

Gertrude öffnete den Mund, um etwas zu sagen, doch Granville hob die Hand und gebot ihr Schweigen. »Lassen Sie mich ausreden. Vor allem bleiben Sie in meinen Diensten, solange ich das wünsche. Damit schützen Sie – wie soll ich es sagen? – meine Interessen, was meine Liebe zu Dorothy betrifft, ganz gleich, wie sehr Ihnen die Art zuwider ist, in der ich diese Liebe ausdrücke. Seien Sie versichert, das Kind wird im Laufe der Zeit schätzen lernen, was wir miteinander tun, und es als unverfälschten Ausdruck meiner väterlichen Liebe betrachten. Ich muss wohl nicht eigens hinzufügen, dass ich mich ab sofort auf Ihre Unterstützung verlasse. Mehr habe ich nicht zu sagen. Ich gebe Ihnen jetzt Gelegenheit, in Ruhe über all das nachzudenken.«

Er stand auf und verließ an der erstarrten Gertrude vorbei den Raum. Granville ging nach oben, zum Zimmer seiner Tochter. Er musste ihr unbedingt klar machen, dass sie alles, was zwischen ihm, Mary Beasley und ihr geschehen war, als absolutes Geheimnis behandeln musste.

Als er zehn Minuten später in die Bibliothek zurückkehrte, war von Miss Pitcher und dem Geldscheinbündel nichts mehr zu sehen.

Im mit Zedernholz getäfelten Sitzungszimmer der Unternehmensgruppe Macintosh hing das Aroma teurer Zigarren. Noch vor wenigen Augenblicken war der Raum voller Männer mit entschlossenen Gesichtern und teuren Maßanzügen gewesen. Inzwischen war die Sitzung vertagt worden, und nur noch zwei Personen saßen am massiven Teakholztisch.

Lady Enid Macintosh hielt sich gerade und sah dem ihr gegenübersitzenden Mann offen in die Augen. Er fühlte sich unter ihrem Blick unbehaglich und wünschte, das Direktorium hätte einem anderen den Auftrag erteilt, mit ihr zu sprechen. Er kannte Lady Macintosh seit vielen Jahren und fragte sich, was der Grund dafür sein mochte, dass sie in dieser Zeit nicht ebenso gealtert war wie er. Sie hatte mit Ende fünfzig nach wie vor den makellosen Teint und das dunkle Haar einer weit jüngeren Frau, während er im Laufe der Zeit immer dicker geworden war und fast alle seine Haare verloren hatte.

»Sie haben mit meinem Schwiegersohn gesprochen, Mister

McHugh«, brach sie schließlich das Schweigen. »Vermutlich hat er allen Gesellschaftern klar gemacht, wie unfähig ich als Frau bin, den Besitz meines verstorbenen Mannes zu verwalten.«

Gequält verzog McHugh das Gesicht, als wolle er ihren unerbittlichen Blick abwehren. »Ich persönlich bin nicht der Ansicht, dass Sie die Geschäftsleitung aufgeben sollten, Lady Macintosh«, gab er zur Antwort. »Aber die Gesellschafter vertreten den Standpunkt, man müsse einem Mann wie Ihrem Schwiegersohn die ausschließliche Entscheidungsbefugnis über künftige Unternehmungen übertragen. Mister White hat bewiesen, dass er die Gewinne zu mehren versteht, was Sie zweifellos ebenfalls einräumen werden. Unbestreitbar wird an der Spitze der Firmengruppe Macintosh ein starker Mann gebraucht. Sie werden nicht jünger, Lady Macintosh, und gewiss bedeutet die Leitung der Unternehmen Ihres verstorbenen Gatten eine starke Belastung für Sie.«

Allmählich schien Lady Enids Härte gegenüber dem Sprecher der Gesellschafter nachzulassen. Ob sie womöglich endlich begriff, worum es ging?

»Ich gebe gern zu, dass ich nicht jünger werde, Mister McHugh«, sagte sie mit dem Anflug eines Lächelns. »Aber ich halte meinen Schwiegersohn nicht für den geeigneten Nachfolger meines verstorbenen Mannes bei der Leitung der Geschicke unserer Unternehmen.«

»Aber es gibt in Ihrer Familie keinen anderen Mann, der die Zügel in die Hand nehmen könnte, wenn Sie … äh … nicht mehr sind«, gab er zu bedenken. »Das werden Sie doch einsehen. Mister White ist der einzige nähere männliche Blutsverwandte und immerhin mit Ihrer Tochter verheiratet.«

»Und wenn ich nun sagte, Sie irren mit Ihrer Annahme, dass Mister White mein einziger näherer männlicher Blutsverwandter ist?«, fragte Lady Enid mit geheimnisvollem Lächeln. »Was wäre, wenn es nachweislich einen anderen gäbe? Würde das etwas an Ihrer Ansicht ändern, Mister White sei als Einziger fähig, in Zukunft alle Geschäfte zu führen? Was würden Sie sagen, wenn ich bereits dabei wäre, jemanden aus der Familie auf die Leitung der Geschäfte des Hauses Macintosh vorzubereiten?«

»Was Sie da sagen, kann ich nicht ganz nachvollziehen«, gab McHugh zur Antwort und hoffte, sie könne ihm seinen Unglauben nicht vom Gesicht ablesen. »Soweit ich die tragischen Umstände Ihrer Familiengeschichte kenne, hat keiner Ihrer Söhne Kinder hinterlassen. Es sei denn ...« Die Möglichkeit, dass es uneheliche Nachkommen geben könnte, ließ sich nicht in Worte fassen, und so blieb sie unausgesprochen zwischen ihnen stehen.

»Ich habe nicht die Absicht, dies Gespräch fortzusetzen, Mister McHugh«, sagte Lady Enid ruhig. »Unter den gegebenen Umständen kann ich Sie lediglich bitten, zu niemandem über das zu sprechen, was Sie gerade gehört haben. Teilen Sie bitte den Gesellschaftern mit, Lady Macintosh denke nicht im Traum daran, zugunsten ihres Schwiegersohnes abzutreten. Außerdem können Sie ihnen versichern, dass von mir in den nächsten Jahren einem anderen Angehörigen der Familie Macintosh die Führung der Unternehmen übertragen wird. Jemandem, dessen Erziehung weit mehr erwarten lässt, als Mister White uns bieten kann.«

Mit einem Stirnrunzeln verzog McHugh den Mund. Zwar klang das alles sehr geheimnisvoll, doch gehörte Lady Macintosh nicht zu den Menschen, die leere Worte machen. »Da Sie die Hauptanteilseignerin von Sir Donalds Unternehmen sind, muss ich mich dem fügen, was Sie sagen«, lächelte er. »Ich weiß nicht, wie sich die Dinge verhalten, von denen Sie sprechen, doch kenne ich Sie gut genug, um zu den Gesellschaftern zurückzukehren und sie um einen Aufschub zu bitten, bevor die Frage Ihres Rücktritts förmlich entschieden wird.«

»Gut«, sagte Lady Enid. »Ich kann Ihnen versichern, Mister McHugh, solange ich lebe, wird mein Schwiegersohn nie die volle Kontrolle über die Unternehmen meines Mannes bekommen – und nach meinem Tode ebenso wenig. Er ist ein schändlicher Mensch, dem nicht zu trauen ich viele Gründe habe. Sie sollten es übrigens auch nicht tun«, fügte sie hinzu.

McHugh rutschte unbehaglich auf seinem Sessel hin und

her. Er war ein harter Schotte mit fest umrissenen Moralvorstellungen und hatte für Granville White in der Tat nicht viel übrig. Gerüchten zufolge bezog White nicht unbeträchtliche Einkünfte aus einem Bordell in Sydney. In ihrer Geschäftsbeziehung war ihm das aufgeblasene Verhalten des Mannes stets ein Dorn im Auge gewesen. Daher war es ihm durchaus recht, mit dem Antrag, Lady Macintoshs Absetzung zu vertagen, zu den Gesellschaftern zurückzukehren. »Ich wünsche Ihnen einen guten Tag, Lady Macintosh«, sagte er, stand auf und klemmte seine lederne Aktenmappe unter den Arm. »Wenn es irgendeine Entschuldigung ist, darf ich Ihnen versichern, dass nach meinem Dafürhalten stets Sie die geeignetste Persönlichkeit an der Spitze der Unternehmen waren – und Sie werden es auch in Zukunft sein. Ebenso wird es sich mit jedem verhalten, den Sie für würdig erachten, später einmal Ihren Platz einzunehmen.«

Lady Enid hob den Blick zu McHugh. »Lassen Sie sich versichern, Sie werden nicht enttäuscht sein«, sagte sie mit freundlichem Lächeln. »Ich bin gewiss, dass Sie und ich auch künftig werden zusammenarbeiten können.«

McHugh nickte und verließ das Sitzungszimmer, während Lady Enid über die Besprechung nachdachte. Irgendwie hat Granville einen Keil zwischen die Gesellschafter getrieben, um zu erreichen, dass ich abtreten muss, überlegte sie verärgert. Er hatte ihr Ansehen bei ihnen untergraben und sie gegen sie eingenommen. Jetzt aber hatte sie ihre Trumpfkarte ausgespielt. Ihr hinterhältiger Schwiegersohn ahnte nicht, was es damit auf sich hatte, aber die Zeit würde bald kommen, die Karte aufzudecken. Sie erhob sich mit einem entschlossenen Ausdruck um die Lippen. Es war Zeit, mit der Anwaltsfirma Sullivan & Levi in Verbindung zu treten.

In den letzten fünf Jahren hatte Daniel Duffy immer wieder den Botanischen Garten aufgesucht, wo er heimlich mit Lady Enid Macintosh zusammentraf. Nur sie beide wussten, worum es bei ihren Treffen ging, und im Laufe der Zeit hatte der harte Strafverteidiger beinahe herzliche Gefühle für die würdige

Matriarchin jener Familie entwickelt, die der geschworene Feind seiner eigenen Familie war.

Bei jeder ihrer Begegnungen hatten sie so getan, als träfen sie sich nur zufällig. Dabei hatte ihr Daniel über ihren Enkel Patrick Duffy berichtet, und sie hatte still zugehört, wobei sie hier und da stehen blieb, um diese oder jene Pflanze zu bewundern.

Diesmal aber war alles anders. Während der hoch gewachsene und leicht gebeugt gehende junge Anwalt neben der aufrechten Dame dahinschlenderte, war eine gewisse Spannung zwischen ihnen zu spüren. Es würde die letzte ihrer Begegnungen sein, so, wie sie es vor Jahren vereinbart hatten. Bei ihrem ersten heimlichen Treffen hatte Lady Enid angeregt, sie könnte von einem bestimmten Zeitpunkt an die weitere Erziehung des jungen Patrick in die Hand nehmen. Damit würde der uneheliche Sohn von Fiona Macintosh und Michael Duffy Zutritt zu der privilegierten Welt angelsächsischer Protestanten erlangen und auf ein Ausmaß an Reichtum und Macht vorbereitet werden, welches die kühnsten Träume der katholischen Iren aus der Familie Duffy überstieg. Das mit Verträgen juristisch hieb- und stichfest gemachte Abkommen garantierte Daniel, dass sein Neffe nach der besten Ausbildung, die man im britischen Weltreich haben konnte, die Möglichkeit bekommen würde, die Leitung der weit verzweigten Finanzgesellschaften der Familie Macintosh zu übernehmen. Der junge Anwalt hatte einen unerschütterlichen Glauben an die Bereitschaft des Jungen, in den vor ihm liegenden Jahren seinem Glauben – und seiner irischen Abkunft – treu zu bleiben. Was das betraf, hatte Lady Macintosh die Kraft der keltischen Wurzeln Patricks, den Verlockungen der angelsächsischen Welt zu widerstehen, weit unterschätzt. In mancher Hinsicht war Patrick das Ebenbild seines leiblichen Vaters.

»Wie kommt Patrick in der Schule voran?«, wollte Lady Enid wissen, während sie an einem Gärtner vorübergingen, der Setzlinge pflanzte. »Ich hoffe, er hat sich seit dem vorigen Jahr verbessert.«

Daniel lächelte, wohl wissend, worauf ihre Bemerkung zielte. »In der Tat, Lady Macintosh«, sagte er. »Die Patres haben von ihrer ursprünglichen Absicht, ihn von der Schule zu weisen, Abstand genommen.«

Lady Enid sah mit dem Anflug eines Lächelns in den Augen zu dem Anwalt hinüber. »Nach dem, was Sie mir im vorigen Jahr berichtet haben, scheint er Ärger mit einigen der älteren Jungen gehabt zu haben.«

»Er hat drei von ihnen verprügelt«, sagte Daniel mit breitem Lächeln. »Wie es aussieht, ging es darum, den kleinen Martin zu verteidigen. Leider waren die Jungen Söhne bekannter und einflussreicher Geschäftsleute, und Patrick musste den Patres versprechen, dass er seine Sünden büßen würde, indem er in diesem Jahr in Latein die Bestnote erzielt. Das hat er auch getan. Er ist ungewöhnlich intelligent, bisweilen aber gewinnt bei ihm die Faust die Oberhand über den Kopf.«

»Dem Ton Ihrer Stimme nach zu urteilen«, sagte Lady Enid nachsichtig, »könnte man meinen, dass Sie seine faustkämpferischen Neigungen billigen.«

Daniel blieb stehen und wandte sich zu ihr um. »Er ist ein Duffy, Lady Macintosh. Ganz wie sein Vater. Und wie dieser – und auch dessen Vater – ist er ein Kämpfer. Sich für eine Sache einzusetzen liegt uns Duffys im Blut.«

»Er wird künftig genug Gelegenheit haben, sich für eine andere Sache einzusetzen«, sagte sie. »Wenn er älter ist. Eine Sache, die seinem irischen wie seinem schottischen Blut das Äußerste abverlangt.«

Bei dieser Aussage hob Daniel die Brauen. Er hätte nie und nimmer vermutet, von der fest in ihrem protestantischen Glauben verwurzelten Matriarchin der Familie Macintosh das Eingeständnis zu hören, irisches Blut könne irgendwelche Vorzüge haben. »Vermutlich heißt das, er soll sich Ihrem Schwiegersohn entgegenstellen?«, fragte er.

»Und seiner eigenen Mutter«, gab Lady Enid mit einem Anflug von Bitterkeit zurück. »Außerdem Leuten wie Kapitän Mort, die auf der Seite meines Schwiegersohns stehen. Sie und ich – wir haben durchaus gemeinsame Feinde, Mister Duffy.«

»Ja, Kapitän Mort«, sagte Daniel leise und blickte in die Ferne. »Er ist das Böse an sich und entkommt doch immer wieder der Gerechtigkeit, als wäre er mit dem Teufel im Bunde.«

»Es hat mir wirklich Leid getan zu hören, dass es Ihrer Kanzlei in den letzten Jahren nicht gelungen ist, ihn der Gerechtigkeit zuzuführen«, sagte sie mitfühlend. »Schließlich wissen Sie ebenso gut wie ich, dass er für den grausamen Tod meines Sohnes durch die Hand Eingeborener verantwortlich ist. Ich habe gebetet, dass es Ihnen gelingen möge, ihn an den Galgen zu bringen.«

»Leider haben wir unseren wichtigsten Zeugen, den Missionar Macalister, zur gleichen Zeit verloren wie Sie Ihren Sohn«, seufzte Daniel. »Und bald darauf mussten wir feststellen, dass *Ihre* Rechtsvertreter unsere Versuche vereitelt haben, die Sache vor Gericht zu bringen.«

»Damit hatte ich nicht das Geringste zu tun«, sagte Lady Enid rasch. »Das hat mein Schwiegersohn ohne mein Wissen eingefädelt. Wäre es mir bekannt gewesen, ich hätte unsere Anwälte angewiesen, in dieser Angelegenheit untätig zu bleiben. Hoffentlich ist Ihnen klar: Mein Interesse, Mort hängen zu sehen, ist genauso groß wie Ihres. Übrigens werden Sie bald Besuch von einem Kriminalbeamten namens Kingsley erhalten. Er besitzt gewisse wichtige Informationen, die dazu führen könnten, Kapitän Mort den Prozess zu machen. Es wäre mir lieb, wenn Ihre Kanzlei die Sache nicht an die große Glocke hängen würde.«

»Heißt das, Sullivan & Levi soll den Fall unter den Teppich kehren«, fragte Daniel mit einem Anflug von Bitterkeit, »damit nicht der Name Ihrer Familie mit einem Skandal in Verbindung gebracht wird?« Als Lady Enid schuldbewusst beiseite sah, merkte er, dass er damit einen empfindlichen Nerv getroffen hatte. »Es spielt ja doch keine Rolle«, fuhr er bedrückt fort. »Es wird Kapitän Mort wahrscheinlich wieder gelingen, sich dem Gesetz und damit der Strafe zu entziehen, die er für den Mord an so vielen Menschen überreichlich verdient hat.«

»Gott wird eine Möglichkeit finden, ihn zu strafen, wenn Ihnen das nicht gelingt«, sagte Lady Enid leise. »Andernfalls müsste ich an der Existenz Gottes zweifeln.«

»Hoffentlich haben Sie Recht«, stimmte Daniel ihr zu. »Doch ich fürchte, Mort wird steinalt, und wir müssen darauf warten, dass er im nächsten Leben bestraft wird. Zur Zeit stehen wir beide im Schatten der *Osprey*, Lady Macintosh, und dieser Schatten heißt Tod.« Nach einer Pause wandte er sich Lady Enid erneut zu. »Einen Hoffnungsschimmer gibt es«, hob er an. »Vor einigen Tagen hat es in The Rocks einen ziemlich grausamen Mordfall gegeben, und ein zuverlässiger Informant hat mir mitgeteilt, dass Mort als Täter in Frage kommt.«

Lady Enid blickte ihn interessiert an. »Wie sicher ist der Mann seiner Sache?«

»Sehr sicher. Aus seiner beträchtlichen Erfahrung heraus weiß er, dass den Menschen in The Rocks Dinge bekannt sind, über die sie nicht reden. So sieht nun einmal ihr Ehrenkodex aus.«

»Habgier ist eine menschliche Schwäche, von der niemand frei ist, Mister Duffy«, sagte Lady Enid gelassen. »Teilen Sie Ihrem Informanten mit, ich setze fünfzig Guineen für jeden Zeugen aus, der belastendes Material über Kapitän Mort herbeischaffen kann. Natürlich erwarte ich, dass die Sache diskret gehandhabt wird.«

Lächelnd schüttelte Daniel den Kopf. »Ihnen ist hoffentlich klar, dass Ihr großzügiges Angebot nach ethischen Maßstäben verwerflich ist, Lady Macintosh.«

»Ethisch verwerflich wäre es auch, wenn der Mörder meines Sohnes straflos bliebe, Mister Duffy«, gab sie verbittert zur Antwort. »Ich stehe persönlich für das Geld gerade.«

»Ich gebe Ihr Angebot weiter«, sagte er. »Wir haben sonst nicht viel in der Hand.«

Lady Enid nahm ihre Wanderung erneut auf, und Daniel folgte ihr. »Wir haben Patrick«, sagte sie, während sie langsam zwischen den Blumenbeeten dahinschritten. »Vielleicht bringt er im Laufe der Zeit Ordnung in die Dinge.«

Daniel nickte. »Dann ist es jetzt an der Zeit, dass Sie Ihren Enkel kennen lernen«, sagte er ruhig. »Entsprechend unserem Abkommen.«

Lady Enid sah zu dem Anwalt hin. Es kam ihr vor, als spüre sie ihren gemeinsamen Wunsch, der Junge möge Rache für das ihnen zugefügte Unrecht nehmen. Wie sonderbar das Leben spielte – da verbündete sie sich mit einer Sippe, deren Angehörige im Laufe der Jahre, wenn auch nur indirekt, so großes Leid über ihre eigene Familie gebracht hatten. »Ja, Mister Duffy«, sagte sie. »Es wäre mir recht, ihn möglichst bald zu sehen.«

Granville hörte die gedämpften Stimmen seiner Frau und Miss Pitchers. Er saß am Schreibtisch in der Bibliothek, und seine Anspannung war so gleichbleibend und zäh wie das stetige Ticktack der Standuhr. Würde das Kindermädchen ihr Abkommen brechen? Angestrengt lauschte er, um Hinweise auf einen möglichen Verrat zu entdecken.

Quälend langsam verstrich die Zeit. Die Spannung war unerträglich, und er merkte, dass seine Hände zitterten. Er würde den Teufel tun und tatenlos herumsitzen. Es gab nur eines – nach unten zu gehen und Fiona gegenüberzutreten.

Er erhob sich und ging ins Gesellschaftszimmer, wo seine Frau mit den beiden Mädchen saß. Hinter Dorothy und Helen stand Miss Pitcher.

»Hallo, Granville«, begrüßte ihn Fiona mit der kalten Stimme, in der sie mit ihm zu sprechen pflegte. »Du siehst gar nicht gut aus. Hast du womöglich dieselbe Krankheit wie Dorothy?«

Granville erbleichte. Verhöhnte sie ihn etwa?

Miss Pitcher rettete die Situation. »Mister White geht es schon seit einigen Tagen nicht besonders gut, Ma'am«, sagte sie rasch. »Mir ist aufgefallen, dass diese Symptome bei ihm und Dorothy etwa zur gleichen Zeit aufgetreten sind.«

Fiona warf einen Blick auf Dorothy, die ihren Vater mit verzweifelten Augen ansah. »Fühlst du dich unwohl, mein Kind?«, fragte sie stirnrunzelnd.

Das Mädchen schüttelte den Kopf, dass die goldenen Locken flogen. »Nein, Mama.«

Fiona merkte nicht, dass ihr Mann und das Kindermädchen heimliche Blicke tauschten. Auf Granvilles Zügen lag ein Ausdruck von Triumph und selbstgefälliger Zufriedenheit, auf denen Miss Pitchers der von Hass und schlechtem Gewissen wegen des verabscheuenswerten Paktes, auf den sie sich eingelassen hatte.

Granville merkte, wie sich seine Spannung löste und die Farbe in sein Gesicht zurückkehrte. Er gestattete sich sogar ein Lächeln und streckte seiner jüngeren Tochter Helen die Arme entgegen. Mit ihren dunklen Haaren und grünen Augen war sie in vieler Hinsicht das genaue Ebenbild seiner Frau. »Hat dir Papa gefehlt?«, fragte er und lächelte sie strahlend an. Die Kleine eilte auf ihn zu. Es kam nicht oft vor, dass er seine väterlichen Gefühle so liebevoll äußerte.

»Ja, Papa«, sagte sie mit sich überschlagender Stimme und umschlang seine Beine mit den Armen.

Bei diesem Anblick begann Dorothy zu zittern. Miss Pitcher merkte die Veränderung, die mit ihr vorging, und brachte die beiden Kinder unter einem Vorwand rasch hinaus. Mit den Mädchen verließ jede Wärme den Raum, und zwischen Fiona und Granville, die nur dem Namen nach Mann und Frau waren, herrschte die übliche frostige Kälte.

»Ist dein Besuch gut verlaufen?«, erkundigte er sich, um das Schweigen zu brechen.

»Durchaus«, gab sie zurück. »Hat sich meine Mutter während meiner Abwesenheit bereit erklärt, die Geschäftsführung niederzulegen?«

Finster verzog Granville das Gesicht und stieß die Hände in die Taschen. Was ihm McHugh nach seiner Besprechung mit Lady Macintosh berichtet hatte, klang nicht gerade viel versprechend. »Leider nein«, gab er zur Antwort. »Deine Mutter ist offenbar der Ansicht, dass sie das ewige Leben hat. Sie hat dem Trottel McHugh einen Bären aufgebunden und behauptet, irgendwann in der Zukunft werde sie jemanden mit meiner Nachfolge beauftragen. Das ist einfach lachhaft, denn nach den Bedingungen des Testaments deines Vaters darf sie das gar nicht. Dafür käme ausschließlich ein Sohn von uns beiden in Frage – und den haben wir nicht«, fügte er verbittert hinzu, weil er an die Umstände denken musste, die den unüberbrückbaren Graben zwischen ihnen aufgerissen hatten.

Fiona achtete nicht auf seine Bitterkeit. Er trat in ihrem Leben nur noch als relativ tüchtiger Verwalter des beträchtlichen Vermögens ihrer Familie und als Vater ihrer beiden Töchter in Erscheinung. »Ganz bestimmt bekommst du eines Tages alles«, sagte sie herablassend. »Es kann sich bei der Drohung meiner Mutter nur um einen Bluff handeln. Der einzige männliche Erbe ihrer Linie war der Sohn, den ich geboren habe, und sie hat selbst dafür gesorgt, dass er aus dem Weg geschafft wurde«, fügte sie hart hinzu und wandte den Blick ab. »Eigentlich bleibt mir als einziger Trost, dass sie auf diese Weise selbst alle Aussichten darauf zunichte gemacht hat, *ihre* Linie durch einen Enkel fortzupflanzen.« Als Fiona sah, dass ihr Mann erbleichte, verstummte sie. Dann fragte sie: »Was hast du?« Dazu trieb sie keineswegs Sorge um seine Gesundheit, sie wollte lediglich wissen, wieso ihr gewöhnlich so gefühlloser Mann mit einem Mal menschliche Regungen zeigte.

»Bist du sicher, dass deine Mutter den Duffy-Balg in ein Pflegehaus gegeben hat?«, fragte er fast flüsternd.

Verwirrt verzog Fiona das Gesicht. »Ich wünschte, es wäre nicht so«, gab sie leise zurück. »Aber als Molly nicht mehr aufgetaucht ist, wusste ich gleich, warum. Sie hätte mich nie verlassen, wenn sie sich nicht an der Tötung meines Kindes mitschuldig gemacht hätte. Deshalb bin ich so sicher.«

Granville allerdings war inzwischen alles andere als sicher. Ihm war etwas eingefallen, was seine Schwiegermutter vor Jahren gesagt hatte. Sie hatte erklärt, dass *ihr* Blut zurückkehren würde, um ihn zu vernichten. Er schüttelte den Kopf. Nein, diese Vorstellung war unmöglich. Nie und nimmer konnte Enid Macintosh erwägen, den Duffy-Balg – immer vorausgesetzt, er lebte noch – in ihre scheinheilige Welt aufzunehmen. »Du hast Recht«, murmelte er, »es ist unmöglich.« Doch zugleich fragte er sich, wieso er undeutlich das Gesicht eines jungen Mannes vor sich sah – das Gesicht Michael Duffys, der ihn auslachte.

JENSEITS DER GRENZE

17

Es war Wallarie klar, dass dies der gefährlichste Abschnitt auf seinem Weg nach Süden war. Das Gebiet, auf dem er sich befand, wimmelte nicht nur von Goldsuchern, es gehörte zudem wilden Kriegern, die rücksichtslos jeden angriffen, der seinen Fuß auf ihr geheiligtes Land setzte.

Die Jagd war in jüngster Zeit nicht besonders erfolgreich gewesen. Es gab wenig Wild, und darüber hinaus behinderte ihn die Notwendigkeit, sich auf feindlichem Gebiet unauffällig zu bewegen. Wallarie war von Hunger geschwächt. Was er an Insekten und Knollen hatte finden oder an kleinen Beuteltieren hatte erlegen können, genügte kaum, ihn am Leben zu erhalten.

Er setzte sich mit dem Rücken gegen einen Felsen, der ein wenig Schatten spendete, und richtete den Blick durch die in der Hitze flimmernde Luft auf das Felsengebirge. Die Hänge waren mit wie abgestorben wirkenden Krüppelbäumen bedeckt. Tom Duffy hatte ihm vor langer Zeit das Zählen beigebracht, und so wusste Wallarie, dass er sich mindestens fünfundzwanzig Tagesmärsche südlich der Stelle befand, an der er sich von den Kyowarra getrennt hatte. Seinen Auftrag, Peter Duffy aufzuspüren und auf seine Bestimmung hinzuweisen, hatte er erfüllt. Jetzt sehnte er sich danach, in die mit Brigalow-Buschland bestandenen Ebenen seiner Vorfahren zurückzukehren, wo er an den Seitenarmen der Flüsse lagern und sich von der Fülle des Landes ernähren würde: von fetten Fischen und Enten aus dem Wasser, kleinen Wallabies und Stacheltieren, deren Fleisch köstlich war, und, wenn er Glück hatte, auch vom dunklen Honig der kleinen Wildbienen des Buschlandes.

Doch auch dort würde das Leben für ihn nicht leicht sein, denn inzwischen beherrschte der weiße Mann das Land seiner Vorväter. Um das zu erreichen, hatten vor Jahren die berittene Eingeborenenpolizei und die bewaffneten Viehhirten Donald Macintoshs Dutzende von Wallaries Stammesangehörigen abgeschlachtet.

Er saß da und träumte von Essbarem. Die Hitze und die Stille lullten ihn ein, sie umhüllte ihn wie eine Decke.

Mit einem Mal spannten sich all seine Sinne. Die Stimmen, die aus etwa doppelter Speerwurfweite an sein Ohr drangen, gehörten eindeutig Europäern. Ohne erkennbare Bewegung griff er nach einem Speer. Vermutlich waren es zwei Männer. Unmerklich wandte er sich um und sah zwei Goldsucher, die ihre Bettrollen auf den Schultern trugen und sich schwerfällig über einen Felsgrat näherten. Einer von ihnen hatte ein Gewehr bei sich. Wenn sich Wallarie nicht regte, würden ihn die beiden im Unterholz zwischen den Felsen vermutlich nicht entdecken. Sie würden vorüberziehen und munter ihren Weg fortsetzen, ohne etwas von seiner Anwesenheit zu ahnen.

Doch wider alle Vorsicht, die auf feindlichem Gebiet nötig war, dachte Wallarie daran, dass sie vermutlich Tee und Zucker mit sich führten. Diese Genussmittel des weißen Mannes waren für ihn eine zu große Verlockung.

Als sie vorüber waren, stand er ohne seine Waffen auf. »Hallo, ihr Tabak?«, rief er zu ihnen hinüber. Die beiden fuhren herum und sahen ihn mit einer Mischung aus Überraschung und Furcht an. Wallarie lächelte beruhigend. »Ich guter Schwarzer«, sagte er und wies seine leeren Hände vor. »Nix böser Schwarzer«, sagte er in gebrochenem Englisch. Verblüfft sahen die beiden Goldsucher auf den hoch gewachsenen, muskulösen Eingeborenen, der waffenlos hundert Schritt von ihnen entfernt stand.

»'n verdammter Nigger«, knurrte der Mann mit dem Gewehr seinem Gefährten zu, der verstohlen das Buschwerk musterte. Vielleicht war es ein Hinterhalt, überlegte er furchtsam. »Behalt ihn im Auge, Frank«, flüsterte er ihm zu. »Ich hab gehört, die halten ihre Speere zwischen den Zehen und schleifen sie so mit sich über den Boden. Sobald man ihnen näher kommt, bücken sie sich und schleudern sie.«

»Dazu geb ich ihm keine Gelegenheit«, sagte Frank und legte das Gewehr an. »Der ist gleich hinüber.«

Sofort begriff Wallarie, welche Gefahr ihm drohte, und er verwünschte seine Unvorsichtigkeit. Er wandte sich zur Flucht, doch die Kugel, die ihn unterhalb der Armbeuge traf, riss ihn von den Füßen. Er stürzte auf den heißen Boden.

»Du hast ihn erwischt!«, hörte er noch. »Verdammt guter Schuss.«

Wallarie war mit den Feuerwaffen der Europäer durchaus vertraut. Während er und sein weißer Bruder Tom Duffy vor vielen Jahren vogelfrei durch das Land um den Carpentaria-Golf gezogen waren, hatte Tom immer wieder behauptet, Wallarie sei ein besserer Schütze als er selbst. Wallarie wusste, dass der Goldsucher aus seinem Gewehr nur einen Schuss abfeuern konnte und der Mann Zeit brauchte, es neu zu laden. Trotz des entsetzlichen Schmerzes, der ihn zu überwältigen drohte, kämpfte er sich auf seine Füße und rannte los.

»Großer Gott!«, entfuhr es Frank. »Der haut ab.« Der bärtige Goldsucher versuchte, eine Patrone in den Lauf zu schieben, doch sie entglitt seinen Fingern. Das gab Wallarie Gelegenheit, den Abstand zu den beiden um wertvolle Meter zu vergrößern.

Sein Gefährte zupfte Frank am Ärmel. »Wir sollten besser von hier verschwinden«, sagte er ängstlich. »Vielleicht holt er Unterstützung und bringt 'ne ganze Meute von seinen schwarzen Leuten mit.«

Frank hob die Patrone auf und drückte sie in die Kammer. »Vielleicht hast du Recht«, gab er zur Antwort. Ängstlich über die Schulter blickend, eilten die beiden davon.

Als Wallarie sicher war, dass ihm niemand folgte, und er in ausreichender Entfernung von den Weißen war, brach er zwischen den Felsen zusammen. Er spürte, wie er von Schmerzwellen überflutet wurde. Das hatte er schon einmal vor vielen Jahren erlebt, als ihn der Teufel Morrison Mort mit einer Kugel in die

Seite getroffen hatte. Bei jeder Bewegung seines linken Arms schrie er vor Schmerzen laut auf. Die Kugel war zwischen den Rippen und der Schulter hindurchgegangen und in einem Muskel stecken geblieben. »Verdammte Schweinehunde«, stöhnte er durch zusammengebissene Zähne. Den Ausdruck hatte Tom Duffy benutzt, wenn er besonders wütend war. »Verdammte Schweinehunde, schießen einfach auf einen Schwarzen.«

Von Hunger und Blutverlust geschwächt, merkte Wallarie kaum, dass er das Bewusstsein verlor. Fliegen und Ameisen kamen, um sich an seiner Wunde gütlich zu tun, doch er spürte nichts davon. Er glitt in die Welt der Visionen.

Etwa zwei Wochen, nachdem er Sydney verlassen hatte, stand Michael allein am Anleger von Cooktown, eine abgewetzte Reisetasche in der Hand. Er fragte sich, wie ihn sein Kontaktmann erkennen sollte unter den vielen Goldsuchern, die mit ihm das Schiff verlassen hatten und sich durch die Reihen enttäuschter Männer drängten, die keinen sehnlicheren Wunsch kannten, als eine Passage auf dem Schiff nach Süden zu ergattern. Einige von ihnen waren sogar so töricht und sprangen in den von riesigen Leistenkrokodilen wimmelnden Fluss, um dem Schiff entgegenzuschwimmen, bevor es angelegt hatte. Kopfschüttelnd sahen die Neuankömmlinge diesem Schauspiel zu. Warum nur wollten diese Leute so dringend fort?

Cooktown unterschied sich nicht von den anderen Städten am Rande der besiedelten Gebiete, die Michael in seinen Jahren des Umherziehens im amerikanischen Westen kennen gelernt hatte. Man sah Zelte, aus dem Holz frisch gefällter Bäume errichtete Häuser, und Straßen, die jetzt zum Ende der Regenzeit tiefe Wagenspuren aufwiesen. Die Stadt hatte sich am mit Mangroven bewachsenen Ufer des Endeavour wie wucherndes Unkraut ausgebreitet und erstreckte sich inzwischen bis zu den ersten Hängen der dicht bewaldeten Berge.

»Mister O'Flynn?«, ertönte eine Stimme vom Kai, der schwarz vor Menschen war. Michael merkte, dass er zurückgedrängt wurde, während die rückkehrwilligen Goldsucher die Laufplanke zum Schiff emporstürmten. Der Mann, der ihn gerufen hatte, musste sich durch die wilde Menschenmenge förmlich hindurchkämpfen. Aber er war ausreichend kräftig, und so gelang es beiden, zusammen mit Michaels Gepäck dem Gedränge zu entkommen.

»Darf ich mich vorstellen?«, sagte der Mann, als sie den Anleger hinter sich gelassen hatten. »Ich heiße Karl Straub und arbeite für Baron von Fellmann.« Straub, etwa im gleichen Alter wie Michael, sah unverkennbar deutsch aus. Mit seinem glatt rasierten Gesicht und dem kurz geschorenen blonden Haar hob er sich deutlich von den Goldsuchern mit ihren wuchernden Bärten und den von der Sonne verbrannten Gesichtern ab. Er hielt Michael die Hand zu einem kurzen und kräftigen Händedruck hin.

»Freut mich, Sie kennen zu lernen«, sagte Michael auf deutsch und weidete sich an der Überraschung des anderen.

»Sie sprechen Deutsch«, staunte er. »Und noch dazu mit Hamburger Zungenschlag.«

»Ich hab das als Junge von einem guten Bekannten aufgeschnappt, der aus Hamburg stammte«, sagte Michael.

»Sie sprechen sehr gut«, beglückwünschte ihn Straub, während er sich mit Michael vom Flussufer entfernte. Aus Straubs geradem und aufrechtem Gang schloss Michael, dass er Soldat war, höchstwahrscheinlich Offizier.

Auf dem Weg durch die belebte Straße nahm Michael die Geräusche und Gerüche seiner neuen Umgebung auf und musterte alles aufmerksam. Es sah ganz so aus, als stehe Cooktown im Begriff, eine dauerhafte, wenn nicht sogar achtbare Ansiedlung zu werden, ging es ihm durch den Kopf, als er die aufblühende Stadt mit ähnlichen verglich, die er an der Grenze des amerikanischen Westens kennen gelernt hatte.

Man hatte unübersehbar alle Vorkehrungen getroffen, um die Grundbedürfnisse der Menschen zu erfüllen. Neben Gasthöfen, Schänken und Schnapsbuden, wo man den in den Tropen besonders großen Durst stillen konnte, gab es Häuser, in denen fleischliche Bedürfnisse anderer Art befriedigt werden konnten. Dazwischen befanden sich Apotheken, Bäckereien, Metzgerläden, Gemischtwarenhandlungen und andere respektablere Geschäfte.

An den Eingängen hingen große improvisierte Schilder, die all die Dinge anpriesen, die jeder brauchte, der den Goldfeldern am Palmer entgegenstrebte. In der Luft hing sogar ein Hauch von Asien, der Duft von Räucherstäbchen und exotischen Gewürzen.

»Der Baron hat mir geschrieben, ich soll mich um Sie kümmern«, sagte Straub, während sie durch die Charlotte Street gingen. »Es sieht ganz so aus, als hätten Sie die Baronin beeindruckt.« Bei diesen Worten zuckte Michael zusammen. Mit der Frau eines anderen ins Bett zu gehen, erschien ihm nicht besonders ehrenhaft. Die Wunde, mit der ihm Penelope ihren Eigentumsanspruch in die Haut geritzt hatte, war mittlerweile vernarbt.

Während sein Blick auf einer Gruppe Betrunkener ruhte, die sich mitten auf der Straße prügelten, sagte Michael: »Ich muss dem Baron gelegentlich für seine Höflichkeit danken und ihn zu seiner bezaubernden Gattin beglückwünschen. Sie hat mich in Sydney mit größter Aufmerksamkeit empfangen.«

Straub schien nicht übermäßig an Michaels Antwort zu liegen. Er wirkte abgelenkt, und nicht einmal die Schlägerei der Goldsucher schien ihn zu beeindrucken. »So geht das hier Tag und Nacht«, knurrte er. »Die Polizei schafft es nicht, die Leute zur Räson zu bringen. Es sind unwissende Männer, die schließlich ihr Gold verspielen oder mit durchschnittener Kehle irgendwo tot in einem Hinterhof aufgefunden werden. Ich muss Sie darauf hinweisen, dass sich hier in Cooktown höchste Vorsicht empfiehlt, Mister O'Flynn. Hier gibt es so manchen, dem es kein schlechtes Gewissen bereiten würde, Sie bloß deshalb umzubringen, um in den Besitz Ihrer Kleidung zu gelangen.«

Nachdem die beiden Männer immer wieder betrunkenen Goldsuchern, die aus billigen Schänken und Bordellen torkelten, ausgewichen waren und die Angebote von Frauen mit harten Gesichtern ausgeschlagen hatten, gelangten sie zu einem der besseren Gasthöfe der Stadt. Es war ein zweistöckiges Holzhaus, dessen ebenfalls zweistöckige Veranda mit einem Eisengeländer umgeben war und zur Straße hin lag.

Straub dirigierte Michael ins Innere des Gebäudes. Laut miteinander redende Männer drängten sich an der Theke. Es war erst um die Mitte des Vormittags, und so fragte sich Michael, wie es dort wohl am späten Abend aussehen würde. Vermutlich das reine Chaos.

»Wir gehen nach oben«, sagte Straub ohne Umschweife. »Wir haben hier für Sie ein Zimmer reserviert. Zimmer sind nicht leicht zu bekommen.«

Es war Michael recht, dass er das Zimmer nicht selbst zu bezahlen brauchte. In einer Stadt, wo Männer ihre Getränke mit Gold bezahlten, dürfte es ein kleines Vermögen kosten.

Das Zimmer war einfach und sauber. Vom Fenster aus blickte man hinaus auf die Veranda und die Straße. Durch eine Lücke zwischen den Gebäuden auf der gegenüberliegenden Seite sah Michael den Fluss mit seinem Mangrovendickicht. Er spürte den kräftigen Windhauch, der von dort herüberwehte. Ohne diese Brise wäre Cooktown vermutlich so heiß wie ein Backofen, überlegte er.

Michael stellte seine Tasche auf das durchgelegene Bett und folgte Straub auf die Veranda. Sie ließen sich in behagliche Korbsessel sinken, die allem Anschein nach bei Wind und Wetter draußen standen. Es war ein gutes Gefühl, sich nicht mehr auf dem von Menschen wimmelnden Schiffsdeck zu befinden.

Als er auf seinem Weg nach Norden einige Tage Aufenthalt in Brisbane hatte, erfuhr er nicht nur viel über das Leben und das tragische Ende seines Bruders Tom, sondern auch über den Aufstieg seiner Schwester Kate O'Keefe zu einer Berühmtheit. Beide waren im Lande gleichermaßen legendär. Ihm war aufgefallen, dass fast jeder der schon länger Ansässigen, mit denen er in Gasthöfen und im Hafen sprach, von ihnen gehört hatte. Iren betrachteten Tom Duffy als Helden, alle anderen sahen in ihm nichts als einen Mörder und Dieb, der sich mit einem Schwarzen vom gleichen Kaliber zusammengetan hatte. Aber wenn die Sprache auf Kate O'Keefe kam, waren sich alle einig – sie war ohne Fehl und Tadel.

»Woran haben Sie mich eigentlich vorhin erkannt?«, wollte Michael wissen, nachdem sie es sich bequem gemacht hatten.

»Ich habe nicht angenommen, dass viele Männer mit einer Augenklappe von Bord gehen würden, Mister O'Flynn«, gab der Gefragte lachend zurück. Michael lächelte. Mitunter vergaß er, dass ihn dieses Merkmal sehr auffällig machte.

»Jetzt bin ich also da und werde wohl auch den Grund dafür erfahren«, sagte Michael, während er den Blick über die Dächer der Gebäude am Fluss schweifen ließ, auf dem Schiffe aller Arten und Größe zu sehen waren.

»Nicht unbedingt, Mister O'Flynn«, gab der Deutsche zurück. »Mein Auftrag lautet, Ihnen zu sagen, was Sie als Nächstes tun sollen, nicht aber, Ihnen die Hintergründe zu erläutern. Soweit ich weiß, bezahlt man Sie gut dafür, dass Sie sich den Anordnungen fügen.«

»Ein Soldat ist es gewohnt, Befehlen zu gehorchen«, sagte Michael gelassen. »Und wenn ich mich nicht irre, haben *Sie* viel Erfahrung damit, Befehle zu erteilen.«

Straub erstarrte. Offenbar hatte Michael eine empfindliche Stelle getroffen. »Wer ich bin, ist unerheblich«, gab Straub zur Antwort. »Am besten stellen Sie lediglich Fragen im Zusammenhang mit dem, was Sie für den Baron zu tun haben.«

Sollen die doch ruhig im Sandkasten spielen, dachte Michael mürrisch. Schließlich kamen sie für alles auf, was er brauchte. »Klingt vernünftig, Herr Straub«, sagte er, ohne weiter auf die Sache einzugehen. »Was also habe ich zu tun?«

Straub stand auf. »Zuerst hole ich uns etwas zu trinken. Was wollen Sie? Rum, Wacholderschnaps?«, fragte er höflich.

»Bitte Rum«, erwiderte Michael dankbar. Er hatte Durst, und das Angebot schien ihm verlockend.

Während sich Straub um die Getränke kümmerte, legte Michael sein Jackett ab, in dessen Tasche er stets einen kleinen Coltrevolver bei sich trug. Mit Schusswaffen verdiente er seinen Lebensunterhalt – und sie konnten ihm unter Umständen eines Tages auch den Tod bringen.

Bald kehrte Straub mit einer Flasche und zwei Gläsern zurück. Michael sah, dass es guter Rum war. Offensichtlich war dem Baron nichts zu schade für ihn – oder führte Penelope hinter den Kulissen ihrem Mann die Hand?

Straub goss beiden großzügig ein. »Zum Wohl«, sagte er, und Michael hob sein Glas. Als beide ausgetrunken hatten, füllte Straub die Gläser erneut. »In dieser verdammten Stadt kriegen Sie alles, solange Sie Geld haben«, sagte er und nahm einen kleinen Schluck Rum.

»Das erinnert mich an andere Orte, wo ich war«, sagte Michael. »Alles hängt davon ab, wie nah man dem Gipfel des Misthaufens ist, denn wer nicht aufpasst, kann darin begraben werden.«

Straub sah ihn fragend an. »Diese Philosophie verstehe ich nicht«, sagte er mit gerunzelter Stirn.

»Macht nichts, Herr Straub. Ist einfach ein Gedanke über das Leben allgemein«, sagte Michael, leerte sein Glas und füllte es erneut.

Der Deutsche folgte seinem Beispiel und beugte sich dann zu ihm vor. »Morgen fangen Sie damit an, sechs Männer zu rekrutieren«, sagte er, als gebe er einem Untergebenen einen Befehl. »Buschläufer, möglichst mit Erfahrung beim Militär oder der Polizei, nüchterne Männer, die bereit sind, zu gehorchen ohne groß zu fragen. Ihnen steht bei einer der Banken am Ort ein Konto zur Verfügung, um diese Männer zu bezahlen. Es lautet auf Ihren Namen. Die Männer müssen zu einer Erkundungs-Expedition bereit sein, brauchen aber keine Erfahrungen als Goldsucher zu haben. Wichtiger als alles andere ist ihre Fähigkeit, unter schwierigen Bedingungen zu überleben«, schloss er.

»Ich hätte gedacht, dass Erfahrung als Goldsucher wichtig ist, wenn wir Goldvorkommen erkunden wollen«, sagte Michael sarkastisch. Sein Spott entging dem Deutschen nicht.

»Wie ich schon gesagt habe, Mister O'Flynn, keine Fragen, die nicht unmittelbar mit Ihrer Aufgabe zu tun haben«, gab er gleichmütig zurück, ohne auf die Provokation einzugehen.

»Ich verstehe«, sagte Michael. »Muss ich sonst noch was wissen?«

»Mehr habe ich Ihnen nicht zu sagen. Nur eines noch: Sollte jemand Sie fragen, erklären Sie, dass Sie eine Gruppe von Goldsuchern ausrüsten«, gab Straub zur Antwort. »Die Regierung von Queensland zahlt Leuten, die auf dem Boden der Kolonie Gold entdecken, eine Belohnung. Das müsste alle weiteren Fragen im Keim ersticken. Ich brauche wohl nicht eigens zu betonen, dass Sie weder mich noch den Baron kennen.«

Michael nickte. Schließlich hatte er den Auftrag des Geldes wegen übernommen. Ihm war es gleich, ob er damit innerhalb oder außerhalb der Gesetze operierte, solange die Bezahlung gut war.

Während sich die Flasche langsam leerte, teilte ihm Straub Einzelheiten über das Bankkonto und die Höhe des Betrages mit, den er jedem der Männer zahlen durfte. Er war großzügig bemessen. Je länger die Unterhaltung dauerte, desto mehr hatte der Ire den Eindruck, dass er im Auftrag des Barons eine kleine private Armee kommandieren sollte. Das Ganze roch nach einer militärischen Expedition und hatte mit Goldsuche nicht das Geringste zu tun. Doch sofern es sich um eine kriegerische Truppe handelte – gegen wen zog sie ins Feld?

Michael hatte im Laufe der Jahre so manchen Mann getötet. Er hatte sein todbringendes Handwerk in Neuseelands Urwäldern und Südamerikas Dschungeln erlernt und verfeinert. Er war Söldner, Fragen der Politik interessierten ihn schon lange nicht mehr.

Nachdem Straub alles erläutert hatte, beantwortete er Michaels wenige Fragen, so gut er konnte. Dabei ging es um technische Einzelheiten in Bezug auf die Rekrutierung und Ausrüstung der Männer. Als beide überzeugt waren, dass alles gesagt war, lud ihn Straub zum Essen im Gasthof ein. Die Mahlzeit war erstklassig: Steak mit Salzkartoffeln und Kohl. Dazu tranken beide englisches Bier.

Während der Mahlzeit zeigte sich Karl Straub von einer gänzlich anderen Seite als auf der Veranda. Michael hatte sein eingerostetes Deutsch hervorgekramt und Straub wollte mehr darüber wissen, wie er die Sprache gelernt hatte. Er erwies sich als humorvoller Mensch, der so manche interessante Beobachtung über das Leben in den australischen Kolonien beisteuerte. Obwohl sie über dies und jenes redeten, erfuhr Michael nichts über Straub selbst, doch er konnte ihm die eine oder andere Frage über seinen Auftraggeber, den Baron, stellen. Offenkundig war Straub der Ansicht, dass dessen persönliche Angelegenheiten weniger vertraulich waren als die geschäftlichen Dinge.

So erfuhr Michael, dass Penelope Manfred von Fellmann bei einem Verwandtenbesuch in Preußen kennen gelernt hatte. Geheiratet hatten sie unmittelbar vor Ausbruch des deutsch-französischen Krieges, in dem er sich hervortat. Nach dem Krieg war Penelope mit ihrem Gatten nach Australien zurückgekehrt, denn die Familie des Barons hatte beträchtliche Handelsinteressen im Pazifikgebiet, und von Sydney aus konnte er diese glänzend wahrnehmen.

Der Rum und das Bier hatten dem sonst so zurückhaltenden Deutschen die Zunge gelockert, und so sprach Straub über den Baron fast wie über ein Familienmitglied. Es überraschte Michael, dass der Mann so viele private Einzelheiten kannte, und er war mehr denn je davon überzeugt, dass die beiden auf die eine oder andere Weise über das Militär miteinander verbunden sein mussten.

Nach dem Essen kehrten sie auf die Veranda zurück, um die vom Fluss herüberwehende frische Luft zu genießen. Sie leerten miteinander eine weitere Flasche Rum, und erst, als die Sonne allmählich unterging, kehrte Straub in seinen eigenen Gasthof zurück.

Michael blieb allein auf der Veranda sitzen. Je länger die Schatten wurden, desto angenehmer und kühler war die Luft. Das Stimmengewirr auf der Straße nahm an Lautstärke und Aggressivität zu. Die vergnügungssüchtigen Bewohner von Cooktown erinnerten ihn an nachtaktive Tiere auf der Suche nach Beute. Rum und Bier trugen zusammen mit dem friedlichen Sonnenuntergang das Ihre dazu bei, dass Michael in seinem Korbsessel schon bald in einen tiefen und ruhigen Schlaf sank.

Die Erscheinung kam, während Wallarie auf dem sich abkühlenden Boden lag. Der Geist-Krieger aus der Heiligen Höhle zeigte sich ihm und forderte ihn auf, in die Wälder des Nordens zurückzukehren. Die Zeit der Rache sei nah, und er brauche Wallaries Hilfe. Während die Vision verschwand, öffnete Wallarie langsam die Augen. Über ihm lag der mondlose Sternenhimmel mit dem Kreuz des Südens, und eine erfrischende Kühle umgab ihn. Ein Dingo jaulte, und ein Nachtvogel sang sein einsames Lied.

Er stöhnte, nicht nur wegen seines entsetzlichen Durstes und der schmerzenden Wunde, sondern auch, weil der Geist-Krieger Unmögliches von ihm verlangte. Er war zu schwach. Er brauchte unbedingt Leben spendendes Wasser. An einem trockenen Wasserlauf in der Nähe kannte er eine feuchte Bodensenke. Mit letzter Kraft schleppte er sich dorthin, allein geführt von seinem hoch entwickelten Geruchssinn.

Das Brackwasser belebte ihn zwar, doch erinnerte ihn sein beständiger Hunger daran, dass er auch essen musste, wenn er überleben wollte. Die beiden Weißen hatten Lebensmittel, das wusste er, aber sie hatten ihn lieber niedergeschossen, als mit ihm zu teilen.

Hass und Hunger gaben dem ausgemergelten Leib des Darambal-Kriegers neue Kräfte. »Verdammte Schweinehunde«, fluchte er und versuchte aufzustehen. Die Blutung war zum Stillstand gekommen, aber sein Arm war noch immer völlig gefühllos, und er konnte ihn so gut wie nicht gebrauchen. Mehr stolpernd als gehend machte er sich in die Dunkelheit auf, dorthin, wo er seine Waffen zurückgelassen hatte.

Als er sie erreicht hatte, wandte er seine Aufmerksamkeit nach Norden. In diese Richtung waren die Goldsucher unterwegs, die auf ihn gefeuert hatten. Dorthin musste auch er, um den Geist-Krieger aus der Höhle zu treffen. Sobald die Sonne über den Bergen aufgegangen war, würde er die Spuren der beiden Männer finden und Jagd auf sie machen. Sie hatten ihr Recht auf Leben verwirkt.

18

Die Nacht legte sich über den Hafen und sacht hob und senkte sich die Bark, die der Firma Macintosh gehörte, mit den Wellen. Die Abendbrise ließ das leise Läuten von Fahrwasserglocken und gedämpfte Stimmen von in der Nähe ankernden Schiffen herüberdringen. Der Hufschlag von Pferden, die Fuhrwerke oder Kutschen über die Straßen nahe dem Anleger zogen, begann Kapitän Mort auf die Nerven zu gehen. Er saß in seiner Kajüte, über Seekarten und Tidenkalender gebeugt. In Sydney fühlte er sich immer unbehaglich. Dazu hatte er auch allen Grund, denn dort wurde er von der Polizei gesucht. Bald aber würde sein Schiff auslaufen, sobald der preußische Baron aus Samoa eintraf.

Unsicher stand Henry Sims vor der Kapitänskajüte. Der neue Erste Steuermann der *Osprey* hatte viel mit seinem Vorgänger Jack Horton gemeinsam. Wie dieser war er in Sydneys berüchtigtem Stadtteil The Rocks zur Welt gekommen und aufgewachsen, ein zäher, brutaler Bursche im besten Alter, der sich nie um das Gesetz gekümmert hatte. Im Unterschied zu Horton wusste er allerdings weder vom Wahnsinn noch von der Mordlust des Kapitäns.

Mit Segelschiffen kannte er sich nicht besonders gut aus. Doch das war auch nicht der Grund dafür gewesen, weshalb ihm Mort die lohnende Stelle anvertraut hatte. Wichtiger war seine Fähigkeit im Umgang mit einem Messer und seine unerschütterliche Treue zu seinem Vorgesetzten. Seine erste Aufgabe hatte darin bestanden, seinen Vorgänger aus dem Weg zu räumen: ein dunkles Gässchen, ein betrunkenes Opfer und das Aufblitzen einer Klinge hatten genügt, ihm seine Stelle zu verschaffen.

Die Unsicherheit des Ersten Steuermanns war darauf zurückzuführen, dass Mort nicht gestört werden wollte, wenn er sich in seiner Kajüte aufhielt. Zwar wusste Sims, wie er sich zu verhalten hatte, falls Besucher an Bord kamen, die den Kapitän sprechen wollten, aber auf eine Situation wie diese war er nicht vorbereitet. Die Ausstrahlung der Frau, die da vor ihm stand, machte sogar dem vergleichsweise begriffsstutzigen Schläger aus The Rocks klar, dass sie gewohnt war zu befehlen. »Käpt'n Mort?«, rief er zögernd durch die Tür. »An Deck is 'ne Dame, die Sie sprechen will.«

»Wie heißt sie?«, knurrte Mort gereizt.

»Hat sie nich gesagt – nur, dass sie zu Ihnen will.«

Nach kurzer Stille öffnete sich die Kajütentür. Mort trat mit offenem Uniformrock heraus und bellte: »Was zum Teufel will das Weib?«

»Mit Ihnen sprechen, nichts weiter.«

Mort knöpfte seinen Uniformrock zu und folgte Sims. Irgendeine verdammte Hure, die hier ihre Geschäfte machen will, dachte er und stieg zum Deck empor. Er würde sie davonjagen.

Doch kaum sah er, wer da an der Laufplanke stand und den Blick aufs Ufer gerichtet hielt, schwand seine ganze Aggressivität dahin. Kalte Angst schüttelte ihn. Knurrend entließ er den Ersten Steuermann, damit er mit seiner Besucherin allein sein konnte. »Lady Macintosh«, sagte er achtungsvoll. »Was führt Sie auf mein Schiff, wenn ich fragen darf?«

Lady Enid wandte sich ihm zu. »Ich möchte Sie korrigieren, Kapitän Mort«, sagte sie kalt. »Die *Osprey* ist *mein* Schiff und keinesfalls Ihres.«

Von dieser Richtigstellung verwirrt, murmelte Mort: »Ich bitte um Entschuldigung für meine unbeabsichtigte Anmaßung. Aber die *Osprey* steht schon so lange unter meinem Kommando, dass ich mich in jeder Hinsicht für sie verantwortlich fühle.«

»Eine bewundernswerte Einstellung, Kapitän Mort«, gab Lady Enid zur Antwort, doch es klang nicht nach einem Kompliment. »Aber mein Schwiegersohn bezahlt Sie auch großzügig, da dürfen wir das erwarten.«

»Falls ich noch einmal fragen darf, Lady Macintosh, was führt Sie auf die *Osprey?*«

»Offen gestanden habe ich noch nie den Fuß an Deck dieses Schiffes gesetzt«, gab sie zurück, wobei sie sich flüchtig umsah, »und ich war der Ansicht, dass jetzt ein günstiger Augenblick dafür ist.«

»Wofür ein günstiger Augenblick?«, fragte Mort argwöhnisch. Sie war zwar allein, doch am Kai stand eine elegante Kutsche, von deren Bock ein stämmiger Mann zu ihnen emporsah.

Die Besucherin musterte ihn mit ihren smaragdgrünen Augen. Sie kamen Mort so gefährlich vor wie die See. »Um Ihnen mitzuteilen«, sagte sie kalt, »dass ich einen neuen Kapitän brauche, falls Sie unter Mordanklage vor Gericht gestellt werden.«

Von dieser gelassen vorgetragenen Erklärung verblüfft, sah er sie mit offenem Mund an.

Lange hatte Lady Enid diesen Augenblick herbeigesehnt. Sie war bereit, jeden Preis dafür zu zahlen, dass dieser Mann am Galgen endete. Zu sehen, wie ihm die Angst in die Glieder fuhr, war ihre persönliche Art, an ihm Rache für den Tod ihres Sohnes zu nehmen. »Da das wahrscheinlich unmittelbar bevorsteht«, fügte sie hinzu, »sollten Sie morgen früh alle Dokumente, die mit der *Osprey* zu tun haben, beim Sekretär des Unternehmens, George Hobbs, in Verwahrung geben. Sofern Sie das nicht tun, werde ich das zum Anlass nehmen, Sie unverzüglich von Ihrer Aufgabe zu entbinden. In Ihrem Interesse hoffe ich, dass es nicht dazu kommt.« Das war eine faustdicke Lüge, denn Lady Enid würde sich über alles freuen, was ihr Gelegenheit gab, den Mörder ihres Sohnes zu peinigen.

»Mister White dürfte dabei auch noch ein Wörtchen mitzureden haben«, stieß Mort hervor, der sich in die Enge getrieben fühlte. »Sie haben nicht die Macht, mir zu drohen.«

»Sie dürfen meinen Schwiegersohn gern fragen, der nach wie vor die Angelegenheiten der Firmengruppe Macintosh leitet, Kapitän Mort«, gab sie in eisigem Ton zurück. »Die *Osprey* gehört nicht ihm, sondern mir. Er verwaltet sie lediglich, nichts weiter.«

Sie standen an Deck, und die Feindseligkeit, mit der sie einander ansahen, ließ die Luft förmlich knistern. Sie hasste den Mann, der ihrer festen Überzeugung nach ihren Sohn David im Auftrag Granville Whites getötet hatte, und Mort hasste die Frau, die, wie ihm klar wurde, die Macht besaß, ihm das Einzige zu nehmen, was er je in seinem Leben geliebt hatte – sein Schiff.

»Und was würde aus der Expedition, für die der Baron die *Osprey* gechartert hat, falls man mich in Sydney vor Gericht stellte, Lady Macintosh?«, erkundigte er sich. »Würden Sie mich auch dafür durch einen anderen ersetzen?«

Mit kaltem Lächeln gab sie zur Antwort: »Sollte man Sie nicht wegen Mordes festnehmen, was ich für unwahrscheinlich halte, werden Sie den Auftrag ausführen. Der Baron hat gut für unsere Dienste gezahlt, und mir ist Ihre Fähigkeit bekannt, den Erfolg seiner Unternehmung zu gewährleisten.«

»Vielen Dank, Lady Macintosh«, gab Mort sarkastisch zurück. »Ich bin sicher, dass Sie nicht enttäuscht sein werden.«

»Das bin ich auch«, sagte sie unverändert kalt lächelnd. »Gott hat mir die Möglichkeiten in die Hand gegeben, dafür zu sorgen. Und jetzt verlasse ich Sie. Sie haben meinen Sohn auf dem Gewissen. Möglicherweise wird die irdische Gerechtigkeit Sie dafür nicht zur Rechenschaft ziehen, aber wenn die Zeit gekommen ist, wird Gott das tun.«

Mort gab sich keine Mühe, den gegen ihn erhobenen Vorwurf zu entkräften. Das wäre einer Frau wie Enid Macintosh gegenüber, die trotz ihrer geschliffenen Umgangsformen aus Stahl zu sein schien, Zeitverschwendung gewesen. Er sah ihr nach, während sie davonging. Ihrem Schritt war die Zuversicht anzumerken, dass er dem Strang nicht entgehen würde.

Der Kutscher stieg vom Bock, um Lady Enid beim Einsteigen behilflich zu sein. Sie dankte ihm und lehnte sich gegen die lederne Rückenlehne. Sie genoss das Unbehagen, das sie dem Kapitän verursacht hatte, und später würde sie mit der Gewissheit einschlafen, dass den Mörder der Schlaf fliehen würde. Die Ungewissheit seines Geschicks würde ihn Nacht für Nacht martern. Es war nur noch eine Frage der Zeit, bis Daniel Duffy dank seiner glänzenden Fähigkeiten das von Kingsley herbeigeschaffte Beweismaterial zu einer Anklage verdichtete. Was Lady Enid betraf, war die Sache erledigt.

Jetzt konnte sie sich Granville White zuwenden und dafür sorgen, dass auch er die verdiente Strafe für den Mord an ihrem Sohn bekam. Ein weiterer Duffy würde ihr zur Seite stehen, wenn es darum ging, ihren Schwiegersohn zu entmachten. Die Ironie, die darin steckte, entging Lady Enid nicht. Einst hatte man in ihrer Familie den Namen Duffy nicht aussprechen dürfen, doch das hatte sich im Laufe der Zeit durch den sonderbaren Fluch geändert, der die beiden Familien in einer Kette gewaltsamer Todesfälle verband.

Mort sah der Kutsche eine Weile nach. Dann drehte er sich um, suchte seine Kajüte auf und ließ sich schwer auf einen Hocker nieder. Zwar ahnte er nicht, welches Beweismaterial Lady Macintosh gegen ihn in der Hand hatte, doch war er sicher, dass sie nicht gekommen wäre, um ihre Schadenfreude zu befriedigen, wenn sie nichts in dieser Richtung besäße.

Den Blick auf den Degen an der Wand über seine Koje geheftet, grübelte er über ihre Worte und den Besuch an Bord der *Osprey* nach. Aus einem unerklärbaren Grund trat ihm die Erinnerung an einen heißen, staubigen Novembermorgen des Jahres 1862 vor Augen. Ein breitschultriger, bärtiger irischer Gespannführer namens Patrick Duffy war zusammen mit seinem schwarzen Begleiter an einen Baum gekettet. Während dem Iren Morts Degen in den Unterleib fuhr, sah er Mort noch im Tod voll Hass an und spie ihm einen Fluch entgegen, mit dem er ihm einen ähnlich qualvollen Tod wünschte.

Mort schüttelte den Kopf, und sein irres Lachen hallte über das Schiff.

Für seine knapp elf Jahre war der Junge groß und kräftig. In seinen smaragdgrünen Augen lag ein gewisser Trotz, auf keinen Fall aber Unterwürfigkeit. Schon ließ sich seinem Äußeren ansehen, dass ihm die jungen Damen der englischen

Gesellschaft in der Kolonie eines Tages zu Füßen liegen würden.

Als Lady Enid den Jungen sah, verstand sie, was ihre Tochter einst an seinem Vater gefunden hatte. »Was hat dein … was hat Mister Duffy gesagt, wie du mich anreden sollst?«, fragte sie Patrick, der vor ihr in der Bibliothek stand, entlang deren Wände Schränke voller in Leder gebundener Bücher aufgereiht waren.

»Lady Enid«, gab er zur Antwort.

Sie nickte. Gut! Eines Tages würde er alles erfahren, aber im Augenblick schien er die verwirrenden Ereignisse seines Lebens hinzunehmen, wie sie kamen. Wie ein echter Macintosh besaß er die Fähigkeit, sich schwierigen Situationen anzupassen. Kein Wunder, schließlich floss ihr Blut in seinen Adern, und eben dieses Blut würde er einer langen Reihe von Macintosh-Erben weitergeben. »Ich werde dich Patrick nennen«, sagte sie mit einem kaum wahrnehmbaren Anflug großmütterlicher Zärtlichkeit. »Hat dir Mister Duffy gesagt, was ich mit dir vorhabe?«, fragte sie sanft, während sie hinter ihrem Schreibtisch Platz nahm.

In mancherlei Hinsicht ähnelte die erste Begegnung zwischen ihnen einer geschäftlichen Besprechung. Lady Enid überlegte, ob es nicht besser gewesen wäre, den Jungen im Salon statt in der düsteren Bibliothek zu empfangen.

Aber schließlich war es in mancherlei Hinsicht auch eine geschäftliche Besprechung. Einen Augenblick lang schien der Junge besorgt zu sein – nicht ängstlich wie ein Kind, sondern besorgt wie ein Erwachsener, der sich überlegt, welche Folgen eine geschäftliche Vereinbarung für seine Zukunft haben könnte. Sie wollte nicht, dass er so empfand.

Patrick war von der ganzen Umgebung zutiefst beeindruckt. Er hätte sich nicht im Traum vorgestellt, dass es ein so großes und herrliches Gebäude wie das Herrenhaus der Familie Macintosh geben könnte. Sogar die Bibliothek mit ihren Büchern und den sonderbaren metallenen und hölzernen Dekorationsstücken war wie eine Schatzhöhle. An den Wänden hingen Waffen von Ureinwohnern: Speere, Keulen, Schilde und Wurfhölzer. Der Gedanke, seine Angehörigen verlassen zu müssen, betrübte ihn, zugleich aber erregte ihn alles, was er in dieser neuen Welt, in die man ihn da gebracht hatte, entdeckte. »Stimmt es, dass ich mit Ihnen nach England reisen und dort zur Schule gehen soll?«, fragte Patrick. »Vater hat gesagt, ich würde sehr lange fort sein.« Sie hörte in der Stimme des Jungen ein kaum wahrnehmbares Zittern.

»Aber du kommst zurück«, sagte sie, um seine Besorgnis zu zerstreuen. »Außerdem kannst du deinen Angehörigen aus England schreiben, wann immer du Lust dazu hast.« Es war wichtig, ihm zu helfen, dass er sich auf die Zukunft freuen konnte. Dann kehrte sie in die Gegenwart zurück. »Von Mister Duffy habe ich gehört, dass du gern liest.«

»Und ich boxe gern«, gab Patrick munter zurück. »Onkel Max gibt mir Unterricht. Er hat gesagt, dass ich eines Tages bestimmt so gut werde wie Onkel Michael, dem er das Boxen auch beigebracht hat.«

»Meiner Ansicht nach ist Boxen nicht das Richtige für einen Herrn«, sagte Lady Enid mit dem schwachen Anflug eines Lächelns. »Ich denke, du könntest andere Dinge lernen, beispielsweise auf die Fuchsjagd reiten. Das passt sehr viel besser zu einem Herrn.« So weit kommt es noch, dachte sie, dass der Erbe des Macintosh-Imperiums in der Öffentlichkeit als Faustkämpfer bekannt wird, der sich auf der Straße herumprügelt.

Eine ganze Stunde lang dauerte ihre Unterhaltung, und als sie über alles gesprochen hatten, was einem Jungen am Herzen liegt, hatte sein natürlicher Charme sie schon bezaubert. Sie verspürte das sonderbare Bedürfnis, ihn David zu nennen.

Als Daniel in die Bibliothek trat, fiel ihm auf, dass Lady Enid im Entferntesten nicht mehr so streng wirkte wie zu dem Zeitpunkt, als er Patrick übergeben hatte. Er bemerkte einen Schimmer von Sanftheit an ihr. Vermutlich der Widerschein großmütterlichen Stolzes, dachte er.

Ein Hausmädchen brachte den Jungen in die Küche, wo er sich an Cremetörtchen und Buttermilch gütlich tun konnte, während Daniel Duffy und Lady Enid über die Einzelheiten von Patricks Reise nach England sprachen. Sie versicherte

Daniel erneut, dass sie Patrick als ihren eigenen Enkel behandeln würde. Natürlich bekäme Patrick Gelegenheit, alle Eindrücke seiner Familie im Gasthof Erin mitzuteilen. Aber sie wies erneut darauf hin, wie sehr die Entscheidung, Patrick in England zur Schule zu schicken, im wohl verstandenen Interesse des Jungen liege.

Als Daniel mit Patrick das Anwesen der Macintoshs verließ, musste er unwillkürlich über eine ferne Erinnerung an einen anderen jungen Mann lächeln. Solange Patrick lebte, würde auch Michael leben! Und der Junge konnte mit seinem Charme des Teufels Großmutter um den Finger wickeln – ganz wie sein Vater.

Während Lady Enid der Kutsche nachsah, die durch das große Tor davonfuhr, drehte sich Patrick noch einmal staunend um, um sich den Anblick einzuprägen. Eines Tages wird er begreifen, wer er ist, dachte sie und war zum ersten Mal in vielen Jahren zufrieden. Sein Blut, das zugleich ihres war, würde den Namen Macintosh weitertragen.

19

Michael wusste nicht so recht, was ihn aus seinem tiefen Schlaf geweckt hatte, doch hatten die vielen Jahre eines in Extremsituationen verbrachten Lebens seine Sinne geschärft. Wenn ein Zweig knackte oder Insekten mitten in der Nacht plötzlich verstummten, war das ein Warnsignal. Er hatte umgeben vom Lärm einer Stadt an der Siedlungsgrenze geschlafen. Irgendwo schrie unaufhörlich ein Kind, ein Fuhrwerk rumpelte auf der Straße vorüber, an welcher der Gasthof lag. Frauen lachten schrill, Männer lachten und riefen, außerdem hörte er blechern klingende Klaviere aus den Tanzsälen und das Grölen Betrunkener, die sich an irischen und schottischen Volkstänzen versuchten.

Keines dieser Geräusche hatte ihn aus dem Schlaf gerissen, wohl aber der unheimliche Eindruck, nicht allein zu sein. Er hatte das Gefühl einer unmittelbaren Gefahr.

»Falls Sie an Ihren Revolver wollen, Mister Duffy«, sagte die Stimme aus dem Dunkeln, »lassen Sie es sein, den habe ich.«

Michael schlug die Augen auf. Während er zwinkerte, um den Schlaf zu vertreiben, sah er dort, wo bis zum späten Nachmittag Straub gesessen hatte, undeutlich ein Gesicht, das ihm bekannt vorkam. »So sieht man sich also wieder, Mister Brown«, sagte er, als ihm aufgegangen war, um wen es sich handelte. »Ich hoffe, Sie haben etwas zu trinken mitgebracht oder können mir zumindest einen guten Grund dafür nennen, dass Sie meinen Revolver an sich gebracht haben«, sagte er im Plauderton, während er mit seinem von Alkoholdunst umnebelten Gehirn verzweifelt einen klaren Gedanken zu fassen versuchte. Irgendetwas Wichtiges, das der Engländer gesagt hatte, ging ihm nicht aus dem Kopf. Dann durchfuhr es ihn voll Entsetzen. Schlagartig war er hellwach. Brown hatte ihn mit »Duffy« angeredet!

»Tut mir Leid, Mister Duffy, oder darf ich Sie vielleicht Michael nennen?«, sagte Horace gleichmütig, obwohl er sich keineswegs ganz wohl in seiner Haut fühlte. Je mehr er über den Iren in Erfahrung gebracht hatte, desto größer war seine Hochachtung vor dessen Fähigkeiten als Kämpfer geworden. Daher hatte er vorsichtshalber dessen Revolver an sich gebracht. »Nur Sie und ich wissen, wer Sie wirklich sind.«

Michael überlegte, wie er seinen Revolver zurückbekommen konnte, doch hatte er das dumpfe Gefühl, dass dieser Mister Brown, der ihm da im Halbdunkel auf der Veranda des Gasthofs gegenübersaß, nicht so harmlos war, wie er auf der Überfahrt von Samoa gewirkt hatte.

Unvermittelt gab ihm Horace die Waffe zurück. »Ich glaube nicht, dass Sie den gegen mich richten müssen«, sagte er munter. »Ich bin nicht gekommen, um Ihnen zu schaden.«

Michael nahm den Revolver entgegen. »Sofern Sie mich für diesen Michael Duffy halten, gehen Sie aber ein großes Risiko ein, Mister Brown«, sagte er, den Revolver in der Hand.

Lächelnd schüttelte Horace den Kopf. »Das glaube ich nicht. Bestimmt wissen Sie ebenso gut wie ich, dass es Zeitverschwendung wäre, so zu tun, als wären Sie nicht der Michael Duffy aus Sydney, der eine Weile bei von Tempskys Freischärlern gekämpft hat, später dem Heer der Vereinigten Staaten von Nordamerika angehörte und jetzt als Vertreter deutscher Interessen unterwegs ist. Am besten versuchen Sie gar nicht erst, das zu bestreiten, es würde Ihnen ohnehin nichts nützen.«

Diese gelassen vorgetragenen Worte, die eine so eingehende Kenntnis von seiner Vergangenheit bewiesen, zeigten Michael, dass es in der Tat sinnlos war, seine Identität zu leugnen. »Ich werde Ihre Intelligenz nicht dadurch kränken, dass ich Ihnen widerspreche«, sagte er daher ruhig. »Damit aber komme ich auf das, was Sie in Wirklichkeit sind. Da ›verlorene Söhne‹ Menschen wie mir gewöhnlich nicht von einem Ende des Pazifiks zum anderen folgen, bezweifle ich, dass Sie ein solcher sind, Mister Brown – immer vorausgesetzt, das ist Ihr richtiger Name.«

»So heiße ich in der Tat, Horace Brown«, seufzte er. »In gewisser Hinsicht bin ich wirklich ein verlorener Sohn, jedenfalls, was meine Familie betrifft.«

»Wer aber sind Sie, was den Rest der Welt betrifft?«, fragte Michael argwöhnisch.

»Sagen wir einfach, dass ich großen Anteil an dieser Weltgegend nehme«, gab Brown zur Antwort und achtete sorgfältig darauf, nicht zu viel preiszugeben. »Wahrscheinlich mehr als viele meiner Bekannten in England. Wissen Sie, wir beide haben mehr gemeinsam, als Sie glauben würden, Michael. Nur werde ich nicht wegen Mordes gesucht … Oder sollte ich lieber sagen, *wurde*? Für Tote gelten Steckbriefe ja nicht, habe ich Recht?«

»Das wissen Sie also auch«, knurrte Michael. Dieser Horace Brown steckte voller Geheimnisse, doch allmählich bekam Michael ein Bild davon, wer oder was dieser Mann wohl war.

Horace nahm die Brille ab, wischte sie am Hemdsärmel ab und setzte sie wieder auf die Spitze seiner Knollennase. »Irgendwann später müssen Sie mir unbedingt mal erklären, wie Sie es geschafft haben, sich für tot erklären zu lassen«, sagte er. »Soweit ich weiß, haben die Maori im Jahre ’68 von Tempsky umgebracht. Bedauerlicherweise war es mir nie vergönnt, die schillernde Person des Befehlshabers der Waikato Rangers kennen zu lernen, habe aber von seinem Kollegen Hauptmann Jackson eine Menge über ihn gehört. Ich hätte viel gegeben, mit Gustavus von Tempsky gemeinsam ein Glas zu leeren. Ein wirklich ungewöhnlicher Mensch«, sagte er nachdenklich, wobei er Michael aufmerksam musterte. »Es gibt da durchaus Parallelen zwischen Ihnen beiden, Michael. Man könnte diesen ehemaligen preußischen Offizier, der in Nicaragua als Freischärler gegen die spanischen Truppen und schließlich als Befehlshaber der Forest Rangers in Neuseeland gekämpft hat, einen Glücksritter nennen. Ähnlich wie Sie war auch er ein begabter Zeichner und Maler. Ach, aber Sie hatten nie die Möglichkeit, etwas aus Ihrer Begabung zu machen, nicht wahr? Außerdem war er bei den Damen sehr beliebt. Ich kann mir wirklich gut vorstellen, dass Sie sich mit einem solchen Mann leicht angefreundet hätten.«

Die Detailkenntnis des kleinen Engländers verblüffte Michael. Die genauen Angaben über Michaels militärische Vergangenheit in von Tempskys Einheit konnte er ausschließlich aus Militärarchiven haben. Je mehr ihm Brown über sich selbst mitteilte, desto mehr erfuhr Michael auch über diesen Mann. »Für wen arbeiten Sie, Mister Brown?«, fragte er offen heraus. »Etwa für das englische Außenministerium?«

Horace hielt seinem durchdringenden Blick stand. »Sagen wir einfach, ich arbeite im wohlverstandenen Interesse Königin Viktorias, Gott schütze sie, und für alle, die an ihrem Geburtstag die Fahne hissen. Damit komme ich zu uns beiden und natürlich auch zu Baron von Fellmann.« In geschäftsmäßigem Ton sagte er, wobei er sich ein wenig vorbeugte: »Sie sollten mit mir zusammenarbeiten, in Ihrem eigenen Interesse. Vermutlich steht Ihnen eine lange und glückliche Zukunft bevor, wenn Sie sich dazu entschließen. Stellen Sie sich das Ganze wie eine Ehe vor. Sollten Sie allerdings zu dem Ergebnis kommen, es gebe keine Möglichkeit des Vollzugs, bedaure ich sagen zu müssen, dass eine Weigerung für Sie äußerst unbekömmlich werden könnte.«

Michael verstand den Vergleich nur allzu deutlich. Entweder arbeitete er mit dem Mann zusammen, oder er würde von einem Augenblick auf den anderen im unbehaglichen Polizeigewahrsam sitzen und auf seine Auslieferung in die Kolonie Neusüdwales warten. Dort konnte er ohne weiteres erschossen werden. Als Begründung würde man dann angeben, er habe einen Fluchtversuch unternommen. Dieser Mann, dessen Auftreten in so krassem Widerspruch zu seinem harmlosen Aussehen stand, war gefährlich. Michael hatte Erfahrung im Umgang mit gefährlichen Menschen. »Ich würde mir gern anhören, was Sie zu sagen haben, Mister Brown«, gab er zur Antwort. »Es sieht ganz so aus, als bliebe mir keine Wahl.«

Lächelnd und sichtlich erleichtert ließ sich Horace zurück in seinen Korbsessel sinken. »Ich denke, Sie sollten als Hinweis auf den Beginn unserer ›Ehe‹ die förmliche Anrede aufgeben. Ich heiße Horace und würde es mir als Ehre anrechnen, von einem Mann Ihres Rufes auch so genannt zu werden. Aber bitte nicht Horry, so hat mich mein Kindermädchen gerufen.«

»Ich muss sagen, all das verwirrt mich einigermaßen, Horace. Immerhin haben mich an ein und demselben Tag die Deutschen gefeiert und ein Vertreter der Regierung Ihrer englischen Majestät bedroht – mich, einen Australier irischer Abkunft mit amerikanisch gefärbter Sprechweise.« Michael stieß ein kurzes bitteres Lachen aus.

Horace lächelte. Der Mann ist nicht nur heldenhaft und umgänglich, dachte er, er hat auch Humor. Er konnte ihm seine Wertschätzung nicht versagen, denn er fühlte sich in Gesellschaft von Männern seines eigenen Schlages wohl. In einer durch und durch zivilisierten Welt, die keinen Platz mehr für Wagemut und Draufgängertum bot, waren sie Außenseiter. »Jetzt kann ich Ihnen auch die Frage beantworten, ob ich etwas zu trinken mithabe.« Er holte eine silberne Taschenflasche heraus. »Ich nehme an, Sie sind bereit, mit mir auf unsere gemeinsame Zukunft anzustoßen. Seien Sie versichert, der Lohn für eine Zusammenarbeit mit mir wird Ihren besonderen Fähigkeiten durchaus gerecht. Ich werde Ihnen gleich einige Fragen stellen. Vermutlich ist, was Sie darauf zu sagen haben, sowohl für die Kolonie Queensland als auch für England von entscheidender Bedeutung.«

Michael nahm ein leeres Glas, das neben seinem Stuhl stand, und Horace goss den Weinbrand ein. Dann hob er seine Flasche. Mit den Worten: »Auf Ihre Majestät, Gott schütze sie«, setzte er sie an den Mund.

»Auf den Heiligen Patrick, und mögen die Engländer zur Hölle fahren«, gab Michael zur Antwort und hob sein Glas.

Der Abend war angenehm kühl, als Horace den Söldner verließ, um zu seiner Unterkunft zurückzukehren. Er hatte als Ergebnis seiner Unterredung mit Michael Dringendes zu erledigen. Ein rosa schimmernder feister Gecko an der Wand seines Zimmers gab verblüffend laute Stakkatoklänge von sich, die

Horace zusammenzucken ließen. Er war mit den Nerven ziemlich am Ende und setzte sich seufzend. Den Blick auf die frisch gestrichene Wand gerichtet, überlegte er, wie viel er von Michael Duffy erfahren hatte und mit wem der Ire auf seinem Weg von Samoa nach Cooktown Kontakt gehabt haben mochte. Zwar hatte er gehört, dass die Deutschen ein bedeutsames Vorhaben planten, das den britischen Interessen im Pazifik höchst gefährlich werden konnte, er wusste aber nicht, worum es sich dabei handelte.

Das unter Bismarck geeinte Deutsche Reich bildete in Europa eine aufstrebende Macht. Aus der Geschichte wusste Horace, dass solche Mächte stets imperialistische Gelüste hatten. Bisher hatte Reichskanzler Bismarck noch keine ernsthaften Schritte unternommen, im Pazifik Kolonien zu gründen, wohl aber hatten sich Kaufleute aus dem nahe seiner Heimat gelegenen Hamburg über den ganzen Pazifik ausgebreitet. Ähnlich hatten sich Frankreich, die Niederlande und sogar die Vereinigten Staaten von Amerika verhalten, obwohl Letztere stets jede Absicht, Kolonien zu erwerben, bestritten. Auf diese Weise war Samoa zu einer Art Zankapfel zwischen Amerikanern, Deutschen und Briten geworden.

Horace war fest davon überzeugt, dass England und Deutschland eines Tages auf dem europäischen Kontinent in einen Interessenkonflikt geraten würden. Wenn es so weit war, würden die Deutschen dort, wo sie sich finanziell engagiert hatten, auch militärische Stützpunkte besitzen. Seine Kollegen im Londoner Außenministerium aber hatten über seine radikalen Ansichten gelacht. Englands Erbfeind sei Frankreich, nicht Deutschland, hatten sie gespottet. Obwohl er sie auf den überwältigenden Sieg Deutschlands im Krieg gegen Frankreich hingewiesen hatte, waren die Dummköpfe nicht im Stande gewesen zu erkennen, dass Bismarck begierige Blicke auf die Stellen der Weltkarte gerichtet hielt, die noch nicht mit dem Rot Englands gekennzeichnet waren.

Zwar führte Horace Brown kein Tagebuch, wohl aber fertigte er Berichte an, die er nach London sandte. Er versah den gegenwärtigen mit der Überschrift: »Deutsche Absichten im

Pazifik: künftige Schwierigkeiten«. Er überlegte eine Weile, legte die Stahlfeder neben das Löschblatt und streckte sich, während er aufmerksam zusah, wie der Gecko nach einem Falter schnappte, der sich unvorsichtigerweise die Zimmerdecke als Landeplatz ausgesucht hatte.

Er überlegte, was er inzwischen wusste. Michael Duffy rekrutierte in von Fellmanns Auftrag kampferprobte Männer, angeblich ging es um eine Erkundungs-Expedition. Wohin führte sie? Welche Absicht steckte dahinter? Darauf wusste nicht einmal Duffy eine Antwort. Herr Straub mache einen durch und durch militärischen Eindruck – höchstwahrscheinlich sei er Offizier, hatte er erklärt. Man habe ein Schiff namens *Osprey* unter dem Kommando eines gewissen Morrison Mort gechartert, das mit dem Baron an Bord nach Cooktown segeln sollte. Da Horace von Major Godfrey eingehend über Mort informiert worden war, wusste er, dass es sich bei ihm um eine zwielichtige Gestalt handelte, die für Geld alles tat.

Als der Mann, der im Dienst des englischen Außenministeriums stand, diese Angaben einander zuordnete, kam ihm die Erkenntnis wie eine plötzliche Erleuchtung. Die *Osprey* … der Trupp Schwerbewaffneter, die sich auf das Leben im Busch verstanden und ihre Erfahrungen in der Polizei oder beim Militär gesammelt hatten … Michael Duffys Erfahrung im Dschungelkrieg Südamerikas und ein rücksichtsloser Kapitän, der es gewohnt war, in feindseligen Gewässern Jagd auf Eingeborene zu machen … Im ganzen Pazifik gab es nur ein Gebiet von strategischer Bedeutung, in dem man bis an die Zähne bewaffnet sein oder sich ständig auf einen Trupp kampferprobter Männer verlassen musste und das die Begierde des deutschen Reiches wecken konnte: *Neuguinea*.

Die unmittelbar im Norden des östlichen Teils von Australien gelegene riesige Insel war geheimnisvoll und unerforscht. Die Gebirgskette, die in ihrem Inneren bis zu den Wolken aufragte, war von dichtem Dschungel bedeckt und gerüchtweise hörte man, es wimmle auf der Insel von Kopfjägern und Kannibalen. Sollten die Deutschen dieses Gebiet an sich bringen, konnten sie dort, praktisch einen Steinwurf von wichtigen Besitzungen Englands entfernt, beliebig viel Militär stationieren. Das würde eine massive strategische Bedrohung für die Sicherheit des britischen Weltreichs im Pazifik bedeuten.

Doch all das gründete sich ausschließlich auf Vermutungen. Horace brauchte Beweise für seine Theorie, und der Einzige, den er innerhalb der preußischen Organisation für seine Zwecke einspannen konnte, war Michael Duffy, der allerdings kaum freiwillig der Sache Englands dienen würde. Letzten Endes war er nicht viel mehr als ein Glücksritter, und von Söldnern war allgemein bekannt, dass sie nicht unbedingt für patriotische Ideale kämpften. Ihnen ging es in erster Linie um Geld und das eigene Überleben.

Eines war Horace klar: Er brauchte mehr, um zu erreichen, dass Michael bei der Stange blieb. Er musste etwas finden, das ihn mit Sicherheit den Deutschen in den Arm fallen ließ, sofern diese tatsächlich beabsichtigten, die Insel Neuguinea ihren Besitzungen im Pazifik einzuverleiben.

Der englische Agent nahm den Federhalter zur Hand und notierte sich einige Punkte. Als er die Liste durchging, ging ihm auf, dass die Lösung von Anfang an zum Greifen nahe gewesen war. Dreh- und Angelpunkt war der Kapitän der *Osprey*. Mit ihm als Köder konnte er Duffy dazu bringen, dem preußischen Agenten Einhalt zu gebieten. Während sich Horace in Sydney ausführlich mit Michaels Vergangenheit beschäftigt hatte, war Morts Name wie eine Giftpflanze im Garten der Duffys aufgetaucht.

Mit befriedigtem Lächeln wandte er sich erneut seinem Bericht an London zu. Ob die Dummköpfe dort seinen Ansichten zustimmten oder nicht, war unerheblich. Bis der Bericht in London war, hatten die Deutschen ihr Vorhaben möglicherweise schon durchgeführt, und es lag nicht im Interesse Englands, erst dann zu reagieren. Immerhin hatte er jetzt eine Vorstellung, auf welche Weise er dafür sorgen konnte, das Unternehmen des Barons scheitern zu lassen. Welche Mittel er dazu einzusetzen gedachte, erwähnte er in seinem Bericht nicht, denn im Unterschied zu dem, was das internationale Recht vorsah, nahm er es mit manchen Dingen nicht so genau.

20

Unauffällig musterte Kingsley die aufwändige Einrichtung von Daniels Kanzlei. Ganz wie Enid Macintosh fühlte sich Daniel in Anwesenheit des Kriminalbeamten unbehaglich. Er hielt den Mann für käuflich. War ihm der Polizeibeamte womöglich ausgewichen, als er dessen Wortschwall ruhig unterbrochen und ihn gefragt hatte, ob der sterbende Verbrecher den Namen Michael Duffy genannt hatte?, überlegte Daniel, während er die Notizen vervollständigte, die er sich von Kingsleys Bericht über seine Unterhaltung mit Jack Horton gemacht hatte.

»Was halten Sie davon, Mister Duffy?«, fragte der Beamte schließlich.

Stirnrunzelnd erhob sich Daniel und streckte sich. Er ging zur Tür und warf einen Blick auf die Kanzleigehilfen, die im Nebenraum über ihre Schriftstücke gebeugt saßen. »Ich bedaure, Ihnen sagen zu müssen, Mister Kingsley«, gab er zur Antwort, während er sich umwandte und zu seinem Schreibtisch zurückkehrte, »alles, was Sie mir da gesagt haben, reicht erstens weit in die Vergangenheit zurück und ist zweitens völlig unbewiesen.«

Kingsley machte ein finsteres Gesicht. Er konnte Anwälte nicht ausstehen, und die herablassende Art, mit der dieser seinen Besuch behandelte, bestärkte ihn nur in seiner Abneigung. »Und was ist mit Hortons Geständnis, dass er und Kapitän Mort all die schwarzen Frauen umgebracht haben?«

»Beweiskraft hat lediglich die Aussage eines Augen- oder Ohrenzeugen«, gab Daniel geduldig zurück. »Nicht aber etwas, das man durch Hörensagen von dritter Seite erfährt. Das müsste Ihnen als Polizeibeamtem bekannt sein. So haben wir lediglich die Bekräftigung eines Verdachts, nichts weiter. Keine wirklichen Beweismittel.« Er ließ sich in seinen Sessel sinken und fügte hinzu: »Ich hätte Ihnen gern etwas anderes gesagt.«

Übellaunig stand Kingsley auf. Es begriff, dass er für seine Mithilfe keine weitere finanzielle Entschädigung zu erwarten hatte – schon gar nicht von Leuten wie diesem Duffy. »Dann wünsche ich Ihnen einen guten Tag«, sagte er unvermittelt.

Daniel nickte. Er machte sich nicht die Mühe, den Polizeibeamten zur Tür zu begleiten, sondern blieb sitzen und sah niedergeschlagen die Wand an. Als Kingsley den Raum verlassen hatte, ordnete er die Papiere, die vor ihm lagen. Hätte doch nur Sergeant Farrell Beweise beibringen können, die Mort mit dem Mord an der Prostituierten in Verbindung brachten, dachte er trübsinnig. Etwas aus jüngerer Zeit mit all den Elementen, die bewirken konnten, dass ein Richter die Todesstrafe über den Kapitän verhängte, falls ihn die Geschworenen schuldig befanden. Aber diese Aussicht schien ihm so fern wie die Möglichkeit, dass der Mensch eines Tages zum Mond fliegen könnte. Er hatte das Bedürfnis nach einem kräftigen Schluck. Das Böse schien alles überleben zu können – wie die Ratten im Stadtviertel The Rocks.

Schweißüberströmt erwachte Granville White in den frühen Morgenstunden. Der immer wiederkehrende Traum peinigte ihn, und er verfluchte Michael Duffy. Es war, als verlache ihn der verdammte Ire noch aus dem Grab. Michael Duffy war zwar tot, ging es ihm durch den Kopf, aber womöglich lebte sein unehelicher Sohn noch – allem zum Trotz, was seine Schwiegermutter gesagt hatte. Wenn er nun das Pflegehaus überlebt hatte? Bei dieser Vorstellung überlief ihn ein Schauder.

Er erhob sich tastend aus dem Bett, zog eine Hausjoppe über den Pyjama und begab sich in die Bibliothek. Alle anderen schliefen, und Fiona war über Nacht außer Hause. Die Töchter hatte sie der Fürsorge des Kindermädchens anvertraut. Wahrscheinlich ist sie bei Penelope, ging es ihm voll Bitterkeit durch den Kopf, während er eine Lampe entzündete, deren Lichtschein die Bibliothek erhellte. Dorthin zog er sich immer dann zurück, wenn er seinen abartigen Vergnügungen frönen oder in aller Ruhe planen wollte, was er seinen Feinden anzutun gedachte. Jetzt aber wollte er nachdenken.

Der immer wiederkehrende Albtraum, in dem ihm der tote Ire erschien, quälte ihn, seit ihm seine Schwiegermutter zu verstehen gegeben hatte, seine Stellung sei alles andere als sicher. Unterstrichen hatte sie ihre Drohung mit dem geheimnisvollen Hinweis auf einen von ihr auserwählten Nachfolger. Vorausgesetzt, Duffys Bastard lebte – wohin hätte ihn das alte irische Kindermädchen Molly O'Rourke gebracht, damit er in Sicherheit war? Er setzte sich auf das Sofa und sah mit finsterem Lächeln auf seinen Schreibtisch. Sicher doch zu Michael Duffys Verwandten! So waren die Iren nun einmal, sie hatten Familiensinn und hielten zusammen wie Pech und Schwefel. Jedenfalls wusste er, wo er die Duffys finden konnte!

Wirkliche Macht, das wusste Granville schon lange, bedeutete, Leben und Tod anderer Menschen mit Geld kaufen zu können, und Frauen, denen die mit der Macht verbundene Gefahr gleichgültig war, flogen auf mächtige Männer. Er strich mit der Hand über das Leder des Sofas, während er überlegte, wie er vorzugehen hatte. Als er die glatte Tierhaut unter seinen Fingern spürte, rührten sich die animalischen Begierden in seiner finsteren Seele. Da Fiona nicht da war, stand ihm das Haus für die Nacht allein zur Verfügung. Er musste unbedingt seine Anspannung lösen, und es wäre schade um die schöne Gelegenheit. Er stand auf und ging zum Zimmer seiner Tochter.

Kapitän Morrison Mort blieb lieber in seiner Kajüte auf dem Schiff. Lady Macintoshs ruhig und selbstsicher vorgetragene Drohung hatte die erwünschte Wirkung gezeitigt. Mort war ein Opfer seiner eigenen Wahnvorstellungen. Wenn eine Kutsche vorüberfuhr, glaubte er einen Polizeiwagen zu hören, bei jedem Schritt auf Deck über ihm nahm er an, Polizisten seien auf dem Weg, ihn zu verhaften.

Sims hatte auf Lady Macintoshs Anweisung George Hobbs die Schiffspapiere ausgehändigt, da es so aussah, als könne äußerstenfalls der Untergang seines Schiffs Mort aus der Kajüte locken. Lediglich die Aufforderung seines Vorgesetzten Granville White, sich in einem verrufenen Bordell mit ihm zu treffen, war stärker als Morts lähmende Angst.

Er war mit einer Droschke zu einer heruntergekommenen Mietskaserne im Stadtteil Glebe gefahren, wo ihn ein vierschrötiger Türsteher in Empfang nahm. Diesem folgte er ins Innere. Sie kamen an vielen offen stehenden Türen in einem langen Gang vorüber, hinter denen Mort ungepflegte Frauen sehen konnte, die auf Strohsäcken liegend ihre Kunden erwarteten. Angewidert verzog er das Gesicht: Das Ganze hatte keinen Stil. Er hatte in Melbourne bessere Hurenhäuser gesehen.

»Kommen Sie mit ins Büro«, sagte der Schlägertyp.

Mort trat in einen Raum, der deutlich ansehnlicher war als die, an denen er vorübergekommen war. Granville White, der auf einem Bett saß, erhob sich bei Morts Eintritt nicht.

»Wie schön, dass Sie meinem Ruf so prompt gefolgt sind, Kapitän Mort«, sagte er und schickte den Mann, der Mort hergebracht hatte, mit einer Handbewegung fort. »Ich würde Ihnen gern eine Sitzgelegenheit anbieten, aber wie Sie sehen, gibt es in diesem Zimmer keine. Also müssen Sie leider stehen.«

»Das macht mir nichts aus, Mister White«, gab Mort beflissen zur Antwort.

»Ich muss noch einmal Ihre besonderen Dienste in Anspruch nehmen«, sagte Granville. »Ich habe Sie schon lange um keinen Gefallen mehr gebeten.«

Unbehaglich trat Mort von einem Fuß auf den anderen. Ihm war klar, dass Granville ihn auf dem Schiff aufgesucht hätte, wenn es um eine gewöhnliche Geschäftsangelegenheit gegangen wäre. Da er einen anderen Ort benannt hatte, musste es sich um eine außergewöhnlich vertrauliche Sache handeln, eine, bei der es buchstäblich um Leben und Tod ging. Aber wessen Tod?

»Soweit ich gehört habe, ist Ihr Erster Steuermann, Jack Horton, kürzlich auf unglückliche Weise ums Leben gekommen«, sagte Granville. »Haben Sie sich selbst darum gekümmert oder einen anderen damit beauftragt?«

Mort sah ihn kalt an. Auch wenn er keine Angst vor Granville White hatte, so verdankte er ihm doch viel – unter anderem hatte White dafür gesorgt, dass er nicht am Galgen gelandet war. »Es wäre übertrieben zu sagen, ich hätte nichts damit zu tun gehabt«, log Mort. »Aber wenn man es recht bedenkt, war das die beste Lösung.«

Granville lächelte wissend und ließ das Thema fallen. Er hatte eine Antwort auf seine Frage bekommen und würde seine Dankbarkeit später mit einer Sonderzahlung an den Kapitän beweisen. Leute mit Eigeninitiative waren immer nützlich. »Ich habe dieses Treffen nicht arrangiert, um zu erfahren, auf welche Weise Horton ums Leben gekommen ist«, sagte er. »Sie sind hier, weil Sie eine außerordentlich wichtige Angelegenheit erledigen sollen, bevor Sie mit Baron von Fellmann nach Cooktown auslaufen. Es geht dabei um einen Namen, von dem ich weiß, dass Sie ihn gut kennen.«

»Nämlich?«, fragte Mort vorsichtig.

»Duffy.«

Mort erbleichte. Der Name verfolgte ihn aus Gründen, die er einem geistig gesunden Menschen unmöglich hätte erklären können. In zu vielen Nächten auf hoher See war ihm ein alter Ureinwohner im Federschmuck erschienen, dessen Körper mit Ocker bemalt war und der ihn aus den dunklen Winkeln seiner Kajüte einfach nur angesehen hatte. Er war immer in der Stunde zwischen Schlafen und Wachen gekommen, und jedes Mal war Mort dabei der Name Duffy eingefallen. »Ich kenne ihn«, gab er zur Antwort. »Sie wollen also, dass dem verdammten Anwalt Duffy was passiert?«

Granville schüttelte den Kopf. »Nein, der ist harmlos«, gab er zur Antwort. »Ich weiß, dass Sie Leute kennen, die in der Lage sind, einen Jungen von etwa elf Jahren aufzustöbern. Setzen Sie sie darauf an. Der Junge ist höchstwahrscheinlich der Sohn eines anderen Duffy, den ich bedauerlicherweise vor einer Reihe von Jahren gekannt habe, Michael mit Vornamen. Vermutlich haben Sie ihn nicht gekannt, da Sie damals bei der berittenen Eingeborenenpolizei dienten. Ich habe den starken Verdacht, dass der Junge von seinen Angehörigen im Gasthof Erin in Redfern aufgezogen wird, wo auch sein Onkel Daniel Duffy wohnt. Sie sollen feststellen, ob der Junge da lebt.«

»Und falls ich ihn finde, Mister White – was dann?«

»Dann ergreifen Sie geeignete Maßnahmen, um ihn für immer aus dieser Welt verschwinden zu lassen.«

Mort machte ein finsteres Gesicht – nicht etwa, weil er Bedenken gehabt hätte, einen Jungen zu töten, wohl aber, weil diese Aufgabe mit großer Gefahr für ihn verbunden war. Er geriet auf diese Weise in die Nähe des Anwalts, dem es vor einigen Jahren fast gelungen war, ihn an den Galgen zu bringen. »Ich kann die nötigen Vorkehrungen treffen«, sagte er, »kann es mir aber nicht leisten, mich persönlich an der Sache zu beteiligen. Lady Macintosh war kürzlich auf der *Osprey* und hat mir bedeutet, man könne mich im Zusammenhang mit dem Tod ihres Sohnes verhaften. Ich weiß nicht, woher sie Wind von der Sache hat, aber sie hat mit Sicherheit nicht geblufft. Ich hoffe, Sie verstehen, warum ich mich in dieser Angelegenheit aus der Schusslinie halten muss.«

»Durchaus, Kapitän«, sagte Granville verständnisvoll. »Sie sollen auch nur die richtigen Leute auf diese Aufgabe ansetzen. Zugleich kann ich Ihnen versichern, dass meine Schwiegermutter über keinerlei Beweise verfügt, die Sie in Verbindung mit dem Tod meines lieben Vetters David bringen könnten. Sie ist einfach eine verbitterte, hilflose alte Frau, die sich an jeden Strohhalm klammert. Ich kann Ihnen überdies garantieren, dass sie im Laufe der Zeit jede Macht im Unternehmen einbüßen wird und ich der Einzige sein werde, der in der Firma Macintosh zu bestimmen hat. Sie brauchen sich also über diese Drohungen keine Gedanken zu machen. Eines möchte ich noch sagen, das Ihnen sicher gefällt«, fügte er selbstgefällig hinzu. »Wenn Sie den Duffy-Abkömmling, sofern es ihn gibt, aus dem Weg räumen, beschaffe ich die nötigen

Dokumente, die Ihnen beim Tod meiner lieben Schwiegermutter die *Osprey* überschreiben.«

Angespannt sah Mort zu Granville hinüber. Hatte er richtig gehört? Die *Osprey* würde ihm gehören! Nicht einmal in seinen wildesten Träumen hätte er sich eine solche Belohnung ausgemalt. Er würde das Einzige auf der Welt besitzen, was er wirklich liebte. Argwöhnisch sagte er: »Einer solchen Übereignung würde Lady Macintosh nie zustimmen.«

»Sie braucht nichts davon zu erfahren«, gab Granville mit einem kalten Lächeln zurück. »Die Dokumente werden unter der Hand vorbereitet. Es kostet nur einen kleinen Dreh, und schon sind sie juristisch unanfechtbar, und Sie bekommen eine von mir eigenhändig unterzeichnete Ausfertigung. Das Dokument, davon bin ich felsenfest überzeugt, würde vor jedem Gericht Bestand haben.« Mort entspannte sich. Trotz seines Misstrauens allem und jedem gegenüber hatte er Respekt vor amtlichen Schriftstücken. »Ihnen ist sicher klar«, fügte Granville hinzu, »dass die bewusste Angelegenheit mit äußerster Vertraulichkeit behandelt werden muss.«

»Selbstverständlich, Mister White«, gab Mort zurück. »Ich werde mich unverzüglich darum kümmern.« Er sah sich im Raum um und fügte hinzu: »Offen gestanden überrascht es mich, Mister White, von Ihnen in einem solchen Raum empfangen zu werden. Ich hätte gedacht, dass Sie etwas Besseres finden könnten.«

Granville lächelte gequält. »Mit Investitionen in Luxus verdient man kein Geld«, gab er zur Antwort. »Man liefert das Produkt, und der Kunde ist zufrieden, ganz gleich, ob er sich in einem üppig ausgestatteten Harem oder an diesem übel beleumdeten Ort befindet. Wenn Sie also keine weiteren Fragen haben, werde ich das Geld für Ihre Unternehmung beschaffen.«

Mort hatte keine weiteren Fragen. Es war nicht besonders schwierig, einen Jungen aufzuspüren und zu töten, dazu war lediglich ein gewisses Maß an Rohheit erforderlich.

Charlie Heath, der Mann, den Kapitän Mort beauftragte, verstand seine Sache. Obwohl es hieß, er habe den einen oder anderen Mord begangen, war er nie dafür belangt worden. Dieser tückisch dreinblickende vierschrötige Mann fand sein Auskommen in den Gassen von The Rocks, in dessen Schänken er ständiger Gast war. Außer seiner Körperkraft war an ihm noch eine angeborene Gerissenheit auffällig, die es ihm in einer anderen Umgebung ermöglicht hätte, ein mit allen Wassern gewaschener Politiker zu werden.

Heath zählte nicht zu den Stammgästen des Erin, und so wurde Max Braun hinter dem Tresen stutzig, als der Mann dort aufkreuzte und anfing, Fragen über die Familie Duffy zu stellen.

»Was wollen Sie über die Leute wissen?«, fragte Max in aggressivem Ton, als Charlie an die Theke kam, um sich etwas zu trinken zu holen. »Ich finde, Sie stellen zu viele Fragen, mein Freund.«

Charlie sah den stämmigen Schankkellner mit der Unverfrorenheit eines Verbrechers an. »Das geht dich Kohlfresser überhaupt nichts an«, sagte er mit verächtlichem Grinsen. »Ich hab einfach 'n paar freundliche Fragen gestellt.«

Max fixierte ihn, und verblüfft stellte Charlie fest, dass der Deutsche keine Angst vor ihm zu haben schien. »Wenn Sie klug sind, stellen Sie die woanders«, sagte Max. »Die Angelegenheiten der Duffys gehen Sie nichts an. Und jetzt verschwinden Sie oder ich mach Ihnen Beine.«

Diese offene Herausforderung ging Charlie zwar gegen den Strich, doch statt das Messer zu ziehen, wie es ihm sein erster Impuls eingab, sagte er frech: »Ich geh schon, Kohlfresser. Aber deine Visage gefällt mir nich. Wenn ich dich mal auf der Straße seh, rechnen wir ab.« Er wandte sich um und ging.

Max sah ihm nach und prägte sich die Züge des Mannes ein. Der einstige Hamburger Seemann war der Gewalt nicht abhold und durchaus im Stande, einen Menschen zu töten. Er hatte in den fünfziger Jahren in einigen der wildesten Häfen so manches erlebt, bevor er in Melbourne heimlich sein Schiff verlassen und bei den Palisaden von Eureka gegen das englische Heer gekämpft hatte.

Während er mit einem sauberen Tuch ein Glas polierte,

waren seine Gedanken bei dem Gesicht des Fremden. Etwas stimmte mit ihm nicht. Welche Angaben über die Familie Duffy konnten so wichtig sein, dass er sonderbare Fragen über Patrick und Martin stellte? Immerhin waren die beiden noch Jungen. Wenn sich der Mann nach Einzelheiten über Daniel erkundigt hätte, wäre ihm das verständlich erschienen, denn Anwälte machten sich unzufriedene Mandanten schnell zu Feinden.

Mit gefrorenem Lächeln verließ Charlie Heath den Gasthof Erin. Nach allem, was er gehört hatte, war Patrick höchstwahrscheinlich der Junge, dessen Tod Kapitän Mort wünschte. Wenn er jetzt noch feststellte, wie dieser Patrick Duffy aussah, war alles nur noch eine Frage des richtigen Ortes und Zeitpunkts. Bei einem elfjährigen Jungen war das nicht weiter schwierig. Noch nie hatte er so leicht fünfzig Pfund verdient.

Er gab an Kapitän Mort weiter, was er in Erfahrung gebracht hatte, und dieser setzte Granville White davon in Kenntnis. Als feststand, dass Michael Duffys Sohn tatsächlich noch lebte, wurden Granvilles Nächte länger denn je. Diesmal würde es keine Fehler wie vor Jahren bei Michael Duffy geben, schwor er sich. Duffy mochte ein Geist sein, der ihn unaufhörlich peinigte – sein unehelicher Sohn würde dem Vater aber bald in den Tod folgen.

21

»Steine und Fliegen«, sagte Frank zu seinem Gefährten, der neben ihm mit einer Spitzhacke auf einen Quarzbrocken einschlug. »Steine, Fliegen und Nigger«, ergänzte er.

Knurrend erhob sich Harry aus seiner gebückten Haltung, um den Rücken zu strecken. Abgesehen von dem Schwarzen, den sie am Vortag erledigt hatten, war bei ihrem Versuch, außerhalb der eigentlichen Goldfelder am Palmer fündig zu werden, nichts herausgekommen. Er sah sich in der unendlichen Weite um, in der es nichts gab als verkrüppelte Bäume, Felsen und das Flirren des Lichts. »Der Nigger, den du gestern erschossen hast, hat Englisch gesprochen«, sagte er und verlieh damit einem Gedanken Ausdruck, der ihn schon die ganze Nacht beschäftigt hatte. »Findest du das nicht ziemlich sonderbar?«

Frank wollte ausspucken, aber sein Mund war trocken. »Ich glaub nicht, dass man dem hätte trauen können«, gab er zur Antwort. »Man sollte auf alle Schwarzen feuern, sobald man sie sieht.« Er schleuderte einen Quarzbrocken nach einer Eidechse, die sich auf einem Felsen sonnte. »Wie viel Wasser hast du noch?«, fragte er und wischte sich den Schweiß von der Stirn.

»Nicht besonders viel«, gab Harry zur Antwort, während er seine Feldflasche schüttelte. »Noch für einen Tag, dann ist Feierabend.«

»Bei mir sieht es ähnlich aus. Wir sollten wohl besser zu dem Bach gehen, an dem wir gestern vorbeigekommen sind. Da können wir alles auffüllen und an den Palmer zurückkehren.«

Harry nickte. Keiner von beiden hatte zuvor seiner Besorgnis Ausdruck verliehen. Sie waren so sehr darauf erpicht gewesen, eine Goldader zu finden, dass sie nicht auf ihre Sicherheit geachtet hatten. Zu essen hatten sie genug, sie führten reichlich Mehl, Tee, Zucker und Dosenfleisch mit sich. Die größte Sorge in dem nahezu dürren Land, das sie durchquert hatten, bereitete die Beschaffung von Wasser.

Beide schwangen ihre Bettrolle auf den Rücken und machten sich auf den Rückweg. Nach einem knappen Dutzend Schritten blieb Harry stehen, legte die Hand über die Augen und spähte zum Horizont. »Frank«, sagte er leise. »Ich glaub, ich kann da hinten auf der Felskante ’nen Schwarzen sehen.«

Frank blieb stehen und sah in die angegebene Richtung. »Verdammt, du hast Recht«, sagte er. »Wenn das mal nich der von gestern ist. Dabei war ich überzeugt, dass die Krähen den Schweinekerl inzwischen gefressen hätten.« Er hob sein Gewehr und zielte sorgfältig auf die winzige Gestalt, die sie von oben musterte.

Wallarie sah das Rauchwölkchen und hörte gleich darauf den Knall. Er hatte für die beiden winzigen Punkte unter ihm nur ein grimmiges Lächeln übrig. Eigentlich müsste den verdammten Dummköpfen klar sein, dass ihr Snyder-Gewehr nicht bis zu mir trägt, dachte er mit bitterer Befriedigung. Vielleicht sollte er ihnen beibringen, wie man schießt.

»Er hat nicht mal gezuckt«, sagte Harry beeindruckt, »als hätte er keine Angst vor uns.«

»Wir müssen näher ran«, sagte Frank, während er nachlud. »Dann sollst du mal sehen, wie er tanzt.«

Harry war davon nicht überzeugt. Irgendetwas an dem wilden Ureinwohner auf der Felskante beunruhigte ihn. Es kam ihm vor, als seien diesem Dinge bekannt, von denen er selbst nichts ahnte. Kalte Angst schüttelte ihn. »Vielleicht sollten wir ihn einfach zufrieden lassen, dann lässt er uns vielleicht auch zufrieden«, sagte er, wobei ihn ein Schauer überlief. »Die Sache gefällt mir nicht, Frank. Könnte doch sein, dass da noch ein paar Kumpel von ihm warten, die uns ans Leder wollen.«

»Mit deinem LeMat müsstest du doch jeden Schwarzen in

Schach halten können«, sagte Frank. Diese Waffe, ein so genannter Kartätschen-Revolver mit einem zusätzlichen kurzen Schrotlauf, war im amerikanischen Bürgerkrieg bei den Offizieren der Konföderierten sehr beliebt gewesen. Allerdings hatte sie keine besonders große Reichweite.

»Schon, Frank, aber die Sache gefällt mir einfach nicht.«

Frank warf ihm einen verächtlichen Blick zu. »Ich kauf mir den schwarzen Schweinehund und mach ihn fertig«, sagte er, während er mit großen Schritten der Felskante entgegenstrebte. »Wenn du ein Kerl bist, kommst du mit.«

Wallarie sah zu den beiden Männern auf der Ebene hinab. Sie schienen miteinander zu streiten. Sein Auftauchen hatte sie also wie geplant provoziert. Noch mehr befriedigte es ihn zu sehen, dass sie auf ihn zukamen, denn genau das hatte er gehofft.

Auch wenn sein linker Arm noch steif war und er ihn nicht einsetzen konnte, machte er sich keine Sorgen. Er brauchte ihn nicht, denn er hielt seine langen Speere in der Rechten. Wichtig war lediglich, dass ihn die beiden verfolgten. Dabei würde er sie erschöpfen und sie dann zu einem von ihm gewählten Zeitpunkt angreifen. Mit grimmigem Lächeln sah er zu, wie die beiden unter der glühenden Sonne den steinigen Hang erklommen. »Verdammte Mistkerle«, lachte er leise in sich hinein. »Wallarie wartet auf euch.«

Den ganzen Tag lang narrte sie die Erscheinung des wilden Kriegers. Sein Bild tanzte in der flirrenden Luft vor ihnen her, immer außerhalb der Reichweite ihres Gewehrs, während sie hinter ihm drein durch das Gelände stolperten.

»Er führt uns vom Wasser weg«, knurrte Harry und ließ sich zu einer kurzen Rast auf die Knie nieder. Seine Lippen waren vor Trockenheit aufgeplatzt. »Der spielt mit uns Katz und Maus.«

Frank ließ sich auf ein Knie nieder und stützte sich dabei auf das Gewehr. Auch er hatte inzwischen die Situation durchschaut. Der schwarze Mistkerl war gerissen, das musste er zugeben. Immer wieder hatte er unauffällig die Richtung geändert, bis es ihm schließlich gelungen war, sie vom Bachlauf fortzulocken. »Ich glaube, es ist Zeit, dass wir ihn laufen lassen«, räumte er zögernd ein, während er sich wieder aufrichtete.

Zutiefst enttäuscht sah Wallarie, wie sich die beiden Männer umwandten und davongingen. Er hatte gehofft, sie würden ihn bis zum Einbruch der Dunkelheit verfolgen. Aber er wusste, wohin sie gingen. Sie strebten dem Wasser entgegen, wie die Vögel bei Sonnenuntergang.

Trotz seiner Enttäuschung empfand er eine gewisse Befriedigung. Er hatte gesehen, wie sich die beiden im Gelände bewegten, und gemerkt, dass die Kräfte zehrende Verfolgung sie durstig gemacht und geschwächt hatte. Wer Durst hat, kennt kein anderes Ziel, als die unerträgliche Qual zu lindern, die ihn peinigt.

Mit langen Schritten machte sich Wallarie auf den Weg zum Bachlauf, um bis kurz vor Sonnenuntergang zwischen die Männern und den Bach zu gelangen. Er musste dazu ein ungeheures Risiko auf sich nehmen, wohingegen sein ursprünglicher Plan vorgesehen hatte, die beiden bis zum Anbruch der Nacht vom Leben spendenden Wasser fortzulocken. Vor Durst halb wahnsinnig, wären sie dann leicht zu überwältigen gewesen. Jetzt aber hatte sich das Blatt zugunsten der Goldsucher gewendet, ohne dass sie etwas davon wussten.

Das Lächeln grimmiger Befriedigung war von Wallaries Zügen gewichen. Zwar sagte ihm die Vernunft, dass es besser wäre, sein Vorhaben aufzugeben, doch sie war nicht stark genug, ihn an seinem privaten Krieg gegen die Europäer, die sein Volk abgeschlachtet hatten, zu hindern.

Obwohl er allein war, den linken Arm nicht gebrauchen konnte und seine Waffen denen der Weißen unterlegen waren, ließ er nicht locker. Während er dahineilte, kam ihm die Erinnerung an eine ferne Nacht, in der er mit Tom Duffy aufgebrochen war, um die Männer zur Strecke zu bringen, welche die letzten Überlebenden der Vertreibung niedergemetzelt hatten. Dieses Vorhaben war ihnen gegen alle Aussichten gelungen. Hoffentlich bleibt mir Toms Irenglück treu, dachte Wallarie. Er wusste, dass der Geist aus der Höhle bei ihm war, das hatte er ihm in seinen Traumbildern der vorigen Nacht selbst gesagt.

Die Sonne stand tief am Horizont, als Wallarie den letzten Felsgrat erklomm. Das sandige Bachbett vor ihm schien völlig ausgetrocknet zu sein. Er lächelte befriedigt. Es war ihm gelungen, die beiden Goldsucher zu überholen. Diesen hatte die Hitze ebenso zugesetzt wie der Wassermangel und das schwere Gelände. Verstärkt wurden diese Unbilden der Natur noch durch die Furcht, die auf Schritt und Tritt mit ihnen zog: Irgendwo da draußen machte ein Mann, den sie gejagt hatten, nun Jagd auf sie. Wertvolle Stunden vergingen, bis die beiden Goldsucher endlich ihren Weg gefunden hatten.

Der pochende Schmerz in Wallaries Wunde ließ ihn von Zeit zu Zeit unwillkürlich aufstöhnen. Auch ihm machte die Belastung zu schaffen, die er sich zugemutet hatte, um den Bachlauf vor den beiden Goldsuchern zu erreichen. Doch aller Schmerz war vergessen, als er sich jetzt unter den Felsgrat hockte. Nur sein Plan, eine Stelle zu finden, an der er gegenüber den beiden im Vorteil war, beschäftigte ihn. Dabei durfte er sich keinen Fehler leisten, denn das wäre tödlich für ihn.

Prüfend wog er den Speer auf der Speerschleuder. Alles stimmte. Jetzt brauchte er nur noch in seinem Hinterhalt zu warten.

Harry trottete wenige Schritte hinter Frank her. Der LeMat in seiner Hand wog schwer. Rötlich-bläuliche Schatten verschwammen in den Bodenwellen am Horizont, und die orangefarbene Kugel der Sonne schien den Felsgrat unmittelbar vor ihnen zu berühren. Als Harry die Augen zusammenkniff, um nicht geblendet zu werden, kam ihm Frank wie eine sonderbar in die Länge gezogene Gestalt in der Mitte einer orangefarbenen Kugel vor. Außer Stande, länger hinzusehen, senkte er den Blick. Die Augen auf die Fußabdrücke gerichtet, die sein Gefährte auf dem trockenen Boden hinterließ, folgte er ihnen wie ein Schlafwandler. In seinem Kopf gab es nur einen Gedanken: Wasser, kühles, nasses Wasser. Der sonderbare Wilde war vergessen.

Franks unterdrückter Aufschrei riss Harry aus seinen Vorstellungen. Ihn überfiel eine Angst, wie er sie noch nie zuvor erlebt hatte.

»Mich hat's erwischt, Harry«, stieß Frank mit erstickter Stimme hervor, während er geblendet der Sonne entgegentorkelte. Sein Gefährte hielt etwas umklammert, das sonderbarerweise vorn aus ihm herauswuchs. Es war lang und schmal, und Frank zerrte mit beiden Händen daran, dann stürzte er zu Boden. Erstarrt sah Harry mit zusammengekniffenen Augen in den Glast der untergehenden Sonne. Einen Augenblick lang nahm er eine geistergleiche Erscheinung wahr, die aber verschwand, bevor er zu einer Bewegung fähig gewesen wäre.

»Großer Gott!«, knurrte er. »So ein verdammter Sauhund!«

Frank kniete am Boden; sein Oberkörper lag auf dem Schaft des Speers. Sein gepeinigtes Stöhnen wurde immer leiser, bis es kaum noch zu hören war. Dann fiel er zur Seite, und Harry begriff, dass er tot war.

Mit schussbereitem Revolver sah er sich voll panischer Angst um, sah aber nichts als ein stummes Land mit verkrüppelten Bäumen, Felsen und roter Erde. Er hatte keine Kraft mehr, davonzulaufen. Er war vor Angst wie festgewurzelt, als wäre er einer der stachligen Bäume um ihn herum. Erst die rasch aufeinander folgenden Schüsse aus seinem Revolver und schließlich das leise Klicken, als der Hammer auf eine leere Kammer traf, rissen ihn aus seiner Erstarrung. Er ließ die Waffe fallen und rannte in wilder Flucht auf dem Weg davon, den sie gekommen waren.

Wallarie sah ihm nach. »Dämlicher Sack«, murmelte er einen von Tom Duffys Lieblingsausdrücken vor sich hin und schüttelte den Kopf. Der Goldsucher, der am Boden lag, regte sich nicht mehr. Höchstwahrscheinlich war er tot. Auf zehn Schritt – mit der Sonne im Rücken – hatte er ihn kaum verfehlen können, als er über den sanft ansteigenden Hang auf ihn zugekommen war. Wallarie musste an den kurzen Augenblick denken, in dem der Mann verständnislos auf den Schatten geblickt hatte, der da unvermittelt aus der Sonne getreten war. Es war wie vor vielen Jahren, als er den weißen Siedler Donald Macintosh an einer Wasserstelle mit seinem Speer getötet hatte. Der Goldsucher wollte gerade das Gewehr heben, als ihm die Spitze des Speers in die Brust drang; es fiel zu Boden, ohne dass sich der Schuss gelöst hatte.

Mit einem Schmerzenslaut erhob sich der Darambal-Krieger zwischen den Felsen und ging vorsichtig auf den Toten zu. Frank hielt den Speer nach wie vor umklammert, die gebrochenen Augen waren auf Wallaries Füße gerichtet.

Voll Befriedigung darüber, dass von diesem Weißen keine Bedrohung mehr ausging, hockte sich Wallarie neben ihn und zerrte an der Bettrolle, die der Mann um die Schultern trug. Er löste den Bindfaden, der sie zusammenhielt, und freute sich über den Schatz, der da vor ihm lag: Tee, Zucker, Mehl und Büchsenfleisch. Außerdem ein Strang brauner Tabak. Ihn würde er genießen, nachdem er die Vorräte verzehrt hatte.

Befriedigt seufzend nahm Wallarie das Messer des Toten zur Hand, öffnete eine der Fleischdosen und verschlang den fetttriefenden Inhalt. Als sein Hunger gestillt war, sammelte er die übrigen Vorräte in der Decke. Das Gewehr würdigte er keines Blickes; ihm war klar, dass die Europäer um den Palmer herum Jagd auf ihn machen würden, wenn sie merkten, dass er eine Schusswaffe besaß. Ohne sie hingegen war er ein nicht weiter auffälliger einsamer Schwarzer, der durch das Land zog, das jetzt sie beanspruchten, und die wenigsten würden ihn als Bedrohung empfinden.

Während er in die Dunkelheit davonzog, lachte er in sich hinein. Vielleicht würden Weiße den Leichnam finden. Vermutlich würden sie nicht merken, dass der Speer die unverwechselbaren Widerhaken trug, die ihn als Besitz Wallaries auswiesen, des Nerambura-Kriegers aus dem Süden. Nur schade, dass man den einheimischen Schwarzen die Schuld geben und niemand seine persönliche Fehde gegen die Europäer zu würdigen wissen würde.

Irgendwann im Laufe der Nacht brach Harry zusammen, während er ziellos unter den südlichen Gestirnen umherirrte. Auf der Erde liegend, stieß er jämmerliche Laute der Angst und Verzweiflung aus. Alles Entsetzen, das die Grenze im Norden bereithielt, umgab ihn in der Dunkelheit.

Er und Frank waren gute Kameraden gewesen und hatten die Stadt Melbourne verlassen, um ihr Glück auf den Goldfeldern des Nordens zu suchen. Da sie erst spät gekommen waren, war es ihnen nicht hold gewesen, und so hatten sie sich aufgemacht, weiter im Landesinneren das zu finden, was ihnen das Schicksal ihrer Ansicht nach schuldete. Doch sie waren keine geborenen Buschläufer. Die endlosen Weiten waren ihnen so fremd, wie es eine Stadt für Wallarie gewesen wäre. Die Siedlungsgrenze war voller Schrecken, und der größte von allen war die Einsamkeit. Das Wissen, allein zu sterben und nie gefunden zu werden, bedeutete für Harry die wahre Hölle.

22

Das Lokal French Charley's war in Cooktown als eleganter und kultivierter Ort der Unterhaltung bekannt – eine Oase in der Wüste wilder und zuchtloser Ablenkungen, denen man hier an der Siedlungsgrenze sonst frönte.

Man munkelte, Monsieur Charles Bouel habe aus dem einen oder anderen Grund in Cooktown Zuflucht vor »Madame Guillotine« gesucht. Denen, die es sich leisten konnten, sein Lokal aufzusuchen, war gleichgültig, was er früher getan haben mochte. Sie kamen wegen der ausgezeichneten Speisen und Weine, wegen der erstklassigen Unterhaltung und weil er die hübschesten Mädchen im ganzen Norden hatte. Es hieß, Monsieur Bouel habe ihnen beigebracht, mit französischem Akzent zu sprechen und den berüchtigten Cancan zu tanzen. French Charley's war das mit Abstand beste Restaurant im ganzen nördlichen Queensland. Weit gereiste Feinschmecker und Lebemänner bezeichneten es sogar als das mit Abstand beste in sämtlichen australischen Kolonien.

In diesen berühmten Vergnügungspalast, dessen importierte Einrichtung dem Besucher die Illusion vermittelte, sich in einem der besten Salons des europäischen Kontinents aufzuhalten, hatte Hugh Darlington Kate zum Abendessen eingeladen, als er von Rockhampton zu Besuch gekommen war.

Kate machte sorgfältig Toilette. Von der ungepflegten Gespannführerin in Moleskinhosen war nichts mehr zu sehen. Die schöne junge Frau trug die neueste Kleiderschöpfung aus England mit der dazugehörenden Turnüre.

Als sie wie eine Prinzessin hereingerauscht kam, wandten die bärtigen Goldsucher bei ihrem Anblick die Köpfe. Monsieur Bouel hatte es sich nicht nehmen lassen, sie am Eingang zu begrüßen und ins Lokal zu geleiten. Stets kümmerte er sich persönlich um die Bedürfnisse seiner Gäste, die durchweg begütert waren, denn nur sie konnten sich die Erzeugnisse seiner exquisiten Küche und die Weine aus seinem gepflegten Keller leisten.

Die junge Frau beeindruckte ihn, nicht nur wegen ihrer weithin gerühmten Schönheit, sondern auch durch ihren Ruf als Geschäftsfrau, die ihren Vorteil zu wahren wusste. Zwar hätte Kate es sich ohne weiteres leisten können, jeden Abend dort zu essen, doch suchte eine allein stehende Frau ein solches Lokal normalerweise nicht auf, es sei denn, sie war darauf bedacht, die wohlhabenderen unter den Goldsuchern um einen Teil ihres Vermögens zu erleichtern oder ganz allgemein zur Unterhaltung der Gäste beizutragen.

Kate durchquerte den Raum mit der natürlichen Anmut und Würde eines Menschen, der es gewohnt ist, die Aufmerksamkeit aller auf sich zu ziehen. Sie wusste sowohl, dass man sich nach ihr umsah, wie auch, dass ihre Schönheit ihr wütende Blicke von Monsieur Bouels aufwändig geschminkten Damen eintrug, die mit bärtigen Goldsuchern an den Tischen saßen. Nach einer Weile aber trösteten sich die Damen mit dem Bewusstsein, dass die berühmte Kate O'Keefe nicht als Konkurrentin um die Gunst ihrer jeweiligen Galane auftrat.

Hugh Darlington bedauerte aufrichtig, dass die schöne junge Frau aus seinem Leben verschwunden war. Er war Mitte dreißig und sah gut aus. Mit den gepflegten Händen und dem aristokratischen Auftreten eines Weltmannes unterschied er sich deutlich von den ungehobelten Goldsuchern um ihn herum. Er hielt sich nur für kurze Zeit in der Stadt auf, um beim Aushandeln von Pachtverträgen die Interessen eines großen Schürfkonzerns zu vertreten, der später im Gebiet um den Palmer herum in großem Stil unter Tage nach Gold suchen wollte.

Er erhob sich, als Kate an seinen Tisch geführt wurde. Zwar war ihre Liebesbeziehung vor fünf Jahren mit einem bösen Streit zu Ende gegangen, doch unterhielten sie eine geschäftliche Beziehung, seit Kate mit der Unterstützung seiner Kanzlei über den Kauf der Viehzuchtstation Balaclava verhandelt hatte, die unmittelbar neben Glen View lag. Nach dem Tod ihres Eigentümers Billy Bostock wollten dessen in England lebenden Verwandten den Besitz verkaufen, und Kate hatte ihnen ein großzügiges Angebot gemacht. Ihre Begegnung war kühl verlaufen. Nie würde sie Darlington den Vertrauensbruch verzeihen, hatte er doch in Wahrheit auf der Seite der reichen Familie Macintosh gestanden, weil er die Gelegenheit witterte, dabei zu Geld und Macht zu kommen. Er hatte Kates Entschlossenheit, ihr eigenes Finanzimperium zu errichten, gründlich unterschätzt. Nachdem sie sein wahres Gesicht erkannt hatte, traute sie ihm nicht mehr über den Weg. So kam es, dass er sich schon einige Wochen in Cooktown aufhielt, ohne dass sie mit ihm in Verbindung getreten wäre – bis zu diesem Augenblick.

»Du bist noch viel schöner als bei unserer ersten Begegnung«, sagte Hugh galant, während er Kate flüchtig die Hand küsste. Lächelnd dankte sie ihm für seine Galanterie. Monsieur Bouel rückte ihr den Stuhl zurecht. »Ich habe mir die Freiheit genommen, kurz vor deinem Eintreffen für uns beide zu bestellen«, sagte Hugh. »Hoffentlich hast du wenigstens mit Bezug auf Essen noch denselben Geschmack wie früher. Was deine Empfindungen für mich betrifft, ist das ja leider nicht der Fall.«

»Die Zeiten ändern sich, Hugh, und wir uns mit ihnen«, gab sie zurück und sah ihm dabei in die Augen.

»Wirklich schade für uns beide, dass sich diese Veränderung nicht rückgängig machen lässt«, gab er mit nachdenklichem Lächeln zurück. Zumindest erleichterte ihm ihre Haltung die Aufgabe, die er an diesem Abend zu erledigen hatte. »Ich wünschte wirklich, die Dinge hätten sich anders entwickelt«, sagte er achselzuckend. »Aber du hast dich entschieden, deinen eigenen Weg zu gehen.«

Es fiel Kate auf, dass er so gut aussah und so charmant war wie eh und je. Sie fürchtete sich ein wenig vor der Erinnerung an die Sehnsucht nach ihm, die sie einst empfunden hatte, sagte sich dann aber, dass das Ganze Jahre zurücklag und seither so manches geschehen war, das solche Erinnerungen getilgt hatte.

Diensteifrig stand ein tadellos gekleideter Kellner mit einer Flasche Champagner bereit, um die er eine Serviette gewickelt hatte. Auf ein Zeichen Hughs hin füllte er schwungvoll die Gläser. »Ich habe hiesigen Fisch mit Austernsauce und Gemüse der Jahreszeit bestellt«, sagte Hugh, als Kate an ihrem Glas nippte. »Anschließend gibt es frisches Obst und Mokka.«

»Das klingt sehr gut«, sagte sie freundlich. Sie war in der Tat beeindruckt. »Zumindest können wir diese Dinge gemeinsam genießen, bevor du auf den Grund meines Hierseins zu sprechen kommst.«

Unruhig rutschte der Anwalt auf seinem Stuhl hin und her. »Ja, vermutlich könnte das, was ich dir zu sagen habe, dir den Appetit verderben«, gab er zu. »Daher wäre es wohl besser, das Geschäftliche bis zum Kaffee aufzuschieben.«

Was auch immer er zu sagen haben mochte, es konnte sie nach Wochen unterwegs auf den schwierigen und gefährlichen Karrenwegen zum Palmer und zurück nicht schrecken, dachte Kate. »Von mir aus kannst du auch gleich sagen, worum es geht. Es wird mir den Appetit schon nicht verderben.«

Er hüstelte und holte tief Luft. »Kate, ich kann nicht umhin, dir zu raten: Mach dich mit dem Gedanken an einen Verkauf von Balaclava vertraut. Es ist der Familie Macintosh nicht recht, dass du Grundbesitz gleich neben dem ihren hast.«

»Ist das alles?«, fragte sie munter, als sei ihr ziemlich gleichgültig, was die Macintoshs von ihr hielten. Da zwischen ihr und ihnen Kriegszustand herrschte, freute es sie zu hören, dass man sie als Besitzerin von Balaclava nicht gern sah.

»Bedauerlicherweise nein. Im Übrigen muss ich darauf bestehen, dass du mir den Betrag zurückzahlst, den ich dir im Jahr '68 als Starthilfe geliehen habe. Samt Zinsen«, fügte er zögernd hinzu. Es war ihm unangenehm, von ihr Geld zu verlangen, das gar nicht ihm gehörte. Aber er hatte höhere Ziele, sein Ehrgeiz ging über die Rolle eines Provinzanwalts hinaus. Er wollte für das Parlament der Kolonie kandidieren und brauchte für die Finanzierung seines Wahlkampfes jeden Cent. Das Geld, das er Kate angeblich geliehen hatte, gehörte in Wahrheit Luke Tracy. Jener hatte es ihm seinerzeit in Rockhampton als Kates Rechtsvertreter zu treuen Händen übergeben. Er sollte es an sie unter der Bedingung weitergeben, dass sie nie erführe, von wem es kam. Lukes ausgeprägter männlicher Stolz stand dem im Wege, denn er nahm an, sie könne seine großzügige Handlungsweise als einen Versuch auffassen, ihre Liebe zu kaufen. Diesen Umstand hatte der gewissenlose Anwalt für sich ausgenutzt und so getan, als komme das Geld von ihm. Damit hatte er bei ihr den Eindruck erweckt, als liege ihm wahrhaft an ihr, und diese Lüge hatte dazu beigetragen, ihre Empfindungen für ihn zu festigen.

Kate spürte, wie ihr die Zornesader schwoll. »Damals hast du gesagt, du wolltest es mir als zinsloses Darlehen überlassen«, sagte sie mit beherrschter Stimme. »Ich habe irgendwie den Eindruck, als hättest du mich mit dem Geld nur in dein Bett locken wollen. Weißt du, was ich darüber denke?« Vor Zorn sprach sie immer lauter. »Du hast mich nicht anders behandelt als eine von den Frauen hier um uns herum«, sagte sie wütend und sah zu einem der Tische hin, an dem eine hübsche junge Rothaarige einem Goldsucher im tiefen Ausschnitt ihres Kleides ihre milchweißen Brüste präsentierte.

»So ist es nicht, Kate«, versuchte er, sie zu beschwichtigen. Es war ihm peinlich, dass sich einige Gäste aufmerksam zu ihrem Tisch umdrehten. »Dir muss doch klar sein, dass die Dinge damals anders lagen.«

»Und wenn ich mich weigere, Zinsen zu zahlen?«, fragte sie Hugh, der nervös mit seinem Champagnerglas spielte. »Natürlich war mir bewusst, dass ich das Kapital irgendwann würde zurückzahlen müssen, aber von Zinsen war nie die Rede. Da in deinem Brief lediglich stand, du wolltest mit mir über einen bestimmten Geldbetrag sprechen, nahm ich an, es gehe um ein fälliges Honorar, das ich noch nicht bezahlt habe.«

»Dir bleibt nicht viel anderes übrig«, gab Hugh in drohendem Ton zurück. »Wenn du dich weigerst, werde ich klagen.

Und gegen mich kannst du nicht gewinnen, ich bin Anwalt und kenne die Gesetze.«

»Du Mistkerl«, fauchte sie ihn an, was einen Goldsucher am Nachbartisch zu einem befriedigten Grinsen veranlasste. Er kannte Kate O'Keefe aus ihrer Zeit am Palmer und hatte eine hohe Meinung von der Frau, die ein Ochsengespann über die gefährliche Strecke zu den Goldfeldern zu führen vermochte. Fast tat ihm der Mann Leid, den sie da verfluchte.

Hugh sah sich unbehaglich um und bedauerte jetzt, sich für dieses Lokal entschieden zu haben. Alles verschwor sich gegen ihn! »Kate, mach mir jetzt bitte keine Szene«, bat er. »Hier geht es um geschäftliche Angelegenheiten, und mir ist bekannt, dass du einen Sinn für Geschäfte hast. Die Zinsen werden dein Unternehmen ja wohl kaum in den Ruin treiben. Immerhin kenne ich deine finanzielle Lage.«

Wütend blitzte sie den Mann an, der ihr einst als so begehrenswert erschienen war. Sie fragte sich, was sie je an diesem Widerling gefunden hatte. »In dem Fall weißt du auch, dass mein gesamtes Geld in der Firma Eureka steckt«, gab sie ruhig zur Antwort. »Ich bin im Augenblick wirklich nicht liquide.«

»Damit habe ich nichts zu tun«, sagte Hugh abweisend. »Ich kann dir zwei Wochen Zahlungsfrist einräumen, um das Kapital und die Zinsen aufzutreiben. Solltest du dann nicht zahlen, sehe ich mich gezwungen, dich zu verklagen.«

Bevor Kate etwas sagen konnte, kehrte der Kellner zurück und fragte, ob er die Speisen auftragen könne. »Ich bitte darum«, sagte Hugh, in der Hoffnung, ein voller Magen werde Kate zur Vernunft bringen. Als sich der Kellner zurückzog, legte sich kaltes Schweigen zwischen sie.

Schon bald kehrte er mit einem silbernen Tablett zurück, auf dem ein großer roter Kaiserfisch in einer dunklen Austernsauce lag. Um ihn herum dampften winzige gekochte Kartoffeln und mit Ingwer zubereitetes frisches Gemüse. Doch nicht einmal der köstliche Duft, der von dem Tablett aufstieg, vermochte Kates Appetit anzuregen.

»Du bekommst dein Geld«, sagte sie ohne den geringsten

Versuch, ihren Ärger zu verbergen. »Hast du mir weiter nichts zu sagen?«, erkundigte sie sich.

»Doch ...«, sagte Hugh, während er sich ein Stück von dem saftigen weißen Fleisch des Fisches nahm. »Ich habe einen Rat für dich, und ich hoffe sehr, dass du meine guten Absichten erkennst, die dahinter stehen, und ihn annimmst.«

»Sag mir, worum es geht, und ich werde sehen«, gab sie zur Antwort und sah zu, wie er seine Fischportion auf den Teller legte. Er schien einen erstaunlichen Appetit zu haben.

»Sofern du Wert darauf legst, in Queensland bei deinesgleichen etwas zu gelten, solltest du dich von deinen Teilhabern, den Cohens, trennen. Bestimmten mächtigen Menschen in der Kolonie gefällt es nicht, dass du in so enger Beziehung zu den Juden stehst. Ich sage dir das als dein Freund.«

Kate war empört. Wie konnte er Solomon und Judith so herabsetzen! Sie war ihnen nicht nur geschäftlich verbunden, zwischen ihnen bestand auch eine enge Freundschaft. Mehr noch, diese beiden Menschen standen ihr so nahe wie ihre eigenen Angehörigen in Sydney.

»Ich werde Ihnen etwas sagen, Mister Darlington«, sagte sie wutentbrannt und so laut, dass man ihre Stimme auch an weiter entfernten Tischen noch hören konnte. Das halb volle Champagnerglas in der Hand erhob sie sich und fuhr fort: »Der Liebe und der Fürsorge dieser Juden, wie Sie sie nennen, verdanke ich mein Leben seit dem Tag, an dem ich nach Queensland gekommen bin. Ohne die Cohens wäre ich wohl schon lange tot. In mancherlei Hinsicht verdanke ich auch meinen beträchtlichen finanziellen Erfolg ihrem guten Rat bei der Führung der Firma Eureka.« Nach einer kaum merklichen Pause stieß sie eine kräftige Beschimpfung hervor, die sie einst von Luke gehört hatte. »Sie sind nichts weiter als ein verdammter Floh auf dem Rücken eines Hundes, widerlicher Mistkerl.«

Der Anwalt reagierte zu langsam, und so konnte er nicht verhindern, dass Kate das teure Kristallglas auf dem Tisch zerschmetterte, wobei ihn der Champagner bespritzte. Ein Hochruf ertönte aus den Kehlen der Goldsucher, die aufmerksam verfolgt hatten, wie die schöne junge Frau immer wütender wurde. »Gut gemacht, Mädchen«, riefen sie ihr zu. Für Männer vom Schlage Hugh Darlingtons hatten sie nicht viel übrig, denn in ihm sahen sie einen der hochnäsigen »Stadtfräcke«, die im Unterschied zu ihnen ein angenehmes und behagliches Leben führten.

Peinlichst berührt senkte Hugh den Kopf. Kate hatte ihn in aller Öffentlichkeit gedemütigt, das würde er ihr nie vergessen. Bestimmt nicht.

Kate rauschte aus dem Restaurant, vorüber an dessen Besitzer, der ihr galant versicherte, Monsieur Darlington werde in seinem Hause künftig als Gast nicht mehr willkommen sein. Die legendäre Kate O'Keefe zu verärgern, war unverzeihlich. Sie wusste die ritterliche Geste des Franzosen zu würdigen. Zumindest im Norden Queenslands galt sie mehr als der Anwalt. Der Norden der Kolonie war ihre Heimat!

Die Abendluft strich kühl über Kates vor Zorn gerötetes Gesicht, während sie die Straße entlangeilte, auf der es von Menschen wimmelte. Vom Alkohol und ihrem neu erworbenen Reichtum trunkene Männer riefen der schönen jungen Frau zu, sie solle ihr Geld und ihr Bett mit ihnen teilen. Zumindest machen sie keinen Hehl aus ihren Absichten, dachte sie bitter, während sie über die Charlotte Street ihrem Laden entgegenstrebte.

Ihr ging durch den Kopf, dass sie weit eher in diesen Ort an der Grenze gehörte als in die Gesellschaft kultivierter Menschen. Unwillkürlich musste sie an die beiden Männer denken, die ihr Bett geteilt hatten. Beide hatten sich als Taugenichtse erwiesen. Der erste war Kevin gewesen, der Mann, der ihr am Altar lebenslange Treue gelobt und dieses Versprechen nach nicht einmal sechs Monaten Ehe gebrochen hatte. Als Nächster war Hugh Darlington gekommen und hatte sie mit seinem guten Aussehen und seinen geschliffenen Manieren für sich eingenommen. Und eben dieser Hugh drohte ihr jetzt, er werde gerichtlich gegen sie vorgehen.

Sie war eine starke und unabhängige Frau und kochte vor Wut beim bloßen Gedanken an diese beiden. Männer waren völlig nutzlose Geschöpfe! Als sie dann aber an die männlichen Angehörigen ihrer Familie – und an Luke Tracy – dachte, wurde sie in ihrem Urteil schwankend. Unwillkürlich verlangsamte sie den Schritt, während sie überlegte, was er ihr bedeutete. Nie hatte er etwas von ihr genommen, sondern stets nur gegeben, ohne je eine Gegenleistung zu verlangen – und er war immer da gewesen, wenn sie ihn am meisten gebraucht hatte. Aber er war ein unruhiger Geist, der unbeständig wie die Tropenwinde umherzog, mal hierhin, mal dorthin. Ob sich ein solcher Mann je darauf verstehen würde, sesshaft zu werden, an einem Ort zu bleiben?

Er besaß einen unglaublich verbohrten männlichen Stolz. Einen Tag, nachdem sie ihm den Vorschlag gemacht hatte, eine Erkundungs-Expedition zum Ironstone-Berg zu finanzieren, war er zu ihr gekommen und hatte erklärt, er könne diesen Vorschlag nicht annehmen. Zwar hatte sie seine Bedenken beiseite gewischt, doch er hatte erklärt, es sei ein schwerer Fehler gewesen, ihr wahrhaft großzügiges Angebot anzunehmen. Ohnehin besitze er das nötige Geld selbst, es gehe lediglich darum, es zurückzubekommen. Wo sich dies Geld aber befand, war für Kate ein Geheimnis geblieben.

Sie blieb stehen und seufzte. Ihr ging auf, dass es ihr nie gelingen würde, aus dem alten Herumstreuner ein Schoßhündchen zu machen. Herumstreuner! Sie lächelte in sich hinein. Ja, er war wie ein Hund, der sich lange draußen herumgetrieben hatte – treu, von Wunden bedeckt, bereit, sie zu lieben und zu beschützen. Doch wie ein solcher Hund neigte er nun einmal dazu, ruhelos umherzuziehen. Auch wenn er die Erklärung, er beabsichtige sesshaft zu werden und wirklich und wahrhaftig mit dem Zigeunerleben aufzuhören, ehrlich gemeint hatte, würde er sich nach einer Weile nicht doch wie Henry James nach den im Sattel verbrachten Jahren sehnen, in denen er über die langen, einsamen Pfade an der Siedlungsgrenze geritten war?

Während Henry die Waren im Laden kontrollierte, fiel sein Blick auf Kate, die allein im Dunkeln saß. Er hob die Laterne und sah, dass sie sich eine Träne abwischte. »Geht es dir nicht gut?«, fragte er besorgt.

»Vielen Dank, Henry«, gab sie schniefend zurück. »Ich wollte gerade gehen.«

»War es ein schlechter Abend?«, erkundigte sich Henry und setzte sich neben sie auf ein Nagelfässchen.

»Eher schon ein schlechtes Leben«, gab sie mit kurzem bitterem Lachen zur Antwort.

»Finde ich nicht«, sagte er im Versuch, sie aufzumuntern. »Überleg doch nur, was du in lediglich sechs Jahren erreicht hast. Du besitzt eines der blühendsten Unternehmen in ganz Queensland und so viel Geld, dass du nie wieder arbeiten müsstest. Außerdem hast du hier eine ganze Menge Freunde.«

»Sicher. Aber es gibt Dinge, die man mit Geld nicht kaufen kann«, erwiderte Kate betrübt und legte ihm eine Hand auf den Arm. »Das habe ich inzwischen begriffen. Weißt du, Henry, ich habe Emma stets um das beneidet, was ihr beide aneinander habt.«

»Viel ist das aber nicht«, sagte er achselzuckend. »Die verdammte Pension reicht hinten und vorn nicht. Deshalb sind wir auch dankbar für den Gefallen, den du uns damit getan hast, uns hier zu beschäftigen.«

»Das habe ich nicht aus Barmherzigkeit getan«, gab Kate rasch zurück. »Ihr beide arbeitet sehr schwer, und ich weiß nicht, was ich ohne eure Hilfe getan hätte. Du und Emma, ihr wart einfach großartig.« Sie wusste seine Anteilnahme zu schätzen. Ihr fiel ein, wie sie mit Emma darüber gesprochen hatte, dass Henry unruhig war und ihn seine Tätigkeit im Laden nicht ausfüllte. Auch in ihrer Gegenwart schien er sich jetzt unbehaglich zu fühlen. »Emma hat mir gesagt, du hast dich um eine Anstellung bei dem Amerikaner beworben, über den ich in der Stadt so viel gehört habe. Ich habe Verständnis dafür und werde dir keine Steine in den Weg legen.«

»Ich weiß noch gar nicht, ob ich dafür überhaupt in Frage komme«, murmelte Henry. Er hatte Kate gegenüber ein schlechtes Gewissen. »O'Flynn hat mir gesagt, er muss erst noch eine Bestätigung von oben abwarten.«

»Offen gestanden wäre es mir lieb, wenn er die nicht bekäme«, sagte Kate freundlich. »Nach allem, was ich über diesen O'Flynn gehört habe, macht er mir keinen besonders seriösen Eindruck. In Cooktown heißt es, er suche Männer für eine ausgesprochen gefährliche Unternehmung, deren Ziel niemand kennt. Wenn dir etwas zustieße, wäre das für Emma und Gordon eine Katastrophe. Nein, Henry. All das hast du mit deinem Ausscheiden aus der berittenen Eingeborenenpolizei ein für alle Mal aufgegeben.«

»Weißt du, Kate«, sagte er mit breitem Lächeln, »ich hatte den Eindruck, dass O'Flynn seine Sache versteht. Übrigens erinnert er mich in mancher Hinsicht an dich. Ich glaube, wenn du als Mann auf die Welt gekommen wärst, würdest du ihm in vielem ähneln.«

»Ich kann mir nicht vorstellen, dass wir viel gemeinsam haben«, gab sie mit heftigem Kopfschütteln zur Antwort. »Ich halte ihn für einen von denen, für die der Zweck die Mittel heiligt – Hauptsache, er erreicht sein Ziel.« Beide lachten.

Wenn Kate das für angebracht hielt und ihren Kopf durchsetzen wollte, konnte auch sie durchaus zu ungewöhnlichen Mitteln greifen, überlegte Henry. »Komm doch mit zu uns nach Hause und unterhalte dich eine Weile mit Emma«, regte er an, während er sich steif von dem Nagelfässchen erhob und sein Bein mit der alten Kriegsverletzung vorsichtig streckte.

Unterwegs berichtete ihm Kate von der Begegnung mit Hugh Darlington und davon, dass der Anwalt auf Biegen und Brechen das Darlehen zurückhaben wollte und obendrein auch noch Zinsen dafür verlangte. Henry lachte, als sie ihm erzählte, auf welche Weise sie ihn zum Gespött der Goldsucher gemacht hatte.

Auch Luke Tracy befand sich zu Besuch im Hause des Ehepaars James, als Henry und Kate eintrafen. Kate begrüßte ihn recht kühl und ging sogleich zu Emma. Achselzuckend gingen die beiden Männer vor die Tür und setzten sich auf einen Holzstoß.

»Soweit ich weiß, geht es Kate heute Abend nicht besonders gut«, sagte Henry.

Luke nickte. »Verdammte Weiber«, knurrte er. »Ich hab keine Ahnung, was ich wieder mal verbockt hab. In einem Augenblick sieht sie aus, als wenn sie sich freute, mich zu sehen, und dann …«

Henry knurrte sein Mitgefühl hervor und brachte eine Flasche dunklen Rum zum Vorschein, aus der er Luke reichlich eingoss. Während sie aus den verbeulten Blechbechern tranken, berichtete Henry, was er über Kates Zusammentreffen mit dem Anwalt aus Rockhampton erfahren hatte.

»So, so, der verdammte Betrüger sagt, er will sein Geld zurück«, knurrte Luke wütend. »Dabei gehört ihm das nicht mal.« Er wühlte in seiner Hosentasche und gab Henry einen abgegriffenen Zettel. »Das ist eine von Darlington unterschriebene Quittung über einen hohen Betrag«, erklärte er. »Wie ich gerade von Ihnen höre, hat der Halunke Kate nur die Hälfte von dem gegeben, was er ihr geben sollte. Den Rest hat er offenbar unterschlagen.«

Henry gab ihm die Quittung zurück. »Sind Sie deshalb im Jahr '68 nach Amerika zurückgegangen?«

»Um ein Haar wäre ich als Erster am Palmer gewesen«, gab Luke bedrückt zur Antwort. »Ohne den verdammten Schweinehund hätte ich es 1868 geschafft, vor Hahn und Mulligan. Dann würde man jetzt mich als den Mann kennen, der die Goldfelder da entdeckt hat. Aber der gottverdammte Schurke Darlington hat mich damals in Rockhampton an die Greifer verpfiffen, weil ich Gold schwarz eingetauscht habe. Von Solomon Cohen habe ich den Tipp gekriegt, dass die hinter mir her waren. Ich musste bei Nacht und Nebel aus Queensland verschwinden und Kate verlassen …« Er verstummte. Wie konnte er einem anderen Mann mitteilen, was er für Kate empfand? »Und jetzt sitz ich hier, bin abgebrannt und brauch dringend Geld, um im Süden nach Gold zu suchen.«

»Kate wollte Sie doch finanzieren«, sagte Henry. »Warum ist nichts daraus geworden?«

Luke senkte den Kopf und sah zu Boden. »Ich kann von einer Frau kein Geld annehmen«, murmelte er bedrückt. »Schon gar nicht von Kate.«

»In dem Fall wüsste ich jemanden, der eine gut bezahlte Arbeit für Sie hat«, sagte Henry ruhig. »Ich glaube, es ist genau das, was Sie brauchen.«

Interessiert hob Luke den Blick. »Ist die Sache auch einwandfrei?« Mit breitem Lächeln fragte Henry zurück: »War die Art, wie Sie damals das Gold verkauft haben, einwandfrei?«

»Eigentlich nicht.«

»Wie es aussieht, geht es um eine Erkundungs-Expedition irgendwo im Norden. Der Mann sagt, dass er dafür ausschließlich Buschläufer brauchen kann, die Erfahrung im Militär oder bei der Polizei haben.«

»Hab ich nicht«, gab Luke kurz angebunden zurück.

»Die Narbe da haben Sie sich ja wohl beim Kampf in Eureka geholt, oder etwa nicht?« erinnerte ihn Henry. »Waren Sie nicht damals bei der Revolverschützen-Brigade der California Rangers? Das waren zwar Freischärler, aber trotzdem eine militärische Einheit.«

Luke sah ausdruckslos in die Nacht. »Ja«, gab er mit sehnsüchtig klingender Stimme zurück. »Vielleicht hat der Bursche, der die Leute sucht, was für Veteranen von Eureka übrig, ganz gleich, auf welcher Seite sie gekämpft haben.«

»Das denke ich schon«, sagte Henry und nahm den letzten Schluck aus der Flasche. »Er ist ein Yankee wie Sie. Ganz sonderbar, wie er mich an Kate erinnert. Er heißt Michael O'Flynn. Ich nehme Sie morgen mit zu seinem Gasthof.«

»Falls ich die Stelle kriege«, sagte Luke, den Blick nach wie vor auf den Sternenhimmel gerichtet, »muss ich unbedingt noch was erledigen, bevor es losgeht. Ich brauche dabei Ihre Hilfe. Es hat mit dem verdammten Schweinehund Darlington zu tun.«

Henry hörte zu, wie ihm Luke erläuterte, was er mit dem Anwalt aus Rockhampton vorhatte. Als er geendet hatte, sagte Henry lediglich: »Falls die Sache schief geht, enden Sie entweder durch eine Kugel aus dem Hinterhalt oder am Galgen. Viel andere Möglichkeiten sehe ich da nicht.«

»Werden Sie mir helfen?«, knurrte Luke.

Achselzuckend erhob sich Henry. »Wenn Sie wirklich tun wollen, was Sie mir da gesagt haben, lieben Sie entweder Kate weit mehr als jeder andere auf der Welt, oder Sie sind total verrückt. Auf jeden Fall mache ich mit.« Mehr Worte brauchte es unter guten Freunden nicht.

23

Menschen, denen die chinesischen Goldsucher und Kaufleute ein Dorn im Auge waren, klagten, Cooktown verkomme zum Kanton Australiens. Die Chinesen hatten kaum etwas anderes zu verlieren als ihr Leben und kamen zu Tausenden auf Robert Towns Schiffen aus Hongkong nach *Xin Jin Shan* – Neuer Goldberg –, wie sie Queensland nannten.

Sie blieben unter sich, schufteten schwer und suchten an Stellen nach Gold, die von Europäern längst aufgegeben worden waren, weil sie ihnen nicht einträglich genug erschienen. Aus diesem angeblich unergiebigen Boden holten sie Gold – Grund genug, die Feindseligkeit der Weißen zu schüren, die sich durch ihren Erfolg betrogen fühlten.

Im Chinesenviertel von Cooktown war ihre Anwesenheit unübersehbar. Aus den Lokalen drang das Aroma exotischer fernöstlicher Gewürze und fremdartiger Speisen. Opiumhöhlen und Bordelle verströmten den beißenden Geruch des Rauschgifts, der sich mit dem Duft der Räucherstäbchen aus den chinesischen Tempeln vermengte. An den Orten, an denen sie chinesischen und europäischen Goldsuchern ihre Körper feilboten, fächelten wie Puppen aussehende junge Frauen mit qualvoll eingebundenen winzigen Füßen gegen die tropische Hitze an. Das Chinesenviertel war eine Welt für sich, in der die asiatischen Geheimbünde regierten.

Voll Überraschung sah Michael Duffy, wie jung sein Führer John Wong war. Anfangs hatte er ihn für einen Goldsucher gehalten – ein kräftiger Mann mit goldfarbener Haut und kohlschwarzen Augen. Doch als er eine der winzigen jungen Frauen vor einem der Bordelle auf chinesisch ansprach, ging ihm auf, dass er Eurasier sein musste. Die Frau lachte schüchtern hinter ihrem Fächer, und John lächelte breit.

Michael folgte ihm zu einem verfallenen Wellblechschuppen. Der Geruch schwitzender Leiber sowie von Opium und getrocknetem Fisch schlug den Eintretenden entgegen. Befremdlich, aber nicht wirklich unangenehm.

Dicht gedrängt hockten Chinesen um eine mit Schriftzeichen bedeckte Metalltafel. Wegen der erdrückenden Hitze trugen sie kaum mehr als eine Art Lendenschurz.

»Ach, Fan Tan«, sagte Michael. Er hatte das Spiel auf der Seereise nach Brisbane bei Chinesen gesehen.

»Spielen Sie auch Fan Tan, Mister O'Flynn?«, fragte John.

»Nein«, gab Michael zur Antwort, während die schwitzenden Spieler um die Platte herum miteinander redeten. »Sieht interessant aus, aber ich kann es nicht.«

»Es ist ziemlich einfach«, erläuterte John. »Die Zeichen an den Seiten der Tafel stehen für die Zahlen eins bis vier. Der Spieler sagt, auf welche Seite er sein Geld setzen will, und der Bankhalter, wie man ihn nennen könnte, hat ein paar Dutzend Messingmünzen, die als Spielmarken dienen. Sehen Sie, jetzt wirft er sie in einem Haufen auf den Boden.«

Michael sah mit dem Interesse eines Berufsspielers zu. Der Bankhalter stülpte einen Becher über einige der chinesischen Münzen, die er auf den Boden geworfen hatte, und schob mit entschlossener Handbewegung die übrigen beiseite. Dann hob er den Becher und ordnete die Münzen rasch in Vierergruppen an. Als er mit Zählen fertig war, lächelte einer der chinesischen Spieler an der Metalltafel triumphierend, und die Männer hinter ihm klopften ihm auf den Rücken.

»Was hat das zu bedeuten?«, fragte Michael. Er verstand nicht, was vor sich gegangen war.

»Ziemlich einfach«, sagte John mit breitem Lächeln. »Wenn der letzte Stapel durchgezählt ist, entspricht die Anzahl der übrig gebliebenen Münzen einer Seite der Tafel. Der Gewinner bekommt das Dreifache seines Einsatzes. Man könnte sagen, für jeden Spieler steht die Aussicht zu gewinnen, eins zu vier. Eigentlich doch gar nicht schlecht.«

»Spielen Sie selbst auch Fan Tan?«, wollte Michael wissen.

»Ich spiele lieber Poker«, sagte John lachend. »Wissen Sie, mit meiner undurchdringlichen asiatischen Miene habe ich beim Spiel gegen euch Europäer einen Vorteil. Wie ich gehört habe, spielen Sie selbst ziemlich gut Poker, Mister O'Flynn. Zumindest hat Mister Horace Brown das gesagt. Wir sollten uns mal zu ein paar freundschaftlichen Runden zusammensetzen.«

»Haben Sie bei Brown Pokerspielen gelernt?«, fragte Michael. John schüttelte den Kopf. »Wirklich schade«, seufzte Michael. »Ich habe irgendwie das Gefühl, dass ich gegen Sie nicht ankommen würde.«

John lächelte über das Kompliment. Der Ire flößte ihm Vertrauen ein. John besaß die Fähigkeit, Menschen einzuschätzen. Das hatte ihn eine Welt gelehrt, die ihm wegen seiner Herkunft aus zwei verschiedenen Kulturen zum Außenseiter gemacht hatte. Im Umgang mit Asiaten wie mit Weißen hatte er stets Vorsicht walten lassen. Instinktiv merkte er, wer ihn gelten ließ und wer nicht. Dieser Mann schien ihn gelten zu lassen.

Er ging Michael durch eine Tür voran, die so niedrig war, dass beide den Kopf einziehen mussten. Der Raum, den sie betraten, hätte sich ohne weiteres irgendwo im Fernen Osten befinden können; der Geruch nach Sandelholz, Weihrauch und Opium erfüllte die Luft. Vor einem Buddhaschrein brannten Räucherstäbchen. Ein Chinese unbestimmbaren Alters – Michaels Ansicht nach hätte er ebenso gut dreißig wie sechzig Jahre alt sein können – ruhte auf einem Kissenlager. Der Blick seiner stechenden Augen ließ Michael vermuten, dass er gefährlich sein konnte. Neben ihm sah er Horace, der leise etwas in dessen eigener Sprache zu dem Chinesen sagte, während dieser Michael aufmerksam musterte. Er wurde Michael als Su Yin vorgestellt. Dieser wohlhabende Kaufmann vertrat in Cooktown einen mächtigen Geheimbund mit Sitz in Hongkong.

»Ah, Michael«, sagte Horace mit leicht undeutlicher Stimme. Er hatte wohl Opium geraucht, denn in seinen Augen lag der abwesende Blick eines Menschen, der im wachen Zustand viele schöne Träume erlebt hat. »Offenbar ist es Mister Wong gelungen, Sie ohne Schwierigkeiten herzubringen.«

»Wie Sie sehen«, gab Michael zur Antwort und sah sich misstrauisch in dem dunklen Raum um. »Ein ungewöhnlicher Treffpunkt, aber ich sehe, dass Sie hier zu Hause sind.«

»Mister Su und ich haben gemeinsame Interessen, und wie Sie sehen, schätzen wir auch denselben Zeitvertreib«, gab Horace zurück und setzt sich schwerfällig auf. »Im Übrigen halte ich es für ziemlich widersprüchlich, dass wir Engländer den Chinesen erst das Opium aufzwingen und sie dann verdammen, weil sie es gebrauchen. Ich selbst ziehe es dem Wacholderschnaps vor. Das hat aber mit dem Grund unseres Zusammentreffens nichts zu tun. Machen Sie es sich bequem. Wir haben viel zu besprechen.«

Michael setzte sich auf den Boden, was ihm unbehaglich war, weil er dabei mit den Knien an sein Kinn stieß. John setzte sich neben ihn, die Beine so untergeschlagen, wie Michael das bei Buddhafiguren gesehen hatte. Diese Art zu sitzen schien auch Brown leicht zu fallen, und Michael fragte sich, wie er diese unbequeme Haltung so lange einnehmen konnte.

»Mister Su spricht nicht Englisch«, erklärte Horace. »Er hat uns aber freundlicherweise gestattet, uns von Zeit zu Zeit hier zu treffen, so dass Dritte davon kaum erfahren dürften. Jeder, der Sie in diesen Teil der Stadt gehen sieht, wird annehmen, dass Sie auf dem Weg zu einer der, äh, asiatischen Einrichtungen sind, die fleischliche Genüsse versprechen. Goldsucher tun das häufig.«

Michael musste ihm Recht geben: Der Treffpunkt war gut gewählt. Er eignete sich weit besser als eine der Lokalitäten der Europäer, wo man sie unter Umständen neugierig beäugen würde. Mit den Worten »Danke, John«, entließ Horace den jungen Mann. »Mister O'Flynn und ich werden allein mit Ihrem Vorgesetzten sprechen.«

John nickte und erhob sich. Su sog weiter an seiner Opiumpfeife und glitt in die Träume, die ihm die Droge vorgaukelte, während er zusah, wie die beiden Europäer miteinander sprachen. Er wusste, dass ihm Brown anschließend alles Wichtige mitteilen würde. Außerdem war ihm klar, dass sich John Wong nicht weit entfernen, sondern das Gespräch belauschen würde. Der Mann an der Spitze des Geheimbundes hielt nicht viel von Vertrauen, wohl aber schätzte er Browns Freundschaft. Ein interessanter Mann, der ihm bei den Spitzen der britischen Verwaltung in Hongkong so manche Tür geöffnet hatte. Zwar hatte das seinen Preis, doch verlangte Brown überraschend wenig und gab sich mit Informationen zufrieden. Vermutlich war der Mann ein Spion. Das aber war Su gleichgültig. Für ihn zählten die finanziellen Vorteile, die seine Beziehung zu Brown seinen geschäftlichen Unternehmungen in Hongkong und Queensland eröffnete.

»Ihr chinesischer Freund Mister Su kommt mir vor wie eine Klapperschlange«, sagte Michael ruhig.

»Nun«, gab Horace zurück. »Es empfiehlt sich jedenfalls nicht, ihm in die Quere zu kommen. In Indien leben Männer, die im Stande sind, eine Kobra mit Musik zu beschwören. Ich habe das auf Märkten selbst mit angesehen. Vermutlich könnte man Mister Su mit einer Kobra vergleichen, die ich beschwören kann. Er ist dennoch durchaus in der Lage, mich zu beißen, wenn die Musik aufhört.« Michael verstand die Parallele. Horace lebte in einer Welt, deren empfindliches Gleichgewicht mehr auf Belohnung als auf Vaterlandsliebe beruhte. »Vermutlich hat er John den Auftrag gegeben, unser Gespräch zu belauschen«, fuhr er fort. »Das ist aber unerheblich, denn wir werden über Dinge reden, für die sich Su kaum interessieren dürfte.«

Inzwischen hatte Michael sechs Männer der von Straub gewünschten Art angeworben. Es war ihm nicht schwer gefallen, sie unter den erfolglosen Goldsuchern zu finden, die darauf brannten, die Stadt möglichst mit dem nächsten Schiff hinter sich zu lassen. Die Kunde von dem einäugigen Yankee, der Männer für eine Erkundungs-Expedition suchte, hatte in der Zeltstadt außerhalb Cooktowns und in den vielen Schänken rasch die Runde gemacht. Da die Bezahlung mehr als großzügig war, strömten die Bewerber förmlich in Michaels Gasthof.

Michael gab Horace ein Blatt Papier mit den Namen der sechs von ihm Angeworbenen. Neben jedem Namen hatte er die einschlägigen Erfahrungen seines Trägers aufgelistet. Horace entfaltete das Blatt und ließ den Blick über die Namen gleiten. Nur einer davon sagte ihm etwas. »Wie gut kennen Sie den zweiten Mann auf Ihrer Liste?«, fragte er, wobei er Michael das Blatt hinhielt und auf den Namen wies.

»Ein kräftiger Bursche. Er sagt, er habe auf der Krim gekämpft und sei danach im Rang eines Sergeant bei der berittenen Eingeborenenpolizei gewesen«, gab Michael zurückhaltend Auskunft. »Er ist zu mir gekommen, weil er gehört hat, dass ich Leute einstelle. Er hinkt, sagt aber, dass ihn das nicht weiter behindert.«

»Mit Henry James werden Sie Schwierigkeiten haben«, sagte Horace gelassen. »Ich könnte mir denken, dass Sie dies und jenes nicht wissen, und deswegen will ich es Ihnen sagen. Falls wahr ist, was man mir gesagt hat, hätte Mister James nicht lange zu leben, falls er je einen Fuß an Bord der *Osprey* setzte.«

»Was zum Teufel ist die *Osprey*?«, fragte Michael, verärgert, weil Brown und Straub ihn in Unwissenheit gehalten hatten.

»Ein Sklavenhändlerschiff, dessen Kapitän Morrison Mort heißt. Sagt Ihnen der Name etwas?«, fragte Horace im vollen Bewusstsein, dass es sich so verhielt.

Michael erbleichte. »War der auch mal bei der berittenen Eingeborenenpolizei?« In seinen Augen lag mit einem Mal ein sonderbar Furcht einflößender Ausdruck, der Horace Unbehagen bereitete.

»Genau der«, sagte er mit bedeutungsschwerer Stimme. Innerlich frohlockte er über die Reaktion, die er mit der Erwähnung des Namens hervorgerufen hatte. Ja, dachte er, jetzt wird der Ire auf jeden Fall mit mir an einem Strang ziehen.

»Dieser feige Mörder!«, stieß Michael wütend hervor. Seine unauffälligen Erkundigungen in Brisbane hatten bestätigt, dass dieser Mort seinen Vater auf dem Gewissen hatte. Auch wenn eine Kugel aus dem Karabiner eines Eingeborenenpolizisten seinen Bruder Tom getötet hatte, war es ohne weiteres möglich, dass Mort auch dabei sozusagen den Finger am Abzug gehabt hatte.

»Ich hatte mir schon gedacht, dass Sie gern mit Kapitän Mort abrechnen möchten«, sagte Horace. »Immerhin hat er eine Menge Leid über Ihre Familie gebracht. Ich glaube nicht, dass Ihnen ein Gericht zu dieser Art von Gerechtigkeit verhelfen würde.«

»Natürlich nicht«, knurrte Michael. »Das muss ich schon selbst in die Hand nehmen.«

»Gut!«, gab Horace geradezu fröhlich zurück. »Dann dürfte es Sie interessieren, was ich vorhabe, falls die *Osprey* mit dem Baron nach Neuguinea segelt, was ich sehr stark vermute.«

»Was meinten Sie, als sie sagten, es würde das Ende von Henry James bedeuten, wenn er einen Fuß an Bord der *Osprey* setzte?«, erkundigte sich Michael.

»Na ja. Das ist eine lange Geschichte. Kurz gesagt hat unser Mister James vor etwa zehn Jahren dafür gesorgt, dass Mort seine Anstellung bei der berittenen Eingeborenenpolizei verlor. Soweit ich gehört habe, hatte Mort eine Reihe von Menschen umgebracht, in erster Linie Schwarze. Es sieht so aus, als hätte er einen Polizisten auf dem Gewissen, der James ziemlich nahe stand. Ich kann verstehen, wie das auf ihn gewirkt haben muss. Auch ich habe mal einem Schwarzen nahe gestanden, auf Samoa. Als man den umgebracht hat, hab ich das persönlich genommen.« Während Horace das mit sehnsuchtsvollem Klang in der Stimme sagte, musste er an den jungen Mann denken, der einst sein Liebhaber gewesen war. Er war ums Leben gekommen, als ein vor der Küste ankerndes deutsches Kriegsschiff das Dorf beschossen und dabei die wehrlosen Bewohner samt und sonders getötet hatte. »Vermutlich gibt es noch etwas von Mister James, das Sie nicht wissen«, fügte Horace hinzu. »Sonst hätten Sie ihn bestimmt gar nicht erst eingestellt. Er arbeitet hier in Cooktown für Ihre Schwester.«

»Kate!«, entfuhr es Michael. »Aber sie lebt doch in Townsville? Jedenfalls hat man mir das in Brisbane gesagt.«

Horace schüttelte den Kopf. »Zurzeit betreibt Ihre Schwester einen Laden, den sie eine Straße von hier entfernt eingerichtet hat. Sie scheint eine bemerkenswerte Frau zu sein. Soweit ich gehört habe, hat sie mit Hilfe eines Fuhrwerks und eines Ochsengespanns ein kleines Vermögen zusammengetragen. Der Beruf der Gespannführerin scheint ihr im Blut zu liegen – das ist wohl so eine Art Familientradition. Der junge Mann, der Sie vorhin hergebracht hat, ist ihr auf seinem Weg zum Palmer begegnet. Soweit ich weiß, hat er ihr bei einer gefährlichen Begegnung mit den Eingeborenen aus der Patsche geholfen.«

»Weiß er, wer ich bin?«, fragte Michael, der sich noch nicht von seinem Schock erholt hatte.

»Jetzt bestimmt«, gab Horace mit einem schiefen Lächeln zurück. »Vorausgesetzt, er belauscht uns nach wie vor. Aber bevor wir weiter über alles reden, was ich über Ihre Angehörigen weiß«, fuhr er fort, »sollten wir uns vielleicht über das eine oder andere einig werden. Erstens sollten Sie sich nach einem Ersatzmann für Henry James umsehen. Ich würde nur ungern zum Begräbnis eines Mannes gehen müssen, der wie ich auf der Krim gekämpft hat. Zweitens muss ich mich ganz und gar auf Sie verlassen können. Keinesfalls sollten Sie auf den Gedanken kommen, dass Sie von Fellmann etwas schulden, nur weil Sie sein Geld nehmen. Ich nehme an, dass es Ihrem Wesen entspricht, dem die Treue zu halten, der Sie beschäftigt. Wenn Sie mir zusichern, dass ich mich voll und ganz auf Sie verlassen kann, gebe ich Ihnen mein Wort, dass ich Ihnen die Möglichkeit verschaffe, mit Kapitän Mort abzurechnen, ganz gleich, wie lange es dauert.«

Michael sah den Engländer aufmerksam an, der einem kleinen Buddha nicht unähnlich auf den Kissen saß. Ursprünglich hatte er mit dem Gedanken gespielt, Cooktown und damit den Geltungsbereich der englischen Gesetze zu verlassen. Das hätte ihm ermöglicht, Brown zu hintergehen. Jetzt aber hatte ihn dieser wie einen Fisch an der Angel. »Wie stellen Sie sich diese Unterstützung vor?«, fragte er ihn schließlich. »Ihnen ist vermutlich klar, dass ich Mort eigenhändig umbringen werde.«

»Das geht mich nichts an«, sagte Horace ohne besondere Betonung. »Aber ich denke, es ließe sich einrichten, ihn mitsamt seinem Schiff untergehen zu lassen, indem Sie es in die Luft jagen.«

»Ich soll das Schiff hochgehen lassen?«, brach es aus Michael hervor. Horace hatte bei seiner wie beiläufig gemachten Äußerung mit keiner Wimper gezuckt. »Etwa mit einer Bombe?«

»Ja. Ich glaube, so macht man das«, gab Horace gelassen zurück. »Und jetzt werde ich Ihnen alles sagen, was Sie wissen müssen, um den Auftrag zu erledigen.«

Aufmerksam hörte Michael zu, wie Horace seinen Plan erläuterte. Er war für alle Beteiligten äußerst gefährlich, und Michael konnte sich nicht vorstellen, dass er den Segen des englischen Außenministeriums hatte. Vermutlich hatte Horace nicht die Absicht, seine Vorgesetzten davon in Kenntnis zu setzen, auf welche Art und Weise er das Vorhaben der Deutschen im Pazifik zu sabotieren gedachte. Ganz wie Michael war er den Umgang mit der Gefahr gewohnt. Was man in seiner vorgesetzten Behörde nicht wusste, würde dort auch niemanden aufregen.

Selbstverständlich wusste Horace, dass in diesem die Welt umspannenden Schachspiel lediglich die Bauern geopfert wurden – nie die Könige und die anderen wichtigen Figuren. Und er und der von ihm für seine Sache angeworbene irische Söldner waren solche Bauern, deren Züge auf dem Schachbrett der strategischen Interessen Blut hinterließen.

Michael betrachtete von der gegenüberliegenden Straßenseite aus ein aus grob zugesägten Balken errichtetes Gebäude, das mit Wellblech gedeckt war. Ein erkennbar erst vor kurzem gemaltes Schild über dem Eingang verkündete: »Eureka Company – Waren aller Art für den Palmer und Cooktown«.

Er betrachtete das Gebäude mit gemischten Empfindungen. Einerseits fühlte er eine überwältigende Freude, seiner geliebten Schwester so nahe zu sein, zugleich aber auch tiefe Trauer, weil er nicht einfach über die Straße gehen und wieder in ihr Leben treten konnte. Für seine Schwester war er nichts als eine bloße Erinnerung. Sollte er je wieder in ihr Leben treten, würde das möglicherweise nur kurz dauern. Angesichts seines außerordentlich gefährlichen Vorhabens gab er sich Kate besser nicht zu erkennen. Wenn er für sie eine bloße Erinnerung blieb, brauchte er ihr wenigstens kein zweites Mal unnötigen Kummer zu bereiten.

Im Schatten eines Vordachs nahm er eine kleine silberne Dose mit Zigarillos aus der Westentasche, entzündete eines und hielt den Blick unverwandt auf den Laden gerichtet. Nach einer Weile wandte er sich mit einem tiefen Seufzer zum Gehen. Er würde seine angenehmen Erinnerungen für sich behalten.

Mit einem Mal erstarrte er. Kate! Er hatte nicht den geringsten Zweifel daran, dass die schöne junge Frau, die da auf die Straße trat, seine Schwester war. Obwohl er sie vor über einem Jahrzehnt zuletzt gesehen hatte, erkannte er sie an ihrem langen rabenschwarzen Haar. Über ihrer kecken Stupsnase sah er die gleichen Sommersprossen, die sie in Sydney im Sommer immer bekommen hatte. Wie festgenagelt stand Michael da und sah seine Schwester an. Ein niedliches kleines Mädchen, offensichtlich ein Halbblut, trat ebenfalls aus dem Laden. Lächelnd nahm Kate ihre Hand.

Staunend sah Michael, was für eine enge Beziehung zwischen den beiden zu bestehen schien. »Die Kleine neben Ihrer Schwester dürfte Ihre Nichte sein«, sagte eine leise Stimme neben ihm. Verblüfft fuhr Michael herum und sah John Wong. »Die Tochter Ihres Bruders Tom und seiner Frau. Sie war Ureinwohnerin«, fügte er hinzu. »Ich hatte mir schon gedacht, dass Sie nach Ihrem Gespräch mit Mister Brown hierher kommen würden und dass Sie jemanden brauchen könnten, der Ihnen die Zusammenhänge erklärt.«

»Wie heißt das Kind?«, erkundigte sich Michael.

»Sarah«, gab John zur Antwort. Er hatte ihn bei seinen Gesprächen mit Kate auf dem Weg nach Cooktown erfahren. »Soweit ich weiß, haben Sie auch zwei Neffen, aber ihre Namen fallen mir nicht ein. Es war vor einiger Zeit Stadtgespräch, dass Henry James kürzlich einem von ihnen und seinem eigenen Sohn bis auf das Gebiet der Kyowarra folgen musste. Er hat die beiden wohlbehalten zurückgebracht.«

Michael wandte seine Aufmerksamkeit wieder dem Laden zu, wo sich Kate angeregt mit dem kleinen Mädchen unterhielt. Er erkannte ihre Familienähnlichkeit und dachte: Es stimmt, das muss Toms Tochter sein. Eines Tages würde auch sie wie seine Schwester Kate zu einer schönen jungen Frau erblühen.

»Ich nehme nicht an, dass Sie sich zu erkennen geben wollen«, sagte John unvermittelt. »Bei dem, was Sie und Horace vorhaben ...«

»Täten Sie das etwa?«, gab Michael zurück. »Überlegen Sie doch, was auf dem Spiel steht.«

»Nein, wohl nicht«, sagte John gedehnt, als müsse er erst darüber nachdenken. »Meine chinesische Verwandtschaft huldigt dem Ahnenkult, und ich nehme an, wenn Sie Chinese wären wie ich, würden Ihre Angehörigen Ihnen viele kostenlose Reismahlzeiten auf das Grab stellen. Kein schlechtes Leben«, sagte er mit breitem Lächeln. »Besser als Arbeiten. Vermutlich ist es das Beste, wenn Sie für die Leute weiterhin tot sind.«

Michael lächelte über John spaßhafte Beschreibung seiner Herkunft. »Sie müssen es ziemlich schwer gehabt haben«, sagte er. »Wahrscheinlich wird es für meine kleine Nichte da drüben ebenso sein.«

»Bestimmt«, gab ihm John Recht und stieß einen Seufzer aus. »Aber ich glaube, sie hat das richtige Blut, um sich gegen das durchzusetzen, was die Menschen in künftigen Jahren über sie sagen werden. Ich habe erlebt, wie Ihre Schwester mit Sachen fertig geworden ist, bei denen die meisten Männer versagt hätten. Nachdem ich mit den Geschichten aufgewachsen bin, die man sich über den Buschklepper Tom Duffy erzählt, habe ich jetzt Sie kennen gelernt, Mister O'Flynn. Wenn die Kleine das Blut von Ihnen dreien in ihren Adern hat, kann mir der Rest der Welt nur Leid tun.«

Michael sah, dass seine Nichte von der anderen Straßenseite zu ihm herüber zeigte. »Haben Sie nicht gesagt, dass Sie ein bisschen Poker spielen, Mister Wong?«, fragte er. »Das dürfte der richtige Zeitpunkt sein festzustellen, wie gut Sie sind.«

In Johns Lächeln, das wohl als Antwort gemeint war, erkannte Michael einen Anflug von Wärme.

Er ging ohne jeden Kummer davon. Auch wenn Kate lediglich dreißig Schritt von ihm entfernt stand, lag in Wahrheit ein ganzes Leben zwischen ihnen. Es freute ihn zu sehen, dass seine Schwester eine Frau war, auf die jeder Duffy stolz sein konnte.

»Ein Mann guckt zu uns her, Tante Kate«, sagte Sarah und wies über die geschäftige Straße auf Michael. »Er sieht komisch aus. Er hat nur ein Auge.«

»Man zeigt nicht auf Leute«, tadelte Kate sie freundlich. »Schon gar nicht, wenn der arme Mann halb blind ist.«

»Aber er sieht zu uns her«, beharrte Sarah. »Und du hast mir gesagt, dass es sich nicht gehört, Leute anzustarren.« Da Kates Neugier stärker war als ihr Bedürfnis, der Nichte ein Vorbild zu sein, folgte sie der Richtung ihres Fingers und erkannte neben John Wong einen hoch gewachsenen, breitschultrigen jungen Mann. Obwohl sie nur einen kurzen Blick auf sein Gesicht erhaschen konnte, bevor sich die beiden abwandten, kam ihr irgendetwas an ihm beklemmend vertraut vor.

Bestimmt hatte Mister Wong sie gegrüßt, überlegte sie stirnrunzelnd. Sie hob die Hand, um ihm zuzuwinken, doch ein schweres Fuhrwerk schob sich dazwischen. Als es vorüber war, waren er und der Fremde verschwunden.

»Kennst du den Mann, Tante Kate?« fragte Sarah, der Kates gespannte Aufmerksamkeit nicht entgangen war.

»Nein«, gab sie unsicher zurück. »Aber er erinnert mich an jemanden, den ich einmal sehr lieb hatte.«

»Mister O'Flynn«, sagte Henry, »das hier ist ein guter Bekannter namens Luke Tracy. Er sucht Arbeit.« Als Michael den ehemaligen Polizei-Sergeanten so unvermittelt auf der Veranda seines Gasthofs sah, gab es ihm einen Stich, musste er doch daran denken, dass er aus Kates Laden kam. »Mister Tracy ist

Yankee wie Sie und hat im Jahr '54 in Ballarat auf der Seite der Aufständischen gekämpft.«

»Ich kannte 'nen Iren, der da zusammen mit den California Rangers gekämpft hat«, sagte Michael, während er Luke abschätzend betrachtete. »Der Bursche hieß Patrick Duffy. Haben Sie je was über den gehört?«

»Den kannte ich persönlich«, gab Luke zur Antwort. »Kräftiger Bursche, ungefähr so wie Sie. Woher kenne Sie den?«

»Ach, das ist lange her«, wich Michael aus. Er trat ans Verandageländer und sah auf das lebhafte Treiben in Cooktown hinab. Ein unaufhörlicher Strom von Männern und Frauen verließ die Schiffe, die Tag für Tag dort anlegten. Sie alle wollten zum Palmer. Nach einer Weile wandte er sich seinen Besuchern wieder zu. »Ich habe einen Trupp von Männern für ein Erkundungs-Unternehmen zusammengestellt, Mister Tracy. Normalerweise hätte ich wohl keine Verwendung für Sie gehabt, aber es ist gerade jemand ausgeschieden, und mir bleibt keine Zeit, lange nach Ersatz zu suchen, denn wir brechen bald auf.« Dann wandte er sich an Henry. »Sie müssen hier bleiben, Mister James«, sagte er ohne Umschweife. »Mister Tracy wird Ihre Stelle einnehmen.«

Henry stand wie vom Donner gerührt. »Soll das ein Witz sein?«, brach es aus ihm heraus. Michael hatte ein schlechtes Gewissen, weil er den Mann auf diese Weise vor den Kopf stieß, aber er wollte auf keinen Fall das Leben eines Menschen aufs Spiel setzen, der seiner geliebten Schwester so nahe stand.

»Ich bedaure, dass mir keine andere Möglichkeit bleibt, Mister James«, sagte er, so umgänglich er konnte. »Ich habe mich entschlossen und denke, Sie werden verstehen, dass ich die Gründe für mich behalte. Sie müssen es einfach hinnehmen.«

Einen kurzen Augenblick lang glaubte er, James werde nach ihm ausholen. In den Augen des Engländers stand kalte Wut. Dann aber schüttelte er resigniert den Kopf und stürmte davon. Michael wandte sich wieder Luke zu. »Melden Sie sich morgen Nachmittag um vier bei mir. Sie werden dann eingewiesen und bekommen Ihre Ausrüstung.«

Luke nickte. Worte waren nicht nötig – jedenfalls nicht Michael O'Flynn gegenüber. Wohl aber würde er mit Henry sprechen müssen, denn immerhin hatte er ihn mit O'Flynn in Verbindung gebracht. Mit diesem Ergebnis hatte keiner von beiden gerechnet, und er hatte das Gefühl, als habe er Henry verraten. Er murmelte seinen Dank und eilte davon.

Michael sah den beiden Männern nach, als sie den Gasthof verließen und über die Straße gingen. Die Begegnung mit Luke Tracy hatte ihn aufgewühlt. Dass dieser Mann gemeinsam mit seinem Vater an der Palisade von Eureka gekämpft hatte, hatte alte Erinnerungen in ihm wachgerufen. Andererseits war er froh über die Gelegenheit, Henry James von seiner Aufgabe zu entbinden. Er rechnete damit, dass ihr Vorhaben schon bald ziemlich gefährlich werden würde, und obwohl er das Leben seiner Leute möglichst schonen wollte, gab es keinerlei Garantie – außer der, dass niemand ewig lebte.

Soweit er von Karl Straub wusste, sollte die *Osprey* in den nächsten Tagen in Cooktown einlaufen, und so würde er endlich von Angesicht zu Angesicht dem Mann gegenübertreten, der die Verantwortung für den Mord an seinem Vater trug. Er überlegte, wie er auf diese Begegnung wohl reagieren würde. Er musste es abwarten.

Bis zum Beginn der geheimnisvollen Unternehmung hatte er wenig zu tun. Alles war vorbereitet. In einer Goldgräberstadt war es kinderleicht, zu kaufen, was zur Herstellung einer Bombe, die ein Loch in den Boden eines Schiffes reißen sollte, nötig war. Für die Zündung der tödlichen Ladung aus Sprengpulver, das normalerweise dazu diente, auf der Suche nach Gold Gesteinsbrocken aus dem Weg zu räumen, hatte er eine Lunte vorgesehen.

Er verließ seinen Platz am Geländer und ließ sich in einen der Korbsessel sinken. Er hatte das sonderbare Empfinden, eine geheimnisvolle Kraft habe ihn aus einem bestimmten Grund zu diesem Zeitpunkt nach Cooktown geführt. Viele merkwürdige Zufälle waren zusammengekommen: In Sydney war er Fiona und Penelope begegnet; seine geliebte Schwester Kate befand sich am selben Ort wie er, und bald schon sollte er dem

Mann gegenüberstehen, der seinen Angehörigen so viele Schmerzen zugefügt hatte. Am Anfang der Kette der entsetzlichen Ereignisse, die Leid über zwei Familien gebracht hatten, stand die Vertreibung eines Stammes von Ureinwohnern in Queensland.

Er musste an die Geschichten über einen Fluch der Eingeborenen denken, die sich die Buschläufer in den Schänken von Brisbane erzählten und die ein Teil der Legenden in der Kolonie geworden waren. Vielleicht gab es tatsächlich einen solchen Fluch. Sofern es sich so verhielt – auf wessen Seite würden sich die unbeständigen Rachegeister der Schwarzen schlagen, wenn er dem Mann begegnete, dem es schon seit langem bestimmt war, von seiner Hand zu sterben?

24

Am liebsten hätte Sergeant Francis Farrell einen Freudentanz aufgeführt. Doch zuerst wollte er unbedingt Daniel Duffy die großartige Nachricht übermitteln, auf die sie schon seit so vielen Jahren gehofft hatten. Er eilte in die Anwaltskanzlei von Sullivan & Levi, wo man ihn sogleich in Daniels Büro führte. Man kannte den irischen Polizisten, und schon lange wunderte sich niemand mehr über seine geheimnisvollen Besuche. Doch steckten die Schreiber oft die Köpfe zusammen und tuschelten miteinander über die Frage, welche Beziehung zwischen ihm und dem bekannten Strafverteidiger bestehen mochte. Am häufigsten wurde die Vermutung geäußert, der Polizeibeamte habe den Auftrag, Daniel mit Nachrichten aus erster Hand zu versorgen, doch behielten sie das für sich. Es empfahl sich nicht, die Gans umzubringen, welche die goldenen Eier legte, ohne die man als Strafverteidiger keinen Prozess gewinnen konnte.

Die Spitzen von Farrells gewichstem Schnurrbart bebten förmlich vor Erregung, und der Glanz des Triumphes lag in seinen Augen, als er sich Daniel gegenübersetzte. »Wir haben ihn!«, rief er aus und beugte sich vor. »Die von Lady Macintosh ausgesetzte Belohnung hatte die gewünschte Wirkung.«

»Etwa Mort?«, fragte Daniel. »Haben Sie Beweismaterial, das vor Gericht verwertbar ist?«

»Zwei Augenzeugen«, sagte Farrell mit zufriedenem Lächeln. »Zwei Männer sind bereit zu beschwören, dass er der Mann ist, den sie aus Rosies Zimmer kommen sahen, unmittelbar nachdem ihre Schreie aufgehört hatten. Sie sagen, sie wären auf dem Weg zu ihr gewesen, als sie sie schreien hörten, hätten aber Angst gehabt, der Sache auf den Grund zu gehen. Also hätten sie gewartet und ein paar Minuten später Mort von Kopf bis Fuß mit Blut bespritzt da rauskommen sehen. Es kommt aber noch besser: Sie sagen, dass sie ein Messer in seiner Hand gesehen haben.«

»Haben sie denen Morts Namen gesagt?«, fragte Daniel ungeduldig. Die Antwort darauf war für einen möglichen Prozess von entscheidender Bedeutung.

Aus Farrells zufriedenem Lächeln wurde ein breites Grinsen. »War nicht nötig«, sagte er. »Sie haben ihn von sich aus genannt. Sie hätten ihn zusammen mit einem von ihren Kumpanen namens Sims gesehen, der Erster Steuermann auf der *Osprey* ist. Sie wissen nicht, wie er in diese Position gekommen ist, denn er hat, wie sie sagen, so gut wie keine seemännische Erfahrung. Er ist nur vor ein paar Jahren kürzere Zeit auf einer Brigg mitgesegelt. Ich meine Sims.«

Daniel runzelte die Brauen. »Und womit erklären die beiden ihre plötzliche Fähigkeit, sich zu erinnern?«, erkundigte er sich, wobei er sich in seinem Sessel zurücklehnte. »Wir wissen, dass ihnen die Belohnung auf die Sprünge geholfen hat, aber das können sie natürlich auf keinen Fall zugeben.«

Farrell verzog das Gesicht. »Da gibt es sowieso noch ein Problem«, sagte er. »So wie es aussieht, sind die nicht bereit, sich die Belohnung für die Aussage gegen Mort zu teilen. Jeder von ihnen will fünfzig Guineen haben.«

»Bestimmt kann ihnen Lady Macintosh diesen Wunsch erfüllen«, beruhigte ihn Daniel. Seiner festen Überzeugung nach würde sie alles in ihren Kräften Stehende tun, um zu erreichen, dass Mort an den Galgen kam. Für sie war das Geld die Waffe, mit der sie ihr Ziel erreichte. »Die Untermauerung der Anklage durch eine Zeugenaussage ist der Knoten, der die Schlinge um Morts Hals zuzieht. Sagen Sie den beiden, dass jeder seine fünfzig bekommt, sobald alles klar ist.«

Das Lächeln kehrte auf Farrells Züge zurück. »Gut! Die Aussagen habe ich. Jetzt geht es nur noch darum, Mort festzunehmen. Endlich haben wir ihn.« Das Lächeln verschwand, als er sah, wie sich die Züge des Anwalts bei der Erwähnung von Morts unmittelbar bevorstehender Festnahme verdüsterten. »Was gibt es?«, erkundigte er sich. Eigentlich hätte diese Mitteilung doch begeisterten Jubel auslösen müssen.

»Wissen Sie es nicht?«, fragte Daniel.

»Was?«

»Die *Osprey* ist vor ein paar Wochen ausgelaufen«, sagte er bitter. »Mort ist auf dem Weg nach Norden und befindet sich außerhalb unserer Zugriffsmöglichkeit.«

»Heilige Mutter Gottes!«, brach es aus dem Polizeibeamten heraus. »Der Teufel hält wieder einmal die Hand über ihn.«

»Sieht ganz so aus. Hätten wir diese Aussagen schon vor ein paar Wochen gehabt, hätten sich die Dinge anders entwickelt. Jetzt müssen wir ihn aufspüren und seine Auslieferung beantragen. Wahrscheinlich hält er sich zurzeit in Queensland auf. Das ist eine mühselige und zeitraubende Angelegenheit. Allmählich kommt es mir auch so vor, als ob der Teufel Mort beschützt, wie Sie sagen. Der Mann hat uns schon wieder eine lange Nase gedreht.«

Farrell lehnte sich in seinen Sessel zurück. Sein Hochgefühl war völliger Leere gewichen. Es gab also keinen Grund zum Freudentanz. Stattdessen würde er sich wahrscheinlich mit Daniel Duffy im Erin an einen Tisch setzen, um dort gemeinsam die tiefe Enttäuschung zu ertränken.

Penelope war zum Fünfuhrtee bei Fiona. Da es ein milder Tag war, setzten sie sich in den Park und genossen die angenehme Umgebung. Gewöhnlich trafen sie sich in einem von Sydneys vornehmen Restaurants, um über die Banalitäten ihres Lebens zu plaudern – Mode und gesellschaftliche Pflichten. Der Baron war von Samoa gekommen, befand sich aber bereits wieder mit Ziel Cooktown an Bord der *Osprey*. Penelope hatte nur kurze Zeit mit ihrem Mann verbracht, denn er hatte die wenigen Tage seiner Anwesenheit darauf verwendet, seine Expedition nach Norden auszurüsten. Penelopes und seine Begegnungen im Bett waren ein wenn auch kurzes, so doch erregendes Zwischenspiel gewesen. Penelope hatte ein kleines Extra für Manfred vorbereitet: Fiona war dabei gewesen.

Jetzt, da er auf der *Osprey* nordwärts segelte, wollte Penelope mit ihrer geliebten Fiona einen Augenblick der Ruhe fern vom Gewühl Sydneys verbringen. Im Hintergrund hörte sie die Stimmen von Fionas Töchtern, die unter Miss Gertrude Pitchers strengem Blick im Park Verstecken spielten. Während Fiona den Tee aus einer edlen Porzellankanne eingoss, sah Penelope zu den beiden kleinen Mädchen hinüber. Obwohl die beiden vor Begeisterung jauchzten, verfinsterte sich Penelopes Gesicht. »Stimmt mit Dorothy etwas nicht? Sie kommt mir irgendwie verändert vor.«

Fiona hielt inne und sah ihre Kusine an. »Ich weiß nicht, was du meinst«, sagte sie. »Geht es ihr deiner Ansicht nach nicht gut?«

»Das ist es nicht«, sagte Penelope gedehnt, als versuche sie, der Veränderung in Dorothys Aussehen auf den Grund zu kommen. »Vermutlich liegt es daran, dass sie so rasch wächst. Da fallen die Veränderungen eher auf. Es hat wohl nichts weiter damit auf sich.« Aber sicher war sie nicht. Etwas an ihrer Nichte rief ferne und verstörende Erinnerungen an ihr eigenes Leben in jenem Alter hervor. Ein gehetzter Blick lag in den Augen der Kleinen, den nur erkennen konnte, wer ähnliche Erfahrungen gemacht hatte. Penelope schüttelte den Kopf. Sie wollte diesen beunruhigenden und nicht näher zu fassenden Gedanken nicht weiter nachhängen. Mit seiner eigenen Tochter würde Granville das bestimmt niemals tun!

»Vermutlich fehlt dir Manfred«, sagte Fiona. Sie bemühte sich, das beiläufig klingen zu lassen, doch gelang es ihr nicht, ihre Eifersucht zu verbergen. »Er scheint nie viel Zeit mit dir verbringen zu können.«

Penelope beugte sich zu ihrer Kusine vor. »Du hast keinen Grund, eifersüchtig zu sein, Liebste«, beruhigte sie sie. »Manfred ist mein Mann, und ich liebe ihn auf meine eigene Weise. Er ist stark und mächtig, ein Mann, wie es nicht viele gibt, aber dich liebe ich von ganzem Herzen. Ich stelle ihm meinen Körper zur Verfügung, um seine Begierden zu befriedigen, und das bindet uns letztlich aneinander. Es handelt sich dabei aber nicht um die Liebe, von der romantische Gemüter in den albernen Romanen faseln, die du so gern liest.«

Vorsichtig stellte Fiona die Kanne auf den Tisch. »War das so deutlich zu merken?«, fragte sie leise. In ihren smaragdgrünen Augen lag die Bitte um Vergebung.

»Ich verstehe dich besser als jeder andere«, lächelte Penelope. »Vermutlich besser als deine eigene Mutter.«

»Es ist nur, weil an jenem Abend …« Fiona sprach nicht weiter und wandte den Blick ihren Töchtern zu.

»Das war eine ganz spezielle Art, meine Liebe zu teilen«, beruhigte Penelope sie. »Manfred hat einen besonderen Geschmack. Wenn er zusehen kann, wie zwei Frauen einander lieben, befriedigt ihn das auf eine Weise, die wir vielleicht nicht verstehen können. Vermutlich hat es aber auch deine Begierde nach mir gesteigert, dass uns mein Mann beobachtete.«

Fiona errötete, als Penelope ihre Hand nahm. »Ich verstehe nicht, wie du es fertig bringst, in mir so tiefe Empfindungen zu wecken«, sagte sie mit bewegter Stimme. »Es ist mein fester Wille, jederzeit und auf immer mit dir zusammen zu sein, ich weiß aber zugleich, dass das nicht möglich ist, denn ich habe meiner Familie gegenüber Pflichten zu erfüllen.«

»Wir sind für immer beisammen«, sagte Penelope sanft. »Auch wenn wir voneinander getrennt sind. An dich denke ich, wenn ich allein bin, an sonst niemanden. Jetzt, wo Manfred so lange fort sein wird, sollten wir uns auch wieder viel häufiger treffen.«

Zwar verursachte es Fiona ein schlechtes Gewissen, dass sie schon jetzt so viel Zeit mit Penelope verbrachte, doch bedeutete ihr die Kusine unendlich viel. Ging das womöglich über Liebe hinaus, war es Besessenheit? Würde es je nötig sein, sich zwischen Penelope und jemandem, den – oder etwas, das – sie liebte, zu entscheiden? Schuldbewusst warf sie einen Blick zu ihren Töchtern hinüber. Hatte die häufige Abwesenheit der Mutter diese Entscheidung bereits vorbereitet?

Am liebsten ließ Granville White Leute, mit denen er reden wollte, zu sich in sein Kontor kommen, weil er das Gefühl hatte, ihnen auf eigenem Boden überlegen zu sein. Jetzt saß ihm der Tugendbold McHugh gegenüber, dem es kaum gelang, seine feindselige Haltung zu verbergen. Das aber war Granville gleichgültig, denn das Gespräch würde ohnehin nicht besonders freundlich verlaufen.

»Ich habe von einem unserer Gesellschafter erfahren«, begann Granville mit eisiger Stimme, »dass es Ihnen nicht gelungen ist, meine Schwiegermutter von der Notwendigkeit, sich aus der Unternehmensleitung zurückzuziehen, zu überzeugen.«

Unter dem kalten Blick des Mannes, den er zugleich verabscheute und fürchtete, rutschte McHugh unbehaglich auf seinem Sessel herum. Die Gerüchte über finstere Machenschaften, die im Rauchsalon des Australian Club umliefen, boten mehr als reichlich Anlass, den Mann zu fürchten und zu verabscheuen. Es hieß, White pflege ziemlich zweifelhafte Beziehungen zu Vertretern von Sydneys Unterwelt, denen sogar die Polizei aus dem Wege ging. Er räusperte sich. »Lady Macintosh hat mir vor einiger Zeit mitgeteilt, sie habe einen Nachfolger bestimmt für den Fall, dass sie je die Geschäftsleitung niederlegen sollte«, gab er unruhig zur Antwort. »Ich habe es nicht für angebracht gehalten, ihr in dieser Angelegenheit weitere Fragen zu stellen.«

Granville lehnte sich in seinem Ledersessel zurück. »Es gibt niemanden, den meine Schwiegermutter an meine Stelle setzen kann«, fauchte er ihn an. »Sie hat Ihnen etwas vorgemacht, um meine Bemühungen um eine weitere Ausweitung der Geschäfte des Hauses Macintosh zu sabotieren. Wenn sie im Unternehmen bleibt, werden wir alle die Konsequenzen der Unfähigkeit einer schwachen Frau tragen müssen, der es nun einmal nicht gegeben ist, mehr zu tun, als ihr Gott zugestanden hat.«

»Da muss ich Ihnen widersprechen, Mister White«, fuhr McHugh auf. »Bereits zu Sir Donalds Lebzeiten war in den entsprechenden Kreisen allgemein bekannt, dass Lady Enid die

Fäden des Unternehmens in der Hand hielt. Gewiss, sie ist eine Frau, und ich stimme Ihnen zu, dass Gott deren Fähigkeiten in der Welt der Männer Grenzen gesetzt hat, doch bildet Lady Macintosh da eine Ausnahme. Es ist nicht im Geringsten meine Absicht, Ihre Fähigkeiten in Zweifel zu ziehen, Mister White«, fuhr er höflich, aber bestimmt, fort, »doch sind Sie kein Macintosh, und die Gesellschafter scheinen nun einmal den Angehörigen der Familie Macintosh besonderes Vertrauen entgegenzubringen.«

»Auch meine Schwiegermutter ist keine Macintosh, sondern eine geborene White«, erinnerte ihn Granville. »In ihren Adern fließt dasselbe Blut wie in meinen.«

»In der Tat, aber soweit ich Lady Macintosh verstanden habe, wird ihr Nachfolger ein *richtiger* Macintosh sein«, sagte McHugh ruhig. »Das wäre den Gesellschaftern mehr als recht.«

Granville wurde puterrot und gab sich große Mühe, dem selbstgefälligen Schotten gegenüber die Beherrschung nicht zu verlieren. »Die Frau ist senil«, schnaubte er. »Sie muss den Verstand verloren haben, wenn sie glaubt, dass jemand mit Macintosh-Blut in den Adern existiert, der an meine Stelle treten könnte, Mister McHugh.«

»Ich bin mit den Gesellschaftern übereingekommen, dass wir uns den Wünschen von Lady Macintosh eine gewisse Zeit fügen werden«, gab McHugh zur Antwort. »Mittlerweile hat sie mir mitgeteilt, sie werde ihren Nachfolger benennen, bevor sie in den nächsten Wochen nach England abreist. Wenn das alles ist, Mister White«, sagte er, sich aus seinem Sessel erhebend, »würde ich mich gern verabschieden.«

Granville blieb sitzen. Er dachte nicht im Traum daran, den schottischen Finanzier an die Tür zu begleiten. Mit finsterer Miene sah er McHugh nach. Am liebsten hätte er alles um sich herum in Stücke geschlagen. Was er da gehört hatte, konnte nur bedeuten, dass seine widerwärtige Schwiegermutter eine Intrige gesponnen und den Bastard von Fiona und Michael von den Duffys als ihren künftigen Nachfolger hatte aufziehen lassen. Zwar konnte er sich das angesichts des Aufwands, den sie getrieben hatte, um jede Erinnerung an den Jungen zu tilgen, nicht recht vorstellen, doch war ihm klar, wie weit sie gehen würde, um ihn zu vernichten.

Dazu aber würde es nicht kommen. Bevor Kapitän Mort abgesegelt war, hatte er ihm erläutert, welche Vorkehrungen er getroffen hatte, um dem Leben des Jungen ein Ende zu bereiten, und Granville setzte großes Vertrauen in Morts Fähigkeiten.

Während McHugh das Vorzimmer verließ, in dem sich George Hobbs über seine endlosen Zahlenkolonnen beugte, hörte er ein lautes Krachen. Verblüfft hob Hobbs den Blick von den Büchern.

»Ach je! Das hört sich an, als ob Mister Whites Schreibtisch umgefallen wäre«, sagte McHugh mit breitem Lächeln. »Vermutlich hat er heute einen schlechten Tag.«

Wer Max Braun sah und seine Vergangenheit kannte, wäre nie auf den Gedanken gekommen, dass dieser Koloss feinerer Empfindungen fähig wäre, doch rief der bloße Anblick *seines* Patrick die zärtlichsten Gefühle in ihm hervor. Der Junge war seinem Vater wie aus dem Gesicht geschnitten. Unwillkürlich musste Max daran denken, wie er dem jungen Mann seinerzeit beigebracht hatte, sich zu schlagen, zu trinken und den Frauen nachzusteigen.

Zwar hatte Frank Duffys Witwe Bridget seinen Einfluss auf Michael missbilligt, sich aber beim Gedanken daran gefügt, dass die Männer der Familie Duffy den Freuden des Fleisches gegenüber schon immer besonders aufgeschlossen gewesen waren. Jetzt saß sie in der Küche des Erin und hörte zu, wie ihr Sohn Daniel Gründe an den Haaren herbeizog, um Max im Gasthof festzuhalten.

Bitter enttäuscht und ziemlich mürrisch verfolgte Max, wie ihn der junge Daniel tadelte, als wäre er ein bloßer Dienstbote. »Ich hatte noch nie 'nen freien Tag«, sagte er, »seit ich im Jahr '55 angefangen hab, für deinen Vater zu arbeiten.«

Mit gequältem Gesichtsausdruck steckte der Anwalt die Hände in die Taschen seiner Weste, die von Jahr zu Jahr mehr spannte. »Ich würde dir ja auch gern frei geben, Onkel Max«, sagte er. »Aber seit dem Tod meines Vaters bin ich darauf angewiesen, dass du den Gasthof in Gang hältst. Das musst du doch einsehen.«

»Colleen kann ohne weiteres einspringen«, sagte Bridget unerwartet. »Sie hat genug Erfahrung. Immerhin hat ihr Vater eine Wirtschaft in Bathurst und sie ist inmitten von Bierfässern und Zapfhähnen aufgewachsen.«

Daniel warf einen Blick zu seiner Mutter, die mit gefalteten Händen am Tisch saß. Er hatte nicht damit gerechnet, dass sie Max' Bitte um zwei Wochen Urlaub unterstützen würde. »Sie muss sich um die Kinder kümmern«, gab er zur Antwort. »Da kann sie nicht auch noch einen Gasthof leiten.«

Bridget verdrehte die Augen und nahm die Hände auseinander. »Was meinst du eigentlich, was ich all die Jahre getan habe?«, fragte sie mit einem Seufzer. »Glaubst du etwa, die Heinzelmännchen hätten die Arbeit hier erledigt? Trotzdem hab ich dich, Michael und Katie aufgezogen und euch hat nichts gefehlt. Ich denke, Colleen kann das auch, und ich werde ihr dabei helfen.«

Daniel zuckte die Achseln. Zwar galt er als einer der besten Strafverteidiger Sydneys, doch bei seiner bockbeinigen Mutter blieb seine Überredungskunst wirkungslos, das hatte er längst erkannt. »Also schön, du kannst deinen Urlaub haben, Onkel Max. Aber nur zwei Wochen. Meine Mutter scheint zu glauben, dass sie die Arbeit im Gasthof gemeinsam mit meiner Frau bewältigen kann. Aber so fähig die beiden auch sind, darfst du nie vergessen, dass das eigentlich Männersache und nichts für das schwache Geschlecht ist.«

»Deine Kusine Katie leitet eines der größten Unternehmen in Nord-Queensland«, erinnerte Bridget ihren Sohn freundlich. »Auch sie ist eine schwache Frau wie Colleen und ich.« Daniels Gesicht verdüsterte sich bei diesem Hinweis, und er stapfte aus der Küche.

»Danke, Missus Duffy«, sagte Max. Auf seinem Narbengesicht lag unübersehbar Erleichterung. »Es ist für mich überaus wichtig, diese Zeit frei zu haben.«

Bridgets Lächeln verschwand und der Ausdruck von Neugier trat auf ihr freundliches Gesicht, in dem sich viele kleine Fältchen gebildet hatten. »Ich kenne Sie jetzt schon so viele Jahre, Max Braun«, sagte sie und sah ihn an, »und ich merke, wann Ihnen etwas auf der Seele brennt. Es geht um Patrick, nicht wahr?« Max sah unbehaglich beiseite und trat von einem Fuß auf den anderen. »Ich hatte einen Traum, Mister Braun«, sagte Bridget. »Darin kam aufgewühltes Wasser vor.«

Max hob den Blick und sah der Frau, vor der er große Achtung empfand, in die kurzsichtigen Augen. Ihm war bekannt, dass sie bisweilen beklemmende Träume hatte, und wenn sie von aufgewühltem Wasser träumte, bedeutete das jedes Mal einen Todesfall in der Familie. »Ja, es geht um den Jungen«, gab er zur Antwort. »Ich weiß selbst nicht, was los ist, aber ich muss 'ne Zeit lang die Möglichkeit haben, mich um ihn zu kümmern, bevor er uns für lange Zeit verlässt.«

Bridget nickte verständnisvoll. »Ich habe von Patricks Vater geträumt«, sagte sie. »Sein Geist ist um uns. Etwas, das wir nicht verstehen, beunruhigt ihn. Patrick und Martin haben Michaels Geist gesehen; davon bin ich fest überzeugt. Leider ist mein eigener Sohn zu gebildet, um an solche Dinge zu glauben. Er verspottet mich, als wäre ich ein unzurechnungsfähiges altes Weib. Aber so sicher, wie der heilige Patrick die Schlangen aus unserem geliebten alten Irland vertrieben hat, weiß ich, dass Michael in diesem Augenblick bei uns ist. Ich denke, Sie spüren das ebenfalls.«

»Ja, Missus Duffy«, sagte Max. »Ich fürchte, uns steht Schlimmes bevor, und ich denke, ich sollte auf Patrick aufpassen. Aber sagen Sie Daniel lieber nichts von dem, worüber wir gesprochen haben«, fügte er hinzu. »Er würde sich zu große Sorgen machen.«

»Das verspreche ich Ihnen«, sagte Bridget und tätschelte voll Wärme seine Hand. »Der Teufel hat uns Michael genommen, aber sein Sohn hat einen Schutzengel.«

Es fiel Max schwer, seine Gefühle offen zu zeigen, und so wandte er sich ab, damit Bridget nicht sehen konnte, wie ihm die Tränen in die Augen traten. Michael war ihm vor vielen Jahren genommen worden, doch die Kraft des Bösen, die damals gewirkt hatte, sollte Patrick nicht in ihre Fänge bekommen. Lieber wollte er sterben, als das zuzulassen. Wenn es nicht anders ging, mochte der Teufel seine Seele holen, solange Patrick der Fluch erspart blieb.

Es kam Max so vor, als hätte das Böse Menschengestalt angenommen – und als wäre es ihm vor einer Weile in der Gaststube des Erin begegnet. Er hatte keine vernünftigen Gründe für seine Sorge um Patricks Sicherheit, doch er teilte die feste Überzeugung, dass ein alter Fluch der Ureinwohner auf der Familie lastete.

25

Als Luke erfuhr, dass Kate und Ben einen Warentransport zu einer mehrere Tagesreisen südlich von Cooktown gelegenen Viehzuchtstation bringen wollten, bestand er darauf, mitzureiten. Ben war die Begleitung des Amerikaners mehr als recht, denn die Überfälle durch erfolglose Goldsucher mehrten sich, und Lukes Gewehr und Revolver würden eine beträchtliche Verstärkung seiner und Kates Feuerkraft bedeuten.

Doch Kate schien sein Anerbieten gleichgültig zu sein, und als er es wiederholte, reagierte sie unwirsch. Sie hatte ihn auch früher nicht gebraucht, jetzt sollte es nicht so aussehen, als wäre sie auf seine Gegenwart angewiesen.

Trotz all ihrer Einwände sattelte Luke sein Pferd und erklärte, er werde vorausreiten, um einen Lagerplatz für die Nacht ausfindig zu machen. Um die Mitte des Nachmittags hatte er eine passende Stelle entdeckt, an der eine Felsnase Schutz bot. Dieser Schutz würde nötig sein, denn der Himmel verfinsterte sich im Westen und kündigte einen gewaltigen Wolkenbruch an. Unruhe bemächtigte sich seiner.

Kurz vor Sonnenuntergang kam Bens Fuhrwerk knarrend heran.

»Wo ist Kate?«, erkundigte sich Luke mit besorgt gerunzelter Stirn.

»Sie musste weiter hinten Halt machen«, gab Ben zur Antwort, als er das Fuhrwerk zum Stehen gebracht hatte. »Möglicherweise ist einer ihrer Ochsen von einer Schlange gebissen worden. Ich habe ihr angeboten zu warten, aber sie hat gesagt, ich solle weiterfahren und mit Ihnen das Lager vorbereiten. Sie will sich um den Ochsen kümmern. Wenn es ihm nicht besser geht, nimmt sie ihn aus dem Gespann und kommt ohne ihn her.«

»Wie weit ist es bis dahin?«, fragte Luke und schwang sich in den Sattel.

»Ich hab sie vor etwa 'ner halben Stunde an einer Wegbiegung verlassen.«

Ohne auf weitere Erklärungen zu warten, stieß Luke seinem Pferd die Absätze in die Weichen. Womöglich machte er sich unnötige Sorgen. Bestimmt hätte Ben Kate nie und nimmer allein gelassen, wenn er nur die geringste Gefahr vermutet hätte. Trotz allem aber hatte er das Gefühl, zu ihr zu müssen.

Mit Donnergrollen und heftigen Blitzen brach das Gewitter los. Gegen den strömenden Regen, den ihm der Wind ins Gesicht peitschte, ritt Luke in die rasch zunehmende Finsternis. Zweige knackten wie Gewehrschüsse, und von Zeit zu Zeit zuckten in der felsigen Landschaft vereinzelt stehenden Bäume im Schein der Blitze auf.

Luke stieg vom Pferd und führte es am Zügel, damit sich das Tier seinen Weg in den inzwischen tückisch glatten Spurrinnen ertasten konnte. Es war deutlich kälter geworden, und er begann zu frösteln. Er spähte in die früh hereingebrochene Dunkelheit, wobei er jeden Augenblick hoffte, Kates Fuhrwerk vor sich auftauchen zu sehen. Doch erst als er Ochsen brüllen hörte, merkte er, dass er in seiner Nähe sein musste.

»Kate?«, rief er und versuchte, das Gewitter zu übertönen. »Kate?«

»Luke!«, kam kaum hörbar ihre Antwort. Am bedrückten Klang ihrer Stimme merkte er sofort, dass etwas ganz und gar nicht in Ordnung war.

»Wo bist du?«

»Hier«, rief sie. Er glaubte, in ihrer Stimme Schmerz hören zu können. Fluchend wischte er sich die Regentropfen aus dem Gesicht. Ohne die gelegentlich aufzuckenden Blitze hätte er nicht die Hand vor Augen gesehen.

»Ruf noch mal«, schrie er laut in den Wind. »Hör nicht auf zu rufen, damit ich dich finden kann.«

»Ich bin hier«, gab sie zurück. Luke bemühte sich festzustellen, woher die Stimme kam. Ein Blitz zeigte ihm, dass die Ochsen rechts von ihm standen. Vermutlich war sie irgendwo zwischen ihnen und ihm. Ein weiterer Blitz erhellte das Astgewirr eines Baumes, dessen vom Sturm heruntergerissene Krone ihm den Weg versperrte.

»Gott im Himmel!«, fluchte Luke, sprang vom Pferd und arbeitete sich zu dem Baum vor. Zweige peitschten ihm ins Gesicht, während er sich bückte, um nach Kate zu suchen. Seine Hände tasteten im nassen Laub, bis er ihr Gesicht berührte. Sie umklammerte seine Hände.

»Bist du verletzt?«

»Ich glaube nicht«, gab sie betont gelassen zur Antwort, um seine Besorgnis zu zerstreuen. »Ich kann mich nur nicht rühren. Der Baum ist auf mich gefallen, als ich den Ochsen Fußfesseln anlegen wollte. Wahrscheinlich ist ein Blitz eingeschlagen, denn es war wie eine Explosion. Ich komm nicht drunter weg, er ist zu schwer.«

»Lass nur, ich mach das schon«, sagte Luke, während er an ihrem Körper entlangtastete, um zu sehen, wo sie auf den steinigen Boden gedrückt wurde. Als er mit der Hand einem glatten Ast so dick wie sein Oberschenkel folgte, stieß er auf Kates Unterleib.

Sie fasste wieder nach seiner Hand. »Luke …«, sagte sie mit schwacher Stimme. Sie wusste nicht recht, wie sie ihm mitteilen konnte, dass die entsetzliche Angst verschwunden war, die sie empfunden hatte, bevor er kam. Als sie seine starke, schwielige Hand in der ihren spürte, war alles gut. Es war wie bei früheren Gelegenheiten, wenn er bei ihr gewesen war. Er spürte ihre Hand, die sich fest um die seine schloss.

»Schone deine Kräfte«, sagte er freundlich. »Ich hebe den Ast an und du versuchst, drunter wegzukriechen. Fertig?«

»Ja«, sagte sie und ließ zögernd seine Hand los.

Luke ging in die Hocke, fasste den dicken Ast mit beiden Händen und drückte ihn mit aller Kraft nach oben. Der Ast schien sich nicht rühren zu wollen, und so verstärkte Luke seine Bemühungen. Aus seiner Liebe zu Kate, die er über viele

Jahre auf zwei Kontinenten mit sich getragen hatte, wuchsen ihm ungeahnte Kräfte zu.

Es war ein ungleicher Kampf – die Muskeln und Sehnen eines Mannes gegen den störrischen Geist eines Baumes, der Jahrzehnte im Boden eines der unwirtlichsten Erdteile überdauert hatte. Aber Lukes Liebe war stärker, und so musste der Baum widerwillig eine knappe Handbreit nachgeben. Das genügte Kate, um unter dem dicken Ast hervorzukriechen.

Erschöpft von der nahezu übermenschlichen Anstrengung sank Luke auf die Knie. Kate umschlang seinen Hals. Er spürte, wie sie sich an ihn drängte und hörte ihr Schluchzen. »Ich hatte solche Angst um dich«, wollte er sagen, aber seine Worte gingen im Krachen des Donners unter. Er zog Kate zu sich herab und liebkoste ihr Gesicht. »Ich hatte solche Angst, dir könnte was passiert sein«, sagte er. Er konnte weder ihr Gesicht noch den Ausdruck in ihren Augen sehen.

Der peitschende Regen, das Donnergrollen, die Blitze, die immer wieder am Himmel aufzuckten, und die bittere Kälte des Abends verschwanden aus ihrer Welt. Nichts mehr war wichtig. Was in diesem Augenblick zwischen ihnen geschah, riss die Jahre des Zweifels mit sich fort.

Er drückte den Mund auf ihre Halsbeuge, und während er sie an sich presste und flüsternd ihren Namen sagte, erkannte sie die Hitze ihrer eigenen Begierde. Im Schein der Blitze konnte sie sein Gesicht sehen und ihre Augen trafen sich. Sie merkte, wie ein Schluchzen ihren Körper schüttelte. Luke, der ihre Angst und ihre Verwundbarkeit spürte, hielt sie fest an sich gepresst. Sein Kuss war sanft und beruhigend. Kate wehrte sich nicht. Nie hatte ihr etwas so köstlich geschmeckt wie sein Mund, und eine eigenartige körperliche Schwäche, aus der eine sonderbare Leidenschaftlichkeit erwuchs, ergriff von ihr Besitz. Sie erwiderte seinen Kuss. Wortlos knöpfte sie sich das Hemd auf und erschauerte, als sich seine Hände um ihre Brüste legten.

Auch er zog das Hemd aus, und als er sich an sie drängte, spürte sie seine stahlharten Brustmuskeln. Während ihre Hände über seinen Rücken fuhren, fühlte sie die Muskeln, die sich unter der Haut abzeichneten. Sein Gesicht lag zwischen ihren Brüsten, und er sog ihren Duft tief ein. Bei der sanften Berührung seiner Zunge wurden ihre Brustwarzen hart. Sie warf den Kopf nach hinten und schloss die Augen. Die Zeit schien still zu stehen; es gab nur noch diesen kostbaren Augenblick zwischen ihnen. Sie staunte, dass sich sein Körper so vertraut anfühlte, als hätte er ihr stets gehört. Ein Stöhnen entfuhr ihr, als er sie auf das nasse Lager aus Blättern drückte und mit der anderen Hand die Schärpe um ihre Taille löste. Sie merkte kaum, dass sie ihm dabei half, ihre Hose auszuziehen.

Sein Atem ging schwer und unregelmäßig, während er ihren Körper mit Küssen bedeckte. Sie keuchte, als er in sie eindrang. Beide versanken in ihrer Leidenschaft – wie sehr hatten sie sich nach diesem Augenblick gesehnt! Liebe und Wollust verschmolzen ineinander, und Kate merkte kaum, dass sie mit ihren Schreien fast den herabprasselnden Regen übertönte. Ein wilder Sinnentaumel erfasste sie, als ihrer beider Höhepunkt ihre Leiber erschütterte.

Unbekleidet lagen sie beieinander, ohne etwas von der Kälte des Regens oder den stachligen Zweigen des umgestürzten Baums zu spüren. Es kam Kate vor, als füllte Luke jeden Teil ihres Wesens aus. Die Wonnetränen, die ihr in kleinen Bächen über die Wangen liefen, vermischten sich mit den Regentropfen. Die Natur mit ihrer wilden und ungezähmten Leidenschaft sprach für sie beide – in diesem Augenblick wären Worte lediglich überflüssige Laute gewesen.

Scheinbar mühelos hob Luke Kate auf und trug sie zum Fuhrwerk, an dem er seitlich eine Plane als Schutzdach befestigte. Er holte eine Laterne aus Kates Vorräten und machte sich daran, geschützt unter dem Boden des Fuhrwerks ein Feuer zu entzünden. Gegen eines der Räder gelehnt und in eine trockene Decke gehüllt, sah Kate zu, wie er sich über das Feuer beugte, das allmählich größer wurde und ihnen bald Wärme spenden würde. Träumerisch dachte sie daran, wie er sie mit seinem sehnigen Leib und den stahlharten Muskeln besessen hatte.

Sorgfältig legte Luke Rindenstücke mit der trockenen Innenseite auf die Flammen, damit das Feuer besser brannte. Nach einer Weile hob er den Blick und lächelte ihr zu. »Ich würde mir gern mal ansehen, ob der Ast Verletzungen hervorgerufen hat«, sagte er. »Du brauchst dich nicht zu genieren.« Sie erwiderte sein Lächeln und schlug die Wolldecke auf. Er hielt die Laterne hoch, um sich die Schürfwunde näher anzusehen, die quer über ihren Unterleib lief. »Wird wohl bald verheilen«, sagte er, während er sie sanft berührte. »Nur ein ziemlich übler Kratzer.« Ein wenig befangen nahm er die Hand fort, und Kate fragte sich, wieso er in einem Augenblick so selbstsicher und im nächsten so zurückhaltend sein konnte. Sie fasste nach seiner Hand und zog ihn zu sich her.

»Hab ich dir eigentlich schon gesagt, dass ich dich liebe, Luke Tracy?«, fragte sie und legte ihm den Kopf auf die Schulter. »Dass ich überzeugt bin, dich von dem Augenblick an geliebt zu haben, als ich in Brisbane am Anleger den hoch gewachsenen Mann mit seiner Bettrolle und dem Gewehr stehen sah? Du sahst so stolz und selbstsicher aus. Als du mich dann angesehen hast, war ich ganz verwirrt.«

»Ich wusste gar nicht, dass du mich bemerkt hattest«, sagte Luke leise. »Damals gehörtest du einem anderen. Ich hab dich von Anfang an für die schönste Frau gehalten, die mir je begegnet ist. Ich …« Es fiel ihm schwer, seiner Liebe Ausdruck zu verleihen, die er über ein Jahrzehnt lang unaufhörlich mit sich getragen hatte und die nie ins Wanken geraten war wie jetzt seine Worte.

Obwohl es ihm aussichtslos erschienen war, je die Zuneigung der schönen jungen Frau gewinnen zu können, hatte die kleine, aber kräftige Flamme weitergebrannt. Jetzt aber, im Schutz des großen Fuhrwerks, in einer abgelegenen Gegend an Nord-Australiens Siedlungsgrenze, schwanden all die Jahre des Schmerzes zu nichts dahin. Dieser sonderbare Ort war der Himmel, den er sich stets erträumt hatte. »Ich liebe dich, Kate, ich habe dich immer geliebt«, sagte er schlicht, und der Ausdruck in seinen Augen zeigte ihr die Tiefe des Gefühls, das er für sie empfand. »Ich kann einer Frau nicht viel bieten, schon gar nicht einer, die so schön ist wie du. Ich …«

Sie legte ihm die Finger auf die Lippen, damit er keine Gelegenheit hatte, seinen Mangel an weltlichen Gütern zu beklagen. »Versprich mir einfach, dass du mich nie wieder verlässt, Luke«, sagte sie leise und schloss die Augen. »Ich glaube nicht, dass ich es ertragen könnte, dich noch einmal zu verlieren. Ich habe so viele Menschen verloren, die mir teuer waren.«

Ohne darauf zu antworten, hielt er sie dicht an sich gedrückt, während er in die Flammen sah. Sie war wie ein vertrauensvolles Kind, und er konnte sich nicht erinnern, sich in ein und demselben Augenblick so elend und zugleich so glücklich gefühlt zu haben. Er hatte etwas Kostbareres gefunden als den Goldfluss, aber er musste noch etwas erledigen, bevor er Kate sein Wort geben konnte, sie nie wieder zu verlassen. Als man ihn vor Jahren gezwungen hatte, Australien fluchtartig zu verlassen und in seine Heimat Amerika zurückzukehren, hatte er einen Racheschwur getan. Ihm war klar, dass er mit der Einlösung dieses Versprechens, das er sich selbst gegeben hatte, mehr aufs Spiel setzte als sein Leben, nämlich die Liebe dieser Frau.

Er strich ihr über das Haar wie einem Kind, und Kate glitt in einen tiefen und zufriedenen Schlaf. Zum ersten Mal in vielen Jahren war sie wahrhaft glücklich.

26

An Bord der *Osprey* stand nicht alles zum Besten.

Am Tag, bevor das Schiff Cooktown erreichte, erwog der Erste Steuermann Sims ernsthaft, heimlich von Bord zu gehen und sein Glück auf den Goldfeldern am Palmer zu versuchen. Je näher sie dem Goldhafen kamen, desto mehr verdichteten sich seine Zweifel an der Zurechnungsfähigkeit des Kapitäns.

Anfangs hatte die Besatzung nicht weiter darauf geachtet, dass Mort in den dunklen Stunden vor Morgengrauen wirr redete, und es für die Folge heimlichen Trinkens gehalten. Aber Sims hatte gesehen, wie Mort mit dem Degen herumgefuchtelt hatte, als wolle er jemanden damit erstechen, und in dem Augenblick war der Kapitän stocknüchtern gewesen.

»Haben Sie den Nigger gesehen?«, hatte er, über und über mit Schweiß bedeckt, hervorgestoßen, während er auf eine Ecke seiner Kajüte einstach. Sprachlos hatte ihm Sims zugesehen. »Was für ein Nigger, Käpt'n?«, hatte er verständnislos gefragt.

Mort hatte seinen Angriff auf das Gespenst eingestellt, das nur er sehen konnte, und den Ersten Steuermann angestarrt. »Ein Ureinwohner, von Kopf bis Fuß mit weißen Federn bedeckt.«

Da es Sims nicht zustand, am Geisteszustand seines Kapitäns zu zweifeln, hatte er sich kopfschüttelnd rückwärts aus der Kajüte geschoben. Mehr noch als die Spiegelfechterei mit dem eingebildeten Ureinwohner hatte Sims die Anweisung des Kapitäns beunruhigt, Baron von Fellmanns persönliche Habe im Laderaum zu durchsuchen. Mort hatte ihm nicht aufgetragen, nach etwas Bestimmten Ausschau zu halten, und ihm war nichts aufgefallen.

»Keine Papiere oder dergleichen?«, fragte Mort, der am Kartentisch in der Kajüte stand.

»Nichts außer Kleidungsstücken und so etwas, Käpt'n«, gab Sims zur Antwort.

Mort entließ ihn mit einer ungeduldigen Handbewegung, und erleichtert kehrte Sims an Deck zurück. Seiner festen Überzeugung nach hatte der Kapitän nicht alle Tassen im Schrank. Er hatte vor vielen Jahren als junger unerfahrener Leichtmatrose unter einem ähnlichen Kapitän gedient, der den Verstand verloren und drei seiner Leute umgebracht hatte, bis ihn schließlich das gleiche Schicksal ereilte. Die Besatzung hatte sich darauf geeinigt, sämtliche Todesfälle als Unfälle auf See hinzustellen, denn die Männer fürchteten die Folgen, wenn sie wahrheitsgemäß erklärten, dass sie ihren Kapitän in Notwehr getötet hatten. Damals hatte Sims mit den anderen einen blutigen Eid geschworen, nie über den Vorfall zu sprechen.

Jetzt musste er erleben, wie sich all das wiederholte: Ein Mann, dem die Macht über andere anvertraut war, glaubte, von einem alten Ureinwohner-Krieger verfolgt zu werden, und war so argwöhnisch geworden, dass er dem Baron grundlos nachspionieren ließ. Die Vorstellung, das Schiff in Cooktown zu verlassen, erschien Sims von einer Minute zur anderen verlockender.

An Deck atmete er tief die salzige Luft ein. Er genoss den Silberglanz über dem blauen Wasser und sah voll Freude zu, wie Delfine anmutig durch die Bugwelle der Bark glitten. Nach Ansicht der Seeleute bedeutet der Anblick von Delfinen Glück. Er hoffte sehr, dass das stimmte.

Kapitän Mort hatte gute Gründe, sich verfolgt zu fühlen, und gehofft, sein Erster Steuermann werde belastendes Material gegen den Baron finden. Zwar genügte der an den Baron gerichtete Brief, den Mort hatte abfangen können, doch wäre weiteres Material für die unvermeidliche Abrechnung mit dem Mann von Vorteil gewesen.

Dieser Brief war eingetroffen, als die *Osprey* noch in Brisbane am Ausrüstungskai lag. Da Mort überzeugt war, alle um ihn herum wollten ihm schaden, hatte er ihn heimlich geöffnet. Was er da las, rechtfertigte seine Bedenken nur allzu sehr. Lady Macintosh wies den deutschen Adligen an, Mort bei der Rückkehr von der Expedition der Polizei zu übergeben. Das passt ins Bild, ging es ihm durch den Kopf, während er den Brief las. Von der Familie Macintosh war bekannt, dass sie sich durch nichts vom Geldverdienen abhalten ließ, nicht einmal durch wichtige persönliche Angelegenheiten. Erst sollte Mort seinen Auftrag erledigen – dann würde man ihn festnehmen!

Er vermutete, dass man bereits den Haftbefehl gegen ihn ausgestellt hatte: Mord an zahllosen jungen Eingeborenenfrauen, die sie bei der Suche nach Arbeitskräften im Pazifik an Bord genommen hatten. Jemand hatte den Mund nicht halten können. Aber wer? Stets hatte er sorgfältig darauf geachtet, seine Eingeborenen-Besatzungen nach jeder Reise in ihre Heimat zu entlassen und durch neue Leute zu ersetzen. Es war kaum anzunehmen, dass diese Inselbewohner den Behörden in ihrer fernen Heimat gemeldet hatten, was sie über ihn wussten.

Mort hatte hin und her überlegt, wer das nötige Wissen hatte, um die in dem Brief angesprochenen Taten zu berichten. Während er weiterlas, erfuhr er es: Jack Horton! Er wusste also, warum die Matriarchin des Macintosh-Clans so darauf brannte, ihn hängen zu sehen, ganz wie die verdammten Duffys.

Aber seine Vermutung trog ihn. Der Anlass dafür, dass Daniel Duffy Lady Enid gebeten hatte, an der Ergreifung Morts mitzuwirken, war der brutale Mord an einer Frau in Sydney, die er schon fast vergessen hatte. Es ging gar nicht um die jungen Eingeborenenfrauen von den Inseln!

Mort konnte nicht wissen, dass Lady Enid hoffte, er werde nach seiner Festnahme – angesichts der Wahl zwischen dem Tod am Galgen und einer lebenslangen Gefängnisstrafe – die Mitwirkung ihres Neffen an der Verschwörung, die zum Tode ihres Sohnes geführt hatte, gestehen. Sie hatte beträchtlichen Einfluss auf das Gerichtswesen in der Kolonie, und zudem bemühte sich der junge Anwalt Daniel Duffy auch hinter den Kulissen darum, eine Festnahme Morts in der Kolonie Queensland zu erreichen.

Anfangs hatte Mort erwogen, den Brief zu vernichten, war aber nach längerem Überlegen zu dem Ergebnis gelangt, dass es besser war, ihn in die Hände des Barons gelangen zu lassen. Immerhin war es möglich, dass man ihm die gleiche Mitteilung auch noch auf andere Weise hatte zukommen lassen. Daher hatte Mort den Brief sorgfältig wieder verschlossen. Immerhin durfte er sich bis zum Ende der in alle Einzelheiten vorbereiteten Expedition sicher fühlen, hatte er sich mürrisch getröstet. Aber zwischen Anfang und Ende einer jeden Unternehmung konnte viel geschehen. Noch hatte er freie Hand und rechnete fest damit, dass seine handverlesene Besatzung – Männer seines Schlages – zu ihm halten würde, falls der Baron den Versuch unternehmen sollte, ihn an Bord seines eigenen Schiffes festnehmen zu lassen.

Dann aber kam ihm ein beunruhigender Gedanke. Er hatte in den Unterlagen in Granville Whites Kontor gesehen, dass der Baron für seine Expedition einen irisch-amerikanischen Söldner namens O'Flynn verpflichtet hatte, der in Cooktown mitsamt einer kleinen Truppe an Bord kommen sollte. Im Frachtraum befanden sich mehrere Kisten mit den erst vor kurzem entwickelten Winchester-Repetiergewehren. Würde er sich mit seiner Besatzung dem Baron und dessen Söldnern gegenübersehen, wenn es an der Zeit war, den Deutschen aus dem Weg zu räumen? Flüchtig überlegte er, ihn umzubringen, bevor sie Cooktown erreichten, verwarf den Gedanken aber gleich wieder. Immerhin war es möglich, dass dieser O'Flynn mit Lady Enid und von Fellmann im Bunde stand. Falls das Schiff ohne den Baron in Cooktown einliefe, würde O'Flynn möglicherweise die Behörden auf ihn hetzen und dafür sorgen, dass man ihn verhaftete.

Nein, grübelte Mort. Er würde warten, bis sie Cooktown hinter sich hatten. Die Erfahrung hatte ihn schon vor langer Zeit gelehrt, wie wichtig es war, den richtigen Zeitpunkt abzupassen und auf eine günstige Gelegenheit zu warten. Ohne die instinktive Kenntnis des richtigen Zeitpunkts zum Losschlagen hätte er sein oft gefahrvolles Leben nicht führen können, und nur höchst selten hatte er einen Gegner unterschätzt.

Bei seinem früheren Sergeant Henry James war das der Fall gewesen, doch war es mehr als unwahrscheinlich, dass sich ihre Wege je wieder kreuzen würden. Sollte es aber doch dazu kommen, wusste Mort, dass er sich an dem Mann rächen würde, der ihn einst zum Gespött gemacht hatte.

Dieser O'Flynn ... Welche Art Gegner war er im Falle einer Konfrontation? Iren schienen ihm anzuhängen wie Kletten, dachte er verbittert. Iren und der Geist eines alten Darambal-Kriegers, der ihn Nacht für Nacht heimsuchte und mit anklagenden Augen ansah.

Es war Zeit, das Mittagsbesteck zur Standortbestimmung aufzunehmen. Als er mit dem Sextanten an Deck trat, sah er, dass sich der Baron mit einem der Männer der Besatzung unterhielt. Krankhafter Argwohn ließ ihn sich fragen, worüber sie wohl sprechen mochten.

Von Fellmann sah den Kapitän ebenfalls und begrüßte ihn herzlich. »Guten Morgen, Kapitän. Ein herrlicher Tag.«

Der Baron war glatt rasiert und sah blendend aus. Seine Art, sich zu halten, ließ ihn größer erscheinen als seine ein Meter fünfundsiebzig. Mort schätzte ihn auf Ende vierzig, obwohl das seinem Gesicht nicht anzusehen war, doch durchzogen vereinzelte graue Fäden sein kurz geschnittenes braunes Haar. Seine braunen Augen wirkten klug und entschlossen. Sein Auftreten verkündete seine Macht. Schon bald hatte Mort widerwillig anerkennen müssen, dass er seinen Passagier in keiner Weise unterschätzen durfte. Er nickte grüßend zurück, und der Baron fuhr fort: »Ihr Mann hier sagt mir, dass es nur noch gut vierundzwanzig Stunden bis Cooktown sind. Stimmt das?«

»Ja. Wir hatten günstigen Wind und Glück mit dem Wetter, Baron«, gab Mort zur Antwort. »Mein Mann kennt diese Gewässer. Wir haben vor einer Weile den Pyramidenberg passiert, und das bedeutet, dass wir uns Cooktown nähern.«

Der Baron warf einen Blick auf die an Backbord vorüberziehende Küste und sah ein von Dschungel bedecktes gezacktes

Gebirge, über dem weiße Wolken am Himmel trieben. Das Bild unterschied sich nur wenig von dem, was er auf den Inseln nahe dem Wendekreis östlich der Kolonie gesehen hatte.

»Was wissen Sie über diesen O'Flynn, den wir in Cooktown an Bord nehmen?«, fragte Mort den Baron.

Von Fellmann, auf diese Weise in seinen Betrachtungen unterbrochen, wandte sich dem Kapitän zu. »Eine überflüssige Frage«, sagte er mit einem angedeuteten Lächeln. »Aber ich will sie dennoch beantworten. Mister O'Flynn ist ein Abenteurer. Ich bin ihm zwar noch nie begegnet, kenne aber seinen Ruf durch Dritte. Er hat in den letzten zehn Jahren an vielen Orten der Erde in vielen Kriegen gekämpft. Obwohl er dabei ein Auge eingebüßt hat, gilt er als treffsicherer Gewehr- und Pistolenschütze. Man munkelt, dass er nach der mexikanischen Revolution unter Juárez als Vertreter der nordamerikanischen Regierung in Mittelamerika tätig war. Ich hatte das Glück, mich für unsere Expedition seiner Dienste versichern zu können.«

»Worum geht es dabei?«, fragte Mort, woraufhin ihn von Fellmann misstrauisch ansah.

»Wir wollen Handelsniederlassungen für Hamburger Kaufleute errichten«, gab er zur Antwort und wartete, ob Mort weitere Fragen stellen würde. Mort begriff aber die Antwort und verfolgte die Sache nicht weiter. Unter einem Vorwand entschuldigte er sich und suchte seine am Heck gelegene Kajüte auf.

Der Baron sah ihm nach und richtete dann den Blick wieder auf die Küste. Er war unruhig. Täuschte er sich, oder legte der Kapitän der *Osprey* seit dem Ablegen aus Brisbane ihm gegenüber eine gewisse Feindseligkeit an den Tag? Er schüttelte den Kopf. Mort konnte von der Verschwörung gegen ihn nichts wissen. Im Augenblick war Fellmanns Auftrag weit wichtiger als dieser Mann. Im Vergleich zu der Notwendigkeit, etwas gegen das immer weiter wuchernde Spinnennetz des britischen Imperialismus zu unternehmen, waren die Morde an einer Hand voll Eingeborenenfrauen bedeutungslos. Er hatte Lady Macintosh telegrafisch gebeten, unbedingt dafür zu sorgen, dass man nichts gegen Kapitän Mort unternahm, solange er im Dienst der deutschen Interessen unterwegs war. In ihrer verschlüsselten telegrafischen Antwort hatte sie zögernd zugestimmt.

Während er zusah, wie die Delfine im kristallklaren Wasser des Pazifik die Bugwelle der *Osprey* durchschnitten, machte er sich Gedanken über diesen O'Flynn, von dem ihm seine Frau versichert hatte, dass er von ihm mehr erwarten dürfe, als er anfänglich angenommen hatte. Es schien sich bei ihm um einen sehr bemerkenswerten Menschen mit einer geheimnisvollen und gefährlichen Vergangenheit zu handeln.

27

Emma James fiel die Veränderung an Kate sofort auf, als sie mit Luke von der Viehzuchtstation zurückkehrte. Sie strahlte bei jedem Schritt vor Glück.

Sobald sie im Laden einen Augenblick lang allein waren, rief Emma mit freudigem Lächeln aus: »Du bist verliebt, Kate O'Keefe.«

Schüchtern lächelnd sah Kate beiseite. Konnte man ihr das Glück so deutlich ansehen? War ihr Ruf eiserner Selbstbeherrschung eine Sache der Vergangenheit? »Das kann nur Mister Tracy sein«, fuhr Emma fort, ohne weiter auf Kates Schweigen zu achten. »Hat er dir einen Antrag gemacht?«, fügte sie hinzu.

»Wie kommst du darauf, dass ich in Luke Tracy verliebt sein könnte?«, wehrte Kate schwach ab. Emma lächelte sie wissend an.

»Weil es dir ins Gesicht geschrieben steht, Kate«, gab Emma zurück. »Ich kenne dich jetzt schon viele Jahre und habe immer gewusst, dass du etwas für ihn übrig hast – du wolltest es nur nie wahrhaben. Unterwegs muss irgendwas passiert sein, das dir zu Bewusstsein gebracht hat, was uns allen klar war«, sagte sie. Immerhin war sie eine Frau, und Frauen hatten nun einmal in solchen Angelegenheiten ein feines Gefühl.

Kate sah der Freundin offen in die Augen. »Du hast Recht«, sagte sie und seufzte glücklich ergeben. »Ich habe mir endlich eingestanden, dass ich Luke schon immer geliebt habe.«

Emma umarmte sie stürmisch. »Ich freu mich ja so für euch beide«, sagte sie mit Tränen in den Augen. »Du hast wirklich ein bisschen Glück verdient. Immer warst du für alle da und hast nie an dich gedacht. Bestimmt ist Mister Tracy ein Mann, der dich immer lieben und sich um dich kümmern wird.«

Mit einem Mal merkte Kate, dass sie beide weinten. Doch waren es Tränen des Glücks, und dieses Glück wollte sie mit der Welt teilen.

Als Henry in den Laden kam, sah er, dass Emma und Kate einander weinend in den Armen lagen. Beunruhigt trat er zu ihnen und fragte nach dem Grund ihres Kummers. »Von Kummer kann keine Rede sein«, gab Emma mit leisem Lachen zurück. »Es könnte gar nicht besser stehen.« Verwirrt verzog er das Gesicht und verließ den Laden. Wahrscheinlich war es besser, die beiden bei ihrem Anfall geistiger Umnachtung allein zu lassen. Warum heulen, wenn man glücklich ist? Das schien ihm keinen Sinn zu ergeben. Allerdings folgte er damit der männlichen Logik. Er verstand nicht viel von der geheimnisvollen Welt der Frauen.

»Hat er dir einen Antrag gemacht?«, wiederholte Emma ihre Frage, als sich die beiden Frauen aus ihrer Umarmung lösten. Kate schüttelte den Kopf und setzte sich auf ein Melassefass.

»Noch nicht«, sagte sie mit sehnsüchtiger Stimme. »Aber er tut es bestimmt …« Sie verstummte und dachte an all das, worüber sie auf dem Rückweg nach Cooktown gesprochen hatten. Es gab da etwas, was er ihr nicht sagte, überlegte sie und verzog sorgenvoll das Gesicht. Vermutlich war es eine Art Bürde, derer er sich entledigen musste, bevor er seinem Leben eine neue Wendung geben konnte.

Emma sah, wie sich Kates Gesicht umwölkte, und nahm ihre Hand. »Er tut es bestimmt«, sagte sie. »Ich denke, er gehört zu der Sorte Mann, die sich mutig jeder Gefahr stellt – nur nicht dem Pfarrer am Traualtar.«

Kate hob den Blick, und beide lachten. Sie glaubte nicht, dass der Gedanke an die Ehe Luke schreckte. Musste sie möglicherweise den harten und zugleich sanften amerikanischen Goldsucher behutsam dazu bringen, um ihre Hand anzuhalten? Wenn doch ihre Brüder noch lebten, die Luke dazu auffordern konnten, sie zu einer ehrbaren Frau zu machen, dachte sie betrübt. Sie wusste noch genau, wie entsetzlich sich einst Michael im Hinterhof des Erin mit Kevin O'Keefe geprügelt hatte, damit dieser Kate heiratete. So war das nun einmal bei den Iren: Ein Bruder verteidigte ganz selbstverständlich die Ehre der geliebten und hoch geschätzten Schwester.

»Ich denke schon, dass er es tun wird«, sagte sie schließlich, als sie aufgehört hatten, über die Vorstellung eines verängstigten Luke Tracy zu lachen. »Wenn er so weit ist.« Wieder verfinsterte sich ihr Gesicht. Noch nie zuvor hatte sie so viel Glück und so viel Angst zugleich empfunden. Zwar war sie ihrer Liebe zu ihm sicher, aber sie wusste nicht, ob sich dieser Mann der endlosen Horizonte mit dem Gedanken an eine Ehe anfreunden konnte, trotz der offenkundigen Liebe, die er für sie empfand. Sie versuchte sich zu sagen, dass am Ende alles gut würde. Der Gedanke, dass nur die Liebe in so kurzer Zeit so viele verwirrende und widerstreitende Empfindungen in einem Menschen hervorrufen kann, machte sie ruhiger, und ihr Gesicht hellte sich auf.

Doch als sie an jenem Abend zusammen mit Luke auf der Veranda von Henrys und Emmas Haus über dem Fluss saß, kehrten ihre geheimen Befürchtungen zurück. Emma hatte darauf bestanden, dass die beiden mit ihr und Henry zu Abend aßen, und die Mahlzeit war angenehm verlaufen. Bei Tisch hatten die Männer über die jeweiligen Vorzüge englischer und amerikanischer Schusswaffen für den Einsatz an der Grenze von Queensland und über den Goldpreis an der Warenbörse von Sydney gesprochen, während sich die Frauen über die teuren Lebensmittel und die Schulen der Kinder unterhalten hatten. Nach dem Essen hatte Emma ihren Mann beiseite genommen, damit er Luke und Kate ungestört eine Weile auf der Veranda allein ließ. Henry knurrte widerwillig, er und Luke müssten viel miteinander besprechen, doch ein vernichtender Blick seiner Frau brachte ihn zum Verstummen.

Jetzt saßen Kate und Luke nebeneinander vor dem Haus und sahen auf den Fluss hinab, auf dem die Lichter zahlreicher ankernder Schiffe und Boote ein buntes Muster bildeten. Allmählich kühlte die warme Tropennacht ein wenig ab. Kate hängte sich bei Luke ein, der gedankenverloren an einem Stumpen sog, und legte ihren Kopf auf seine Schulter. Der Frieden war vollkommen. Schöner konnte die Welt nicht sein.

»Ich liebe dich, Kate«, sagte Luke, und sie drückte liebevoll seinen Arm. »Aber ich muss etwas tun, von dem ich annehme, dass du damit nicht einverstanden wärest.«

Kate ließ seinen Arm los und sah ihn an. »Nämlich was?«, fragte sie. »Was könntest du tun, mit dem ich nicht einverstanden wäre?«

Er wandte sich ihr zu, und sie sah, wie angespannt sein markantes Gesicht war. »Ich muss noch was in Ordnung bringen, bevor wir …« Er verstummte, und Kate griff fest nach seinem Arm.

»Bevor wir was?«, fragte sie. Er sah beiseite und richtete den Blick auf den Fluss. Eine Weile herrschte Schweigen und allmählich verlor Kate die Geduld mit diesem schweigsamen Menschen. »Bevor wir was?«, fragte sie erneut und rüttelte ihn sacht.

»Bevor wir ein gemeinsames Leben führen können«, sagte er schließlich.

»Heißt das, du willst mich heiraten?«

Bedächtig schüttelte er den Kopf. »Das kann ich nicht von dir erwarten«, sagte er betrübt. »Ich kann dir nichts bieten, Kate. Ich habe nichts … außer meiner Liebe.«

»Das genügt«, sagte Kate leise. »Alles andere, was eine Frau sich wünschen könnte, habe ich.«

»Damit kann ich nicht einverstanden sein. Ich muss selbst etwas in eine Ehe einbringen«, sagte er im Brustton der Überzeugung. Ein Mann ließ sich nicht von einer Frau aushalten. Es war seine Aufgabe, sich um seine Frau zu kümmern. »Doch zuvor muss ich etwas tun, um ein Unrecht aus der Welt zu schaffen, das man mir vor langer Zeit angetan hat.«

Die Entschlossenheit, die in seinen Worten mitschwang, ängstigte Kate. Sie kannte ihn gut genug, um zu wissen, dass sein Vorhaben unter Umständen gefährlich war. Stand er wieder im Begriff, einen seiner einsamen und gefährlichen Züge in die Wildnis zu unternehmen, auf der Suche nach einem neuen Goldfeld wie dem am Palmer?

»Ich habe dir die Mittel für die Expedition zum Ironstone bei Rockhampton angeboten«, erinnerte sie ihn.

»Um so etwas geht es nicht«, wich er aus. »Es ist eine persönliche Angelegenheit, und ich erzähl dir alles, wenn es vorbei ist. Du musst mir einfach vertrauen, Kate.«

Seufzend ließ sie seinen Arm los. »Ich werde dir keine Fragen stellen«, sagte sie ruhig und umschlang ihre Knie. »Aber versprich mir, auf keinen Fall etwas zu tun, das gegen das Gesetz verstößt.« Luke zog den Kopf ein. »Das ist schon in Ordnung«, sagte er. »Es geht darum, ein Unrecht aus der Welt zu schaffen.«

»Ich denke, wir sollten ins Haus gehen«, sagte Kate. Luke merkte ihrer Stimme an, dass sie verärgert war. »Es gehört sich nicht, dass wir so lange von unseren Gastgebern fort bleiben.« Luke erhob sich, um ihr zu folgen. Unmittelbar, bevor sie ins Haus traten, blieb sie stehen und sagte in scharfem Ton: »Denk dran – nichts Ungesetzliches, Luke Tracy, sonst will ich dich nicht wieder sehen.«

Mit kläglichem Ausdruck wandte er den Blick von ihr. Er fühlte sich so elend wie schon lange nicht mehr. Wie konnte er der Frau, die er liebte, erklären, dass er unbedingt dies Unrecht aus der Welt schaffen musste, das man ihm vor sechs Jahren angetan hatte? Mit dem man ihn auf eine Reise geschickt hatte, die ihn weit von ihr weggeführt hatte? Sechs Jahre des Umherziehens in seiner Heimat, wobei ihm Kates Unerreichbarkeit fortwährend schmerzlich vor Augen gestanden hatte. Zwar war ihm ihre Liebe wichtiger als jedes Goldland, doch ebenso wichtig war ihm der Stolz, ohne den er kein Mann gewesen wäre.

28

Der dröhnende Hall eines Revolverschusses in einer Gaststube voller Menschen erregt zwangsläufig Aufmerksamkeit. Michael erstarrte, wie auch John Wong. Während er die Spielkarten in der einen Hand behielt, griff er vorsichtig nach der Pistole in der Jackentasche.

»Goldsucher!«, dröhnte eine Stimme vom Eingang. »Ich heiße Luke Tracy und bin einer von euch.« Die schweigsamen Männer an den Tischen wandten sich dem hoch gewachsenen Fremden zu, der da im Türrahmen stand. War das einer von denen, denen die Tropensonne das Gehirn verbrannt hatte oder die über ihrem Pech bei der Goldsuche am Palmer den Verstand verloren hatten? »Ich brauche eure Hilfe, um eine Angelegenheit mit einem verdammten Schweinekerl zu regeln, der im selben Raum wie ihr sitzt und mit euch trinkt«, fuhr Luke fort. »Er ist kein Goldsucher, sondern ein Rechtsanwalt, ein Blutsauger, der ehrliche und schwer arbeitende Goldsucher um ihre Rechte betrügt.«

In der Menge wurden Stimmen laut, denen anzuhören war, dass die Männer auf der Seite des Neuankömmlings standen. Sie hatten nichts für elegant gekleidete Herren aus der Stadt übrig, die sich vom Schweiß ehrlicher Goldsucher nährten, und so sahen sie sich mit wässrigen Augen um, wer von den Anwesenden besser gekleidet war als sie selbst. Feindselige Blicke richteten sich auf einige Kaufleute, Bankiers und Pferdehändler, die abwehrend murmelten: »Seh ich etwa wie ein verdammter Anwalt aus?«

Nur Hugh Darlington sagte nichts, während er verzweifelt überlegte, wie er sich der Situation entziehen konnte. Sein schlimmster Albtraum war Wirklichkeit geworden. Er vermutete, dass Kate O'Keefe hinter dem erneuten Auftauchen des Mannes stand, den er vor Jahren betrogen und dann bei der Polizei denunziert hatte.

Ein stämmiger Goldsucher, der Hugh Darlington kannte und ihn nicht ausstehen konnte, packte ihn beim Kragen seines teuren Jacketts. »Meinst du den Burschen hier?«, knurrte er drohend und hob den Anwalt mühelos vom Boden. Die Menge teilte sich, um Luke durchzulassen.

»Genau den«, knurrte Luke in Unheil verkündendem Ton.

»Ein paar von euch kennen mich vielleicht«, meldete sich Henry zu Wort, der neben Luke getreten war. »Die anderen sollen ruhig wissen, dass ich früher Polizist war. Nach allem, was mir Mister Tracy gesagt hat, sieht es ganz so aus, als hätte dieser Mister Darlington hier gewaltig Dreck am Stecken. Ich bitte euch also um Aufmerksamkeit. Gebt euer Urteil ab, wenn ihr gehört habt, was er zu sagen hat.«

Die meisten Männer in der Gaststube nickten beifällig. Hugh war übel vor Angst. Das Ganze sah verdächtig danach aus, als wollten die Leute das Recht selbst in die Hand nehmen. Manche hier nannten ein solches gesetzwidriges Vorgehen *natürliche Justiz*.

Luke hielt ein zerfetztes Blatt Papier hoch. »Das ist eine Quittung über einen Betrag, den ich Darlington vor ein paar Jahren gegeben habe. Es war der Gegenwert für Gold, das ich im Jahre '68 hier oben gefunden habe. Darlington hat das Geld genommen und mich an die Polizei verraten. Damals dachte ich, es hätte damit zu tun, dass ich gegen die Goldgesetze verstoßen hatte, aber inzwischen ist mir aufgegangen, der Bursche hat mich mächtig übers Ohr gehauen. Sergeant … Entschuldigung, Mister James hier kann Ihnen das allen bestätigen. Was ich sage, ist die reine Wahrheit. Ich bin bereit, auf die Bibel zu schwören, dass es sich so verhält und nicht anders.«

Das Gemurmel der Goldsucher nahm an Lautstärke zu und wurde erkennbar wütender. Der kräftige Mann, der den Anwalt aus Rockhampton immer noch in der Luft hielt, knurrte: »Was ham Se dazu zu sagen, Darlington?«

Es war Hugh klar: Was auch immer er sagte, er musste sehr vorsichtig sein. Hier hatte er es nicht mit Geschworenen zu tun, die er mit den Feinheiten des Gesetzes beeindrucken konnte – hier zählten nur nackte Tatsachen. »Sofern Mister Tracy glaubt, Grund zur Klage zu haben«, sagte er, so ruhig es ihm möglich war, »bin ich bereit, die Sache mit ihm in meiner Kanzlei in Rockhampton zu einem Zeitpunkt zu regeln, den er bestimmen kann.«

»Das reicht nicht«, rief eine Stimme aus der aufgebrachten Menge. »Erledigen Sie die Sache jetzt. Mister Tracy hat lange genug gewartet.« Die anderen Gäste stimmten in diese Forderung ein.

»Meine Herren!«, sagte Hugh, als wäre er in einem Gerichtssaal. »Mein Vorschlag ist, Tracy holt sich das Geld bei Missus O'Keefe, denn ihr habe ich es gegeben.«

Als der Name seiner Schwester fiel, erhob sich Michael halb von seinem Stuhl. John zog ihn herunter und zischte ihm zu, dass ihn diese Angelegenheit nichts angehe.

»Unser Mister Darlington«, sagte Luke mit kalter Stimme, »ist hierher nach Cooktown gekommen, um Missus O'Keefe unter Druck zu setzen. Sie soll ihm Geld zurückzahlen, das ihr von Rechts wegen zusteht. Der Rest, den er noch im Besitz hat, gehört mir. Von einem Mann, der sich nie im Leben die Hände schmutzig gemacht hat wie die anständigen, schwer arbeitenden Goldsucher hier, kann man wohl nichts anderes erwarten, als dass er Frauen bedroht.«

»Meine Herren, meine Herren«, bemühte sich Hugh verzweifelt den Lärm der wütenden Stimmen zu übertönen. »Was Mister Tracy da über Missus O'Keefe sagt, ist gelogen. Sie hat mit mir eine geschäftliche Vereinbarung getroffen, derzufolge das Geld zu einem von mir zu bestimmenden Zeitpunkt zurückzuzahlen ist. Sie können sie selbst fragen.«

»Über das Geld, was Sie ihr gegeben haben, durften Sie gar nicht verfügen, Darlington«, blaffte ihn Luke an. Die meisten der Anwesenden kannten und achteten Kate O'Keefe. Zwar war sie in geschäftlichen Dingen hart, aber sie behandelte ihre Kunden anständig und war deren Angehörigen gegenüber großzügig, wenn sie in Schwierigkeiten gerieten. »Das wissen Sie sehr wohl. Der Lügner sind Sie, Darlington. Ein ganz verlogener Mistkerl«, fügte er hinzu.

Hugh erbleichte. Er begriff, in welche Richtung die Ereignisse unaufhaltsam steuerten. Der Mann forderte ihn heraus, und mit einem Mal hatte er Angst. Die Goldsucher, die sich an jenem späten Nachmittag in der Gaststube aufhielten, spürten, was in der Luft lag.

»Sie haben mich einen Lügner genannt, Mister Darlington«, gab Luke gelassen zurück, »und ich nenne Sie ebenfalls einen Lügner.« Im Raum trat Stille ein, und so hörte jeder, was Luke mit wildem Lächeln sagte. »Was halten Sie davon, wenn wir die Sache da draußen wie anständige Männer regeln, ganz unter uns: nur Sie, ich und Colonel Samuel Colt.« Bei diesen Worten ließ er die Rechte auf den schweren Revolver an seinem Gürtel fallen.

Hugh merkte, dass seine Hände schweißnass waren. Voll Entsetzen sah er, wie Henry James mit einem Revolver in der Hand auf ihn zukam. Als er ihn erreicht hatte, hob er sechs Kugeln hoch, damit die Menge sie sehen konnte. Dann schob er sie in die Trommel und gab Hugh die Waffe, der sie so zögernd entgegennahm, als hätte er ihm eine Giftschlange in die Hand gedrückt.

Luke hielt eine einzelne Kugel empor und schob sie in die Trommel seines Revolvers. Den Goldsuchern war klar, was das zu bedeuten hatte: Der Amerikaner gestand dem Anwalt eine bessere Chance zu. Eine mutige und sportliche Geste von einem ihrer eigenen Leute. Luke wandte sich um und trat hinaus auf die Straße.

Eifrig folgten ihm die Goldsucher in die relative Abgeschiedenheit einer Nebenstraße. Die Menge riss Hugh mit sich. Michael und John folgten den Goldsuchern, auch sie wollten Zeugen des Duells werden. Umstehende erkannten, dass eine Schießerei bevorstand, in der Stadt an der Grenze nicht gerade eine Seltenheit. Viele von ihnen eilten davon, um nicht in die Massenschlägerei verwickelt zu werden, die gewöhnlich darauf folgte. Andere blieben neugierig, als sie hörten, es gehe um einen Schusswechsel auf Leben und Tod. Geld ging von Hand zu Hand, als die beiden Männer einander auf kurze Entfernung gegenübertraten. Die meisten wetteten auf den Anwalt, weil er sechs Kugeln hatte, der Amerikaner hingegen nur eine.

John Wong nahm die Wette eines Goldsuchers an, der darauf gesetzt hatte, dass der Anwalt den verrückten Yankee umlegen würde. Die Quote sechs zu eins, die ihm der Goldsucher genannt hatte, gefiel ihm. Er war überzeugt, seine Wette zu gewinnen. Er hatte Luke aufmerksam beobachtet und war beeindruckt gewesen. Der Amerikaner bewegte sich mit der tödlichen Anmut eines jagenden Raubtiers und zeigte wie ein solches nicht die geringste Angst. Ein Mann, der den Tod nicht fürchtete, war Herr all seiner Sinne.

Als der Name seiner Schwester fiel, war Michael aufmerksam geworden. Was mag ihr dieser Amerikaner bedeuten?, überlegte er stirnrunzelnd. Falls der Bursche bei dem Duell umkam, würde er es womöglich nie erfahren.

Die Zuschauer achteten darauf, reichlich Abstand zu den Kampfhähnen zu wahren. Die Zerstörungskraft einer Revolverkugel, die auf kurze Entfernung ihr Ziel verfehlte, war höchst eindrucksvoll.

Der amerikanische Goldsucher wirkte gelassen, während der Anwalt sichtlich Angst hatte. Zwar hatte Hugh schon einmal einen Revolver abgefeuert, aber nur zum Spaß auf leere Flaschen. Er spürte, dass er dem Tod ins Auge sah, und es kam ihm ganz so vor, als sei es dem Amerikaner, der ihm da gegenüberstand, ziemlich gleichgültig, ob er selbst lebte oder tot war. Diese Haltung beunruhigte ihn.

Hier ging es um etwas völlig anderes als bei den wilden Wortgefechten mit der gegnerischen Seite im Gerichtssaal, wo er mit seiner Juristenrhetorik zu glänzen vermochte. Das hier war eine Art Gottesurteil wie im Mittelalter, bei dem als unschuldig galt, wer übrig blieb. Es war ihm klar, dass man ihm die Bitte, die Sache auf andere Weise auszutragen, als Feigheit ausgelegt hätte, und das war eines Mannes seiner Gesellschaftsschicht unwürdig.

»Wir geben uns hier nicht mit komplizierten Regeln ab, Darlington«, sagte Luke laut und ruhig. »Es gibt nur eine, und die ist einfach. Sie dürfen als Erster schießen. Wenn Sie mich nicht so treffen, dass ich kampfunfähig bin, schieße ich. Haben Sie dazu Fragen?«

Verzweifelt überlegte Hugh, woher er Hilfe bekommen könnte, doch ihm fiel nichts ein. Es war überdeutlich zu sehen, auf wessen Seite die Goldsucher standen – zwar nicht aus finanzieller Sicht, aber aus moralischer. »Ich möchte darauf hinweisen, dass ich unter Zwang stehe«, sagte er an die Zuschauer gewandt, »und Mister Tracys Tod auf Notwehr zurückgeht, die mir die gegenwärtigen Umstände aufzwingen.«

Er wandte sich Luke zu und hob seine Waffe. Schweigen legte sich über die Menge. Jeder hielt den Atem an, denn allen war klar, dass einer der beiden das Duell nicht überleben würde. Michael empfand Bewunderung für den Mut des Amerikaners, der im Angesicht des sicheren Todes völlig unbeweglich dastand. Was auch immer der Mann Kate bedeuten mochte, ging es ihm durch den Kopf, Mut hatte er.

Hugh visierte über den Lauf, den er auf Luke gerichtet hielt. Doch ihm liefen Schweißtropfen in die Augen und er ließ den schweren Revolver sinken und wischte sie mit einem sauberen Taschentuch ab. Ein unzufriedenes Murren der Menge wurde hörbar. Die Aussicht, ihren Wettgewinn nicht einstreichen zu können, verstimmte die Männer. Hugh steckte das Taschentuch ein und hob die Waffe erneut.

Wieder senkte sich Schweigen über die Menge. Hugh hielt die Waffe nur eine Sekunde lang und zog dann den Hahn. Obwohl alle Zuschauer mit dem Schuss gerechnet hatten, zuckte so manch einer zusammen, als er fiel.

Es riss Luke herum, und er stürzte seitwärts zu Boden, als ihn die schwere Bleikugel traf. Blut spritzte aus seinem Ohrläppchen, wo sie ihn gestreift hatte. Eine schreckliche Sekunde lang glaubte er, sterben zu müssen. Als er aufzustehen versuchte, sah er Blut auf seiner Schulter. Darlington war ein besserer Schütze, als er vermutet hatte, und er hatte noch fünf Kugeln in der Trommel! Ein langes Aufstöhnen aus der angespannten Menge verebbte und machte erwartungsvoller Stille Platz. Jetzt war der Yankee an der Reihe.

Während Luke aufstand, richtete Hugh seine Waffe erneut auf ihn. Die Regeln waren vergessen. Hier ging es um das Überleben, und ein guter Ruf nützte niemandem, wenn er tot war. Er feuerte ein zweites Mal. Die Kugel ließ eine Staubfontäne dort aufstieben, wo sich Luke noch einen Sekundenbruchteil vorher befunden hatte.

Im Aufstehen feuerte Luke seine einzige Kugel, und Hugh spürte, wie sie ihn in der Mitte der Stirn traf. Er sank zusammen und fiel auf die Knie. Er merkte, wie das Blut aus seiner Wunde lief. »Ich bin tot«, klagte er und hielt sich die Hände an die Stirn.

Aber der Tod kam nicht so bald. Sein Kopf schmerzte, und er spürte das klebrige Blut zwischen den Fingern. Ich lebe ja, dachte er. Außerdem wurde ihm allmählich klar, dass die eben noch so ruhige Menge aus vollem Halse lachte. Wie können die Leute im Angesicht meines Sterbens so herzlos sein?, ging es ihm durch den Kopf. Er war verwirrt.

»Wie Sie habe auch ich die Unwahrheit gesagt, Mister Darlington«, sagte Luke mit breitem Lächeln. Er stand jetzt über dem Anwalt, der im Staub der Straße lag. »Ich habe meinen Revolver nicht mit einer Kugel geladen, sondern mit zweien. Die erste war eine Sonderanfertigung von mir«, fuhr er fort und hielt den Revolver auf Hughs Kopf gerichtet. »Sie werden eine Weile ziemlich starke Kopfschmerzen haben, aber nicht sterben. Jedenfalls hab ich noch nie gehört, dass jemand an einer mit Marmelade gefüllten Wachskugel gestorben wäre. Aber die zweite Kugel, die ich hier noch habe, könnte tödlich für Sie sein – außer Sie händigen den Rest meines Geldes Kate O'Keefe aus, wie wir es seinerzeit in Rockhampton abgemacht hatten. Dazu gebe ich Ihnen zwei Tage Zeit.«

Eine begeisterte Menge nahm Luke auf die Schultern und trug ihn zur Schänke zurück. Der Alkohol würde in Strömen fließen, während diejenigen, die das Pech hatten, nicht dabei gewesen zu sein, sich von dem Geschehen berichten ließen. Es war ein großartiger Spaß, wie ihn nur ein Mann mit stählernen

Nerven machen konnte. Noch viele Jahre lang würden sich Goldsucher, Fuhrleute und Viehhirten die Geschichte am Lagerfeuer erzählen. Ein Vorfall wie dieser konnte dem Ruf eines Mannes, der in einer Kolonie an der Grenze ein öffentliches Amt anstrebte, nachhaltig schaden. Das war Darlington bewusst, und er war wild entschlossen, mit Hilfe der Gesetze gegen den Mann vorzugehen, der ihn öffentlich gedemütigt hatte.

Michael folgte der Menge zurück in die Schänke, um Johns Gewinn zu teilen. Vergeblich hatte der Goldsucher, der seine Wette mit dem breitschultrigen Eurasier verloren hatte, zu argumentieren versucht, alle Wetten seien ungültig, weil der Anwalt noch lebte. John hatte dagegengehalten, dass der Amerikaner kampflos gewonnen habe. Darlington habe die Regeln missachtet und einen zweiten Schuss abgefeuert, als er nicht an der Reihe war. Mit diesem Argument war der Goldsucher nicht einverstanden, gab aber schließlich nach, als ihn John am Kragen packte und gegen einen wackeligen Zaun krachen ließ. Die kohlschwarzen Augen des jungen Mannes erinnerten den verängstigten Mann an eine tödliche Schlange, und er bezahlte.

Michaels Wertschätzung für den Amerikaner stieg beträchtlich. Einen Mann solchen Schlages hatte jeder gern an seiner Seite, wenn es Schwierigkeiten gab, ging es ihm durch den Kopf, als die Goldsucher Luke auf der Theke absetzten. Außerdem musste noch die Frage geklärt werden, in welcher Beziehung der Mann zu seiner Schwester Kate stand. Am besten hielt er sich in seiner Nähe, wenn er herausbekommen wollte, welche Rolle er in ihrem Leben spielte.

Mit dem Ruf: »Die Greifer kommen!«, übertönte ein Goldsucher den Lärm der Feiernden. »Sie wollen den Yankee festnehmen!« Stille senkte sich über den Raum. »Kommt überhaupt nicht in Frage«, brüllte jemand, und allgemeines Jubelgeschrei antwortete ihm.

Michael packte John am Arm und zischte ihm zu: »Wir müssen ihn hier rausschaffen, bevor die Greifer ihn packen.« Sie schoben sich durch die Menge, die einen schützenden Ring um den Helden des Tages bildete.

»Mister Tracy«, rief Michael zu Luke hinüber, der auf der

Theke stand und sich einen Lappen ans blutende Ohr hielt. »Wir bringen Sie hier raus, damit Sie nicht im Knast landen.«

Luke hörte Michaels Vorschlag trotz der im Raum herrschenden Lautstärke und sah sich um. Durch ein Fenster sah er drei uniformierte Polizeibeamte, die mit grimmiger Miene die Straße entlangstürmten. »Guter Gedanke«, sagte er und sprang herab. »Aber bevor wir verschwinden, muss ich zu Kate O'Keefe und ihr was erklären.«

»Kein guter Gedanke«, knurrte Michael, während er Luke einen Weg durch die Menge der Männer bahnte, die ihm Glück wünschend auf den Rücken schlugen. »Sie könnten sie da mit reinziehen.«

»Falls ich ihr nichts sage«, begehrte Luke auf, »kriegt sie in den falschen Hals, was hier passiert ist.«

»Dafür ist jetzt keine Zeit«, gab Michael zur Antwort. Inzwischen hatten sie die Hintertür erreicht. »Die Greifer buchten Sie ein, bevor Sie was erklären können. Wir müssen Sie verstecken, bis wir eine Möglichkeit haben, Sie sicher aufs Schiff zu bringen.«

»Verdammt!«, fluchte Luke. »Sie kennen Kate O'Keefe nicht, Mister O'Flynn. Wenn ich ihr die Sache nicht erkläre, nimmt sie an, ich lasse sie einfach im Stich.«

Das würde keinen Unterschied machen, dachte Michael mit grimmigem Lächeln. Ich kenne meine Schwester. Nein, du bist bei mir sicherer aufgehoben, ganz gleich, wohin uns die Reise führt.

Die Polizeibeamten stürmten in das überfüllte Lokal und riefen, Luke Tracy solle sich im Namen der Königin stellen, zogen sich aber mit verlegenem Lächeln zurück, als ihnen Hohngelächter entgegenschlug. Mit seiner Anzeige gegen Luke wegen versuchten Mordes hatte sich der Anwalt bei der Menge nicht beliebter gemacht. Man klärte die Polizisten über den wahren Sachverhalt auf. Sie hatten Besseres zu tun, als einen gekränkten Anwalt aus Rockhampton zufrieden zu stellen. An der Siedlungsgrenze drückten Gesetzeshüter durchaus gelegentlich beide Augen zu, obwohl sie einen Eid darauf geleistet hatten, ungesetzlichem Tun Einhalt zu gebieten. Und dazu gehörte ein Duell auf jeden Fall.

Einige Stunden später berichtete ein Kunde Kate atemlos von der Auseinandersetzung, deren Zeuge er gewesen war. Sie schloss ihren Laden und eilte zur angegebenen Schänke, aber Luke war verschwunden.

Von einem der Gäste erfuhr sie, Luke sei mit Michael O'Flynn fortgegangen, für den er jetzt arbeite, soweit er wisse. Mit Tränen in den Augen verfluchte sie beide. Wer immer dieser Michael O'Flynn sein mag, dachte sie verbittert, er hat es verdient, in der Hölle zu schmoren.

Sie hatte das unwiderlegbare Gefühl, dass Luke im Begriff stand, etwas zu tun, womit er sein Leben in größte Gefahr brachte. Sie nahm sich vor, sich auch dann nie wieder mit ihm einzulassen, wenn er lebend zurückkehren sollte. Sie dachte nicht im Traum daran, um einen Mann Tränen zu vergießen, und schon gar nicht um Luke Tracy! Die Qualen, die ihr seine ungebärdige und nomadische Ader verursacht hatten, würden für zehn Menschenleben reichen. Der alte Streuner war einmal zu oft davongelaufen. Nicht nur Männer wussten, was Stolz war, sagte sie sich, mühsam ihre Tränen beherrschend, als sie langsam zu ihrem Laden zurückkehrte. Stolz war das, was allen Duffys den aufrechten Gang ermöglichte. Sie war auf keinen Mann angewiesen.

Luke stand am Ufer des Endeavour und sah zu, wie sich ein Ruderboot zwischen den Schiffen hindurchschlängelte. Neben ihm warteten Michael und fünf verwegen aussehende Buschläufer, die er für das geheimnisvolle Unternehmen angeheuert hatte. Nicht weit von ihnen stand Karl Straub allein neben einem Haufen von Ausrüstungsgegenständen.

Michael sog an einer alten Bruyère-Pfeife, während er zusah, wie sich das Beiboot der *Osprey* dem Ufer näherte. »War schon verdammt eindrucksvoll, was Sie da geboten haben, Mister Tracy«, sagte er und nahm einen Zug aus der Pfeife. »Wenn die Greifer Sie gepackt hätten, hätten Sie das Schiff wohl verpasst.«

»Möglich«, gab Luke kurz angebunden zurück und ließ die Sache auf sich beruhen. Zwar merkte Michael, dass Luke keine Lust hatte, darüber zu reden, trotzdem hätte er gern gewusst, warum der Mann bereit war, sein Leben für Kate aufs Spiel zu setzen.

Lukes Gedanken drehten sich um Kate. Im Wirbel der Ereignisse war er von ihr getrennt worden. Aber was hatte er erwartet? Wer einen Mann zum Duell herausforderte, musste damit rechnen, dass die Sache vor ein Gericht kam. Hatte er sich eigentlich überlegt, was Kate von seiner Schießerei mit ihrem früheren Liebhaber halten würde? Würde sie darin einen Anfall von Eifersucht sehen? Was für ein Mann war das, der sie zu lieben behauptete und dann diese Liebe wegen eines Ehrenhandels gefährdete? »Verdammt«, brummelte er vor sich hin. »Tut mir Leid, Kate. Wenn du doch nur wüsstest, dass mir gar nichts anderes übrig geblieben ist.« Aber seine Entschuldigung wurde von der Meeresbrise verweht.

Vielleicht versteht sie es nach meiner Rückkehr, dachte er hoffnungsvoll. Vielleicht wendet sich alles zum Besten. Doch seine Zuversicht schwand dahin. Irgendetwas sagte ihm, dass sich Kate O'Keefe nicht ohne weiteres mit Worten beeindrucken ließ. In den Augen dieser Frau zählten Tatsachen, und es würde ihm wohl nicht leicht fallen, ihr zu erklären, was er an diesem Tag getan hatte.

Das Boot stieß in einem Gewirr abgebrochener Mangrovenstümpfe ans Ufer, und zwei Männer der Besatzung halfen den Wartenden beim Einsteigen. Michael und seine Buschläufer trugen nur wenig bei sich: ihre Bettrollen und ihre eigenen Waffen. Zwei der Buschläufer sollten die Kisten bewachen, bis das Boot zurückkehrte, um sie samt der Ausrüstung und den Vorräten zu übernehmen.

Während das Boot der *Osprey* entgegenruderte, behielt Michael die Bark aufmerksam im Auge. Sie war nicht besonders groß, wirkte aber stabil und kraftvoll. Zwei Männer sahen den Ankömmlingen von der Reling aus entgegen.

Beim Anblick eines der beiden musste Michael unwillkürlich an Karl Straub denken, nur dass der Mann hier sehr viel älter war. Das dürfte Baron Manfred von Fellmann sein, vermutete Michael: Haltung und Kleidung jedenfalls passten zu einem preußischen Adligen. Dann war der andere wohl Morrison Mort, der Kapitän der *Osprey*. Bei diesem Gedanken überlief ihn ein Schauer. Mort! Der Mann, den er töten würde!

Während sich das Boot dem Schiff näherte, konnte Michael den berüchtigten Kapitän genauer ins Auge fassen und musste sich widerwillig eingestehen, dass er ein bemerkenswerter Mann war.

Offensichtlich musterte der Kapitän ihn ebenso abschätzend wie er ihn. Auf seinen Zügen lag ein Anflug von Verwirrung. Als ihre Augen einander begegneten, sah Mort beiseite.

Michael ging als Erster an Bord, und der Mann, der eine entfernte Ähnlichkeit mit Karl Straub hatte, trat auf ihn zu und hielt ihm die Hand hin. »Es ist mir eine Freude, Sie kennen zu lernen, Mister O'Flynn«, sagte er und schüttelte sie kräftig. »Ich bin Manfred von Fellmann.«

Michael erwiderte: »Das Vergnügen ist ganz auf meiner Seite.« Inzwischen war auch der letzte seiner Männer an Bord gekommen. »Ich hatte die Ehre, in Sydney Ihre Gemahlin kennen zu lernen.«

Mit einem kaum erkennbaren Lächeln auf dem gut geschnittenen Gesicht sagte der Baron: »Sie hat mir berichtet, dass Sie über bemerkenswerte Fähigkeiten verfügen, Mister O'Flynn. Genau der richtige Mann für diesen Auftrag.« Innerlich zuckte der Ire zusammen, als der Deutsche von seinen ›Fähigkeiten‹ sprach. Hoffentlich hatte ihm Penelope nichts über ihre kurze Affäre mitgeteilt!

Bevor der Baron das Thema weiter verfolgen konnte, traten Straub und Mort zu ihnen. Von Fellmann begrüßte seinen Landsmann herzlich. »Herr Straub, ich sehe, dass Sie die Ihnen übertragene Aufgabe zufrieden stellend ausgeführt haben.«

Straub ergriff die ihm hingestreckte Hand. »Mit diesem O'Flynn haben wir einen guten Griff getan. Er ist genau der richtige Anführer für unsere Buschläufer«, gab er förmlich zur Antwort. »Die Männer scheinen ihn zu respektieren.«

Der Baron ließ Straubs Hand los und wandte sich wieder an Michael. »Vermutlich kennen Sie Kapitän Mort noch nicht, Mister O'Flynn.«

»Wir hatten noch nicht das Vergnügen«, sagte Michael und sah Mort unverwandt in die toten Augen. Er hielt ihm nicht die Hand hin – auch Mort rührte keinen Finger.

»Sind Sie sicher, dass wir einander noch nicht begegnet sind, Mister O'Flynn?«, fragte Mort unsicher und sah ihn kalt an. »Irgendetwas an Ihnen kommt mir bekannt vor.«

Du erkennst in mir also meinen Vater, dachte Michael, während Hass und wütende Befriedigung in ihm aufstiegen. Mich wirst du auch noch kennen lernen. »Ich glaube nicht, Kapitän Mort«, sagte er gelassen und verbarg seine Empfindungen. »Ich habe mein ganzes Leben auf dem amerikanischen Kontinent zugebracht.«

»Wie Sie meinen, Mister O'Flynn«, gab Mort mit gerunzelter Stirn zurück, doch Michael sah, dass er ihm keinen Glauben schenkte. »Ich musste nur an einen Iren denken, der mir vor Jahren über den Weg gelaufen ist. Damals war ich bei der berittenen Eingeborenenpolizei in dieser Kolonie. Aber vermutlich sind nicht alle Iren Verbrecher.«

Die unverhohlene Herabsetzung seines Vaters erboste Michael, und er fühlte sich versucht, dem verhassten Kapitän zu enthüllen, wer er wirklich war. Hier und jetzt aber war weder der rechte Ort noch der rechte Zeitpunkt, einen Zweikampf vom Zaun zu brechen. Er würde auf den geeigneten Augenblick warten und dann dafür sorgen, dass der Mann starb, nicht ohne zu erfahren, wer sein Henker war. »Nein, Kapitän, nicht alle Iren sind Verbrecher«, gab er zurück und versuchte, die Situation zu entspannen. Ein Hund, der Angst hat, ist gefährlich, dachte Michael. Offenkundig war dem Kapitän die Ähnlichkeit zwischen Michael und seinem toten Vater unheimlich erschienen und hatte ihm Angst eingejagt.

»Gewiss entschuldigen mich die Herren«, sagte Mort unvermittelt. »Ich muss mich um das Schiff kümmern. Wir müssen

Proviant an Bord nehmen und andere Vorbereitungen treffen, damit wir morgen auslaufen können.« Er wandte sich um und ging davon, um seinen Leuten die entsprechenden Anweisungen zu erteilen.

Michael war froh, als er ging. Allem Anschein nach hatten der Baron und Herr Straub nichts von der zwischen ihnen knisternden Spannung bemerkt.

»Wir segeln morgen Mittag ab, Mister O'Flynn«, sagte der Baron. »Ab sofort verlässt niemand ohne meine ausdrückliche Erlaubnis das Schiff.«

»In Ordnung«, gab Michael zur Antwort.

»Sobald wir auf hoher See sind, werde ich Ihnen Einzelheiten über Ihre Rolle bei unserer Unternehmung mitteilen«, fuhr der Baron fort. »Inzwischen wird an Sie und Ihre Männer Rum ausgegeben. Bestimmt wissen Sie einen guten Schluck zu schätzen, bevor die *Osprey* ausläuft. Einmal auf See wird der eine oder andere von ihnen möglicherweise keine Lust mehr darauf haben.«

Michael musste lächeln. »Da könnten Sie Recht haben.«

»Ich werde in einer Stunde mit dem Kapitän zu Abend essen«, sagte der Baron. »Sie und Herr Straub sind dazu eingeladen.«

Straub nahm an, doch Michael entschuldigte sich unter dem Vorwand, es gehöre zu seiner Aufgabe, mit den ihm unterstellten Männern zu leben und zu essen.

»Ein guter Offizier denkt immer zuerst an seine Leute«, gab ihm von Fellmann Recht. »Ich habe mich in Ihnen nicht getäuscht.«

Nach einer kurzen Einweisung in den Tagesablauf auf dem Schiff kehrte Michael zu seinen Männern unter Deck zurück, wo die Rumration ausgeschenkt wurde. Da niemand damit gerechnet hatte, waren alle bester Stimmung, und einer von ihnen holte eine ziemlich mitgenommene Handharmonika aus seiner Bettrolle. Schon bald hallte der Lagerraum des Schiffs wider von den Refrains beliebter Lieder aus Amerika und von den britischen Inseln.

Michael sang nicht mit. Während sich seine Männer vergnügten, war er mit seinen trüben Gedanken ganz woanders. Unter anderem dachte er an die Materialkisten, die das Beiboot der *Osprey* inzwischen vom Ufer geholt hatte und die gerade an Bord gehievt wurden. Eine davon enthielt die Bombe.

Vom Ufer aus sah ein beleibter und nicht besonders großer Mann, einen Spazierstock mit Silberknauf in der Hand, zu, wie die letzten Buschläufer zum Sklavenschiff hinübergerudert wurden. Er spähte in die zunehmende Dunkelheit und sah erfreut, dass sich auch die Kiste im Boot befand, die er durch Michael der Ausrüstung hatte hinzufügen lassen. Jetzt brauchte der Ire nur noch seinen Auftrag zu erledigen: die *Osprey* zu versenken, bevor sie Neuguinea erreichte. Diese Insel war nach Horaces fester Überzeugung das Ziel seines deutschen Gegenspielers.

Als das Boot hinter einer riesigen chinesischen Dschunke verschwunden war, die neben der *Osprey* ankerte, machte sich Horace auf den Rückweg zu seinem Gasthof. Er hatte alles getan, was in seiner Macht stand. Jetzt ruhte die Vertretung der Interessen des britischen Weltreichs in den Händen eines irischen Söldners – eines Mannes, der auf der Fahndungsliste der Polizei von Neusüdwales stand.

Ach, Michael Duffy, dachte Horace wehmütig. Lass dich bloß nicht durch deine irische Hitzköpfigkeit von deinem eigentlichen Auftrag ablenken. Kapitän Mort ist für die Geschichtsbücher unerheblich, wohl aber muss man dem deutschen Kaiser bei seinem Versuch in den Arm fallen, die gesamte zivilisierte Welt unter seine Herrschaft zu bringen. Dem Engländer war nur allzu klar, dass das Gelingen seines Plans ganz und gar von einem Mann abhing, der nur deshalb bereit war, seine Ziele zu unterstützen, weil er auf diese Weise seine persönliche Rache befriedigen konnte, keinesfalls aber, weil er ein überzeugter britischer Patriot gewesen wäre.

Am Tag, nachdem die *Osprey* den Anker gelichtet und Cooktown verlassen hatte, bekam Kate von Hugh Darlington einen

Wechsel über eine beträchtliche Summe. Sie wurde ihrem Konto gutgeschrieben, ohne dass sie erfuhr, was für eine Bewandtnis es damit hatte, denn der Anwalt hatte Cooktown verlassen und geschworen, nie wieder einen Fuß in diese Stadt zu setzen.

Sie hörte gerüchtweise, das Duell der beiden Männer habe etwas mit dem Betrag zu tun gehabt, der ihrem Konto zugeflossen war. Doch als sie den Direktor ihrer Bank danach fragte, zuckte er lediglich die Achseln. In dieser Stadt, in der Männer mit Goldstaub und Goldklumpen für Getränke und Frauen zahlten, hatte er sich längst an sonderbare Finanztransaktionen gewöhnt.

29

Charlie Heath duckte sich im feinen Sprühregen und spähte über die Rasenfläche des menschenleeren Parks. Ihm hätte klar sein müssen, dass bei diesem Wetter niemand draußen spielen würde. Schon seit einer ganzen Woche folgte er dem Jungen, der seinen Erkundigungen nach zweifelsfrei Patrick Duffy war, auf dem Schulweg, in der Erwartung, ihn einmal an einer einsamen Stelle abzupassen, wenn er allein war. Sobald sich diese Gelegenheit ergab, konnte er ihm die Kehle durchschneiden.

Aber fast immer hatte Patrick sich in Begleitung eines anderen befunden. Er war etwa im gleichen Alter und hieß Martin Duffy, soweit Charlie in Erfahrung gebracht hatte. Er musste die beiden unbedingt voneinander trennen, damit er Patrick allein vor sein Messer bekam. Die Aussicht, eine solche Situation herbeizuführen, schien nicht besonders günstig, bis Charlie merkte, dass die beiden ziemlich häufig zwischen den Bäumen und Büschen von Frazer's Park spielten. An manchen Tagen beendeten sie erst nach Einbruch der Dunkelheit ihr Spiel, was für sein Vorhaben besonders günstig war.

Mit finsterem Lächeln hob er den Blick zu den über den Himmel eilenden Wolken. Ein Wetterumschwung stand bevor, morgen würde es schön werden. Die Jungen, die einige Tage hatten im Haus bleiben müssen, würden bestimmt im Park spielen wollen.

Der gedungene Mörder ging durch eine schmale Gasse davon. Auch wenn wieder einmal nichts aus seinem Plan geworden war, wusste er mit der Sicherheit eines jagenden Tieres, dass seine Beute am nächsten Tag an der für die Tat vorgesehenen Stelle auftauchen und er dort im Schatten warten würde.

Max Braun hatte sich in einer behaglichen, sauberen Pension einquartiert, die vergleichsweise teuer war. Doch das konnte er sich leisten, hatte er doch im Lauf der Jahre einen großen Teil seiner Einkünfte aus der Arbeit im Gasthof der Familie Duffy gespart. Da der Besitzer der Pension, ein einstiger holländischer Seemann, Hamburg aus seiner Zeit auf See gut kannte und beide etwa gleichaltrig waren, gab es viele gemeinsame Berührungspunkte, und die beiden freundeten sich bei ihren zahlreichen Gesprächen am Küchentisch nach einer Weile an.

Der Holländer hatte vor vielen Jahren sein Schiff in Sydney verlassen und eine einsame Witwe kennen gelernt, die etwas älter war als er. Er war ihr Liebhaber geworden, und bei ihrem Tod hatte sie ihm die Pension hinterlassen.

Auch wenn sich die rasch geschlossene Freundschaft zwischen den beiden Männern auf gemeinsame Erinnerungen an schlechte Kapitäne oder gute Huren gründete, war dem Holländer doch klar, dass es klüger war, seinen deutschen Freund nicht zu fragen, was er Tag für Tag zwischen Sonnenauf- und -untergang außerhalb der Pension trieb. Das ging ihn nichts an. Hauptsache, sein Gast bezahlte prompt und hielt das Zimmer sauber.

Eines Tages kehrte Max bis auf die Haut durchnässt und vor Kälte zitternd zurück, setzte sich mit einer Flasche gutem Schnaps an den Tisch und machte sich daran, sie gemeinsam mit dem Holländer zu leeren. »Sie werden sehen, der Regen hört auf.« Max nahm einen kräftigen Zug aus der Flasche und sah den Holländer an. »Ja«, sagte er mit finsterer Miene. »Das will ich hoffen. Allmählich wird die Zeit knapp.«

»Sieh mal, da oben ist ein Elsternest«, sagte Patrick und hob den Blick zur Krone eines hohen Eukalyptusbaums. »Ich klet-ter mal rauf und seh nach, ob Eier drin sind.«

Bei dieser Ankündigung verzog Martin missbilligend das Gesicht. Der Tag neigte sich schnell, und über Frazer's Park wurde es bereits dunkel. Patrick war immer auf Unternehmungen aus, die sie beide in Schwierigkeiten brachten. Wie damals in der Kapelle der Schule, als er den Messwein stibitzt und Martin dazu gebracht hatte, davon zu probieren. Sie hatten nicht gehört, dass Pater Ignatius lautlos wie ein Jagdleopard zu ihnen getreten war. »Nun, Master Patrick Duffy«, hatte der Jesuit mit hinter dem Rücken verschränkten Händen und schiefem Lächeln gefragt, »verwandeln wir Wein in Wasser? Jedenfalls hoffe ich zu Gott, dass das Ihre Absicht ist, denn Sie würden ja wohl auf keinen Fall den Frevel begehen, vom Wein des Herrn zu trinken?« Vor Entsetzen zitternd hatte Martin den hoch gewachsenen, hageren Priester angesehen, der ihr Lateinlehrer war. Sein Mund war vor Angst so ausgedörrt, dass er keinen Laut herausbrachte. Patrick aber hatte furchtlos geantwortet: »Ich hab nur Martin das Blut des Herrn gezeigt. Er will nämlich später mal Priester werden, genau wie Sie.« Der Jesuit hatte ein Lächeln unterdrückt.

»Das gibt ihm die Möglichkeit, für das Heil Ihrer Seele zu beten, Master Patrick«, hatte der Pater zurückgegeben und den Jungen mit seinen dunklen Augen fest angesehen, »wenn man Sie wegen Diebstahls zum Galgen führt.« Dabei stand auf Diebstahl gar nicht mehr die Todesstrafe – doch das hatten die Jungen nicht gewusst.

»Unser Papa ist Anwalt und würde mich raushauen«, hatte Patrick trotzig geantwortet, was Pater Ignatius mit einem Seufzen quittiert hatte. Der Junge war ein aussichtsloser Fall. Hoffentlich würde ihn die Fortsetzung seiner Erziehung in England bessern, auch wenn sie nicht im rechten Glauben geschah. Jedenfalls schienen alle in der Kolonie unternommenen Versuche in dieser Richtung fehl geschlagen zu sein.

»Auf, meine Herren«, hatte er gesagt. »Pater Francis wartet schon mit dem Rohrstock auf Sie.«

Martin hatte bei der Erwähnung des Rohrstocks weiche Knie bekommen. Noch nie hatte er das dünne Rohr auf seinem Hinterteil gespürt. Die beiden Jungen waren dem Jesuiten zur Stube des gefürchteten Paters Francis gefolgt, und dort hatte Patrick gebeten, mit diesem unter vier Augen sprechen zu dürfen. Verblüfft hatte Pater Ignatius die buschigen Brauen gehoben, die Bitte aber gewährt und den Jungen in den Raum geschoben.

Martin hatte draußen gewartet und mit verschwitzten Händen gebetet, er möge von den scharfen Hieben verschont bleiben. Sein schlimmster Albtraum wurde Wirklichkeit, als er nach einer Unheil verkündenden Stille hörte, wie der Rohrstock durch die Luft pfiff und aufschlug.

Dann hatte sich die Tür geöffnet, und Patrick war mit vor Schmerz verzerrtem Gesicht herausgekommen. Er konnte kaum sprechen und musste sich zwingen, nicht zu weinen. Immerhin stand sein Stolz auf dem Spiel.

»Sie dürfen mit Ihrem Bruder gehen, Master Martin«, hatte Pater Ignatius dann gesagt. Verständnislos hatte Martin den Priester angestarrt, sich aber rasch gefasst und war eilends durch den langen Gang davongestolpert – wie ein zum Tode Verurteilter, dem man im letzten Augenblick mitteilt, er werde doch nicht gehängt.

»Was ist passiert?«, hatte er aus dem Mundwinkel gefragt. »Warum krieg ich keine Prügel wie du?«

Patrick hatte sich bemüht, seine Schmerzen zu unterdrücken, während er neben Martin herhinkte. »Ich hab ihm gesagt, du willst wirklich Priester werden«, hatte er durch zusammengebissene Zähne hervorgestoßen. »Da würde es ja wohl nicht gut aussehen, wenn man dich bestrafen würde, weil du Messwein geklaut hast. Das haben Pater Francis und Pater Ignatius eingesehen. Sie denken, du könntest zum Priester berufen sein. Also wirst du wohl besser einer.«

Benommen hatte Martin über den Handel nachgedacht, den Patrick da für ihn abgeschlossen hatte. Zweierlei war ihm in dem Augenblick klar geworden: Nicht nur liebte er seinen tapferen Bruder, der sich durch nichts unterkriegen ließ, Gott hatte auch sein Gebet erhört, vom Rohrstock verschont zu bleiben. Möglicherweise war er tatsächlich berufen.

Patricks Vorschlag, auf den hohen Eukalyptusbaum zu klettern und ein Vogelnest auszunehmen, gehörte zu den Dingen, die sie in ernsthafte Schwierigkeiten bringen konnten. Er überlegte schon, ob er Gott bitten sollte, Patrick mit Hilfe eines Wunders an seinem tollkühnen Vorhaben zu hindern. Immerhin war der Baum hoch und hatte nur wenige Äste, an denen man sich festhalten konnte. Da hinaufzuklettern war schrecklich gefährlich!

Andererseits sollte Patrick nicht annehmen, Martin hätte Angst. Natürlich würde er mitmachen, wenn Patrick nicht von seinem törichten Vorhaben abließ. Bitte, lieber Gott, mach, dass ich nicht auf diesen Baum steigen muss, betete Martin im Stillen. Sein Gebet wurde beinahe im selben Augenblick erhört, denn eine Stimme aus den langen Schatten des Spätnachmittags sagte: »Master Martin Duffy, Ihre Mutter will, dass Sie sofort nach Hause kommen.« Die beiden Jungen wandten sich zu dem Mann um, der da aus den Schatten getreten war.

»Wer sind Sie?«, fragte Patrick argwöhnisch.

Charlie Heath grinste ihn breit an. »Ich hab im Erin einen gehoben, und der dicke Deutsche da, wie heißt er noch?«, sagte Charlie und kratzte sich das unrasierte Kinn.

Hilfsbereit sagte Martin: »Onkel Max ...«

»Genau der«, fuhr Charlie fort. »Euer Onkel Max hat gesagt, falls ich euch hier sehe, soll ich ausrichten, dass Master Martin sofort nach Hause kommen soll. Master Patrick kann hier bleiben. Für Master Martin gibt es da wohl was zu tun.«

Patrick sah zu Martin hinüber. Dieser überlegte, dass eine Arbeit im Hause besser war als die Verpflichtung, mit Patrick auf den Baum zu klettern. »Ich geh schon«, sagte er.

Enttäuscht seufzte Patrick: »Ich komm mit.«

Charlies Grinsen erstarb. Die Möglichkeit, dass der Junge Martin begleiten würde, wenn es etwas zu erledigen gab, hatte er nicht erwogen. »Ist nicht nötig, Master Patrick«, sagte er rasch. »Wie ich sehe, wollten Sie auf den Baum da – wohl ein Nest ausnehmen, was?«

Patrick fühlte sich in der Gegenwart des Mannes unwohl. Er kannte ihn nicht, aber er schien alles Mögliche über seine Familie zu wissen. Sein argloses Kindergemüt kam nicht auf den Gedanken, dass es sich um eine bewusste Täuschung handeln könnte. »Ich weiß hier ganz in der Nähe ein Regenpfeifernest mit Eiern«, fügte Charlie hinzu. »Da kommt man viel leichter ran und muss nicht extra auf 'nen hohen Baum. Ich zeig es Ihnen, während Euer Bruder nach Hause geht und tut, was er tun soll.«

Noch einmal sah Patrick zu Martin hinüber, der sich achselzuckend umwandte und zum Gasthof zurückkehrte. Eine innere Stimme forderte ihn auf, mit ihm zu gehen, doch der Fremde lächelte ihm aufmunternd zu. Er war bereits einige Schritte in Richtung auf den Weg am alten Bach zugegangen, der einst, als der weiße Mann anfing, das Gebiet um den Hafen herum zu besiedeln, Wasser geführt hatte. Regenpfeifereier waren begehrt und standen hoch im Kurs, und so folgte er dem Mann in das Buschland, das an Frazer's Park stieß.

»Was soll ich für Mama erledigen, Oma?«, erkundigte sich Martin bei Bridget, die in der Küche saß und Erbsen pahlte. »Ein Mann hat gesagt, dass Mama für mich was zu tun hat.« Bridget hörte mit ihrer Tätigkeit auf und hob den Blick zu ihrem Enkel. »Was für ein Mann?«, fragte sie mit erstauntem Stirnrunzeln.

»Der Mann, mit dem Onkel Max vor 'ner Weile geredet hat«, sagte Martin. »Mama hat zu Onkel Max gesagt, ich soll nach Hause kommen und für sie was erledigen.«

»Großer Gott!«, entfuhr es Bridget. Sie sprang auf, wobei die Erbsen über den Boden kullerten. »Max ist doch schon seit Tagen nicht hier gewesen, dummer Junge.« Martins Gesicht wurde schamrot. In seinem Eifer, einen Vorwand zum Verlassen das Parks zu finden, damit er nicht mit auf den Baum klettern musste, hatte er ganz vergessen, dass Onkel Max in der vergangenen Woche nicht da gewesen war.

»Geh in die Gaststube und sag deiner Mutter, sie soll sofort deinen Vater holen«, sagte Bridget, packte den verblüfften Jungen bei den Schultern und schüttelte ihn ärgerlich durch. »Sag ihr, sie soll so viele Männer wie möglich aus der Gaststube in Frazer's Park schicken.«

Martin gehorchte umgehend, und Bridget nahm ein Umschlagtuch von einem Kleiderhaken an der Küchentür. Ohne auf die Männer zu warten, eilte sie in die zunehmende Dunkelheit hinaus.

Während sie wie blind durch die Finsternis stolperte, murmelte sie unaufhörlich Gebete. Lieber Gott, lass Patricks Schutzengel in der Stunde seiner Not bei ihm sein. Das aufgewühlte braune Wasser ihrer Träume verwandelte sich vor ihrem inneren Auge rasch in rote Blutlachen.

Bridget fand Patrick als Erste. Sie rief ihn, und er antwortete aus dem Buschland nahe dem Park. Sie zwängte sich durch die Büsche und sah ihn vor einem kräftigen, finster wirkenden Mann stehen, der am Boden lag und mit blicklosen Augen zu den Kronen der hohen Eukalyptusbäume emporstarrte. In der Hand des Mannes blitzte ein Messer.

»Fehlt dir auch nichts, mein Liebling?«, fragte sie und drückte den Jungen fest an sich. Wortlos sah Patrick auf den Toten zu seinen Füßen. Bridget folgte seinem Blick. »Was ist passiert?«, fragte sie.

Patrick sah sie mit weit aufgerissenen Augen an und sagte dann, als kehre er aus dem Zustand tiefer Benommenheit zurück: »Ich weiß nicht.« Er versuchte noch immer, die Geräusche und Bilder zusammenzustückeln, deren Zeuge er vor wenigen Augenblicken geworden war. »Ich bin da durch die Büsche gegangen, und der Mann war ein Stück hinter mir«, sagte er und wies auf den trockenen Bachlauf. »Dann hab ich so 'ne Art Krächzen gehört. Wie ich dann ein Stück zurückgegangen bin, hab ich ihn hier liegen sehen, und sein Kopf war ganz sonderbar verdreht. Ich glaub, er ist tot.«

Bridget sah erneut auf den Mann zu ihren Füßen. Sie wusste, wie ein gebrochener Hals aussieht, denn sie hatte mitangesehen, wie die Briten irische Rebellen gehenkt hatten. Der Tote da hatte unverkennbar einen gebrochenen Hals. »Ich glaube, ich hab Onkel Max wegrennen sehen«, sagte Patrick zögernd.

Bevor Bridget etwas darauf sagen konnte, stieß eine Gruppe von Gästen aus dem Erin zu ihnen. Einer der Männer fluchte, als er den Toten sah. »Den kenn ich«, sagte er. »Das ist Charlie Heath, ein übler Geselle aus The Rocks.« Er beugte sich vor und warf einen Blick auf das Messer in der Hand des Toten. »Der hatte bestimmt nichts Gutes im Sinn.« Die anderen nickten, und der Mann hob den Blick zu Patrick. »Hast du gesehen, wie das passiert ist?«, fragte er.

»Der Junge hat nichts gesehen«, gab Bridget rasch zur Antwort, bevor Patrick etwas sagen konnte. »Er hat ihn hier gefunden.«

»Ist auch egal«, sagte der Mann und tat die Angelegenheit damit ab. »Die Greifer können sich um Charlie kümmern. Ich glaub aber nicht, dass die sich 'n Bein ausreißen werden, um festzustellen, wer ihn umgebracht hat. Er war 'n Halunke.«

Die anderen Gäste des Erin nickten zustimmend und schlenderten zum Gasthof zurück. Bridget führte Patrick aus dem Park und blieb hinter der Menge der Männer zurück, die sich lautstark darüber unterhielten, wer den berüchtigten Schläger umgebracht haben mochte.

»War das Onkel Max?«, fragte Patrick leise, während er neben ihr herging.

»Das war dein Schutzengel«, gab sie zur Antwort, und er begriff, dass er keine weiteren Fragen stellen sollte.

Später an jenem Abend kehrte Max durch die Küche in den Gasthof zurück. Verblüfft sah er Bridget mit dem Rosenkranz in den Händen am Tisch sitzen. Um diese Tageszeit lag sie gewöhnlich schon im Bett. Ganz offensichtlich hatte sie auf ihn gewartet. »Das möchte ich Ihnen schenken, Mister Braun«, sagte sie und hielt ihm den abgegriffenen Rosenkranz hin. Ohne ihn zu nehmen, senkte er den Kopf. »Ich gehöre nicht Ihrem Glauben an«, gab er zur Antwort.

Mit rätselhaftem Lächeln gab Bridget zurück: »Aber Sie sind ein Schutzengel meines Glaubens, Mister Braun. Nehmen Sie den Rosenkranz als Geschenk von einer alten Frau an, die in der kommenden Nacht nicht mehr von aufgewühltem Wasser träumen wird.«

Max nahm das Geschenk entgegen und spürte die glatten Perlen in seiner Hand. »Danke, Frau Duffy«, sagte er. »Ich werd ihn immer in Ehren halten und eines Tages an Patrick weitergeben.«

30

Ehrfürchtig sah Wallarie auf den roten Staubwirbel, der in unregelmäßigen Bewegungen über die Ebene dahinzog. Er verlagerte sein Gewicht von einem Bein auf das andere und klapperte mit seinen Speeren, während der Staubteufel an den dürren Bäumen in der Ferne zerrte. Die mächtige Luftsäule zog davon, und der Darambal-Krieger nahm seinen langen Zug südwärts über die endlosen Ebene wieder auf.

Er ging mit gesenktem Kopf. Sein linker Arm hing nutzlos wie ein toter Ast an ihm herab. Bei jedem Schritt, den er tat, rief seine Wunde ein Fieberbild in ihm hervor: Der Staubteufel hatte über die verlassene Ebene hinweg mit ihm gesprochen und die Geschichte eines Geist-Mannes und einer Geist-Frau erzählt.

Die beiden waren einander begegnet, und die Geist-Frau brachte einen Jungen zur Welt. Aber die alten Geister des Volks der Nerambura hatten gesagt, das dürfe nicht sein, da die Geist-Frau dem bösen Stamm angehöre, der in Gestalt schwarzer Krähen gekommen war, um den Lebenden die Augen auszuhacken. Also verlor die Geist-Frau den Jungen. Dieser streifte jetzt auf der Suche nach seinem Geist-Vater umher, der ein großer Krieger gewesen war. Der Geist-Vater aber lag im Kampf mit dem bösen Geist der Nacht, und die Zeit der Abrechnung war nahe.

Wallarie schüttelte den Kopf und murmelte etwas über die unverständlichen Bilder in seinem Kopf, während er unter dem azurblauen Himmelsgewölbe weiterstolperte. Als er den Blick zur Sonne hob, erstarrte er und begann vor Furcht so sehr zu zittern, dass seine Beine unter ihm nachgaben und er auf den roten Boden sank. Die Sonne war schwarz geworden, ein Zeichen, dass für ihn die Zeit gekommen war zu sterben.

Obwohl die *Osprey* auf ihrem Weg nach Norden mit heftigen Nordwinden zu kämpfen hatte, mit denen man um diese Jahreszeit eigentlich nicht rechnen musste, machte sich Kapitän Mort keine Sorgen. Das wurde anders, als das Schiffsbarometer einen Sturz des Luftdrucks ins Bodenlose anzeigte.

Mit angespanntem Gesicht breitete er die Seekarten auf dem Tisch in seiner Kajüte vor sich aus. Auf Grund seiner beträchtlichen Erfahrung als Schiffsführer in tropischen Gewässern wusste er, dass ein entsetzlicher Sturm bevorstand. So beruhigte es ihn keineswegs, als ihm der Blick auf die Karte zeigte, dass bis zur Regierungsansiedlung in Somerset nur noch vierundzwanzig Stunden zu segeln blieben.

Noch während er sich über die Karten beugte, merkte er, wie das Schiff weniger Fahrt machte. Der Wind war so stark abgeflaut, dass die Bark nahezu bewegungslos auf den trügerisch ruhigen Wogen des tropischen Meeres lag. Der Weg der *Osprey* nach Neuguinea führte durch die tückischen Gewässer um das größte Korallenriff der Welt. Man konnte manches Nachteilige über Mort sagen, aber seine Fähigkeit als Schiffsführer stand außer Zweifel. Er hatte sein Handwerk als junger Mann in den wilden und kalten Wassern der Bass-Meerenge unter den besten Kapitänen gelernt, die je durch die gefährlichen Meere des Südens gefahren waren. Doch wie sehr in der Bass-Meerenge auch die Wellen tosen und die Winde heulen mochte, war es dort vergleichsweise ungefährlich, denn es gab dort nicht diese Korallenriffe, von denen die meisten auf keiner Seekarte verzeichnet waren. Sie hatten schon so manches Schiff in die Tiefe gerissen, Frachtsegler, Trepang-Fänger und Fahrgastschiffe. So groß war deren Zahl, dass Sir George Bowen, Gouverneur von Queensland, vor zehn Jahren an der Spitze der Halbinsel von Kap York den Stützpunkt von Somerset hatte errichten lassen, damit von dort aus Rettungstrupps Schiffbrüchige bergen konnten.

Zwar wollte er mit seiner Gründung, die strategisch günstig

an der Meerenge von Malakka lag, in Konkurrenz zu Singapur treten, doch sollte er die Verwirklichung seines Traumes nicht erleben. Schon fünf Jahre, nachdem der Kapitän der *Osprey* diesen britischen Außenposten als möglichen Zufluchtsort ausersehen hatte, ging es mit Somerset zu Ende. Zu weit lag die Siedlung von allen anderen entfernt, zu sehr wurde sie von der Wildnis und feindseligen Stammeskriegern bedrängt, und so gab man sie auf. Die Natur und die Krieger des Nordens traten wieder in ihre angestammten Rechte ein.

Mort legte den Stechzirkel auf die Seekarte und beobachtete das Rollen und Stampfen seines Schiffes. Er konnte dessen Bewegungen ebenso deuten wie ein Reiter die Stimmungen seines Pferdes. Der sich nähernde Sturm war aber nicht die einzige Schwierigkeit, der er sich gegenübersah.

Seiner Ansicht nach ging von den Männern des Barons, die unter dem Befehl des Amerikaners O'Flynn standen, eine ernsthafte Bedrohung aus. Er hatte den Mann von Anfang an nicht ausstehen können; irgendetwas an ihm hatte ihn vom ersten Augenblick an beunruhigt. Nicht nur sein unübersehbar feindseliges Verhalten, sondern auch etwas Ungreifbares hatte ihm klar gemacht, dass O'Flynn für ihn eine Gefahr bedeutete.

»Käpt'n?«, rief der Erste Steuermann in besorgtem Ton vor der Kajütentür.

»Was gibt es, Mister Sims?«, knurrte Mort, während er fortfuhr, den Kurs Richtung Somerset abzustecken.

»Vielleicht nichts Besonderes«, murmelte Sims. »Aber irgendwas stimmt Backbord voraus nicht. Ich dachte, vielleicht wollen Sie es sich selbst mal ansehen.«

Mort ließ seine Karten liegen und folgte dem Mann an Deck. Dort bot sich unter dem purpur-schwarz verfärbten Himmel ein sonderbares Schauspiel. Mort sah über das ölige Wasser zu zwei Schiffen hinüber, die einander auszumanövrieren versuchten.

»Sieht ganz so aus, als wollte das französische Kanonenboot unbedingt der Dschunke da den Weg abschneiden«, überlegte der Erste Steuermann laut.

Mort neigte dazu, ihm Recht zu geben. Das Kanonenboot war kaum mehr als eine mit leichten Bordgeschützen bewaffnete Ketsch, die mit einer Hilfsmaschine ausgerüstet war. Sie versuchte, bei gleichzeitigem Einsatz der Segel und der Dampfmaschine, die schwerfällige chinesische Dschunke abzufangen, die so aussah, als hätte sie schon viele Jahre auf See hinter sich. In den Gewässern um Queensland waren diese großen Schiffe mit ihrem hohen Heck und den markanten gerippten Segeln kein ungewöhnlicher Anblick. Oft brachten sie chinesische Goldsucher und Waren für die auf den Goldfeldern des nördlichen Queensland beschäftigten asiatischen Arbeitskräfte nach Süden.

Die neugierigen Beobachter an Deck der *Osprey* konnten sehen, wie die Besatzung der Dschunke hin und her eilte und Vorkehrungen zur Abwehr der Prisenkommandos traf. Es war ein von Anfang an ungleicher Kampf, denn dank seiner Feuerkraft konnte das Kanonenboot die Dschunke aus sicherer Entfernung in winzige Teaksplitter schießen.

Hinter dem französischen Schiff aber nahte in Gestalt tiefschwarzer Wolken eine weit gefährlichere Bedrohung. Brüllende Winde peitschten die See zu hohen Wogen mit Gischtkämmen auf. Das Unwetter zog so rasch näher, dass dem Kanonenboot nicht genug Zeit für die nötigen Segelmanöver bleiben würde.

Michael Duffy stand neben Luke Tracy an der Reling. Auch ihrer Ansicht nach hatte es das Kanonenboot auf die Dschunke abgesehen. Sie sahen aus der Ferne, wie die französischen Seeleute in ihren weißen Jacken mit routinierten Handgriffen das Deckgeschütz bereitmachten, während andere mit Karabinern und Enterhaken an Deck standen.

Mort achtete nicht weiter auf das Drama, das sich vor ihren Augen entfaltete, und gab seiner Besatzung den Befehl: »Luken dicht.« Während sich die Männer daran machten, den Befehl auszuführen, merkte Michael, dass die Franzosen die Vorbereitungen zum Entern eingestellt hatten. Auch ihr Kapitän bereitete sich wohl auf einen Kampf gegen die Wut des Korallenmeeres vor. Die Matrosen hatten bereits ihre Gefechtsstationen verlassen, und Michael befahl seine Männer ebenfalls unter Deck.

Anfangs schien es, als liege die *Osprey* reglos auf dem Meer. Dann schlugen mit einem Mal ihre Segel und das Heck hob sich steil aus dem Wasser. Die wieder prall gefüllten Segel barsten fast unter dem Ansturm des Windes, während zugleich riesige Wellen den Rumpf wie mit einer gewaltigen Faust empor und zur Seite rissen. Inzwischen hatte der Sturm seine volle Gewalt entwickelt. Während das Schiff rollte und stampfte, auf Wellenberge gehoben wurde und krachend in Wellentäler stürzte, fühlten sich die Buschläufer so hilflos wie Gefangene in der Todeszelle. Für sie war es der Anfang einer langen und entsetzlichen Nacht.

»Was hatte das da oben deiner Meinung nach zu bedeuten?«, fragte Luke im Versuch, sich abzulenken. Michael schüttelte den Kopf. Es war in der Tat eine verwirrende Situation gewesen. Welchen Grund konnte ein französisches Kriegsschiff haben, vor der Küste von Queensland eine chinesische Dschunke abzufangen?

In den Tagen, die sie inzwischen an Bord der *Osprey* verbracht hatten, war zwischen den beiden Männern eine Freundschaft entstanden, die auf ihre gemeinsame Verbindung zu Amerika zurückging. Sie hatten sich über Orte unterhalten, an denen sie sich aufgehalten hatten, und über Menschen, denen sie bei ihren Reisen durch den amerikanischen Westen begegnet waren.

Michael hatte gehofft, in Erfahrung zu bringen, welche Beziehung zwischen dem amerikanischen Goldsucher und seiner Schwester Kate bestand, und tatsächlich hatte sich die Gelegenheit dazu am Vorabend ergeben, als sich die beiden allein am Oberdeck aufhielten.

»Ich habe den Eindruck«, hatte Michael beiläufig gesagt, »dass du dich mit dem Anwalt eingelassen hast, weil du die Ehre einer jungen Dame namens Kate O'Keefe verteidigen wolltest.«

Luke sah nachdenklich auf das graugrüne Buschland an

Backbord, das sich hinter dem weißen sandigen Ufer hob und senkte. Dort lag das vergleichsweise ebene Gebiet um das Kap. »So könnte man das sagen«, sagte er schließlich und sog an seiner Pfeife. Die leichte Abendbrise trug den grauen Rauch mit sich fort.

»Das muss ja eine ganz besondere Dame sein, wenn du für sie dein Leben aufs Spiel setzt«, hakte Michael nach. »Dieser Darlington hätte dich mit seinem ersten Schuss töten können.«

Luke ging in die sorgfältig gestellte Falle. »Sie ist das Risiko wert, und noch mehr«, sagte er mit sehnsüchtiger Stimme. »Ohnehin gibt es in meinem Leben nicht viel, wofür es sich lohnen würde zu sterben.«

»Und was ist mit der Arbeit für mich?«, erinnerte ihn Michael. »Die kann dich ohne weiteres das Leben kosten – das ist dir doch wohl klar? Der Dame wäre das sicher nicht besonders angenehm.«

»Für das, was du bezahlst, gehe ich das Risiko ein«, sagte Luke betrübt. »Ich wollte, wenn dieser Auftrag erledigt ist, mit dem Geld eine Schürfexpedition für Kate ausrüsten. Vielleicht würde sie dann sehen, dass es mir mit meiner Absicht ernst ist, nach meiner Rückkehr sesshaft zu werden.«

»Heißt das, du willst sie bitten, deine Frau zu werden?«, fragte Michael vorsichtig.

»So in der Art«, gab Luke zurück, spürte aber im tiefsten Inneren, dass irgendetwas nicht so war, wie es hätte sein sollen. Die Ereignisse hatten ihn auf eine Weise von ihr getrennt, die sie nicht verstehen würde. Frauen besaßen kein Verständnis für den Stolz eines Mannes, doch für ihn war die Kraftprobe mit Darlington so unvermeidlich gewesen wie der allmorgendliche Sonnenaufgang.

Lächelnd schlug ihm Michael auf die Schulter. »Die Dame könnte es schlechter treffen als mit dir, Luke«, sagte er leise in sich hineinlachend.

An Deck kämpfte Mort gegen den Sturm. Nichts und niemand würde ihm das Schiff nehmen. Buschläufer, die sich vor Seekrankheit krümmten, verfluchten den Ozean und jeden, der ihn befuhr. Der durchdringende Gestank nach Erbrochenem, der ihm in die Nase stieg, verursachte auch Michael Übelkeit. Zwar war er schon früher auf dem Pazifik gesegelt, aber noch nie in einen so fürchterlichen Sturm geraten.

Während er hilflos bei seinen Männern saß, machte ihm der Gedanke an die Bombe zu schaffen, die er zusammen mit der Expeditionsausrüstung im Heck versteckt hatte. Hoffentlich ging sie nicht zu früh los. Horace hatte vorgeschlagen, sie vor Somerset zu zünden, damit man die Rettungsboote zu Wasser lassen und rudernd die geringe Entfernung bis zum Ufer überwinden konnte.

Damit sich all seine Männer auf dem Vordeck befanden, wenn die Bombe detonierte, wollte Michael sie und die Besatzung der Bark dort zu einem Wettschießen versammeln. Dazu würde man leere Fässer ins Wasser werfen und den Männern Gelegenheit geben, mit Winchester-Gewehren darauf zu schießen. Den Baron und Karl Straub hatte er gleichfalls dazu einladen wollen, damit auch sie sich außerhalb des Detonationsbereichs befanden.

Als er die Bombe unter Deck an Ort und Stelle gebracht hatte, war sein Blick auf die von Karl Straub an Bord geschaffte Ausrüstung gefallen, und bei näherem Hinsehen hatte er einen Theodoliten in einem gepolsterten Futteral entdeckt. Die weitere Suche förderte Messtischblätter und Tabellen zutage, wie sie Landvermesser benutzten. Außerdem fand er technische Unterlagen für die Einrichtung von Hafenanlagen und eine Karte Neuguineas, auf der verschiedene Stellen gekennzeichnet waren. All das ließ Horace Browns Annahme glaubwürdig erscheinen, Ziel der Expedition sei es, den Südteil jener Insel für das deutsche Reich in Besitz zu nehmen.

Nachdem das Schiff von Cooktown aus eine Tagesreise zurückgelegt hatte, hatte der Baron in einer Besprechung mit Michael und Karl Straub einige wenige Angaben zum Verlauf gemacht. Michaels Aufgabe war es, Karl Straub und den Baron bei der Landung an der Küste von Neuguinea mit seinen Männern zu decken. Weitere Einzelheiten gab er nicht preis. Offenbar sollten weder Michael noch seine Männer etwas über den Zweck der geplanten Vermessungsarbeiten erfahren.

Doch Michael war bereits im Bilde. Die Deutschen wollten Neuguinea besetzen, bevor das britische Außenministerium etwas unternehmen konnte. Anschließend würde Bismarck über einen Hafen von strategischer Bedeutung verfügen, der eine unmittelbare Bedrohung für eine der Kolonien Großbritanniens bildete – Queensland!

»Kann man kündigen, Chef?«, stöhnte einer der Buschläufer. »Ich glaub, ich hab genug.« Er war der jüngste der von Michael angeheuerten Männer und hatte eine Weile bei der berittenen Eingeborenenpolizei gedient, bevor er zur Goldsuche am Palmer aufgebrochen war. Seine von der Sonne verbrannte Haut schien bleich und grünlich. Zwar trug er seine Frage vor, als handle es sich dabei um einen Scherz, doch Michael, der in vielen Kriegen gedient hatte, erkannte die Angst, die dahinter steckte.

»Nur, wenn ich mitkommen kann«, gab er mit beruhigendem Lächeln zurück. Der junge Mann bemühte sich, das Lächeln zu erwidern, beugte sich dann aber unvermittelt vor und erbrach sich.

»Glaubst du, dass wir hier lebend rauskommen?«, fragte Luke leise. Michael wusste nicht, was er ihm antworten sollte. Das Schiff veränderte seine Lage in den unmöglichsten Winkeln, wobei die Spanten knirschten. Es war, als begehre es gegen die unerträgliche Wut des Sturmes auf. Bei jedem Rollen und Stampfen warf es die fluchenden Buschläufer haltlos über das Deck. Während die einen leise beteten, saßen andere mit versteinertem Gesicht da und bereiteten sich auf das Ende vor. Keiner von ihnen hatte sich je so hilflos gefühlt. An Land gab es immerhin die Möglichkeit, irgendwohin zu entfliehen, doch auf hoher See, auf einem den Naturgewalten ausgelieferten Schiff, konnte man sich nirgendwohin retten.

Mort hatte sich am Steuerrad festgebunden und kämpfte mit den Dämonen des Meeres um den Besitz seines Schiffes, während sich die Brecher des Korallenmeeres über ihn ergossen. Er stieß lästerliche Flüche aus und verwünschte Gott. Sein Körper schmerzte, aber er war nicht bereit, sich von einem seiner Männer am Ruder ablösen zu lassen. Ihm war klar, dass seine Bark den Sturm abreiten konnte und die eigentliche Bedrohung von den Korallenriffen ausging. Stunde um Stunde lauschte er, ob er das schreckliche Knirschen hören konnte, das anzeigte, wenn der Kiel eines Schiffs auf ein solches Riff traf.

Unter Deck wachte Michael die ganze Nacht bei seinen Männern. Während er über seine Lage nachdachte, kam ihm zu Bewusstsein, wie paradox es war, dass sich sein Leben in den Händen des Mannes befand, den er töten würde.

Von Zeit zu Zeit schlug Wallarie, der von Fieberträumen geschüttelt auf der Seite lag, die Augen auf und richtete den Blick zum fernen Horizont. Ein großer schwarzer Käfer kam langsam auf ihn zu. Er würde sein Fleisch verzehren, sobald er für immer in die Traumzeit eingegangen war.

Schon bald würde die glühende schwarze Kugel hinter der Erde versinken; die kühle Nacht würde kommen und seine Schmerzen von ihm nehmen. Er bedauerte nur, dass es ihm nicht gelungen war, das Land seiner Urväter zu erreichen. Aber war nicht auch sein Bruder Tom Duffy auf fremdem Grund und Boden gestorben? Hatte er nicht fern von dem grünen Land das Leben gelassen, das er stets als Heimat seiner Ahnen bezeichnet hatte?

Wallarie hatte nicht die Kraft, ein Todeslied zu singen, und er schloss die Augen. Er würde still sterben, und die Tiere würden sich von seinem Fleisch ernähren. Einen kurzen Augenblick lang glaubte er zu spüren, dass die Erde unter seiner Wange bebte. Dann hörte er Worte in einer Sprache, die er nicht verstand.

»Mein Gott! Was ist passiert?«

31

Ein für den Frühherbst ungewöhnlich milder Tag lag über Sydney. Der Himmel war wolkenlos. In der reglosen kühlen Luft spürte man nur einen fernen Hauch von Winter. Trübselig sah Granville White über den Park zum Hafen hinab und fragte sich, warum ihn seine abweisende Schwiegermutter zum Nachmittagstee eingeladen haben mochte. Wegen des schönen Wetters herrschte auf der blauen Wasserfläche lebhafter Schiffsverkehr. Am fernen Ufer sah er trägen Rauch aus den Schornsteinen von Häusern und von in den Eukalyptuswäldern verborgenen Lagerfeuern aufsteigen. Zwar war der Tag angenehm warm gewesen, doch konnte man schon spüren, dass die Nacht kalt sein würde.

Granville achtete nicht auf seine beiden Töchter, die ihre Mutter inständig um eines der Cremeschnittchen baten, auf denen ihre Augen sehnsuchtsvoll ruhten. Fiona aber machte ihnen klar, dass sie warten mussten, bis die Großmutter kam. Wohlerzogen fügten sich die beiden Mädchen, wie man das von jungen Damen der Gesellschaft erwarten durfte. Doch als ihre Tante Penny kam, brach kindliche Freude aus ihnen heraus. Sie war ihnen von allen Erwachsenen die Liebste, denn sie verwöhnte sie hemmungslos mit Geschenken, wenn sie von einer ihrer zahlreichen Reisen nach Sydney zurückkehrte.

Beim Anblick seiner Schwester Penelope machte Granville ein finsteres Gesicht. Sie schien ebenso überrascht zu sein wie er – offensichtlich hatte keiner der drei mit der Einladung in Lady Enids Haus gerechnet.

Penelope begrüßte den Bruder mit eisiger Distanz, wandte

sich dann aber voll Wärme an Fiona, wobei sie die beiden Nichten abwehrte, die sie aufgeregt umtanzten. »Betsy hat gesagt, dass Enid bald kommt. Ich hatte gar nicht gewusst, dass noch jemand eingeladen ist.«

Auf Granvilles Gesicht ließ sich seine Verblüffung ablesen. »Enid hat mir vorige Woche lediglich mitteilen lassen«, sagte er, »dass ich unbedingt Fiona und die Mädchen zum Nachmittagstee mitbringen solle. Es gehe darum, wichtige Geschäftsangelegenheiten zu besprechen, bevor sie im nächsten Monat nach England aufbricht.«

Es war zum ersten Mal seit Jahren vorgekommen, dass Lady Enid, die im riesigen Herrenhaus der Macintoshs fast wie eine Einsiedlerin lebte, jemanden eingeladen hatte. Zwar sah Granville seine Schwiegermutter von Zeit zu Zeit bei geschäftlichen Sitzungen in den Räumen der Firma in Sydney, aber nie in ihrem Haus.

Anfangs hatte sich Fiona geweigert, ihn zu ihrer Mutter zu begleiten. Er hatte gebeten, wenigstens den Anschein zu wahren, und auch darauf hingewiesen, dass ihre Anwesenheit aus einem anderen Grund wichtig sei. Immerhin bekomme Lady Enid ihre Enkelinnen nur selten zu sehen, und der Kontakt mit der Großmutter sei wichtig, damit die Mädchen eines Tages das Anwesen der Familie Macintosh erben würden.

Fiona hatte nachgegeben, wusste aber ebenso wenig wie er oder Penelope, warum ihre Mutter mit einem Mal beschlossen hatte, sie alle zum Nachmittagstee einzuladen. Die Sache war äußerst merkwürdig.

Granville war zu dem Ergebnis gekommen, dass die Einladung auf jeden Fall mit Lady Enids bevorstehender geheimnisvoller Reise nach England zusammenhing. Er hatte im Kontor verschiedene Rechnungen gesehen und mitbekommen, dass sie Vorkehrungen getroffen hatte, das Haus für längere Zeit zu schließen und ihre persönlichen Bediensteten nach England zu schicken. Es sah ganz so aus, als habe sie die Absicht, mehrere Jahre fortzubleiben. Er ahnte nicht im Entferntesten, was der Grund dafür sein mochte, schließlich hatte sie doch nach dem Tod ihres Mannes großen Wert darauf gelegt, sich aktiv an der Lenkung der Geschicke des Unternehmens zu beteiligen.

Während alle geduldig und schweigend warteten, kroch mit den länger werdenden Schatten die Abendkühle über den Rasen gegen das Haus vor. Nach einer Weile erschien Penelope die Anspannung unerträglich, und so gab sie den Auftrag, nicht länger auf Lady Enids Eintreffen zu warten, sondern Tee und Kaffee zu bringen. Sie machte sich daran, die Sandwiches zu verzehren, und die Nichten folgten ihrem Beispiel und stürzten sich auf das süße Gebäck, was ihre Mutter lediglich mit einem tiefen Seufzer der Missbilligung quittierte. Das gefiel den beiden Mädchen an Tante Penny: Sie tat, was sie wollte, und war nicht ständig darauf bedacht, die Form zu wahren. Ihnen war klar, dass sich Erwachsene nicht unbedingt so benehmen durften wie Tante Penny, aber sie hatten insgeheim schon beschlossen, sich später, wenn sie groß waren, einmal ebenso zu verhalten.

»Es ist mir ganz recht, dass ihr nicht auf mich gewartet habt«, sagte Lady Enid, als sie in den Park hinaustrat. »Ich muss um Entschuldigung bitten, dass ich bei eurem Eintreffen nicht hier war, um euch zu begrüßen, aber meine Kutsche ist in der George Street im Verkehr stecken geblieben. Es hat dort einen ziemlich schweren Unfall mit zwei Fuhrwerken gegeben, und ich fürchte, ein Mann ist dabei ums Leben gekommen.«

Dorothy und Helen sahen verblüfft auf den einfach gekleideten, ziemlich großen Jungen mit dichten, gelockten dunklen Haaren, der schüchtern neben ihrer Großmutter stand. So einen Jungen hatten sie noch nie gesehen.

Auch Fiona konnte den Blick nicht von ihm nehmen. Er sah bemerkenswert gut aus. Sie schätzte ihn ein wenig älter als ihre Töchter und fragte sich, wer das sein mochte und warum ihre Mutter ihn mitgebracht hatte. Es sah ihr nicht ähnlich, dass sie ein Kind eines der Dienstboten mit zu einem Familientreffen brachte …

Dann stöhnte sie entsetzt auf. »Großer Gott!«, sagte sie mit erstickter Stimme. Die stolze Haltung des Jungen war unverkennbar, und mit Ausnahme der erstaunlich grünen Augen war er Michael Duffy in jeder Hinsicht wie aus dem Gesicht geschnitten.

Patrick sah Fionas Betroffenheit und fragte sich, warum die schöne Dame so tat, als hätte sie etwas Entsetzliches gesehen. Er begriff, dass ihr seine Gegenwart unbehaglich war, konnte sich aber keinen Grund dafür denken, da sie ihm völlig unbekannt war.

Aus den Augenwinkeln erkannte er auf Lady Enids Gesicht den Ausdruck wilder Befriedigung, während auf den Zügen aller anderen Erwachsenen im Raum blankes Entsetzen lag. Die beiden Mädchen betrachteten ihn mit einer Mischung aus Neugier und Feindseligkeit. Jungen waren in ihren Augen abscheuliche Geschöpfe, und dass dieser besonders abscheulich aussah, darin waren sich die beiden stillschweigend einig.

Glücklicherweise hatte Fiona gesessen, sonst wäre sie wohl zu Boden gesunken. Auch jetzt musste sie sich alle Mühe geben, nicht ohnmächtig zu werden. »Michael!« Damit, dass sie diesen Name flüsternd von sich gab, unterbrach sie das beklommene Schweigen, das auf Lady Enids beiläufige Entschuldigung für ihr spätes Erscheinen gefolgt war.

»Nein, nicht Michael«, sagte Lady Enid ruhig. »Ich möchte euch Master Patrick Duffy vorstellen. Patrick, das ist deine Tante Penelope, dein Onkel Granville, deine Kusinen Dorothy und Helen ... und ihre Mutter, deine Tante Fiona.«

Befangen lächelte Patrick den Verwandten zu, von deren Existenz er nichts geahnt hatte. Die ganze Situation erschien ihm höchst verwirrend. Niemand hatte sich die Mühe gemacht, ihm zu erklären, in welcher Beziehung all diese Menschen zu ihm standen.

»Dorothy, Helen, zeigt eurem Vetter den Park«, sagte Lady Enid zu den beiden Mädchen, die nach wie vor den Jungen anstarrten. »Aber geht nicht ans Wasser. Und wischt euch die Sahne aus dem Gesicht«, fügte sie streng hinzu.

Sie nahmen die Leinenservietten und befolgten unverzüglich ihre Aufforderung. Der Junge war zwar widerwärtig, aber interessant. Wenn sie ihn für sich hatten, würde er ihnen vielleicht etwas über sich erzählen, und sie würden erfahren, warum sich die Erwachsenen bei seinem Anblick so sonderbar benommen hatten.

Patrick hatte keine rechte Lust, mit den Mädchen zu gehen. Die Verwirrung um ihn herum hatte seine Neugier erregt. Vor allem hätte er gern gewusst, warum sein Auftreten der schönen Dame, deren Augen den seinen ähnlich sahen, so großen Kummer zu bereiten schien. Er empfand tiefes Mitleid mit ihr und konnte ihren Schmerz nicht mit ansehen. Er berührte ihn auf eine Weise, die er sich nicht erklären konnte. Gern hätte er Fragen gestellt, wusste aber nicht, wie er das anfangen sollte. So sah er beiseite und ließ widerwillig zu, dass ihn Helen an der Hand fortführte, wobei sie ihn mit Fragen bombardierte, ohne auf Antworten zu warten.

»Ich kann das nicht glauben!«, brach es schließlich aus Granville heraus, als die drei Kinder gegangen waren. »Ich kann nicht glauben, dass du so boshaft sein kannst, das deiner eigenen Tochter anzutun!« Seine Empörung hatte weniger mit Rücksicht auf die Empfindungen seiner Frau zu tun als mit der Angst vor den Folgen für seine eigene Stellung im Geschäftsimperium Macintosh. Er hatte sofort begriffen, welche Bewandtnis es mit dem plötzlichen Auftauchen des Jungen hatte. Er kannte seine Schwiegermutter nur allzu gut und durchschaute ihre Taktik. »Wie konntest du den Jungen nach all diesen Jahren in Fionas Leben bringen, nachdem sie sich endlich mit seinem Verlust abgefunden hatte?«

Zwar hörte Fiona seine Worte, ließ sich aber durch Granvilles vorgetäuschte Besorgnis um sie nicht täuschen. Keine Mutter fand sich mit dem Verlust eines Kindes ab – schon gar nicht, wenn sie sich selbst die Schuld an seinem Tod gab. Es erfüllte sie mit größtem Jubel und Kummer zugleich, ihren Sohn nach elf Jahren zum ersten Mal zu sehen. Sie jubelte, weil er lebte, und sie war bekümmert, weil all die Jahre ohne ihn verlorene Zeit waren. Sie konnte sich genau vorstellen, dass Michael als Junge ebenso ausgesehen hatte wie er. Sie spürte Penelopes Hände, die sich beruhigend auf ihre Schultern legten. Es schien ganz natürlich, dass sie die Schwägerin tröstete und nicht ihren Bruder Granville.

Lady Enid nahm Platz und hörte sich Granvilles Ausbruch selbstgerechter Empörung geduldig an. Jetzt, da das Geheimnis gelüftet war, hielt sie die Fäden in der Macintosh-Dynastie wieder vollständig in ihrer Hand. Sie brachte ein gewisses Mitgefühl für die Qual ihrer Tochter auf, doch dann erinnerte sie sich daran, dass Fiona auf Granvilles Seite stand, der die tückische Ermordung Davids ins Werk gesetzt hatte. »Ganz gleich, was du über meine Motive denkst, Granville«, sagte sie, als er seine heuchlerischen Beschuldigungen vorgetragen hatte, »Patrick ist der rechtmäßige Macintosh-Erbe, es sei denn, Fiona schenkt dir einen Sohn. Das aber dürfte unter den gegenwärtigen Umständen äußerst unwahrscheinlich sein.« Mit einem finsteren Blick auf ihre Tochter und Penelope fuhr sie fort: »Da muss Gott erst noch eine Möglichkeit schaffen, damit Frauen in einer Beziehung, die seinem Willen nach Mann und Frau vorbehalten ist, Leben erzeugen können.«

Penelopes Nägel gruben sich tief in Fionas Schultern. Die alte Hexe wusste Bescheid! Der anklagende Blick, den ihre Tante ihr zuwarf, entging ihr nicht.

»Ich bin schon lange im Bilde«, sagte Lady Enid betrübt und voll Bitterkeit. »Seht mich nicht so entsetzt an. Wenn man bedenkt, was ich über Granville weiß, ist es verständlich, wie es dahin kommen konnte, außerdem kenne ich Penelope.«

»Du *glaubst* nur, du verstündest, Tante Enid«, gab diese zurück. »Ich liebe Fiona und habe sie immer geliebt. Es ist mir gleichgültig, ob du unsere Beziehung für widernatürlich hältst oder nicht. Die Liebe zwischen Menschen hat viele Erscheinungsformen, doch bezweifle ich, dass du *irgendeine* davon kennst, liebe Tante Enid.«

Lady Enid lächelte hochmütig über den Versuch ihrer Nichte, sie aufzubringen. Sie war keineswegs bereit, sich ihren Triumph von wem auch immer verwässern zu lassen. Noch musste sie ihre Absicht verwirklichen, einen Keil zwischen die beiden Frauen zu treiben. »Ich weiß, du glaubst, dass dich meine Tochter liebt, wie du es gerade gesagt hast, Penelope«, gab sie verbittert zur Antwort. »Aber ich denke, das könnte sich ändern, wenn Fiona meinen Vorschlag hört.« Lady Enid sah ihre Tochter an. »Wenn du die widernatürliche Beziehung zu deiner Kusine aufgibst und deinen Mann verlässt, um zu mir ins Haus zurückzukehren, sollst du Patrick haben.«

Entsetzt sah Fiona ihre Mutter an. Mit welchem Recht maßte sie sich an, nach Belieben in das Leben anderer Menschen einzugreifen?

»Du kannst über meinen Vorschlag nachdenken, mein Kind«, schloss Lady Enid gelassen. »Aber ich erwarte deine Antwort bald. Auf jeden Fall, bevor ich mit Patrick nach England aufbreche.«

»Ich denke, wir sollten gehen«, sagte Granville. »Ich finde, du hast genug gesagt, Enid.« Er wandte sich suchend nach seinen Töchtern um, aber Penelope gebot ihm mit erhobener Hand Einhalt. Seine Schwester wollte offenbar noch etwas sagen, das ihr wichtig war.

Das wollte sie in der Tat. Ihr war klar, dass sie ohne weiteres den einzigen Menschen verlieren konnte, den sie wahrhaft liebte, denn sie machte einen deutlichen Unterschied zwischen ihrer Liebe zu Fiona und der flüchtigen körperlichen Lust, die ihr Männer verschafften. »Ich glaube nicht, Tante Enid, dass du über Patrick verfügen darfst«, sagte sie mit stiller Entschlossenheit. »Meiner Ansicht nach hat in erster Linie sein *Vater* darüber mitzureden, was mit seinem Sohn geschehen soll.«

»Michael Duffy ist tot«, stieß Granville verächtlich hervor, dann aber überlief ihn mit einem Mal kalte Furcht. Michael Duffy ist tot!, versuchte er sich zu trösten. Hatten das nicht die Zeitungen schon vor vielen Jahren bestätigt?

Penelope wandte sich ihrem Bruder zu. Unwissenheit konnte segensreich sein, aber Granville würde bald die Scherben seiner Unwissenheit vor sich liegen sehen. »Er ist alles andere als tot«, sagte sie ruhig. »Er lebt, und er arbeitet für meinen Mann. Gegenwärtig befindet er sich in Cooktown und ahnt nichts von der Existenz seines Sohnes … Er wird nur davon erfahren, wenn ich einen Grund habe, ihm das mitzuteilen.«

Granville merkte, wie aus seiner Angst eiskaltes Entsetzen wurde. Falls der Ire noch lebte, drohte ihm selbst tödliche Gefahr. Duffy konnte ohne weiteres kommen, um mit ihm abzurechnen. »Du sagst, er arbeitet für Manfred?«, fragte er seine Schwester. »Heißt das, er gehört zur Expedition auf der *Osprey?«* Sie nickte. Was Granville betraf, hatte sie mit diesem Eingeständnis Duffys Schicksal besiegelt. Gott sei für die Erfindung des Telegrafen gedankt und dem Teufel für Morrison Morts treue Dienste! In Gedanken entwarf Granville bereits den verschlüsselten Befehl für die Beseitigung des Iren.

»Er war es also doch!«, sagte Fiona so leise, dass nur Penelope es hören konnte. Sie antwortete mit leichtem Druck auf Fionas Schulter, beugte sich vor und flüsterte ihr ins Ohr: »Wir sprechen später darüber. Das ist nicht der richtige Ort und nicht der richtige Zeitpunkt.« In diesem Augenblick ging es Fiona auf, dass ihre Kusine eine Affäre mit Michael gehabt haben musste. Wie hatte sie nur die Beziehung zwischen ihnen beiden verraten können?

Lady Enid war entsetzt. Keine Sekunde lang hatte sie bei ihrem sorgfältig ausgeklügelten Plan Patricks Vater als zu berücksichtigenden Faktor einbezogen. Wie Granville war sie von seinem Tod überzeugt gewesen. Sie zweifelte nicht im Geringsten daran, dass Michael Duffy um seinen Sohn kämpfen würde, wenn er von dessen Existenz erfuhr. Alles um sie herum schien zusammenzubrechen. Aber sie wehrte sich verzweifelt, wie ein Boxer, der auf seinen kräftigen Schlag vertraut. »Ich bin überzeugt, dass Manfred entsetzt wäre, wenn er hörte, dass sein Frau eine widernatürliche Beziehung pflegt«, sagte sie hochmütig.

»Ach, er weiß nicht nur über Fiona und mich Bescheid, Tante Enid«, sagte Penelope mit lieblichem Lächeln, »er sieht uns sogar gern dabei zu.« Als sie das Entsetzen auf dem Gesicht ihrer Tante sah, wurde ihr Lächeln zu einer triumphierenden Fratze.

Konnte ihre Tochter so tief gesunken sein?, überlegte Enid, als ihre Enkelinnen mit Patrick im Schlepptau aus dem Park zurückkehrten. Beide Mädchen waren inzwischen zu dem Ergebnis gekommen, dass der Junge doch nicht so abscheulich war.

Als ihn Granville finster musterte, spürte Patrick wieder die

Spannung, die seine Anwesenheit hervorzurufen schien. Er war verwirrt, tat aber so, als merke er nichts von dem offenkundigen Hass, der ihm entgegenschlug. Warum sollte Onkel Granville etwas gegen ihn haben, wo sie einander doch gerade erst kennen gelernt hatten? Hilfe suchend sah er sich nach Lady Enid um, die jedoch völlig verstört wirkte. Vermutlich hatte das mit Onkel Granville zu tun. Patrick fühlte sich zum Beschützer der alten Dame aufgerufen. Sofern dieser Finsterling ihr etwas antat, würde er ihm mit seinen Fäusten eine Lektion erteilen.

Instinktiv trat er neben Lady Enid, und in ihr stieg eine warme Zuneigung zu dem Jungen auf, den sie einst hatte beseitigen lassen wollen. Damals hatte sie in ihm nichts weiter gesehen als einen Makel auf dem Namen Macintosh – jetzt war er als Einziger unter allen Anwesenden bereit, ihr zur Seite zu stehen.

Sie nahm seine Hand. Der Junge mochte die weiche Berührung und staunte über diese Gefühlsregung der Frau, die bisher so unnahbar gewesen war.

Fiona fiel die Geste ihrer Mutter auf, und sie merkte auch, wie ihr Sohn darauf reagierte. Du hast deinen Sohn an sie verloren, wurde ihr klar, und unerträgliche Qual und Verzweiflung erfüllten sie. Ihr Sohn gehörte ihrer Mutter, und nichts konnte daran etwas ändern, solange sie ihn in England bei sich hatte.

Selbst wenn sie sich Lady Enids Wunsch fügte und ihren Mann sowie Penelope verließ, würde das nichts nützen. Immer würde ihre Mutter Patrick beherrschen, so wie sie in jungen Jahren Fionas Leben beherrscht hatte. Fiona brauchte sich den Vorschlag nicht zu überlegen. Penelope liebte sie. Nichts konnte daran etwas ändern, und keinesfalls würde sie diese Liebe aufgeben. Sie würde Zeit brauchen, ihren Sohn zurückzugewinnen. Und noch war nicht der Augenblick gekommen, ihre Trumpfkarte auszuspielen.

Granville saß in den stillen Stunden der Nacht in seiner Bibliothek. Während er auf das träge Ticken der Standuhr im Gang lauschte, betrachtete er trübselig die mit hölzernen Waffen der Ureinwohner geschmückten Wände. Sir Donald hatte sie ihm nach einer Vertreibung auf Glen View 1862 geschenkt. Lange ruhte sein Blick auf einem Speer, der über einem schmalen hölzernen Schild angebracht war.

Ob es wirklich diesen Fluch gab?, überlegte er. Wie auch immer die Antwort auf diese Frage lauten mochte, Granville wusste eines mit Sicherheit: Sein Versuch, Michael Duffys Sohn aus dem Weg räumen zu lassen, war gescheitert. Das für sich allein war schon ein Fluch.

Am nächsten Tag fasste er sorgfältig ein verschlüsseltes Telegramm ab. Es sollte Mort davon in Kenntnis setzen, dass er einen Mann an Bord hatte, der um jeden Preis verschwinden musste.

Die Botschaft erreichte Cooktown über mehrere Zwischenstationen. Nach einem Blick auf die Morsezeichen sah der dort Dienst tuende Funker seufzend zum Fenster hinaus. Es regnete in Strömen. Der Hafenbehörde zufolge war die *Osprey* schon vor Tagen ausgelaufen und befand sich irgendwo weiter nördlich mitten in dem schweren Sturm, der zurzeit im Korallenmeer tobte.

Er faltete das Telegramm zusammen und heftete es ab, bevor er sich wieder an den Tisch setzte und sich eine Tasse schwarzen Kaffee aus einer großen Kanne eingoss, die ständig auf dem kleinen Kanonenofen in der Ecke stand. Er hob den Becher zu einem Trinkspruch. »Auf euch, Jungs«, murmelte er. »Wo auch immer ihr an diesem gottverlassenen Tag seid. Ich hoffe, ihr schafft es.« Seine Worte gingen im Heulen des Windes und im Hämmern des Regens auf dem Wellblechdach seiner Funkbude unter. Ihm blieb nichts anderes übrig, als zurückzutelegrafieren, dass es keine Möglichkeit gab, das Telegramm weiterzuleiten.

32

Kurz vor Anbruch der Morgendämmerung flaute der Sturm ab. Geschwächt vom Schlafmangel und von den Heimsuchungen ihres Verdauungstraktes, schleppten sich die Buschläufer auf das Deck der vom Sturm gebeutelten Bark.

Staunend sahen sie auf das Bild, das sich ihnen bot. Die *Osprey* hatte einen ihrer Masten verloren, und an Deck sah es aus, als hätte dort eine Schlacht getobt. Doch so mitgenommen das Schiff war, man musste es als Sieger betrachten. Es hielt sich über Wasser und hatte nicht einen einzigen Mann seiner Besatzung verloren. Selbst Michael musste, wenn auch ausgesprochen ungern, im Stillen dem mutigen Einsatz des Kapitäns Anerkennung zollen.

Der chinesischen Dschunke war es deutlich schlechter ergangen. Sie saß, die Decks tief unter Wasser, auf einem Korallenriff fest. Mit einem Mal riss eine riesige Welle das Schiff um, so dass die Zuschauer auf der *Osprey* seine aufgerissene Unterseite sehen konnten. Verzweifelt schlugen sich die Überlebenden um einen Platz auf den im Wasser treibenden Trümmern, um nicht zu ertrinken.

»Viele von denen schaffen es bestimmt nicht«, sagte Michael mit teilnahmsloser Stimme. »Die haben nicht mal Boote ausgesetzt, und vermutlich halten die Haie schon bald ein Festmahl.«

»Du irrst, Michael O'Flynn. Da wird gerade eine Art Boot zu Wasser gelassen«, sagte Luke und wies auf die sinkende Dschunke, um die herum Männer sich an Wrackteilen festzuklammern versuchten. Michael ließ den Blick über das jetzt ruhige Wasser gleiten. Es sah ganz so aus, als stießen die Insassen eines Rettungsboots die im Wasser um ihr Leben Kämpfenden von sich fort.

»Schweinehunde!«, knurrte der junge Buschläufer, der inzwischen zu den beiden an die Reling getreten war. »Man müsste es mit denen ebenso machen, wenn sie hier ankommen.«

Michael äußerte sich nicht zu den empörten Worten des jungen Mannes. Er hatte in seinen Söldnerjahren Europäer gesehen, die sich schlimmer verhalten hatten als diese Chinesen. Er schüttelte lediglich den Kopf und wandte seine Aufmerksamkeit dem französischen Kanonenboot zu, das in der Ferne zu sehen war. Der Sturm hatte ihm erkennbar übel mitgespielt. Doch wenn dem Schiff auch ein Mast fehlte und die Segel in Fetzen herabhingen, so verfügte es nach wie vor über die Dampfmaschine, aus deren Schornstein ein Rauchwölkchen aufstieg. Die Franzosen schienen die Jagd wieder aufnehmen zu wollen.

Mort achtete nicht auf das Boot, das von der Dschunke abgelegt hatte. Die Überlebenden waren Chinesen und damit in seinen Augen keine Spur besser als Nigger. Seine einzige Sorge bestand darin, sein Schiff wieder seetüchtig zu machen. Er brüllte der Besatzung Befehle zu, woraufhin die Männer zögernd den Blick von der sinkenden Dschunke lösten, um seinen Anweisungen zu folgen.

Michael gab seinen Buschläufern den Auftrag, den Matrosen zu helfen. Sims nahm das Angebot an und beschäftigte sie unter Deck damit, das Wasser abzupumpen, das im Laufe der Nacht durch die Luken eingedrungen war. Gerade als Michael selbst zu ihnen nach unten gehen wollte, kam der Baron auf ihn zu.

»Mister O'Flynn, ich habe gerade mit dem Kapitän über unsere Lage gesprochen«, sagte er, fasste die Reling und sah auf das Rettungsboot der Dschunke, das immer näher kam. »Seiner Ansicht nach müssen wir nach Cooktown zurückkehren, um das Schiff in Stand setzen zu lassen. Vermutlich hat er damit Recht. Seien Sie versichert, dass Sie und Ihre Männer Ihren vollen Lohn bekommen, sobald wir dort anlegen. Es ist nicht Ihre Schuld, dass wir unseren Auftrag nicht ausführen können. Sicher wird Ihren Männer diese Mitteilung nach den Ereignissen der vergangenen Nacht willkommen sein.«

»Sie sind sehr großzügig, Baron«, gab Michael höflich zur Antwort. »Ich werde meine Leute davon in Kenntnis setzen, wenn sie ihre Arbeit für Kapitän Mort erledigt haben.«

»Selbstverständlich setze ich voraus, dass Sie mit Bezug auf das Ziel der *Osprey* gegenüber jedermann Stillschweigen bewahren, Mister O'Flynn«, fügte von Fellmann hinzu und sah ihn mit seinen durchdringenden blauen Augen ruhig an.

»Ich habe meinen Leuten entsprechend Ihrer Anweisung nichts weiter erzählt, Baron.«

»Gut«, gab von Fellmann zur Antwort. »Ein guter Bekannter von mir, Gustavus von Tempsky, hat mir versichert, sogar unter den Engländern gebe es Ehrenmänner. Sie kennen wohl nicht zufällig diesen ›Von‹, wie ihn die Engländer nannten, Mister O'Flynn?«

Michael glaubte, den Anflug eines spöttischen Lächelns auf Fellmanns Zügen zu sehen. War es ein Zufall, dass der Baron den Namen von Tempsky erwähnt hatte? »Nein, bedaure. Ich weiß über seine Taten nur, was ich gelesen habe«, log er und erwiderte unerschrocken den Blick des anderen. »Wenn stimmt, was da steht, muss er ein guter Befehlshaber gewesen sein.«

Von Fellmann nickte und verließ Michael, der hocherfreut war, dass er die *Osprey* nicht zu versenken brauchte. Allerdings würde die Rückkehr nach Cooktown es bedauerlicherweise schwieriger machen, Mort zu töten. Er musste auf neue Mittel und Wege sinnen, wie er das an Land bewerkstelligen konnte. Zumindest hätte er auf diese Weise vielleicht die Möglichkeit, dem Teufel von Angesicht zu Angesicht gegenüberzutreten, und die Befriedigung, ihm den Grund seiner Hinrichtung mitzuteilen.

Er wandte den Blick zum Riff, an dem die Dschunke gescheitert war. Nichts mehr war von ihr zu sehen, nur noch eine ganze Anzahl winziger auf dem Wasser tanzender Köpfe wies auf sie hin, Überlebende, die sich an Holzstücken oder sonstigem Treibgut festhielten. Sobald die Haie kamen, war ihr Schicksal besiegelt, sofern nicht ihre Kräfte sie schon vorher verließen. Das Rettungsboot kam der *Osprey* immer näher. Michael konnte fünf Personen darin erkennen, lauter Chinesen, wie es schien. Drei von ihnen waren mit altmodischen Musketen bewaffnet.

Auch Mort sah das Boot näher kommen, hatte aber keineswegs die Absicht, seine Insassen an Bord zu nehmen. Vom Bug aus blickte er nach Steuerbord, denn dort näherte sich das Schiff der Franzosen unter Volldampf. Der Sturm schien ihren Eifer in keiner Weise gedämpft zu haben. Mit voller Kraft hielten sie auf das Rettungsboot zu, doch es erreichte die *Osprey*, bevor die Franzosen es einholen konnten.

Die Chinesen baten, an Bord genommen zu werden. Ohne auf ihr Flehen zu achten, schickte Mort zwei Besatzungsmitglieder unter Deck, Gewehre heraufzuholen. Offensichtlich wollte er auf die Schiffbrüchigen schießen lassen.

Michael begriff seine Absicht sofort, und Luke, der gleichfalls gemerkt hatte, woher der Wind wehte, sah zu ihm hinüber. Ein Blick genügte; sie hatten einander verstanden. Michael griff nach dem Revolver in seiner Jackentasche. Obwohl die Gelegenheit, dem mörderischen Kapitän gegenüberzutreten, unerwartet gekommen war, hatte er jetzt einen Vorwand, ihn zu töten. Bestimmt würden ihn seine Buschläufer dabei unterstützen. Unsicher war lediglich, wie sich Morts Besatzung verhalten würde. Sofern sie sich zum Kampf stellten, könnte das einigen der Buschläufer das Leben kosten, unter Umständen auch dem Baron und Karl Straub. War es sinnvoll, einen so hohen Einsatz zu wagen?

Michael spürte, wie aus seiner wilden Entschlossenheit wütende Enttäuschung wurde. Das Leben der Männer, die er angeheuert hatte, war ihm anvertraut. Mit finsterer Miene schüttelte er den Kopf als Hinweis an Luke, sich nicht einzumischen. Sie konnten dem Kapitän nicht in den Arm fallen und für den Augenblick nichts unternehmen. Luke wandte sich ab und spie einem Seemann, der sein Gewehr auf die vor Schreck wie versteinerten Überlebenden gerichtet hielt, seine Abscheu vor die Füße. Die an Deck versammelten Buschläufer murrten aufgebracht, dass es sich um blanken Mord handle. Auch wenn sie nicht viel für die Asiaten übrig hatten, galt bei ihnen doch der Grundsatz, dass man Hilflosen beistehen muss.

Unerwartet mischte sich der Baron ein. Zwar bestritt er dem Kapitän nicht das Recht, allein alle Entscheidungen bezüglich der Schiffsführung und des Wohlergehens der Menschen zu treffen, die sich an Bord befanden, doch erklärte er ihm, es sei seine Pflicht als Kapitän, Überlebende eines Schiffbruchs an Bord zu nehmen. »Immerhin gibt es in der Seefahrt Regeln …«, erinnerte er Mort, der sich seinen Vorstellungen widerwillig fügte.

Es empfahl sich nicht, den Deutschen vor den Kopf zu stoßen, überlegte Mort, als von Fellmann davonging. Noch wusste er nicht, auf welche Weise er Lady Macintoshs Vorhaben vereiteln konnte, ihn nach dem Ende der Expedition festnehmen zu lassen.

Unlustig half die Besatzung der *Osprey* den Chinesen von ihrem neben dem Schiff auf und ab tanzenden Rettungsboot an Bord. Dabei stellten sie überrascht fest, dass sich unter ihnen eine schöne junge Frau befand, die wie die Männer in Hose und Jacke gekleidet war. Ihre helle makellose Haut bildete einen deutlichen Kontrast zu ihrem schwarzen Haar, das ihr bis zur Taille reichte. Beim Anblick ihrer dunklen Augen musste Michael unwillkürlich an schwarze Teiche denken. Obwohl die lüsternen Blicke und Äußerungen der Männer, die ihr an Bord halfen, sie offenkundig ängstigten, war sie nicht bereit, sich von ihnen einschüchtern zu lassen.

Die Chinesen wurden rasch entwaffnet und mussten sich auf das Oberdeck setzen. Das Mädchen aber schien nicht bereit, sich zu ihnen zu gesellen, sondern blieb trotzig stehen, während sich die anderen ängstlich und gehorsam unter den Blicken der Seeleute duckten. Die würdevolle Haltung des jungen Mädchens beeindruckte die Männer der *Osprey*. Michael fiel auf, dass sie keine eingebundenen Füße hatte, wie es bei Chinesinnen üblich war. Auch hatte sie nichts von der Unterwürfigkeit eines Bauernmädchens an sich, das frisch vom

Reisfeld kam, sondern verhielt sich wie ein Mädchen aus vornehmer Familie. Sie war nicht nur sehr schön, sondern offensichtlich auch äußerst interessant.

»Spricht einer von euch Englisch?«, fragte Mort und sah die Gruppe der verängstigten Überlebenden des Schiffbruchs übellaunig an. Ein untersetzter, finster dreinblickender Mann mit einem Gesicht voller Narben erhob sich unsicher. »Ich. Ich Kapitän von *Weißer Lotus*. Ich kann mit Ihnen sprechen.« Mit diesen Worten trat er auf Mort zu.

»Ich will unter vier Augen mit dir reden«, knurrte Mort ihm zu. »Wir gehen nach unten in meine Kajüte.«

Der Baron stand ganz in der Nähe, einen brennenden Stumpen zwischen den Lippen. Seine Aufmerksamkeit galt nicht dem chinesischen Kapitän, sondern dem sich rasch nähernden französischen Kanonenboot. Was mochten die Franzosen von der chinesischen Dschunke wollen, wenn sie mit einem Kanonenboot Jagd auf sie machten? Vermutlich würde er die Antwort bald erfahren. Während die Franzosen ein Anlegemanöver neben der *Osprey* machten, fiel seinem geschulten Blick auf, dass sie Gefechtsstation eingenommen hatten. Vor knapp vier Jahren hatte er bei Sedan als Oberst an der Spitze eines Ulanenregiments zum letzten Mal Franzosen als Gegner ins Auge geblickt. Damals hatten sie sich allerdings an Land befunden. »Sie werden kaum Zeit haben, mit dem Mann zu reden, Kapitän Mort«, sagte er ruhig. Das französische Schiff war nur noch etwa eine halbe Kabellänge von ihnen entfernt und hielt sein Deckgeschütz auf die *Osprey* gerichtet. »Es sieht ganz so aus, als hätten die Franzosen dringende Geschäfte mit uns zu erledigen.«

»Achtung, Kapitän der *Osprey*. Hier spricht Kapitän Dumas, Kommandant der Kaiserlichen Französischen Marine«, hallte eine scharfe Stimme über das Wasser. »Ich schicke Ihnen ein Prisenkommando an Bord.«

So erschöpft die französischen Seeleute in ihren weißen Matrosenblusen auch von den Nachwirkungen des Sturms zu sein schienen, waren sie, ihren entschlossenen Gesichtern nach zu urteilen, doch offensichtlich zum Kampf bereit. »Ich lasse

Ihre Leute nicht an Bord«, rief Mort durch seine Flüstertüte zurück. »Ich führe ein britisches Schiff, auf dem Sie keine Befehlsgewalt haben.« Auf diese trotzige Antwort hin drängten sich die Offiziere des französischen Kanonenbootes lebhaft aufeinander einredend auf der Brücke zusammen.

Der Baron und Mort hatten sich rasch darauf geeinigt, den Franzosen unter keinen Umständen entgegenzukommen. Während der Baron die Franzosen als Weichlinge verabscheute, war es für Mort eine Frage des Stolzes, keinen überheblichen Franzmann auf *sein* Schiff zu lassen.

»Sie haben französisches Eigentum an Bord«, ertönte jetzt wieder die Stimme vom französischen Kanonenboot. »Sofern Sie mir nicht gestatten, dieses Eigentum in meinen Besitz zu bringen, sehe ich mich gezwungen, Ihr Schiff auch gegen Ihren Willen zu betreten.«

Der Baron wandte sich Michael zu und erteilte ihm rasch Anweisungen. Sogleich ließ Michael die Winchester-Gewehre, die aus der Waffenkammer unter Deck geholt worden waren, an seine Männer verteilen. Er stellte sie in einer Linie auf und befahl ihnen, die Waffen schussbereit zu machen. Obwohl die Besatzungen beider Schiffe schutzlos auf dem offenen Deck standen, war es Michael völlig klar, dass die Franzosen der *Osprey* an Feuerkraft nach wie vor überlegen waren.

Morts unübersehbare Bereitschaft, einem Prisenkommando Widerstand zu leisten, verfehlte seine Wirkung auf Kapitän Dumas nicht. Ihm war offensichtlich klar, dass es bei einem Kampf Opfer auf beiden Seiten geben würde. Die bärtigen Buschläufer, die da nebeneinander an Deck standen, schienen durchaus bereit, ihr Leben dafür einzusetzen, dass kein Franzose seinen Fuß auf das britische Schiff setzte. Dumas wusste nicht, ob es sich dabei um einen Bluff handelte oder nicht. Auf keinen Fall konnte er sicher sein, das Spiel zu gewinnen. Da er der Herausforderer war, lag es an ihm, den Rückzug anzutreten.

Mit zunehmender Besorgnis sah Mort zu, wie die Bedienungsmannschaft an Bord des französischen Kanonenbootes ihr Geschütz auf die Mitte seines Schiffs richtete. Offensichtlich wollte es der Franzose darauf ankommen lassen. Andererseits wehte am Mast der *Osprey* die englische Fahne, und jeder Versuch, das Schiff mit Waffengewalt zu nehmen, konnte als kriegerische Handlung gegen England ausgelegt werden. Mort hatte eigentlich angenommen, der französische Kapitän werde eine Auseinandersetzung vermeiden, die sich zu einem Krieg zwischen ihren beiden Ländern auswachsen konnte, zumal die Franzosen erst vor einigen Jahren von den Deutschen eine empfindliche Niederlage hatten einstecken müssen.

Es sah ganz so aus, als wollte keine der beiden Seiten nachgeben. In diesem abgelegenen Winkel der Welt stand der Stolz zweier mächtiger Völker auf dem Spiel. Michael hatte neben seinen Männern Posten bezogen. »Zielt auf die Besatzung und die Geschützbedienung, wenn es zum Schusswechsel kommt«, wies er sie ruhig an.

Er selbst hatte sich mit einem Revolver und einem Bowiemesser ausgerüstet, beides nützliche Waffen, sollte es zu einem Handgemenge an Deck kommen. Er warf einen Blick zu der jungen Chinesin hinüber, die trotzig auf die Franzosen blickte. Es sah ganz so aus, als ob sich die ganze Sache um sie drehte.

Nach einer halben Ewigkeit erklärte schließlich eine Stimme über das Wasser hinweg: »Kapitän der *Osprey*. Wir folgen Ihnen zum nächstgelegenen Hafen und werden bei Ihrer Regierung schärfsten Protest dagegen einlegen, dass Sie sich vorsätzlich in innere Angelegenheiten unseres Landes einmischen und uns bei der Erfüllung unserer Aufgaben behindern. Ich bin überzeugt, dass uns die Regierung von Queensland Recht geben wird, und Sie werden Ihr törichtes Verhalten noch bitter bereuen.« Dann stieß der Schornstein des Kanonenboots eine Dampfwolke aus, und das Schiff drehte ab.

Alle an Bord der Bark warteten gespannt darauf, wie es weitergehen würde. War das Manöver darauf angelegt, außer Schussweite der Gewehre zu gelangen, um dann mit dem Bordgeschütz auf die *Osprey* feuern zu können? Diese Sorge bedrückte alle. Aber die Franzosen setzten sich hinter die *Osprey* und warteten. Offensichtlich beabsichtigte der Kapitän, ihnen wie angekündigt zu folgen.

Als Mort merkte, dass die Franzosen nicht auf sein Schiff zu feuern gedachten, gab er seiner Besatzung den Befehl, mit den Aufräumarbeiten an Bord fortzufahren, während der Baron Michael anwies, seine Männer die Waffen niederlegen zu lassen. Anschließend suchte Mort mit dem Kapitän der Dschunke seine Kajüte auf, von Fellmann folgte ihnen. Kaum waren sie außer Sicht, als Michael verblüfft hörte, wie die junge Chinesin etwas auf Französisch sagte. Zwar verstand er die Sprache nicht, wohl aber Luke Tracy, der eine Weile in New Orleans gelebt und dort seine natürliche Begabung für Sprachen entdeckt hatte. Zwar sprach er nicht fließend Französisch, hörte aber aus den Worten des Mädchens ihre leidenschaftliche Bitte um Hilfe heraus. Während sie darum bat, vor den Franzosen und den Chinesen beschützt zu werden, erfuhr Mort in der Kajüte vom chinesischen Kapitän, warum die Franzosen beinahe einen internationalen Zwischenfall heraufbeschworen hatten.

Wie Mort richtig vermutet hatte, war der Chinese ein Pirat, der sein Unwesen im südchinesischen Meer trieb. Er nahm den Degen von der Kajütenwand und setzte ihm die Spitze an die Kehle. Der Chinese begriff sogleich, dass er dem Tod ins Auge sah, wenn er einem solchen Mann ein Märchen auftischte. Also berichtete er, wie ihm das sechzehnjährige Mädchen bei einem nächtlichen Überfall auf ein Fischerdorf an der Küste der in Hinterindien gelegenen französischen Kolonie Kotschinchina in die Hände gefallen war. Die Männer ihrer Leibwache hatten ihren verzweifelten Versuch, sie zu beschützen, mit dem Leben bezahlt. Die wilde Entschlossenheit dieser Männer hatte in dem Piraten den Verdacht aufkeimen lassen, dass das Mädchen von hohem Stand sein musste. Einer der schwer verwundeten Leibwächter bestätigte diese Vermutung, während ihm die Piraten langsam den Unterleib aufschlitzten. Seine Schmerzensschreie hatten dem sadistischen Kapitän der Piratendschunke ebenso großes Vergnügen bereitet wie die Auskünfte, die er seinen Peinigern gab, damit sie ihn rasch und gnädig sterben ließen.

Der Pirat hoffte, von den offenbar hoch stehenden Verwandten seiner Gefangenen ein hohes Lösegeld zu bekommen. Bevor er sich aber mit dieser Frage beschäftigen konnte, musste er erst nach Süden segeln, wo er mit dem Führer seines Geheimbundes zusammentreffen sollte, der sich gerade irgendwo auf den Goldfeldern am Palmer aufhielt. Auf dem Weg dorthin hatten ihn die Franzosen verfolgt, die von der Entführung des Mädchens Wind bekommen hatten.

Den Worten des chinesischen Kapitäns nach handelte es sich bei ihr um eine gewisse Dang Thi Hue aus einer vornehmen Familie Kotschinchinas. Obwohl ihr Vater den Chinesen als Mandarin diene, habe sie aktiv daran mitgewirkt, in ihrem Teil des Landes den bewaffneten Widerstand gegen die französische Kolonialregierung zu organisieren. Mort und von Fellmann tauschten einen finsteren Blick. Sie waren tiefer in innerfranzösische Angelegenheiten verwickelt, als ihnen lieb sein konnte!

Während der Pirat in gebrochenem Englisch die Hintergründe erläuterte, überlegte Mort bereits, wie er den Zwischenfall zu seinen Gunsten nutzen konnte. Sicher würde er sich mit dem Piraten einigen können, was er aber auf keinen Fall in Anwesenheit des Barons tun konnte. Der Chinese und das Mädchen sollten ihm dazu dienen, die Pläne derer an Bord zu durchkreuzen, die ihn am Galgen sehen wollten, und sie in den Untergang zu treiben.

»Für uns ist sie wertlos«, sagte von Fellmann, als der Pirat mit seinem Bericht fertig war. »Am besten überlassen wir sie den Franzosen; damit gehen wir allen peinlichen Fragen aus dem Wege, die man uns in Cooktown stellen könnte.«

»Als Kapitän der *Osprey* muss ich Sie daran erinnern«, gab Mort steif zur Antwort, »dass ich bei allem, was mit den Menschen an Bord meines Schiffes geschieht, das letzte Wort habe.«

Dieser plötzliche Sinneswandel überraschte von Fellmann. Ursprünglich hatte der Mann doch nicht einmal die Überlebenden der Dschunke an Bord nehmen wollen – jetzt sollte er mit einem Mal menschliche Empfindungen haben? »Ich will mich nicht mit Ihnen streiten, Kapitän Mort«, sagte er. »Das Schiff steht unter Ihrem Kommando. Das habe ich stets respektiert. Aber ich kann keinen Sinn darin sehen, dass wir uns mit dem Mädchen belasten.«

Mort war klar, dass er den Baron auf die eine oder andere Weise würde überzeugen müssen. »Ich denke, wir sollten die Schiffbrüchigen nach Cooktown mitnehmen«, sagte er. »Es dürfte am besten sein, die Angelegenheit den zuständigen Behörden zu überlassen.« Zwar überraschte den Baron diese Mitteilung, doch nickte er lediglich.

Beeindruckt sah Michael auf das schlanke junge Mädchen.

»Kaum zu glauben«, sagte Luke mit breitem Lächeln.

»Nach dem Verhalten der Franzosen zu urteilen«, gab Michael zur Antwort, »müssen wir ihre Geschichte wohl glauben. Sie ist also eine hoch gestellte Persönlichkeit. Immerhin ist sie die Tochter eines hohen Würdenträgers in ihrer Heimat. Wenn man ihren Worten glauben darf, ist sie ein geradezu königliches Lösegeld wert.«

»Leider verstehe ich nicht alles, was sie sagt«, gab Luke mit gerunzelter Stirn zurück. »Ich spreche nicht so gut Französisch wie sie. Ich würde aber sagen, dass sie keine Chinesin ist.«

Das überraschte Michael. Auf ihn wirkte sie durchaus chinesisch. Er warf einen argwöhnischen Blick auf die Männer der Besatzung und seine Buschläufer, doch keiner schien etwas von dem verstanden zu haben, was sie sagte. Allerdings unterhielt sich Mort mit dem Kapitän der Dschunke, und Michael zweifelte keine Sekunde lang daran, dass auch Mort erfahren würde, was die Männer an Deck bereits wussten.

Das Mädchen wollte vor den Piraten und den Franzosen in die Sicherheit fliehen, die sie im Schutz der britischen Besatzung zu finden hoffte, doch reichte Lukes Französisch nicht aus, zu verstehen, warum sie sich in dem Dorf befunden hatte, in dem die Piraten sie in ihre Gewalt gebracht hatten. Wohl aber hatte er den Eindruck, dass sie auf die eine oder andere Weise am Widerstand gegen die Franzosen beteiligt war.

Aus dem, was Luke von ihr erfahren hatte, schloss Michael, dass die Franzosen sie möglicherweise als eine Art politische Geisel in ihre Gewalt bringen wollten. Wenn sie ihr aber eigens ein Kanonenboot hinterherschickten, musste sie mehr sein als eine bloße Widerstandskämpferin. Über die Zustände im fernen Kotschinchina wusste er ebenso wenig wie über den Mond. Auch war ihm keineswegs klar, welche Rolle das Mädchen für seine eigenen Pläne spielen würde. Bestimmt würde Horace Brown wissen, was zu tun war, dachte er, während er zur fernen, eintönigen Küstenlinie des mit Buschland bedeckten Kaps hinübersah. »Sag der Prinzessin oder wie auch immer sie sich in Kotschinchina nennt, dass wir dafür sorgen werden, sie den britischen Behörden zu übergeben, sobald wir an Land sind«, sagte er schließlich.

Luke dolmetschte das, so gut er konnte, und Thi Hue schien ihn zu verstehen. Tränen der Dankbarkeit traten ihr in die Augen, und sie sagte etwas in ihrer eigenen Sprache, das feurig und leidenschaftlich klang. Michael vermutete, dass sie ihm danken wollte, und zuckte abwehrend mit den Schultern. Die an Deck hockenden chinesischen Piraten tauschten mürrische Blicke aus. Auch wenn sie kein Wort verstanden hatten, konnten sie sich denken, was sie den Barbaren gesagt hatte.

Thi Hue teilte Luke mit, er und Michael hätten eine hohe Belohnung für den Fall zu erwarten, dass sie es ihr ermöglichten, zu ihren Angehörigen zurückzukehren. Sie erkannte am Gesicht des kräftigen Mannes mit der Augenklappe, dass er es ehrlich mit ihr meinte. Immerhin war er der Anführer von Kriegern!

Mort kehrte mit dem Piratenkapitän Wu an Deck zurück. Dieser sagte etwas zu seinen Männern, worauf sich ein breites Lächeln auf deren Gesichter legte. Das Mädchen aber warf Michael einen verzweifelten Blick zu, bevor es auf Morts Befehl hin von den Männern getrennt und vom Ersten Steuermann unter Deck gebracht wurde.

Michael vermutete, dass sie in Morts Kajüte geschafft werden sollte. Im Augenblick konnte er nicht viel für sie tun. Sein Hauptziel war es nach wie vor, mit Mort abzurechnen, sobald sie wieder in Cooktown waren. Die Belohnung für die Heimkehr des Mädchens in ihre Heimat war eine andere Sache.

Während die *Osprey* langsam südwärts segelte, folgte ihr das französische Kriegsschiff. Mort hatte aber keineswegs die Absicht, nach Cooktown zurückzukehren, sondern sich mit dem Kapitän der Piraten auf einen Plan geeinigt, bei dessen Ausführung ihn ein unerwarteter, aber willkommener Fund unterstützen sollte. Als der Erste Steuermann im Laderaum die Bestände kontrolliert hatte, war er auf die von Michael an Bord geschaffte Bombe gestoßen. Im Laufe des Sturms war die Holzkiste beschädigt worden, in der sie sich befand, so dass ein Metallbehälter von der Größe eines kleinen Koffers sichtbar geworden war.

Zuerst hatte Sims nicht gewusst, was er davon halten sollte, dann aber war ihm die Zündschnur aufgefallen, von der sich ein Stück abgewickelt hatte, und rasch hatte er begriffen, was er da sah. Er fragte sich, auf welche Weise und zu welchem Zweck diese Vorrichtung an Bord gekommen war. Vielleicht wusste der Kapitän etwas darüber.

Unauffällig ging Mort mit Sims nach unten und betrachtete die Bombe mit aschfahlem Gesicht. Wahrscheinlich war sie auf Anweisung des preußischen Barons dorthin geschafft worden, überlegte er, damit man ihn auf diese Weise aus dem Weg räumen konnte, wenn alles andere fehl schlug. Hätte er diesen Gedanken mit kühlem Kopf zu Ende gedacht, wäre ihm vermutlich aufgefallen, dass ein solches Vorgehen mit den Plänen des Deutschen völlig unvereinbar war.

Doch der vom Verfolgungswahn besessene Kapitän war zu rationalen Überlegungen nicht mehr in der Lage. Er kannte die familiären Verbindungen des Barons mit Lady Macintosh und vermutete, dass dieser die Absicht hatte, das Schiff in die Luft zu jagen, sobald sie Cooktown erreicht hatten. So maßlos war Lady Macintoshs Hass, dass ihr Morts sicherer Tod lieber war als die Ungewissheit, was bei einer Verhandlung vor einem Schwurgericht herauskommen würde. Doch Mort würde es dem Baron mit gleicher Münze heimzahlen und zugleich auch den Männern, die für ihn arbeiteten.

Als sich die Nacht über das Korallenmeer senkte, änderte Kapitän Mort den Kurs und steuerte sein Schiff in gefährliche Nähe der Küste von Queensland. Der französische Kapitän wusste nicht, was er davon halten sollte. Wer bei wolkenverhangenem Himmel im Dunkeln die Nähe der trügerischen Riffe aufsuchte, musste verrückt sein. Wollte ihn der Kapitän der *Osprey* etwa abschütteln? Das würde ihm nicht gelingen.

Er ließ den Kurs des Kanonenbootes ebenfalls ändern, um der Bark zu folgen. Sie kamen dem Ufer so nahe, dass sie den Schwefelgeruch der Gase riechen konnten, die aus den Mangrovensümpfen aufstiegen. Von Zeit zu Zeit hörte man, wie eines der großen Leistenkrokodile, durch die Nähe der beiden Schiffe aufgestört, ins Wasser glitt. Kapitän Dumas beschloss, über Nacht auf der Kommandobrücke zu bleiben. Nicht zum ersten Mal überlegte er, ob es nicht besser wäre, die Verfolgung aufzugeben. Er hielt es für hellen Wahnsinn, sich so nahe der gefährlichen Küste zu halten. Wenn der verrückte Kapitän der *Osprey* so weitermachte, würde er noch sein eigenes Schiff auf Grund setzen. Immerhin würde dann das Mädchen aus Cochin mit untergehen, und dann wäre er von der Aufgabe entbunden, ihrem umstürzlerischen Treiben Einhalt zu gebieten.

Gerade wollte er den Befehl geben, den Kurs in Richtung aufs offene Meer zu ändern, als eine grelle Flammenwand wie der Magnesiumblitz eines Fotografen die pechschwarze Finsternis der Tropennacht erhellte. Der Lichtschein riss die *Osprey* und ein Stück des weißen Strandes in der Nähe des Schiffes einen Augeblick lang aus der Dunkelheit. Dann traf die Druckwelle der Detonation das französische Schiff, während das Heck der Bark in tausend Stücke flog. Kapitän Dumas brauchte seine Männer nicht aufzufordern, ihre Positionen einzunehmen, denn sie wurden aus ihren Hängematten geschleudert. Kaum waren sie an Deck, sahen sie, wie sich die stolze *Osprey* zur Seite neigte und sank. Das gefürchtetste Sklavenhandelsschiff der Südsee hatte ein Ende gefunden, das zu seiner schändlichen Rolle passte.

Bei Tagesanbruch fand die Besatzung des Kanonenbootes lediglich drei erschöpfte Überlebende, die sich an Wrackteile klammerten. Sie wurden mehr tot als lebendig an Deck gehievt.

33

Noch nie hatte sich Daniel Duffy einer so schwierigen Aufgabe gegenübergesehen. Diesmal aber hieß es nicht, einen Angeklagten vor dem sicheren Galgen zu bewahren, sondern er musste seinem Neffen die Wahrheit über seine Abkunft eröffnen.

Nichts in Patricks Gesicht wies auf seine Empfindungen hin, als ihn Daniel, der ihm in der Küche des Gasthofs Erin gegenübersaß, genau auseinander setzte, welcher Art die Beziehungen zwischen den Menschen waren, die er im Hause Lady Enids kennen gelernt hatte. Nur als er dem Jungen mitteilte, wer seine wirkliche Mutter war, erbleichte dieser und öffnete den Mund, als wolle er eine Frage stellen. Dann aber überlegte er es sich anders und schwieg.

Daniel fühlte sich unbehaglich. Es kam ihm ganz so vor, als stauten sich alle Empfindungen in Patrick an, bis sie in einer gewaltigen Explosion hervorbrechen würden. Auch in dieser Hinsicht hatte er viel Ähnlichkeit mit seinem Vater.

»Ist das alles?«, fragte Patrick schließlich, nachdem ihm Daniel die Geschichte der Familien Macintosh und Duffy dargelegt hatte.

»Frag nur, wenn du noch was wissen willst, Patrick«, sagte Daniel freundlich. »Und was Colleen und mich betrifft, ändert sich überhaupt nichts, wir betrachten dich nach wie vor als unseren Sohn.«

»Muss ich jetzt Onkel Daniel zu dir sagen?«, fragte Patrick mit unüberhörbarer Kälte in der Stimme.

Daniels Unbehagen steigerte sich. »Wenn du das möchtest«, gab er zur Antwort, »und du dich dann wohler fühlst.«

»Bestimmt.« Die Stimme des Jungen klang mit einem Mal viel älter.

Ein harter Bursche, ging es Daniel durch den Kopf, während er seinen Neffen ansah. Er stellte sich trotzig allein der ganzen Welt und dem, was man ihm angetan hat. Er ist zu hart für einen Jungen seines Alters.

»Wenn das alles ist, Onkel Daniel«, sagte Patrick, »würde ich gern eine Weile allein nach draußen gehen.« Es klang, als sei er nicht bereit, an dieser Entscheidung etwas zu ändern.

Daniel nickte. Es kam ihm so vor, als habe der Junge seine Kindheit hinter sich gelassen. Er war ein junger Mann, ob ihm das recht war oder nicht.

Als Max in den Hof des Gasthauses trat, sah er Patrick auf einer Kiste sitzen und mit Augen, die nichts sahen, den in sich zusammengesunkenen Holzzaun anstarren. Der stämmige Deutsche suchte sich eine kräftige Kiste und setzte sich neben ihn.

»Hier auf diesem Hof hat sich dein Vater mit dem Mann deiner Tante Katie geprügelt und ihn besiegt«, sagte er leise auf Deutsch. »Manch einer hätte was dafür bezahlt, wenn er diesen Kampf gegen Kevin O'Keefe hätte sehen können.«

Patrick konnte genug Deutsch, um zu verstehen, was Max gesagt hatte, blieb aber wortlos sitzen. Das Kinn auf die Hände gestützt, starrte er weiter ausdruckslos vor sich hin, als denke er über die Bauweise des Holzzauns nach.

»Alle waren der Ansicht, dass Kevin O'Keefe deinem Vater überlegen war, trotzdem hat er Kevin geschlagen. Du bist schon genauso gut wie er. Nur musst du jetzt einen anderen Kampf bestehen und den Schmerz besiegen, den das Wissen mit sich bringt, dass Martin und Charmaine nicht deine Geschwister sind und Colleen nicht deine Mutter. Ich denk aber mal, das spielt bei euch Iren keine Rolle. Ihr seid Duffys, einer wie der andere, und nur darauf kommt es an.«

Patrick wandte sich Max zu und suchte nach Worten. »Warum hat meine Mutter mich verlassen?«, fragte er. Es war die erste Schwäche, die er sich gestattete, seit er sich entschlossen hatte, keine unmännlichen Gefühle zu zeigen. Max sah, wie dem Jungen Tränen in die smaragdgrünen Augen stiegen.

»Keine Ahnung«, sagte er achselzuckend. »Vielleicht hatte sie ihre Gründe.« Nach kurzem Zögern schloss er den Jungen in seine bärenstarken Arme. »Bestimmt waren das verdammt gute Gründe«, fügte er hinzu, während er den Jungen an die Brust drückte und das stumme Schluchzen hörte, das ihn schüttelte. Er hielt ihn fest, bis er sich beruhigt hatte.

Patrick saß stumm da und erholte sich von seinem ungewollten Gefühlsausbruch. Er kam sich töricht vor, dem Mann, den er liebte und bewunderte, seine Schwäche gezeigt zu haben. »Wie war mein Vater?«, erkundigte sich Patrick schließlich, und Max spürte, wie die Spannung nachließ. Es fiel ihm leicht, diese Frage zu beantworten.

»Ein richtiger Kerl«, sagte er. »Jeder hat ihn geachtet, und er war freundlich zu allen. Immer hat er sich für seine Angehörigen und seine Freunde eingesetzt. Bestimmt wär ein bedeutender Maler aus ihm geworden, wenn er nicht …« Max verstummte bei der Erinnerung an einen anderen jungen Mann und eine andere Zeit, in der er abends mit Patricks Vater über die Dinge der Welt, die Frauen und alles andere gesprochen hatte.

Einen Augenblick lang überwältigte Max die Erkenntnis, welche wichtige Rolle er in Michaels Leben gespielt hatte – und jetzt auch in Patricks. Der harte alte Seemann schnäuzte sich und wandte sich ab. Es wäre ihm peinlich gewesen, wenn Patrick seine Tränen gesehen hätte, die ersten nach langer, langer Zeit.

Als er sich ein wenig erholt hatte, wandte er sich seufzend wieder dem Jungen zu. »Dein Vater, Michael Duffy«, fuhr er fort, »wäre sehr stolz auf dich gewesen, Patrick. Vergiss nie, dass sein Blut in deinen Adern fließt. Du musst immer daran denken, wer du bist, wenn Lady Macintosh dich wegbringt, um aus dir einen englischen Gentleman zu machen. Immerhin bist du der Nachkomme deines Großvaters, der bei der Palisade von Eureka gekämpft und mir das Leben gerettet hat, als mich die Rotröcke mit ihren Bajonetten aufspießen wollten.«

Einen flüchtigen Augenblick lang sah Patrick den Schatten vor sich, der in der Nähe von Frazer's Park aus der Dunkelheit aufgetaucht war, um dem Mann den Hals umzudrehen, der ihn, wie ihm inzwischen klar war, hatte umbringen wollen. Jetzt, da er an Onkel Max' Seite saß, wusste er, dass der Schatten, der so leicht getötet hatte, keinesfalls zu Max gehören konnte. Der Wunsch, Max' starke Arme beruhigend um sich zu spüren, konnte er sich nicht erlauben. Solche unmännlichen Anwandlungen waren nichts mehr für ihn, denn er war jetzt ein Mann. So stand er von seiner Kiste auf und stellte sich vor Max. »Ich glaube, ich muss jetzt rein, Onkel Max«, sagte er. »Bestimmt steht das Abendessen schon auf dem Tisch.«

Ohne ihn anzusehen, sagte Max: »Ja, sicher wartet man auf dich.«

Er selbst blieb sitzen und sah zu, wie die Sonne hinter die Wohnblocks um den Gasthof herum sank. Gab es noch etwas, wofür er leben konnte, wenn Patrick in England war? Schwerfällig erhob er sich. Vielleicht würde Patrick eines Tages Kinder haben …

Am nächsten Tag ging Patrick nicht zur Schule – aber er kehrte auch nicht ins Erin zurück. Zwei Tage lang wusste niemand, wo er sich aufhielt. Während Daniel die Polizei alarmierte, saß Bridget in ihrem Zimmer und betete. Martin murmelte, er habe keine Ahnung, wo sich Patrick befinden könnte. Charmaine blies Trübsal. Ihr fehlte der Junge, den sie nach wie vor als ihren Bruder ansah, da ihr niemand die genaue Beziehung zwischen ihr und Patrick erklärt hatte. Es hätte aber für das kleine Mädchen auch keinen Unterschied bedeutet, denn nach wie vor himmelte sie ihren »großen Bruder« an.

Da es ihn Mühe kostete, all das zu verarbeiten, was er über seine Herkunft erfahren hatte, war Patrick quer durch die ganze Stadt gezogen, um sich seine Fragen von einer Frau beantworten zu lassen, der er traute. Mit geröteten Augen und nach einer Nacht auf der Straße völlig verdreckt, stand er vor den Toren von Lady Macintoshs großem Herrenhaus und fragte sich, warum er hierher gekommen war, um sich Antworten zu holen. Lag es daran, dass sie ihm den Eindruck vermittelte, ihr liege in ganz besonderer Weise an ihm? Sie hatte ihn aufgespürt, während seine Mutter all die Jahre hindurch nichts von seiner Existenz hatte wissen wollen – war es das? Doch am wichtigsten war dem Elfjährigen die Frage, die ihn auch am meisten belastete: Warum hatte die Mutter sich seiner entledigen wollen?

Das Dienstmädchen Betsy sah den Jungen, der da verloren am Tor stand, und machte Lady Macintosh Mitteilung davon. Diese ließ ihn ins Haus holen. Argwöhnisch beobachtete Patrick den Mann, der lächelnd über die lange Auffahrt auf ihn zukam. Während dieser Tage der Wirrnis war es nicht leicht, anderen zu trauen.

»Lady Enid erwartet Sie, Master Duffy«, sagte der Diener freundlich, und Patrick folgte ihm zögernd zum Haus.

Lady Enid gab den Auftrag, Buttermilch und Kuchen in die dunkle Bibliothek zu bringen, und bestellte für sich selbst Tee. Während Patrick stumm in einem der großen Ledersessel saß, goss sie ihm ein Glas Buttermilch ein. »Mir war klar, dass du kommen würdest«, sagte sie und gab ihm das Glas. »Vermutlich hat dir dein Onkel Daniel inzwischen die Wahrheit über deine Herkunft berichtet.«

Ohne zu antworten, trank Patrick einen Schluck Milch. Außer einer kleinen Pastete hatte er in den vergangenen achtundvierzig Stunden nichts gegessen. Es war allerdings auch nicht wichtig. Er hatte in den letzten Tagen seinen gesunden Appetit verloren. Trotzdem war ihm das Glas Buttermilch willkommen.

»Ich glaube, ich verstehe, warum du nicht gern reden möchtest«, fuhr Lady Enid fort und setzte sich neben ihn. »Ich vermute, du bist gekommen, um mir Fragen zu stellen, die für dich sehr wichtig sind. Frag also ruhig.«

Während er sie ansah, fiel ihm auf, wie grün ihre Augen waren. Es beruhigte ihn in sonderbarer Weise, dass er die gleichen Augen hatte wie die Frau neben ihm. Es kam ihm vor, als könnte er darin wirkliche Wärme erkennen. »Warum hat meine

Mutter …?«, sagte er mit einer Mischung aus Zorn und Trauer. Obwohl er die wichtigste Frage seines jungen Lebens nicht zurückhalten konnte, fiel ihm das passende Wort für den entsetzlichen Verrat nicht ein, den man an ihm begangen hatte.

»Warum dich deine Mutter im Stich gelassen hat?«, seufzte Lady Enid. »Weil sie dich nicht wollte«, gab sie zur Antwort. »Gewiss, es ist schrecklich, so etwas zu hören, Patrick. Aber ich muss ehrlich zu dir sein, wenn du mir vertrauen sollst. Mir ist klar, dass diese Wahrheit dir noch große Schmerzen bereiten wird.«

Als sie die Qual in seinem Gesicht sah, fühlte sie sich einen kurzen Augenblick lang versucht, ihm die wahren Hintergründe seiner Geburt und Adoption mitzuteilen. Letztere allerdings ging auf die Eigenmächtigkeit zurück, mit der Fionas Kindermädchen Molly O'Rourke Lady Enids ursprünglichen Plan, ihn in einem der berüchtigten Pflegehäuser verschwinden zu lassen, hatte scheitern lassen. Da sie ihn aber damit für immer von sich entfremdet hätte, verwarf sie den Gedanken rasch. Die Welt, in der sie lebte, kannte keine Kompromisse, und so würde es auch bei ihrem Kampf gegen die Männer, die ihren geliebten Sohn David auf dem Gewissen hatten, keinen Kompromiss geben. Sie mussten und würden zur Rechenschaft gezogen werden. Täglich wartete sie auf die Mitteilung, dass man Kapitän Mort in Ketten gelegt habe. Wenn dieser Schritt erst getan war, konnte man darangehen, die Beteiligung ihres Schwiegersohns an der Schandtat aufzudecken.

Sogar dem Jungen, der jetzt bei ihr in der Bibliothek saß, war in ihrem Plan, Granville zu entmachten, eine Rolle zugedacht. Aber etwas, das sie nicht vorhergesehen hatte, begann ihre unerschütterliche Entschlossenheit aufzuweichen – ganz gegen ihre Absicht fing sie an, Patrick ins Herz zu schließen. Ihr war klar, welche Schmerzen es ihr bereiten würde, wenn er ihr später mit dem gleichen Hass gegenüberträte wie die anderen Mitglieder ihrer Familie. Wenn sie das verhindern wollte, musste sie die elf Jahre zurückliegenden Ereignisse wohl oder übel mit einer barmherzigen Lüge schönen. »Bevor du zur Welt kamst, hat deine Mutter einen Mann kennen gelernt«, begann sie.

»Meinen Vater«, sagte Patrick ruhig, und Enid erkannte am Klang seiner Stimme, dass er viel für ihn empfand. Wahrscheinlich bewunderte er ihn, angestachelt von den papistischen Iren der Familie Duffy, dachte sie, machte sich aber sogleich klar, dass sie auf keinen Fall Michaels Andenken herabsetzen durfte.

»Ja, deinen Vater«, fuhr sie fort. »Aber dann hat sie gemerkt, dass sie ihren Vetter Granville noch mehr liebte. Wenn sie ihn heiraten wollte, konnte sie dich auf keinen Fall behalten. Daher hat sie dich gleich nach der Geburt fortgegeben. Sie wollte dich an einen bösen Ort schicken, wo man kleine Kinder umbringt, aber ich habe heimlich ihre Amme angewiesen, dich stattdessen zu den Angehörigen deines Vaters zu bringen.«

Der Ausdruck der Qual auf Patricks Gesicht beunruhigte Lady Enid zutiefst. In ihm schien eine schreckliche Macht am Werk zu sein. Mit elf Jahren stand er am Rande des Mannesalters, und es war fast unausdenkbar, was geschehen würde, wenn sich eine solche Macht Bahn brach. Aber war nicht der Junge ebenso sehr ein Macintosh wie ein Duffy? Molly O'Rourke war längst dahin, tröstete sich Lady Enid. So gab es keine Möglichkeit, ihre Schilderung zu widerlegen. Je früher sie mit Patrick aus Neusüdwales nach England aufbrach, desto besser. »Es tut mir Leid, dass du in so jungen Jahren erfahren musst«, fügte sie mitfühlend hinzu, »wie deine Mutter zu dir stand, als du zur Welt gekommen bist. Sie war noch jung und wusste nicht wirklich, was sie tat. Sie war so sehr in ihren Vetter verliebt.«

»Ich hasse sie«, stieß Patrick hervor. In seinen Augen glühte ein Feuer, das Lady Enid von ihrer Tochter kannte, ein Hinweis auf die unbarmherzige Härte, ein wohl bekanntes Wesensmerkmal der Familie Macintosh. »Ich geh zu ihr und sag ihr das ins Gesicht.«

»Wenn du das tust«, gab Lady Enid rasch zurück, »wird sie bestimmt sagen, sie habe dich eigentlich gar nicht aus dem Weg haben wollen und immer an dich gedacht. Wahrscheinlich wird sie sogar behaupten, dass sie dich immer noch liebt. Nein … du würdest nur noch mehr leiden, wenn du zu deiner Mutter gingest, Patrick. Dein Onkel Daniel kann dir sagen, wie ich dich vor Jahren aufgespürt habe, als deine Mutter nicht die geringste Absicht dazu hatte. Ich denke, mein Tun ist überzeugender als alles, was sie dir sagen könnte.«

Patrick wandte sich seiner Großmutter zu und sah sie offen an. Er war noch zu jung und arglos, als dass er ihr Doppelspiel hätte durchschauen können. In ihren Augen sah er lediglich die Sorge um ihn und die Bitte, ihr zu trauen. Er wandte sich ab.

»Möchtest du gern hier bleiben, bis unser Schiff ablegt?«, fragte sie freundlich. »Ich kann meinen Kutscher zu deinem Onkel schicken, damit er weiß, dass es dir gut geht. Er könnte dann aus dem Gasthof gleich alles mitbringen, was du brauchst.«

»Ich möchte lieber nach Hause«, sagte der Junge. »Die machen sich bestimmt schon Sorgen um mich. Wahrscheinlich krieg ich Ärger«, sagte er seufzend und fügte mit einem leichten Aufblitzen seiner Augen hinzu: »Aber wohl keinen besonders großen.«

Sie lächelte. Er durchschaute, was die ihm nahe stehenden Menschen für ihn empfanden, und er hatte diese Intelligenz ebenso von seinem Vater geerbt wie dessen natürlichen Charme.

Unvermittelt fiel ihr ein, dass der Vater des Jungen noch lebte. Sie hatte allen Grund, sich deshalb unbehaglich zu fühlen. Sollte Michael Duffy je erfahren, dass er einen Sohn hatte … Unwillkürlich überlief sie ein Schauer. Das durfte nie geschehen. Mit einem Mal dauerte es ihr bis zu ihrer Abreise nach England viel zu lange. Patrick musste so schnell wie möglich aus Australien fort. »Meine Kutsche soll dich wieder nach Hause bringen«, sagte sie. »Aber vorher musst du mit mir essen, und dabei unterhalten wir uns darüber, wie aufregend dein Leben in England sein wird. Du wirst Gelegenheit haben, in London alles zu besichtigen, was wichtig ist. Wir gehen in Museen. Das wird dir bestimmt gefallen. Und du wirst auf eine der besten englischen Schulen gehen.«

Auch wenn es so aussah, als hörte Patrick dem munteren Monolog seiner Großmutter zu, nahm er ihre Worte nicht in sich auf, sondern dachte an seine Mutter. Er hasste sie mehr als jeden Menschen auf der Welt und würde sie eines Tages für das bestrafen, was er als den schlimmsten denkbaren Verrat ansah. Lady Enid hingegen sorgte für ihn. Auf eine Weise, die ihm noch nicht klar war, würde sie ihm dazu dienen, später seine Mutter zu bestrafen.

Vom Fenster der Bibliothek aus sah Lady Enid der Kutsche nach, die Patrick ins Erin zurückbrachte. Sie war überzeugt, den Jungen auf ihre Seite gebracht zu haben. Sie waren einander in einem Bündnis des Verrats verbunden. Er wollte sich an seiner Mutter rächen, weil sie ihn hatte verschwinden lassen wollen, und sie sich an ihrer Tochter, weil sie gemeinsame Sache mit dem Mann gemacht hatte, der am Mordkomplott gegen ihren geliebten David beteiligt war.

Sie wandte sich vom Fenster ab. Als ihr Blick auf die Speere und Bumerangs an der Bibliothekswand fiel, erfasste sie Angst wegen der Dinge, die sie dem Jungen dort gesagt hatte. Zum einen musste sie damit rechnen, dass ihre Lügen im Laufe der Jahre ans Licht kommen würden, zum anderen überlief sie unwillkürlich ein Schauder bei der Vorstellung, sie und die Duffys könnten auf die eine oder andere Weise tatsächlich unter einem Fluch der Ureinwohner leben.

Endlich war Dorothy mit ihrer Tante Penelope allein. Das entsprach Penelopes Absicht, weshalb sie Fiona vorgeschlagen hatte, das Kindermädchen solle ruhig die beiden Töchter zu ihr bringen, während Fiona ihre Besorgungen in Sydney machte. Später könne sie dann ebenfalls zum Nachmittagstee kommen.

Dieser Vorschlag hatte Fiona zugesagt. Sie fühlte sich immer sonderbar befreit, wenn Granville außerhalb Sydneys zu tun hatte, was häufig der Fall war. Dieses Gefühl, frei zu sein, weckte in ihr jedes Mal den Wunsch, Einkäufe zu machen, und davon ganz abgesehen, gab ihr Penelopes Vorschlag die Gelegenheit, ihren Ausflug in die Stadt mit einem angenehmen Teenachmittag im Haus der Schwägerin abzuschließen.

Dorothy stand vor Penelope. Der ernsthafte Ausdruck auf dem Gesicht ihrer Tante zeigten, dass sie mit ihr über Erwachsenendinge reden wollte. Mit den Worten »Setz dich zu mir« wies Penelope auf das große Sofa in ihrem Salon. »Wir wollen uns ein bisschen unterhalten.«

»Möchtest du auch mit Helen sprechen?«, fragte Dorothy, während sie neben der Tante Platz nahm.

»Nein, mein Schatz«, sagte Penelope und strich der Nichte über das lange Haar. »Deine Schwester kann anschließend zu uns kommen.«

Dorothy sah mit großen ernsthaften Augen zu ihr empor. Sie hätte lieber Helen bei sich gehabt, doch Penelope hatte dafür gesorgt, dass ihre jüngere Schwester der Köchin bei der Zubereitung des Gebäcks für den Nachmittagstee half. Sie hatte sich in Dorothys Alter in einem sehr ähnlichen Zustand wie ihre Lieblingsnichte befunden, und da ihr schrecklicher Verdacht sie nicht losließ, hatte sie sie zu einem Gespräch in den Salon gelockt. Seit ihr die kaum spürbaren Veränderungen an dem Mädchen aufgefallen waren, hatte sie sich verzweifelt einzureden versucht, die Sache könne unmöglich noch einmal von vorne beginnen.

Mit geduldig im Schoß gefalteten Händen wartete Dorothy, bis ihre Tante zu sprechen begann. »Mein Liebling«, sagte Penelope freundlich. »Macht dein Papa Sachen mit dir, die dir Angst einjagen?«

Bei dem gequälten Ausdruck, der sich sogleich auf Dorothys Züge legte, kam es Penelope vor, als hätte man ihr ein heißes Messer in den Unterleib gestoßen. »Nein, Tante Penny«, gab das Kind mit gequetschter und ängstlicher Stimme zurück. »Keine Spiele ...« Sie zögerte und verstummte angstvoll. Fast hätte sie ausgeplaudert, was ihr der Vater zu sagen verboten hatte.

»Keine Spiele«, fragte Penelope ruhig, »die dir große Angst machen?« Dorothy sah sie mit weit aufgerissenen Augen an. Ihre Unterlippe zitterte, jeden Augenblick konnte das Kind in Tränen ausbrechen. Penelope spürte, wie das Messer in ihrem Inneren umgedreht wurde. Eine kochende Wut stieg in ihr empor. Da hatte ihr Bruder doch tatsächlich wieder ein Opfer für sein verruchtes Treiben gefunden.

»Mehr kann ich dir nicht sagen, Tante Penny«, brachte Dorothy, den Blick auf ihre im Schoß gefalteten Hände gerichtet, kaum hörbar heraus. »Papa hat gesagt, er bestraft mich, wenn ich was darüber sage ...« Dicke Tränen liefen der Kleinen über das Gesicht, und Schluchzen erschütterte ihren Körper. »Er hat gesagt, er würde mich wegschicken, wenn ich jemandem was davon erzähle, und ich würde Helen oder Mama nie wieder sehen.«

Penelope zog ihre Nichte tröstend an sich. »Still, Schätzchen«, sagte sie leise, während das Kind immer unbeherrschter schluchzte. »Tante Penny sagt keinem, was dein Papa tut. Tante Penny weiß, was du erleidest, und ich versprech dir, dass dein Papa das nie wieder mit dir spielt.«

Die tröstenden Worte legten sich gleich einem schützenden Umhang um Dorothy. Niemandem auf der Welt hätte sie etwas über das Geheimnis ihres Vaters sagen können – außer Tante Penny. Nicht einmal der Mutter. Aber Tante Penny war lieb und gütig, sie war anders.

Lange drückte Penelope ihre Nichte an die Brust. Ihre Wut wuchs ins Unermessliche. Das wird er büßen, dachte sie mit wilder Entschlossenheit. Nicht nur, weil er das seiner eigenen Tochter angetan hatte, sondern auch, weil sie selbst nach wie vor ihrer verlorenen Kindheit nachweinte. Es genügte nicht, ihrem Bruder Fiona fortzunehmen. Zur Strafe für sein tückisches Verhalten musste sie mehr tun, viel mehr – bevor er starb und zur Hölle fuhr.

Als sich Dorothy ausgeweint hatte, brachte Penelope die Kleine in ihr Schlafzimmer und legte sie aufs Bett. Sie strich ihr sacht über das Haar, bis sie einschlief. Dann erhob sie sich und ging nach unten in die Küche. Ihrer festen Überzeugung nach musste noch jemand von den Untaten ihres Bruders wissen – und das Stillschweigen dieses Menschen hatte zu der entsetzlichen Angst beigetragen, unter der das Kind litt.

In der Küche saßen die Köchin, Helen und Miss Pitcher am

Tisch, kneteten den Teig für das Gebäck und lachten dabei. Mehlspuren zogen sich durch Helens Gesicht.

»Ich würde gern mit Ihnen sprechen, Miss Pitcher«, sagte Penelope. »Unter vier Augen.«

Das Kindermädchen sah sie mit düsterer Miene an. »Gewiss«, sagte Miss Pitcher furchtsam, stand auf und folgte ihr in den Salon.

Penelope schloss die Tür und wandte sich dem finster dreinblickenden Kindermädchen zu. Als Gertrude den sonderbar harten Ausdruck auf dem Gesicht der Baronin erkannte, verwandelte sich ihre Furchtsamkeit in nackte Angst.

»Ich muss mit Ihnen über eine schwerwiegende Angelegenheit sprechen«, sagte Penelope, wobei in ihren blauen Augen kaltes Feuer aufblitzte. »Es handelt sich um meine Nichte Dorothy.«

»Ich weiß nicht, worum es dabei gehen könnte«, gab Gertrude zurück und versuchte, ihre aufsteigende Angst zu vertuschen. Sollte die verdammte Göre trotz der Drohungen ihres Vaters geredet haben?

»Dorothy hat mir alles gesagt, auch, dass Sie über die Vorfälle informiert sind«, log Penelope. Sie beobachtete Gertrude aufmerksam. Miss Pitcher stockte der Atem, und der gehetzte Blick in ihren Augen zeigte Penelope, dass sie richtig geraten hatte. Die Frau war über alles im Bilde und hatte dennoch nichts dagegen unternommen. Sie konnte sich schon denken, auf welche Weise er sie dazu gebracht hatte, zu schweigen. »Wie viel hat er Ihnen gezahlt?«, fragte sie, ohne der Frau Gelegenheit zu geben, ihre Gedanken zu sammeln. »Ich habe gefragt, wie viel?«

»Es war nicht das Geld«, flüsterte Miss Pitcher, den Blick auf den Parkettboden gesenkt.

»Also Drohungen«, fuhr Penelope schroff fort. »Hat mein Bruder Ihnen Gewalt angedroht?« Das Kindermädchen nickte. Sie öffnete den Mund, als wolle sie etwas sagen, aber es kamen keine Worte heraus. Stattdessen stand sie steif da und sah gequält zu Boden. Mit Einfühlsamkeit, das merkte Penelope rasch, würde sie mehr erreichen. »Setzen Sie sich doch,

Miss Pitcher«, sagte sie freundlich. Verwirrt nahm Gertrude auf einem der aus Frankreich importierten Stühle Platz. »Niemand wird von mir etwas über Ihre Beteiligung am schändlichen Treiben meines Bruders erfahren«, fuhr Penelope fort. »Vorausgesetzt, Sie tun genau, was ich Ihnen sage.«

»Ich fürchte, Mister White wird merken, dass ich Ihnen etwas darüber gesagt habe, Ma'am«, sagte Miss Pitcher und zitterte. »Ich habe große Angst vor ihm, denn er ist ein entsetzlicher Mann.«

»Das ist er«, stimmte Penelope zu. »Aber falls Sie sich nicht nach meinen Worten richten, haben Sie mehr Grund, vor mir Angst zu haben. Das sollten Sie mir glauben«, fügte sie hinzu und fasste die verängstigte Frau fest ins Auge.

»Was wollen Sie von mir?«, fragte das Kindermädchen matt. Sie hatte sich damit abgefunden, die Wünsche der Baronin zu erfüllen, zumal sie spürte, dass sie gefährlicher und tückischer war als ihr verkommener Bruder. Gertrude hatte nur wenig Achtung vor Männern und war eigentlich froh, nicht länger das unzüchtige Treiben ihres Arbeitgebers decken zu müssen. Sie hatte versucht, so zu tun, als wäre nichts geschehen, aber es hatte sie jedes Mal mitgenommen, wenn sie sah, wie sehr die Kleine nach ihren Besuchen in der Bibliothek litt. Unter den gegebenen Umständen würde sie es unter dem Dach der Familie White nicht mehr lange aushalten.

»Sie werden alles schriftlich niederlegen, was Sie wissen«, sagte Penelope. »Diesen Bericht nehme ich an mich. Außerdem werden Sie kündigen, ohne Mrs. White Gründe dafür anzugeben. Sie werden lediglich sagen, dass man Ihnen eine bessere Stelle angeboten hat. Auf keinen Fall darf Mrs. White erfahren, was ihr Mann der Kleinen angetan hat. Haben Sie mich soweit verstanden?«

Miss Pitcher nickte leicht. »Gut!«, sagte Penelope. »Wenn Sie alles so erledigt haben, wie ich es gesagt habe, werden Sie an einer Stelle Dienst nehmen, wo ich die Möglichkeit habe, mit Ihnen Kontakt aufzunehmen, sofern ich eine Bestätigung der Schandtaten meines Bruders von Ihnen brauche. Sehen Sie mich nicht so ängstlich an. Ihnen passiert nichts. Mein Bruder wird nicht erfahren, wo Sie sich aufhalten. Ich kenne zufällig eine Familie, die ein Kindermädchen sucht. Vermutlich haben Sie sich, abgesehen von diesem einen Versagen in Ihren Pflichten, in vorbildlicher Weise um die beiden Ihnen anvertrauten Mädchen gekümmert.«

Penelope sah, dass der strengen Frau Tränen in die Augen traten. Als sie laut schniefend den Kopf senkte, hätte Penelope fast ein gewisses Mitleid angesichts ihres offensichtlichen Kummers empfunden. Geld und Granvilles Drohungen hatten das Kindermädchen weit gebracht.

»Baronin, ich …« Miss Pitcher wusste nicht, wie sie Penelope für die Nachsicht danken sollte, die sie trotz der Schwere ihres Vergehens an den Tag legte.

Angewidert kehrte ihr Penelope den Rücken und trat an ein Fenster, aus dem der Blick auf den Rasen fiel. Da es nach wie vor regnete, würde sie den Nachmittagstee mit Fiona in ihrem Salon einnehmen müssen. Sonderbar, wie ein Raum in seinen Wänden so viele Empfindungen zu fassen vermag, ging es Penelope durch den Kopf, während sie in den Regen hinaussah. Ihrer Kusine gegenüber würde sie sich munter geben müssen. Auf keinen Fall durfte Fiona auch nur das Geringste von dem ahnen, was sie im Laufe des Tages in Erfahrung gebracht hatte.

Als sie sich vom Fenster abwandte, stand das Kindermädchen nach wie vor bedrückt da. »Sie können jetzt gehen, Miss Pitcher«, sagte Penelope knapp. »Ich möchte Ihren ausführlichen Bericht in der Hand haben, bevor Sie heute Abend den Dienst bei Mrs. White aufgeben. Sie können ihn in der Bibliothek meines Mannes abfassen. Feder und Papier liegen auf dem Tisch bereit. Das ist alles.«

Miss Pitcher murmelte ihren Dank und verließ den Raum, sichtlich vom Gewicht ihrer Schuld bedrückt. Penelope sah wieder hinaus in den Regen. Sie zitterte am ganzen Leib. Es war leicht, eine Drohung auszusprechen, aber etwas anderes, sie auszuführen.

34

Pastor Otto Werner und seine Frau Caroline hatten sich in der Wildnis verirrt. Sie erschien ihnen ebenso trostlos wie die Landstriche, die Mose beim Auszug der Kinder Israel aus Ägypten durchquert hatte. Otto Werner war ein Mann von Ende dreißig mit kantigen Gesichtszügen, den so leicht nichts aus der Ruhe bringen konnte. Er trug einen schwarzen Anzug und ein ehemals weißes Hemd, das von Staub und Schweiß eine rötliche Farbe angenommen hatte. Der buschige schwarze Bart reichte ihm bis auf die Brust. An der Seite dieses Hünen wirkte seine blonde Frau noch zierlicher. Gemeinsam war diesem sonderbaren Paar der glühende Eifer, Gottes Wort nicht nur der eindrucksvoll großen Zahl deutscher Siedler und Goldsucher im Norden Queenslands zu verkünden, sondern auch den Söhnen Hams.

Schon kurz nach Verlassen des Schiffs, mit dem sie von Hamburg aus gekommen waren, hatten sie ein Pferd mit einem leichten zweirädrigen Wagen gekauft und sich mit Vorräten und einer großen Kiste voller Bibeln in englischer und deutscher Sprache zu einem deutschen Viehzüchter aufgemacht. Dieser, ein frommer Lutheraner, hatte sich bereit erklärt, ihnen ein Stück Land für die Errichtung einer Missionsstation zur Verfügung zu stellen.

In ihrer Unwissenheit hatten die frisch aus Europa eingetroffenen Neulinge angenommen, es gebe auf diesem ungeheuren Kontinent voll dürrer Landstriche markante Stellen, an denen man sich orientieren konnte. Auf der nur sehr ungenauen Karte, die sie in Cooktown erworben hatten, waren nicht einmal die Entfernungen zwischen den nur ungefähr eingezeichneten Wasserläufen und Bergen angegeben. Das aber merkten sie erst, als ihre Vorräte schwanden und sie die Orientierung bereits verloren hatten. Unversehens hatten sie bei ihrem einsamen Zug nach Südwesten auf einer allein vom Horizont begrenzten Ebene einen Punkt erreicht, an dem es kein Zurück mehr gab. Doch war Verzweiflung für Otto ein Fremdwort. In allen Widrigkeiten sah er Prüfungen, die ihm Gott auferlegte, um die Kraft seines Glaubens auf die Probe zu stellen.

Als der lutherische Geistliche auf einen verwundeten Ureinwohner stieß, der sich stockend auf Englisch verständigen konnte, war das ein Wink Gottes. Seine Frau allerdings hielt es für alles andere als gottgefällig, dass die ersten Worte des wild dreinblickenden Heiden eine Bitte um Tabak waren.

Die schon ziemlich mitgenommene, in Leder gebundene Bibel in der Hand, kniete Otto neben Wallarie nieder. »Gott meiner Väter«, begann er mit laut hallender Stimme. »Ich danke dir, dass du uns deinen Boten gesandt hast, der uns aus dieser Wildnis hinausführen wird.«

Caroline sah aus dem Augenwinkel auf ihren Mann. Sie war lebenstüchtiger als er und fragte sich, wie ihnen dieser schwer verwundete Eingeborene helfen sollte, Herrn Schmidts Anwesen zu finden. »Und jetzt, Herr, lenke meine Hand, damit ich den Leib dieses armen Heiden heilen und seine Seele vor der ewigen Verdammnis erretten kann.«

Wallarie lauschte den sonderbar klingenden Worten. Ob dieser Mann eine Art Zauberer war? Trotz seiner Schwäche suchte er ihn mit Blicken aufmerksam nach Waffen ab. Als er weder eine Pistole noch ein Gewehr entdecken konnte, begann er zu glauben, dass der sonderbare Mann in Schwarz wirklich nichts Böses im Schilde führte.

»Frau«, trug Otto Caroline auf, »hol die Medizinkiste vom Wagen.« Während sie das tat, untersuchte er die stark entzündete Schusswunde, die heftig angeschwollen war, sich heiß anfühlte und pochte.

Caroline kehrte mit einer kleinen Holzkiste zurück und kniete sich neben ihren Mann. »Sei vorsichtig«, sagte sie leise. »Er ist bewaffnet.«

Otto warf einen verächtlichen Blick auf die Speere und Kriegskeulen, die neben Wallarie lagen. »Wenn ich ihm nicht helfe, stirbt er«, gab er zur Antwort. »Ich muss unbedingt die Kugel herausholen. Vermutlich steckt sie im Muskel.« Er entnahm der Kiste ein Skalpell und eine Zange. Das Jahr an der medizinischen Fakultät von Heidelberg war nicht vergeblich gewesen. »Das wird dir weh tun, mein Freund«, sagte er auf Englisch. »Aber ich werde versuchen, so vorsichtig wie möglich zu sein. Verstehst du mich?«

»Ja«, sagte Wallarie mit rauer Stimme und versuchte zu lächeln. Ihm war klar, was der Mann vorhatte. Er hatte Tom einmal geholfen, ihm Schrotkugeln aus dem Rücken zu holen, als sich ein Siedler ihrem Versuch widersetzt hatte, sein Pferd zu stehlen. Die Zauberkraft der Kugeln nahm immer mehr zu, je länger sie im Körper blieben. »Kräftig schneiden.«

Otto nickte und führte einen Schnitt. Sogleich entströmte der Wunde gelb-grüner Eiter, auf den dunkles Blut folgte. Der Schmerz, den Wallarie spürte, war noch stärker als beim Eindringen der Kugel in sein Fleisch. Er wollte aufspringen, doch ein mächtiger Fausthieb des Gottesmannes fällte ihn und er war während des restlichen Eingriffs bewusstlos.

Stöhnend und schwitzend tastete Otto nach der Kugel, während seine Frau, der beim Anblick der offenen Wunde alles Blut aus dem Gesicht gewichen war, ihm die Zange hinhielt. Otto ergriff das Projektil, das fest im Muskel saß, holte kurz Luft und zog es heraus. In diesem Augenblick erlangte Wallarie das Bewusstsein wieder und sah undeutlich ein bärtiges Gesicht, das ihm entgegenlächelte. Otto hielt ihm die verformte Kugel vor die Augen. »Ich denke, er wird es überleben«, sagte er zu seiner Frau. »Ich habe gelesen, dass diese Menschen eine wahre Pferdenatur haben.«

Missbilligend verzog Caroline das Gesicht. Sie konnte nicht verstehen, warum sie sich die Mühe machten, einem heidnischen Ureinwohner zu helfen, wo sie selbst dem Tode so verzweifelt nahe waren. Ihr Wasservorrat reichte nur noch für einen einzigen Tag.

Das Missionars-Ehepaar schlug das Lager in geringer Entfernung von der Stelle auf, an der Wallarie im Schatten eines kleinen Gebüschs lag. Otto hatte die Wunde inzwischen verbunden. Zwar war Wallarie zusammengezuckt, als er sie mit einem starken Mittel desinfizierte, doch war ihm klar, dass der sonderbare Mann einen Zauber ähnlich dem des kräftigen Iren Patrick Duffy besaß, der ihm vor vielen Jahren geholfen hatte, als Mort bei der Vertreibung von Glen View auf ihn gefeuert hatte. Ottos raue Worte wirkten in der gleichen beruhigenden Weise auf ihn wie damals die des irischen Fuhrmanns.

»Ich gebe ihm ein wenig Wasser«, sagte Otto zu seiner Frau, die das Pferd ausschirrte. »Er braucht es unbedingt, wenn er die Nacht überleben soll.«

Caroline biss sich auf die Lippe. Es handelte sich dabei um den letzten Rest ihres Wasservorrats. Otto war ein guter Mensch, dessen Glaube an Gott sehr selten enttäuscht wurde, und sie betete stumm, er möge auch diesmal Recht behalten. Andernfalls wären sie in wenigen Tagen tot.

Er beugte sich über Wallarie und setzte ihn auf, damit er das Wasser aus der Feldflasche trinken konnte. Anschließend legte er Wallarie wieder hin, damit er schlafen konnte. Der Blutverlust hatte ihn geschwächt, und er fieberte.

Als sich Otto überzeugt hatte, dass sein Patient fest schlief, stand er auf und kehrte zur Lagerstelle zurück, wo ein geschwärzter Kaffeekessel über einem kleinen Feuer dampfte. Caroline goss ihm eine Tasse ein und reichte sie ihm. »Wir haben nur noch Wasser für eine Kanne Kaffee«, sagte sie ruhig. »Uns bleibt nicht einmal genug, um morgen das Pferd zu tränken.«

Otto hockte sich ans Feuer und sah zur Sonne hinüber, die unter den ebenen Horizont glitt. »Ist dir schon aufgefallen, wie schön die Sonnenuntergänge in diesem Land sind?«, fragte er, als hätte er die in leicht vorwurfsvollem Ton gemachte Mitteilung seiner Frau nicht gehört. »So muss es gewesen sein, als Gott die Erde erschaffen hat.« Ohne etwas dazu zu sagen, fuhr sie mit ihren Vorbereitungen für das Abendessen fort. »In Berlin«, sagte er, »würden wir jetzt vor Kälte zittern und darum beten, dass der Sommer mit seiner Wärme kommt.«

»Stattdessen sterben wir an der entsetzlichen Hitze hier«, erwiderte Caroline voll Bitterkeit. »Und an der fürchterlichen Fliegenplage.«

»Ich hatte schon geglaubt, es hätte dir die Sprache verschlagen«, sagte Otto leicht belustigt. »Ich hatte gefürchtet, deine Zunge wäre verdorrt und dir aus dem Mund gefallen.«

Caroline hob den Blick von ihrer Arbeit und sah in die dunklen Augen ihres Mannes, die sie spöttisch musterten. Ein Lächeln trat auf ihre Züge. »Ich bin wohl im Glauben nicht so fest wie du. Ich fürchte …« Sie suchte nach Worten, mit denen sie ihre große Sorge ausdrücken konnte.

»Was?«, fragte er freundlich.

»Nichts«, sagte sie und beschäftigte sich weiter mit ihrer Arbeit.

»Dass wir hier draußen in Gottes Wildnis umkommen könnten?«, beendete er ihren Satz. Sie sah ihn mit tränenumflortem Blick an. Er erkannte ihre Furcht und legte die Arme um sie. Sie hätte am liebsten geweint, doch unterdrückte sie das, weil sie ihm damit nur das Herz schwer gemacht hätte. Ihre stille Kraft hatte ihn immer wieder aufgerichtet, seit er das Amt eines lutherischen Geistlichen angetreten hatte. Wenn sie jetzt weinte, würde das seine Zuversicht schwächen. »Gott findet bestimmt ein Mittel, um für uns zu sorgen«, sagte er und hielt sie zärtlich in den Armen. »So, wie er das beim Auszug der Kinder Israel ins gelobte Land getan hat. So, wie er es tut, wenn er uns hier die kühlen Abende bringt, um die fürchterliche Hitze des Tages von uns zu nehmen. Und jetzt hat er uns den Ureinwohner als dunklen Engel geschickt, der uns zu Schmidts Anwesen führen wird. Ich bin sicher, dass uns der Herr bei unserer Aufgabe, diesem neuen Land das Licht zu bringen, stets zur Seite stehen wird.«

Caroline schob ihn ein wenig von sich. »Du hast Recht, Otto«, sagte sie mit dem Anflug eines Lächelns. »Gott hat uns nicht verlassen.«

»Du wirst es sehen«, sagte er strahlend. »Sein Wille geschehe.«

Sie löste sich aus seinen Armen und machte sich daran, die Teller zu füllen.

Auf dem Rücken liegend betrachtete Caroline in jener Nacht den südlichen Sternenhimmel, der sich über ihr spannte. Neben ihr schnarchte Otto lautstark. Sie vermochte die Zuversicht ihres Mannes nicht zu teilen, dass der Herr alles zum Besten wenden würde, und fragte sich, welch grausamer Humor Gott dazu gebracht haben könnte, ihnen einen schwer verwundeten Heiden zu schicken, der an nichts anderes denken konnte als an Tabak und ihren letzten Rest Wasser trank.

Sie sehnte sich nach weißen Schneefeldern und dem kräftigen Geruch von Deutschlands dunklen Wäldern. Australien mit seinen hässlichen, unwirtlichen Landschaften voll grauen Buschlands und trockener roter Erde war ihr entsetzlich fremd. Doch als sie den Blick zur schimmernden Milchstraße hob, fiel ihr das Kreuz des Südens in die Augen, und ein sonderbarer Friede kam über sie, als sehe sie Gottes Zeichen der Hoffnung zum ersten Mal. Wenn der schwarze Heide überlebte und Ottos unerschütterlicher Glaube an Gott seinen Lohn fand, würden sie die Möglichkeit haben, den Auftrag ihres Mannes auszuführen.

In geringer Entfernung regte sich Wallarie in seinem Fieberschlaf. Eine Stimme rief ihn von außerhalb der Welt der Lebenden. Es war die Stimme Tom Duffys, der ihn aufforderte, in die dunklen Wälder der gefürchteten Krieger des Nordens zurückzukehren.

Stöhnend begehrte Wallarie auf und teilte dem Geist Tom Duffys mit, das sei unmöglich, denn er habe nicht die Kraft dazu. Außerdem drohte ihm auf dem Weg dorthin Gefahr für sein Leben durch bewaffnete Goldsucher. Hatte er nicht bereits ihre Kugeln zu spüren bekommen? Doch die Stimme, mit der ihn Tom rief, gehörte dem Geist des Weißen Kriegers. Sie gebot Wallarie, so bald wie möglich aufzubrechen und nach Norden zu ziehen, denn dort stehe ein bedeutendes Ereignis bevor, das den Rachedurst des Nerambura-Kriegers stillen würde.

Als die Sonne über der Ebene aufging, war es bereits so heiß, dass der Erdboden unter den Füßen zu glühen schien, Wallarie lag nach wie vor in seiner Fieberwelt. Mit besorgt gerunzelter Stirn sah Caroline ihrem Mann zu, während er Wallarie den Verband wechselte. »Ich fürchte, es ist Gottes Wille, dass der Heide diese Erde verlässt«, sagte sie über Ottos Schulter hinweg. »Ich habe nicht den Eindruck, als hätte sich sein Zustand gebessert.«

»Er schläft«, gab Otto zurück. »Das ist ein gutes Zeichen. Von diesen Menschen heißt es, dass sie Verwundungen überstehen können, die für die meisten Europäer den sicheren Tod bedeuten würden.«

Sie ging zu ihrem Pferd hinüber. Es ließ den Kopf hängen und schien ihre Gegenwart nicht einmal zu bemerken. »Ich nehme an, das Tier wird den Tag ohne Wasser nicht überstehen«, sagte sie, als Otto zu ihr trat. »Wir haben nur noch einen Becher voll, und wenn man uns nicht schon bald findet, werden wir das gleiche Schicksal erleiden wie der Heide.«

Otto richtete den Blick auf die Ebene, auf der die dürren Baumstämme in der flirrenden Hitze über dem Erdboden zu tanzen schienen. Ihm war klar, dass der Gott des Alten Testaments die Festigkeit seines Glaubens auf die Probe stellte. »Gott hat uns den Schwarzen geschickt«, sagte er schlicht. »Er wird uns retten.«

»Gott hilft denen, die sich selbst helfen«, gab seine Frau zurück. In ihrer Stimme schwang Ungeduld gegenüber der idealistischen Zuversicht ihres Mannes mit. »Ich denke, wir sollten versuchen, weiter nach Westen zu ziehen. Dort stoßen wir bestimmt bald auf einen Fluss oder einen Bach.«

»Das geht nicht«, gab Otto ruhig zur Antwort. »Wenn wir ohne Wasservorrat weiterziehen, würde das mit Sicherheit unser Pferd und höchstwahrscheinlich auch uns das Leben kosten.«

Ärgerlich schüttelte Caroline den Kopf. Sie konnte Untätigkeit nicht ertragen. »Also bleiben wir und warten darauf, dass uns die Vorsehung hilft«, sagte sie mit bitterem Lächeln. »Aber solange du bereit bist, Gottes Willen zu tun«, fügte sie hinzu, »bin ich es ebenfalls.«

Otto warf einen Blick auf seine Frau und begriff, warum er das einst so lebensfrohe junge Mädchen mit den goldenen Haaren so lieb gewonnen hatte. Es schien sonderbar, dass sich ein Mann wie er, der sich dem Dienst an Gott verschrieben hatte, an dies flatterhafte Luxusgeschöpf aus der besseren Gesellschaft Brandenburgs verloren hatte. Sie hatte ihre Welt des Wohllebens und der rauschenden Bälle aufgegeben, um sein anspruchsloses Leben zu teilen, und sah jetzt in einem unwirtlichen Land Tausende von Kilometern von der Heimat entfernt dem Tod ins Auge. Aus dem lebensfrohen jungen Mädchen war eine reife Frau geworden, mit mehr Mut als er selbst, gestand er sich ein. »Richte dein Vertrauen auf Gott«, sagte er sanft und nahm die Hand seiner schönen Frau. »Er liebt uns, und ich liebe dich.«

Caroline spürte, wie ihr die Tränen in die Augen stiegen. Otto kleidete seine Liebe nicht oft in Worte. Wenn er nicht gerade vor der Gemeinde predigte, war er eher wortkarg. Er unterschied sich so sehr von allen Männern, denen sie je begegnet war: Er war still, stark und klug, ein Mann, dessen Ausstrahlung ihm ihrer festen Überzeugung nach auch Erfolg in der Politik oder dem Geschäftsleben gesichert hätte. »Ich vertraue auf dich, Otto«, sagte sie, während sie ihm ihre Hand überließ. Von Gott sprach sie nicht.

Sie verbrachten den Tag im Schatten des leichten Wagens. Otto las in der Bibel, während sich Caroline mit Näharbeiten beschäftigte. Nur dann und wann unterbrach der Schrei eines Adlers oder der ferne Ruf einer Krähe die dröhnende Stille des Tages.

Bei Sonnenuntergang legte sich das Pferd hin und wollte nicht wieder aufstehen. Der Tod war nahe. Bedrückt sah Otto zu Wallarie hinüber, der sich den ganzen Tag nicht geregt hatte. Sollte Gott sie verlassen haben? War er wirklich der hoffnungslose Träumer, als den ihn Carolines Vater einst hingestellt hatte?

Wieder kam die Nacht und hüllte sie in ihren mit winzigen weißen Lichtern besetzten Umhang. Otto hielt seine Frau in den Armen und machte sich Vorwürfe, weil er sie einem qualvollen langsamen Tod durch Verdursten ausgesetzt hatte.

Sie war schwach, ihre Haut fühlte sich heiß und trocken an, aber aus ihrem Mund war kein Laut der Klage gekommen. Ihm war klar, dass es ihr einziger Wunsch war, etwas zu trinken. Sie hatte sich in eine Welt zurückgezogen, in der sie Bilder von eiskalten Wasserfällen und munter plätschernden Bächen vor sich sah. Auch er empfand den Durst, wollte aber um ihretwillen stark bleiben. Wenn es zum Schlimmsten kam, würde er das Pferd von seinem Elend erlösen, dann konnten sie dessen Blut trinken. Er wollte nicht an diese Möglichkeit denken, aber eine andere blieb ihnen nicht.

Er fiel in einen unruhigen Schlaf. Als er am Morgen erwachte, sah er mit wässrigen Augen zu dem Busch, unter dem der Schwarze lag. Er war verschwunden! Otto fuhr hoch, mit einem Mal vollständig wach, und ließ den Blick über die Ebene gleiten. Von dem Ureinwohner war nichts zu sehen.

Neben ihm regte sich Caroline. »Was gibt es?«, fragte sie und rieb sich die Augen. »Du wirkst so aufgeregt.«

»Er ist verschwunden«, sagte Otto mit einer Stimme, in der Verwunderung lag. »Er muss während der Nacht aufgebrochen sein.«

Caroline setzte sich auf und versuchte, den langen Rock glatt zu streichen, eine angesichts ihrer Situation sonderbar unpassende weibliche Geste. »Es war Gottes Wille«, sagte sie mit hohler Stimme. »Er ist ein Kind dieses Landes, und wir durften nicht erwarten, dass er unsere Not begreift.«

Otto nickte und sah mit stumpfen Augen auf die Feuerkugel, die sich am östlichen Horizont erhob. In all den Tagen ihres Zuges nach Südwesten hatten sie keinen Europäer gesehen. Wie lange würde es dauern, bis man ihre Knochen fand, um ihnen ein christliches Begräbnis zu bereiten?

Er richtete sich mühevoll auf und ging mit unsicheren Schritten auf das Pferd zu, das auf der Seite liegend unregelmäßig atmete. Dann hielt er inne. Eine Gestalt, nicht größer als ein Punkt, bewegte sich auf der Ebene. Er hielt sich die Hand über die Augen und spähte in ihre Richtung. Allmählich wurde aus dem Punkt ein Mensch. »Caroline!« rief er. »Er kommt zurück.«

Wenige Minuten später stand Wallarie mit breitem Lächeln vor den beiden. Feldflaschen voller Wasser hingen ihm von der Schulter. »Ich Wasser holen«, sagte er schlicht. »Ihr trinken.«

Schon nach einem halben Tag erreichten Wallarie und das Ehepaar Werner die winzige Rindenhütte, die Otto als Schmidts Bauernhof bezeichnet hatte. Sie hatten sich lediglich einen halben Tag von dem Bach entfernt befunden, in dem das Leben spendende schlammige Wasser floss. Als Wallarie mit den Feldflaschen der Werners aufgebrochen war, brauchte er nur den Spuren zu folgen, die auf die Ansiedlung des Weißen hinwiesen: schwache Abdrücke von Pferde- und Rinderhufen sowie von festen Schuhen.

Der leichte Wagen fuhr auf die staubbedeckte Lichtung, die als Hoffläche diente. Neben der aus einem Raum bestehenden Hütte sah man die Reste der von den Termiten längst zerstörten Einfriedung für das Vieh. Über dem Ganzen lag eine unheimliche Stille, und die Haustür schlug in den Angeln, als sich eine leichte Brise erhob. Otto und Caroline Werner betrachteten von ihrem Wagen herab die verlassene Anlage.

»Das kann es nicht sein«, sagte Caroline schließlich. »Hier lebt schon lange niemand mehr.« Otto sprang hinab und eilte mit langen Schritten auf die Hütte zu. Wallarie hielt sich im Hintergrund. Ihm war unbehaglich zumute, und unruhig hielt er seine Speere in der Hand. An diesem Ort gab es Geister.

Der Missionar verschwand in der Hütte und kehrte schon bald mit einem Buch in der Hand zurück. Mit den Worten: »Das ist Herrn Schmidts Bibel«, hielt er es hoch. »Allerdings sieht es ganz so aus, als wäre er schon eine Weile nicht hier gewesen.«

»Glaubst du, ihm könnte etwas zugestoßen sein?«, fragte Caroline, während er ihr vom Wagen herunterhalf.

»Möglich«, gab er stirnrunzelnd zurück. »Vielleicht aber hält er sich auch nur eine Weile woanders auf.«

»Dann hätte er bestimmt nicht seine Bibel hier gelassen«, sagte Caroline ruhig.

»Da hast du Recht«, nickte er bestätigend.

Während Wallarie zuhörte, wie sich die beiden in einer Sprache unterhielten, die er nicht verstand, ließ er auf der Suche nach verräterischen Hinweisen seine scharfen Augen schweifen. Doch was es an Spuren gegeben haben mochte, war längst verschwunden. Offensichtlich hatte der Tod dort, wo sie sich befanden, Ernte gehalten. Er erkannte die tiefe Sorge auf den Gesichtern der beiden Weißen. »Er weg«, sagte er.

Otto und Caroline wandten sich ihm zu. »Was soll das heißen?«, fragte Otto. »Was meinst du mit ›weg‹?«

Achselzuckend hockte sich Wallarie auf den Boden. Was er gesagt hatte, musste dem weißen Mann und seiner Frau genügen. So war es in diesem Lande. »Weg«, wiederholte er und wartete, was als Nächstes geschehen würde.

»Ich weiß nicht, wie du heißt«, sagte Otto zu Wallarie. »Du hast uns das Leben gerettet, und ich kenne nicht einmal deinen Namen.«

Wallarie sah zu dem hünenhaften Mann auf, der über ihm stand. »Danny Boy«, gab er zur Antwort. »Weiße mich Danny Boy nennen.«

Otto lächelte. »Danke, *Herr* Danny Boy«, sagte er. »Wir stehen tief in deiner Schuld. Ich glaube, Gott hat dich uns geschickt, und ich hoffe, du wirst als erstes Mitglied unserer Herde bei uns bleiben.«

Wallarie sah den Mann verständnislos an. Er hatte gelogen, weil er wusste, dass die berittene Eingeborenenpolizei eine Belohnung auf seine Ergreifung ausgesetzt hatte. Von Tom Duffy hatte er viel über die Art gelernt, wie Weiße miteinander umgingen, und der Name Danny Boy war ihm als erster in den Sinn gekommen.

Das Angebot, bei dem freundlichen Weißen und seiner Frau zu bleiben, schien ihm durchaus verlockend. In diesem Teil des Landes dürfte kaum jemand den Nerambura-Krieger Wallarie kennen, und so hätte er unbehelligt bei diesem mächtigen Geist-Mann bleiben können. Die Schusswunde war noch nicht vollständig ausgeheilt und er hatte nach wie vor Schmerzen. Er hätte dem weißen Mann zur Hand gehen können, bis es ihm besser ging, dann würde er weiter in Richtung Norden ziehen, um dem Geist-Krieger zu gehorchen. »Ich nicht bleiben«, gab er schließlich zur Antwort.

Ottos Stirn umwölkte sich. Er hielt Wallarie die Hand hin, um ihm auf die Füße zu helfen, was diesen undeutlich an eine andere Gelegenheit erinnerte, bei der ein weißer Mann seine Hand auf die gleiche Weise genommen hatte. Wie konnte er dem Geist-Mann sagen, dass ihm die Stimme befahl, in die dunklen Wälder der gefürchteten Krieger des Nordens zurückzukehren? Bestimmt hätte er unmöglich verstehen können, dass die Stimmen stärker wurden, jetzt, da seine Wunde heilte.

»Vielleicht ich eines Tages wiederkommen«, sagte er und ließ Ottos Hand los. »Vielleicht ich Euch und weiße Missus helfen.«

»Du wirst uns immer willkommen sein, mein Freund«, sagte Otto betrübt. »Vielleicht hast du woanders einen Auftrag Gottes zu erledigen.«

Wallarie wusste nichts von einem Auftrag Gottes, wohl aber, dass er so rasch wie möglich versuchen musste, die vor Feuchtigkeit dampfenden Wälder des Nordens zu erreichen. Dort wartete eine Aufgabe auf ihn, die ihm die Geister seiner Vorfahren enthüllen würden, sobald ihnen der Zeitpunkt richtig schien.

Die beiden sahen dem hoch gewachsenen Ureinwohner nach, als er davonging, wobei die langen Speere in seiner Hand wippten. Nach einer Weile fiel er in einen federnden Trab. Er spürte den Schmerz der Wunde, aber die Notwendigkeit, seinen Auftrag zu erfüllen, war stärker als alle körperlichen Empfindungen. Noch vor Sonnenuntergang würde er sich weit im Norden des Schmidtschen Anwesens befinden.

Sie sahen ihm nach, bis ihn der Glast verschluckte. Dann wandte sich der Missionar mit einem langen Seufzer um und ließ den Blick über das stumme, einsame Land schweifen, das endlos zu sein schien.

»Hier werden wir unsere Mission einrichten«, sagte er leise. Die in Carolines Gesicht eingegrabenen Linien zeigten ihm, dass sie sich Sorgen machte. »Gott hat uns eine seiner verlorenen Seelen geschickt, damit sie uns hierher führte. Da wird er uns auch jetzt nicht im Stich lassen.«

35

Nachdem alle nötigen Vorbereitungen getroffen waren, brachte man Patrick zu Lady Enid Macintosh. Von Kopf bis Fuß neu eingekleidet, saß er in der Kutsche neben seiner Großmutter und begleitete sie in die Stadt.

Er war sehr schweigsam, und so sprach auch sie nur wenig, abgesehen von einigen formelhaften Wendungen, mit denen sie sich nach seiner Gesundheit erkundigte und ihm mitteilte, wie männlich er in seinem Maßanzug wirke. Seine Antworten waren höflich, aber knapp.

Als sie den Firmensitz der Macintosh-Unternehmen erreicht hatten, folgte Patrick seiner Großmutter ins Innere des Gebäudes. Die düstere Granitfassade und die schweren Massivholztüren beeindruckten ihn zutiefst. Trotz seiner elf Jahre hatte er schon begriffen, welche Macht Geld verleiht. Fremde Menschen gehorchten seiner Großmutter aufs Wort, und sie besaß alles, was man sich auf der Welt nur wünschen konnte, wie beispielsweise all die herrlichen Bücher in der Bibliothek.

»Wir werden jetzt mit einigen wichtigen Männern zusammentreffen«, sagte Enid, während ein Diener in schmucker Livree sie eine breite Marmortreppe emporführte. »Du sagst nichts, bis ich dich dazu auffordere. Sollte dir einer der Herren eine Frage stellen, erwarte ich von dir, dass du dich als der junge Herr aufführst, der du bist.«

Patrick hörte den Anweisungen seiner Großmutter aufmerksam zu und nickte. Sie lächelte flüchtig, dann traten sie durch eine eindrucksvolle Tür, an die der Diener geklopft hatte, bevor er sie öffnete. Patrick folgte Lady Enid voll Neugier.

Schon beim Eintreten in den nur schwach erhellten Raum nahm er den Geruch von Leder und schweren Zigarren wahr. Etwas Bedeutendes ging da vor sich, und es betraf ihn, das spürte er.

»Meine Herren«, sagte McHugh mit gebieterischer Stimme. Man hörte das laute Scharren auf dem Boden, als zehn Männer ihre Sessel von dem riesigen Konferenztisch zurückschoben. »Lady Macintosh«, kündigte er die eintretende Prinzipalin an.

Die Männer nickten, und Lady Enid nahm die ihr angebotene Hand McHughs. Patrick kannte nur einen der Anwesenden, und ein Schauer überlief ihn, als ihn Granville Whites Blick mit unverhülltem Hass traf.

»Lady Macintosh«, sagte McHugh mit Wärme, als er sie zu einem Sessel am Tisch geleitete. »Ihrem Wunsch entsprechend sind alle Gesellschafter und Vorstandsmitglieder anwesend.« Sie nahm mit einem Lächeln Platz, und Patrick stellte sich hinter ihren Sessel.

»Mit allem gebührendem Respekt, Lady Macintosh«, sagte Granville mit offener Feindseligkeit in der Stimme, »*dieser* Junge ist hier fehl am Platz.«

»Keineswegs, denn er wird eines Tages an der Spitze der Unternehmen der Familie Macintosh stehen, Mister White«, sagte sie. »Meine Herren«, fuhr sie fort, während sich die Männer wieder setzten. »Ich möchte Ihnen gern meinen Enkel Patrick Duffy vorstellen.«

Man hätte eine Stecknadel fallen hören können. Das verblüffte Schweigen sagte alles. Ohne ein Wort der Entschuldigung stürmte Granville aus dem Sitzungsraum.

McHugh lächelte. Unwillkürlich musste er beim Anblick des Jungen, der da hinter Lady Enid Macintosh stand, an einen Prinzen denken, der bei Hof einer Königin aufwartet. Mit seiner aristokratischen Haltung und dem guten Aussehen war er durchaus eindrucksvoll, ganz so, als wäre er dazu geboren, das Finanzimperium der Familie Macintosh zu beherrschen.

Als sich ihre Blicke trafen, erkannte McHugh in den Augen des Jungen eine große Offenheit. Nichts an ihm wirkte unterwürfig, zugleich aber war eine Bereitschaft zu spüren, Menschen zu helfen, die sich in Not befanden. Es war ihm nicht wichtig, ob der Junge ehelich war oder nicht. Bei der Verwaltung des Erbes kam es ausschließlich darauf an, das richtige Blut in den Adern zu haben. Als McHugh mit einem aufrichtigen Lächeln sagte: »Ich möchte Ihnen und Ihrem Enkel meine besten Wünsche übermitteln, Lady Macintosh«, ertönte ein lautes »Hört, hört« in der Runde.

Granville fühlte sich so ohnmächtig wie zuletzt an jenem Abend vor vielen Jahren, an dem er seine Frau mit seiner Schwester Penelope im Bett überrascht hatte.

Vor Wut zitternd, stand er in der Vorhalle des imposanten Verwaltungsgebäudes. Der Junge lebte also doch noch, wie auch sein Vater. Damit war für ihn jede Hoffnung dahin, die Nachfolge im Macintosh-Imperium anzutreten – es sei denn, Fionas unehelichem Balg widerfuhr etwas Unvorhergesehenes. Er stieß seine zitternden Hände tief in die Hosentaschen. Nein, noch war er nicht geschlagen. Der Tod konnte in mancherlei Gestalt kommen.

»Wünschen Sie Ihren Wagen, Mister White?«

Granville hörte nur die Stimme des Portiers, ohne den Sinn der Frage zu erfassen. »Was?«, fuhr er den Mann an.

»Ob ich Ihre Kutsche vorfahren lassen soll, Mister White?«

»Ja«, knurrte Granville wütend. »Und zwar sofort.«

Während der Bedienstete davoneilte, bemühte sich Granville, seinen maßlosen Zorn zu zügeln und zu überlegen, wie er künftig vorgehen konnte. Zuerst aber musste er sich entspannen, und ihm war auch schon klar, auf welche Weise. Geld war gleichbedeutend mit Macht und diese gleichbedeutend mit der Möglichkeit, jeder noch so verworfenen Begierde nachzugeben. Er wusste genau, was er tun würde. Er spürte bereits im Voraus die Wonne, die es ihm bereiten würde, das Hinterteil des jungen Mädchens mit einem Lederriemen zu bearbeiten. Sie würde um Gnade winseln und ihn förmlich anflehen, ihr Gewalt anzutun.

Granville ließ sich zu seiner Mietskaserne im Stadtviertel Glebe fahren, wo ihn der Verwalter, ein Mann, der einst als Schläger die Straßen von The Rocks unsicher gemacht hatte, unterwürfig grüßte. Granville trug ihm auf, Mary zu ihm zu bringen, und er machte sich dienstbeflissen auf den Weg.

Granville suchte den seiner privaten Lust vorbehaltenen Raum auf, legte das Jackett ab und setzte sich auf das Bett. Unschuldigen Schmerzen zuzufügen, verschaffte ihm eine tiefe Befriedigung. Mit einem Mal unterbrachen laute Stimmen vor dem Zimmer seine angenehmen Vorstellungen, und verblüfft erkannte er unter ihnen die seiner Schwester. Die Tür sprang auf, und wütend stürmte Penelope herein, gefolgt von dem geknickten Verwalter. »Ich habe versucht, der Baronin zu erklären, dass Sie nicht gestört werden wollen, Mister White«, murmelte er entschuldigend. »Aber sie ließ sich nicht abweisen.«

Granville sah seine Schwester aufgebracht an. »Was willst du hier?«

»Ich habe mich entschieden, dich hier aufzusuchen, liebster Bruder«, sagte sie mit eiskalter Stimme, »um dir mitzuteilen, dass ich über alles im Bilde bin. Glaube nicht, ich hätte keine Ahnung davon, dass du dich hier auszuleben pflegst.«

Mit einer Handbewegung bedeutete er dem Mann, sich zu entfernen. Niemand brauchte zu wissen, warum ihn seine Schwester in Glebe aufsuchte. »Ich hatte keinen besonders guten Tag«, sagte er matt und ließ sich auf das Bett sinken. »Sag also, was du zu sagen hast, und verschwinde.«

»Ich glaube, ich werde dir den Tag noch mehr verderben«, sagte Penelope mit funkelnden Augen.

Überrascht hob Granville den Blick. »Was willst du damit sagen?«

Mit drohender Miene erhob er sich. Sie aber ließ sich nicht einschüchtern. »Ich weiß, was du mit deiner Tochter getan hast«, sagte sie übergangslos. »Du wirst sie nie wieder anfassen, solange ich lebe. Solltest du es doch tun, richte ich dich zu Grunde, Gott ist mein Zeuge. Dann wird dein Herzenswunsch, in den Adelsstand erhoben zu werden, nie in Erfüllung gehen – man wird deinen Namen nicht einmal auf die Kandidatenliste setzen, wenn die Öffentlichkeit erfährt, was hier geschieht und dass du obendrein Eigentümer dieses Gebäudes bist.«

Granvilles Blick wurde starr und sein Gesicht lief blutrot an. Mit erhobener Hand trat er einige Schritte auf seine Schwester zu. Sie aber zuckte mit keiner Wimper. »Wenn du jemandem diese Lügen auftischst, schlage ich dich grün und blau«, tobte er.

»Das würde ich dir nicht raten«, gab Penelope unbewegt zur Antwort, wobei sie ihn mit ihren blauen Augen fest ansah. »Es sei denn, du bist darauf aus, von meinem Mann umgebracht zu werden, und ich brauche dir nicht zu sagen, dass er im Krieg zu töten gelernt hat.« Mit Mühe nahm sich Granville zusammen und ließ sich wieder auf das Bett fallen. Ihm war klar, dass die Worte seiner Schwester todernst gemeint waren. »Miss Pitcher ist meine Zeugin«, fuhr Penelope fort. »Sie ist bereit zu beschwören, dass du dich während Fionas Abwesenheit an deiner Tochter Dorothy vergangen hast.«

»Miss Pitcher arbeitet gar nicht mehr in meinem Haus«, sagte Granville und hob erstaunt die Brauen.

»Das ist mir bekannt«, gab Penelope mit dem Anflug eines Lächelns zurück. »Dafür habe ich selbst gesorgt. Gib dir keine Mühe, sie zu finden. Sie steht unter meinem Schutz. Du siehst, liebster Bruder, nicht nur du kannst Menschen in Angst und Schrecken versetzen. Es sieht ganz danach aus, als ob du die Fähigkeiten einer Frau nach wie vor unterschätzt, so, wie du auch Tante Enid unterschätzt hast.«

»Warst du heute im Kontor?«, fragte Granville argwöhnisch.

»Ja«, gab sie zurück. »Hobbs hat mir gesagt, dass du vor Zorn bebend rausgerannt bist, als Tante Enid den Gesellschaftern und dem Vorstand den jungen Patrick vorgestellt hat. Man wird ihn wohl als Nachfolger anerkennen; ich kann also verstehen, dass du unter diesen Umständen keinen besonders guten Tag hattest.«

»Vor allem muss der Mistkerl erst mal volljährig werden«, knurrte Granville.

»Du solltest nicht einmal mit dem Gedanken spielen, Fionas Sohn etwas anzutun«, gab sie mit wilder Entschlossenheit zurück. »Schon möglich, dass ich deine Beteiligung an der Verschwörung, die zu Davids Tod geführt hat, nicht beweisen kann, aber ich erinnere mich noch gut an deine Verbindung zu Jack Horton, den du beauftragt hattest, Michael Duffy umzubringen. Wir beide wissen, dass Michael noch lebt, und es dürfte nicht besonders schwierig sein, ihm mitzuteilen, was ich weiß. Das ist wohl auch dir klar, und vermutlich wäre es dir alles andere als recht. Wie man hört, ist Michael Duffy ein äußerst gefährlicher Gegner, und du hast dazu beigetragen, ohne es zu wollen. Du hast den Knüppel selbst geschnitzt, der dir eines Tages das Fell gerben wird, liebster Bruder, und damit musst du jetzt leben. Ich wünsche dir einen angenehmen Tag, Granville«, schloss Penelope, wandte sich um und verließ den Raum. »Ich denke, es ist genug gesagt worden.«

Mit vor Hass sprühendem Blick sah Granville seiner Schwester nach. Musste diese entsetzliche Geschichte wirklich wieder aus der Versenkung auftauchen?, dachte er. Es ist, als läge ein alter Fluch auf mir …

Penelope ließ sich in die Polster ihrer Kutsche sinken und dachte über ihre Handlungsweise nach. Nein, es war keine impulsive Geste von ihr, den Sohn Fiona Macintoshs und Michael Duffys zu schützen, überlegte sie, während sich die Kutsche von den Mietskasernen des Elendsviertels Glebe entfernte. Es war die natürliche Reaktion einer jeden Mutter, die ihre Brut schützt … oder die Brut einer anderen Mutter, die sie liebt.

36

»Die haben uns förmlich überrumpelt«, sagte Michael, während er sich auf der Veranda des Gasthofs in einen Korbsessel sinken ließ. Horace hatte die Hände über dem vorgewölbten Bauch verschränkt, und hörte aufmerksam zu, während der Ire berichtete, wie es zum Untergang der *Osprey* gekommen war. »Der Erste Steuermann hat mich geweckt«, fuhr Michael fort, »weil mich Mort in seiner Kajüte sprechen wollte. Ich hab mir nichts Besonderes dabei gedacht und war nicht mal überrascht, als ich sah, dass von Fellmann bei ihm war. Aber dann ist etwas passiert, womit keiner rechnen konnte: Mort hat dem Baron vorgeworfen, er wolle ihn mit Hilfe der Bombe umbringen, die ich an Bord geschmuggelt hatte. Er war vor Wut völlig außer sich, und ich dachte schon, er würde uns an Ort und Stelle umbringen. Aber was wollte er eigentlich dann von mir, wenn er den Baron verdächtigte? In dem Augenblick hat er sich zu mir umgedreht und gesagt, er habe mich schon mal irgendwo gesehen und wolle wissen, wo. Er hatte völlig den Verstand verloren.«

Der Mann ist also tatsächlich verrückt, dachte Horace. Er fühlt sich vom Geist des irischen Fuhrmanns Patrick Duffy verfolgt, und vermutlich sieht Michael seinem Vater sehr ähnlich, ging es ihm durch den Kopf, während er aufmerksam den Mann mit den vielen Narben betrachtete, der in ein brütendes Schweigen verfallen war. Michael versuchte sich die Gesichter der Männer in Erinnerung zu rufen, die er angeheuert hatte. In seiner Vorstellung lebten und lachten sie noch. »Und was ist dann passiert?«, fuhr Horace freundlich fort.

»Ich hab ihm gesagt, dass wir uns noch nie begegnet sind«,

sagte Michael ruhig und musste dabei an den Wahnsinn denken, den er in Morts Augen gesehen hatte. »Das schien ihn nicht besonders zu überzeugen. Jedenfalls hat er uns durch einige seiner Besatzungsmitglieder fesseln und auf den Boden der Kajüte werfen lassen. Ich wäre nie auf den Gedanken gekommen, er könnte das eigene Schiff in die Luft jagen. Eher hätte ich angenommen, dass er von Fellmann und mich über Bord werfen lassen wollte. Am Leben lassen würde er uns unter keinen Umständen, das war mir klar.«

»Und welche Rolle spielt Mister Tracy bei der Geschichte?«, fragte Horace im Bewusstsein, dass ohne den amerikanischen Goldsucher Michael und dem Baron der Tod sicher gewesen wäre.

»Er war gerade an Deck gegangen, um ein bisschen frische Luft zu schnappen, und hat gesehen, wie das Beiboot zu Wasser gelassen wurde und die Chinesen mit Mort und ein paar seiner Besatzungsmitglieder, die sich unsere Winchester-Gewehre angeeignet hatten, da reingeklettert sind. Daraufhin ist er sofort nach unten gegangen. Er hat den Baron und mich in Morts Kajüte gefunden und uns von den Fesseln befreit. Ich nahm an, dass Mort die Lunte in Brand gesetzt hatte, ich habe versucht, zu meinen Leuten zu gelangen …«

Michael verstummte und sah über die Veranda zum Fluss hinüber, in dessen Wasser sich blitzend die Sonnenstrahlen brachen. Zwar lebte er, doch seine Männer und Karl Straub waren tot. Er hatte auch schon früher Männer in einer Schlacht verloren, aber diese hatten zumindest die Möglichkeit gehabt, sich zu wehren. Er holte tief Luft, bevor er mit seinem Bericht über die nachfolgenden blutigen Ereignisse fortfuhr.

»Der Mistkerl hatte den Raum unter Deck abgeschlossen, in dem sich meine Männer befanden. Ich hörte, wie sie gegen die Tür hämmerten, um hinauszugelangen. Sie wussten, welches Schicksal ihnen bevorstand, denn Mort hatte es ihnen mitgeteilt, nachdem er sie eingesperrt hatte. Gerade als wir den Lukendeckel aufbrechen wollten, ging die Bombe hoch und wir wurden über Bord geschleudert. Der Baron trieb halb tot im Wasser. Er war bewusstlos und ich habe seinen Kopf über Wasser gehalten, bis er wieder zu Bewusstsein kam. Luke fehlte nichts weiter. Die ganze Nacht mussten wir im Wasser aushalten und haben um Hilfe gerufen. Dumas, der Kapitän des französischen Kanonenboots, hat uns später gesagt, er habe nicht gewagt, uns herauszufischen, solange es nicht hell genug war, um in den seichten Gewässern zu navigieren. Vermutlich kann man ihm daraus keinen Vorwurf machen. Er hat uns ziemlich gut behandelt und mir gestattet, mit einem Trupp seiner Leute an Land zu gehen, um Mort aufzustöbern. Drei Tage lang haben wir an der Küste gesucht und auch das Beiboot gefunden, aber von Mort und seinen Männern fehlte jede Spur. Vermutlich sind sie gleich nach der Landung ins Landesinnere aufgebrochen. Alles andere ist Geschichte, wie man so sagt. Die Franzosen haben uns dann nach Cooktown gebracht.«

Horace stand auf und trat an das schmiedeeiserne Verandageländer. In der Mittagshitze hatten die meisten Menschen Zuflucht im Schatten der vielen Veranden entlang der Hauptstraße gesucht. Unter den Vordächern saßen die Männer an die Wand gelehnt und unterhielten sich über die jüngsten Ereignisse am Palmer. Die geheimnisvolle Explosion, bei der die *Osprey* gesunken war, war Tagesgespräch. Soweit man wusste, gab es nur drei Überlebende. Einige Goldsucher, die die für diese Erkundungsexpedition angeheuerten Männer kannten, sparten nicht mit Vorwürfen gegen Mort, weil er so viel Schießpulver an Bord genommen hatte.

»Nach dem, was Sie sagen, hat Mort das Mädchen, die chinesischen Piraten und einige seiner eigenen Leute mit an Land genommen«, sagte Horace. »Vermutlich genau die Galgenvögel, auf die es ihm ankam.«

»Die Schweinehunde sind bestens bewaffnet«, sagte Michael und dachte verbittert an den Verlust der Winchester-Gewehre. »Es sieht ganz so aus, als hätten sie eine eigene Expedition vor.«

»Mit dieser Vermutung dürften Sie Recht haben«, stimmte Horace zu. »Keiner meiner Zuträger hat sie in der Nähe von Cooktown gesehen.«

Damit meinte er die kleine Armee von Chinesen, die für Su

Yin arbeiteten. Der Anführer des Geheimbundes hatte überall Männer, die Ohren und Augen offen hielten: ob in den Wäschereien, den Gemüsegärten, die von den Chinesen bearbeitet wurden, oder den Bordellen, Spielhöllen und Opiumhöhlen, in denen man häufig weiße Goldsucher sah. Niemand hatte Mort oder seine Männer in Cooktown gesehen, doch wurde gemunkelt, ein rivalisierender Geheimbund, dessen Hauptquartier in der Nähe der Goldfelder am Palmer lag, erwarte einen wichtigen »Gast« von dort, und am Tag nach dem Untergang der *Osprey* sei ganz überraschend ein Trupp bewaffneter Chinesen, die diesem Bund angehörten, aus Cooktown aufgebrochen.

Zu dem Zeitpunkt, da Horace das über Su Yin erfahren hatte, ließ sich für ihn noch keine Verbindung zwischen der jungen Frau aus Kotschinchina und den Ereignissen um die fehl geschlagene Expedition der Deutschen nach Neuguinea herstellen. Als aber Michael mit seiner Geschichte bei ihm aufgetaucht war, hatte der gerissene britische Agent sogleich ein Gespräch mit dem Kapitän des französischen Kanonenboots geführt. Er witterte einen Zusammenhang zwischen diesen Ereignissen, und da die Franzosen in die Geschichte verwickelt waren, blieb ihm seiner Ansicht gar nichts anderes übrig, als der Sache auf den Grund zu gehen.

Horace hatte sich als Vertreter des britischen Außenministeriums vorgestellt und sich nach den näheren Umständen des Untergangs der *Osprey* erkundigt. Ein gründlicher Blick auf die Seekarte jener Gewässer zeigte ihm, dass Mort wohl Kurs auf Cooktown genommen und sein Schiff an einer Stelle ganz in der Nähe der Stadt versenkt hatte. So konnte er durch einen über Land ausgeschickten chinesischen Boten ohne weiteres mit dem Geheimbund von Su Yins Gegenspieler Kontakt aufgenommen haben, woraufhin er möglicherweise nördlich von Cooktown mit einer Eskorte dieses Bundes zusammengetroffen war, die ihn dann in dessen befestigtes Hauptquartier am Palmer bringen konnte.

Horace überlegte, inwieweit Michael über die politische

Bedeutung der jungen Frau für den aufkeimenden Widerstand gegen Frankreich in dessen überseeischer Besitzung Kotschinchina im Bilde war. Vielleicht konnte er sich bei seinen Vorgesetzten im Londoner Außenministerium beliebt machen, wenn er den Franzosen half, ihrer habhaft zu werden. Immerhin stand Großbritannien nach Jahrhunderten von Krieg und gegenseitigem Misstrauen im Begriff, sich mit seinem nächsten europäischen Nachbarn auszusöhnen.

»Die Franzosen sind ebenso hinter dem Mädchen her wie die Tiger-Gesellschaft«, sagte Horace.

»Was hat es mit dieser Gesellschaft auf sich?«, wollte Michael wissen.

»Es sind Su Yins Gegenspieler. Sie kommen aus Macao, während er selbst aus Kanton stammt. Man kann die Rivalität zwischen den Bewohnern der beiden Gebiete in etwa mit der zwischen Iren und Briten vergleichen«, sagte Horace mit finsterem Lächeln.

»Das heißt also, sie bringen sich gegenseitig um«, gab Michael trocken zurück. »Manche Dinge sind überall gleich.«

»So in der Art«, sagte Horace, während er sich wieder in seinen Korbsessel sinken ließ. »Jetzt sehen wir uns vor der Aufgabe, das Mädchen aus den Fängen der Tiger-Gesellschaft zu befreien und den Franzosen zurückzugeben.«

»Welchen Grund hätten Sie, den Franzosen einen Gefallen zu tun?«, erkundigte sich Michael.

»Es geht nicht um das, was ich möchte, mein Junge, sondern um die hohe Politik. Strategische Entscheidungen. Die Franzosen stehen im Begriff, Kotschinchina, Annam und Tonkin zu kolonisieren. Soweit uns bekannt ist, sind die Bewohner dieser Gebiete ziemlich halsstarrig und haben ein ausgesprochenes Nationalbewusstsein. Es sieht ganz so aus, als wäre ein großer Teil der französischen Kolonial-Streitmacht nötig, sie zu unterwerfen. Wenn die Kräfte der Franzosen auf diese Weise gebunden sind, kann Großbritannien fortfahren, das restliche Asien, den pazifischen Raum und Afrika mit den Segnungen der Aufklärung zu beglücken. Helfen wir den Franzosen, die junge Frau, die in Kotschinchina eine zentrale Figur des Widerstandes zu sein scheint, wieder in ihre Gewalt zu bekommen, erwecken wir den Eindruck, dass wir unseren europäischen Nachbarn bei der Förderung ihrer kolonialen Interessen behilflich sind. Das wäre ein Zeichen unseres guten Willens.« Horace machte eine Pause und verzog den Mund, während er über das nachdachte, was ihn beschäftigte. »Am meisten Sorgen machen mir die Deutschen«, fuhr er fort. »Denen muss man in Europa gründlich auf die Finger sehen, und ich vermute, dass auch wir ihnen bald auf dem Schlachtfeld gegenüberstehen werden, so wie vor kurzem die Franzosen. Es will mir aber bedauerlicherweise nicht gelingen, meine Kollegen in London von dieser Gefahr zu überzeugen. Sie stellen immer wieder Frankreich als Hauptbedrohung der britischen Interessen hin.«

»Und diese Ansicht teilen Sie nicht?«, fragte Michael.

»Nein. Das Einzige, was Deutschland jetzt noch braucht, ist eine Flotte«, gab Horace zur Antwort. »Sobald es die hat, kann es das ganze übrige Europa in die Schranken weisen. Ich sehe den Tag schon vor mir, an dem wir mit dem Deutschen Reich aneinander geraten. Bis dahin werden die Deutschen Stützpunkte auf der ganzen Welt errichtet haben. Deswegen war Ihr Auftrag so wichtig, auch wenn Ihnen das wohl nicht ganz klar war. Meiner Ansicht nach ist die Gefahr alles andere als vorüber, denn ich kann mir schlechterdings nicht vorstellen, dass die Deutschen so ohne weiteres den Plan aufgeben werden, Neuguinea in ihren Besitz zu bringen.« Nein, dachte Horace, die kurzsichtigen Schwachköpfe in London haben sich nicht gründlich mit der Geschichte beschäftigt, sonst wäre ihnen aufgefallen, dass sich schon die Römer eine blutige Nase geholt haben, als die Barbaren aus Nordeuropas dunklen Wäldern in deren vermeintlich unbezwingbares Reich eindrangen, um es auszuplündern. Genauso würde es den Briten ergehen, wenn der deutsche Kaiser Gelegenheit bekäme, sein Reich auszuweiten.

Der korpulente Horace Brown, ein Mann in mittleren Jahren, wirkte keineswegs wie jemand, der einen Kreuzzug führen wollte, zumal seine Streitkraft aus einem einzigen Mann bestand, nämlich Michael Duffy, und er seine Informationen von Asiaten bezog, auf die Europäer gewöhnlich herabsahen. »Für den Auftrag, das Mädchen herbeizuschaffen, zahle ich gut«, sagte er und verbeugte sich. »Sie haben ja wohl ohnehin mit Kapitän Mort noch ein Hühnchen zu rupfen. Meine Ahnung sagt mir, dass er sich nicht weit von der Stelle entfernt befindet, an der sich das Mädchen aufhält.«

»Mir eine Bezahlung dafür anzubieten, war voreilig«, gab Michael mit verschmitztem Lächeln zurück. »Ich hätte mir Mort sowieso vorgenommen und werde ihm bis in die Tiefen der Hölle folgen, wenn es sein muss.«

»Dann werden Sie vermutlich auch Hilfe annehmen.«

Michael nickte. Ihm war klar, wie schwierig die Aufgabe war, die vor ihm lag. Er sagte nichts weiter, denn seiner Ansicht nach brauchte der Agent des englischen Außenministeriums nichts davon zu wissen, dass er und Luke Tracy bereits entschlossen waren, auf eigene Rechnung ein Lösegeld für das Mädchen auszuhandeln.

»Ich kenne einen Mann, der Ihnen von Nutzen sein könnte«, sagte Horace. »Er heißt Christie Palmerston. Hatten Sie schon einmal mit ihm zu tun?«

»Christie Palmerston?« Michael schüttelte den Kopf. »Nein, ich kenne ihn nicht persönlich, aber es gibt hier in der Gegend nur wenige, die noch nichts von ihm gehört haben. Ich hätte ihn gern für die Expedition von Fellmanns angeworben. Er kann von Glück sagen, dass ich ihn nicht gefunden hab.«

»Er war mit Venture Mulligan auf Goldsuche«, erklärte Horace, »und ist im vorigen Jahr durch einen Speer verwundet worden, als die Eingeborenen westlich von hier Mulligans Trupp angegriffen haben. Trotzdem ist er wieder in den Busch gegangen. Es wird nicht einfach sein, ihn für unser Vorhaben als Führer zu gewinnen, denn er kann Chinesen nicht besonders gut leiden.«

»Wenn man bedenkt, hinter wem ich her bin, kann das nur von Vorteil sein«, sagte Michael mit breitem Lächeln. »Immerhin werden wir doch mit großer Wahrscheinlichkeit auf bewaffnete wütende Chinesen stoßen.«

»Das lässt sich nicht von der Hand weisen«, räumte der Engländer ein. »Aber Sie brauchen John Wong, um den Weg zu den Palisaden der Tiger-Gesellschaft zu finden.«

»Soll das heißen, die Kerle haben eine Art Festung?«, fragte Michael beunruhigt.

»Leider ja«, gab Horace unbehaglich zu. »Mit den Palisaden wollen sie sich ihre Landsleute vom Hals halten, auf jeden Fall Sus Geheimbund.«

»Mister Palmerston hat sicher nichts dagegen, dass Mister Wong mitkommt«, erklärte Michael. »Immerhin ist er zur Hälfte Ire, mütterlicherseits, wie er mir gesagt hat.«

»Schon«, sagte Horace und lachte in sich hinein. »Aber auch was Mister Palmerstons Gefühle für die Iren angeht, bin ich mir nicht sicher. Möglicherweise sind ihm beide Hälften von Mister Wong heftig zuwider.«

Michael quittierte diesen Scherz mit einem schwachen Lächeln. Die Planung des Unternehmens hatte seine Stimmung deutlich verbessert. Hier hatte er erneut eine Gelegenheit, im Namen vieler Toter abzurechnen.

Horace holte eine Karte hervor und breitete sie auf dem Boden der Veranda aus. Er hatte sie nach den Angaben erfahrener Buschläufer und von Vermessungstechnikern der Regierung selbst gezeichnet. Bedauerlicherweise zeigte sie nicht viel mehr als wichtige Landmarken, denn noch war das unwirtliche und oft nahezu undurchdringliche Gebiet hoch im Norden von Queensland nicht erforscht. »Das dürfte Ihnen bei Ihrer Suche nach Kapitän Mort helfen.« Mit der noch nicht angezündeten Zigarre wies er auf die Karte, die zwischen ihnen lag. Bei näherem Hinsehen merkte Michael, dass die Entfernungsangaben ebenso ungenau waren wie die Lage der Orte. »Meinen Berechnungen nach«, fuhr Horace fort und wies weiter mit der Zigarre auf die Karte, »dürfte Mort das Mädchen über diesen Weg da zu den Palisaden der Tiger-Gesellschaft am Palmer bringen. Soweit ich gehört habe, benutzt den zurzeit kaum jemand. Vermutlich hält er sich etwa hier auf …«, sagte er und drückte die Zigarre auf einen Punkt der Karte. »Wenn ich richtig informiert bin, sind Mort und seine Männer zu Fuß unterwegs.«

Mit der Übung des erfahrenen Soldaten berechnete Michael Zeit und Entfernung, während Horace fortfuhr: »Su Yin hat sich bereit erklärt, Ihnen einige seiner Männer zur Verfügung zu stellen, wenn das nötig sein sollte. Ehrlich gesagt, besteht er geradezu darauf, dass Sie sie mitnehmen.«

Michael machte ein finsteres Gesicht. Er hatte Mort zu Pferde verfolgen wollen, und seines Wissens nach konnten nicht viele Chinesen reiten. Zu Fuß war es aussichtslos, Morts Vorsprung wettzumachen. »Danken Sie Su in meinem Namen, aber ich denke, wir vier schaffen das.«

»Sie vier?«

»Ich nehme Luke Tracy mit. Er ist ein Buschläufer, auf den ich mich voll und ganz verlasse kann.«

Seufzend ließ sich Horace in seinen Sessel zurücksinken. »Ich glaube, Sie unterschätzen die Aufgabe. Meiner festen Überzeugung nach sind vier Männer zu wenig. Sie wissen nicht, mit wie vielen Gegnern Sie es unter Umständen zu tun bekommen.«

Der Ire quittierte die Vorsicht des Mannes mit einem Lächeln und sagte zuversichtlich: »Nach allem, was ich über Christie Palmerston gehört habe und was ich von John und Luke weiß, können die es mit einer ganzen Armee von Chinesen aufnehmen. Außerdem können wir uns zu Pferd rascher bewegen und weiter vorstoßen, als wenn wir mit Chinesen zusammen zu Fuß unterwegs sind.«

Horace hob die buschigen Brauen. »Die letzte Entscheidung über die Art und Weise, wie Sie das Mädchen da herausschaffen, liegt bei Ihnen. Aber vergessen Sie nie, dass das Ihr Auftrag ist. Die Abrechnung mit Mort ist dagegen ausschließlich Ihre Sache, und ich werde jederzeit bestreiten, etwas davon gewusst zu haben. Ich denke, Sie verstehen das.«

»Absolut«, gab Michael mit finsterer Miene zurück. »Sehen Sie zu, dass mich Christie Palmerston und John Wong begleiten, und ich erledige den Rest. Ich verspreche Ihnen beim Grab meiner Mutter, dass ich mich in erster Linie um die Rettung des Mädchens kümmern werde. In die Sache zwischen Mort und mir wird niemand mit hineingezogen.«

»Ich glaube Ihnen«, sagte der Engländer und seufzte tief.

»Seien Sie sicher, auch ich werde dafür sorgen, dass Sie das Hauptziel Ihrer Mission nicht aus dem Auge verlieren.«

»Und wen haben Sie als meinen Aufpasser vorgesehen? John oder Mister Palmerston?«, fragte Michael mit einem kalten Lächeln. Er wusste, mit welcher Rücksichtslosigkeit die Horace Browns dieser Erde vorgingen. Einer seiner beiden Begleiter würde die Anweisung bekommen, ihn aus dem Weg zu räumen, sobald Gefahr bestand, dass er von seinem Auftrag abwich – vermutlich mit einer Kugel in den Hinterkopf.

»Es könnten beide sein«, gab Horace mit einem ebenso kalten Lächeln zurück. »Solange Sie tun, was Sie sollen, werden Sie es nie erfahren.«

Michael zuckte über die verschleierte Drohung lediglich die Achseln. »Wenn es weiter nichts ist, könnten Sie und ich doch an die Bar gehen und auf unsere Übereinkunft anstoßen.«

Er erhob sich aus dem Korbsessel. Sein Körper schmerzte an Stellen, die er noch nie gespürt hatte. Obwohl er erst zweiunddreißig Jahre als war, kam er sich durch seine Kriegsverletzungen manchmal vor wie ein Greis.

Während ihm Horace über die Veranda folgte, dachte er an den preußischen Baron. Zwar war dessen erster Anlauf, Neuguinea für den Kaiser in Besitz zu nehmen, fehl geschlagen, doch würde er es zweifellos erneut versuchen. Soweit Horace wusste, hatte er eine Überfahrt nach Sydney gebucht. Herrn Straubs Tod beim Untergang der *Osprey* war für seinen Gegenspieler ein schwerer Schlag, denn mit ihm hatte von Fellmann, wie der englische Agent bei seinen unauffälligen Erkundigungen erfahren hatte, mehr verloren als einen engen Mitarbeiter. Auch wenn ihm der Mann Leid tat, war es Horace klar, dass sie in den kommenden Jahren zwangsläufig wieder aufeinander stoßen würden. Und er hoffte, dass er bei ihrer nächsten Begegnung wieder auf Michael Duffys Dienste zurückgreifen konnte.

In der drückenden Hitze des Tages war der Gewaltmarsch nach Südwesten zermürbend. Unerbittlich trieb Kapitän Mort die chinesischen Piraten und seine europäischen Besatzungsmitglieder an. Wenn sie weiterhin so vorankamen wie bisher, dürften sie in wenigen Stunden auf den gebahnten Weg stoßen.

»Machen wir bald mal Pause, Käpt'n?«, erkundigte sich Sims keuchend, der zu Mort an die Spitze des Trupps aufgeschlossen hatte. »Die Männer sind schon völlig erschöpft.«

Mort verlangsamte den Schritt. »Gut. Lassen Sie eine Pause einlegen, Sims«, sagte er widerwillig. »Ich versuche mich inzwischen zu orientieren.«

Sims lief die weit auseinander gezogene Kolonne ab, die sich ihren Weg durch die Baumriesen des Regenwaldes bahnte, und bedeutete den Männern mit Handzeichen, dass sie eine Pause machen konnten. Als er der über und über mit Schweiß bedeckten jungen Frau das entsprechende Zeichen machte, ließ sie sich zu Boden sinken und hob kaum den Blick.

Ihr ganzer Körper schmerzte. Immerhin waren sie seit nahezu vierundzwanzig Stunden so gut wie ununterbrochen unterwegs. Sie holte tief Luft und sah sich unter den Bäumen um. Das also ist das Land der Barbaren, dachte sie. Die Wälder im heimischen Kotschinchina kamen ihr weitaus lebendiger vor.

Sie schleppte sich zu einem der Urwaldriesen und lehnte sich mit dem Rücken an ihn, während sich einer der Chinesen, der mit einer altertümlichen Steinschlossmuskete bewaffnet war, wenige Schritte von ihr entfernt hinhockte und sie mit kaum verhüllter Begierde betrachtete. Sie hatte keine Angst vor ihm. Der grausame europäische Barbar mit den durchdringenden blauen Augen und Haaren wie getrocknetes Gras hatte dem Piratenkapitän und den aus Cooktown zu ihnen gestoßenen Chinesen rasch klar gemacht, wer das Kommando hatte.

Der Kapitän der Barbaren hieß Mort, und das bedeutete auf Französisch *Tod*. Ein passender Name, ging es ihr durch den Kopf. Er hatte einen der Chinesen umgebracht, der bei einer Pause am frühen Morgen die Hand nach ihr ausgestreckt hatte. Es hatte ganz beiläufig ausgesehen: Er war einfach auf den Mann zugegangen und hatte ihm seinen Degen mit derselben Bewegung, mit der er ihn aus der Scheide gezogen hatte, durch die Brust gestoßen. Als er tot zu seinen Füßen lag, hatte er sich

Thi Hue zugewandt und die blutige Klinge ebenso beiläufig an ihrer Schulter abgewischt. Auch wenn sie nicht verstanden hatte, was er dabei vor sich hin gemurmelt hatte, war ihr beim Klang seiner Stimme ein Schauer über den Rücken gelaufen.

Empört über Morts Eigenmächtigkeit hatte sich Kapitän Wu dem Barbaren in den Weg gestellt, doch hatten sich die europäischen Seeleute sogleich auf dessen Seite geschlagen. Da sie Schnellfeuergewehre besaßen, war die Machtfrage rasch geklärt.

Thi Hue wusste also, dass ihr von keinem der Männer Gefahr drohte – außer möglicherweise von Mort. Wollte er als der Anführer sie womöglich für sich haben? Die Erinnerung daran, wie seine blassblauen Augen sie nach der Tötung des Chinesen angesehen hatten, ließ sie erschauern.

Sie versuchte, nicht an die Zukunft zu denken. Mit der Explosion, die vor vier Tagen das Schiff des Barbaren auf den Grund des Meeres geschickt hatte, war auch die geringe Hoffnung dahingegangen, die sie seit ihrer Gefangennahme gehabt hatte. Beim Blick ins Gesicht des kräftigen Barbaren mit der Augenklappe hatte sie sich fast sicher gefühlt.

Er aber war jetzt fort, und damit jede Hoffnung, die Heimat und ihre Angehörigen je wieder zu sehen. Sicherlich würde sie in einem französischen Gefängnis enden. Größeres Kopfzerbrechen aber machte ihr die Frage, was mit ihr geschehen würde, bevor man sie den Franzosen übergab.

Sie verbot sich jeden weiteren Gedanken daran. Im Augenblick konnte sie nichts anderes tun, als mit der unerschütterlichen Geduld ihres Volkes den Albtraum ihrer Gefangenschaft zu ertragen.

Mort steckte den kleinen Messingkompass wieder ein. Zwar hatte er seinem Trupp immer wieder vorgeworfen, es gehe zu langsam voran, doch insgeheim sah er voll Freude, wie weit sie schon gekommen waren. Seit dem Augenblick, an dem er in der Kajüte der *Osprey* seinen Plan entworfen hatte, war alles ganz so abgelaufen, wie er es sich ausgemalt hatte.

Er hatte einen Kurs gewählt, der sein Schiff ganz in die

Nähe von Cooktown gebracht hatte. Als er es versenkte, konnte er das Beiboot mit einigen Männern seiner Besatzung und den chinesischen Piraten an Land steuern. Ihre Vorräte hatten es ihnen gestattet, so lange auszuharren, bis einer von Wus Männern mit einer Botschaft ins Chinesenviertel von Cooktown aufgebrochen und mit Verstärkung zurückgekommen war.

Die Frage der Führerschaft, die sich dabei automatisch gestellt hatte, war mit Hilfe der Winchester-Gewehre geklärt worden. Jetzt brauchte er nur noch das Mädchen in die nahe den Goldfeldern am Palmer befindliche Festung der Tiger-Gesellschaft zu bringen und dort das Lösegeld für sie in Empfang zu nehmen.

Mort fürchtete nicht, hereingelegt zu werden, denn er war dank der Schnellfeuergewehre den Männern des Geheimbundes mit ihren altertümlichen Musketen haushoch überlegen. Sobald er das Lösegeld hatte, würde er nach Cooktown zurückkehren und eine Überfahrt auf einem Schiff nach Nord- oder Südamerika buchen.

Der Gedanke an sein Schiff erfüllte ihn mit tiefer Trauer. Er hatte das Einzige zerstört, das ihn in seinem unruhigen Leben so etwas wie Glück hatte empfinden lassen. Andererseits, überlegte er, hatte er auch seine eigene Mutter töten müssen, als sie mit ihren von Schnaps benebelten Kunden an ihm zur Verräterin geworden war. So war es im Leben nun einmal, ging es ihm durch den Kopf. Mitunter musste man zerstören, was man liebte, um selbst zu überleben. Sein Grübeln machte ihn schwermütig und lenkte ihn von seiner gegenwärtigen Aufgabe ab. Das aber durfte nicht sein, und so wischte er alle Gedanken beiseite. Ein Blick in die Richtung, in die sie gehen mussten, zeigte ihm, dass die Vegetation des Regenwaldes allmählich zurückwich. Offenbar hatten sie die von Eukalyptusbäumen bestandene Trockenzone unterhalb der großen Wasserscheide erreicht.

Er wandte sich um und gab seinem gemischten Trupp den Befehl, den Marsch fortzusetzen. Niemand wagte offenen Widerstand, und so erhoben sich die Männer einer nach dem anderen. Der Degen an der Seite ihres Anführers war mehr als ein bloßes Rangabzeichen.

Lediglich der Piratenkapitän zeigte sich widerspenstig. Er rief seinen Leuten zu, sie sollten dem blauäugigen Barbaren nur so lange gehorchen, bis sie die Festung der Tiger-Gesellschaft in den Bergen des Goldlandes erreicht hatten. Dann würde er, Kapitän Wu, persönlich Hand an den Barbaren legen und ihn unter Qualen dorthin schicken, wo sich seine Vorfahren bereits befanden. Er fürchtete nicht, dass Mort und seine europäischen Gefährten seinen Wortschwall verstanden, denn keiner von ihnen sprach Chinesisch.

Thi Hue hingegen verstand jedes seiner Worte. Unwillkürlich überlief es sie kalt. Sie war bereits Zeugin der bestialischen Grausamkeit chinesischer Piraten geworden. Ein solches Schicksal, dachte sie mitfühlend, verdiente nicht einmal ein Dämon. Doch hätte sie ihr Mitgefühl wohl kaum an Kapitän Morrison Mort verschwendet, wenn sie gewusst hätte, auf welche Weise ihn andere junge Mädchen in den letzten qualvollen Augenblicken ihres Lebens kennen gelernt hatten.

37

Jedes Mal, wenn John Wong die missgestalteten getrockneten Geschöpfe des Meeres sah, die in großen Haufen auf der hölzernen Theke lagen, lief ihm ein Schauer über den Rücken. Zwar war ihm bekannt, dass seine asiatischen Verwandten diese Genüsse hoch schätzten, doch hatte er den größten Teil seiner zwanzig Lebensjahre mit dem Geruch von Corned Beef und Kohl zugebracht.

In Su Yins Laden empfand er ein Unbehagen, das er sich nicht so recht erklären konnte. Lag es daran, dass ihn der gefürchtete Anführer des in Cooktown ansässigen Geheimbundes zu sich befohlen hatte, oder hing es einfach mit der gefahr- und mühevollen Aufgabe zusammen, die vor ihm lag? Was auch immer der Grund sein mochte, er würde ihn wohl bald erfahren.

Einer von Su Yins Leibwächtern, ein dürrer, mürrischer Chinese ungefähr in Johns Alter, forderte ihn auf, ihm ins Hinterzimmer zu folgen. John zog den Kopf ein, als er sich durch die Tür zwängte, die wohl bewusst schmal und niedrig war, damit Attentäter nicht einfach in den dahinter liegenden Raum stürmen konnten. Die Welt, die er da betrat, roch völlig anders als die, in der er lebte. Der süßliche Geruch des Ostens nach brennenden Räucherstäbchen und Opiumpfeifen stieg ihm beißend in die Nase.

Der Leibwächter trat in dem nur schwach erhellten Raum beiseite. John ließ sich durch seine ausdruckslose Miene nicht täuschen. Er wusste, dass er einen der gefährlichsten Männer des Geheimbundes vor sich hatte, der sich mit der Schnelligkeit der tödlichen Kobra bewegen konnte, wenn es galt, Su Yins Leben zu verteidigen.

Su Yin ruhte auf einer Ansammlung von Polstern und Kissen am Boden und sah den hoch gewachsenen jungen Eurasier finster an. Er konnte den Mischling John nicht ausstehen. Er war ihm zu hochmütig, was seiner Auffassung nach daran lag, dass ihm in jungen Jahren die verehrungswürdige Lehre des Konfuzius nicht zuteil geworden war. John ließ sich von der kaum verhüllten Feindseligkeit nicht im Geringsten beeindrucken, denn das hätte Gesichtsverlust bedeutet.

Ein kleiner Rupfensack in der Mitte des Raumes zog seine Aufmerksamkeit auf sich. Man schien ihn mit Absicht dort hingelegt zu haben.

»Bist du mit der Ausrüstung zufrieden?«, sagte Su Yin in einem Ton, als mache er eine Feststellung.

»Ja«, gab John in dessen südchinesischem Dialekt zurück. »Ich denke, auch Mister Brown wird mit dem zufrieden sein, was Sie zur Verfügung gestellt haben.«

»Du bist jetzt auf dich allein gestellt«, fuhr Su fort. »Soweit ich von Brown weiß, will der Ire, der für ihn arbeitet, niemanden von der Lotus-Gesellschaft dabei haben. Also musst du dafür sorgen, dass ich das Mädchen um jeden Preis in die Hände bekomme.« John nickte, und Su Yin fuhr mit seiner gefährlich leisen Stimme fort. »Für die Barbaren bist du nicht ihresgleichen und wirst es nie sein … Daher musst du dich entscheiden, wem du die Treue halten willst.«

»Sie beschäftigen mich«, antwortete John schlicht, »und ich erkenne niemanden außer Ihnen als meinen Vorgesetzten an.«

Wortlos machte Su eine Handbewegung in Richtung auf den mürrischen jungen Leibwächter, der in einer Ecke des Raumes im Schatten stand. Dieser trat vor, nahm den Sack vom Boden auf und hielt ihn John mit tückischem Lächeln hin. Als John sein Gewicht in der Hand spürte, ahnte er bereits, was dessen klebriger Inhalt war, und er hatte den Impuls, den Sack fallen zu lassen. Doch er erwiderte ohne das geringste Zeichen von Furcht den Blick von Su Yins, der ihn aufforderte: »Schaff das weg und vergiss nicht, wem du Treue schuldest.«

John wandte sich auf dem Absatz um, froh, dem Anführer

des Geheimbundes gegenüber keine Schwäche gezeigt zu haben.

Mit einem kaum wahrnehmbaren Nicken forderte Su Yin seinen Leibwächter auf, John unauffällig zum Fluss zu folgen. Später berichtete dieser, dass der Eurasier den Sack geöffnet hatte, um einen Blick hinein zu werfen, bevor er ihn in das von Krokodilen wimmelnde Wasser des Endeavour geschleudert hatte.

Sus Gesicht verzog sich zu einem leisen Lächeln. Dann hatte er darin ja wohl Kopf, Zunge, Hände und Genitalien des Kulis gesehen, der es gewagt hat, mich zu verraten, dachte er befriedigt. Eine solche Lektion vergaß niemand so bald. Die Angst würde genug Grund für den jungen Mann sein, seine Aufgabe ernst zu nehmen, falls es dem Iren gegen alle Erwartungen gelang, das Mädchen aus Kotschinchina zu befreien. Allerdings kannte Su Yin den Ruf Kapitän Morts und glaubte daher eher, den Eurasier nie wieder zu sehen. Das aber war letzten Endes unerheblich, denn auch Su sah in John Wong nichts als einen Barbaren.

Seufzend winkte er eine der wie Puppen herausgeputzten schönen Frauen herbei, die es sich angelegen sein ließen, seine sämtlichen Bedürfnisse zu befriedigen. Mit gesenktem Kopf trat sie hinter einem seidenen Vorhang hervor und kniete sich vor ihren Gebieter, der sich daran machte, ihre nackte Haut zu streicheln.

Da Horace die Expedition bis in die kleinsten Einzelheiten vorbereitet hatte, konnte sich Michael in der Stadt bei einer Pokerpartie entspannen. Früh am nächsten Morgen würde er mit seinen Leuten aufbrechen, um den Mann zu suchen, den er töten musste. Sie mussten durch unbekanntes Gelände ziehen, das ihnen ebenso feindselig war wie die gefürchteten Stammeskrieger in den Wäldern und Bergen westlich von Cooktown. Michael hatte Glück und fand John Wong und Luke Tracy in der unter dem Namen Golden Nugget bekannten Spelunke. Überrascht sah er Henry James in ihrer Gesellschaft.

Zwar saß Henry am Kartentisch, beteiligte sich aber nicht. Es wurde nach amerikanischen Regeln gespielt und die kannte er nicht. Das Lokal war überfüllt, und keiner der betrunkenen Goldsucher, die lautstark nach weiteren Getränken riefen, während um sie herum allerlei Möglichkeiten erörtert wurden, dem Palmer sein Gold zu entreißen, achtete auf die leise geführte Unterhaltung der Männer am Pokertisch.

»Ich möchte unbedingt mit, Mister O'Flynn«, stieß Henry hervor und umklammerte sein Rumglas. »Machen Sie sich wegen meinem Bein keine Sorgen, denn wir sind ja zu Pferde unterwegs, und im Reiten nehm ich es hier im Norden mit jedem auf.«

Michael warf Luke einen wütenden Blick zu, der die Karten mischte und so tat, als merke er nichts von seinem Ärger. »Bestimmt kannst du deinen Auftraggeber dazu bringen, auch Henry einzustellen«, sagte Luke ruhig, ohne den Blick zu heben. »Mich hast du ja auch für deine Expedition mit von Fellmann angeworben.«

»Das hier ist ein anderer Zahlmeister«, teilte ihm Michael knapp mit. Obwohl er die Erfahrung des einstigen Polizeibeamten zu schätzen wusste, wollte er ihn nicht gern dabei haben. Immerhin war das Unternehmen lebensgefährlich, und James war Familienvater. Den Tod eines solchen Mannes wollte er sich nicht auf sein Gewissen laden.

Andererseits war ihm klar, dass es hier um Freundschaft ging, eine Beziehung, die ebenso stark und eng war wie die zwischen Mann und Frau in einer Ehe. Den Blick auf die Karten in seiner Hand gerichtet, wog er das Für und Wider ab. Als er Henry James ansah, erkannte er in dessen Augen ein Feuer ähnlich dem seinen. »Wie stehen Sie zu Kapitän Mort, Mister James?«, fragte er ihn.

Henry stürzte seinen Rum herunter und wischte sich den Mund mit dem Hemdsärmel ab. »Er hat einen guten Freund von mir ermordet«, knurrte er. »Einen eingeborenen Polizeibeamten, der so gut wie jeder Weiße war, Anwesende nicht ausgenommen. Ich hab damals nichts gegen den Schweinehund unternommen. Wenn ich meine Aufgabe damals richtig erfüllt und ihn der vorgesetzten Dienststelle gemeldet hätte, könnten Ihre Männer heute noch leben, Mister O'Flynn. Genügt Ihnen das als Grund?«

Er sah Michael herausfordernd an. Der Ire blickte unverwandt in seine Augen, in denen der Hass loderte. Er verstand, wie sehr der Mann nach Rache dürstete. »Durchaus, Mister James«, sagte Michael schließlich und hielt ihm die Hand hin, um damit seine Aufnahme in den kleinen Trupp der Buschläufer zu bekräftigen. »Die nächste Runde geht auf Ihre Rechnung, Mister James«, fügte Michael mit breitem Lächeln hinzu, als Henry seine Hand nahm.

»Ist in Ordnung«, gab dieser zurück. »Meine Freunde nennen mich übrigens Henry.«

Michael nickte, und Luke schlug ihm auf den Rücken. »Gute Entscheidung, Kamerad«, sagte er. »Henry kennt den Busch, und er kann gut mit Pferden umgehen.«

Bei aller Erleichterung, dass er angenommen war, fürchtete sich Henry davor, seiner Frau Emma unter die Augen zu treten. Ihm war klar, wie sehr sie darunter leiden würde, wenn er sie verließ. Wie konnte er ihr seine Gründe klar machen, wo nicht einmal er selbst sie ganz durchschaute? Das Beste würde sein, ihr die Sache anders darzustellen und zu sagen, er werde mit Luke eine kurze Exkursion unternehmen, um zu sehen, ob man unter Umständen an einer bestimmten Stelle Gold finden könne. Das klang nicht besonders glaubwürdig, aber er hoffte, Emma würde sich damit zufrieden geben.

»Hast du seit deiner Rückkehr Kate O'Keefe gesehen?«, erkundigte sich Michael wie nebenbei bei Luke, als Henry zum Ausschank ging, um die Getränke zu holen.

Luke zuckte zusammen und rutschte unbehaglich auf seinem Stuhl umher. »Eigentlich nicht«, sagte er. »Als sie gehört hat, dass ich den Untergang der *Osprey* überlebt hab, hat sie zu Emma gesagt, sie will mich nie wieder sehen. Das weiß ich von Henry.«

»Ich an deiner Stelle würde das nicht so ernst nehmen«, sagte Michael, wobei er aufmerksam die Karten musterte, die ihm Luke gegeben hatte. Es war kein besonders gutes Blatt, aber man konnte etwas damit anfangen.

»Na ja, du kennst Kate eben nicht …«, gab Luke zur Antwort, der ebenfalls auf die Karten sah, die er in der Hand hielt. Auch sie waren nicht besonders gut.

Michael lächelte in sich hinein. *Wenn du wüsstest …*

Ben Rosenblum berichtete Kate von der Expedition, während er mit ihr zur Koppel hinter ihrem Haus ging, um über den Erwerb eines weiteren Zugochsengespanns zu sprechen. Kaum hatte er ihr mitgeteilt, dass Henry mit dem Amerikaner O'Flynn und Luke zusammen war, blitzten ihre Augen vor Wut auf. Insgeheim verwünschte er sich. Hätte er nicht überlegen können, bevor er den Mund auftat? Jetzt würde Henry das volle Ausmaß von Kates Zorn zu spüren bekommen.

»Was will er denn bei denen?«, hatte sie gefragt. Es klang ruhig, doch wusste Ben aus Erfahrung, dass dieser Eindruck trog.

»Keine Ahnung«, hatte er gemurmelt, »vielleicht will er mit ihnen was trinken.«

Sie sah ihn aufmerksam an, und Ben wünschte, er könnte ihr alles sagen, was Henry ihm anvertraut hatte. Aber er hatte strenges Stillschweigen gelobt. Im Grunde hätte er sich am liebsten selbst der Expedition angeschlossen. Man munkelte im Ort, der Amerikaner habe die für das gescheiterte Unternehmen auf der *Osprey* angeheuerten Männer sehr gut bezahlt. Zweifellos würde er auch diesmal seine Leute gut bezahlen.

Kate spürte, dass sie auf etwas gestoßen war, das man ihr vorenthalten wollte. Doch jede weitere Frage an Ben würde ihn zwingen, gegen die Gesetze der Freundestreue zu verstoßen, die den Männern im Gebiet an der Grenze heilig war. »Ich würde gern mit Henry sprechen«, sagte sie, ohne den Blick von Bens Augen zu lösen. »Wo finde ich ihn?«

»Er ist im Golden Nugget«, gab Ben zurück. »Aber von mir wissen Sie das nicht, Kate.«

»Ich sag es nicht weiter«, gab sie mit dankbarem Nicken zur Antwort.

»Dämlicher Sack«, machte sich Ben missmutig Vorwürfe, als

sie sich abwandte und ihn mit den Tieren allein ließ. Den entschlossenen Schritten, mit denen sie sich entfernte, ließ sich entnehmen, dass sie im Golden Nugget aus ihrem Herzen keine Mördergrube machen würde. Wen auch immer ihr Zorn treffen mochte, er tat ihm jetzt schon Leid.

Kate wusste genau, wen sie sich vornehmen wollte und warum. Dieser verdammte O'Flynn! Wie konnte der Amerikaner es wagen, auch nur zu erwägen, Henry für seine ruchlosen Projekte einzuspannen! Nicht einen Augenblick lang kam ihr der Gedanke, Henry könnte sich selbst für diese Sache angeboten haben. Sie wusste nur eines: Sobald dieser Michael O'Flynn in der Nähe von Menschen auftauchte, die ihr nahe standen, drohte ihnen Gefahr.

Sie verlangsamte den Schritt und versuchte, sich zu beherrschen. Warum eigentlich regte sie sich so auf? Ging es ihr in Wahrheit um Lukes Wohlergehen und nicht so sehr um Henry? Hatte sie sich nicht geschworen, Luke zu vergessen? Eine leise Stimme sagte ihr, das werde ihr nicht leicht fallen, und sie beschleunigte den Schritt, als wollte sie vor ihrer inneren Stimme davonlaufen. Nein, dachte sie entschlossen, sie hatte Luke ein für alle Mal aus ihrem Leben verbannt. Nie wieder würde er kommen und gehen, wie es ihm passte. Ihre Sorge galt Henry und der Gefahr, die ihm drohte, wenn er sich mit dem amerikanischen Söldner einließ. Sie musste an Emma und den kleinen Gordon denken.

Kate erreichte das Vergnügungsviertel der wild wuchernden Stadt an der Grenze unmittelbar nach Einbruch der Dunkelheit. Der Amüsierbetrieb war in vollem Gang. Betrunkene Goldsucher, die nicht wussten, wen sie vor sich hatten, machten anzügliche Bemerkungen, während jene, die Kate kannten, achtungsvoll den Hut vor ihr lüfteten. Sie übersah die einen und grüßte die anderen freundlich.

Sie blieb vor der Spelunke eine Weile stehen. Erst wollte sie die Herrschaft über ihre Wut gewinnen, bevor sie einen Fuß in diese Männerbastion setzte. Gerade, als sie im Begriff stand einzutreten, erschien Henry unerwartet in der Tür.

»Kate! Was führt dich hierher?«, fragte er verblüfft.

»Du«, gab sie zur Antwort und trat auf ihn zu. »Und dieser Mister O'Flynn, über den ich so viel gehört habe.«

Henry ergriff ihren Ellbogen und schob sie vom Eingang fort. »Hat Ben etwa geplaudert?«, fragte er, während er sich daran machte, mit ihr in Richtung ihres Ladens zu gehen.

»Nein«, sagte Kate, darauf bedacht, ihren treuen Mitarbeiter zu decken. »Es ist ihm einfach rausgerutscht. Er hat gesagt, du bist hier, um mit Mister O'Flynn zu sprechen.«

»Ich will dich nicht belügen, Kate«, sagte Henry. »Ich wollte sehen, ob ich bei ihm eine Stelle bekommen kann, aber mehr kann ich dir nicht sagen. Frag mich also bitte nicht.«

»Und was willst du Emma sagen?«, fuhr Kate auf.

Henry antwortete nicht sofort. »Nun?«, fragte Kate. »Wirst du ihr sagen, was du mit dem gottverdammten amerikanischen Glücksritter vorhast?«

»Nein«, gab Henry rasch zur Antwort, »und ich bitte dich herzlich, ihr gleichfalls nichts von meinem Gespräch mit Mister O'Flynn zu sagen.« Er sah, dass sie entschlossen das Kinn vorschob, so, als wolle sie diesem O'Flynn einmal gründlich die Meinung sagen. Hitzköpfig genug war sie dazu.

Doch sie blieb stehen und sah ihn an. »Du verlangst da mehr, als ich versprechen kann, Henry«, teilte sie ihm mit. »Nach allem, was ich über diesen Mann gehört habe, würde ich sagen, dir droht große Gefahr. Der Tod scheint sein ständiger Weggefährte zu sein. Da mir Emmas und dein Wohl am Herzen liegt, kann ich unmöglich zulassen, dass dir etwas zustößt.«

»Ich bin viele Jahre mit dem Tod an meiner Seite geritten, Kate«, sagte Henry mit traurigem Lächeln. »Was ich mir vorgenommen habe, muss ich tun. Es gibt Gründe dafür, die auch ich nicht gänzlich verstehe. Es geht nicht einmal um das Geld, sondern um etwas, das in der fernen Vergangenheit liegt, als ich bei der berittenen Eingeborenenpolizei gedient habe. Mehr kann ich dir dazu nicht sagen. Bitte versprich mir, dass du nicht da hineingehst und Mister O'Flynn umzustimmen versuchst.«

Kate machte ein finsteres Gesicht. Sie erkannte die Qual in seinen Augen und wusste nicht, was sie sagen sollte. Verbittert wandte sie sich ab. Henry war ein Mann, der das Leben an der Grenze kannte und die Gefahr als dessen selbstverständlichen Bestandteil hinnahm, dachte sie resigniert. Sie würde sein Geheimnis bewahren. »Obwohl ich nach wie vor überzeugt bin, dass ich den Mann eigentlich zur Rede stellen müsste, will ich deinen Wunsch achten. Ich halte es für ausgesprochen gewissenlos von ihm, in Kauf zu nehmen, dass eine Frau den Mann und ein Junge den Vater verliert.«

Henry sah mit breitem Lächeln zu ihr hinab. »Dir wäre er wohl nicht gewachsen, Kate O'Keefe. Er weiß nur, wie man auf dem Schlachtfeld seine Haut in Sicherheit bringt. Sich Menschen wie dir zu stellen, ist er nicht gewöhnt.«

Kate hörte in seinen Worten die Belustigung. »Schade«, seufzte sie, während sie sich auf den Rückweg zum Laden machten. »Ich hatte mich schon darauf gefreut, den Mann kennen zu lernen, über dessen geheimnisvollen Auftrag im Westen die ganze Stadt spekuliert. Aber Emma wartet mit dem Abendessen auf uns. Du musst ihr die Sache erklären, denn das kann dir niemand abnehmen.«

Mit dankbarem Nicken ging Henry im Gleichschritt neben ihr her. Durch die linde Abendluft drangen die wüsten Geräusche der Stadt zu ihnen herüber. In gewisser Weise beruhigten sie Kate, während sie in der Stille des Buschlandes stets besorgt mit der Möglichkeit gerechnet hatte, den gefürchteten Schrei des Rabenkakadus zu hören, den Schlachtruf der wilden Stammeskrieger aus dem Norden.

Nach einem spätabendlichen Zusammentreffen mit Su, bei der für die durch dessen Vermittlung beschafften Pferde, Vorräte und Waffen den Besitzer gewechselt hatte, kehrte Horace ins Restaurant French Charley's zurück, wohin er Kapitän Dumas eingeladen hatte. Der englische Agent beeilte sich, seinem französischen Gast zu erläutern, welch unbedeutendes Rädchen im Getriebe des britischen Außenministeriums er sei. Da Horace Gespräche über Politik sowie die Intrigen von Geheimdiensten verabscheue, interessiere ihn auch nicht besonders, was der Kapitän womöglich über die Angelegenheiten seines Landes zu berichten hatte. Beiden war klar, dass nichts davon der Wahrheit entsprach.

Kapitän Dumas zeigte sich durch das weithin berühmte Lokal seines Landsmannes gebührend beeindruckt. French Charley's brauchte den Vergleich mit den besten Restaurants in der Kolonie, die der Kapitän des französischen Kanonenboots besucht hatte, nicht zu scheuen. Allerdings musste Kapitän Dumas lächeln, als Monsieur Bouels Damen sich bemühten, mit französischem Akzent zu sprechen.

Obwohl French Charley's voller Gäste war, hatte er mit seiner schmucken Ausgehuniform sogleich die bewundernden Blicke der Damen im Lokal auf sich gezogen. Sein Gastgeber Horace versicherte ihm, es sei ihre Aufgabe, einsame Seeleute zu unterhalten. Kapitän Dumas hatte ein Auge auf eine kecke kleine Rothaarige geworfen. Immer, wenn er sie lüstern ansah, lächelte sie ihm gespielt schüchtern zu. Auch wenn die weibliche Unterhaltung des weithin bekannten Lokals nicht Horaces Geschmack entsprach, hielt er es in jeder anderen Hinsicht für den geeigneten Ort, dem Franzosen die Zunge zu lösen.

Kapitän Dumas hatte bereits viel über seinen Auftrag und Dang Thi Hues Bedeutung für den französischen Geheimdienst berichtet. Er erklärte, sie werde von Banditen in Kotschinchina, die sich als Patrioten bezeichneten, bereits mit Trieu Au verglichen. Einer jungen Frau, die im dritten Jahrhundert gelebt habe und in Kotschinchina so etwas Ähnliches sei wie die französische Nationalheldin Johanna von Orléans. Diese Vorläuferin Thi Hues hatte gegen die chinesischen Eindringlinge gekämpft und war lieber in den Freitod als in die Gefangenschaft gegangen, als sie mit dreiundzwanzig Jahren besiegt wurde.

Der französische Geheimdienst hoffte, von Thi Hue mittels verschiedener mehr oder weniger ausgeklügelter Mittel die Namen jener am Hof des Herrschers von Kotschinchina zu erfahren, die gegen die französischen Interessen arbeiteten. Der Kapitän hob hervor, er als Angehöriger der Marine halte sich aus der Politik heraus und interessiere sich nicht besonders für das, was der Geheimdienst mit ihr vorhaben mochte.

»Ich muss Sie zu Ihrem erstklassigen Englisch beglückwünschen, Kapitän Dumas«, sagte Horace. »Mir selbst fallen Sprachen sehr schwer«, log er. »Wie gern würde auch ich all die exotischen Orte sehen, die Sie während Ihres Dienstes in der französischen Marine kennen gelernt haben. Wirklich beneidenswert …«

Er verstummte, als sein Blick auf einen hoch gewachsenen, gebieterisch wirkenden Mann fiel, der das Lokal mit einer hübschen jungen Brünetten am Arm betrat. *Baron Manfred von Fellmann.*

Auch Kapitän Dumas hatte die Ankunft des Mannes bemerkt, den er aus dem Meer gefischt hatte, und er erhob sich, um ihn zu begrüßen. »Ah, Baron von Fellmann. Setzen Sie sich doch bitte zu uns«, übertönte er das Stimmengewirr im großen Saal. Von Fellmann wandte sich seiner hübschen Begleiterin zu, sagte etwas und ließ sie dann stehen, woraufhin sie den Mund zu einem gespielten Schmollen verzog.

Horace sah ihn mit gemischten Gefühlen auf seinen Tisch zukommen. Jetzt also würde er den Mann kennen lernen, den er auf Samoa zwar von fern gesehen hatte, dem er aber nie begegnet war.

»Darf ich Ihnen Monsieur Brown vorstellen?«, sagte der Franzose mit vom reichlichen Champagnergenuss undeutlicher Stimme. Er hatte Mühe, sich auf den Beinen zu halten, während er ungefähr dorthin wies, wo Horace still am Tisch saß und aufmerksam zu dem Neuankömmling aufsah. Die Hände an der Hosennaht, schlug der Deutsche die Hacken zusammen und verbeugte sich zackig. »Ich freue mich, Sie kennen zu lernen, Mister Brown. Bisher hatte ich noch nicht die Ehre, einem Mann von Ihrem Ruf zu begegnen.«

Die schmeichelhafte Anspielung entging dem schon ziemlich betrunkenen französischen Kapitän, der den Baron mit einer Handbewegung einlud, sich zu ihnen zu setzen.

»Es ist mir eine Ehre, Sie kennen zu lernen, *Oberst* von Fellmann«, gab Horace mit einem Neigen des Kopfes zurück.

»Diesen Rang bekleide ich nicht mehr, Mister Brown, dennoch können wir uns sicher als zwei alte Haudegen über die

Schlachten unterhalten, die wir miterlebt haben – Sie auf der Krim und ich bei Sedan gegen die Heereskameraden meines französischen *ami*. Mittlerweile kümmere ich mich allerdings ausschließlich um wirtschaftliche Angelegenheiten.«

Horace nahm die Brille ab, um die Gläser zu putzen. »Und ich bin betrüblicherweise ein einfacher Diener Ihrer Majestät auf einem Vorposten in den Kolonien«, sagte er mit einem Seufzer.

Bei dieser Selbstbeschreibung des kleinen Engländers lachte von Fellmann lauthals. Beide wussten genau, wer und was sie waren … zwei äußerst professionelle – und gefährliche – Männer, die in einem inoffiziellen Krieg für die Interessen ihres jeweiligen Vaterlandes kämpften. »Ich finde, wir sollten auf unsere Begegnung trinken, Mister Brown«, sagte von Fellmann. »Hier genießen Vertreter Frankreichs, Englands und Deutschlands den Abend als Freunde, in einem neutralen französischen Restaurant in einer britischen Kolonie fern der Heimat und den Angehörigen.«

Kapitän Dumas goss Champagner in die Gläser, und alle prosteten einander zu.

Die hübsche Brünette tauchte neben dem Baron auf und beschwerte sich mit schlecht imitiertem französischen Akzent, dass er sie vernachlässige. Er tätschelte ihr das Hinterteil und beugte sich zu dem Franzosen hinüber. »Eine kleine Aufmerksamkeit Deutschlands gegenüber Frankreich, Kapitän«, sagte er mit verschwörerischem Zwinkern. »Die junge Dame hat mir gerade gesagt, sie hätte gern Französischstunden – privat.«

Bevor sie aufbegehren konnte, erhob sich der Franzose auf unsicheren Beinen, nahm ritterlich ihre Hand und drückte einen Kuss darauf. Sogleich hörte sie auf, sich zu beklagen. Die Art des Franzosen und seine prächtige Uniform beeindruckten sie. Für einen Ausländer sah er ihrer Ansicht nach recht interessant aus.

»Meine Herren, Sie müssen mich entschuldigen, wenn ich Sie jetzt verlasse, um Unterricht in der wahren Sprache der Liebe zu erteilen.«

Während die junge Frau den Franzosen davonführte, die von ihm lernen sollte, was er mit *l'amour* meinte, füllte Horace die Kristallkelche erneut. »Auf Herrn Straub«, sagte er feierlich. »Oder sollte ich besser sagen ›Hauptmann Karl von Fellmann‹?«

Ohne sein Glas zu heben, sah der Baron den Engländer an. »Sie wissen also, dass Karl mein Bruder war, Mister Brown. Das überrascht mich nicht besonders. Vermutlich ist die Bombe, die Kapitän Mort auf seinem Schiff gefunden hat, in Ihrem Auftrag an Bord geschafft worden.«

»Ich bedaure außerordentlich, dass Sie Ihren Bruder verloren haben, Baron«, sagte Horace und stellte sein Glas wieder auf den Tisch. »Die Bombe sollte niemanden töten, sondern lediglich Ihr Vorhaben, Neuguinea näher in Augenschein zu nehmen, sagen wir, ein wenig bremsen.«

So aufmerksam von Fellmann seinen englischen Gegenspieler ansah, er konnte keine Falschheit in dessen Ausdruck entdecken. Unter vergleichbaren Umständen hätte er sich ähnlich verhalten. Der Mann hatte nicht den geringsten Versuch unternommen, zu bestreiten, dass die Bombe von ihm stammte. »Mein Bruder war ein guter Soldat«, gab der Baron zurück. »Er ist ebenso für seinen Kaiser gestorben, als wäre er auf dem Schlachtfeld gefallen. Daher erwidere ich Ihren Trinkspruch auf einen mutigen Mann und möchte gern einen auf den Erfolg Ihres Michael Duffy ausbringen. Möge es ihm gelingen, seinen Auftrag zu erfüllen und den Mann zu töten, der am Tod meines Bruders schuldig ist.«

Jetzt war die Reihe an Horace, verblüfft dreinzusehen. Woher kannte der Mann Michaels wahre Identität, und woher wusste er, dass er für ihn arbeitete? Ausdruckslos hielt er den Blick auf sein Champagnerglas gerichtet. »Meine Gattin hat vor mir keine Geheimnisse, Mister Brown«, sagte der Baron mit grimmigem Lächeln, als beantworte er dessen unausgesprochene Frage. »Es war nicht besonders schwer, eine Bestätigung für meinen Verdacht zu finden, dass die Bombe durch Mister Duffy auf das Schiff gelangt ist und er derjenige war, der sie zum gegebenen Zeitpunkt zünden sollte. Die Art, wie Sie vorhin reagiert haben, hat meine Vermutung bestätigt.«

Im Stillen verfluchte sich Horace. Wie ein Anfänger war er dem Deutschen auf den Leim gegangen. Der Mann verstand sein Fach, das musste ihm der Neid lassen. »Aber keine Sorge, mein Freund«, fuhr von Fellmann fort. »Vorerst kann ich Mister Duffy den Verrat an mir verzeihen, denn immerhin hat er mir das Leben gerettet, als wir im Wasser trieben. Außerdem steht er im Begriff, den Mörder meines Bruders aufzuspüren, um mit ihm abzurechnen. Wie meine Gattin sagt, ist er auch ein erstklassiger Liebhaber. Männer wie er sind etwas ganz Besonderes. Es täte mir Leid, ihn eines Tages töten zu müssen, jedenfalls dann, wenn er weiterhin für Sie arbeiten sollte. Aber wir beide wissen ja, wie unzuverlässig Söldner sind.« Er hob sein Glas. »Auf Herrn Duffy, einen außergewöhnlichen Mann.«

Horace hob das seine. »Auf Ihre Majestät«, brummte er. »Gott schütze sie.« Flüchtig dachte er an den Iren. Ob er ihn je wieder sehen würde? Oder würde sich Mort noch einen Angehörigen der Familie Duffy auf sein Gewissen laden?

38

Max Braun gab sich keine Mühe, seine Tränen zu verbergen. Inmitten der Menge der Abschiednehmenden am Kai umschlang er Patrick mit seinen mächtigen Armen, bevor dieser an Bord des Schiffs ging, das ihn nach England bringen sollte. Sie waren ein seltsames Paar: der stämmige Mann mit dem von Tränen überströmten Narbengesicht und der eingeschlagenen Nase und der hoch aufgeschossene Junge mit den aristokratischen Zügen, dessen gutem Aussehen schon bald nur wenige Frauen würden widerstehen können.

Max hob Patrick hoch und umarmte ihn voll Zärtlichkeit. »Gute Reise, mein kleiner Kämpfer«, flüsterte er mit von Rührung erstickter Stimme. »Vergiss nie, dass dich dein Onkel Max lieb hat.« Verlegen wischte er sich die Tränen ab und wandte sich beiseite, um seinen Kummer vor Daniel und dessen Angehörigen nicht allzu deutlich zu zeigen. Möglicherweise würde er den Jungen nie wieder sehen, ging es ihm durch den Kopf. Michael war ihm vor vielen Jahren genommen worden, hatte ihm aber seinen Sohn gelassen. Jetzt würde Patrick auf viele Jahre aus seinem Leben verschwinden – wenn nicht für immer.

Fiona beobachtete die Szene am Kai aus ihrer Kutsche und hätte ihr Leben dafür gegeben, an der Stelle des Mannes zu sein, der ihren Sohn umarmte. Sie sehnte sich mit allen Fasern ihres Herzens danach, Patrick in die Arme zu schließen. Wie gern hätte sie ihm so vieles gesagt! Das schnittige Segelschiff, das ungeduldig wie ein Rennpferd an seiner Ankerkette zerrte, schien nur darauf zu warten, ihn aus ihrem Leben davonführen zu können.

Männer mit Zylinderhüten und Frauen in langen Kleidern umarmten weinend Freunde und Verwandte, die im Begriff standen, das Schiff zu besteigen. Unter der warmen Herbstsonne schwitzend, schafften Hafenarbeiter und Gepäckträger die letzten Lasten auf das Schiff für eine Reise, die es um die halbe Welt führen würde. Dann forderte eine Kommandostimme, die lauter war als all das Weinen, Lachen und die Abschiedsworte, die letzten Nachzügler auf, an Bord zu kommen. Unterstrichen wurde der Hinweis auf das unmittelbar bevorstehende Ablegen des Schnellseglers durch das Läuten einer Glocke.

Auch wenn Fiona mit ihren Gedanken allein war, hatte sie doch Begleitung. Penelope saß neben ihr in der Kutsche und sah aufmerksam auf das schöne, jetzt aber bleiche und gequälte Gesicht ihrer Kusine. Sie hatte sie schon früher leiden sehen, aber noch nie so wie jetzt.

Sanft nahm sie Fionas Hand, um sie zu beruhigen. Womit aber konnte man eine Mutter beruhigen, wenn sie einen Sohn verlor, den sie nach Jahren stummer Trauer gerade erst gefunden hatte? Welche Möglichkeit hatte sie, der Frau, die sie liebte, klar zu machen, dass sie sich durchaus vorstellen konnte, welche Schmerzen sie litt?

Einen flüchtigen Augenblick lang wandte sich Fiona der Kusine zu, um ihr ein schwaches Lächeln des Dankes für ihre zärtliche Geste zu schenken. »Ich habe ihn für immer verloren. Meine Mutter hat ihn mir zweimal genommen. Dabei ist schon das erste Mal fast über meine Kräfte gegangen.«

Penelope folgte Fionas Blick zum Kai, wo sich nach wie vor die Menschen drängten. Sie sah, wie Daniel Duffy in Anzug und Zylinderhut Patrick nachwinkte, als dieser seiner Großmutter auf das Schiff folgte. Eine hübsche rothaarige Frau neben dem hoch gewachsenen Anwalt hielt weinend ein Mädchen an der Hand, das wie eine Miniaturausgabe ihrer selbst aussah. Als der Junge neben Daniel, der wohl in Patricks Alter sein mochte, winkte, blieb Patrick auf der Fahrgastbrücke stehen, um den Abschiedsgruß zu erwidern. Auch eine alte Frau mit schlohweißem Haar schien zu dieser Gruppe zu gehören.

Auf Penelope wirkte sie wie eine typische stille und freundliche Großmutter.

Während sich die Menge der Abschiednehmenden näher an den Anleger schob, als wollten sie die Fahrgäste berühren, die an der Reling standen, verlor Penelope die Duffys aus den Augen. Die Menge verabschiedete die Reisenden mit einem dreifachen *Hurra,* was wohl den Wunsch nach einer glücklichen Reise ausdrücken sollte.

Die Leinen, die das Schiff an der Mole festhielten, wurden losgeworfen, und eine Blaskapelle spielte ein Potpourri aus volkstümlichen Weisen, bevor sie das alte schottische Abschiedslied *Auld Lang Syne* anstimmte. Penelope ließ den Blick an der Reling des Schiffs entlanglaufen und entdeckte Patrick und ihre Tante Enid nebeneinander stehend in der Nähe des Bugs. Sie sah, dass Lady Enid etwas zu dem Jungen sagte, während dieser mit betrübtem Lächeln seinen Angehörigen am Kai zuwinkte.

Ein Dampfschlepper zog das Schiff ins Hauptfahrwasser, wo es seinen langen Weg nach England beginnen würde: über den großen südlichen Ozean und rund um das Kap der Guten Hoffnung an der Südspitze Afrikas.

Fiona wartete nicht, bis das Schiff das Fahrwasser erreichte. Sie wollte ihren Sohn nicht als winzigen Punkt an Deck unter vielen anderen in Erinnerung behalten, sondern sein Gesicht deutlich vor sich sehen, so, wie er an der Reling gestanden hatte. Vor allem wollte sie nicht ständig daran denken müssen, dass das Schiff den Jungen davongeführt hatte. Sie hatte in seinen Augen zweifelsfrei Michaels Wesen erkannt. Bestimmt würde ihm immer ein Rest des widerspenstigen Geistes seines Vaters bleiben, ganz gleich, auf welche Weise ihn ihre Mutter zu verändern versuchen würde.

Zweifellos sollte der Junge als Granvilles Gegenspieler aufgezogen werden und würde damit eines Tages mittelbar auch ihr Gegenspieler werden, der Feind seiner Mutter. Nicht dass sie sich von Michael Duffy hatte verführen lassen, machte ihre Schuld aus, sondern dass sie sich gegen ihre Mutter gestellt hatte, die sie jetzt strafte, indem sie die Frucht aus dieser Beziehung benutzte, sie auf möglichst grausame Weise zu quälen.

Das Rumpeln der Kutsche auf dem festgefahrenen Karrenweg nach South Head verursachte Penelope Übelkeit. Der Tag war heiß, und so musste man mit Bränden in den Eukalyptuswäldern rund um Sydney rechnen, deren brauner Ascheregen auf die Stadt herabrieseln würde.

Diese Art von Übelkeit war für eine Schwangere nicht ungewöhnlich. Penelope wusste, dass Manfred von Fellmann der Vater ihres ungeborenen Kindes war, da sie sich bei ihren Beziehungen zu anderen Männern vorgesehen hatte. Außer ihrem Arzt wusste bisher niemand von der Schwangerschaft, die inzwischen im dritten Monat bestand. Penelope wollte Fiona als Nächste ins Vertrauen ziehen. Ihr Zustand ermöglichte ihr ein besonderes Mitgefühl für den Kummer ihrer Kusine. Ihr ging auf, wie kostbar das in ihr heranwachsende Leben war. Wie würde sie sich verhalten, wenn ihr jemand das Kind aus den Armen, aus dem Leben, reißen wollte? Die Antwort war klar. Sie wäre fähig, jeden zu töten, der diesen Versuch unternahm.

Fiona sah zu den vorüberfahrenden Kutschen und Fuhrwerken hinüber. Die hohen Eukalyptusbäume schienen von der Luftverschmutzung erschöpft zu sein, die mit dem Wachstum Sydneys einherging. Von den Gerbereien ging ein übler Gestank aus, Fabriken entließen giftige Dämpfe in die Atmosphäre, und ungeklärte Abwässer verseuchten den sandigen Boden. Einst völlig saubere Sumpfgebiete waren mittlerweile zu giftigen Kloaken geworden. Während Fiona früher Sydney mit seinem herrlichen Hafen für die schönste Stadt der Welt gehalten hatte, erschien sie ihr jetzt hässlich, zumal sie die Heimat der Familie Macintosh war, deren bloßer Name ihr wegen all dem Übel zuwider war, das er in ihr Leben gebracht hatte.

»Noch haben wir Michael«, sagte Penelope, während die Kutsche über den staubigen Weg dahinpolterte. »Solange er lebt, besitzt du einen Verbündeten, der dir helfen kann, Patrick eines Tages zurückzugewinnen.«

Fiona bedachte die Kusine mit einem bitteren Lächeln. »Ich glaube, dafür ist es zu spät«, gab sie bedrückt zurück. »Er ist Gott weiß wo und womöglich schon tot. Nein, viel könnte er wohl nicht ausrichten«, fügte sie niedergeschlagen hinzu.

Auch wenn Penelope die Ansicht ihrer Kusine verstand, so teilte sie diese keineswegs. Michael besaß die natürliche Gabe zu überleben, und seine Narben waren ein Zeugnis für seine Fähigkeit, noch das Schlimmste zu überstehen. So unvernünftig ihr diese Annahme erschien, so war sie doch überzeugt, er werde eines Tages zurückkehren und Fiona helfen, den Sohn zurückzugewinnen.

»Du hast mit Michael geschlafen, als er hier war«, sagte Fiona mit einem Mal und ohne die Kusine anzusehen, die völlig überrascht war.

Eine Weile verharrte Penelope in verblüfftem Schweigen und überlegte, was sie auf diese Anschuldigung sagen sollte. »Ich habe mit dem Mann geschlafen, der, wie du weißt, Michael O'Flynn und nicht Michael Duffy war«, sagte sie schließlich.

Fiona sah sie mit kalt blitzenden Augen an. »Dir ist ebenso klar wie mir, dass es sich um ein und dieselbe Person handelt«, fuhr sie auf.

Betrübt lächelte Penelope über die Trauer ihrer Kusine. »Wir hatten es mit demselben Körper zu tun«, gab sie ruhig zur Antwort. »Aber nicht mit demselben Mann. Er ist nicht mehr der Jüngling, den du vor Jahren gekannt hast. Aus Michael Duffy ist Michael O'Flynn geworden, ein Mann, dessen Seele ebenso voller Narben ist wie sein Körper. Aus dem jungen Mann, der einst davon träumte, mit seinen Bildern Schönheit zu schaffen, ist ein Mann geworden, der nie Frieden finden wird. Ach, liebe Fiona, ich habe in seine Seele geblickt und darin die Qualen um das erkannt, was er nie wieder finden wird. Nein, ich habe nicht mit *deinem* Michael geschlafen, sondern mit einem irischen Glücksritter. Der Mann, mit dem ich es zu tun hatte, würde deinen Michael wohl kaum kennen. Die beiden haben wenig miteinander gemein.«

Fionas Bitterkeit löste sich auf. Penelope hat Recht, dachte sie. Der Mann, dem sie in Penelopes Haus flüchtig begegnet war, war völlig anders als der sanftmütige und sorgenfreie Michael, den sie einst geliebt hatte. Der Mann, der dort auf dem Rasen vor ihr gestanden hatte, war ihr wie jemand vorgekommen, dem im Leben viel zu viel Gewalttätigkeit begegnet war. Ja, sie hatten es mit demselben Körper zu tun gehabt, aber nicht mit demselben Mann!

Sie nahm die Hand ihrer Kusine. »Ich weiß, was du sagen willst, Penny«, sagte sie mit dem Anflug eines Lächelns. »Ich glaube, wir hatten beide Glück, Michael kennen zu lernen. Das werden wir stets gemeinsam haben, du und ich.«

Penelope schlang ihre Arme um sie und drückte sie an die Brust. Dann teilte sie ihr das wunderbare Geheimnis ihrer Schwangerschaft mit. Während die Kutsche in die Auffahrt vor Penelopes Haus einbog, ertönten darin Jubelrufe.

An diesem Nachmittag liebten sie sich voll Leidenschaft und zugleich voll Zärtlichkeit, doch als Penelope in ihren Armen eingeschlafen war, merkte Fiona, dass ihre Gedanken zu ihrem Sohn und dessen Vater schweiften. Sie zogen durch die leeren Stellen in ihrem Leben. Ihr kam die Erinnerung an einen Strand bei Sonnenuntergang, Gelächter und das Gesicht eines hoch gewachsenen, breitschultrigen jungen Mannes, der sie dazu überreden wollte, mit ihm nach Amerika zu gehen. Voll Kummer erinnerte sie sich daran, wie einst ihre Brüste voll Milch für den Sohn gewesen waren, den sie nie hatte stillen dürfen. »Wo bist du, Michael Duffy?«, flüsterte sie, während sie der schlafenden Penelope eine goldene Strähne aus dem Gesicht strich. »Werden wir einander je wieder begegnen? Und was würdest du sagen, wenn du wüsstest, dass wir einen gemeinsamen Sohn haben?«

EIN ORT
DER ABRECHNUNG

39

Mit dem Gewehr quer über der Brust lag Michael Duffy auf dem Rücken und sah zu einem Adler empor, der majestätisch über dem trockenen Tal kreiste. Unversehens stieß der Vogel zur Erde herab, wo er wohl ein Opfer erspäht hatte. Michael zog sich die breite Hutkrempe übers Gesicht und schloss die Augen.

Ein Stück weiter hockte Luke Tracy auf sein Gewehr gestützt im hohen Gras und spähte wachsam ostwärts. Aufmerksam ließ er den Blick über das Buschland gleiten. Da sie sich tief im Gebiet feindseliger Stammeskrieger befanden, war größte Vorsicht am Platze, wenn sie nicht wollten, dass die Schatten in der tropischen Sonne mit einem Mal lebendig wurden und ein Krieger daraus hervortrat, der einen tödlichen Speer schleuderte.

Um seinen Beinen ein wenig Entspannung zu gönnen, setzte sich Luke.

»Nichts?«, fragte Michael träge unter dem Schatten seiner Hutkrempe hervor.

»Bisher nicht«, gab Luke zur Antwort und griff nach der Feldflasche, um einen Schluck Wasser zu trinken.

Ein Pferd wieherte aus einem Gebüsch hinter ihnen. Sofort fuhr Henry James hoch, der unter einem dürren Baum vor sich hingedämmert hatte. Aus der Ferne ertönte ein Antwortwiehern, und die drei Männer suchten den östlichen Horizont des mit Buschwerk bedeckten Hügellandes ab.

»Sie sind es«, sagte Luke, stand auf und schwenkte das Gewehr über dem Kopf.

In der Ferne bestätigte einer der beiden Reiter, die sich über die von der Sonne ausgedörrte Ebene näherten, den Gruß auf die gleiche Weise. Nach kurzer Zeit wurden ihre Umrisse deutlicher.

Christie Palmerston und John Wong ritten Seite an Seite, beide das Gewehr quer vor sich im Sattel. Sie hielten ihre Tiere am Rande der Baumgruppe an, und Michael trat vor, um sie zu begrüßen. Er hob den Blick zu Christie Palmerston, dessen Ruf als glänzenden Buschläufer jeder im Gebiet der Grenze kannte.

Michael wusste kaum etwas über die Vergangenheit des Mannes, wohl aber hatte er gehört, der Mann sei ein uneheliches Kind der berühmten Opernsängerin Madame Carandini und des Viscount Palmerston aus dem englischen Hochadel. Die Herkunft des Mannes, der etwa Mitte zwanzig sein mochte und dem der dunkle Bart bis auf die Brust fiel, war ihm allerdings weit weniger wichtig als dessen beträchtliche Erfahrung und Fähigkeiten als Buschläufer. Voll Mitgefühl betrachtete Michael den linken Arm des Mannes, der von Geburt an verkrüppelt war. Durch den Verlust seines Auges wusste er nur allzu gut, welch große Einschränkungen eine körperliche Behinderung bedeuten kann.

»Sie sind etwa drei Stunden entfernt und kommen in diese Richtung«, sagte Christie ungefragt.

»Wie viele?«, erkundigte sich Michael.

»Ich habe neunundzwanzig gezählt. Überwiegend Chinesen, vier Weiße. Sie ziehen im Gänsemarsch, und man hat nicht den Eindruck, dass sie mit Schwierigkeiten rechnen. Allerdings sind sie für einen Trupp chinesischer Kulis ganz schön schwer bewaffnet.«

»War ein Mädchen dabei?«, fragte Michael. Nach der kurzen Beschreibung des jungen Buschläufers musste es sich bei dem sich nähernden Trupp um Mort und seine Leute handeln. Falls sich ein Mädchen darunter befand, wäre diese Vermutung Gewissheit.

»Um das erkennen zu können, waren sie zu weit entfernt«, gab Christie zur Antwort und wischte sich mit dem Hemdsärmel den Schweiß von der Stirn. »Für mich sehen sowieso alle Chinesen gleich aus … egal, ob Mann oder Frau.«

»Spielt eigentlich auch keine Rolle«, brummte Michael vor sich hin. »Das sind sie bestimmt.«

Nachdem Michael, Henry und Luke das Tal gründlich erkundet hatten, waren Christie und John ausgeritten, um Morts Trupp zu finden. Auf Grund seiner Kenntnis der Gegend war es Christie rasch klar geworden, welchen Weg der Zug vermutlich nehmen würde, und er hatte von einem Gebirgskamm Ausschau gehalten, von dem aus man einen Blick über die engen Täler und leuchtenden Ebenen hatte. Von dort aus hatten sie kleine Gruppen von Goldsuchern gesehen, die sich wie Ameisen voranbewegten, und schließlich war ihnen auch der Trupp der Chinesen aufgefallen, der in südwestlicher Richtung dem Palmer entgegenstrebte.

Michael wandte sich um und ging zu dem Gebüsch, in dessen Nähe die Pferde grasten. Es gab nicht viel zu sagen. Die fünf Männer, die Cooktown vier Tage zuvor verlassen hatten, wussten, wie es weitergehen würde. Sie brauchten nur noch abzuwarten, dass ihnen Mort vor die Flinte lief.

Von ihren Pferden herab sahen die anderen neugierig zu, wie Michael das Gelände abschritt, das er für sein Vorhaben ausersehen hatte. Was Überfälle aus dem Hinterhalt anging, war er ein Meister, und er hatte die Stelle sorgfältig ausgewählt, damit sie ihrem kleinen Trupp gegenüber der Vielzahl von Morts Leuten genug Vorteile bot.

Henry wusste, was es zu bedeuten hatte, wenn der irische Söldner von Zeit zu Zeit stehen blieb und in die Hocke ging, um einen prüfenden Blick auf das Gelände zu werfen. Als Krimkrieg-Veteran kannte er die Vorteile eines Hinterhalts: Eine kleine Gruppe von Kämpfern konnte so sogar eine Übermacht von Feinden angreifen, wenn sie sich gut tarnte und das Element der Überraschung nutzte. Das galt vor allem dann, wenn das Gelände dem Feind keine Möglichkeit bot, sich über eine größere Fläche zu verteilen.

Morts Trupp würde höchstwahrscheinlich genau an der Stelle vorüberziehen, die Michael für den Hinterhalt ausersehen hatte. Die Beschaffenheit des Geländes legte das nahe. Da sich zur Linken ein von Baumwuchs bedeckter Steilhang erhob und das Gelände nach rechts schroff abfiel, blieb kaum ein anderer Weg.

Während ein Sturmangriff gegen eine von Palisaden geschützte Befestigung des Geheimbundes völlig außer Frage stand, schien Mort im offenen Gelände und ohne die Verstärkung durch Angehörige der Tiger-Gesellschaft, die sich irgendwo auf dem Weg zu ihm befanden, am ehesten verwundbar. Zufrieden mit seiner Entscheidung erteilte Michael den Männern Anweisungen, und sie saßen ab.

In aller Eile schleppten sie vom nahe gelegenen Hang Bruchholz herbei, um daraus Brustwehren zu errichten, wobei sie unter der tropischen Sonne ins Schwitzen gerieten. Es kam darauf an, die durch Termitenbefall oder Stürme umgestürzten Stämme so anzuordnen, dass das Ganze einen natürlichen Eindruck machte. Nur wer mit der Taktik eines Hinterhalts sehr vertraut war, würde die mögliche Gefahr erkennen, doch gehörte Mort nach Michaels Einschätzung nicht zu diesen Leuten.

Als alle Vorbereitungen getroffen waren, stellten sich die vier Männer in einem Halbkreis vor den Angriffsplan, den Michael in den Boden geritzt hatte. Die für den Hinterhalt vorgesehene Fläche ähnelte einem großen L, wobei Henry und Luke ihre Plätze an der quer verlaufenden unteren Linie einnahmen, Michael und John an der lang gezogenen Senkrechten, während Christie am oberen Ende einerseits das Näherrücken des Trupps melden und ihm andererseits die Möglichkeit zum Rückzug abschneiden sollte. Der einzige Weg aus dieser sorgfältig geplanten Falle führte über den Absturz in die Tiefe.

Michael bediente sich seines Bowie-Messers als Zeigestock. »Durch die Felsrinne da hinten ziehen wir uns zurück«, sagte er und wies mit dem Messer auf eine Stelle hinter ihnen. Es handelte sich um das tief ins Gestein eingeschnittene Bett eines ausgetrockneten Bergbachs. Felsen zu beiden Seiten boten reichlich Deckung für den Rückzug. »Dabei gehen wir abschnittweise vor: Die Gruppe, die gerade in Deckung ist, gibt der, die sich bewegt, Feuerschutz. Hat noch jemand Fragen?«

Der Plan erschien allen einfach und Erfolg versprechend, und so sagte keiner der Männer etwas. Sie zupften sich verlegen am Bart und kratzten sich, wo Insekten sie gestochen hatten. »Gut!«, knurrte Michael, stand auf und streckte sich. Jeder wusste, was er zu tun hatte, und allen war klar, womit sie zu rechnen hatten, wenn die Schießerei begann.

»Am besten bringen wir jetzt die Pferde auf die andere Seite und legen ihnen Fußfesseln an«, sagte Henry, während er mit der Hand die Augen vor dem grellen Widerschein der Felsen schützte.

»Guter Gedanke«, gab Michael zurück und steckte das Bowie-Messer in den Stiefelschaft. »Viel Zeit bleibt uns nicht mehr.«

Damit hatte er Recht. Kaum hatten sie die Tiere in Sicherheit gebracht, kam Christie von seinem Ausguck herbeigerannt. Schweiß lief ihm über das Gesicht in den Bart. »Sie kommen!«, rief er atemlos.

Die Männer wurden hinter ihren improvisierten Brustwehren unsichtbar und warteten – aber nicht sehr lange.

40

Aus seinem Versteck konnte Michael den Mann an der Spitze des heranrückenden Trupps sehen. Es war einer der Chinesen, der lässig eine altmodische Steinschloss-Muskete auf der Schulter trug.

Michael stellte das Schiebevisier seines Snider-Gewehrs auf die geschätzten zweihundert Meter ein, die der Mann entfernt war. John neben ihm tat es ihm gleich. Beide hielten den Atem an, als der Mann vorüberzog, gefolgt von den anderen.

Sie haben nicht einmal Späher abgestellt, um das Gelände links und rechts des Weges zu erkunden, ging es Michael durch den Kopf. Ein beruhigender Gedanke. Er hatte es darauf ankommen lassen und gewonnen. Jetzt stellte er das Visier auf hundert Meter ein, während sich die Mitte des Trupps näherte. Die Männer, die in Zweierreihen gingen, schienen sich vor allem dicht beieinander halten zu wollen, damit kein Versprengter von Stammeskriegern angegriffen werden konnte, die in den grauen Büschen um sie herum hocken mochten. Ausgerüstet waren die Chinesen mit einem Sammelsurium von Feuerwaffen. Die meisten hatten Steinschloss-Musketen, er sah aber auch die eine oder andere Hakenbüchse. In der Mitte des Trupps war eine Hand voll Europäer zu sehen, die über Winchester-Gewehre verfügten.

»Da ist sie!«, flüsterte John. Zwar hatte er Thi Hue nie zuvor gesehen, doch sah sie genauso aus, wie er sich die Angehörige einer vornehmen fernöstlichen Familie vorgestellt hatte. Sie hielt sich mit geradezu königlicher Würde und war so schön, wie Michael sie beschrieben hatte. John konnte die Augen nicht von dem zartgliedrigen jungen Mädchen wenden.

Als Michael »Fertig machen!« flüsterte, löste John widerwillig den Blick von dem Mädchen. Nach einigem Suchen fand Michael sein Ziel. »Los!«, forderte er John leise auf, während er sorgfältig den einstigen Kapitän der *Osprey* anvisierte.

»Brüder! Werft eure Waffen zu Boden!«, rief John auf Chinesisch, »wenn ihr nicht über den Haufen geschossen werden wollt!« Sogleich begann unter den Chinesen ein wildes Gedränge, weil sie festzustellen versuchten, woher die Stimme gekommen war. Keiner warf sein Gewehr zu Boden. Mort schien etwas zu Wu zu sagen, dem Kapitän der Piraten. Michael richtete sein Gewehr auf Morts Brust.

»Werft die Waffen weg, Brüder. Wir sind viele!«, rief John. »Wir können euch abknallen, bevor ihr merkt, dass der Tod da ist.«

Einer der Mutigeren unter den Chinesen hob die Muskete. Michael sah die Bewegung, schwenkte den Lauf seines Gewehrs und feuerte. Das Echo des Schusses hallte vom Berghang hinter ihm zurück. Die schwere Kugel durchschlug die Brust des Chinesen. Mit einem Aufschrei warf er die Arme in die Luft und stürzte zu Boden. Laut kreischend stieg ein Schwarm von Gelbhaubenkakadus wie eine weiße Wolke zum azurblauen Himmel empor. Von Panik erfasst, begannen die Chinesen, wild drauflos zu feuern. Dieser eine Augenblick hatte Mort vorerst vor dem sicheren Tod bewahrt.

Das Feuer der Chinesen wurde aus dem Hinterhalt mit großer Treffsicherheit erwidert. Drei von vier Kugeln fanden ihr Ziel. So gab es in Morts Trupp schon bald vier Tote, während die wilde Schießerei der Chinesen nicht die geringste Wirkung gezeigt hatte. Stehend luden sie ihre Musketen nach, und erst als vier weitere von ihnen erschossen waren, folgten sie dem Beispiel der Männer von der *Osprey* und ließen sich zu Boden fallen.

Als Morts Männer das Feuer aus ihren Winchester-Gewehren erwiderten, sahen sich Michael und seine Männer gezwungen, die Köpfe am Boden zu halten. Zwar rissen einige der Geschosse in unbehaglicher Nähe Grasbüschel aus dem Boden, trafen sie aber nicht.

»Wer zum Teufel schießt da auf uns?«, fragte Sims in ängstlichem Ton. »Die legen uns alle um.«

»Wahrscheinlich einer von diesen Geheimbünden«, knurrte Mort und fingerte eine Schachtel Patronen aus der Hosentasche. Während er sein Gewehr nachlud, kam ihm ein beunruhigender Gedanke. Für das, was er von den Geheimbünden wusste, war der Hinterhalt zu professionell gelegt.

»Ich bin getroffen!« Der unterdrückte Ausruf kam von einem seiner Männer, der törichterweise seine Deckung vernachlässigt hatte, um sich Übersicht zu verschaffen. Er stürzte rücklings zu Boden und hielt sich mit beiden Händen den Unterleib, aus dem dunkles Blut quoll, das sein schmutzig-weißes Hemd rot färbte. »Großer Gott«, stöhnte er und wand sich am Boden. »Helft mir! Um Gottes willen helfen Sie mir, Käpt'n.«

Mort schob eine Patrone in den Lauf und richtete das Gewehr auf den Mann. Die Kugel zerschmetterte ihm den Schädel; er war auf der Stelle tot. Verängstigt und entsetzt sah Sims zu ihm hin. »Ging nicht anders«, knurrte Mort. »Er hatte einen Bauchschuss. Damit hätte er sich ewig quälen können.«

Allmählich hörte das Feuer auf, da sich auf beiden Seiten niemand zu zeigen wagte. Vorsichtig erhob sich Mort auf die Ellbogen, um einen besseren Überblick zu bekommen. Er überlegte, welche Möglichkeiten er hatte. Wenn er mit seinen Leuten blieb, wo sie waren, dürfte es den Männern im Hinterhalt, wer auch immer sie sein mochten, schwer fallen, ihre eigene Position zu verlassen, ohne ein Ziel zu bieten. Falls er sich zum Rückzug über den hinter ihnen liegenden Steilhang entschied, käme das einer Aufforderung an ihre Belagerer gleich, sie einzeln aus der Felswand herauszuschießen.

Es war Mort bekannt, dass ein guter Schütze mit einem Snider-Gewehr auf gut vierhundert Meter Entfernung treffen konnte. Das war äußerst beunruhigend, denn mit diesen Gewehren konnte der Gegner sie unendlich lange dort festnageln, wo sie waren. Wer auch immer den Hinterhalt gelegt hatte, verstand sein Handwerk.

»Kapitän Wu!«, blaffte er. Der Pirat schob sich durch das hohe Gras neben ihn. Mort sah deutlich die Angst im schwitzenden, von Pockennarben übersäten Gesicht des Chinesen. »Haben Sie eine Vorstellung, wer das da drüben sein könnte?« fragte er.

Wu schüttelte den Kopf.

»Der Mann, der gesprochen hat«, sagte er, »spricht nicht besonders gut Chinesisch. Vermutlich ist er ein Weißer.«

Diese Auskunft verblüffte Mort. In dem Fall hatte er nicht die geringste Vorstellung, wer sie da belagerte.

»Mort! Wenn Sie noch am Leben sind, sollten Sie mir gut zuhören.«

»O'Flynn!«, stieß Mort zwischen den Zähnen hervor. Er hätte ihn beim Untergang der *Osprey* umbringen sollen!

»Wenn Ihnen Ihr Leben lieb ist, schicken Sie das Mädchen zu uns herüber. In dem Fall lassen wir Sie alle am Leben ... vorläufig.«

Vorläufig ... Es war Mort klar, was O'Flynn damit meinte. Er befand sich also auf einem Rachefeldzug. Es ging ihm wohl gar nicht um die Männer seines Trupps, sondern ausschließlich um ihn. »Ich bin hier, O'Flynn, und ich höre, was Sie sagen«, rief er zurück. »Aber wie ich die Situation einschätze, haben wir es mit einem Patt zu tun: Keine der beiden Seiten kann sich ohne Verluste zurückziehen, aber Sie können auch nicht vorrücken.«

Schon bald zerriss ein einzelner Schuss die unbehagliche Stille, die darauf folgte. Ein Chinese schrie auf, von einer Kugel am Kopf getroffen. Christie Palmerston hatte sich wie ein Eingeborenen-Krieger unbemerkt vorangerobbt und einen der Musketiere getroffen, der sich törichterweise durch eine Bewegung verraten hatte. Unter den Chinesen erhob sich ängstliches Gemurmel.

»Wie Sie sehen können«, rief Michael, als die Stimmen der Chinesen ein wenig leiser geworden waren, »können wir jederzeit jeden Einzelnen von Ihnen erledigen, bis wir auch Sie haben.«

»Geben Sie dem weißen Mann das Mädchen«, sagte Wu und zupfte Mort furchtsam am Ärmel. »Er bringt uns alle um.«

Eine Stimme, die über die freie Fläche zwischen ihnen herüberdrang, schnitt die Bitte des Kapitäns ab. Die Wirkung der chinesischen Worte bestärkte Wu noch mehr in seiner Überzeugung, dass nur im Nachgeben Rettung lag.

»Was hat er gesagt?«, fragte Mort den verängstigten Piraten. An Bord seiner Dschunke hatte Wu vor niemandem Angst, aber in Hitze und Staub des entsetzlichen Landes schien sich der Tod wahllos diesen und jenen zu holen. An diese Art zu kämpfen war er nicht gewöhnt.

»Er fordert uns auf, Sie umzubringen, wenn Sie das Mädchen nicht laufen lassen«, sagte Wu mit weit aufgerissenen Augen. »Er sagt, alle Chinesen können gehen ... kein Chinese wird getötet, wenn Sie das Mädchen laufen lassen.«

Mort sah sich um und merkte, dass ihn einer der Männer des Geheimbundes mit berechnendem Blick musterte. Die Situation schien sich rasch zu verschlechtern. Sogar seine eigenen Leute könnten sich gegen ihn wenden. »Wir geben denen das Mädchen«, sagte er ruhig. Doch er dachte nicht im Entferntesten daran, O'Flynn den Sieg zu überlassen. Auch er verstand die Kunst, einen Hinterhalt zu legen, und hatte bereits einen Plan. »Sagen Sie Ihren Männern, sie sollen das Mädchen freigeben«, forderte er Wu auf, der heftig nickte und zu Thi Hue zurückkroch.

Er gebot ihr aufzustehen, was sie vorsichtig tat. Auch sie hatte die in der sonderbaren Sprechweise vorgetragenen chinesischen Worte gehört. Soweit sie die Situation begriff, sollte sie von einer Räuberbande zur nächsten weitergereicht werden.

Michael und John sahen über die offene Fläche zu dem Mädchen hin, das sich unsicher erhob. »Du brauchst keine Angst zu haben«, rief ihr John auf Chinesisch zu. »Tu, was ich sage. Geh einfach geradeaus auf den Berg zu und warte bei dem großen Felsbrocken. Wir sind Freunde, die dich befreien und zu deinen Angehörigen zurückbringen wollen.« Die Stimme, die sie da rief, kam ihr nicht bedrohlich vor.

Sie sahen, wie sich das Kinn des Mädchens hoffnungsvoll hob und sie langsam auf die Felsrinne hinter den Belagerern zuging. Zugleich zogen sich Michael und John vorsichtig aus ihrer Deckung hinter dem Baumstamm zurück. Michael bedauerte es zutiefst, Mort nicht erschossen zu haben, als er eine Gelegenheit dazu hatte, aber er hatte Horace Brown versprochen, in erster Linie an die Rettung des Mädchens zu denken. Außerdem würde der Mann, den zu töten er gelobt hatte, sie bestimmt verfolgen; ihm blieb gar nichts anderes übrig. Ohne das Mädchen verlor die Versenkung der *Osprey* durch Mort ihren Sinn.

Mit unsicherem Schritt ging Thi Hue an John und Michael vorüber. Wenn alles wie geplant verlief, waren jetzt Christie, Henry und Luke dabei, sich durch das Meer aus hohem Gras der Felsrinne entgegenzuarbeiten. Michael würde dort warten, wo er sich gerade befand, um ihnen notfalls Feuerschutz zu geben.

Aber auch Mort wartete geduldig auf seine Gelegenheit. Es eilte ihm nicht damit, sich vor den Gewehren seiner Gegner zu zeigen, denn er hatte einen gehörigen Respekt vor O'Flynns soldatischen Fähigkeiten. Währenddessen gab er seine Befehle, wobei ihm Wu als Dolmetscher diente. Den Chinesen war klar, dass sie tun mussten, was man ihnen sagte, denn Ungehorsam war etwas, das die Anführer von Geheimbünden nie verziehen. Entweder schafften sie das Mädchen wieder herbei, oder auf sie wartete der Tod als Strafe für ihr Versagen.

»Ich heiße John Wong. Die anderen Männer hier wollen dir ebenso helfen wie ich«, sagte John zu dem Mädchen, als sie alle in der schmalen Felsrinne beieinander standen. Trotz ihrer Angst vor den wild aussehenden Gestalten vertraute sie der freundlichen Stimme des Hünen, der da mit ihr sprach. »Ich glaube dir, John Wong«, gab sie auf Chinesisch zurück.

Sie erkannte den Mann mit der Augenklappe und den hoch gewachsenen Mann wieder, der sich auf dem Schiff in gebrochenem Französisch mit ihr unterhalten hatte. Doch was sie von dem glatt rasierten jungen Mann halten sollte, wusste sie nicht so recht. Offensichtlich war er teils chinesischer, teils europäischer Abkunft. Noch nie hatte sie einen Asiaten von seiner unglaublichen Körpergröße gesehen; immerhin überragte er sie um Haupteslänge. In den Augen des Mannes, der sich John Wong nannte, schien ein kaltes, tödliches Feuer zu glimmen, doch in seinem Lächeln lag Herzenswärme.

Unruhig spähte Michael zur Lichtung hinüber. Als alle die Deckung der Felsen erreicht hatten, bedachte er seine Begleiter mit einem erleichterten Lächeln. »Los«, knurrte er. »Wir müssen zu den Pferden. Wir sollten möglichst verschwinden, bevor uns Mort mit seinen Leuten umzingeln kann.« Er zweifelte nicht im Geringsten daran, dass Mort bereits den Befehl gegeben hatte, ihnen den Weg abzuschneiden.

Während des Anstiegs durch die Felsrinne zum dichten Regenwald wurde kaum gesprochen. Henry biss die Zähne zusammen und bemühte sich, trotz der entsetzlichen Schmerzen in seinem Bein nicht hinter die anderen zurückzufallen. Immerhin hatte er darauf bestanden, sich dem Trupp anzuschließen, und sein Wort gegeben, mit den anderen Schritt zu halten. Doch es nützte nichts, er wurde immer langsamer.

Als sie schwer atmend und von Schweiß durchnässt oben angekommen waren, gestattete Michael ihnen eine kurze Verschnaufpause im Schatten der majestätischen Urwaldriesen. Ermattet ließen sich alle zu Boden sinken. Jetzt brauchten sie nur noch in den Talkessel unter ihnen abzusteigen, wo ihre Pferde weideten. Von dort würde Christie sie über das Gebirge auf einen Weg führen, der sie nach Cooktown brachte. Wenn sie erst einmal im Sattel saßen, konnten sie sich rasch allen Versuchen Morts entziehen, sie an der Flanke zu umgehen oder zu umzingeln und ihnen einen Hinterhalt zu legen. Bisher war es eigentlich recht gut gegangen, überlegte Michael mit einem Blick auf seine abgekämpften Gefährten.

Christie nahm als Erster die Unheil verkündenden Geräusche wahr, die durch die feuchte Luft des Regenwaldes zu ihnen drangen, dann hörte auch Michael das ferne Wiehern. Das konnten nur ihre eigenen Pferde sein, die sich in höchster Not befanden. »Etwa Mort?«, stieß er seine Frage hervor.

Christie schüttelte den Kopf. »Schwarze Schweinehunde«, gab er zurück und sprang auf. Die anderen stürmten ihm hangabwärts nach. Als sie den kleinen Talkessel erreicht hatten, stöhnte Michael verzweifelt beim Anblick, der sich ihnen bot.

Von Speeren durchbohrt lagen die Tiere am Boden, teils tot, teils in den letzten Zügen. Mit blutigem Schaum vor den Nüstern unternahm Henrys Fuchsstute einen kläglichen Versuch, wieder auf die Hufe zu kommen. Henry hob das Gewehr und feuerte. Der massige Leib des Tieres zitterte leicht und erstarrte dann. Als Henry nachlud, standen in seinen Augen Tränen der Wut auf die Männer, die ihn gezwungen hatten, das sanfte Tier zu erschießen.

Ohne ihre Pferde mussten sie versuchen, den Verfolgern in einem äußerst schwierigen Gelände zu Fuß zu entkommen. Da die Täter auch die Satteltaschen geplündert hatten, besaßen sie lediglich das, was sie bei sich trugen. Zwar waren sie gut bewaffnet und verfügten über reichlich Munition, doch hatten sie außer ihren Proviantvorräten auch einen entscheidenden Vorteil gegenüber Mort eingebüßt. Außerdem hatten sie es zu allem Überfluss noch mit einem weiteren Gegner in der Gegend zu tun, nämlich den Ureinwohnern, die ihre Pferde getötet hatten.

»Wahrscheinlich waren das Merkin«, murmelte Christie und schleuderte einen der dünnen Speerschäfte beiseite. »Sie haben die Pferde umgebracht, damit sie uns im Busch einfacher erledigen können.«

Angstvoll sah Thi Hue zu den Pferdekadavern hinüber und drängte sich unbewusst näher an John.

»Uns passiert nichts«, sagte dieser, als er die Angst in ihren Augen erkannte. »Der Mann mit dem einen Auge ist ein großer Krieger, der schon Schlimmeres erlebt hat.« Mit lässigem Achselzucken tat er die Situation als kaum erwähnenswerte Störung ihrer Pläne ab.

Sie begriff die Absicht hinter seinen geflüsterten Worten. Die Männer um sie herum machten unverkennbar den Eindruck kampferprobter Krieger. In ihrer Heimat hätte sie in ihnen vermutlich Banditen gesehen.

Christie warf sich das Gewehr über die Schulter und verließ den Ort, an dem die toten Pferde lagen. Er wollte unbedingt höheres Gelände erreichen, solange noch Sonnenlicht in die tief eingeschnittenen Täler fiel. Danach würde um sie herum die völlige Finsternis der Regenwaldnacht herrschen. Die anderen folgten ihm aus dem Talkessel.

Mort hob den Blick zum von Regenwald bestandenen Bergland. Irgendwo da oben musste der Ire sein. Allerdings würde es ohne die Hilfe eines eingeborenen Fährtenlesers außerordentlich schwierig werden, ihn aufzuspüren. Auf jeden Fall mussten sie versuchen, ihm möglichst dicht auf den Fersen zu bleiben.

Er hatte hin und her überlegt, ob er seinen Trupp aufteilen und eine Abteilung vorausschicken sollte, damit diese O'Flynn und seinen Leuten in der Nähe von Cooktown den Weg abschnitt. Dann aber war ihm der Gedanke gekommen, dass es ihnen nicht schwer fallen dürfte, nahe der Stadt im Schutz der Dunkelheit an wenigen Männern vorbeizuschlüpfen. So blieb ihm nur noch eine Möglichkeit. »Mister Sims, wir müssen da rauf.«

Mit einem Aufstöhnen gab der Erste Steuermann den Befehl an den Piratenkapitän weiter. Ungläubig hob Wu den Blick zu den Bergen, die vor ihnen aufragten. Vermutlich würde die Suche nach den Männern, die ihnen so erfolgreich einen Hinterhalt gelegt hatten, nicht nur beschwerlich, sondern, nach seiner bisherigen Erfahrung zu urteilen, auch höchst gefährlich.

Insgeheim hatte Sims die gleiche Befürchtung. Auch er war nicht darauf versessen, bei O'Flynns Verfolgung in den Regenwald einzudringen, in dem es von Gefahren wimmelte – aber seine Angst vor Mort war größer als die vor dem irischen Söldner. Er bereute es bitter, nicht von Bord gegangen zu sein, als sie den Hafen von Cooktown angelaufen hatten.

Mit größter Vorsicht arbeiteten sich Morts Männer den Berg empor. Als sie nach einer Stunde im Talkessel auf die toten Pferde stießen, überlief sie ein eiskalter Schauer. Angstvoll sahen sie sich um. Immerhin konnten jeden Augenblick bemalte Krieger mit dem markerschütternden Schrei des Rabenkakadus aus dem Dickicht hervorstürzen und sie mit Steinäxten und Speeren angreifen. Es konnte ihnen gar nicht schnell genug gehen, das bedrückende Tal zu verlassen und den Weg zum Palmer zu erreichen.

Zu Morts großem Bedauern ließ es sich nicht vermeiden, für die Nacht ein Lager aufzuschlagen. Das Dämmerlicht des Tales war bereits tintenschwarzer Dunkelheit gewichen. Es war aussichtslos, O'Flynn in der Schwärze der Nacht finden zu wollen. Allerdings, ging es ihm voll tiefer Befriedigung durch den Kopf, blieb auch diesem nichts anderes übrig, als ein Lager für die Nacht aufzuschlagen.

Als er die toten Pferde gesehen hatte, hatte er innerlich gejubelt: Das war ein Geschenk des Teufels an ihn. Der irische Mistkerl konnte sich und seine Leute nicht mehr rechtzeitig aus den Bergen in Sicherheit bringen. Jetzt bestand zwischen ihnen Waffengleichheit, und das hieß: Er hatte durchaus die Möglichkeit, O'Flynn zu fassen und zu töten.

41

Zwei Tage nach Wallaries Weggang kamen die ersten Besucher. Caroline, die sich an der von Röhricht überwucherten Wasserstelle etwa hundert Schritt von der Hütte entfernt befand, sah als Erste die winzige Staubwolke am Horizont und den dunklen Strich, aus dem bald ein kleiner Reitertrupp wurde. »Otto«, rief sie, »da kommen Männer.«

Der Missionar warf sich das schwarze Jackett über und eilte zu ihr. »Das sind berittene Polizisten«, sagte er, den Blick gegen die aufgehende Sonne abschirmend, die knapp über dem Horizont hinter den Männern lag. »Ich zähle fünf.«

Gemeinsam erwarteten sie das Eintreffen der Patrouille. Ein junger Offizier, der vorausritt, ließ den Trupp in gewisser Entfernung anhalten. Die Uniform des Mannes, der um die zwanzig Jahre alt sein mochte, war von Staub bedeckt, und seine Augen waren von der Anstrengung, stundenlang in die Ferne zu spähen, rot unterlaufen. Ihm folgten drei ziemlich verwegen aussehende Weiße und ein Ureinwohner, die alle die gleiche Uniform trugen. Der Offizier zügelte das Pferd vor dem Missionars-Ehepaar.

»Ich bin Inspektor Garland, Sir. Und wer sind Sie?«, erkundigte er sich in recht schroffem Ton.

Aus dem Auftreten des jungen Mannes schloss der Missionar, dass Höflichkeit wohl nicht dessen Stärke war. »Pastor Werner. Die Dame ist meine Frau«, gab Otto förmlich zurück.

Der Offizier warf einen Blick ungezügelter Begierde auf Caroline, die sich unwillkürlich näher an ihren Mann drängte. Otto, dem der Blick nicht entgangen war, empörte sich über das flegelhafte Verhalten des jungen Polizeibeamten, der da überheblich aus dem Sattel auf sie herabsah.

»Dann sind Sie wohl der Gottesstreiter, den der alte Deutsche in seinem Brief erwähnt«, sagte Garland, tastete in der Satteltasche hinter sich umher und förderte eine große lederne Brieftasche voller Papiere zutage. Ihr entnahm er einen Brief, den er Otto gab. »Wir haben den Mann gestern bei unserem Patrouillenritt gefunden.«

Betrübt hob Otto den Blick von dem Schreiben. »Herr Schmidt ist tot, nicht wahr?« Sowohl Caroline wie auch der Beamte sahen ihn überrascht an. »Das ist nicht schwer zu erraten, Inspektor. Das hier ist Herrn Schmidts letzter Wille.«

»Ich hatte vermutet, dass es so was sein könnte«, knurrte der Beamte. »Ich kann kein Deutsch, aber ich hab Ihren Namen da drin gelesen.«

Otto sagte etwas zu seiner Frau. Es schien ihm nicht nötig, dem jungen Mann gegenüber höflich zu sein und englisch zu sprechen. »Herr Schmidt hat uns diesen Besitz hinterlassen, damit wir hier eine Missionsstation gründen können, weil die einzigen Freunde, die er hier draußen hatte, die umherziehenden Ureinwohner waren. Sie hätten ihn, steht hier, immer sehr freundlich behandelt, und wir sollen uns um sie kümmern.«

Caroline nickte. Bei der Erinnerung an den Mann, der ihnen das Leben gerettet hatte, obwohl er von der Kugel eines Europäers verwundet worden war und er sie ohne weiteres hätte sterben lassen können, traten ihr Tränen in die Augen. Sie sagte schlicht: »Jetzt erkennen wir Gottes Willen. Wir sollen unser Leben den wahren Bewohnern dieses Landes weihen.«

Zuneigung zu seiner schönen Frau, die ihm in die Hölle gefolgt war, wallte in Otto auf. Er wusste, dass sie die für diese Aufgabe nötige Kraft aufbringen würde.

»Tut mir Leid, wenn ich Sie unterbreche, Reverend«, sagte Garland, den es zu ärgern schien, dass er nicht weiter beachtet wurde. »Wie haben Sie überhaupt hierher gefunden?«

Otto wandte sich ihm wieder zu.

»Ein Ureinwohner hat uns hergeführt, als wir kein Wasser mehr hatten.«

»Er hieß nicht zufällig Wallarie?«, erkundigte sich Garland und beugte sich im Sattel vor. Otto legte das Gesicht in Falten.

»Wer ist das?«, wollte er wissen.

»Ein schwarzer Mörder, hinter dem wir her sind, seit wir ein paar Tagesritte von hier einen Toten entdeckt haben, der von seinem Speer getroffen wurde. Jedenfalls sagt mein Fährtenleser Jimmy, er war es. Jimmy hat vor ein paar Jahren bei der berittenen Eingeborenenpolizei in Rockhampton gedient und will dort schon mal so einen Speer gesehen haben. Dieser Wallarie spricht ein paar Brocken Englisch.«

Otto sah dem Mann in die Augen. »Der Ureinwohner, der meiner Frau und mir geholfen hat, sprach weder Deutsch noch Englisch, Inspektor.« Der Beamte hielt dem Blick eine Weile stand, denn beiden war klar, dass es um eine Kraftprobe ging.

»In dem Fall muss sich mein Fährtenleser geirrt haben«, sagte Garland schließlich. »Er hat gesagt, der Schwarze, hinter dem wir her sind, ist ein weithin bekannte Mörder guter und gottesfürchtiger europäischer Christen, ein sagenumwobener Darambal-Krieger aus Zentral-Queensland.«

»Der Mann, der uns geholfen hat, war steinalt«, log Otto ohne das geringste Zögern. »Bestimmt über siebzig. Wie alt ist denn dieser Bursche, hinter dem Sie her sind?«

Der Beamte richtete sich im Sattel auf und warf dem Missionar einen scharfen Blick zu. »Soweit ich weiß, nicht so alt.«

»Dann kann der Mann, der uns geholfen hat, nicht der sein, hinter dem Sie her sind. Wahrscheinlich ist er einfach ein Schwarzer aus dem Busch hier in der Umgebung.«

»Nun, wir wollen Sie nicht länger behelligen, Reverend«, sagte Garland, während er sein Pferd wendete. »Ich kann mir nicht gut vorstellen, dass ein Gottesmann einem Polizeibeamten im Dienst Ihrer Majestät eine Lüge auftischen würde«, fügte er sarkastisch hinzu. Jimmy war der erfahrenste Fährtenleser an der Siedlungsgrenze und irrte sich nie, wenn es um Ureinwohner ging. Wenn er sagte, die Spuren des schwarzen Mörders führten zu Schmidts Viehzuchtstation, stimmte das auch. Wahrscheinlich hatte dieser Wallarie dem deutschen Missionars-Ehepaar auf die eine oder andere Weise geholfen, und jetzt deckten die beiden ihn. Aber einen Geistlichen durfte er auf keinen Fall zu sehr in die Zange nehmen. Das sähe nicht gut aus und war bei seiner vorgesetzten Behörde unerwünscht. Nach allem, was Garland über diesen Wallarie gehört hatte, würde es nicht leicht sein, ihn zur Strecke zu bringen. Der Legende nach war der Eingeborenenkrieger ein Gefährte des ebenso bekannten Buschräubers Tom Duffy gewesen und wusste viel über das Verhalten und die Waffen von Europäern. Zusammen mit seiner bemerkenswerten Fähigkeit, im Busch zu überleben, machte ihn das in der Tat zu einem äußerst ernst zu nehmenden Gegner. Aber Jimmy war ihm ebenbürtig.

Als Garland zu seinen Männern zurückritt, sah er auf Jimmys Zügen einen sonderbaren Ausdruck. Wenn er es nicht besser gewusst hätte, wäre er überzeugt gewesen, dass in den dunklen Augen des eingeborenen Fährtenlesers abgrundtiefe Angst lag.

»Hast du die Spur noch?«, fragte er, als er sein Pferd neben Jimmy zum Stehen brachte. Dieser zog den Kopf ein. Garland merkte, dass der Mann außergewöhnlich unruhig war. So hatte er ihn noch nie erlebt. »Kannst du Wallaries Spuren noch sehen?«, fragte er erneut, ziemlich verärgert.

»Nein«, gab Jimmy mit verdächtiger Unruhe zur Antwort. »Sie sind weg ... einfach nicht mehr da. Wallarie ist weg.«

»Du belügst mich doch nicht etwa?«, fragte Garland drohend. »Den ganzen Weg bis hierher hast du sie verfolgt – wie kann sie da einfach verschwunden sein? Ich kenne deine Fähigkeiten, Jimmy – du könntest am Zahltag einem Furz in einer überfüllten Kneipe auf der Spur bleiben.«

»Tut mir Leid«, murmelte Jimmy. »Die Spur ist weg.«

Resigniert seufzend schüttelte Garland den Kopf. Aus seiner Erfahrung mit diesem Fährtenleser wusste er, dass nichts und niemand ihn umstimmen konnte, wenn er sich zu einer bestimmten Haltung entschlossen hatte. Immerhin hatte er jetzt einen Vorwand, kehrtmachen zu lassen und zurück zum hundertfünfzig Kilometer entfernten Lager zu reiten. Es gab genug Arbeit für sie auf den Goldfeldern, da brauchten sie nicht auch noch Patrouille zu reiten, um einem einzelnen Schwarzen zu folgen, der verdächtigt wurde, einen Goldsucher umgebracht zu haben. Zumindest konnte er sich im Lager waschen, etwas Ordentliches zu trinken und eine Frau bekommen. Ohnehin hatten ihn die älteren Angehörigen der Polizei schon darauf hingewiesen, dass es Zeitverschwendung sei, Wallarie zu verfolgen. Ureinwohner wie europäische Polizisten, die schon vor Jahren versucht hatten, ihn zur Strecke zu bringen, sprachen mit widerwilliger Hochachtung von ihm. Er musste an etwas denken, das einmal ein eingeborener Polizeibeamter zu ihm gesagt hatte, und wandte sich Jimmy zu. »Er hat einen Zauber angewandt, stimmt's?«

Jimmy gab keine Antwort, sah aber schuldbewusst beiseite. Was verstanden Weiße schon vom Zauber der Ureinwohner? Wie hätten sie mit ihren stumpfen Augen die Zeichen deuten können, die er erkannte? Jimmy warf einen Blick auf die Adlerfedern, die auf Wallaries Fährte verstreut lagen. Sie waren der Hinweis, mit dem er ihn vor einer Fortsetzung der Verfolgung warnte. Jimmy spürte die Macht des Zaubers und fürchtete seine tödliche Kraft. Zwar arbeitete er für den weißen Mann, um Lebensmittel und Tabak zu bekommen, aber es lohnte sich nicht, dafür sein Leben aufs Spiel zu setzen.

Garland erwartete keine Antwort von seinem Fährtenleser. Sie stand ihm deutlich im von panischer Angst erfüllten Gesicht geschrieben. Er warf einen Blick zurück zu dem hoch gewachsenen Missionar, der neben seiner hübschen Frau an der Wasserstelle stand. Wenn sogar ein Gottesmann bereit war, um eines Ureinwohners willen zu lügen, mochte durchaus etwas an dem Zauber sein, der diesen Darambal-Krieger schützte. Allmählich gewann Garland den Eindruck, dass er schon zu lange unter den Ureinwohnern arbeitete. Er begann, an die gleichen Dinge zu glauben wie sie.

Otto sah den Reitern nach, die in die Richtung verschwanden, aus der sie gekommen waren. Ihm war klar, dass sie den Mann nicht weiter verfolgen würden, der ihnen das Leben gerettet hatte.

»Du hast dem Polizisten nicht die Wahrheit gesagt«, stellte Caroline ruhig fest, während die Männer im Staub verschwanden. In ihrer Stimme lag kein Vorwurf.

»Stimmt. Ich habe gelogen«, gab er reuevoll zu. »Genauso,

wie uns Danny Boy belogen hat. Aber ich verstehe, warum er das tun musste.«

»Hätten wir deiner Ansicht nach dem Polizeibeamten nicht sagen müssen, dass Danny Boy vielleicht der Mann ist, hinter dem sie her sind?«

Der Missionar sah sie aus dem Augenwinkel an. »Gott hat uns einen Engel gesandt, um uns zu retten und zu unserer neuen Heimstatt zu führen, nicht einen Teufel, als den die Polizei diesen Wallarie sieht. Der Schwarze, der uns geholfen hat, war ein guter Mensch. Ich habe das ebenso deutlich gespürt, wie ich die rote Erde dieses Landes riechen kann.«

Caroline legte ihrem Mann die Hand auf den Ellbogen zum Zeichen, dass sie seine Ansicht teilte.

»Nun, Herr Schmidt hat uns seinen ganzen Landbesitz hinterlassen, damit wir hier eine Missionsstation einrichten können«, sagte Otto, wandte sich um und kehrte zu der grob gezimmerten Hütte zurück. »Soweit sich seinem Brief entnehmen lässt, scheint ihm sein unmittelbar bevorstehendes Ende bewusst gewesen zu sein, und er hat sich aufgemacht, Hilfe zu suchen. Als er gemerkt hat, dass er sein Ziel nicht erreichen würde, hat er seinen letzten Willen abgefasst und uns und den Ureinwohnern all sein Hab und Gut vermacht. Das Testament ist von Zeugen unterschrieben und notariell bestätigt. Dieser Grund und Boden gehört dem Gesetz nach uns … und den Ureinwohnern, denen wir in den kommenden Jahren helfen müssen.«

»Glaubst du, Wallarie wird je hierher zurückkehren?«, fragte Caroline leise, während sie weiter auf die Hütte zugingen.

»Ich denke, dass Danny Boy das tun wird«, gab er mit rätselhaftem Lächeln zurück. »Nachdem er den ihm von Gott erteilten Auftrag erledigt hat.«

42

»Es hat keinen Sinn, weiterzugehen. Die Gefahr, über eine Felskante abzustürzen, ist viel zu groß«, erklärte Christie, denn die Dunkelheit brach rasch herein. Er stand neben Michael auf einem Felsgrat und ließ den Blick über das herrliche Bild gleiten, das sich ihnen bot. Michael war ermattet und sah die Täler und Bergkämme nicht in ihrer natürlichen Schönheit, sondern nur als Kräfte zehrende Hindernisse bei ihrem Versuch, Mort abzuhängen.

»Wir marschieren vor Tagesanbruch ab«, sagte Michael. »Für die Nacht stellen wir Wachen auf. Wir sollten kein Feuer machen und uns dicht beieinander halten.«

Die anderen nickten erschöpft zu diesen Worten. Mit stumpfem Blick sahen sie auf die dunklen Schatten, die sich vor ihren Augen über die Berge legten, während bläulich umrandete Wolken darüber hinwegzogen wie eine getupfte Decke, unter der sich der von Bäumen bestandene Felsgrat schon bald verbergen würde. Falls sie diesen Berg ersteigen mussten, hatten sie nur wenig Hoffnung, Cooktown noch am nächsten Tag zu erreichen.

Doch Christie hatte mit seinen scharfen Augen schon einen Weg durch das Tal unter ihnen erkundet. Die Schatten zeigten ihm durch ihre unterschiedliche Färbung die Abweichungen in der Topografie, und so hatte er bereits unter dem Dach des Regenwaldes einen Bachlauf erkannt. Es würde nicht leicht sein, ihm durch das dichte Unterholz zu folgen, überlegte er, aber sie konnten sich mit ihren Buschmessern einen Weg bahnen.

Thi Hue folgte John zu einem Baumriesen, dessen hoch aus dem Boden ragende Wurzeln eine behagliche Nische bildeten. Dort konnte man geschützt die Nacht verbringen. Sie setzte sich neben ihn, und er gab ihr etwas zu essen. »Dörrfleisch«, sagte er, als er ihren unsicheren Blick sah. »Das wird auf die gleiche Weise gemacht, wie man bei dir zu Hause Fische trocknet.«

Sie kaute vorsichtig auf dem Stück Dörrfleisch herum, das sich unter ihren Zähnen wie Leder anfühlte. Schließlich bekam sie ein Stück herunter. Es war salzig, schmeckte aber gut.

John lächelte über ihr Misstrauen. »Du solltest zusehen, möglichst lange damit auszukommen, denn mehr habe ich nicht«, sagte er seufzend.

»Für einen Weißen sprichst du gut Chinesisch«, sagte sie und begann, den kräftigen Geschmack zu genießen. »Aber du hast ja wohl auch chinesisches Blut in den Adern.«

»Du sprichst gut Chinesisch für ein junges Mädchen aus Kotschinchina«, gab er mit breitem Lächeln zurück. Thi Hue sah schüchtern beiseite. Mit einer solchen Reaktion hatte er nicht gerechnet. Überrascht stellte er fest, dass sich die Tochter eines hochadligen Würdenträgers wie ein beliebiges junges Mädchen verhielt. Mit freundlichem Lächeln betrachtete er sie eingehend. Im Vergleich zu ihm wirkte sie winzig, und obwohl sie eine weite blaue Hose und Jacke trug, sah man, dass sie knabenhaft schlank war.

Seine unverhüllte Art, sie zu mustern, schien sie nicht zu stören. Es schüchterte ihn wohl nicht ein, dass ihr Vater in ihrem Land eine hohe gesellschaftliche Position bekleidete. Vermutlich hing seine Dreistigkeit mit seiner europäischen Abkunft zusammen.

»Ich spreche auch Französisch«, sagte sie stolz, und mit einem Mal legte sich Ärger über ihr schönes Gesicht. »Es ist die Sprache meines Feindes«, fügte sie mit finsterer Miene hinzu. Zwar wusste John, dass es ein Land namens Kotschinchina gab, doch war ihm nicht bekannt gewesen, dass die Franzosen es unter ihre Herrschaft gebracht hatten.

»Erzähl mir mehr über dich«, forderte er sie mit entwaffnender Natürlichkeit auf, und unter seinem offenen und freundlichen Blick vergaß sie für eine Weile ihre Sorge um die politischen Verhältnisse in ihrer Heimat. Lächelnd berichtete sie mit leiser Stimme über ihr Leben, bis Henry sie tief in der Nacht unterbrach, um John mitzuteilen, dass er mit Wachehalten an der Reihe sei.

Nachdem Henry und das Mädchen wieder in das behelfsmäßige Lager zurückgekehrt waren, wo alle ein wenig Schlaf zu finden versuchten, lehnte sich John seufzend mit dem Rücken an einen Baum. Ausgerechnet auf die Tochter eines Aristokraten, die gegen die französische Fremdherrschaft aufbegehrte, musste er fliegen, überlegte er, während er wachsam in die Nacht lauschte.

Das Rascheln von Beutelratten in den Bäumen wirkte beruhigend auf ihn, doch als er hinter sich ein Geräusch hörte, war er hellwach. Langsam hob er das Gewehr, bis er mit einem Mal Thi Hues bleiches Gesicht erkannte. Erleichtert ließ er die Waffe sinken.

»Ich hatte Angst und konnte nicht schlafen«, flüsterte sie und setzte sich neben ihn. »Hier fühle ich mich sicherer.« Zum ersten Mal seit ihrer Gefangennahme durch die chinesischen Piraten empfand sie das überwältigende Bedürfnis, sich einem Menschen anzuvertrauen, und das Verlangen nach Trost. Durch ihr Leben als Aufrührerin gegen die Franzosen und viele Angehörige ihres eigenen Volkes, die mit den Kolonisatoren aus Europa gemeinsame Sache machten, hatte sie in einem Zustand von Misstrauen und fortwährender Anspannung gelebt. Doch tief in den Wäldern dieses fremden und fernen Landes war sie mit einem Mal nicht mehr das junge Mädchen, das sich gegen die französischen Eindringlinge gestellt hatte, sondern einfach eine Frau, die angewiesen war auf den Mut und die Entschlossenheit anderer, sie zu retten. Ihr Geschick lag nicht mehr in ihren Händen.

Nach wenigen Minuten war sie eingeschlafen. Ihr Kopf ruhte an Johns breiter Brust. Während er ihr ganz sanft einen muskulösen Arm um die Schultern legte, wallte in ihm eine Zärtlichkeit auf, die er noch nie zuvor empfunden hatte. Er fühlte sich sonderbar. Es war, als halte er ein ätherisches Geschöpf im Arm, ein Lebewesen von solcher Zerbrechlichkeit, dass er es mit einer bloßen Bewegung seines Armes hätte erdrücken können. Warm und feucht streifte ihr Atem seine Kehle. Doch rasch verflog dieser Augenblick der Zärtlichkeit, als ihm Su Yins Anweisung in den Sinn kam. Ihn zu hintergehen bedeutete, auf eine quälend langsame Weise zu sterben. John blieb keine andere Möglichkeit, als die Männer zu verraten, auf die er bei der Flucht durch das von Dschungel bedeckte Gebirge angewiesen war, und das würde nicht leicht sein. Aber er wusste, was er dem Anführer des Geheimbundes in Cooktown geschworen hatte.

43

In ihrem winzigen Zimmer im obersten Stockwerk des Hauses saß Miss Gertrude Pitcher auf der Bettkante und hielt den Blick auf den flackernden Docht der Lampe gerichtet. Die Anstellung als Kindermädchen, die ihr die Baronin von Fellmann verschafft hatte, war alles, was sie sich hätte erträumen können. Die Kinder waren reizend und die Herrschaften von eindrucksvoller Großzügigkeit. Ganz offensichtlich hatte Penelope in Sydneys höherer Gesellschaft beträchtlichen Einfluss.

Aber Gertrude war nicht gern allein, wenn die Dunkelheit kam und sie sich nicht um die Kinder zu kümmern brauchte, denn in den finsteren Nachtstunden schlich sich die Erinnerung an einen schrecklichen Verrat in ihr Zimmer, setzte sich auf die Bettkante und quälte sie mit übermächtigen Schuldgefühlen. Jetzt, da sie bei einer Familie lebte, deren Mitglieder aneinander hingen, schien die Qual umso größer zu sein, und oft weinte sie allein in der Stille ihres Zimmerchens. Die entsetzliche Strafe, die ihr Mister Granville White für den Fall angedroht hatte, dass sie seiner Gattin berichtete, was er Dorothy in der Bibliothek angetan hatte, verlor zwar allmählich ihren Schrecken, doch das Schuldgefühl blieb. Es lebte jedes Mal neu auf, wenn sie in die unschuldigen Gesichter der ihr anvertrauten Kinder sah. Und zwar weit schlimmer als alles, was ihr Mister White hätte antun können.

Gertrude drehte den Docht der Lampe herunter und entkleidete sich im Dunkeln. Sie zog ein langes Nachthemd über und kroch zwischen die frischen Laken ihres Bettes. Dort lag sie und sah zur Decke empor. Obwohl der Vorfall viele Wochen zurücklag, hallten Dorothys Verzweiflungs- und

Schmerzensschreie immer noch in ihrem Kopf nach. Sie warf sich im Bett herum, während sie diese Schreie vergeblich zum Verstummen zu bringen versuchte. Das von Angst und Schmerzen verzerrte Gesicht des kleinen Mädchens schwebte unmittelbar unter der Zimmerdecke. Gertrude schloss die Augen, damit es verschwand, doch es blieb in ihrem Kopf und schrie seine Verzweiflung hinaus.

War es nicht ein todeswürdiges Verbrechen, wenn ein Soldat aus dem Heer der Königin desertierte?, ging es ihr durch den Kopf, während sie das Laken zurückwarf und die Füße auf den kalten Boden setzte. Fast dreißig Jahre schon widmete sie sich der Erziehung von Kindern. Außer einem Bruder in England hatte sie keine Angehörigen. Sie war in der Kolonie stets allein gewesen, hatte immer nur die Kinder anderer Leute um sich gehabt. Aus vielen dieser Kinder waren Erwachsene geworden, die sie wegen der mütterlichen Fürsorge liebten, mit der sie sie bedacht hatte.

Sie griff nach der Lampe und entzündete sie. Sanftes Licht erfüllte den Raum, und die Dämonen verschwanden. Die Zeit war gekommen, Mister White nicht mehr zu fürchten. Sie würde die Stelle verlassen und dorthin gehen, wo er sie mit seinen Drohungen nicht mehr quälen konnte. Vorher aber würde sie den Mann, der im Begriff stand, von der englischen Königin in den Adelsstand erhoben zu werden, aller Welt als den zeigen, der er war – ein durch und durch verderbter Mensch ohne Seele.

Schon lange hatte sie gewusst, dass dieser Zeitpunkt einmal kommen würde. Sie hatte sich sorgfältig darauf vorbereitet und in ihrem Zimmer alles versteckt, was sie dafür brauchte.

Ganz ruhig zog sie das Nachthemd aus und legte ihr bestes Kleid an. Sie steckte ihr Haar in einem Knoten hinten am Kopf fest und setzte sich an den Tisch. Aus der Schublade nahm sie Papier und Schreibzeug und machte sich daran, im Schein der Lampe einen kurzen Brief zu verfassen.

Dann steckte sie das Blatt in einen Umschlag, den sie an »Mrs. Fiona White« adressierte.

44

Als Michaels Trupp um die Mitte des Vormittags vom Felsgrat abstieg, um das schmale Tal zu erreichen, erschwerte der Regenwald mit seinem dichten Gewirr aus Ranken und Unterholz das Vorankommen der Männer. Unter dem Blätterdach der dicht beieinander stehenden Bäume kam es ihnen vor, als müssten sie in der feuchten Luft ersticken.

Das zögerliche Vorankommen rief in Luke entsetzliche Erinnerungen wach. Ihm stand noch lebhaft vor Augen, wie er vor Jahren unter ähnlichen Bedingungen durch die Berge westlich von Port Douglas den trockenen Ebenen und breiten Tälern südlich des Palmer entgegengezogen war.

Am späten Nachmittag gebot Michael Halt am Rande eines kristallklaren Gebirgsbachs, der munter über ein Bett aus Kieselsteinen floss. Während sie ihre Feldflaschen füllten, gönnten sie sich eine Pause im Kampf gegen das dichte Gewirr, das ihnen nach wie vor den Weg versperrte. Der Bach plätscherte zwischen Ufern dahin, die mit dem Laub der Urwaldriesen bedeckt waren, und umfloss in Wirbeln große Felsbrocken, an denen sich winziges, krebsähnliches Getier vor Räubern in Sicherheit brachte.

Verschämt verzog sich Thi Hue in die Büsche, während sich die Männer auszogen, um im seichten Wasser herumzuplanschen und die Schnittwunden und Bisse von Blutegeln auszuwaschen, die ihre von Schweiß verklebten Körper bedeckten. Das Wasser war ein wahres Labsal, und die Männer gaben sich ihm entspannt hin. Plötzlich schrie Thi Hue entsetzt auf. Die Männer sprangen aus dem Bach, griffen nach ihren Kleidungsstücken und Gewehren und eilten zu ihr.

John, der Wache gestanden hatte, während die drei anderen Buschläufer ihr Bad nahmen, erreichte sie als Erster. Ohne dass sie ihre Hose wieder hochgezogen hätte, stand sie da und schlug wie wild nach ihren Armen und Beinen.

»Großer Gott!«, stieß Henry hervor. »Sie ist an einen Nesselbaum gekommen.« Die Blätter dieses Baumes saßen voller winziger Stacheln, scharf wie Glassplitter, und Christie mahnte die anderen, dem Baum keinesfalls zu nahe zu kommen.

Der Schmerz, den die Stacheln hervorriefen, musste bei der zarten Haut des Mädchens besonders schrecklich sein. Sie dachte nicht einmal an ihre Blöße, als John sie an den Handgelenken packte, damit sie aufhörte zu kratzen. Er zog sie von dem Baum fort und setzte sie auf eine kleine Lichtung. »Es beißt, bringt dich aber nicht um«, sagte er, während ihr Schmerz und Scham Tränen in die Augen trieben. »Es sind die Stacheln von den Blättern eines Baumes.« Thi Hue ließ sich von seinen Worten trösten und bemühte sich, ihre Panik zu unterdrücken. Reflexartig wandten die Männer den Blick ab; es gehörte sich nicht, eine unbekleidete Frau zu begaffen.

»Wir müssen eine Weile Rast machen«, sagte Michael knapp, »bis das Schlimmste vorbei ist.«

»Wie lange?«, erkundigte sich Luke, während er sich suchend unter dem dunklen Blätterdach umsah. Er rechnete damit, Mort und seine Männer jede Minute hinter ihrem Trupp auftauchen zu sehen.

»Vielleicht eine halbe Stunde«, gab Michael zurück. »Wir müssen jemanden als Wachposten zurückschicken.«

»Ich gehe«, bot sich Luke an.

Rasch hatte John Thi Hue vollständig entkleidet und teilte ihr mit, er müsse im Bach die Widerhaken der Stacheln abwaschen. Sie jammerte mit vor Schmerz verzogenem Gesicht, als sie wie ein kleines Kind die Hand eines Erwachsenen seine große Hand nahm. Flehend sah sie ihn mit ihren dunklen Augen an, als könne er ihr den Schmerz nehmen, doch er war machtlos. Er konnte kaum mehr tun, als ihr sein Mitgefühl zu zeigen und zu wünschen, der Schmerz möge ihn statt sie heimsuchen.

Sanft setzte er sie auf das moosbedeckte Ufer des Bergbachs und legte ihr sein grobes Hemd um den schmalen Körper. Auch wenn es sie warm hielt, konnte sie ihr Zittern nicht unterdrücken, das ebenso auf das Gift des Nesselbaumes wie auf ihre Scham zurückging, weil sie nackt vor all den Männern dasaß.

Zwar wäre es am besten gewesen, ein Feuer zu entzünden, um sie zu wärmen, doch würde der Rauch jedem, der sich auf den Berghängen über ihnen aufhielt, ihren Aufenthaltsort verraten. Auch John verlangte nicht, dass man ein Feuer machte, denn auch ihm war die tödliche Gefahr bewusst, in die sie das bringen konnte. Sie hatten nicht nur Mort zu fürchten, sondern auch eine Entdeckung durch die Eingeborenen-Krieger, die ihre Pferde abgeschlachtet hatten.

Während sich John um Thi Hue kümmerte, wusch Henry mit größter Vorsicht ihre Kleidungsstücke aus und bemühte sich, mit Hilfe von Sand die winzigen giftigen Widerhaken daraus zu entfernen. Selbst Christie, der Asiaten nicht ausstehen konnte, hatte Mitleid mit dem leise jammernden Mädchen. Er sah zu, wie John ihr das lange ebenholzschwarze Haar streichelte, während er sie mit geflüsterten Worten zu trösten versuchte wie ein kleines Kind. Christie riss einen vollgesogenen Blutegel unter seinem Hemd hervor und schleuderte ihn in die Büsche. Während er sich gedankenvoll den Bart strich, betrachtete er abschätzend einen Hügel, der sich zu einer Seite des Weges erhob. Vor einer Weile hatte er von dort einen schwachen Rauchfaden aufsteigen sehen. Seiner Ansicht nach unterhielten dort Ureinwohner ein Feuer, denn Mort konnte diese Stelle unmöglich erreicht haben. »Mister O'Flynn«, rief er leise und ging in die Hocke. »Ich hab 'ne Idee, die uns vielleicht helfen kann.« Ohne auf Michaels Antwort zu warten, fuhr er fort: »Ich red mal mit den Schwarzen. Wenn Mort dicht hinter uns ist, ist das möglicherweise unsere einzige Aussicht, zu entkommen.«

Michael warf ihm einen Blick zu, dem deutlich zu entnehmen war, dass er ihn für verrückt hielt, doch dann fiel ihm ein, dass der Buschläufer einige der Ureinwohner-Dialekte des

Nordens sprach, und er nickte zustimmend. Beiden war die verzweifelte Lage klar, in der sie sich befanden. Henry vermochte kaum Schritt mit ihnen zu halten, und auch das Mädchen war für eine Weile am zügigen Vorankommen gehindert. »Kennen Sie denn die hier übliche Sprache?«, fragte Michael.

»Ich hoffe«, gab Christie mit wildem Lächeln zur Antwort und stand auf.

John ließ Thi Hue eine Weile allein, um an der kurzen Besprechung teilzunehmen, die Michael einberufen hatte. Die junge Frau hatte sich ein wenig beruhigt und bemühte sich tapfer, die beißenden Schmerzen zu ertragen, unter denen sie nach wie vor litt. Er sah rasch zu ihr hin, wie sie da am Bachufer saß, und lächelte ihr zu, als sich ihre Blicke trafen. Thi Hue lächelte beruhigt zurück. Sie dachte an seine liebevolle Behandlung und versuchte, den beunruhigenden Gedanken zu verdrängen, dass sie sich zu einem Mann hingezogen fühlte, der weder Europäer noch Chinese war. In ihrem Kulturkreis betrachtete man solche Menschen als inexistent.

Die Männer umstanden Michael auf einer kleinen Lichtung nahe dem Bachlauf. »Mister Palmerston will versuchen, mit den Schwarzen Kontakt aufzunehmen, die sich hier in der Nähe aufhalten«, sagte Michael und wandte sich Christie zu. Dieser ging in die Hocke und ritzte eine Karte auf den Boden, den er von Blättern und Ästen befreit hatte.

»Ich will zusehen, ob ich bei ihnen was zu essen auftreiben kann«, erklärte er. »Möglicherweise können uns die Ureinwohner auch gegen diesen Mort helfen, wenn er uns immer noch im Nacken sitzt. Sie alle bleiben am besten hier, bis ich zurückkomme.«

»Und wie lange?«, fragte Henry ruhig.

»Falls ich bis morgen früh nicht zurück sein sollte«, gab Christie zur Antwort, »sollten Sie weiterziehen, und zwar auf diesem Pfad, bis der Bach in einen Fluss mündet. Auf der anderen Seite liegen Berge. Wenn Sie die erreicht haben, müssen Sie nach Norden gehen, um Cooktown zu erreichen. Von dort aus dauert es etwa einen Tag.« Als er seine Erklärungen beendet hatte, zerbrach er den Zweig, der ihm als Zeigestock gedient hatte, und warf ihn beiseite. Dann stand er auf, hängte sich das Gewehr um und war schon bald darauf in der üppig wuchernden Wildnis verschwunden.

Nach seinem Weggang kümmerte sich Michael um das Nachtlager. Luke versuchte, die winzigen Schalentiere zu fangen, die sich an den ruhigeren Stellen des Baches nahe den Steinen verbargen. Sein Erfolg war allerdings nicht überwältigend, und die wenigen, die er fing, wurden roh verzehrt.

Es wurde eine lange und unbehagliche Nacht. Sie froren und schliefen zwischen den einzelnen Wachen nur wenig. Michael dachte darüber nach, wie unsicher ihre Lage war. Hätte er seinen Trupp trotz Thi Hues Verletzungen einfach weitermarschieren lassen sollen? War es klug gewesen, zuzulassen, dass sich Christie auf die Suche nach den Ureinwohnern machte?

Kurz nach Mitternacht schob sich Michael vorsichtig ins Unterholz. Er musste Henry ablösen. Sie mussten unbedingt Wachen aufstellen, denn die Spuren, die sie auf ihrem Weg durch das dichte Unterholz hinterlassen hatten, zeigten wie ein Wegweiser in ihre Richtung. Doch zumindest verbarg die Dunkelheit sie so gründlich, dass auch Michael nur tastend vorankam, wobei er sich an Stellen orientierte, die er sich vor Einbruch der Dunkelheit eingeprägt hatte.

»Ich bin's, Henry«, flüsterte er, als er einen mächtigen Baum erreicht hatte.

»Hier drüben, Mister O'Flynn«, kam die leise Antwort aus der tintenschwarzen Finsternis. Michael änderte die Richtung und fand Henry schließlich, der auf dem Boden saß und sich mit dem Rücken an einen der gewaltigen Bäume lehnte. Er ließ sich neben ihn fallen. »Wie geht es Ihrem Bein?«

»Nicht besonders«, sagte Henry mit einem Stöhnen und rieb sich unwillkürlich die alte Narbe. »Aber ich denke, einen Tag halte ich noch durch. Was danach ist, weiß ich nicht.«

»Wenn Sie gar nicht mehr weiterkönnen«, sagte Michael leise, »bleib ich bei Ihnen. Luke kann dann mit den anderen den Weg nach Cooktown fortsetzen und von dort aus Hilfe schicken.« Er schnitt Henry das Wort ab, als dieser versuchte, etwas dagegen zu sagen. »Das Kommando bei dieser Unternehmung führe ich«, sagte er schroff, »und daher trage ich die Verantwortung für meine Männer.«

»Danke für das Angebot, Mister O'Flynn«, gab Henry zur Antwort. »Aber es ist nicht nötig. An manchen Dingen im Leben können wir nichts ändern; sie sind uns vorbestimmt. Morgen mach ich entweder weiter oder geh drauf – eins von beiden.«

»Nichts im Leben ist *vorherbestimmt*«, knurrte Michael. Der Mann redete ja, als wäre er bereits tot. Michael hatte schon früher Männer so reden hören, gewöhnlich am Abend vor einer Schlacht, wenn das quälende Warten die Dämonen der Verzweiflung lebendig werden ließ. »Sofern das Leben darüber entscheiden will, ob wir weiterleben oder sterben, soll es uns das ins Gesicht sagen. Nein, wenn das so wäre, müsste ich schon längst tot sein. Wir selbst bestimmen durch unsere Entscheidungen, ob wir leben oder sterben, Mister James.«

»Man hat mir mein Schicksal auf eine Weise vorausgesagt, von der ich nicht erwarte, dass Sie sie verstehen«, sagte Henry und seufzte traurig. »Seit dem Tag, an dem ich den Befehlen des Mordteufels bei den Vertreibungen gehorcht habe, hängt die Todesstrafe über ihm und mir. Ich weiß nicht, *auf welche Weise* ich sterbe, aber ich denke, ich weiß durchaus, *wann* es so weit ist.«

Michael merkte, wie er ärgerlich wurde. »Das ist Unsinn. Niemand kann wissen, wann er stirbt.«

»Ihnen mag das unsinnig erscheinen, Mister O'Flynn«, gab Henry betrübt zurück. »Aber in diesem Land und bei seinen Bewohnern gibt es manches, was wir nie wirklich verstehen werden, ganz gleich, wie lange wir hier leben.« Er verstummte und sah in die Nacht. Ja, Emma würde ihn vermissen und eine Weile um ihn trauern. In der Erinnerung seines Sohnes Gordon würde er fortleben. »Ich bin im Laufe meines Lebens so manchem Mann begegnet«, fuhr er fort. »Darunter waren Männer, mit denen ich in Bordellen herumgehurt habe, junge Männer, die ich sterben sah, bevor sie eine Woche älter geworden waren. Es sind Männer, die auf immer jung bleiben werden. Ich fühle mich ganz sonderbar, wenn ich an sie denke. Ich habe Männer kennen gelernt, die aus diesem Land stammten und genauso großartig waren wie andere, die man sonstwo findet. Einer der besten, denen ich je begegnet bin, war ein Buschräuber, den ich durch die gesamte Kolonie gejagt hatte. Ich glaube, Sie wissen, wen ich meine, nicht wahr?«

Michael spürte, wie sich eine eisige Ruhe gleich einem starren Mantel um ihn legte. Er kannte die körperlose Stimme, die er in der Dunkelheit hörte. Es war nicht die des einstigen Sergeant der berittenen Eingeborenenpolizei, sondern die seines toten Bruders Tom. Es kam ihm vor, als senke sich um ihn herum Stille, als hielte alles restliche Leben den Atem an, um auf seine Antwort zu warten. »Woher …?«, es plötzlich aus einer Kehle, die plötzlich wie ausgedörrt war. »Woher wussten Sie …?«

»Ich war mir bis zuletzt nicht vollständig sicher«, sagte Henry ruhig. »Jetzt haben Sie sich mit Ihrer Antwort verraten.«

»Aber Sie glaubten, es zu wissen. Wie sind Sie darauf gekommen?«, ließ Michael nicht locker. »Hat Ihnen jemand einen Wink gegeben?«

»Nein. Aber ich war lange genug bei der Polizei, um zu sehen, was anderen möglicherweise entgeht«, gab er zur Antwort. »Was ich von Ihrer Schwester Kate über Sie gehört habe, genügte, Sie mir so lebendig vorzustellen, wie Ihr Bruder Tom es war. Die Art, wie Sie beide sprachen. Die Art, wie Sie sich gaben … geben. Sie sehen ihm so ähnlich, dass Sie als er durchgehen könnten. Wissen Sie das? Vielleicht war es gut für Sie, dass Sie sich nicht in Queensland aufgehalten haben, als wir Jagd auf ihn machten, sonst hätte womöglich jemand Sie mit ihm verwechselt. Aber da war noch etwas anderes. Die Blindheit, mit der die Nacht unsere Augen schlägt, war nötig, damit ich Sie deutlich sehen konnte. Ich kann Ihnen nicht erklären, was ich selbst nicht verstehe, aber als Sie vorhin nach mir riefen, glaubte ich, Toms Stimme zu hören. Es war, als wenn er mich in der Dunkelheit gerufen hätte. Doch ich weiß, er ist tot, denn ich habe gesehen, wie er drüben in Burke's Land umgekommen ist. Als Sie mich riefen, ging mir auf, dass Tom auch in Ihnen lebt. Die Nächte hier draußen im Busch wirken sich eigenartig auf uns aus. Mir ist klar, dass all das keinen besonderen Sinn ergibt, aber mehr kann ich Ihnen jetzt nicht sagen.«

Beide schwiegen, und die leisen Geräusche der Nacht wurden wieder vernehmbar: das Rauschen in den Bäumen, wenn winzige Flugbeutler auf ihren Zweigen landeten, das ferne Murmeln des Bachs und das eintönige Zirpen der Grillen. Nach einer Weile sagte Michael: »Morgen ziehen wir weiter, und was ich gesagt habe, gilt. Wenn Sie mit Ihrem Bein nicht weiterkönnen, bleiben wir zusammen, bis Luke Hilfe schickt.«

Henry erhob sich steif. Michael spürte seine Hand auf der Schulter. »Wir werden sehen«, sagte er schlicht. »Wir werden sehen.« Wie hätte er sagen können, dass in seinen Träumen Nacht für Nacht ein Stammesältester der Ureinwohner zu ihm kam und sich in den dunklen Winkeln seiner halb bewussten Wahrnehmung aufhielt? Gelehrte mochten das mit ihrer Vernunft als Angstträume erklären, die auf sein Schuldgefühl wegen seiner Beteiligung an den Vertreibungen unter Morts Befehl zurückgingen. Aber nein, dachte Henry, der alte Ureinwohner war wirklich. Ebenso wirklich wie Michael Duffy, der jetzt im Dunkeln Wache hielt.

Die im feuchten Nebeldunst verborgenen Berggipfel spürten die erste Berührung der aufgehenden Sonne, als sich dessen Schleier in die kühle Sicherheit der Täler zurückzogen. Sie senkten sich auf den stillen Bach, und auch als die warme Sonne ihre letzten Reste in sich aufgesogen hatte, war Christie Palmerston noch nicht zurückgekehrt.

Michael hatte insgeheim mit dem Schlimmsten gerechnet. Mehrere Tagesreisen von Cooktown entfernt mussten sie ohne den Mann auskommen, der von allen die größte Erfahrung im Regenwald besaß. Der Vortag hatte sie kostbare Energien gekostet, sie waren hungrig und erschöpft, trotzdem folgten alle seinem Befehl zum Aufbruch. Kurz nach Mittag stolperten sie in ein breites, ebenes Tal, in dem hohes Gras wie ein Meer wogte. Die mit getrocknetem Blut getränkten Kleider hingen zerfetzt an ihnen herunter, ein Hinweis auf ihre Schlacht gegen die grausamen Stacheln der Dschungelgewächse. Das Hemd klebte ihnen am Leibe, unaufhörlich rann ihnen der salzige Schweiß von der Stirn und biss sie in den Augen. Jetzt, da der bedrückende Urwald endlich hinter ihnen lag, blieben sie erschöpft und erleichtert einen Augenblick lang stehen, um den willkommenen Anblick des Tales in sich aufzunehmen.

Über das hüfthohe Gras hob Michael den Blick zu den Bergkämmen links und rechts. Sein geschulter Soldateninstinkt riet ihm, das Tal nicht auf seiner Sohle, sondern auf möglichst hoch gelegenem Gelände zu queren, doch dann sah er, dass Henry sein Bein rieb. In dem Augenblick begriff er: Der Versuch, noch einen Bergkamm zu ersteigen, konnte für Henry eine lebenslange Lähmung zur Folge haben.

Thi Hues Zustand war kaum besser. Die Füße in ihren völlig zerfetzten Sandalen waren angeschwollen und voller Schnittwunden. John hatte das Mädchen in den letzten vier Stunden auf dem Rücken getragen. Michael traf seine Entscheidung. Sie würden den Weg über den Talboden nehmen und damit kostbare Zeit gewinnen.

Als Mort aus dem Regenwald trat und das weite, von Gras bewachsene Tal vor sich sah, ließ er seinen Trupp Halt machen. Die Chinesen hockten sich auf den Boden, holten kleine Essschalen und Stäbchen hervor und schlangen rasch kalten Klebreis und getrockneten Fisch in sich hinein.

Ein Stück Dörrfleisch kauend nahm Mort das vor ihm liegende breite Tal mit seinen großen freien Flächen in sich auf. Links und rechts lagen zwei mit dichter Vegetation bedeckte niedrige Hügel. Von ihren Hängen könnte man das ganze Tal wunderbar überblicken, ging es ihm durch den Kopf. Auch wenn er die Fährte des Iren verloren hatte, war er doch entschlossen, die eingeschlagene Richtung beizubehalten. Seinen Berechnungen nach musste sein Feind das Tal durchqueren, falls er sich nach wie vor auf dem Weg nordwärts nach Cooktown befand. »Mister Sims, sagen Sie den Männern, es geht weiter. Wir haben einen Anstieg vor uns.«

Mit einem Mal fiel ihm auf, dass weiter unten eine kleine

Personengruppe über den Talboden zog. Er konnte sein Glück nicht fassen. Der Teufel stand denen zur Seite, die Gott fluchten! Siegesgewiss spie er aus. Er würde O'Flynns Taktik gegen ihn selbst kehren!

Rasch verteilte er seine Männer am Ausgang des Tales. Jetzt hieß es nur noch warten. Mit schussbereiten Waffen warteten Morts Männer darauf, dass die kleine Gruppe nun in *seine* Falle ging.

45

Unter dem Knarren und Ächzen seines Rumpfes durchpflügte der schnittige Schnellsegler die Wogen der Großen Australischen Bucht. Nachdem er den Hafen von Melbourne verlassen hatte, lag er auf westlichem Kurs nach England.

Patrick Duffy verbrachte den größten Teil seiner Zeit an Deck, wo der Seewind zur Verzweiflung seiner ordnungsliebenden Großmutter sein Haar mit einer Salzkruste bedeckte. Sie hatte gehofft, er würde mehr Zeit mit ihr und in der Gesellschaft der anderen Passagiere der Ersten Klasse verbringen. Er aber schien sich unter den Männern der Besatzung wohler zu fühlen, die sich rasch mit dem selbstsicheren, aber in keiner Weise überheblichen jungen Mann angefreundet hatten. Er zeigte sich an der Arbeit der Seeleute interessiert, ohne sie zu stören, und sie fragten sich, wieso dem Jungen nicht auffiel, dass ihm ein ganzer Schwarm Mädchen seines Alters auf Schritt und Tritt über das Schiff folgte. Aber er merkte tatsächlich nichts von ihrem Gekicher und ihrem koketten Getue. Sie konnten nicht wissen, wie tief er in Gedanken über seine bewegte Vergangenheit und seine ungewisse Zukunft versunken war.

Von der Steuerbordreling aus richtete er den Blick über die Wellen hinweg auf den grauen Horizont. Irgendwo dahinter lag die Kolonie Süd-Australien, und schon bald würden sie die Südspitze der Kolonie West-Australien umrunden. Dann würde er endgültig das Land seiner Geburt verlassen haben, um das Land aufzusuchen, aus dem seine Großmutter stammte.

»Patrick«, rief ihn ihre Stimme freundlich. »Meinst du nicht, dass es Zeit ist, nach unten zu gehen? Der Kapitän hat uns zum Abendessen an seinen Tisch eingeladen.«

»Ich komme, sobald sich die Sonne fünf Grad Steuerbord vom Bug fortbewegt hat«, sagte er ruhig.

Verblüfft hob Lady Enid die Brauen. Der Junge lernte rasch und bediente sich jetzt schon der Seemannssprache.

»Du wirst dich erkälten, wenn du so lange an Deck bleibst«, sagte sie und legte ihm zu ihrer eigenen Überraschung mütterlich eine Hand auf die Schulter. Das erstaunte sie, denn so etwas hatte sie bei ihren eigenen Kindern nur höchst selten getan. Gefühle zeigten Angehörige der Arbeiterschicht. Patrick aber schien von ihrer Berührung nichts zu merken und sah unaufhörlich zum fernen Horizont hin. »Hast du Angst, mein Junge?«, fragte sie. Sein Blick senkte sich zu den Wogen, die zischend an den Rumpf des Schiffes prallten.

»Nein, Lady Enid«, sagte er, ohne sie anzusehen. »Mir ist nur durch den Kopf gegangen, wie viel passiert ist.«

»Woran denkst du dabei?«, fragte sie.

Er sah sie an. »Daran, wie anders alles wäre, wenn mein Vater noch lebte.«

Sie erstarrte und empfand einen stechenden Schmerz, in dem sich Schuldbewusstsein und Angst mischten. Sie wusste, dass sich Patricks Vater irgendwo an der Nordgrenze von Queensland aufhielt, hatte aber ihre Gründe, dem Jungen dieses Wissen verborgen zu halten. Sie wollte ihn im bevorstehenden Kampf gegen ihren tückischen Schwiegersohn Granville White einsetzen, und nach allem, was sie von Penelope erfahren hatte, würde Michael Duffy Baron von Fellmanns Expedition kaum überleben. Ihr Schuldgefühl aber ging nicht so sehr darauf zurück, dass sie ihrem Enkel dieses Wissen vorenthielt, sondern auf ihre Hoffnung, Michael werde umkommen, denn niemandem außer ihm wäre es möglich, ihr Patrick zu nehmen.

»Wie wir alle wissen«, gab sie ein wenig angespannt zurück, »ist dein Vater etwa um die Zeit deiner Geburt in Neuseeland ums Leben gekommen.«

Wenn sie den Ausdruck auf Patricks Gesicht richtig deutete, glaubte er ihre Lüge, und so entspannte sie sich. »Ich werde Soldat wie mein Vater«, sagte er unvermittelt. »Bestimmt hätte er das gewollt.«

Mit Entsetzen hörte Lady Enid den Wunsch ihres Enkels, die Uniform der Königin zu tragen. Ihrem Willen nach sollte er die beste Erziehung bekommen, die Englands Schulen und Universitäten boten, damit er anschließend die Herrschaft über das Familienvermögen antreten konnte.

»Ich denke, das wirst du dir noch überlegen, wenn du älter bist«, sagte sie rasch. »Wenn du erst einmal in Eton bist, wirst du bald sehen, dass das Leben Besseres zu bieten hat als das Dasein eines Soldaten, da bin ich mir ganz sicher. Bei der Verwaltung des Vermögens und der Handelsinteressen der Familie trägst du eine weit größere Verantwortung. Immerhin wird dir die Aufgabe zufallen, uns ins nächste Jahrhundert zu führen.«

Patrick sah ihr in die Augen, und sie spürte, dass er einen ebenso eisernen Willen hatte wie sie selbst. »Onkel Max hat mir erzählt, wie mein Vater im Krieg gegen die Maori als Held gefallen ist«, sagte er trotzig. »Es ist meine Pflicht, so zu werden wie er.«

»Durch Umstände, die niemand voraussehen konnte, hat die Niedertracht deines Onkels Granville deinen Vater in diesen Krieg getrieben«, setzte Lady Enid dagegen. »Er hatte immer die Absicht, ein berühmter Maler zu werden … aber auf keinen Fall Soldat.«

Nachdenklich verzog Patrick das Gesicht. »Das hat mir Onkel Max auch gesagt«, gab er zur Antwort. Lady Enid hörte eine leichte Verwirrung aus seinen Worten. Welche Ironie doch darin lag, dass sie sich jetzt genötigt sah, das sanftmütige Wesen eines Mannes hervorzuheben, den sie wegen seiner Beziehung zu ihrer Tochter stets gehasst hatte! Sie sah ihren Enkel an, und ihr ging auf, wie sehr sich sein Äußeres von dem der Männer ihrer eigenen Familie unterschied. Einen Augenblick lang war auch sie verwirrt. Er war in so vielem ein wahrer Duffy. Doch da über Fiona ihr eigenes Blut in seinen Adern floss, musste er zumindest zum Teil ein Macintosh sein. Dieser Gedanke tröstete sie, und sie beschloss, ihn vorerst weiterträumen zu lassen. Mochte er einstweilen werden wollen wie sein Vater ... »Falls du immer noch Soldat werden möchtest, wenn du fertig studiert hast«, seufzte sie, »werde ich meinen ganzen Einfluss geltend machen, damit du das Offizierspatent in einem erstklassigen schottischen Regiment kaufen kannst. Das verspreche ich. Schon früher haben Männer aus der Familie meines verstorbenen Mannes – und das ist jetzt auch deine Familie – schottische Regimenter für die Krone befehligt. Bestimmt würdest auch du einen erstklassigen Offizier der Königin abgeben.«

»Ist es dir damit ernst, dass ich Soldat werden darf?«, fragte Patrick mit frohem Lächeln.

»Ja«, gab Lady Enid zurück und lächelte gleichfalls. »Aber nur, wenn du mir jetzt versprichst, dir in Eton große Mühe zu geben und dich nie wie ein ungehobelter Flegel aus den Kolonien zu benehmen. Dein Onkel David hat in Eton Preise bekommen«, fügte sie hinzu. Beim Gedanken an ihren geliebten Sohn, den sie schon vor so langer Zeit verloren hatte, überfiel sie Schwermut. »Aber bestimmt wirst du das auch tun, denn immerhin stammst du aus einer wahrhaft vornehmen Familie.«

Einen Augenblick lang überlegte Patrick, inwieweit die Duffys vornehm waren. Da er damit nicht weiterkam, konnte Lady Enid nur ihre eigenen Vorfahren meinen. Ihm war klar, dass auch er anfangen musste, sich als Macintosh zu fühlen, obwohl ihm sein Onkel Daniel das feierliche Gelöbnis abgenommen hatte, auf keinen Fall seine Religion oder seine irische Herkunft zu vergessen.

»Das verspreche ich, Lady Enid«, sagte er mit entwaffnendem Lächeln.

»Gut«, sagte sie und drückte sanft seine Schulter. »Dann gehen wir jetzt nach unten zum Kapitän, junger Mann. Da kannst du zeigen, was du deiner aristokratischen Herkunft verdankst, Charme und gutes Benehmen.«

Patrick sah über das Deck zu den zwei Mädchen hinüber, die ihn ansahen, wobei sie hinter vorgehaltener Hand kicherten. Er schnitt ihnen eine Grimasse und wandte sich ab, um seine Großmutter zu begleiten. Mädchen kamen ihm sonderbar vor. Eigentlich fand er sie ein bisschen lästig. Aber trotzdem hatte er in jüngster Zeit verwirrende Gedanken in Bezug auf sie gehabt. Sie rochen anders, und er empfand das Bedürfnis, ihre weiche Haut zu berühren. Ein noch größeres Geheimnis aber schien ihm die Frage zu sein, was sie wohl von ihm erwarten mochten.

46

Michaels normalerweise scharfe Sinne waren abgestumpft. Allmählich machte sich auch bei ihm die Erschöpfung bemerkbar. Zudem gab es keinen Hinweis darauf, dass Mort ihnen folgte. Entweder hatte er aufgegeben oder ihre Spur verloren. Christie Palmerstons letzten Angaben zufolge mussten sie sich ganz in der Nähe von Cooktown befinden. Möglicherweise hatte sich der junge Buschläufer sinnlos geopfert.

Nachdem sie aus den finsteren Wäldern heraus waren, befanden sie sich auf einer weiten, von hohem Gras bedeckten Ebene, an deren anderem Ende ein felsiger Hohlweg über einen niedrigen Sattel zwischen zwei Hügeln führte. Es würde anstrengend sein, diesen zu ersteigen, aber nicht annähernd so schwierig wie die steilen Hänge zu beiden Seiten des Tales, nahm Henry an. Von diesem Bergsattel herab würden sie hoffentlich den Fluss sehen können. Das würde ihre Stimmung heben. Noch hatten die Männer Kraftreserven, so hungrig und durstig sie auch waren.

Michael sah sich über die Schulter nach seinem winzigen Trupp um, der sich hinter ihm dahinschleppte. John trug nach wie vor Thi Hue, ihm folgte Henry, langsam hinkend, den Abschluss bildete Luke. Zwar war der Schmerz in Henrys verzerrtem Gesicht deutlich erkennbar, doch brachte er es fertig, Michael beruhigend zuzulächeln. Dieser nickte ermutigend und wandte sich dann wieder um. Er klappte den kleinen Messingkompass auf, um ihre Marschrichtung zu kontrollieren. Sie zogen nach wie vor nordwärts und mussten schon ganz in der Nähe von Cooktown sein. Befriedigt klappte er den Kompass zu, als plötzlich mehrere Schüsse die Stille des Tales zerrissen.

Henry gab nur ein Stöhnen von sich, als ihm die Kugel aus einem Winchester-Gewehr in die Brust drang. Er war auf der Stelle tot. Mort lächelte zufrieden. Das Schicksal hatte ihm eine Trumpfkarte zugespielt, und mit einem gut gezielten Schuss hatte er sich an seinem früheren Sergeanten gerächt. Zwar hatte er ursprünglich seine erste Kugel O'Flynn zugedacht, aber als er Henry hinter ihm dreinhinken sah, konnte er der Gelegenheit nicht widerstehen, die sich ihm da unverhofft bot. Immerhin hatte der Mann vor vielen Jahren durch sein Verhalten zu der schwierigen Lage beigetragen, in der sich Mort jetzt befand.

Als Nächster wurde Michael getroffen. Die Kugel drang ihm von hinten in die Schulter und riss ihn zu Boden. Doch der Sturz ins hohe Gras rettete ihm das Leben, denn schon wurde die nächste Salve abgefeuert. Michael robbte sofort weiter, um dem Gegner keine Gelegenheit zu geben, sich auf ihn einzuschießen.

Auch Luke hatte einen Treffer abbekommen. Er spürte, wie ihm eine klebrige Flüssigkeit die Kniekehle hinablief, und es überraschte ihn nicht zu sehen, dass seine Finger rot von Blut waren, als er danach fühlte. Die Kugel war ihm unmittelbar über dem Knie durch den Oberschenkel gedrungen. Allmählich ließ der Schock nach, der anfänglich verhindert hatte, dass er den Schmerz spürte.

»Falls Sie noch am Leben sind, Mister O'Flynn«, ertönte spöttisch Morts Stimme aus etwa fünfzig Schritt Entfernung, »schlage ich Ihnen vor, sich zu ergeben. Ich will nichts als das Mädchen, darauf gebe ich Ihnen mein Wort. Sie haben eine Minute Zeit, sich zu entscheiden, dann schicke ich meine Leute vor.«

Michael nahm den Colt von der Hüfte und zog den Hammer zurück. Wenn er die Winchester einrechnete, standen ihm sieben Schuss Schnellfeuer zur Verfügung. Auch wenn ihn das hüfthohe Gras vor den Blicken verbarg, konnte es ihn nicht gegen sondierende Kugeln decken. Mort hatte seinen Hinterhalt mit der Professionalität eines ausgebildeten Soldaten gelegt. Er schien seine Männer im hohen Gras der Ebene in einer langen Schützenkette verteilt zu haben, und so war der kleine Trupp ahnungslos an ihnen vorübergezogen. Betrübt musste sich Michael eingestehen, dass er selbst seine Leute in diesen Hinterhalt geführt hatte. Durch seine Fehleinschätzung der Lage war schon bei der ersten Salve keine Gegenwehr möglich gewesen. Nicht getroffen waren lediglich John und Thi Hue. Mort hatte strengen Befehl gegeben, unter keinen Umständen auf das Mädchen zu feuern.

Michael wusste nicht, ob außer ihm noch jemand lebte. Um nicht preiszugeben, wo er sich jetzt befand, wagte er nicht, den anderen zuzurufen. Ihm war klar, dass ihm Mort um jeden Preis nach dem Leben trachtete, und er verwünschte sich, nicht über das hoch gelegene Gelände gezogen zu sein, wie es ihm sein Soldateninstinkt geraten hatte. Eine Minute war nicht besonders viel Zeit, um über zweiunddreißig Lebensjahre nachzudenken, ging es ihm betrübt durch den Kopf, als er auf dem Bauch liegend den Angriff von Morts Männern erwartete.

Zwar war Luke verwundet, doch war er keineswegs kampfunfähig. Wie Michael wusste er nicht, wer außer ihm noch lebte, wohl aber, dass Henry James tot war. Die Situation sah hoffnungslos aus. Das hohe Gras schwankte sacht, als ein Windstoß vom Bergsattel herabfuhr. Rau strich er Luke über das Gesicht, das er tief in den trockenen Erdboden drückte.

Das Gras!

Mit einem Mal fiel ihm ein, wie es ihm vor Jahren bei einem Angriff durch Stammeskrieger in Burke's Land ergangen war. Sie hatten das Gras in Brand gesetzt, so dass er sein Versteck verlassen musste, und das Feuer hatte ihn vor eine Front drohend die Speere schwingender Krieger getrieben. Luke nahm das Messer aus der Scheide, schnitt eine Hand voll trockenes Gras ab, holte eine Schachtel Wachshölzer heraus und riss eins davon an. Als es brannte, warf er es auf die improvisierte Lunte, die sich mit leisem Knistern entzündete.

Er schob sie ein Stück weiter. Das Gras fing augenblicklich Feuer, und mit grimmiger Befriedigung sah er, dass der Wind nach wie vor in Richtung auf Mort und seine Leute wehte. Schon nach wenigen Sekunden stürmten die Flammen davon und verzehrten alles auf ihrem Weg. Unverzüglich robbte Luke weiter.

Als Mort vorsichtig den Kopf hob und über das hohe Gras spähte, sah er die ersten Rauchwölkchen, aus denen rasch eine schwarze Wolke wurde. Eine Flammenwand raste auf ihn und seine Männer zu. Wie zum Teufel war es dazu gekommen?

Während sich Luke durch das Gras schob, kam er an Henry James vorüber, der auf dem Rücken lag und mit ausdruckslosen Augen zum Himmel starrte. Ohne auch nur für einen Augenblick der Trauer um den Verlust seines Freundes innezuhalten, kroch er weiter, bis er John und Thi Hue erreichte. Das Mädchen wirkte völlig verschreckt. Die beiden drängten sich so eng aneinander, dass John einen lebenden Schutzwall gegen die Kugeln des Gegners bildete. »Henry ist tot«, sagte Luke leise und kroch weiter dorthin, wo sich Michael zuletzt aufgehalten hatte.

Der gegen Mort und seine Männer anstürmende Flächenbrand bedeckte inzwischen die ganze Ebene, und die aufsteigende heiße Luft riss glühende Ascheteilchen mit zum blauen Himmel empor. Inmitten des Rauches erhob sich eine Flammenwand, deren Farben zwischen Orange und Schwarz spielten. Aus dem lauten Knistern war mittlerweile ein Donnern geworden.

»Zurück auf den Berg!«, schrie Mort und erhob sich aus der Deckung. Dort oben wuchs weniger Gras, das den gierigen Flammen Nahrung bot. Die Chinesen brauchten kein Englisch zu verstehen, um zu begreifen, dass sie bei lebendigem Leibe geröstet würden, wenn sie blieben, wo sie waren. Wie ein Mann sprangen sie auf und rannten wie die europäischen Seeleute der relativen Sicherheit der hinter ihnen liegenden Berge entgegen.

Michael schob sich durch das Gras, bis er fast mit Luke zusammenstieß. »Henry ist tot«, teilte ihm Luke mit, »aber John und Thi Hue fehlt nichts.«

»Er wusste, dass er sterben würde«, sagte Michael leise und verzog das Gesicht.

»Was?«, fragte Luke. Er hatte Michaels Worte nicht verstanden, da das laute Donnern des Feuers sie übertönte.

»Nicht so wichtig«, murmelte Michael.

Der Wind trieb die Flammenwand von ihnen fort. Brennende Ascheteilchen senkten sich zu Boden, während das Feuer durch das Tal tobte, wobei es wie ein gequältes Tier hierhin und dorthin zuckte. John kam auf Michael und Luke zugerannt und zerrte Thi Hue an der Hand mit sich. Sobald die vier beisammen waren, eilten sie auf den Bergsattel zu.

Mort, der ihr Vorhaben durchschaute, sich ihm zu entziehen, indem sie dem Schutz der Hügel entgegenstrebten, eröffnete das Feuer. Jetzt war es ihm gleich, ob er auch das Mädchen traf, so groß war seine Wut, weil sich das Blatt gewendet hatte. Doch war die Entfernung zu groß, und da sich die Flammen immer mehr näherten, musste er ihnen erneut entfliehen und sich mit seinen Männern weiter zurückziehen.

Wutentbrannt musste er mit ansehen, wie die winzigen Gestalten den Sattel zwischen den Hügeln erstiegen. Aber noch war nicht alles verloren, überlegte er verbittert. Es gab nach wie vor noch eine Möglichkeit, sie zu fassen. Mit Sims, zwei weiteren seiner früheren Besatzungsmitglieder und sieben bewaffneten Chinesen war er O'Flynns Trupp an Zahl und Feuerkraft überlegen. Das Grasfeuer würde sie nicht lange aufhalten, es würde bald zu Ende brennen. Er war entschlossen, alle Männer zu töten und das Mädchen in seine Gewalt zu bringen.

»Verdammt! Das tut scheußlich weh!«, stieß Luke durch zusammengebissene Zähne hervor. »Aber ich kann gehen.« Die Wunde schmerzte, war aber nicht besonders schwerwiegend. John verband das Bein des Amerikaners mit einem Ärmel, den er von dessen Hemd abgerissen hatte.

Thi Hue kümmerte sich um Michaels ziemlich große Wunde, die schräg über den Rücken lief. Seine Schulter war steif. Mit nacktem Oberkörper stand er da, während Thi Hue Wasser aus einer Feldflasche über die Wunde goss und staunend sah, wie viele Narben den Körper des Hünen bedeckten. Dieser Krieger muss in seinem Leben schon an vielen Kämpfen beteiligt gewesen sein, dachte sie und zuckte bei der bloßen Vorstellung des Schmerzes zusammen, den er vermutlich empfand.

Ohne auf seine Schmerzen zu achten, hielt Michael den Blick über das Tal hinweg auf die bewaldeten Berge gerichtet. Einen knappen Kilometer von ihm entfernt sammelte Mort seine Männer. Den Verfolgten blieben nur wenige Möglichkeiten. Entweder stellten sie sich in einer zur Verteidigung geeigneten Position zum Kampf, wobei Mort sie möglicherweise belagerte und aushungerte, oder sie machten sich so schnell wie möglich auf den Weg nach Cooktown. Damit allerdings wären sie ohne Nachhut ungedeckt Morts Gewehren ausgesetzt. Vielleicht gab es auch eine kombinierte Lösung? »Wir müssen weiter«, sagte Michael und biss die Zähne zusammen, während er die Arme streckte, um ihre Beweglichkeit zu prüfen. »Ich werde Mort beschäftigen, während ihr Thi Hue nach Cooktown bringt.«

Weder Luke noch John äußerten sich dazu. Michael hatte die unter den Umständen einzige mögliche Entscheidung getroffen. Sie hatte nichts mit Heldenmut zu tun, sondern war rein taktischer Art und die einzige Chance, dass eine möglichst große Zahl von ihnen überlebte. Sobald sie sich in der Nähe des Flusses befanden, wären sie in dem Augenblick Morts Gewehren ausgesetzt, in dem sie ihn zu überqueren versuchten. Irgendjemand würde zurückbleiben und ihnen den Rücken frei halten müssen, wenn es so weit war.

Thi Hue wunderte sich über den sonderbaren Ausdruck, den sie auf Johns und Lukes Gesicht wahrnahm, als sie sich umwandten, um den Krieger mit dem einen Auge zu verlassen. Auf ihren Zügen lag eine sonderbar entsagungsvolle Trauer, die sie nicht verstand.

»Luke«, rief Michael dem Amerikaner leise zu, als sich dieser gerade John und Thi Hue anschließen wollte. »Meinen Anteil an der Belohnung für die Rettung des Mädchens soll meine Schwester bekommen«, sagte er ruhig, während er weiterhin zu den Bergen hinübersah, wo Morts Trupp zwischen den Bäumen verschwunden war.

»Wird gemacht«, gab Luke zur Antwort. »Sag mir einfach, wo ich sie finde, und ich sorg dafür, dass sie das Geld kriegt.«

»Du findest sie ganz leicht«, gab Michael mit einem leisen

Lachen zurück, das Luke nicht verstand, »denn du kennst sie bereits. Kate O'Keefe ist meine Schwester.« Luke sah ihn verblüfft an. Michael lächelte breit über seine Überraschung. »Sie und meine übrigen Angehörigen sind überzeugt, dass ich im Jahr '63 in Neuseeland umgekommen bin. Das ist aber eine lange Geschichte, und wir haben jetzt keine Zeit, uns darüber zu unterhalten.«

Mit einem Mal fühlte Luke sich schuldig, weil Michael und nicht er sich für den sicheren Tod entschieden hatte. Er legte ihm die Hand auf die Schulter. »Geh mit den beiden«, sagte er entschlossen. »Ich kann Mort auch aufhalten.«

»Ich bleibe besser hier«, sagte Michael. »Für meine Angehörigen bin ich schon seit vielen Jahren tot, und so soll es bleiben. Außerdem hinterlasse ich nichts und niemanden. Ich hatte mir schon immer gedacht, dass es eines Tages so kommen würde. Schon viele Männer haben probiert, was Morts Leute wahrscheinlich tun werden. Aber zumindest stehen meine Aussichten nicht schlecht, mit ihm abzurechnen, bevor sie mich erledigen. Irgendwie passt es ganz gut, dass er und ich gemeinsam abtreten.«

»Noch bist du nicht tot«, sagte Luke mit belegter Stimme, obwohl Michael in der Tat kaum damit rechnen durfte, einen entschlossenen Angriff abwehren zu können.

»Geh jetzt«, sagte Michael und hielt ihm die Hand hin. Luke ergriff sie und besiegelte damit ihre Freundschaft. »Pass auf John Wong auf, wenn du in die Nähe von Cooktown kommst«, fügte Michael leise hinzu. »Sei einfach immer auf der Hut.«

Auch wenn er diese Warnung nicht verstand, nickte Luke und ging davon, ohne sich noch einmal umzusehen.

Während er, das Gewehr über die Schulter gehängt, den beiden anderen nacheilte, wandte Michael seine Aufmerksamkeit dem mit Bäumen bestandenen Hang vor sich zu und überlegte, welche Bedrohung von John Wong ausging. Christie hätte sie mit Sicherheit nicht verlassen, wenn Horace Brown ihm den geheimen Auftrag erteilt hätte, sicherzustellen, dass das Mädchen den Franzosen ausgeliefert wurde, überlegte er, während er seinen Munitionsvorrat prüfte. Also hatte er diese Aufgabe dem Eurasier übertragen. Allerdings beging Michael Duffy den Fehler, nur eine Möglichkeit zu erwägen. An Su Yin hatte er bei seinen Spekulationen nicht gedacht.

»Worüber haben Sie gesprochen, als ich mit dem Mädchen allein war?«, erkundigte sich John argwöhnisch, als sie über den Gegenhang ins Unterholz tauchten.

»Über dies und jenes, nichts Besonderes«, wehrte Luke die Frage ab. »Ich soll die erste Runde zahlen, wenn er nach Cooktown zurückkommt.«

»Wissen Sie, dass er Kate O'Keefes Bruder ist?«, fragte John unerwartet, während sie sich zu dritt vorsichtig den Weg hangabwärts suchten.

»Jetzt ja«, sagte Luke betrübt und warf einen Blick auf die dichte tropische Vegetation. Er hörte das gleichmäßige Rauschen von Wasser, das über Steine lief. Vermutlich war das der Fluss, von dem Christie gesprochen hatte. Dann konnte es nicht mehr weit bis Cooktown sein.

47

»Sims«, sagte Mort, als er den winzigen Gestalten nachsah, die hinter der Kuppe verschwanden. »Holen Sie die Männer zusammen und folgen Sie mir.« Der Erste Steuermann, der sich dicht neben ihm auf sein Gewehr stützte, wandte sich um und erteilte seine Befehle. Obwohl er sich dabei der englischen Sprache bediente, verstanden die Chinesen wegen seines aggressiven Tonfalls, was gemeint war. Fragend sahen sie den Piratenkapitän an, der sie knurrend anwies, dem Befehl des weißen Teufels zu folgen.

Luftwirbel voll feiner Grasasche umtanzten die Verfolger, die dem Bergsattel entgegenstrebten. Mit schussbereiten Waffen und gespannter Aufmerksamkeit zogen sie an Henrys Leichnam vorüber. Mort spie den Toten verachtungsvoll an. Als Nächsten würde er sich diesen O'Flynn vornehmen!

Mittlerweile hatten sich Habichte und Milane in einer Wolke aus bräunlichem Gefieder gesammelt und stießen auf das unerwartete Festmahl an kleinen Tieren nieder, die das Feuer ihres Schutzes beraubt hatte. Trotz Morts Beteuerung, die Überlebenden, auf die sie Jagd machten, hätten das Gelände längst verlassen, bewegten sich die Männer mit geradezu ängstlicher Vorsicht. Doch als kein einziger Schuss auf sie abgefeuert wurde, löste sich ihre Anspannung. Nachdem sie den Sattel erreicht hatten, betrachteten sie das Bild, das sich ihnen auf der anderen Seite des Berges bot.

Zu Morts großer Befriedigung entdeckte Sims nach einer Weile außer Blutspritzern auf den Steinen auch den von Blut befleckten Fetzen eines Hemdes. Also waren auch die anderen nicht ungeschoren davongekommen, sagte sich Mort erfreut. Möglicherweise waren sie so schwer verwundet, dass sie nur langsam vorankamen, und vielleicht waren ihre Verletzungen sogar tödlich. Hoffentlich war O'Flynn noch am Leben, wenn sie auf ihn stießen. Der irische Schweinehund hatte ihn ebenso sehr gequält wie seine Albträume, und sein Gewinsel um Gnade würde die Geister vertreiben, die ihn im Schlaf heimsuchten. Mit einer Armbewegung bedeutete er seinen Männern, sich hinter ihm zu halten, während er der blutigen Fährte in den unter ihnen liegenden Regenwald folgte.

Mit deutlich verminderter Aufmerksamkeit zogen die Verfolger den Hang hinab. Offensichtlich hatte sich ihre Beute in panischer Flucht entfernt. Doch auf halbem Wege ließ ein Schuss aus einem Snider-Gewehr ihre Selbstgefälligkeit verfliegen. Bevor er verhallt war, stürzte einer der Männer der Besatzung mit durchschossener Brust zu Boden.

Einen Augenblick lang erstarrten alle vor Schreck, dann suchten sie rasch die spärliche Deckung vereinzelter Felsblöcke auf. Ein weiterer, gut gezielter Schuss traf Sims in den Bauch, bevor er sich in Sicherheit bringen konnte. Er ließ das Gewehr fallen und umklammerte seinen Unterleib mit beiden Händen, wobei er Mort, der am Hang stand, verwirrt und voll Entsetzen ansah. Mit einem gotteslästerlichen Fluch warf sich Mort zu Boden. Wie ein blutiger Anfänger war er dem Heckenschützen in die Falle getappt!

Michael öffnete das Schloss des Snider-Gewehrs und schob eine Patrone in die Kammer. Nachdem er die letzten Männer von Morts Schiffsbesatzung ausgeschaltet hatte, stand es jetzt Mann gegen Mann. Die chinesischen Piraten waren in seinen Augen ungefährlich. Seiner Beobachtung nach hatten sie Morts Anweisungen schon immer nur höchst widerwillig befolgt, und vermutlich hatte der Tod der beiden weißen Besatzungsmitglieder sie noch weiter demoralisiert.

Im Bewusstsein, den drei Gefährten mit seinem Hinterhalt einen wertvollen Vorsprung zu verschaffen, glitt er aus seiner Deckung hinter einem Erdhügel am Rande des Hanges. Da man auf keinen Fall feststellen durfte, wo er sich befand, weil man ihn sonst hätte umgehen und von der Seite angreifen können, hatte er bereits eine weitere Stellung ausersehen, von der aus er auf die Verfolger feuern konnte. Er legte das Gewehr an und suchte sich ein neues Ziel.

Auf dem Bauch am Hang liegend, überlegte Mort, warum der unbekannte Scharfschütze nicht auf ihn geschossen hatte, als er die Möglichkeit dazu hatte. Es kam ihm vor, als verspotte ihn der unsichtbare Schütze und habe ihm damit, dass er den Ersten Steuermann an seiner Seite erschossen hatte, voll Herablassung zeigen wollen, dass ihm Morts Leben gehöre, gleichsam sein persönlicher Besitz sei.

Zwar überlief ihn bei dieser Vorstellung abergläubische Furcht, doch ließ er davon sein klares Denken nicht benebeln. Fieberhaft überlegte er, wie er dem Heckenschützen einen Strich durch die Rechnung machen konnte. Er würde der Hälfte der Chinesen den Auftrag geben, sich unter dem Befehl ihres Anführers an jenem vorbei an die Verfolgung der Überlebenden zu machen, während er und die Übrigen ihn mit ihrem Feuer in seiner Stellung festnagelten.

Er rief den Piratenkapitän zu sich und erklärte ihm rasch, was er von ihm wollte. Wu begriff die Absicht, die dahinter stand, und ließ sich auf dem Gegenhang abwärts gleiten, wo er sechs seiner besten Männer auswählte, denen die Aufgabe zufiel, den fliehenden Überlebenden den Weg abzuschneiden. In der Deckung, die ihm das Gewirr des dichten Regenwaldes bot, fühlte Wu sich ohnehin wohler als an dem offen einsehbaren Hang.

Als er mit seinen Männern fort war, feuerte Mort einen sorgfältig gezielten Schuss auf Sims' Kopf ab. Zwar hatte ihn der Erste Steuermann angefleht, ihn am Leben zu lassen, doch verstummte er beim Anblick von Morts kalten Augen. Von diesem Mann hatte er kein Mitleid zu erwarten. Finster sahen die Chinesen oben am Hang auf den weißen Teufel hinab und fragten sich, was schlimmer wäre: ihm zu folgen oder zum Führer des Geheimbundes zurückzukehren und ihm einzugestehen, dass ihnen das Mädchen entkommen war.

Aus dem Augenwinkel sah Michael, wie der Piratenkapitän und seine Männer etwa fünfzig Schritt von ihm entfernt in den Dschungel eintauchten, und gab einen Schuss ab. Befriedigt sah er, wie einer der Chinesen mit einem erstickten Verzweiflungsschrei zu Boden stürzte.

Sein Schuss wurde durch eine Musketensalve vom Felsgrat über ihm beantwortet. Er fluchte, als ihm aufspritzende Erde von einem Querschläger ins Gesicht flog. Offenbar hatte Mort sein Vorhaben durchschaut, ging es ihm verärgert durch den Kopf, und deckte ihn jetzt mit Dauerfeuer ein, damit er seine Stellung nicht verlassen konnte. Aber immerhin war es ihm gelungen, den Gegner zur Aufteilung seiner Streitmacht zu zwingen. Das gab Luke und John bei einem Aufeinandertreffen mit ihnen eine bessere Ausgangsposition als vorher.

Er ließ sich beiseite rollen und lud sein Gewehr nach. Da er Mort nicht unter den Chinesen gesehen hatte, die im Regenwald verschwunden waren, befand er sich wohl nach wie vor bei den Männern zwischen den Felsen über ihm. Michael durfte sich keinen Augenblick lang zeigen, denn die Schüsse waren aus größerer Nähe gekommen als vorher. Erst nach Einbruch der Dunkelheit konnte er den Versuch wagen, seine Stellung zu verlassen. Bis dahin aber musste es John und Luke entweder gelungen sein, sich den Verfolgern zu entziehen, oder sie waren tot, und das Mädchen befand sich wieder in Morts Gewalt.

Michael wartete unter der heißen Mittagssonne auf Morts nächsten Zug. Wenigstens hatte er eine fast volle Feldflasche mit Wasser, und verhungern würde er auf keinen Fall, überlegte er mit bitterem Spott. Bevor es dazu kam, hätte ihn längst eine Kugel getötet.

Mort erhaschte einen flüchtigen Blick auf den Mann, der auf die Gruppe des Piratenkapitäns gefeuert hatte. Sie hatten es also mit Michael O'Flynn zu tun! Er wandte sich zu den verbleibenden Chinesen um und bedeutete ihnen, dass sie die neben den toten Europäern am ungedeckten Hang liegenden Winchester-Gewehre holen sollten.

Sie schoben sich dorthin und nahmen die Gewehre wie auch die Munition aus den Taschen der Erschossenen an sich. Kein Schuss störte sie dabei, und so gelang es ihnen, die Gewehre nach oben zu schaffen. Rasch machten sie sich mit deren Handhabung vertraut.

Am Fluss hörte man leise das Echo von Schüssen. Auf Thi Hue wirkten sie fern und unwirklich. Sie hatte John gefragt, warum der hünenhafte Barbar mit der Augenklappe nicht mit ihnen gekommen war, und er hatte ihr rasch den Plan erläutert. Sie fragte sich, warum der Mann sein Leben für sie opferte. Was auch immer der Grund dafür sein mochte, sie würde ihm das nie vergessen.

Gleichmäßig strömte der Fluss inmitten des dichten Rankengewirrs im Regenwald dahin. Luke schätzte seine Breite auf knapp zwanzig Meter. Da sie es sich unglücklicherweise nicht erlauben konnten, in Ruhe nach einer Stelle zu suchen, wo er sich leichter überqueren ließ, hielt Luke Ausschau nach einem abgestorbenen Baumstamm, an dem sie sich im Wasser festhalten konnten. Doch alles Holz, das sie auf dem Waldboden fanden, war bereits zu einer schwammig-erdigen Masse verfault.

Nach kurzer Beratung beschlossen die beiden Männer, ihre Gewehre zurückzulassen, denn deren Gewicht konnte sie ohne weiteres hinabziehen, wenn sie den Fluss schwimmend überquerten. Wenn es nötig werden sollte, sich zu verteidigen, würden sie sich mit ihren Messern begnügen müssen. Ihr einziger Trost war, dass auch Morts Männer ernsthafte Schwierigkeiten haben würden, den rasch dahinströmenden Fluss mit ihren Waffen zu überqueren.

Thi Hue, die nicht schwimmen konnte, schrak entsetzt vor der Vorstellung zurück, sich in das schlammige Wasser gleiten zu lassen. Doch waren beide Männer gute Schwimmer, und John versicherte dem verängstigten Mädchen, er werde sie sicher ans andere Ufer bringen.

Sie vertraute ihm und watete vorsichtig hinein. Als die Wassergeister nach ihren Beinen griffen, umklammerte sie Johns Hals mit solcher Verzweiflung, dass er behutsam ihre Hände lösen musste. Dann erklärte er ihr ganz ruhig, auf welche Weise sie den Fluss überqueren würden. Er werde mit einem Arm auf der Seite schwimmen und sie mit dem anderen ans andere Ufer ziehen, doch müsse sie dabei ruhig bleiben und dürfe ihm keinen Widerstand leisten. Wenn sie ihre Angst überwinde, würde sie für ihn keinerlei Last bedeuten.

John schwamm mit kräftigen Stößen und zog das Mädchen mit sich. Sogleich riss die starke Strömung sie ein Stück flussabwärts. Es dauerte eine Weile, bis John die Mitte des Flusses erreichte. Auch Luke hinter ihm musste mit aller Kraft gegen die Wirbel ankämpfen. Gerade, als sie den Fluss zur Hälfte durchquert hatten, hörten sie hinter sich im Dschungel Schüsse und Rufe.

Verzagtheit erfasste Luke. Im Wasser treibend, boten sie ein leichtes Ziel. Sie waren noch ziemlich weit vom anderen Ufer entfernt, und erst dort wären sie in Sicherheit. Die Rufe und das Musketenfeuer aus dem Dschungel spornten ihn an, das Letzte zu geben.

Dann hörten die Flüchtenden verwirrt, dass hinter ihnen ein Kampf auf Leben und Tod ausgebrochen sein musste. Es dauerte nicht lange, und die Verzweiflungsschreie der um ihr Leben kämpfenden Männer verstummten. Inzwischen hatte die kleine Gruppe das andere Ufer erreicht und es erklommen, von Kopf bis Fuß durchnäßt, aber wohlbehalten.

Nach wie vor wussten sie nicht, was da geschehen war. Der Überfall konnte nicht von Michael Duffy ausgegangen sein, denn dessen Snider-Gewehr hatten sie zuletzt aus etwa einem Kilometer Entfernung gehört. Unmöglich konnte er den Fluss in so kurzer Zeit erreicht haben. Doch John und Thi Hue hatten die entsetzten Stimmen eindeutig als die von Chinesen erkannt. Keiner von beiden hatte die anderen sonderbaren Rufe verstanden, die sich in deren angstvolle Stimmen gemischt hatten, wohl aber Luke.

Es war der Schlachtruf der wilden Merkin-Krieger gewesen. Offenbar hatten sie ihre Verfolger überrascht. Voll Schaudern dachte er daran, dass die Stammeskrieger schon ganz in der Nähe gewesen sein mussten, als die drei Flüchtlinge selbst vorübergezogen waren. Warum nur hatten sie sie nicht angegriffen, solange sie sich am jenseitigen Ufer befanden?

Auch Michael und Mort hatten den fernen Kampfeslärm gehört, und Michaels Hoffnung sank. Hatten die Chinesen seine drei Gefährten erreicht, bevor diese den Fluss überqueren konnten, und sie getötet?

Mort lächelte grimmig in sich hinein. Die Geräusche konnten nur eines bedeuten: Wu hatte Erfolg gehabt. Er rechnete damit, den Piratenkapitän noch vor Sonnenuntergang mit dem Mädchen zurückkehren zu sehen. Jetzt war O'Flynn von aller Hilfe abgeschnitten, dachte er mit wilder Befriedigung, und er brauchte nur noch zu entscheiden, ob er den Iren seinem Schicksal überlassen oder das Leben einiger Chinesen aufs Spiel setzen sollte, um ihn endgültig unschädlich zu machen.

Das aber hatte Zeit. Noch bestand die Möglichkeit, dass die am Hang verteilten Chinesen O'Flynn aufstöberten, bevor die Dunkelheit hereinbrach, in deren Schutz sich der verfluchte Ire würde absetzen können. Ein Blick auf die Sonne, die sich schon über dem Berghorizont zu neigen begann, zeigte ihm, dass es bis dahin nur noch wenige Stunden waren.

Durch das dichte Unterholz rennend, wobei sie immer wieder ins Stolpern gerieten, bemühten sich Luke, John und Thi Hue, sich möglichst weit vom Fluss zu entfernen. Schließlich gebot Luke Halt, und sie sanken auf den Waldboden nieder. Der Geruch nach Fruchtbarkeit um sie herum verstärkte ihr Hochgefühl, noch am Leben zu sein.

»Ist was zu hören?«, stieß Luke mit keuchender Lunge hervor. John schüttelte den Kopf, zu erschöpft, um etwas zu sagen. »Wir dürften in Sicherheit sein«, fügte Luke mit dem Anflug eines gequälten Lächelns hinzu. »Vermutlich hat unsere Verfolger da am Fluss ihr Schicksal ereilt.«

»Klang ganz wie Schwarze«, sagte John schließlich und lehnte sich an die gewaltigen Wurzeln eines Baumriesen. »Wahrscheinlich haben die meine Verwandten erledigt.«

»Gut möglich«, sagte Luke und nahm einen dünnen Blutegel von seinem Arm, der sich gerade darauf niederlassen wollte. »Ist wohl nicht besonders klug, hier noch lange herumzuhängen.«

John nickte und warf einen Blick auf Thi Hue, die mit geschlossenen Augen und in den Nacken gelegtem Kopf dasaß. Die fauligen Überreste pflanzlichen Lebens am Waldboden klebten wie ein Paar chinesische Pantoffeln unter ihren blutigen Fußsohlen, und die gefleckten Schatten, die auf ihrer Haut tanzten, verstärkten noch ihr bleiches Aussehen. Er empfand Stolz auf ihren Mut. Nach der Flußüberquerung hatte sie ohne zu klagen mit den Männern Schritt gehalten, obwohl das ihre Kräfte aufs Äußerste beansprucht und ihre wunden Füße sie entsetzlich geschmerzt haben mussten. Sie drehte den Kopf zu John und sah ihn mit ihren obsidianfarbenen Augen an. Nein, das Gefühl, das da in ihm aufwallte, war mehr als Stolz, es war Liebe. Die rätselhafte junge Frau war das bezauberndste Geschöpf, das es je auf Erden – oder im Himmel – gegeben hatte. »Meinst du, es noch ein Stückchen weiter schaffen zu können?«, fragte er sie.

»Ja, mit dir an der Seite«, gab sie leise zur Antwort. John spürte eine heftige Gemütsbewegung, die ihn fast aus dem seelischen Gleichgewicht gebracht hätte. Sie vertraut mir rückhaltlos, dachte er bitter.

Sie sah, wie er den Kopf mit gequältem Blick abwandte, und fragte sich, was das bedeuten mochte. »Stimmt etwas nicht?«, erkundigte sie sich.

Heftig den Kopf schüttelnd erhob sich John schwerfällig vom Boden. »Nein«, sagte er. »Wir müssen aufbrechen.«

Verwirrt von der plötzlichen Veränderung seines Ausdrucks nahm sie die Hand, die er ihr hinhielt, damit sie leichter aufstehen konnte. Dann wandte er sich schroff ab und schritt aus, als wolle er einen möglichst großen Abstand zwischen sich und ihr schaffen. Sie folgte ihm. Wie konnte er in einem Augenblick so sanft und im nächsten so hart sein? Sie stieß einen Jammerlaut aus wie eine junge Katze, als ihr ein scharfes Stück Holz in den Fuß stach, woraufhin John den Schritt verlangsamte. Er wagte nicht, sich zu ihr umzusehen, damit sie die

Qual auf seinen Zügen nicht erkannte. Sie traute ihm und er liebte sie, dennoch stand er im Begriff, sie in den sicheren Tod zu führen, nur, weil er einen blutigen Eid geschworen hatte, der ihn mehr band, als es die Liebe konnte, die ein Mann für eine Frau empfand. Er erwartete nicht, dass sie verstand, was es bedeutete, dem Geheimbund treu sein zu müssen.

Während er durch den Wald schritt, versuchte er, seiner Qual zu entfliehen, doch wie ein verängstigtes Kind, das Angst hat, allein gelassen zu werden, hinkte sie entschlossen hinter ihm drein. Er kannte seine Pflicht, und Su Yin würde bekommen, was er haben wollte. Es dauerte nicht mehr lange, bis die Nacht hereinbrach. Dann würde er mit seiner Heimatlosigkeit allein sein, ein Mann, der nicht wusste, wohin er gehörte, der in einer Welt irgendwo zwischen Asien und Europa lebte. Er merkte kaum, dass ihm bittere, salzige Tränen über das Gesicht liefen.

48

Auf dem Schreibtisch in Granvilles Bibliothek befanden sich vier Gegenstände: ein Brief, ein zur Hälfte geleertes Glas Wacholderschnaps, ein geladener Tranter-Revolver und das zugehörige Putzzeug mitsamt dem Öllappen.

Fiona saß hinter dem Schreibtisch ihres Mannes und wartete voll unaussprechlicher Wut darauf, dass dieser aus seinem Club zurückkehrte. Immer wieder ging ihr Blick zum Revolver ihres Vaters, den der neue Verwalter der Viehzuchtstation nach Sydney an die Familie geschickt hatte, nachdem der Speer eines Darambal-Kriegers Donald Macintoshs Leben ein Ende bereitet hatte.

In dem Brief hatte Gertrude Pitcher, die jetzt im Leichenschauhaus lag, gestanden, was in eben dieser Bibliothek vorgefallen war. Er endete mit der herzzerreißenden Bitte des Kindermädchens um Verzeihung für den entsetzlichen Vertrauensbruch, den es begangen hatte. Ihr konnte Fiona vergeben, nicht aber ihrem Mann. Zu abscheulich war das an ihrer Tochter begangene Verbrechen.

Auch Fiona empfand die Art von Schuldbewusstsein und Verzweiflung, die Gertrude Pitcher in den Selbstmord getrieben hatte. Warum hatte sie nicht auf das Leiden ihrer Tochter geachtet, die Zeichen nicht richtig gedeutet? Jetzt begriff sie, warum Gertrude Pitcher Knall auf Fall gekündigt und Penelope darauf bestanden hatte, die Frau in einem anderen Haus unterzubringen. Irgendwie musste sie von Dorothys Leiden erfahren und Gertrude Pitcher zur Kündigung veranlasst haben. Die Frau war nicht schlecht gewesen, sondern lediglich ein weiteres Opfer von Granvilles Bosheit. Seine völlige Missachtung jeglichen menschlichen Anstands hatte ein weiteres Menschenleben gefordert. Sicherlich hatte Penelope der Kusine nichts von den Vorfällen gesagt, um sie vor ihrer eigenen gefährlichen Wut zu bewahren. Leider hat alles nichts genützt, dachte Fiona verbittert. Damit meinte sie nicht den Wunsch der Kusine, sie zu schützen, sondern ihr Versagen als Mutter, die nicht im Stande gewesen war, ihr eigenes Fleisch und Blut zu beschützen.

Ihre Wut war mit eiskalter Berechnung gespickt. Sie empfand nichts von der Verzweiflung einer Frau, die durch ihre Gewissensnöte an den Rand des Selbstmords getrieben wurde. Immerhin war sie eine geborene Macintosh, und jetzt meldete sich die seelische Kraft ihrer kriegerischen Vorfahren. Ihr Schuldbewusstsein und ihre anfängliche Verzweiflung hatten einem alles verschlingenden Rachedurst Platz gemacht. Fiona nahm die Waffe vom Tisch und schloss die Finger um den Knauf. Vor vielen Jahren hatte ihr älterer Bruder Angus ihr gezeigt, wie man sie lud und damit schoss. Es war ein altertümliches Modell, bei dem man jede Kammer einzeln mit Pulver, einem Pfropfen und der Kugel laden musste. Fiona sah an den offenen Enden der Kammern Bleikugeln. Also war die Waffe schussbereit. Sie brauchte sie nur noch auf ihr Ziel zu richten und abzudrücken.

Sie legte den Revolver wieder auf den Tisch und hob das halb leere Schnapsglas. Sein Inhalt schmeckte bitter. Sie würde ihren Mann erschießen und der Polizei mitteilen, ein Schuss habe sich gelöst, während er die Waffe reinigte. Warum sollte man sie verdächtigen? Bei ihren Auftritten in der Öffentlichkeit waren sie das vollkommene Ehepaar.

Allerdings war ihr klar, dass die Version vom Unfall beim Waffenreinigen ihre Tücken hatte. Der Schuss musste auf kürzeste Entfernung fallen. Irgendwo hatte sie gelesen, dass sich Schmauchspuren fanden, wenn ein Schuss aus unmittelbarer Nähe abgegeben worden war. Auch musste der Schuss unbedingt tödlich sein, denn sobald eine zweite Kugel abgefeuert wurde, war die Geschichte nicht mehr haltbar. Auf jeden Fall war sie allein im Haus, denn die Dienstboten waren mit verschiedenen Aufträgen unterwegs. Mithin würde niemand der Polizei etwas anderes sagen als sie. Sie würde einfach Schwarz tragen und die untröstliche Gattin spielen.

Das träge Ticktack der großen Standuhr im Vorraum dröhnte in ihren Ohren wie die Brecher des Ozeans, doch das von draußen hereindringende ferne Pferdegetrappel beruhigte sie in sonderbarer Weise. Es schien, als wisse die Welt nichts von dem, was bevorstand.

Als sie Granvilles Kutsche vor dem Hause vorfahren hörte, griff sie nach dem Revolver. Es überraschte sie zu sehen, wie ruhig sie sich fühlte. Immerhin stand sie im Begriff, ihren Mann zu erschießen. Ihrer Ansicht nach hatte er in dem Augenblick, in dem er Dorothy missbraucht hatte, jeden Anspruch darauf verwirkt, sich als ihren Ehemann und Vater ihrer Töchter anzusehen. Sie rief sich den Wortlaut von Gertrude Pitchers Brief ins Gedächtnis, das bestärkte sie in ihrem Entschluss und half ihr, Ruhe zu bewahren, während sie aufmerksam darauf lauschte, dass sich die Kutsche entfernte. Die Dinge um sie herum wirkten eigentümlich fremd auf sie, sogar Kleinigkeiten, die sie immer für selbstverständlich gehalten hatte. Sogar das Klicken, mit dem die Haustür aufgeschlossen wurde, drang als außergewöhnlicher Laut zu ihr nach oben.

In einem kurzen Augenblick der Stille konnte sie das Herz in ihrer Brust schlagen hören. Granvilles Schritte auf der Treppe unterbrachen die unheilvolle Stille im Hause. Mit zitternder Hand hielt Fiona die Waffe auf die Tür der Bibliothek gerichtet. Sie musste den Revolver in beide Hände nehmen, um ihn ruhig zu halten. Die Tür öffnete sich und Granville trat ein.

Es dauerte eine Weile, bis sich seine Augen an das Dämmerlicht im Raum gewöhnt hatten. »Fiona!«, entfuhr es ihm, als er seine Frau und die auf seine Brust gerichtete Waffe sah. »Was zum Teufel treibst du da?«

»Ich bring dich um«, zischte sie und sah, wie er erbleichte. Als er die Entschlossenheit in ihren Augen erkannte, blieb er sprachlos und starr in der offenen Tür stehen. »Ich bring dich für das um, was du meiner Tochter angetan hast. Dabei denke ich nicht einmal an all das andere Elend, das du in deinem Leben angerichtet hast und an die vielen Leichen, die deinen Weg säumen«, fügte sie in eiskaltem Ton hinzu. Ihre Hände zitterten nicht mehr.

»Wieso? Was habe ich denn getan?«, stieß er schließlich hervor, als Fiona aufstand und um den großen Schreibtisch herumging, um sich vor ihn zu stellen. Keine Sekunde lang hatte der Lauf des Revolvers geschwankt.

»Zuerst wollte ich dich nur wegen der Schande umbringen, die du über meine Tochter gebracht hast«, sagte sie ruhig. »Aber ich glaube, ich tue es ebenso sehr für meinen schönen Bruder David ... und Gott weiß, wie viele andere unschuldige Menschen, deren Leben du über die Jahre hin zu Grunde gerichtet hast.«

»Wovon redest du eigentlich?«, fragte Granville. »Was hat das Ganze mit David zu tun?«

»Mir ist klar, dass du seinen Tod auf dem Gewissen hast«, gab sie voll Trauer zurück. »Immer habe ich mir einzureden versucht, du hättest nichts damit zu tun, trotz Mutters fester Überzeugung, dass du Kapitän Mort angewiesen hast, meinen Bruder zu töten. Aber im Laufe der Zeit sind all meine Zweifel verschwunden. Meine Mutter hatte Recht.«

»Deine Mutter ist verrückt«, knurrte Granville. »Sie will dir nur schaden.«

»O nein«, gab Fiona zur Antwort. »Jetzt durchschaue ich alles. Sie und ich ähneln uns, und ganz wie sie weiß ich, dass ich im Stande bin, dich hier und jetzt zu töten.«

Flüchtig dachte Granville an eine andere Zeit und einen anderen Ort. Vor vielen Jahren hatte er sich gefragt, ob seine Frau wohl irgendwelche Wesensmerkmale ihrer Mutter hatte. Er hatte Lady Enid stets gefürchtet. Jetzt also bestätigten sich seine Befürchtungen. Tatsächlich wies Fiona alle Charakterzüge ihrer harten und unbeugsamen Mutter auf. Jahrelang hatte er an der Seite einer zweiten Enid Macintosh gelebt. Doch rasch trat an die Stelle seines Entsetzens der Überlebenswille eines gerissenen Tieres. »Wenn du mich umbringst«, sagte er und leckte sich die Lippen, »kommst du wegen Mordes an den Galgen. Mit dieser Schande müssten deine Töchter leben. Nein, meine Liebe, du wirst nichts dergleichen tun. Dazu ist dein Familiensinn viel zu ausgeprägt.«

»Geh an den Tisch und setz dich«, sagte Fiona, ohne auf seinen Versuch zu achten, in ihr Angst zu erwecken. »Da liegt ein Brief, den du lesen sollst.« Wenn er am Tisch saß, während ihn die Kugel traf, würde der Polizei ihr Bericht über seinen Unfalltod umso glaubwürdiger erscheinen.

Argwöhnisch warf Granville einen Blick auf den Tisch und dann wieder auf seine Frau. »Wenn du mich wirklich umbringen willst, spielt es keine Rolle, ob ich einen Brief lese oder nicht«, gab er zur Antwort. Einen Augenblick lang sah er auf den Revolver in ihrer Hand. Eigentlich hatte er nicht hinsehen wollen, aber irgendetwas hatte seine Aufmerksamkeit erregt. »Ich glaube aber nicht, dass du es tun wirst.«

Der plötzliche Wandel in seinem Verhalten beunruhigte sie. Er schien etwas zu wissen, wovon sie nichts ahnte. Ein gefährliches Geheimnis, das ihre Sicherheit bedrohte. »Wenn du mir den Revolver aus freien Stücken gibst, könnte es sein, dass ich dir nichts weiter tue.«

Sie standen nur einen Schritt voneinander entfernt. Granville trat auf sie zu. Unsicher hob Fiona den geladenen Revolver und richtete ihn auf seine Brust. Eigentlich hatte sie ihn nicht in der Tür erschießen wollen, denn das ließe sich später schwerer erklären, doch die drohende Haltung, die er plötzlich einnahm, zwang sie, den Abzug zu betätigen.

Nur ein leeres Klicken ertönte, als der Zündstift aufschlug.

Fiona spürte einen stechenden Schmerz, als ihr Granvilles Handrücken durch das Gesicht fuhr. Die Wucht seines Schlages schleuderte sie durch den Raum, so dass sie gegen die Wand krachte, an der die Waffen von Ureinwohnern hingen, die man nach ihrer Vertreibung erbeutet hatte. Mit lautem Klirren und Klappern fielen um sie herum Speere, Schilde und Kampfhölzer auf den Boden. Benommen lag sie da und merkte kaum, dass Granville über ihr stand und ihr den Revolverlauf an die Schläfe hielt. »Wenn du das Ding hier abfeuern willst, musst du vorher Zündhütchen auf die Kammern setzen, meine Liebe«, sagte er mit kalter Wut. »Einen Augenblick war ich überzeugt, du würdest auf keinen Fall abdrücken, aber du hattest tatsächlich vor, mich umzubringen.«

Sie schmeckte Blut in ihrem Mund, und die Sterne, die vor ihren Augen tanzten, wurden weniger. Ihr ging auf, dass er in seiner kalten Wut im Stande war, sie zu töten. Ihre Hand ertastete einen harten Gegenstand – es war ein kurzer Speer mit Widerhaken, die das Opfer von innen aufreißen sollten. Jetzt oder nie! Wenn sie Granville nicht tötete, würde er mit Sicherheit sie töten. Mit aller Kraft, die sie aufbringen konnte, griff sie nach dem Speer und stieß ihn aufwärts nach seiner Kehle. Verblüfft schrie er auf und sprang beiseite, um der Spitze auszuweichen. Der Revolver in seiner Hand war für ihn jetzt ebenso nutzlos wie zuvor für Fiona.

Zwar stand sie auf ihren Füßen, war aber noch zu benommen, als dass sie ihren Angriff hätte fortführen können. Erneut sah sie Furcht in Granvilles Augen, während er sich sachte rückwärts der Tür entgegenschob. »Du wirst meine Töchter nie wieder sehen«, schleuderte sie ihm unter Tränen der Hilflosigkeit ins Gesicht, während sie ihn weiter mit dem Speer bedrohte. »Mag sein, dass ich dich jetzt nicht umbringen kann, aber ich schwöre dir, solange ich lebe, kommst du nie wieder in die Nähe von Dorothy und Helen. Ich nehme sie mit nach Deutschland, wo ich in der Nähe von Penelope und Manfred leben werde. Du wirst uns weiterhin die Mittel zur Verfügung stellen, die uns ein Leben ermöglichen, wie es sich für Sir Donald Macintoshs Tochter und Enkelinnen gehört.«

Während er sich weiter rückwärts der Tür entgegenschob, nickte er sein Einverständnis. Er hatte einmal gehört, dass manche Ureinwohner die Spitzen ihrer Speere in tödliches Gift tauchten, das schon dann zu einem langsamen und qualvollen Tod führte, wenn man damit nur die Haut ritzte. Auf keinen Fall wollte er irgendwelche Risiken eingehen, denn im Augenblick hatte seine Frau die Oberhand – zumindest, bis er sie entwaffnen konnte.

Ein Geräusch von der Haustür rief beide in die Wirklichkeit zurück. Das Mädchen war mit Einkäufen zurückgekehrt. »Sind

Sie da, Missus White?«, rief sie munter aus dem Vestibül. Granville steckte den Revolver ein, und Fiona senkte den Speer. »Ich bin hier oben«, gab sie mit müder Stimme zur Antwort. Die Begegnung mit Granville hatte sie seelisch völlig erschöpft. Wie dicht sie davor gestanden hatte, ihren Mann zu töten! Mit finsterem Gesicht wandte er sich ab und ging fort. Sie hörte, wie er dem Mädchen im Vestibül mit wütender Stimme mitteilte, er werde in seinen Klub ziehen. Verwirrt hob sie den Blick zu ihrer Herrin, die auf dem oberen Treppenabsatz stand und sah voll Entsetzen, dass ihr Gesicht voll Blut war und sie eine große Schwellung um das Auge hatte. Ihr Entsetzen aber steigerte sich noch, als sie den Speer sah, den Fiona nach wie vor in der Hand hielt. Man brauchte kein Polizeibeamter zu sein, um zu erfassen, was hier geschehen war. Mister White hatte ihre Herrin angegriffen. Mit einem Ausruf des Mitgefühls ließ das Mädchen die Einkäufe fallen und eilte zu Fiona empor.

49

Michael legte sich die verbliebenen Patronen für sein Snider-Gewehr in Reichweite und beobachtete das Buschland um sich herum sorgfältig auf Hinweise einer Bewegung. Seine Aufmerksamkeit zahlte sich aus. Am vorderen Hang des Sattels bewegte sich das Gras in sonderbarer Weise. Er richtete das Gewehr auf die Stelle und stellte das Visier auf hundert Meter ein.

Vermutlich wollte jemand zu einem niedrigen Steinhaufen kriechen, der es ihm ermöglichte, mit Feuerschutz von oben Michael von der Seite anzugreifen. Er zog den Abzug durch, und der Rückschlag presste den Kolben gegen seine Schulter. Zwar traf die Kugel ihr Ziel nicht, war aber offenbar so nahe, dass sich der Mann genötigt sah, aufzuspringen und in Richtung auf die Felsen zu stürmen.

Mit geübter Hand lud Michael nach. Die am Visier eingestellte Entfernung stimmte. Er zielte mit leichtem Vorhalt vor den laufenden Mann und zog wieder ab. Fast hatte der entsetzte Chinese die Sicherheit der Felsen erreicht, als die Kugel seine Rippen durchschlug. Durch den Schwung seines Laufs erreichte er zwar noch die Felsen, dort aber sank er wie eine Lumpenpuppe in sich zusammen. Mit der Routine des erfahrenen Soldaten hatte Michael bereits nachgeladen, bevor der Mann niederstürzte.

An den Boden gedrückt, wartete der irische Söldner darauf, dass man ihn vom Bergsattel aus unter Feuer nahm. Der nach innen gewölbte Hang schützte ihn vor direktem Feuer, so dass er an dieser Stelle sicher war, solange es ihm gelang, sich die Leute vom Leibe zu halten. Ihm war bewusst, dass er jeden

Vorstoß mit Hilfe des Colts abwehren konnte, der in beruhigender Nähe lag. Auch wenn Mort ihn in eine Situation manövriert hatte, aus der er nicht entkommen konnte, war es wieder zu einem Patt gekommen. Während der nächsten vier Stunden rührte sich keine der beiden Seiten.

Interessiert hatte Mort das Drama beobachtet. Es ließ sich nicht leugnen – dieser O'Flynn handhabte sein Snider-Gewehr mit tödlicher Sicherheit. Der einstige Polizeioffizier musste die Fähigkeiten seines Gegners anerkennen und versuchte die Situation neu zu bewerten. Vielleicht würde ihm die Dunkelheit eine Gelegenheit geben, das Blatt zu seinen Gunsten zu wenden. Möglicherweise konnte er sich in ihrem Schutz an den Iren heranschleichen, sobald Wu mit dem Mädchen und den anderen Männern zurückgekehrt war. Kurz vor Sonnenuntergang entdeckte eine der chinesischen Wachen den Piratenkapitän. Sein Gesicht war wie von einer Axt aufgeschlitzt und er hatte viel Blut verloren. Mort vermutete, dass er trotz seiner entsetzlichen Verwundung überleben konnte, wenn er auch für den Rest seiner Tage grässlich verunstaltet sein würde. »Das Mädchen ist entkommen? Unfähiger Mistkerl«, fuhr Mort den Piraten an, der ihn hasserfüllt ansah.

»Schwarze Männer angreifen, viele schwarze Männer«, erklärte der Piratenkapitän, gebeutelt von den Schmerzen, die die schreckliche Wunde verursachten. »Weißer Mann bei ihnen, Häuptling von schwarzem Mann. Alle Chinesen umgebracht … ich auch.«

Mort schüttelte den Kopf und stieß einen tiefen Seufzer aus. Aus und vorbei! Ihm war klar, dass die Überlebenden aus O'Flynns Trupp etwa dann Cooktown erreichen würden, wenn er daran denken konnte, ihnen zu folgen. Außerdem bedeutete O'Flynn mit seinem treffsicheren Snider-Gewehr unten am Hang eine ernsthafte Gefahr für sie alle. Er war überzeugt, dass der Mann mit seinem Leben abgeschlossen hatte – und er schien entschlossen zu sein, möglichst viele von ihnen mit in die Hölle zu nehmen.

Nun, das können Sie haben, Mister O'Flynn, überlegte Mort,

während er zusah, wie der zähe Piratenkapitän seine Wunde mit einem Fetzen seiner Jacke verband. Mort war froh, dass Wu den Angriff der Ureinwohner überstanden hatte. Er brauchte jeden Mann, der ein Gewehr abfeuern konnte, um O'Flynns Todeswunsch zu erfüllen.

Er zog seinen Infanteriedegen aus der Scheide und legte ihn neben sich. Dann sah er zu der im Westen langsam sinkenden, orangefarbenen Lichtkugel hinüber. Die hereinbrechende Dunkelheit begann als rosa Schimmer, während die langen Schatten unmerklich den grasbedeckten Abhang erklommen. Die leichte Brise legte sich, der Schimmer war verschwunden, tiefere und weniger scharf umrissene Schatten traten an seine Stelle. Schließlich waren auch sie fort, verschlungen von der Dunkelheit, die den Himmel mit glänzenden Sternen füllte, deren kristallklares Licht auf den einsamen Schützen unten am Hang herabschien.

Michaels Schulterwunde schmerzte. Als er vorsichtig an eine andere Stelle zu robben versuchte, spürte er, dass sein Hemd dort, wo das Blut geronnen war, am Rücken klebte. Es kam ihm vor, als senke sich ein seltsamer und angenehmer Friede auf ihn. Vermutlich der Blutverlust, überlegte er, ich verblute nach und nach. Sterben war weniger schlimm, als er angenommen hatte. Mühevoll griff er nach der Feldflasche, um seinen brennenden Durst zu löschen, und setzte sie mit aller Kraft, die er aufbringen konnte, an die Lippen.

»O'Flynn!«, zerriss in diesem Augenblick Morts Stimme die Stille. »Können Sie mich hören? Sie sollen wissen, dass ich Sie mit eigener Hand töten werde. O'Flynn …?«

Der Schweinehund will wissen, ob ich noch hier bin, dachte Michael, dessen Kopf eine sonderbare Leichtigkeit erfüllte.

»O'Flynn?«, rief Mort erneut. Hatte sich der Ire womöglich in der Dunkelheit davongeschlichen? Vorsichtig hob er den Kopf, um über die Kante des Bergsattels zu spähen. Da unten gab es nichts außer der Stille und der unheimlichen Nacht. »Wu«, flüsterte Mort dem Piratenkapitän zu, der ein Hemd auf seine Wunde drückte. »Schicken Sie ein paar von Ihren Leuten da runter, die nachsehen sollen, ob unser Freund noch da ist.«

Der Pirat zögerte, aber der Teufel richtete das Gewehr auf ihn. Zwar hatte er jetzt, da ihnen das Mädchen endgültig entwischt war, keinen Grund, die Befehle des dämonischen Barbaren zu befolgen, aber es ging so viel Boshaftigkeit von ihm aus, dass es sich sogar der harte chinesischen Pirat überlegte, ihn zu töten. Abwarten, vielleicht später, tröstete er sich und rief mit leiser Stimme zweien seiner Männer einen Befehl zu. Vorsichtig schoben sie sich dorthin, wo sie den Anführer der Männer vermuteten, die ihnen so viele Schwierigkeiten bereitet hatten. Da sie daran gewöhnt waren, im Dunkeln die hilflosen Opfer in den Fischerdörfern zu überfallen, bedeuteten für sie Kämpfe in der Finsternis nichts Neues.

Ein Rascheln im Gras … eine Schlange? Oder ein Kleinbeutler auf Beutejagd? Michael lag auf dem Rücken und bemühte sich mit aller Kraft, die Augen offen zu halten. Er musste unbedingt bereit sein, ganz gleich, wie sehr ihn die Welt jenseits der Dunkelheit mit der Aussicht auf ewigen Schlaf lockte. Das Zirpen der Grillen hatte aufgehört. Den Colt in der einen Hand und das Gewehr in der anderen drehte er sich ganz langsam auf den Bauch. Die mit der Anstrengung verbundenen Schmerzen ließen alles vor seinen Augen verschwimmen.

Mit einem Mal tauchten zwei Umrisse vor ihm auf, die sich gegen den Nachthimmel abzeichneten. Die beiden Chinesen waren Michael so nah, dass sein Gewehrlauf an die Brust des einen stieß, als er den Abzug drückte. Sie hatten sich zu früh bewegt, und dieser Fehler kostete sie das Leben. Michael feuerte seinen Colt auf den zweiten ab, der blind ins Dunkel geschossen hatte.

Mort hörte die Schüsse und die grässlichen Todesschreie. Auf jeden Fall befand sich der Ire noch dort! Warum nur mochte er den Schutz der Dunkelheit nicht zur Flucht genutzt haben? Weil er nicht konnte! Er musste schwer verwundet sein. Trotzdem stand zu vermuten, dass die beiden Männer, die er gegen O'Flynn ausgeschickt hatte, zu ihren Ahnen heimgekehrt waren und sich jetzt in der anderen Welt befanden. Ihm blieb nur die Möglichkeit, auf das erste Morgenlicht zu warten. Bis dahin war O'Flynn wenn schon nicht tot, so doch auf jeden Fall unfähig, einem endgültigen Angriff Widerstand zu leisten.

Mort drehte sich auf den Rücken. Wenn er bei der Endabrechnung am nächsten Morgen gegenüber seinem Gegner den entscheidenden Vorteil haben wollte, musste er unbedingt einige Stunden schlafen. Zuvor aber dachte er befriedigt daran, dass es sich der Ire auf keinen Fall leisten konnte, die Augen zu schließen, wenn er den nächsten Morgen erleben wollte.

Michael fielen die Augen zu. Am grasbewachsenen Hang eines namenlosen Berges betrat er eine Zwischenwelt, in der er weder lebte, noch tot war. Die Träume, die sein fieberndes Hirn heimsuchten, waren für ihn so wirklich wie die beiden Chinesen, deren glanzlose Augen kaum einen Meter von ihm entfernt zum Kreuz des Südens emporstarrten. Seine Nacht war angefüllt mit geisterhaften Gesichtern, die schon lange nicht mehr lebten. Er sprach mit ihnen, seine Fieberworte trieben über die dunkle Leere.

Der Revolver entglitt seinen Fingern.

Mort erwachte und erschauerte vor abergläubischer Furcht, als er Michaels Totenlitanei hörte. Es war, als beschwöre dieser eine Phantomarmee herauf. »Aufhören, irischer Bastard!«, schrie er den Hang hinab. Einen flüchtigen Augenblick lang dachte er daran, O'Flynn gleich mit einem Stoß seines Degens zu erledigen. Dann aber fiel ihm ein, dass es sich um eine raffinierte List handeln konnte, mit der ihn O'Flynn hereinlegen wollte. Nein, er würde bis zum Morgen warten und sich auf keinen Fall durch das Gebrabbel des Mannes am Schlafen hindern lassen!

In seiner Geisterwelt ging Michael die Wege seines Lebens noch einmal. Oder zog sein Leben an ihm vorüber? Mitunter verweilte er ein wenig, hielt inne und sah Tante Bridget zu, wie sie im Erin das Feuer im Herd schürte, oder kletterte mit Daniel auf einen Baum in Frazer's Park. In einem Augenblick neckte er Katie, die ihn anfunkelte, weil er ihr einen schlimmen Streich gespielt hatte, im nächsten befand er sich an einem Strand, wo die Möwen mit Menschenstimmen riefen. Fiona hielt ihn an der Hand, während in seiner anderen Hand die eines kleinen Jungen mit grünen Augen lag.

»*Patrick!*«

Dieser in die Stille der Nacht hinausgerufene Name riss Mort aus seinem unruhigen Schlaf. Er fuhr kerzengerade empor und spähte mit wildem Blick in die Dunkelheit. Dort aber war nichts außer dem Gebrabbel des Iren und dem Sternenhimmel, der über ihm leuchtete. Offenbar hatte O'Flynn den Namen des Fuhrmanns herausgeschrien, den Mort vor so vielen Jahren ermordet hatte.

Kate erwachte in ihrem Bett in Cooktown durch einen Schrei. Sie setzte sich auf und hörte ihren eigenen schweren Atem und das Pochen ihres Herzens. Sie hatte nicht das Gefühl, dass ihr Gefahr drohte – der Schrei war nicht aus der Wirklichkeit gekommen. Ein Albtraum, ging es ihr durch den Kopf. Sie warf sich ein wollenes Umschlagtuch um die Schultern und glitt aus dem Bett, um nach den schlafenden Kindern zu sehen.

Alles war in Ordnung und sie kehrte beruhigt in ihr Zimmer zurück, wo sie sich auf einen Stuhl setzte. Das Licht der auf einem Regalbrett stehenden Laterne erhellte das winzige Zimmer, das sie mit keinem Mann teilte.

Der stumme Schrei schien noch in dem Raum nachzuhallen. Er war ihr so wirklich vorgekommen, wie das Erlebnis vor elf Jahren, als der alte Ureinwohner im Brigalow-Buschland von Zentral-Queensland zu ihr gekommen war. Sein Körper war mit Ocker bemalt und mit bunten Federn bedeckt gewesen. Kate erinnerte sich noch lebhaft an diesen unwirklichen nächtlichen Besuch. Auf Adlerflügeln war er im Traum zu ihr gekommen und hatte ihr die Vernichtung seines Volkes enthüllt. Er hatte von einem Geistwesen gesprochen – einem weißen Krieger –, dessen Schicksal es war, blutige Rache zu üben. Damals aber waren die Bilder für eine Siebzehnjährige zu undeutlich gewesen, und die Zeit, die das Ganze umfasste, hatte für sie in ferner Zukunft gelegen.

Während sie dasaß, kehrte ihr Traum in beunruhigender Weise zurück. Sie sah einen schlammigen Teich und eine Krähe mit bösen Augen. Der Schatten des Todes verfolgte einen ihrer Angehörigen. Verzweifelt merkte sie, dass ihr die Hände gebunden waren. Sie konnte nichts tun, um die bevorstehende Tragödie zu verhindern.

Aber von wessen Tod – oder Sterben – erfuhr sie da?

Tränen stiegen ihr in die Augen, und sie griff nach Feder und Papier. Es war Zeit, an die Angehörigen im fernen Sydney zu schreiben. Vermutlich würde in nächster Zeit ein Brief kommen, der sie von einem Todesfall in der Familie unterrichtete.

Während sie die Feder über das leere Blatt hielt, kam ihr ein sonderbarer Gedanke. Einen Augenblick lang sah sie das Bild ihres schon vor langer Zeit gestorbenen Bruders Michael vor sich. Kopfschüttelnd wollte sie diese sonderbare Erinnerung abtun, doch der Gedanke an ihn ließ sie nicht los.

Sie steckte die Feder ins Tintenfass und versuchte, ihre Gedanken zu ordnen. Warum kam ihr der Bruder so selbstverständlich in den Sinn, wenn sie die Vorahnung eines Todesfalles in der Familie hatte? Hatte es damit zu tun, dass sie ihm so nahe gestanden hatte, als er noch lebte? Machte ihr altes keltisches Blut ihn zum Überbringer schrecklicher Nachrichten in ihrem Leben? Was auch immer die Antwort auf diese Fragen sein mochte, ihr war klar, dass sie schon bald von einem Todesfall in der Familie erfahren würde. Er würde sie dann nicht mehr überraschen.

Erneut nahm sie die Feder zur Hand. Sie hörte die Rufe der fernen Brachvögel in der Nacht. Bei diesem Laut, der wie eine Totenklage klang, lief ihr ein Schauder über den Rücken.

50

Michael erwachte davon, dass ihm die Sonne ins Gesicht schien. Fürchterlicher Durst plagte ihn. Seine Schulter schien in Flammen zu stehen und sein ganzer Körper war von klebrigem Schweiß bedeckt. Die Fieberträume waren so wirklich gewesen! In ihnen war etwas ganz Wichtiges vorgekommen. Etwas, das er auf keinen Fall vergessen durfte …

Mit großer Anstrengung drehte er sich auf den Bauch, griff nach der Feldflasche und trank sie vollständig leer. Danach fühlte er sich besser, doch hatte er nach wie vor Fieber, und in seiner Schulter pochte es noch stärker als am Vortag. Ein Schatten fiel über ihn. Michael drehte sich auf den Rücken und griff verzweifelt nach seinem Revolver. Dabei fiel ihm ein, dass er ihn nicht neu geladen hatte.

Mit hässlichem Knirschen drückte ein Stiefel sein Handgelenk an den Erdboden, und eine Stimme über ihm sagte höhnisch: »Ich hatte gehofft, dass Sie noch nicht tot sind.« Die scharfe Spitze eines Degens saß ihm an der Kehle.

»Kapitän Mort«, gab er mit belegter Stimme zur Antwort, während er sich aufzusetzen versuchte. »Schön, dass Sie sich Gedanken um mein Wohlergehen machen. Haben Sie Ihre Freunde mitgebracht?«

»Leider haben Sie die Halunken verscheucht«, sagte Mort mit boshaftem Lächeln. »Als ich heute Morgen wach wurde, waren sie verschwunden – bis auf die beiden da.« Mit dem Revolver, den er in der anderen Hand hielt, wies er auf die beiden toten Chinesen neben Michael. »Wir beide sind allein hier in der gottverlassenen Wildnis, wo wir uns eine Weile unterhalten können, bevor ich Sie umbringe.«

»Ich dachte, das hätten Sie längst erledigt, Sie Mörder.«

»Sie haben Recht, mich einen Mörder zu nennen, Mister O'Flynn«, gab Mort gelassen zur Antwort. »Aber ich bin nicht schlimmer als Sie. Soweit ich weiß, haben Sie immer für Geld getötet, während ich es nur um des Vergnügens willen getan habe. Finden Sie meine Motive nicht viel lauterer als Ihre eigenen?«

Er erwartete keine Antwort von dem Schwerverwundeten zu seinen Füßen. Was hält den Mann nur am Leben?, fragte er sich, während er den dunklen Blutfleck auf Michaels Hemd betrachtete. Die meisten Männer wären längst schon allein an dieser Wunde gestorben.

Als er den Blick auf das graue Auge des Verwundeten richtete, in dem ein wildes Feuer glomm, kam ihm die Ahnung, dass er etwas erfahren würde, das zu wissen ihn schon seit Jahren gequält hatte. In den finsteren Stunden seiner schlimmsten Träume hatte ihn der alte Ureinwohner heimgesucht. Mit Ocker bemalt und mit Federn bedeckt, hatte er dagestanden und ihn boshaft und anklagend mit uralten Augen angesehen, wovon er mitten in der Nacht schreiend hochgefahren war. Albträume, hatte er sich getröstet. Doch auch in der vorigen Nacht war das Gespenst des Ureinwohners gekommen und war bei ihm geblieben, obwohl er hellwach war.

»Ich muss Ihnen eine Frage stellen, Mister O'Flynn«, sagte Mort in trügerisch höflichem Ton, als plauderten sie an einem herrlichen Tag im warmen Sonnenschein miteinander. »Haben Sie je einen Iren namens Patrick Duffy gekannt?«

Michael gab keine Antwort. Die Degenspitze saß immer noch an seiner Kehle. Er hörte Elstern keckern und winzige Insekten leise sirrend vorüberfliegen. Seine Lage schien aussichtslos zu sein, denn Mort drückte ihm die Degenspitze fest gegen den Hals. Dieselbe Klinge, die meinen Vater getötet hat, dachte er, während er den Blick zu Mort hob.

Ein Bild, das unmittelbar aus den Tiefen der Hölle zu kommen schien, lenkte seine Aufmerksamkeit auf sich. Er erschauerte und sagte mit finsterem Lächeln: »Sie können mich natürlich umbringen, aber ich bezweifle trotzdem, dass Sie diesen Ort lebend verlassen werden.«

Ein fragender Ausdruck trat auf Morts Züge. »Eigentlich ist es einerlei«, fuhr Michael gelassen fort, »ob Sie mich umbringen oder die Schwarzen da hinter Ihnen. Wie es aussieht, sind wir beide so gut wie tot. Zumindest hoffe ich das, denn soweit ich gehört habe, verspeisen die Eingeborenen hier in der Gegend ihre Gefangenen.«

Langsam schüttelte Mort den Kopf und lächelte mit heuchlerischer Betrübnis über den kläglichen Versuch des Verzweifelten, ihn hinters Licht zu führen. Doch dann jagte ihm ein schwaches Geräusch im Gras eine Angst ein, die er nie zuvor empfunden hatte. Die Klinge nach wie vor fest an Michaels Kehle gedrückt, wandte er langsam den Kopf und erstarrte vor Entsetzen.

Rund zwei Dutzend vollständig unbekleidete, gelb und weiß bemalte Krieger standen unheilvoll schweigend bloße zehn Schritte entfernt und sahen sie an. Sie stießen den markerschütternden Schrei des Rabenkakadus aus, hoben ihre Waffen und stürmten gegen Mort an, bevor er seinen Revolver heben konnte.

Mit einem Übelkeit erregenden Knirschen krachte eine Holzkeule auf seinen Schädel. Seine Beine gaben unter ihm nach, als ihn die Krieger packten. Unter Triumphgeheul hoben sie ihn auf die Schultern. Jetzt wusste er, was ihm der alte Ureinwohner gesagt hatte, und was er nicht hatte hören wollen.

Ohne auf Michael zu achten, trugen die bemalten Krieger Mort zu den Felsen, an denen Michael am Vortag einen der Chinesen erschossen hatte. Er verstand nicht, warum sie ihn verschont hatten, aber da er fürchtete, sie würden zurückkehren, tastete er vorsichtig nach dem Revolver, den Mort hatte fallen lassen.

»Den brauchen Sie nicht«, sagte eine vertraute Stimme vom oberen Ende des Hanges. Michael hob den Blick und sah Christie Palmerston, der aus dem Regenwald auf ihn zugeschritten kam.

»Ich dachte, die hätten Sie längst erledigt, Mister Palmerston«, sagte Michael, als ihm Christie auf die Beine half.

»Nein, ich hatte das Glück, auf ein paar alte Freunde zu treffen«, gab dieser zur Antwort und warf einen misstrauischen Blick zu den Kriegern hinüber, die Mort gegen den Felsen drückten. »Sie haben gesagt, es tut ihnen Leid, unsere Pferde getötet zu haben. Darauf habe ich erwidert, das sei nicht so schlimm, und ihnen eine anständige Chinesenmahlzeit versprochen. Die haben sie gestern unten am Fluss gekriegt. Dann haben sie mir berichtet, dass Sie hier oben die Leute in Schach hielten. Ich konnte erst jetzt kommen. Mir blieb gar nichts anderes übrig – die hatten gestern Abend alle Hände voll zu tun ... schließlich mussten sie feiern.«

Einer der Krieger zerschmetterte Morts Kniescheiben mit einer Steinaxt, die über die Handelswege der Ureinwohner nach Norden gelangt war. Sie stammte aus einem kleinen alten Steinbruch in Zentral-Queensland, der in einem dem Stamm der Nerambura heiligen Berg lag. Christies Erzählung ging in Morts lang gezogenen Schmerzensschreien unter, die die Luft des frühen Morgens durchdrangen. Mort flehte um Gnade, und man gewährte sie ihm auch bald auf die gleiche Weise, wie er sie den von ihm zu seinem viehischen Vergnügen gefolterten jungen Frauen gewährt hatte, wenn sie ihn anflehten, ihre unerträglichen Schmerzen zu beenden.

»Ich denke, wir beide gehen jetzt besser, Mister O'Flynn«, sagte Christie und spielte unruhig mit seinem Revolver. »Es empfiehlt sich nicht, sich zu lange bei diesen Burschen aufzuhalten, wenn sie Hunger kriegen.«

»Vorher möchte ich Mort noch was sagen«, teilt ihm Michael mit und machte einige vorsichtige Schritte. Zwar war er sehr schwach, und ihm wurde leicht schwindlig, doch musste er unbedingt noch mit dem Mörder sprechen, der so vielen den Tod gebracht hatte. Er schleppte sich dorthin, wo Mort hilflos und halb bewusstlos auf dem Rücken lag. Er wimmerte wie ein Kind, während sich die Krieger um seinen Degen stritten. Sie achteten kaum auf den weißen Mann, der über ihrem hilflosen Gefangenen stand.

Flehend richteten sich Morts blassblaue Augen auf Michael, doch dieser mahnte sich, dem wortlosen Flehen um Gnade zu widerstehen. Er sah dem zum Tode Verurteilten in die Augen, denn er wollte dessen ungeteilte Aufmerksamkeit für das, was er ihm zu sagen hatte.

»Ich heiße nicht O'Flynn, sondern Duffy«, sagte er leise. »Sie sind meinem Vater einmal begegnet, auf dem Weg nach Tambo. Ich glaube es war im Jahr '62.«

Mit weit aufgerissenen Augen sah Mort auf den Mann, der vor ihm stand. Bestimmt war das Patrick Duffy, der zurückgekommen war, um ihn zu bestrafen! Er öffnete den Mund und wollte um Gnade flehen, doch nur ein lang gezogener, durchdringender Schrei kam von seinen Lippen. Dann schrie er wieder, nicht wegen der entsetzlichen Schmerzen, die ihm seine zerschmetterten Knie bereiteten, sondern weil er begriffen hatte, welches Schicksal ihm von den gefürchteten Kriegern drohte. Er schrie immer weiter, bis er keinen Laut mehr hervorbrachte.

Christie hob Michaels Gewehr und Revolver vom Boden auf. Er stützte ihn und führte ihn den Hang hinab. Sie wollten dem Fluss nordwärts entgegenziehen, um einen möglichst großen Abstand zwischen sich und die unberechenbaren Krieger zu legen. Morts Schreie folgten ihnen noch eine Weile, bis der dichte Regenwald sie schließlich verschluckte. Am Flussufer blieben sie stehen, um sich ein wenig auszuruhen. Michael war benommen. Das Fieber war wiedergekehrt. Er wusste, dass sein Tod unausweichlich war. Die Kräfte, die ihn lange genug am Leben gehalten hatten, damit er Zeuge werden konnte, wie Mort die gerechte Strafe ereilte, schienen ihn jetzt zu verlassen.

Doch das war nicht mehr wichtig. Er hatte den Schwur gehalten, seine Angehörigen zu rächen, den er vor langer Zeit im Fasskeller des Gasthofs Erin abgelegt hatte. Elf volle Jahre lag das zurück.

Er sah zu, wie ein Eisvogel auf einen in den Fluss hineinragenden Baumstamm zuflog. In der Morgensonne schimmerten seine azurblauen Federn so leuchtend, dass es Michaels Auge schmerzte. Mit einem Mal explodierte das Blau der Federn in tausend Farben, und er sank stöhnend auf einen Teppich aus verfaulendem Laub, dem der Geruch des Verfalls entströmte. Eine Stimme rief ihm zu: *Erinnere dich. Du musst dich erinnern!*

Woran?, fragte der sterbende Ire die sich wie in einem Kaleidoskop drehenden Spiralen explodierenden Lichts.

Christie schlug ein Lager auf, um die Nacht über bei Michael zu wachen. Er hatte schon so manchen sterben sehen und gab sich keiner Täuschung hin: Der Tod wartete darauf, Michael zu holen. Während sich dieser im Fieber hin und her warf, überlegte Christie, dass mehr nötig war als Michaels bloßer Lebenswille, um gegen die durch die Wunde hervorgerufene Schwäche ankämpfen zu können. Wenn Michael nichts mehr hatte, wofür er leben wollte, ging es Christie trübselig durch den Kopf, war er so gut wie tot. Die Lage schien hoffnungslos. Um ihn nach Cooktown zu schaffen, wo ihm ein Arzt helfen konnte, war zumindest ein weiteren Mann nötig – aber sie waren allein in der kaum erkundeten Wildnis des riesigen Landes. Die Aussicht, dort von einem Weißen gefunden zu werden, war gleich null.

Das leise Knistern des in sich zusammensinkenden Feuers und ein sonderbarer Singsang weckten Christie. Furcht lähmte ihn, als er merkte, was vor sich ging. Mit geschlossenen Lidern tat er so, als schlafe er nach wie vor, und legte vorsichtig die Hand um den Knauf des Revolvers neben ihm.

Er kannte den Singsang sehr gut, denn er hatte ihn oft von den Stammeskriegern gehört. Langsam drehte er den Kopf, bevor er vorsichtig die Augen öffnete. Ein Eingeborenen-Krieger in Schrecken erregender Aufmachung hockte neben Michael und sang mit geschlossenen Augen leise vor sich hin.

Die tanzenden Flammen des ersterbenden Feuers warfen Schatten auf das glänzende schwarze Gesicht des Ureinwohners. Trotz aller Furcht fühlte sich Christie vom Gesang des Mannes gebannt. Er vergaß seine ursprüngliche Absicht, auf ihn zu schießen, völlig.

Nach einer Weile verstummte der Krieger und öffnete die Augen. Als Christie merkte, dass er ihn ansah, kehrte die Angst zurück und brach den Bann.

»Tabak?«, fragte der Krieger mit breitem Lächeln.

»Ja«, sagte Christie, setzte sich und versuchte, die Spannung des Augenblicks zu vertreiben, indem er die Augen mehrfach öffnete und schloss. »Willst du welchen?«

Wallarie nickte, und Christie stöberte in seinen Taschen. Als er einen Strang fand, warf er ihn über das Feuer dem Krieger zu.

»Auch Papier?«, fragte Wallarie geduldig.

»Leider nein«, gab Christie zur Antwort. »Das ist vor ein paar Tagen verschwunden, als deine Vettern unsere Pferde abgeschlachtet haben.«

»Nicht meine Leute«, knurrte Wallarie und steckte den kostbaren Tabak in einen kleinen Beutel an seiner Gürtelschnur. Später würde er das Kraut des weißen Mannes in ein Blatt wickeln und rauchen. »Leute von hier.«

Aufmerksam sah Christie den Schwarzen an und erkannte mit seinem geschulten Buschläuferblick, dass er nicht aus der Gegend war. »Woher?«, fragte er ihn.

»Aus dem Süden«, gab Wallarie zurück. »Ich hier, Tom Duffys Geist zu finden.«

»Großer Gott!«, entfuhr es Christie, als er begriff. »Dann musst du Wallarie sein, von dem ich vor ein paar Jahren gehört habe. Ich dachte, du wärst tot.«

»Die meisten Weißen das denken«, lachte der Schwarze in sich hinein. »Glauben, Wallarie ist ein Geist. Kommt in der Nacht und holt sie.«

Christie spürte, wie sich seine Nackenhaare aufrichteten. Träumte er? War der Mann, der über Michael Duffy hockte, eine Erscheinung?

»Aber Wallarie kommen, Geist von Tom Duffy holen und Totem-Frau in großes Weißer-Mann-Lager bringen.«

»Nach Cooktown?«, erkundigte sich Christie. Wallarie nickte. »Das ist nicht Tom Duffy«, fügte Christie hinzu. »Das ist Michael O'Flynn.«

»Hat Geist von Tom Duffy«, gab Wallarie unbeeindruckt zurück. »Der andere ich weiß nicht. Der hier hat Geist von Tom Duffy.«

Christie seufzte ergeben. Welchen Sinn hatte es, dem Schwarzen zu erklären, dass der Fiebernde ein Amerikaner namens Michael O'Flynn war? Sofern der Mann die Absicht hatte, O'Flynn nach Cooktown zu seiner Totem-Frau zu bringen, war er genau im richtigen Augenblick gekommen. Ohne medizinische Hilfe erwartete Michael draußen im Busch der sichere Tod. Zu zweit hatten sie die Möglichkeit, ihn nach Cooktown zu schaffen. So weit konnte es bis zu der Stadt nicht mehr sein. »Gut. Du und ich können Tom Duffys Geist nach Cooktown bringen, wenn die Sonne aufgeht – das heißt, wenn O'Flynn nicht heute Nacht schon ein Geist wird.«

Wallarie sah auf Michael hinab, der sich im Fieber hin und her warf. Sein totenbleiches Gesicht war von Schweiß bedeckt. Er staunte über die Weisheit der Höhlengeister im Land seiner Vorfahren. Der Mann, der Tom Duffys Geist besaß, schien dem Tode so nahe zu sein, wie das nur möglich war.

51

Der neben dem Wagen einherschreitende Fuhrmann hielt eine lange Peitsche in der Hand und schrie den Ochsen seine Befehle zu. Das schwerfällige Fuhrwerk knarrte und stöhnte unter dem Gewicht seiner kostbaren Ladung, die aus Waren für die Goldfelder am Palmer bestand, und die mächtigen Zugtiere stemmten ihre Hufe in den Boden. Er achtete vorsichtig auf den staubigen, von Wagenspuren durchfurchten Weg vor ihm, während hinter ihm seine Begleiterin, eine junge Ureinwohnerin, unaufhörlich den Blick über das eintönige Buschland gleiten ließ. Ihr durfte nicht der kleinste Hinweis auf die Anwesenheit von Menschen entgehen, von denen Gefahr drohen konnte – ob weiß oder schwarz.

Neugierig sah der Gespannführer auf die drei Jammergestalten, die da vor ihm standen. Ihrem verwahrlosten Äußeren nach waren es wohl glücklose Goldsucher. Er schüttelte den Kopf. Wann würden die Leute endlich begreifen, dass nicht jeder am Palmer Gold finden konnte?

»Wie weit ist es bis Cooktown?«, rief ihm ein hoch gewachsener Mann zu, der einen Verband um das Bein trug.

»Etwa zwei Stunden. So, wie du aussiehst, wohl eher drei«, gab der Fuhrmann mit lauter Stimme zurück, damit man ihn trotz der mahlenden Räder hören konnte. »Einfach weiter in die Richtung gehen, aus der ich komme.«

Luke dankte ihm. Während das Fuhrwerk vorüberrumpelte, traten die drei beiseite und ließen sich im Schatten der hohen Eukalyptusbäume nieder. Glücklicherweise war das Ende der Tage abzusehen, an denen man sie wie Tiere gehetzt hatte. So erschöpft sie auch waren, es würde nur noch wenige Stunden dauern, bis sie wieder die schlichten Freuden des Lebens genießen konnten: Nahrung, Schlaf und ein heißes Bad!

John allerdings beschäftigte noch anderes als diese Wonnen, die ihnen bevorstanden. Da er geschworen hatte, seinen Auftrag ohne Rücksicht auf persönliche Empfindungen zu erfüllen, befand er sich in einem schweren Gewissenskonflikt.

Er zog sein langes Messer aus dem Stiefel und stieß es in den Boden zwischen seinen Füßen. »Ich habe den Auftrag, dich umzubringen«, sagte er so beiläufig, als spräche er über das Wetter und nicht über den bevorstehenden Tod eines Menschen.

Zwar hatte Luke Erfahrung im Kampf mit Messern, doch war ihm der Jüngere im Augenblick körperlich zweifellos überlegen. »Michael hat mich mehr oder weniger gewarnt«, sagte er, während auch er das Messer aus dem Stiefel zog, »dass wir beide Ärger miteinander kriegen könnten, wenn wir nach Cooktown kommen. Es ist sehr anständig von dir, dass du mich vorher darauf hinweist«, sagte er und schloss die Hand fester um das Heft des Messers.

John nahm sein Messer auf und schleuderte es mit einer gekonnten Drehung seines Handgelenks zu einem Baum auf der anderen Seite des Weges, wo es mit dumpfen Aufschlag in den Stamm eindrang. »Ich tu es nicht, Luke«, sagte er, den Blick auf das Buschland gerichtet. »Aber ich muss dich um Hilfe bitten.«

»Vielleicht solltest du mir vorher sagen, warum du es dir anders überlegt hast«, sagte Luke und schob das Messer in den Stiefelschaft zurück.

John sah zu Thi Hue hinüber, die weder etwas von der Todesdrohung noch davon mitbekommen hatte, dass sich diese im Bruchteil einer Sekunde aufgelöst hatte. Sie war vor Erschöpfung eingeschlafen und befand sich in einer Traumwelt voll Jade und Räucherstäbchen. »Wegen des Mädchens, Michael Duffys, Henrys, und auch deinetwegen. Vielleicht sogar Christie Palmerstons wegen«, gab er zögernd zur Antwort. »Ich soll sie nach unserer Rückkehr ausliefern. Um das zu tun, hätte ich sowohl dich wie auch Duffy töten müssen. Aber die Dinge haben sich in den letzten Tagen anders entwickelt. Alles ist persönlicher geworden. Duffy ist dort geblieben und hat sich damit um fast jede Aussicht gebracht, lebend zurückzukehren. Ich denke, das hat mir klar gemacht, dass ich dir und ihm mehr schulde als Su. Und Thi Hue … na ja, auch sie hat ihren Anteil daran, dass ich es mir anders überlegt habe.«

»Es lässt sich nicht übersehen, dass sie dir gefällt«, sagte Luke freundlich.

»Das tut sie«, gab John trübsinnig zurück. »Die Sache liegt so, dass Su ein Doppelspiel mit Horace Brown getrieben hat. Er wollte das Geschäft mit den Franzosen selbst machen.«

»Wer ist Horace Brown?«, fragte Luke. Er hatte den Namen des zwielichtigen Agenten noch nie gehört.

»Duffys Auftraggeber«, gab John zurück. »Für ihn haben wir gearbeitet, und ich zweifle, ob er sehr glücklich über das wäre, worum ich dich jetzt bitte.«

»Ich soll dir helfen, mit ihr zu verschwinden«, gab Luke gelassen zur Antwort und sah zu dem schlafenden jungen Mädchen hinüber. »Vermutlich wird auch dein Auftraggeber es nicht zu schätzen wissen, dass du ein doppeltes Spiel mit ihm treibst. Soweit mir bekannt ist, sind Geheimbünde in solchen Angelegenheiten äußerst nachtragend.«

John nickte. Su wäre mehr als unzufrieden. Er würde fuchsteufelswild sein, denn auch er schuldete seinen Auftraggebern Rechenschaft. Ein Versagen wurde nicht geduldet. »Ich möchte Thi Hue in ihre Heimat zurückbringen«, sagte er.

»Du weißt, dass sie für den, der sie den Franzosen oder ihren eigenen Leuten übergibt, ziemlich viel wert ist«, erinnerte ihn Luke. »Auch Michael und ich hatten schon daran gedacht. Wenn ihre Angehörigen in Kotschinchina zahlen, bist du ein reicher Mann. Findest du nicht auch, dass das Michael und mir gegenüber nicht ganz anständig ist?«, sagte er mit finsterem Gesicht.

»Ich habe nie an Lösegeld gedacht«, gab John mit gefurchter Stirn zurück. »Ich wollte sie nur einfach ihren Angehörigen zurückbringen.«

Aus dem Verhalten des jungen Eurasiers schloss Luke, dass

er wohl die Wahrheit sagte – oder er war der beste Lügner, mit dem er es je zu tun gehabt hatte. Er sah ihn aufmerksam an, entdeckte aber in seinen dunklen Augen keinerlei Hinweise auf Heimtücke. »Ich werde versuchen, dir zu helfen«, versprach er schließlich.

Ein dankbares Lächeln trat auf Johns Züge. »Falls ihre Angehörigen mir unbedingt etwas geben wollen«, sagte er sichtlich erleichtert, »mach ich mit dir halbe-halbe.«

»Nein, drei gleiche Teile«, gab Luke ruhig zur Antwort. »Entweder lebt Michael, dann bekommt er seinen Anteil, oder er ist tot, dann geht sein Anteil an Kate O'Keefe. Das habe ich ihm versprechen müssen.«

»Drei gleiche Teile«, gab John zur Antwort und hielt ihm seine mächtige Pranke hin, damit er einschlug.

»Ich hab das dumme Gefühl«, sagte der Amerikaner schwarzseherisch, »dass dir dein Mister Su auf die Schliche kommt, sobald wir nach Cooktown zurückkehren.« Auch wenn der beständige Kampf gegen Mort und seine Männer vorüber sein mochte, war es Luke doch klar, dass der Anführer des Geheimbundes seine Augen und Ohren in Cooktown überall hatte. Es würde nicht lange dauern, bis er erfuhr, wo sich das Mädchen befand. Es würde einen weiteren Kampf bedeuten, sie aus Cooktown und schließlich aus der Kolonie Queensland fortzuschaffen.

Luke stand auf und belastete probehalber sein verwundetes Bein. Erstaunlicherweise hatte sich die Wunde nicht entzündet. Er hinkte zu John hinüber und legte ihm eine Hand auf die Schulter. »Ich glaube, ich kenne eine Frau, die uns helfen kann«, sagte er beruhigend. »Es wird sie aber kaum besonders freuen, mich wieder zu sehen.«

»Missus O'Keefe?«, riet John.

»Leider ja«, seufzte Luke. »Ich glaube, lieber als ihr würde ich mich noch einmal Mort stellen. Zumindest hatten wir gegen den eine Chance. Er wollte uns nur umbringen.«

John lächelte. Die verdammten Weiber, dachte er trübselig. Sie machen mehr Ärger als jeder Horace Brown, Su Yin und die Franzosen zusammen.

Bleich und mit vom Weinen geröteten Augen saß Kate da, die Hände im Schoß gefaltet. Luke fühlte sich unbehaglich angesichts des zwischen ihnen herrschenden Schweigens.

Emma hatte sich bei Kate im Laden befunden, als der verwundete Amerikaner in Kates Leben zurückgehumpelt kam. Auch wenn es sie über die Maßen freute, ihn am Leben zu sehen, wenn auch in beklagenswertem Zustand, so unterdrückte sie den Impuls, ihm das zu sagen. Obwohl er verwundet und erschöpft von Gott weiß woher zurückkam, überlegte sie, hatte er jedes Anrecht darauf verwirkt, in ihrem Leben je wieder eine Rolle zu spielen. So hatte sich statt ihrer Emma um seine Beinwunde gekümmert und ihm einen Becher süßen schwarzen Kaffee gereicht. Kates scheinbar kalte Teilnahmslosigkeit schmerzte ihn mehr als die Wunde. Er hatte mit ihrem Groll gerechnet, und so traf ihn ihr Schweigen härter, als er angenommen hätte.

Nachdem er, so zartfühlend er konnte, von Henrys Tod berichtet hatte, hatte sie Michael O'Flynn in die tiefste Hölle verflucht, weil er es Emmas Mann gestattet hatte, sich an der Unternehmung zu beteiligen. Ohne den bekümmerten Frauen den wahren Zweck ihrer Unternehmung mitzuteilen, erklärte Luke lediglich, sie hätten mit Mister O'Flynn nach Gold gesucht, als Eingeborene Henry bei einem Überfall getötet hatten. Keine der beiden ließ sich von dieser an den Haaren herbeigezogenen Geschichte hinters Licht führen. Kate hatte gemerkt, wie unbehaglich es Luke war, ihnen eine Lüge aufzutischen, und Emma hatte ihn gar nicht erst nach Einzelheiten von Henrys Tod gefragt. Was war, lag in der Vergangenheit, und nichts von dem, was Luke hätte berichten können, würde diesen Bären von einem Mann wieder lebendig machen. Sie wischte ihre Tränen ab und sagte auf Kates Anerbieten, sie mit dem Einspänner nach Hause zu bringen, sie wäre lieber allein.

Henry hatte Emma einmal gesagt, Kummer sei etwas ganz Persönliches. Jetzt begriff sie, was er damit gemeint hatte. Sie verließ den Laden mit gesenktem Kopf, um die neugierigen Blicke der Menschen auf der Straße nicht zu sehen. Viele hatten das Gerücht gehört, dass man ihren Mann zuletzt in der

Gesellschaft des verrufenen irisch-amerikanischen Abenteurers Michael O'Flynn gesehen hatte, der in den Augen aller nichts als ein Glücksritter war. Emmas kummervollen Zügen war abzulesen, dass auf dieser geheimnisvollen Expedition in die Wildnis westlich von Cooktown etwas Schreckliches vorgefallen sein musste.

Als Luke mit Kate allein war, räusperte er sich. »Ich muss dich um einen großen Gefallen bitten«, sagte er befangen. Er hatte nach wie vor ein schlechtes Gewissen, weil er die Frau belogen hatte, die er mehr liebte als das eigene Leben. Warum nur ist alles so entsetzlich falsch gelaufen?, fragte er sich betrübt.

Kate sah ihn mit versteinerter Miene an. »Ich helfe dir, wenn es in meinen Kräften steht«, sagte sie kalt. »Falls du Geld möchtest … dafür kann ich sorgen.« Sie sah seinen zerknirschten Ausdruck und bedauerte ihre Härte, doch nur auf diese Weise konnte sie ihre eigene Verletzlichkeit verbergen.

»Es geht nicht um Geld, Kate«, sagte er freundlich, »sondern darum, ein paar Leute aus Cooktown rauszuschaffen. Ohne Hilfe sind die so gut wie tot.«

»Dann wirst du doch Geld brauchen«, sagte sie weniger kalt, und Luke war dankbar für ihren veränderten Ton. Er fühlte sich elend, weil er ihr verschweigen musste, wer Michael O'Flynn wirklich war. Wenn er ihr jetzt enthüllte, dass es sich bei dem Mann, den sie in die Hölle gewünscht hatte, um ihren leiblichen Bruder handelte, würde er ihr damit mehr Kummer bereiten, als sie ertragen konnte. Es war schlimm genug gewesen, Emma den Tod ihres Mannes mitzuteilen.

»Danke, Kate«, sagte er aufrichtig. »Eines Tages werde ich dafür sorgen, dass du es zurückbekommst.«

»Lieber hätte ich Henry zurück«, gab sie verbittert zur Antwort. »Nichts kann einen Menschen wieder lebendig machen, nichts Emmas Kummer lindern.« Da er keine Antwort auf ihre heftigen Vorwürfe wusste, sah er unbehaglich zu Boden. »Wer sind die Leute, von denen du gesprochen hast?«, fragte sie. »Kenne ich sie?«

Luke verzog angestrengt das Gesicht und überlegte, ob er

ihr die Wahrheit sagen sollte. Immerhin konnte sie das Wissen darum in Lebensgefahr bringen. Andererseits hatte Kate O'Keefe in der Stadt beträchtlichen Einfluss, unter Umständen mehr als Su Yin, ging es ihm durch den Kopf. »Es handelt sich um John Wong und eine junge Asiatin, die du nicht kennst«, gab er zur Antwort. »Aber es wäre nicht klug, dich in mein Vorhaben zu verwickeln. Du würdest dich damit nur in Gefahr bringen.«

»Müssen die beiden um ihr Leben fürchten?«, fragte sie. »In dem Fall werde ich Mister Wong nach Kräften helfen.« Luke wollte aufbegehren, aber sie schnitt ihm mit erhobener Hand das Wort ab. »Vor nicht allzu langer Zeit hat er mich, Ben, Jennifer und ihren Sohn Willie vor den Ureinwohnern gerettet. Hätte er nicht das eigene Leben gegen ihre Speere eingesetzt, wäre ich möglicherweise jetzt nicht hier. Es ist daher nur recht und billig, dass ich ihm seine Hilfe in der Stunde der Not vergelte. Ich denke, du solltest Mister Wong und die junge Frau herbringen. Ich werde sie verstecken, bis ich für eine Möglichkeit gesorgt habe, beide aus Cooktown hinauszuschaffen.«

Luke gab ihr Recht, empfand aber eine Furcht, die er nicht näher begründen konnte. Der letzte Mensch auf Erden, den er in Gefahr bringen wollte, war Kate. Als könnte sie seine Gedanken lesen, fügte sie hinzu: »Ich habe schon ebenso vielen Gefahren ins Auge geblickt wie so mancher Mann. Das gilt wohl für jede Frau hier im Norden, die ihren Mann begleitet. Nur musste ich es allein tun, ohne Mann an meiner Seite.«

Bei diesen Worten kam Luke unwillkürlich der zähe irische Söldner in den Sinn, mit dem er sich auf der *Osprey* angefreundet hatte und dem er bei der Flucht vor dem Kapitän jenes Schiffes durch dick und dünn gefolgt war. Dieser Mann hatte sich für den sicheren Tod entschieden, um die ihm Anvertrauten zu schützen. In Kates Worten spürte er die gleiche Kraft, die von ihm ausging. »Ich hole sie«, sagte er. »Aber ich muss mir Verschiedenes ausleihen.«

»Nimm, was du brauchst«, sagte sie, während sie zur Ladentür ging. Sie blieb einen Augenblick stehen, die Hand auf den Türrahmen gestützt. »Nach dem, was du mir berichtet hast, scheint Mister O'Flynn das gleiche beklagenswerte Schicksal ereilt zu haben wie Henry.« Luke nickte. »Ich kann nicht sagen, dass ich auch nur das geringste Mitgefühl für einen Menschen empfinde«, fuhr sie verbittert fort, »der zugelassen hat, dass Henry euch auf eurer Expedition begleitet hat, ganz egal, was *in Wirklichkeit* ihr Ziel war. Dafür sollte Mister O'Flynn in der Hölle schmoren.«

»Kate, ich …«, er schluckte herunter, was er sagen wollte, als sich ihre Blicke trafen. Wie konnte er ihr sagen, dass der frühere Polizeibeamte auf seine Empfehlung hin einen Platz in der Expedition bekommen hatte? Diese schreckliche Schuld würde er ohnehin bis an sein Grab mit sich tragen. Er schüttelte den Kopf und sah beiseite.

Kate schloss die Tür hinter sich. Zwar hatte Emma gesagt, sie wolle allein sein, doch brauchte sie eine mitfühlende Seele. Oder war es umgekehrt so, dass sie selbst im Wirrwar ihrer Gefühle Emma brauchte?

Emma saß allein auf der hinteren Veranda ihres Hauses und sah mit leerem Blick über die unter ihr liegende Stadt zu den in der Flussmündung ankernden Schiffen. Kate setzte sich neben sie und nahm ihre Hand.

»Ich weiß nicht, was ich dem Jungen sagen soll«, klagte Emma mit tonloser Stimme. »Ob er begreift, dass er seinen Vater nie wieder sehen wird? Er wird nicht einmal ein richtiges Begräbnis bekommen.« Sie zitterte, und Tränen traten ihr in die verweinten Augen.

Kate nahm sie wortlos in den Arm. Etwas anderes konnte sie nicht tun. »Kate, sei nicht so hart zu Luke«, sagte Emma leise. »Er liebt dich, und du liebst ihn auch, das kann mir niemand ausreden. Lass diese Liebe nicht untergehen. Du kannst ihn nicht ändern, nichts aus ihm machen, was er nicht ist, sondern musst ihn so lieben, wie er ist. Männer wie Luke und Henry sind nicht wie die anderen, die auf ein Leben in der Sicherheit der Städte aus sind. Nimm das einfach hin. Wir lieben doch Männer wie die beiden, weil sie genau so und nicht anders sind – da sollten wir sie nicht nach unseren Vorstellungen ummodeln wollen. Sag ihm, dass du ihn liebst, sonst verlierst du etwas, das möglicherweise nie wieder in dein Leben tritt.«

Während Kate die Freundin sanft in den Armen wiegte, hörte sie auf ihre Worte. Emma versuchte in ihrem Kummer, etwas zum Leben zu erwecken. Sie wollte etwas aufblühen sehen, wovon sie aus den wenigen mit Henry verbrachten Jahren wusste, dass es die Mühe lohnte. »Henry ist fort, weil er so war, wie du sagst«, sagte Kate leise. »Machst du ihm keine Vorwürfe, weil er dich und Gordon allein gelassen hat, wo er doch ohne weiteres noch bei euch sein könnte?«

»Ich bin schrecklich wütend, weil er davongegangen ist«, gab Emma bitter zurück. »Ich habe sogar ein schlechtes Gewissen wegen meiner Wut. Aber als wir geheiratet haben, war mir klar, dass ich ihn unter Umständen eines Tages an das Leben verlieren würde, das er so liebte – an dieses wilde Land. Trotz allem habe ich ihn geheiratet und würde es auch wieder tun, trotz allem, was geschehen ist.«

Kate sah beiseite. Sie würde nie denselben Fehler begehen wie Emma. Es gab so viele andere Männer, die bereit waren, eine wirkliche Ehe zu führen, Männer, die jeden Abend nach Hause kamen und jederzeit für Frau und Kinder da waren. Luke Tracy war keiner von ihnen!

Während Kate Emma tröstete, suchte Luke John und Thi Hue im Busch auf. Vermutlich wusste Su Yin bereits über seinen geheimdienstlichen Apparat, dass es Michael Duffys Expedition gelungen war, Kapitän Mort die junge Chinesin abzujagen.

Tatsächlich bekam Su Yin diese Mitteilung aus dem Bordell des rivalisierenden Geheimbundes. Alles, was John Wong fürchtete, würde eintreten. Wer einen heiligen Eid brach, dem stand ein langsamer, qualvoller Tod bevor, ohne Ansehen der Person. Su schickte eine Botschaft an seinen fähigsten Vollstrecker.

52

Auf den Tisch gestützt sah Christie Palmerston Horace Brown mit ausdrucksloser Miene an. In der vollen Schankstube um sie herum erzählten sich Männer gegenseitig Geschichten von Glück und Pech bei der Goldsuche. Es war die Stunde kurz vor Sonnenuntergang, und immer mehr durstige Männer strömten herein.

»Ich hab Mister O'Flynn ins Goldsucherlager vor der Stadt gebracht«, sagte Christie mit erschöpfter Stimme. »Der Arzt sagt, ich könnte ihm gleich einen Sarg besorgen.«

Seufzend stieß Horace seinen Stock auf den Boden. Interessiert hatte er sich Christie Palmerstons Bericht über die vergangenen Tage angehört. Henry James war also tot, ebenso Kapitän Mort. Niemand wusste, wo sich Luke Tracy, John Wong und das Mädchen aufhielten, und es sah ganz so aus, als würde Michael Duffy schon bald James und Mort nachfolgen. Angespannt hörte er sich die sonderbare Geschichte über einen wilden Ureinwohner an, der allem Anschein nach aus dem Nichts aufgetaucht war, um dem jungen Buschläufer dabei zu helfen, Duffy nach Cooktown zu schaffen. Danach war er, wie es aussah, auf ebenso geheimnisvolle Weise wieder verschwunden, wie er aufgetaucht war. Zwar hatte Christie den Namen des Mannes nicht genannt, doch hatte Horace ein unheimliches Gefühl. »Der Schwarze hieß nicht zufällig Wallarie?«, fragte er ruhig, und Christie warf ihm einen verblüfften Blick zu.

»Wie kommen Sie darauf?«

Horace lächelte rätselhaft. Wie hätte er seinem Gegenüber klar machen können, dass es für so manches geheimnisvolle Ereignis im Leben keine vernünftige Erklärung gibt? Der

Name Wallarie, der scheue Furcht in ihm weckte, war ihm von seinen unauffälligen Nachforschungen im Zusammenhang mit der Geschichte der Familie Duffy bekannt, in der dieser Ureinwohner eine sonderbare und geradezu übernatürliche Rolle zu spielen schien. »Junger Mann, wenn ich versuchen wollte, Ihnen zu erklären, woher ich den Namen Ihres dunkelhäutigen Samariters kenne, würden Sie mich vermutlich für vollständig verrückt erklären. Beschäftigen wir uns deshalb lieber mit Dingen, die im Augenblick dringender sind. Sie haben also keine Ahnung, wo sich das junge Mädchen aufhalten könnte?«, fragte er, während Christie ein Glas Rum hinunterstürzte.

Palmerston schüttelte den Kopf, wobei er ins Leere zu blicken schien. »Nicht die leiseste Ahnung«, gab er zurück. »Falls die drei heil zurückgekommen sind, könnten sie sich überall in Cooktown aufhalten.«

Horace allerdings hatte eine Vorstellung, wie er die drei verloren Gegangenen finden könnte. Konnte er sich nicht die Dienste Su Yins zunutze machen, der an der Spitze des Geheimbundes stand und in Cooktown über ein weit dichter geknüpftes Netz von Zuträgern verfügte als er selbst? »Ich würde gern mit Mister O'Flynn sprechen«, sagte Horace freundlich. »Ich schulde ihm etwas für den überaus großen Mut, den er bewiesen hat.«

»Ich kann Sie heute Abend zu ihm bringen«, bot ihm Christie an und erhob sich schwerfällig wie ein alter Mann von seinem Stuhl. »Es ist nicht weit.«

»Später«, sagte Horace. »Vorher habe ich noch eine dringende Verabredung.«

Christie nickte und verabschiedete sich von dem kleinen Engländer. Horace sah ihm nach und überdachte die Lage. Mit Sicherheit hielten der Eurasier und der Amerikaner das Mädchen irgendwo versteckt. Er aber musste sie im Interesse der anglo-französischen Beziehungen unbedingt haben, um sie den Franzosen zu übergeben. Michael Duffy hatte Wort gehalten und seinen Auftrag erledigt. Wirklich bedauerlich, dass es so aussah, als werde das auch ihn das Leben kosten, denn er war zweifellos mutig und einfallsreich. Horace stand auf und ging zur Tür.

In dem kleinen Raum, in dem sie von Zeit zu Zeit gemeinsam ihren Opiumträumen nachhingen und in dem der Duft von Räucherstäbchen hing, warf Su Yin dem Engländer unter schweren Lidern einen Blick zu. Außer ihm und Horace war noch ein kräftiger Chinese mit einem krötenähnlichen, von vielen Narben verunstalteten Gesicht im Raum. Seine Anwesenheit überraschte Horace, der von seinen chinesischen Kontaktleuten wusste, dass es Aufgabe dieses Mannes war, all die zur Rechenschaft zu ziehen, die sich gegen den Geheimbund stellten. Man sah ihn nicht oft und immer nur dann, wenn jemand aus dem Weg geräumt werden musste.

»Ich habe keine Ahnung, wo sich John Wong aufhält«, sagte Su wahrheitswidrig. »Zweifellos wird er sich bald bei mir melden.«

»Das überrascht mich«, gab Horace auf Chinesisch zurück. »Ich dachte, Sie wissen alles, was in dieser Stadt geschieht, also auch, dass sich John Wong irgendwo in Cooktown befindet.«

Sus Ausdruck veränderte sich leicht, und Horace glaubte den Anflug einer gefährlichen Verstimmung in seinen Zügen zu erkennen. Immerhin hatte er mit seinen Worten dessen Fähigkeiten in Zweifel gezogen – eine Schmähung, die jeden anderen das Leben kosten würde. Aber Su war in erster Linie Geschäftsmann und wollte auf keinen Fall die Kontakte zu den europäischen Stellen einbüßen, über die der Engländer in den Kolonialbehörden verfügte. Die beiden Männer sahen einander an. Su Yin hatte keine Angst vor dem Barbaren – ein weibischer Mensch wie er, dem der Sinn nach Opium und billigen asiatischen Jungen stand, bedeutete für ihn keine Bedrohung, er konnte ihn verächtlich abtun. Als Horace einen Blick aus dem Augenwinkel zu dem chinesischen Meuchelmörder hinüberwarf, merkte er, dass ihn dieser mit unverhohlener Herablassung musterte. Horace ließ sich manches gefallen, nicht aber Verachtung, und er merkte, wie er wütend wurde. Weder dem Anführer des Geheimbundes noch seinem Henker fiel jedoch der zornige Blick des Engländers auf.

»Wenn Sie mir bei der Suche nach John Wong nicht zu helfen vermögen«, sagte Horace, »kann ich ebenso gut in meinen Gasthof zurückkehren. Guten Abend.«

Als er den Raum verließ, erhob sich Su nicht, sondern blieb auf den Polstern liegen. Dann nickte er seinem Vollstrecker zu.

Doch statt zu seinem Gasthof zurückzukehren, ging Horace das kleine Stück vom Chinesen-Viertel bis zu Kate O'Keefes Laden und blieb dort im Schatten wartend stehen. Schon sehr bald wurde seine Vermutung bestätigt: Der chinesische Henker zeigte sich auf der Straße inmitten der vielen Goldsucher, die sich einen schönen Abend machen wollten. Horace hatte vermutet, Luke Tracy würde, sofern das Mädchen entweder mit ihm oder mit John Wong zusammen war, Kate O'Keefe um Hilfe bitten. Jetzt war klar, dass sich auch Su Yin für die Kleine interessierte. Horace traute schon lange keinem Menschen mehr. Vertrauen hatte bei geheimdienstlicher Arbeit keinen Stellenwert. Er hatte gleich vermutet, dass das Erscheinen des chinesischen Mörders kein Zufall sein konnte. Der Mann war ausgeschickt worden, um John Wong und jeden anderen aus dem Weg zu räumen, der sich einer Auslieferung des Mädchens an Su widersetzte. Horace, den Sus offene Verachtung nach wie vor verstimmte, sah, wie der Vollstrecker in einer dunklen Gasse hinter dem Laden verschwand.

Horace war klar, dass er sich von hinten Zugang verschaffen wollte.

Auf einem Ballen Baumwollstoff sitzend, sah Thi Hue zu, wie John Wong wie einer der gefürchteten mächtigen Tiger ihrer Heimat in dem kleinen Lagerraum unruhig auf und ab schritt – voll Wachsamkeit und bereit, jederzeit zuzuschlagen, ging es ihr durch den Kopf. Seine dunklen Augen spiegelten die Anspannung, mit der er auf die Rückkehr des Amerikaners wartete, der sie holen sollte. »Du musst dich ausruhen«, sagte sie leise, und John hörte auf, hin und her zu gehen, »sonst ermüdest du nur unnötig.«

Sein warmes Lächeln schien den Raum zu erfüllen, und er setzte sich neben sie auf den Ballen. »Alles wird gut«, sagte er leise aufseufzend. »Auf Luke Tracy kann man sich verlassen.«

»Ich weiß«, gab Thi Hue zur Antwort. »Er hat schon viel für mich getan, so wie du.« John spürte die leichte Berührung ihrer zierlichen Hand auf dem Arm und sah ihr in die Augen.

»Thi Hue«, sagte er. Er sprach nicht weiter, denn es fiel ihm schwer, die richtigen Worte zu finden. Verlegen sah er beiseite.

»Du willst mir sagen, dass du mich liebst«, half sie ihm freundlich, und er sah sie überrascht an. Sie lächelte schwermütig, und es kam ihm vor, als müsse sein Herz bersten.

»Ich glaube schon«, sagte er mit erstickter Stimme und fuhr stockend fort, »ich glaube, ich habe mich gleich zu Anfang in dich verliebt, als ich dich zum ersten Mal bei Morts Leuten gesehen habe. Ich …« Er verstummte, als er den gequälten Ausdruck auf dem schönen Gesicht des Mädchens sah.

»Wäre das doch möglich!«, sagte sie und wandte den Blick ab. In ihrem Volk galt es als unhöflich, Menschen, mit denen man sprach, in die Augen zu sehen. Europäer hielten das fälschlicherweise für Ausweichen. »Aber ich kann nie und nimmer einen Mann heiraten, den nicht meine Familie für mich ausgesucht hat. Ich muss in meine Heimat zurückkehren und den Kampf gegen die französischen Eindringlinge fortsetzen, so wie einst meine Vorfahren gegen Chinesen und Hunnen gekämpft haben. Doch wer weiß, was geschieht … wenn wir die Franzosen erst einmal besiegt haben.«

»Ich liebe dich, Thi Hue«, sagte John. »Ich werde dich immer lieben und möchte dir im Kampf gegen die Feinde deines Landes beistehen.«

Überrascht wandte sie sich mit weit aufgerissenen Augen dem Mann zu, den sie in der kurzen Zeit ihres Zusammenseins achten – und lieben – gelernt hatte. »Du würdest mit mir reisen, obwohl ich deine Gefühle nicht erwidern kann?«, fragte sie. »Du würdest dein Leben in einem Krieg aufs Spiel setzen, der nicht deiner ist?«

»Für dich«, sagte John schlicht. »Und vielleicht würdest du mich im Laufe der Zeit lieben lernen und noch einmal über die Wünsche deiner Familie nachdenken.«

Thi Hue machte ein bedenkliches Gesicht. »Das kann ich nicht versprechen«, sagte sie. »Bitte bleib hier in deinem Land. Du gehörst hierher und nicht nach Asien. Du sprichst nicht einmal besonders gut Chinesisch«, fügte sie neckend hinzu, und John lachte. Impulsiv fasste er sie an den Schultern und küsste sie auf den Mund. Sie war so verblüfft, dass sie keinen Widerstand leistete. Sein Kuss war so warm wie die Brise im tropischen Park des väterlichen Palastes.

Er ließ sie los und sah sie an. »Vielleicht lerne ich die Sprache deines Landes ja besser«, sagte er, immer noch leise lachend. »Chinesisch ist mir schon immer schwer gefallen.«

Sie lächelte. Mit allen Fasern sehnte sie sich danach, von diesem hünenhaften Barbaren besessen zu werden. Sie spürte die Intensität ihres Wunsches, stets an seiner Seite zu sein, musste aber ihre Gefühle vor dem Mann verborgen halten, den sie mehr begehrte als jeden anderen. Sie befand sich nicht freiwillig in diesem Land und hatte nach wie vor die Aufgabe, ihre Heimat von den europäischen Eindringlingen zu befreien. »Wenn unser Schicksal das will«, sagte sie leise, »werden wir eines Tages beisammen sein.«

Mehr wollte John nicht hören. In diesem Augenblick wurde ihm klar, dass er seiner Prinzessin bis in die Hölle folgen würde, wenn es das Schicksal so bestimmt hatte. Die Hoffnung war ein winziges Flämmchen, das sich zäh jedem Versuch widersetzte, es auszulöschen. Nichts war stärker als seine Liebe zu der schönen jungen Frau aus Kotschinchina. Sicher war ihre Liebe zu ihm ebenso stark.

Ha! Nur das Mädchen und der Eurasier! Der Vollstrecker des Geheimbundes spähte durch ein Fenster von Kates Lagerraum. Es würde ganz leicht sein. Sobald der Hüne einschlief, würde er das Fenster aufdrücken, sich hineinschleichen und ihm die Kehle durchschneiden. Bis dahin aber würde er noch einige Stunden warten müssen. Die beiden da drinnen schienen sich äußerst angeregt zu unterhalten. Nach der Art, wie sie das taten, könnte man die glatt für Liebesleute halten, dachte er belustigt. Es würde wohl noch eine ganze Weile dauern, bis sie sich schlafen legten.

Er war sicher, dass ihn auf dem unbeleuchteten Hof niemand sah. Er musste lediglich wach bleiben und dann seine Aufgabe ausführen. Angst hatte er nicht, sein Opfer ahnte nichts von seinem Auftrag, und er hatte in Hongkong schon viele Menschen ohne die geringsten Schwierigkeiten getötet. Er setzte sich mit dem Rücken an einen Holzzaun und wartete.

»Ach, mein Bester«, sagte Horace, der mit einem Mal in der Dunkelheit des Hinterhofs vor ihm stand. »Ich möchte Ihnen doch eine Frage stellen.« Verblüfft sprang der Meuchelmörder auf, wobei er eine leere Kiste umwarf.

Wie war es dem verachtenswerten Barbaren gelungen, ihn so leicht aufzuspüren? Bevor ihm eine Antwort auf diese Frage einfiel, spürte er einen stechenden Schmerz in der Brust. Verwirrt erinnerte er sich undeutlich, den Lichtblitz einer Klinge aufblitzen gesehen zu haben. Der Engländer stand direkt vor ihm und lächelte, während sich der Schmerz in seiner Brust ausbreitete. Wie … was war da geschehen? … Wie hatte der weibische Barbar ihn töten können? Immerhin war er Su Yins bester Henker …

Vor Schmerzen aufstöhnend, sank der Chinese zu Boden. Seine Finger krallten sich um die lange, schmale Klinge eines Stockdegens, lösten sich aber bald. Noch im Tod lag der Ausdruck der Verblüffung auf seinem verzerrten Gesicht. Horace setzte einen Fuß auf die Brust des Mannes und zog seinen Degen heraus. Saubere Arbeit, beglückwünschte er sich. Die rasiermesserscharfe Spitze hatte das Herz des Mannes durchbohrt, ohne dass diesem die geringste Möglichkeit zur Gegenwehr geblieben war.

Wie beiläufig wischte Horace die Klinge an der Jacke des Chinesen ab, bevor er sie zurück in die Höhlung des Stocks mit dem Silberknauf schob. Dann durchsuchte er die Kleidung des Toten und fand ein großes, scharf geschliffenes Messer – zweifellos hatte er John Wong damit töten wollen. Jetzt würde es Horace zur Erledigung seines Vorhabens dienen. Während er leise eine alte Melodie vor sich hinpfiff, an die er sich aus seiner Zeit im Krimkrieg erinnerte, führte er seine Arbeit mit der Geschicklichkeit eines Metzgermeisters aus.

Das Entsetzen auf Su Yins Zügen freute Horace zutiefst. Der Anführer des Geheimbundes war zurückgewichen, als der blutige Gegenstand bis zu den Polstern gerollt war, auf denen er ruhte. Er hob den Blick zu Horace, der unbeteiligt die Brille abgenommen hatte, um die Gläser zu putzen, offenbar verärgert, weil sie blutig geworden waren, als er dem Mörder den Kopf vom Rumpf getrennt hatte. Sobald ihm die Gläser sauber genug erschienen, setzte er die Brille wieder auf und sagte leichthin: »Zweifellos sind Sie empört, weil ich Ihren Mann getötet habe. Aber ich mag es nun einmal nicht, wenn man doppeltes Spiel mit mir treibt oder mich belügt. Sie wissen ebenso gut wie ich, wo sich die junge Frau befindet, nämlich in Kate O'Keefes Lagerhaus. Ich fände es wünschenswert, wenn sie unter Ihrem Schutz in John Wongs Gesellschaft dort bleiben würde.«

»Warum sollte ich damit einverstanden sein?«, fragte Su Yin mit gefährlich leiser Stimme. Der Kopf, der nur wenige Zentimeter von ihm entfernt lag, sah ihn mit blicklosen stumpfen Augen an. Ihm war die Vorstellung unerträglich, dass dieser von ihm als weibischer Barbar eingeschätzte wohlbeleibte kleine Mann seinen besten Vollstrecker getötet hatte. Als er den Blick von dem Kopf zu Horace hob, sah er auf den Zügen des Engländers lediglich den Ausdruck leichter Belustigung. Trotz seiner verwegenen Handlungsweise schien er vor ihm nicht die geringste Furcht zu empfinden. Dabei befanden sich nur wenige Schritte entfernt Männer, die Su Yin rufen konnte und die den Barbaren an Ort und Stelle ohne viel Federlesen töten würden. Horace aber tat so, als sei ihm diese bedrohliche Situation in keiner Weise bewusst. »Ich könnte Sie umbringen lassen, Mister Brown«, setzte Su Yin hinzu. »Ihr Versuch, mich mein Gesicht verlieren zu lassen, war ausgesprochen töricht und verdient Strafe.«

»Das war keineswegs meine Absicht, Su«, gab Horace zurück. »Ich wäre bestimmt nicht gekommen, wenn ich Ihnen nicht etwas Wichtiges anzubieten hätte. Das ist Ihnen als Geschäftsmann doch sicherlich klar.«

»Und was soll das sein?«, erkundigte sich Su. An seinem Gesicht war deutlich Interesse an dem abzulesen, was Horace gesagt hatte. Man hätte denken können, er schenkte dem Kopf, der vor seinen Füßen lag, keinerlei Beachtung mehr.

»Wenn Sie mir den Wunsch erfüllen, nichts gegen den Eurasier und die junge Frau zu unternehmen,« sagte Horace ganz ruhig, »verspreche ich Ihnen meine Unterstützung bei der Rückführung der sterblichen Überreste Ihrer Landsleute ins Land ihrer Ahnen.«

»Haben Sie denn Kontakte zu den Zollbehörden?«, erkundigte sich Su interessiert. »An wen muss ich mich halten?« Woher mochte der Mann wissen, dass er in den Leichnamen von Kulis, die nach Hongkong zurückgeschickt wurden, Gold schmuggelte? Es hätte ihn nicht weiter erstaunen sollen. Für einen Barbaren war Horace Brown bemerkenswert. Nicht nur sprach er fließend Chinesisch, er war auch ein Spion.

»So ist es«, gab Horace zur Antwort, und Su lächelte. Horace konnte sich nicht erinnern, ihn je zuvor lächeln gesehen zu haben.

»Dann werde ich Ihnen den Wunsch erfüllen, Mister Brown«, gab er zur Antwort. »Die beiden stehen unter meinem Schutz. Aber eines muss Ihnen klar sein: Wong darf nie wieder nach Cooktown zurückkehren, solange ich hier bin, denn sonst würde ich mein Gesicht verlieren.«

»Ich verstehe«, gab Horace bedeutungsvoll zurück. »Ich bezweifle, dass Sie Mister Wong nach dem heutigen Abend noch einmal sehen werden. Ihre Ehre bleibt mit Sicherheit unangetastet. Niemand außer Ihnen und mir weiß von der Sache. Sie können die Leiche Ihres Gehilfen von Ihren Leuten hinter Kate O'Keefes Lagerhaus in der Charlotte Street abholen lassen. Abgesehen von einer Wunde in der Brust und dem fehlenden Kopf befindet sich sie für den Rücktransport nach Hongkong in bemerkenswert gutem Zustand. Jetzt wünsche ich Ihnen einen guten Abend, denn ich habe noch viel zu tun. Unter anderem muss ich alte Bekannte besuchen.«

Su sah zu, wie der Engländer auf dem Absatz kehrtmachte und zum Abschied leicht mit seinem Spazierstock winkte. Schon oft hatte er sich gefragt, warum Horace Brown einen Stock brauchte, schien er doch auch ohne dessen Hilfe gut zu Fuß zu sein.

53

Kates Geld verhalf John und Thi Hue zu einer Überfahrt auf einem gecharterten Schoner nach Süden. Der Kapitän war hoch zufrieden mit dem großzügigen Preis, den man ihm dafür zahlte, dass er zwei Fahrgäste nach Townsville brachte, ohne Fragen zu stellen.

Spät am Abend schüttelte Luke am Kai John die Hand, und dieser erwiderte dankbar seinen Händedruck. Beiden war klar, dass damit zwischen ihnen ein Bund geschlossen war, auf den sie sich jederzeit verlassen konnten und den beide notfalls mit ihrem Blut besiegeln würden.

Als die beiden Fahrgäste an Bord gingen, flossen Thi Hue Tränen der Dankbarkeit über die Wangen. Mit erstickter Stimme sagte sie: »*Merci, Monsieur Luke*.« Während sie neben John an Deck stand, dachte sie an vieles, was ihr im Lande der Barbaren widerfahren war. Ihr kam der einäugige Krieger mit den breiten Schultern und dem narbenbedeckten Körper in den Sinn, der als Nachhut sein Leben geopfert hatte, damit die anderen den Fängen der Geheimbünde entkommen konnten. Der schlaksige Amerikaner, der jetzt am Kai stand, setzte sein Leben aufs Spiel, indem er sie und John aus Cooktown hinausschmuggelte. Aber da waren noch andere: der hinkende Engländer, der weiter westlich in den Bergen tot in einem verbrannten Trockental lag, wie auch der bärtige junge Buschläufer mit dem verkrüppelten Arm, der keinen Hehl aus seiner Abneigung gegen Asiaten gemacht hatte. All diesen hünenhaften, warmherzigen und mitfühlenden Barbaren, die den Mut der Tiger von Thi Hues Heimat besaßen, würde sie ihr Leben lang etwas schuldig sein.

Sie gab sich keine Mühe, ihre Tränen zurückzuhalten, und schwor im Stillen den Geistern ihrer Ahnen, dass sie eines Tages die Schuld gegenüber den Männern abtragen würde, die sich so unbeirrt für ihre Rückkehr in die Heimat eingesetzt hatten. Niemand hörte diesen Eid, den sie unter dem Kreuz des Südens auf das Leben ihrer noch ungeborenen Kinder leistete.

Mit schwerem Herzen sah Luke zu, wie der Schoner anmutig zwischen den im Fluss ankernden Schiffen hindurchglitt, bis ihn die Dunkelheit verschlang. Jetzt waren alle fort, und er blieb allein zurück, mit kaum mehr als seinem einsamen Leben. Möglicherweise würde John nie mit dem Lösegeld zurückkehren, aber zumindest waren die beiden den Fängen Su Yins entkommen, dachte er, während er sich abwandte und langsam der Stadt entgegenging, die voller Licht und Lärm war. Es war eine Nacht wie viele andere, in der sich Männer betranken, die mit ihren Feldkesseln und Taschen voller Gold vom Palmer zurückgekehrt waren, um ihren Erfolg zu feiern. Eine Nacht wie viele andere, in der Huren, Glücksspieler, Taschendiebe und Bauernfänger die betrunkenen Goldsucher um ihren schwer verdienten Reichtum brachten.

In diesen langen Nächten spürte er die Einsamkeit am meisten. Das erregende grelle Leben der Goldgräberstadt entsprach dem Rhythmus seines eigenen Lebens, eines Lebens voller Abenteuer, das im Jahr '49 auf den Goldfeldern Kaliforniens begonnen, '54 auf denen von Ballarat in der Kolonie Victoria seine Fortsetzung gefunden hatte und jetzt zwanzig Jahre später in der Hafenstadt am Palmer weiterging.

Es war ein Leben ohne Wurzeln. Schon seit seiner Jugend hatte er einen Traum verfolgt, der so flüchtig war wie die Träume in den rauchgeschwängerten Opiumhöhlen hinter der Charlotte Street. Jetzt stand er in der ersten Hälfte seines fünften Lebensjahrzehnts und hatte nichts vorzuweisen als seine schwieligen Hände, die Narben auf seinem Leib und traurige Erinnerungen an eine Frau und ein Kind, die schon lange in der Erde seiner Wahlheimat begraben lagen. Doch daneben erinnerte er sich an eine schöne junge Irin, die er lieben gelernt hatte. Erinnerungen und Narben, dachte er niedergeschlagen. Es kam ihm vor, als hätte ihm das Leben an den Grenzen des harten und wilden Landes nur wenig für die Zukunft gelassen.

Ohne dass er es recht merkte, trugen ihn seine Füße zu dem Gasthof zurück, wo er noch vor wenigen Tagen gemeinsam mit Michael Duffy und Henry James getrunken hatte. Das schien jetzt ein ganzes Leben zurückzuliegen. Luke war verzweifelt. So viele gute Freunde hatte er in so kurzer Zeit verloren. Auf jeden Fall würde er sich betrinken … sinnlos betrinken.

»Ich denke, ich sollte Ihnen einen ausgeben, Mister Tracy«, sagte eine Stimme neben ihm. »Sie sehen aus wie jemand, der etwas zu trinken brauchen kann.«

Luke wandte sich dem bebrillten korpulenten Mann zu, der neben ihn getreten war. Aus dem Gasthof drangen laut die Klänge einer Fiedel und das johlende Gelächter sich amüsierender Goldsucher. »Ich heiße Horace Brown«, sagte der Mann und hielt dem verblüfften Amerikaner höflich die Hand hin. »Wir sind uns noch nie begegnet«, fuhr er fort, »haben aber gemeinsame Bekannte, auf die ich gern mit Ihnen anstoßen würde.«

Luke zwinkerte. Das also ist der Hintermann der vom Unglück verfolgten Expedition, deren Aufgabe es gewesen war, Thi Hue aus Morts Fängen zu befreien, ging es ihm durch den Kopf. »Sind Sie mir gefolgt?«, fragte er herausfordernd, ohne die ihm hingehaltene Hand zu beachten.

»Ja und nein, alter Junge«, gab Horace zur Antwort. »Wissen Sie, heute Nachmittag bin ich zufällig in meinem Gasthof einem gemeinsamen Bekannten begegnet, der mir gesagt hat, seines Wissens seien Sie und Mister Wong mit dem Mädchen entkommen. Nun hatte mein anderer alter Freund Su Yin seinen geschätzten Mitarbeiter Wong nicht mehr gesehen, seit er ihn für Mister Duffys Expedition abgestellt hatte, weshalb er annahm, jener wolle seinem Arbeitgeber aus dem Weg gehen, warum auch immer. Vermutlich hatte Wong den Auftrag, die Kleine zu Su zu bringen, damit dieser von den Franzosen bestimmte Vergünstigungen bei Geschäften einhandeln konnte, die er in Saigon plant.«

»Obwohl Sie John Wong misstrauten, haben Sie ihm gestattet, uns zu begleiten, Mister Brown?«, fragte Luke und sah ihn scharf an. »Das scheint mir nicht besonders vernünftig.«

Horace hüstelte und räusperte sich. »Nun, eigentlich war es unerheblich, wer das Mädchen an die Franzosen zurückgibt«, sagte er. »Die Hauptsache war doch, dass die britische Regierung die Franzosen nach Kräften unterstützte. Der Zweck heiligt die Mittel, wie man so schön sagt.«

»Jetzt aber wird sie den Franzosen nicht in die Hände fallen. Das ist Ihnen doch bekannt, nicht wahr, Mister Brown?«, fragte Luke ruhig und achtete sorgfältig auf die Reaktion des Engländers.

»Gewiss. Ich habe gesehen, wie Sie sie auf ein Schiff gebracht haben, das wer weiß wohin segelt«, gab er zur Antwort.

Luke starrte ihn mit offenem Mund an. Erfreut sah Horace, dass es ihm gelungen war, den Amerikaner aus der Fassung zu bringen. »Machen Sie sich keine Sorgen«, fuhr er fort. »Angesichts der vielen Menschenleben, die die Expedition gekostet hat, dürfte dem Geheimdienst der Franzosen klar geworden sein, dass wir uns die größte Mühe gegeben haben, ihnen zu helfen. Bestimmt werden sie durch ihren eigenen Agenten am Ort alles über die Ereignisse erfahren und für die Unterstützung dankbar sein, die ihnen die Regierung Ihrer Majestät gewährt hat. Natürlich auf äußerst diskrete Weise. Von einem Lösegeld allerdings ist mir nichts bekannt«, sagte er mit verschwörerischem Augenzwinkern. Offensichtlich hätte der Engländer ohne weiteres die Möglichkeit gehabt, Thi Hue am Verlassen der Stadt zu hindern. Als Luke das begriff, hielt er ihm gleichsam entschuldigend die Hand hin, und Horace nahm die Versöhnungsgeste an. »Ich kann in der Tat etwas zu trinken gebrauchen, und wenn Sie bezahlen …«, sagte Luke.

»Aber nur ein Glas, Mister Tracy«, sagte Horace. »Sie wollen doch sicher gern Mister O'Flynn sehen? Er ist …«

»Michael? Er lebt?«, brach es aus Luke hervor und er packte den Mann bei den Schultern.

»Ja. Mister Palmerston hat ihn hergebracht, allerdings mehr tot als lebendig«, sagte Horace seufzend. »Seine Wunde scheint sich entzündet zu haben, und er ist kaum bei Bewusstsein.«

»Wo? Wo zum Teufel ist er jetzt?«

»Mit Mister Palmerston draußen im Goldgräberlager. Vermutlich ist er inzwischen tot, wenn kein Wunder geschehen ist, denn nur ein solches kann ihn retten.«

Es war einerlei, wer das Mädchen hatte, überlegte Horace achselzuckend. Eigentlich passte es ganz gut, dass sie sich bei den Abenteurern befand, die sich den Anspruch auf sie schwer genug erkämpft hatten.

Es wurde wohl allmählich wieder einmal Zeit, seine geringe Habe zu packen und weiterzuziehen. Sein Auftrag im fernen Norden Queenslands war erledigt. Zwar hatten die Deutschen bei ihren Bemühungen, die geheimnisvolle große Insel nördlich der Kolonie zu besetzen, einen vorläufigen Rückschlag erlitten, doch war ihm klar, dass sie es wieder versuchen würden. Seine Aufgabe würde es sein, diese Pläne zu durchkreuzen.

54

Es war ein angenehm milder Abend, und die Kinder waren bereits im Bett, als Luke zu Kate kam. Sie schilderte gerade in einem Brief an ihre Tante Bridget in Sydney die Vorfälle der jüngeren Vergangenheit, als sie das heftige Klopfen an der Haustür hörte. Sie warf sich ein Umschlagtuch über das Nachthemd und schloss auf, als sie Lukes Stimme hörte.

Er stand mit so finsterer Miene in der Tür, dass sie ihm lieber keine Fragen stellte. Er bat sie, sich ausgehbereit zu machen, er werde inzwischen ihren Einspänner für eine kurze Fahrt außerhalb der Stadt vorbereiten. Eilends zog sich Kate an. »Wohin fahren wir?«, fragte sie von der Veranda aus.

»Ins Goldgräberlager vor der Stadt«, gab er zur Antwort und holte das Pferd aus dem Stall.

Kate kannte das Lager gut. Es war ein Zwischenlager für Goldsucher. Von dort aus brachen sie auf, um am Palmer ihr Glück zu versuchen, und dorthin kehrten sie zurück, wenn ihnen der Erfolg versagt geblieben war. Dort herrschte ein rüder Umgangston, Betrunkene grölten, Kinder schrien und Frauen zeterten mit sich überschlagender Stimme über ihre betrunkenen Männer. Kate hatte es schon oft aufgesucht, um Frauen und Kindern glückloser Goldsucher Lebensmittel und Medikamente zu bringen. Man schätzte und achtete die schöne Irin im Lager.

»Frag mich nicht, warum«, fügte er kurz angebunden hinzu und sagte dann sanfter, ohne den Blick vom Weg vor ihm zu nehmen: »Ich kann Henry nicht wieder lebendig machen, aber vielleicht einen anderen Menschen in dein Leben zurückbringen.«

Diese Auskunft verwirrte Kate, denn sie hatte nicht die geringste Ahnung, wovon er sprach. Während sie sich der Zeltstadt näherten, riefen ihr viele, die sie kannten, einen munteren Gruß zu. Jeden erwiderte sie mit einem Lächeln und einem freundlichen Nicken.

Luke band das Pferd an und führte sie zu einem Zelt am Rande des Lagers, wo sie auf den legendären Buschläufer Christie Palmerston trafen. Sie hatte schon so viele farbige Geschichten über ihn gehört, ohne ihm je begegnet zu sein. Überrascht sah sie, dass er weder drei Meter groß war noch die glühenden Augen eines Feuer speienden Drachens hatte. Eigentlich sah er ganz normal aus, und in seinen Augen lag eine einfühlsame Intelligenz, die sie bei einem Mann sehr schätzte.

Christie schlug die Klappe vor dem Eingang des Zeltes zurück, und Kate bemühte sich, ihre Augen an den schwachen Schein einer Petroleumlampe zu gewöhnen, die auf einer wackligen Kiste stand. Sie sah einen kräftigen Mann mit einer ledernen Augenklappe auf einem Feldbett liegen, um dessen nackte Brust ein Verband gewickelt war. Sein schweißbedeckter Körper war von vielen Narben gezeichnet.

Ihn schüttelte erkennbar ein heftiges Fieber, noch verstärkt durch die ziemlich frische Wunde. Noch einmal sah sie auf sein Gesicht. Irgendetwas daran kam ihr in geradezu quälender Weise vertraut vor.

»Hallo Kate«, sagte der Mann mit belegter Stimme. Ihr schwanden die Sinne.

Bruder und Schwester blieben allein im Zelt, während sich Luke draußen leise mit Christie unterhielt. Sie waren übereingekommen, nie über ihre Erlebnisse der vergangenen Woche zu reden, und bekräftigten das mit einem feierlichen Schwur. Vor allem Christie war glücklich darüber. Schlimm genug, dass die Greifer ständig wegen der einen oder der anderen Sache hinter ihm her waren: Anschuldigungen wegen Pferdediebstahls und Misshandlung von Chinesen. Jetzt aber ging es um die Tötung von Europäern! Nein, was den Buschläufer betraf, war nichts von alledem vorgefallen. Er hatte noch viel vor, und

die peinlichen Fragen der Behörden über die toten Seeleute von der *Osprey* könnten ihm das Leben außerordentlich schwer machen.
Neben dem Feldbett kniend, hielt Kate die Hand ihres geliebten Bruders. Unter Lachen und Weinen strich sie ihm über das dichte, gewellte Haar, das von Schmutz verklebt war. Sie betete, ihnen möge genug Zeit bleiben, um miteinander zu reden, denn es gab so vieles zu fragen und so vieles nachzuholen. Sie sah, wie schwach Michael war. Bisweilen versank er in Bewusstlosigkeit, dann kam er wieder zu sich – es war nicht der richtige Zeitpunkt für eine solche Unterhaltung. Sein graues Auge glänzte vom Fieber, und seine Stirn fühlte sich heiß an, doch er fasste die Hand der Schwester ebenso kräftig wie sie die seine.

»Luke hat dich hergebracht, nicht wahr?«, fragte er mit heiserem Flüstern, und Kate nickte. Michael schüttelte langsam den Kopf. »Ich habe ihm doch gesagt, er soll sein verdammtes Maul halten.« Er versuchte, sich aufzusetzen, und Kate hielt ihm eine Feldflasche mit Wasser an die Lippen. Als er getrunken hatte, wandte er sich ihr zu. »Mir ist klar, dass ich sterbe«, sagte er. Kates Gesicht verzog sich. »Weine nicht, Kate«, fuhr er mit schwacher Stimme fort. »Ich habe im Laufe der Jahre ziemlich viel Leben verbraucht, aber zumindest habe ich dich noch ein letztes Mal gesehen … bevor ich rüber auf die andere Seite gehe.«

»Du stirbst nicht, Michael«, sagte sie und versuchte, ihr Weinen zu unterdrücken. »Du wirst gesund und trittst mit in mein Geschäft ein.« Ihre Tränen fielen auf das Gesicht ihres Bruders, während er sich auf das Feldbett zurückgleiten ließ.

Er lächelte ihr betrübt zu. »Luke kümmert sich um dich, wenn ich nicht mehr da bin, Katie«, sagte er leise mit ersterbender Stimme. »Er ist ein guter Mensch, und ich glaube, er liebt dich schon lange. Er muss dich sehr geliebt haben, denn immerhin hat er den windigen Anwalt angewiesen, dir alles Geld zur Verfügung zu stellen, das er damals besaß, und sein Leben aufs Spiel gesetzt, als er sich ihm stellte, bevor wir Cooktown auf der *Osprey* verlassen haben.«

Da er das Auge geschlossen hielt, während er sprach, merkte er nichts von dem Entsetzen auf Kates Gesicht. Vieles, was sie lange nicht verstanden hatte, fügte sich plötzlich zusammen. Sie dachte an Hugh Darlingtons angebliche Schenkung, und ihr fiel ein, dass Luke etwa um die Zeit aus ihrem Leben verschwunden war, als Darlington ihr das Geld gegeben hatte. »Das Geld stammt von Luke?«, stieß sie hervor. »Nicht von Hugh?«

»Es hat ihm nie gehört«, sagte Michael mit einem Seufzer. »Luke war nur zu stolz, dir zu sagen, dass es sein Geld war, und der Schweinehund hat ihn nach Strich und Faden betrogen. Sein Stolz hat Luke daran gehindert, dir zu gestehen, dass er in Gedanken immer bei dir war, Katie …« Michaels Stimme wurde immer leiser, während er langsam dem Abgrund des Todes entgegentrieb.

Kate begriff, dass sie seine letzten Worte hörte. Ihr Bruder glitt in den Frieden, der auf der anderen Seite auf ihn wartete. Er war sein Leben lang ein Kämpfer gewesen, jetzt aber lockten ihn die Sirenen auf den Klippen des Abgrundes. Während sie weinend den Kopf an seiner Brust barg, spürte sie, wie die Lebenskraft seinen erschöpften Leib verließ.

Erinnere dich! Erinnere dich, und du wirst leben!, rief die ferne Stimme eines Kindes Michael in der Finsternis zu.

Woran soll ich mich erinnern?, hörte er seine eigene Stimme als Echo in der Nacht. Das Flüstern drang von allen Seiten auf ihn ein …

An die Frau mit den grünen Augen …

Mit dem angstvollen Ruf »Michael!« warf sich Kate über den Sterbenden. Luke kam ins Zelt gestürmt. »Michael stirbt«, schluchzte sie, während sie neben dem Bruder kniete und ihn in den Armen hielt. »Und ich kann nichts tun.«

Es kam Luke vor, als müsse sein Herz vor Qual brechen, und er schloss sie äußerster liebevoll in die Arme. »Ein Mann braucht einen guten Grund, um weiterzukämpfen, Kate«, sagte er zärtlich. »Einen Grund, der stärker ist als das eigene Leben.«

Sie löste sich aus Lukes Umarmung. Auf ihren Zügen lag

wilde Entschlossenheit. »Den Grund gibt es«, sagte sie, während sie sich wieder neben das Feldbett kniete, wo ihr Bruder lag und auf das Flüstern im Dunkeln hörte. »Michael, du musst kämpfen und weiterleben«, sagte sie fest. »Du musst kämpfen, damit du siehst, wie aus deinem Sohn ein Mann wird. Ja, Michael.« Ihre strengen Worte waren eher die einer tadelnden Mutter als die einer verzweifelnden Schwester, und sie merkte, dass er auf ihre Stimme reagierte. »Dein Sohn braucht dich mehr als irgendeinen anderen Menschen auf der Welt, wenn auch er ein Mann werden soll wie sein Vater …«

Das war es! Ich erinnere mich! Der Junge mit den grünen Augen! Nein, er war nicht Daniels Sohn! Das war mir in der Nacht am Hang klar geworden. Michael hörte, wie ihn die Stimme aus der Ferne rief. *Eine Jungenstimme.*

»*Vater!*«

»Patrick … mein Sohn!« Michaels geflüsterte Worte schienen im Zelt widerzuhallen. Ihr Bruder würde nicht sterben. Kate wusste nicht, woher er den Namen seines Sohnes kannte, war aber unumstößlich davon überzeugt, dass ihr Bruder leben würde.

Mit heiterer Siegesgewissheit wandte sie sich Luke zu. »Michael wird leben«, sagte sie triumphierend. »Er hat in seinem Leben noch eine große Aufgabe vor sich. Und ich liebe dich, Luke … ich habe dich immer geliebt.« Sie stand auf und ließ sich von ihm in die Arme schließen. »Ich kann es Ihnen nicht ersparen, mich zu heiraten, Mister Tracy«, fügte sie mit gespielt boshaftem Lächeln hinzu, »denn sonst … hat das Kind, das ich bekomme, keinen richtigen Vater.«

EPILOG

An der Reling eines Schnellseglers, der den Ozean westlich von Südafrika durchpflügte, stand ein Junge und sah zu, wie die mächtigen Wogen gegen den anmutigen Bug anrollten. Das Schiff hob sich auf die Wellenkämme und senkte sich in ihre Täler, und der Abendwind fuhr durch Patrick Duffys dichtes, gelocktes Haar. Er spürte die Salz sprühende Gischt im Gesicht und fühlte sich unendlich einsam in der Dunkelheit.

Er begriff nicht, warum er den unwiderstehlichen Drang gehabt hatte, an diesem stürmischen Abend an Deck zu gehen. Er wusste lediglich, dass ihn eine Frauenstimme von jenseits des Meeres gerufen hatte. Es war keine Stimme, die andere hören konnten, sondern ein leises Flüstern in seinem Kopf, das er noch nie zuvor vernommen hatte. Er stand da und sah dem heranbrausenden Wind entgegen, der sich in den riesigen Segeln über ihm fing und mit den Stimmen verlorener Seelen in der Takelage sang.

Lady Enid erwachte und merkte voll Unruhe, dass Patrick nicht in der Kabine war. Besorgt forderte sie einen Mann der Besatzung auf, nach dem Jungen zu suchen. Mürrisch machte sich dieser daran, den Auftrag auszuführen. Er konnte sich denken, wo der Junge war, denn er hatte kurz zuvor einen hoch aufgeschossenen, gut aussehenden jungen Burschen an Deck gesehen. Er beruhigte die verzweifelte Frau und erklärte, er werde ihn wohlbehalten nach unten bringen. Es sei nicht gut, in einer solchen Nacht an Deck zu sein, brummte er, als er Lady Enid allein in ihrer Kabine zurückließ.

Er fand Patrick an der Bugreling tief in Gedanken versunken. Der Junge konnte nicht wissen, dass der Schnellsegler gerade jenen Teil des Ozeans durchpflügte, in dessen Fluten Jahre vor seiner Geburt Elizabeth Duffy ihr Grab gefunden hatte, seine Großmutter väterlicherseits. Über dem Knarren des Schiffsrumpfes und den Klagelauten des Windes in den Wanten hörte Patrick, wie sein Name gerufen wurde. »Vater!«, antwortete er, ohne nachzudenken. Doch als er sich umwandte, sah er lediglich einen Mann der Besatzung, der gekommen war, um ihn auf Lady Enids Geheiß nach unten zu bringen.

Warum nur hatte er »Vater« gesagt?, überlegte Patrick, während er dem Mann folgte. Das Wort war ihm ganz natürlich über die Lippen gekommen. Zumindest wusste er, wer sein wirklicher Vater war, denn Onkel Daniel und Max hatten ihm alles über den legendären Michael Duffy berichtet. Auch Lady Enid hatte ihm erzählt, wie sein Vater tapfer im Land der langen weißen Wolke gegen die Maori-Krieger gekämpft hatte, aber sie hatte ihn aufgefordert, die Vergangenheit zu vergessen, denn dort lebten nur die Geister, hatte sie hinzugefügt.

Er blieb vor der Luke stehen und warf einen letzten Blick in die sturmdurchtoste Nacht. Er zitterte, nicht vor Kälte, sondern weil er das sonderbare Gefühl hatte, dass ihn die Geister seiner Vergangenheit in der Dunkelheit umschwebten.

»Komm schon, mein Junge«, knurrte der Mann. »Komm mit nach unten, bevor mir die alte Dame die Hölle heiß macht.« Patrick wandte sich ab und folgte ihm. Das Leben, das vor ihm lag, lockte mit unvorstellbarer Macht und unermesslichem Reichtum. Das hatten ihm sein Onkel Daniel und auch Lady Enid versichert. Doch in diesem Augenblick wäre es ihm lieber gewesen, Mutter und Vater zu kennen.

NACHWORT DES VERFASSERS

Nur wenige Australier wissen, dass es im Zusammenhang mit den Goldfeldern am Fluss Palmer an unserer Grenze im Norden zu einigen der blutigsten Ereignisse in der Geschichte Australiens gekommen ist. Nie wird man erfahren, wie viele Menschen dort ermordet wurden, an Fieber, Hunger, Hitzschlag und Erschöpfung starben oder feindseligen Ureinwohnern zum Opfer fielen. Der Tod wartete in mancherlei Gestalt auf jene, die dem Trugbild des Reichtums nachjagten.

Doch am meisten dürften die Ureinwohner-Stämme in jener Gegend gelitten haben. Als mutige Verteidiger ihrer angestammten Gebiete gaben sie ihr Leben in einem aussichtslosen Krieg, der viele Jahre währte, denn ihre Waffen waren denen der europäischen Eindringlinge hoffnungslos unterlegen.

Wenn sich der legendäre Wentworth D'Arcy Uhr mit den berühmten Gesetzeshütern des Wilden Westens Nordamerikas vergleichen lässt, hat der Abenteurer Christie Palmerston vieles mit dem Amerikaner Kit Carson gemeinsam. Seine Begegnung mit Michael Duffy in diesem Roman ist eine Fiktion, doch verläuft sein späteres Leben als Erforscher der Regenwälder im fernen Norden durchaus nach dem Muster Kit Carsons. Die umfassendste Darstellung der Ereignisse im Leben dieses bunt schillernden und rätselhaften Mannes, das den Stoff für einen Hollywood-Film liefern könnte, findet sich im Werk von Paul Savage, *Christie Palmerston – Explorer,* auf das ich bei meinen Nachforschungen stieß.

Doch wer Christie erwähnt, muss auch von einer anderen historischen Gestalt sprechen, die im Roman flüchtig erwähnt wird. Im September 1873 schlug James Venture Mulligan in der kleinen Grenzstadt Georgetown im Norden Queenslands seine berühmte Mitteilung an: … *J. V. Mulligan berichtet die Entdeckung von verwertbaren Goldfunden am Fluss Palmer. Interessenten können in seinem Kontor die 102 Unzen besichtigen, die er mitgebracht hat.* Der Rest ist Geschichte.

Vielleicht sollte man auch darauf hinweisen, dass einige Monate zuvor Palmerston und Mulligan, die mit anderen Goldsuchern unterwegs waren, bei einem Zusammenstoß mit Stammeskriegern im Norden nahe dem Round Mountain von Speeren durchbohrt wurden. Zeit und Umstände von Mulligans Leben sind nicht minder farbig als Palmerstons.

Kates Annahme, es könnte im Ironstone Mountain Gold geben, bestätigte sich auf eine Weise, die alle Erwartungen übertraf. Der Berg bekam später den Namen Mount Morgan und erwies sich in den achtziger Jahren als eine der ergiebigsten Gold- und Silberminen auf der Welt.

Leider gibt es das Lokal French Charley's, das zur Zeit der Goldfelder am Palmer existierte, schon lange nicht mehr. Die Stadt Cooktown hingegen hat überdauert und lohnt durchaus den Besuch unerschrockener Touristen.

Die im vorliegenden Werk beschriebenen Versuche des Deutschen Reiches, sich in den Besitz der riesigen Insel Neu-Guinea zu bringen, sind rein fiktional, doch brachte sich Deutschland bei einem gut geplanten und durchgeführten geheimen Kommandounternehmen, das einige Jahre später von Sydney aus durchgeführt wurde, in den Besitz einiger Gebiete im Norden der Insel und umliegender Inselgruppen. Dieses Thema bildet den Hintergrund für den dritten Band dieser Trilogie. Er spielt in den Jahren 1884/85, in denen es den Deutschen schließlich gelang, die Reichsflagge auf Neu-Guinea zu hissen.

Für den sonstigen geschichtlichen Hintergrund verweise ich erneut dankbar auf Glenville Pike und Hector Holthouse, deren beachtliche und anschauliche Werke einen großen Teil des Materials lieferten, das ich in diesem Roman verarbeitet habe.

Danksagung

Die frei erfundene Geschichte der Familien Duffy und Macintosh wäre ohne das grenzenlose Vertrauen, das viele Menschen in mich gesetzt haben, nie berichtet worden. Obwohl das Ausmaß des Vorhabens bisweilen beängstigend wirkte, spornten mich Duckies bemerkenswerte Töchter immer wieder an: meine Mutter Leni Watt sowie meine Tanten Marjorie Leigh und Joan Payne.

Ebenfalls unterstützt haben meine Bemühungen um eine Veröffentlichung des Buches meine Schwester Kerrie und mein Schwager Tyrone McKee.

Phil Murphy und seine Firma *Recognition Australasia* in Cairns haben viele Male auf unschätzbare Weise Einzelheiten zu militärischen und historischen Fragen beigetragen. Danke, Freunde!

In Sydney hat sich mein früherer *Wantok* Robert Bozek aus der Zeit, in der ich der Polizei von Papua-Neuguinea angehörte, als großartige Stütze erwiesen.

Mein ganz besonderer Dank gilt Gerry Bowen und Renata aus Tugun, die das Projekt, überzeugt von dessen Möglichkeiten, über Jahre hinweg eifrig gefördert haben.

Len Evans und Brian Simpson, meine alten Freunde aus dem Norden Queenslands, sind inzwischen verheiratet und sesshaft geworden, und so heiße ich auch ihre Frauen Shirley und Betty in meinem Freundeskreis willkommen.

Meine früheren Arbeitskollegen aus der Zeit, da ich in Cairns und Port Douglas meinen Lebensunterhalt auf Baustellen verdiente, soweit ich nicht an den Romanen schrieb, haben nie an deren Veröffentlichung gezweifelt. Wayne Coleman, Benny Waters, Frank McCosky und Clive Whitton – danke für eure Freundschaft und Treue.

Besonders hervorheben möchte ich Rob und Beth Turner aus Brisbane, deren Vertrauen in mich über das Maß bloßer Freundschaft hinausgeht. Mein ganz besonderer Dank gilt Mike und Patsy Cove, die das Entstehen der Trilogie mit fundierten Ratschlägen gefördert und mich immer wieder in meinem Vorhaben bestärkt haben.

Außerhalb des privaten Rahmens danke ich meinem Agenten Tony Williams und seinen hervorragenden Mitarbeiterinnen Ingrid, Sonja und Helen sowie auch Geoffrey für die Unterstützung in den Jahren, in denen die Sache nicht besonders viel versprechend aussah. Mein Dank gilt ebenfalls Brian Cook, der das Projekt geprüft und dessen Erfolgsaussichten erkannt hat.

Großen Anteil daran, dass die Bücher dem Lesepublikum zugänglich gemacht worden sind, haben die Cheflektorin bei Pan Macmillan, Cate Paterson, sowie die Lektorinnen Elspeth Menzies und Anna McFarlane. Doch nicht nur ihnen habe ich zu danken, sondern in besonderem Maße auch der Publizistin Jane Novak, die mich von dem Augenblick an unter ihre Fittiche genommen hat, in dem sich die Verwirklichung des Projekts abzeichnete. Allen im Hause Pan Macmillan gilt mein Dank, nie haben sie aufgehört, an meinen Erfolg zu glauben. Aber auch Rea Francis von R. F. Media habe ich zu danken.

Mein tief empfundener Dank gilt Wilbur Smith, dem Großmeister dieses Genres, für seine freundlichen Worte zu Beginn meiner Laufbahn als Autor. Für mich wird er stets der bedeutendste Erzähler des 20. Jahrhunderts sein.

Abschließend noch einen ganz besonderen Dank an Naomi Howard-Smith, die in meinem Leben eine ganz besondere Rolle gespielt hat.